MW01205291

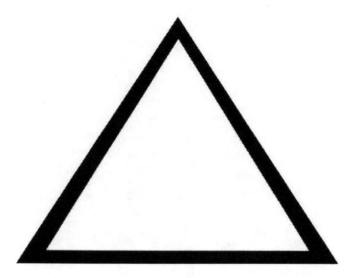

TM

# A ZOODIEACT COLLECTION

# A INSOMAINE A EDITION

# CUMMEDAR HERMEDON ATACILLE PRESENTS

# SACREMENTS
# TO THE MORNING STAR

# NOW

# IN

# HYPERTEXT

# :RIFFÜ:

---

1WEBPVP8 Óà——————————————10á
ù*>1âC¢!!$'6˙∞Ä
M+ı'Uqø<æü˙fi[~Ö∫Å„~ò°Áè?˘G®Øï˘€Û9Î
O∆◊^-ál»#=ë¿œÿîrõçQ¶πg˜^ÀflÆ^C~u˝„ÿ————
~c˝Ä<˘ã˝¸•Mo˘fiÇ?™˘ûÍ˛˜iè!″èÍ°tûî˘!˜?Ôfl¡
˘¢˘É˛'^°Óø°°•◊~N˙S□üÙ?ı}"| zÁÛ-
Ú•…˘Ø˘ª˛/˘˘˛ø∫øÒø˜˘∞˘wÒ#˙ü˙-
˝?È˘}˘„˝Ñ~¨˘Ω˘
˛•˘Ø˙••üÙ?p=Ù˘Å˘ï°w˘‡ßıØÙø˘øœ˘≤˘ÒÛ
!˘ã˜/fi-
¯˘˙•°?‡•«˘˛ç˛˘GÁ˘ŒØ˘O˘˛ÏüÈø¯•˘˘œ□/°ã˘€⁄
7˛˘˘o¯Òø˙˘÷°a˛-
˘#˘o°?¯?˘˛Ü˘ß˘°˘″˛Ø˝w˘üê˘>⁄?¿?˙zÄ•ÁÛÁÛ¸
˛f~{˝ÔÌ◊å˘õ}ü°ÔÒ•Í•Î•î˜r˘∑ƒßb˘Ô˘iÍgÙoŒ•
Õ˘)°À˛•˜wÔo¯ü˘•'yS°?Û˘Ù•-
•∞˘À˛ª‰;ÛèÈflÈ˘¡~Í•á˝‡°´¸?¸-
Î?Í~◊y□q˘Î˘È˘´˝Í¯^ÁÎÌ˘√•ú˘«˛S˜√Ë-
Ú?˜•∫ıs^èÙ˘˘ø″~]}Å•D˛◊˘C¸ßÔ7°-
˛flK•⁄˝∂ÛΔ°«˝€øÀO∞èÈ•,øÚ•¢˘i˘«˛w'˘?˙øÿ•µ
˝ª˘˘□ü^ı˘ø″•≥˘Ò˛˜˘˘˝Ô-
èÁü€•Ê•ä˘E˘ª˝W˘˘˛?|?˝˘,˘ ˘?°´˘Î˛?˝/ïø⁄_
˝˘Ï•›˘˘+œãÃj•p˘|ü∂————————————
^2XÏäÜŒ•œáJÖl¯——————————Zæ̀Ù
b£êÓÂ_Û(á")(°á3:z^©É1oÓ□ôG¢71êM5àÂDÇ˘/†
tXA—àö{¬„¨4¸öPπ◊ó›'´,je;□¶4T•§¸qQó¢t∞-
ó¿¡„©âxÖÃàõLëLó)N§+)…™4qkgûAådõßiêŸ≈´úf
fÔ ÑPó}∫Õá«=≈——————————————]w˜ı
Dziœ¶¬Ñ`g8flÅì‰——————————————^Âö·
I…k
iËP2á¢,ÅnÔU™≠aœÙ«‰Y{G˝0e(◊ÄzæÄ°,b!ÿ»∫—
°≈^U.SOoD·≠Á7•˚i˚p‰¿]ö-˘ÆÎ∑ÖF˘cj
Sò°|Ã9Ä7ö-y∂O¶OgY≠≥Ú wÆ-ÿWy›∑tÃ@Ù∂èÌ————
═

gû°mE‰ä`D'±6)~Âô±!⁄‰ô´ ·≥<L\$1ŒÚ^ç◊\∑‚ES≤
üØB∏DÚR————————————————————
í~ª21¥1)‹'f∞y•ærM‰¡}Ê§Àh ∆Œñ
6LÅŸп¬?È WÈÎK@>Ω∑ë+LÜ
„ÀÀ ™r]+;„ø∂´o6W∂ªÈ™@"¢N‰8ã◊;~•q"{Ï!\$˙(
U◊^B; \g§3À1v`≥˛¥S
G"Ô˘û-
∏÷ßÕí1DΩ12TQO-Á)ÛôË™0"å‰^⁄·"j_8 ∞F2"œÎ®X
¢˘'‰
7□BXÙ¬àgÈ∏ê˘˘,©ªôWOfgeé?|Ú]>≠ñxOlö‰"√?(
yv˘˛Úv)Mï¶ZM/ñ#'±flf˘GN©6Ñ8UQ„™aK°6fõí
.e◊Ω=0ÕCêö•n^…\¡M¨J›á˛[ô,≤Dv-
\$XÂö9"ƒ15¶fl›ΩM0èÖàî÷ÿ"jaÈΩÃ2Ãg}„®[ëÓ(U-
#ç/î•\¨ü˘#"\$2íj5ªH''î§Y1Ë/J7Jn/"§¢bC\$\*
Üb`Y!ÚòпÛì⁄≠°æt&Èç-7#¢√ÍÕ˛ô]¨â-
g'≈m[',‾•oÅ2w¨'Ò"mFY/Ø————————————
´ʃ(10Kf™ïéæп`•!´£ÃTWÿåÄéKßÓ£—————————
´ÅÒ7W˘û€ŒÖÅè((êÕãÖŒáó∏Ê\Rœ T˜5
      ®çÚovH·©•êŸ"1J\'o≠Z®´s‰-ü˘≤0Ç;±-
m≤ZØ^yÓª∞»¬è)¢@f™1á·àÑ«ç-
"◊÷…‹∑ÖIÛ}≥éÜzñM[w€rî≥ê*G——————————
AË⁄TÌ'ÌÒÂ¥0}˙˙°øÖx'afgG∏Ω˜®пÌ˘^PeËá»à˛z•
‰C#˘¨'JOúCçû\$ʃyEúó∞—————————
°^g¢Í‹P¡¶÷##S),∆LW-
r"H≈nG˙Hg°9∆w;&µopM1"8\IZ›'˙°∑~ÜvesNŸjnÚ
®±'D.]öXq‾ÂËÜÛÁÅ±'˙HGy;{
ËBíf!yflî±°LHC•À^-HQÈù
H'H°§п„¿£≤ÀBÆ;~-LàKf◊Âµmùv™|á*öW"éÙ»«˝·
Xqå!Ó˜ÉÑsfl7ÈgGG⁄kÃ-
m,63ÁíÓà\YY‰Q≠QcÎa†T˛≠¿□ò˜ÃVÑçÛŸ□fl-
E©\"µä˛fʃ·˘Fœ'6‾Ça∏y˛±õ2◊-ʃ_ä————————
≤ò&0»R6î¿Ÿ˝≠s————————————————
©82L˜;˙°:·Æ§L3áœC∑(¡K^Åê~rµ4ëпÒʃ˘n@fl¡˝sb
|ê∞I®∂Ë∑0[r,°-•
g åHW7.˘Z˛‰¶Å¨t"xÉV|•;Ù›&úÃ#wC
      ∂'ÿX QõÂÕUæÀïäl
ó)ìS•

dóõRΩlFøÀ.† ·¶œ∞‰<*ãÖŸ.Iô∑√‾áÖú{ƒîó^œÛÍa
q»`ë∫R≥ùø\≥˙`nz0ùÕsäDüd¸Õ•@x¸_Êêoà≤°3∂÷
±V¸°$qqk|£Cö„F————————————————oÿ8
¨Êt̄ÍOH'eÑf®B·;|9€ë∞Ñ•Yùâ-
ÅV˝#]Ωp±sûä˘Nç6—Xî#!¿Îíf
¬¡4,°CèN¸´ê£UqL6ÓπS~Lic5°¸Ü¶0LµË&Â°≤é°T
=πËsn☐÷¶ı;≥≠Í´>}sµ¸fÚóó…2€e•√˘^µŒ\›NòzÏ
BÓô˝*GÏo'^s‡0Å|^3I 2•0∂;gÌí7LÊ;ŸÓ"≠-
EömÙ"öä— ª————————————————
gÑS<H›€¸≥nT5Á•í≥;ò#*ö°¸…d¥hYÎph÷D]òAΩÇÏ
ËRÙN4§F—üËP————————————————
%≠

HT≥(î ☐ŸF¬*5k¥%————————————————
¶¬q/ÀÔ√ÿ•Èùö-6•'∆Ïu≈rËÈ∂y°§ô∑nŸ"¸¸·ôÛ°,
éñ*÷"bÁÔ+i^£CI£à3b92BÛhmO¸L¨≠'#1/áûîVÄ)
J3C≠ûò] üR¥I°@}P<˘Ùóïä2F.AuŸ…Çπ÷À~Œ◊„2‾
^˜WèxCRq£Æɇ≠Ÿ."´E;…¿îÛ¸-Ä•¶âE————
@åŸWòÁoÑS¢÷I>0á$œÖ☐Ç›L€§ÑõwŸ°x¿«{ì¬˙nàÆ
ê4,☐bÊ§ix€U¸C∑¸vtªÃó√!Ü÷ÍJÕÖ±v————
»G«Ê—i˝›•ªµÍú˝1ìî,Ù‡ê1>û>§±¸◊————
Mi'#☐kVØ¸—è˜£"o^hvìÆQ7-∂.Á————
bÄ˝ã¬˘0—.Õ:+¿xô/V01|\ÚK————
≤›XÃ≥ÀŸ,˘Ü£eû‹Œ†≠ò'—óXáÅ≥3©pÂÛ~
    ù-(5J}a3⁄É∆X_˘ûÎ8…°`é¿+zô————
≥«å9dJ˜µ"k————
/òÈ„äë˙ıÎ≥"πU*ü‾#Ñ&Â√áfîøZ£
¸rc~‹êÀÙ^fi!…±uÅxQ•Í°5PÎ ÚÑiÂT^;Ø˜,NÉ´-
¶y]æBÁ¢3V~^N] „∞n?…3KÇ|ÁTåá~w‹ ô2˝mÎÎQ{k∂
ßÎE˝Ô…ò·êvÛÚ‡•QÑÀ=øÜœ"≥R—¶Ó¢ß´4!˘9ù3‰áå
πŒ$[/çêõ
"9πB°ñYí!/ôzflœ¥g_Y¿¨ÉóÄ£ú!∆d;5IÛÎ23∆k>ú
'´'$:E3=-£,¶Oß•ßÀtf^.0ö"ú˜————
0Í3ÚDâ8≤Q¥@àÆw¢9¨°M☐àÃ·µì⁄Àdy"™‰¸3™"_Â‾
••"¸G«®àrQ*fòd›‰˜™T¸&=)˜'•$"————
(mÎnA± ?©mv∞—Ê+ß,éA⁄$»PÂ©1˜ÁÕ¸
    rSS7Üa2≥Í}e————
ßáö•i˘ßF@ez∑Óâe‰bXv6C∞fl/*Ä©flB^≠±≠);ùÌ3
ƒ'ˆW<YyíWfi•ø…<8Æù‰⎴æT"}"ÙC{¢œçyóømJ÷XÅC

3

"¿éfiJ_Æ◊ØL:µ'¨V¨pV^Kz√4†iÕF€<Éäÿ⁄ë5≤∂«0
ï{p2añ¶Swé–
_'@õ%|8©î∑™¥0Åè4Òqı ûŒ◊_∆È⁄U[7ìTœæ˜C-
Ì¡uÛp≠VeÊK≥˙1¨¨I˛v6ÈqWu•⁄™Ô9ëgAb°Åñö·˝n
·¬û&ãÓkΩÿ©U————————————————ùçª;!,
Ké˙}õÉ¨wflãìπ>°D&¨SÅÖ‰é~i18^,TßQp|IÓ≠˜ΩL
ˆƒ…n$ô~_ˆ®ÂAœ˘µÁã»Ñ)˜¸ûÉ1
ú>aú»¡"π#õsú˝-ÿ˚Z},¡BWÏÜ/9‹
¢FXææÜ_ÚÅ€,aØ˘€cûÕóT/
ó3•Êª„õ¢S…f"…ÚÁ,s†Di0äÙ"TfiÑ´©‹òzòró82L·
€j≥ÉöZ‹àÂv´6ãUs»*{ùÊäøsÒÌUA•3Ø˘uÎ»
#ı•j¶——————————————————————
ó> ´o^37sÉ◊Àı·†_———————————————
IEVú¿——————————————————ÀP…ârBÏVã|éæ
8Cîë@∫ÓıG□Æîœy⁄!-
æZÅ|„2ÃC¨Ä∑fiÌN≤:(QYä‡È·n€ÆnÛ∆„SXèÆ∞hp}u
ÿiØP]!œ,db¶h¬S«Œ∞cÍŸ™§É¥Ÿv6ßàÎ<^
Tf˚4'!$VOQ)î˘{˚Ç(d‰ù
Ø∞±]Åù°ÌΩ7√[°öän
fç,Û□x°ø,pñ°]Ä™À∆æmCficÓ|#_ñÀ•«L∞ïò$∑'ÕÊ
[Ø]2Û!ÍSIfÅ,ß1|ŸQJÙÄUyÑ°"vµÆÒlû/ô™Ω∞»˛O
5ª K?——————————————————————
SÚ≥UÕ8iOU√œ2™ÍÀ_ÜzëJ‹énf¶wÀ™j]ùÔÆè#¢.$-
ô+≠„%øï.LBfifiÃ…±——————————————L±
7mpfÒ8fl°-)¢Ì™ó———————————————
Ã.-|9z
(û S^›≥äl=Ô^0˛MÌ-'ò¿l-
gç^~«|π(≥≤© 9)œÎΩV]˘——————————
4;zå#˘'m¥ë©Ç-5û°ù® ———————————
öXhaœ y?îÃäe@¸9QO5zÀ√fl5xâflÜ»´ ›»Î–
·ÑgQπyÌ`Åæ|IQÕ•F————————————————L
HB3-C˙ú]*ìÕØ∞————————————
6≈2fi˜te∏———————————————ô!Ÿ
®,(ãC`´)————————————————————
\çÔ{^&W¬ç⁄&Ωc.üø⁄
È^7÷†sÔ£÷î®,±g¥;TÚ≤ÑcäL9.î≥°:®f8—————
»/JÎÂû∏oΩcjSËúCïtNø˚≥7ø&âõt¶‰∏fâ"∏µ+Ôfÿ
ÇfiÚäl°

◊ÀqËÆCk¡£'rN5Zù¢≥†k Õr#•;=1=Æé1¿Ωp1ŕr",
âè√°∞q{π)÷∂c5_»-
îûqißÜÎÔâFS∞<SJ°´±¨+FqæR=i„a3/NíÙr/¬Œ®Ê
a@·Ç≈pÂ_ˆΩ≤ñY¸π5úçâ-
'‰\ÑÇÆ_ú§ØN|L$∞‰∫µ5e´ch`awÂ¸y®`õíÿIeìa‡
~ŸNˆpl@g-
$aêfl»ãä:8û∑1□eë#˝q¡fi©kflÕø°√e¯o•∏‰./>ìy¸
&ÿí*≈Yë ˜<Z™‹j°´'W¢+s|-
UÀ¢ìÒá∂Hñ+±I˘Í°Ã…É,Õn•Áb—
"ÔøÀÎ†$ÿt£q€{™¸∏gs'Z‰ä'†Îl◊êõN@odÚ≈$∂≥‰
!êñ  1$üÀQª¡=]˘K´ûZf OÚ OŸ¢¬≠¡⁄z1$Œ: Ω
• _√#úëÇÙ`|√Ìã^¬}®∏<ÁfiQ˝˘¬ú@Œî≠Ó'Å•E5è{
bÌ@ØC ˘•mÂ4â{7˝?=‰¿+h˝´Õcß¸ 'w1
Bg+Iä‡ü,÷Öͼ•€J□sZ@'≥-
àS·Ãzk@4ßn1÷pπ[Ú9[•ø\ûöÌ„'òóI:8◊ùàñn$4ô
o;-TÍôµÔ—
•-°áß+´WŒI————————————
ZGJPò¸31ÜÃ‹∑pM:§ÄúâÃøëôÓ:°@≥5i
¿1H˝◊ÓÛÊ‰àwsôfiˆ1ÁkπègÅ˘N¡*§≥‡-
öEøc¸u¡∂W—Û-}Â∞8§Grª
        ·ÆlΩS(Èk¬&áyìÿ˘r:¢y"∞≤`÷YfÎ_A∞ø•¸µ
è#ïd-2∆•≥f¸•ÛMfl≈cÿ®á————————
EOA#èìg°Êìñ;õ≥)»r"ü"¿ˆ8o˙0Îô6-
8,ï÷W≠◊Ÿ>UâT,Ó¶H÷2{çEáfã'˙íπ~õácòÀ
□ ˘áãfÑn!0∏Ó————————————…P,®¡
›ËçÚ∏≈‹é:?Hí° ûflÇ¿£~«ú—
ÓÄ1ü`óJÌ†√‰∂Ng[o7~˝®≠âÛÈœB
    }Ã•¸ [åØÂ∞^88°ŒÅY@Ç2˜±<∑≠ü¸a°x&™~u
æÌ‰0<¥á-
¥————————————}ÇÕ2kw°ô/JfflS□∆ö
XG¯@

D=◊@Ω2∫————————————
a˙-
ÌV'Øá>˝3π+îrJ[ΩÃFñ"Õ†˜Ï´¢IÒ4,ëìwì& "Cü¥
°L¯bÎ~3N$≠≠_z"√"Ó'å›˘¯ˆ¯Í/À°*.=òÙ}¯&jÏ{
Rì}<√c¢,Ñfl'5>∏

$TÕ1'∞•Ä2,~ätk•.□•fi∂⁄¢„…QnªZã«@√©2‰qʃÀ"
‹8/}KÈüÁ(Ñ l›‹‰DV@ˆqb…dÒ·_§uæËflπú◊õéf)
ãfÌúÌ√gÈxmë

◊áû"ll≥□˝ÏÒÕ[ʃØËRÎ≈«ç9(M-
'Ô916&rÈÓâ•Y!‹÷‡fª≠"Vî5,„jC∂ä∑„Ì}fg#›7¨
€J‡•32F•ffiP'5∑'∏}\HüSÇù,
'ÆÁ‡üøLç˝fl?Èã2⁻v~ÆM*
    ʃúÛ»œlüã>Ó
ôµ±¡œ∏È:π9e∏¢iaE´õwóZ¨ÎØGÛfl/\JR"Gò⁄\3§€
≤Ω ®ìæÉz-
©+ÁÖ<————————————————>±\Ê~‰VzõÏ·¿
ïù‰3ö¢"]WTNU@¸∂ˆÖÜú!öiR€-Î`mÑï`µ˜Ënq¥q1
L-›Hfi\:'x≤3ÁH¸ÆÏRLñΩgÎJ»Z¨{Üv∂˜•¿$ìpGÇì
—
Œí˘ûP————————————————'-Wy∆´q2"1_Û
Xegô•TãlLʃÚ‰~)¬PrcÃ '——————————————
é,⁄=¸ij1a¢0Zπ :·c¸éh'üf□Û
¿äÙ˝-
a&é™3EBŒ"#ê4:´;1⁻˚›}Q¸1bøÏ6ÈnC…$î6<±
àùì´s`≥6©•Xá~OÊ|ÊœS>cWpŒYÄ_¨‰≠16y$ˆ1˚<e
'Ó≤Ï˚m¶ʃ'ß
fl≠tµO&˙ŒÑ-©"∞ŸÃJx≥0(Ø—]˜a´P⁄ñ3¸□9Vµ8-
á˙á[Úlza'™J,Ü˚H·u)I•u?'™)——————————
SSÓ6Ç…¿˚"a@ã,É
€+âäõgC#NÅÍÑ÷6 CHr<.-;èÇt`€ÕëÏ2 ¢⁻‰kY˚¢
vT7Q˚ä-
ú≥)2']ªßCÂˆ•Û¢t,eÍóøS¥‰jh'ZäÇ4¸4∂ËLi∏õj
Í£HãNhõ"————————————————L®i;©ö,Så
í]•Ù˘∑'LJ>≤N1ŒGfi—G:@ sß¸‡□Æ™V□,É™Ì>5
    r`»∑ÚʃuJJO§,‡˚——————————————
•8V0-ÑÌGÇß£˜(ÒXØÔöZ¶ü®˘Rifi≤ÅÙYN{
u±
k'3„ÆLv}E«OŸSÒ*ÜQfi)(N'˜õ[üœÈr7x©
    ⁻¥wn⁄)gH<X[dhÚJ∞r6-
7ÙÂ"fÇ6˚ÊÌ0:w$˘gÀ‰sM]®-Z*‰ùœ…"ñ∂3=
ÌÊOmw

:n———————————————˙,¸´"ep^ÑÏ@´›Tn
ùÈŸ
3õh,.FW`lû7Xj20SÆ□H)0=″(Âv}Æ2Œ7-
dè∆¸˘‰˘„9[Â(≈Mÿ'€]iªí®1•hI%¸————————
êã°′¿e[sj9Ñ-
∂Ü¢0úØ,=ßL5ª•ÏâaÓuÍøô·oïÛí′°•□ã‛π-‛bE±•
8æã7fi)^√(^<¡ÑÙ£ŸßWúPÌñâÕmeÓ&â[(vhCmQÀÍ^
-a¿yÖ7ùÈXÎwQå/´™: )m?2ô`¢msô-9S,à\Âbã(›
Iw¿∑⁄EÒ9,"Ùæ Œ±òD¶Á^Åä#Ì-¬"¿ }¥KW∂Î®qíF˘
Q$ógë@Ô›0ÕIXì`JÏ/X ´-
ôØ√KJ∂7œ^>µÈM@µs4[˜M⁄Õh¢O;•åƒ1^éü8®″Í›y
D®*>]Ü¨Ü^ÖÉ:˜-
%Œ=X¯ƒåŸäÛeÙ∏Û~Ò*>˜∑F4″B˜k˘¨3{§&¯çT°‡Ù″
Üh]´¨^Ä⁄baÔëı
®Õ⁄ª◊U…Å[™Xäq/-≠eË˙©€¡π¨AÀt%òtÊ›ªï
Õ´ëÎiöØ=¬¢+°9:S£7ƒflz¥S3µÅT@Ú•n~äfiÉÄ^
ÍÍ"7j4XÂ¸öÛÿ≈Í>^æ·$Xz{¥*:Z?üFáà.ÒÁhÎ‰*Ä
í,õRÚ{`‹i]È\¢ ¸″÷-NÚ√§ÔDµ∑÷ïΩïX°z„ü6˘å
âÂ´ùê®dÌ_∆|Ù›″›*Ig¥ÓÚ=E[¬•2&9§À‡!7Û˜"ãl
¨¬Ä}¨». ¯iê}n3R›&‛¯´(ÛpF
Õ[Ê†°›^k˙ß…∆H⁄•
≥`‰√L6¿STƒzBû∏Û¿Éÿ›lÚµJI″ŸO+)Ÿ"4″-
ü"°=&œúãç≤RËÕ≠e-Ãå"GÈî¿nNÇ+»÷∂ï°π>
©§]≤'$/#öz]‹˘1ÖÙÒ≈"|¡OåY′n-VŸ¨Â¿"————
ã Wœdò±64 §ÆZ≤ÑT——————————————
¬KpØ>dx•‹ 5K^©x^üR≥°Â∑·>□Ò…—————————
J—Çª‰)è@ ñ□———————————————
B″ª~ù∂E ″ØÂâc»YZE"ÚE"¬ôm3°A™©¡˜˜ED-
∞ûı§°mvk
À2â"∆,UoI·ÉØ·#!f{Rfl'ZE‰Ëìç[«5¿Èıh,r}
N∑L£>"¿ÑBke]Í~!ÅÁªz≥πÈTŒ;ú′Yc$#•——
?≤&Ry£6õhÕk*=c∂¥ Õë$têëé
ì,>TÁBT2slΔÆhªà¢:¡¶/™í‹∏°+å∑Ô^-
öã^"_ÚÉ5"z®øû∆l„h———————————————
v©±ù˘,QCÇ<″í″"V4fiÑúcì7UÆ7À¬fi‛•«] YÀî‡y
7vI:ªH]…lÀ_;ÓÖEÓuflf≈è.Ó·Gö……™flÎ@÷`8WÁkÊ
êfi+|+äGcA˚fl1rß[síÖ`4ï¢'W©æ
/T]ä!>"ÿ!l¡^?ëw(®p&¸˘HL¢m?OQÔ ë√.`-@©¨

≈BΔª7}ü´˙"kao',G˙`˚öJ8´?•fiÊTl˝.≈ŸÀ@Ç¶åZ
D]Dfip:————————————————————
ü~°v{¡ıSUëÆol88°(ÿã•V7¡‡mÜF
‰Î8ÉHá5¢≥l-«˘:————————————————
ßkÔ¡ÁfiÆÄ£˛)è†a
ÎLAA#òØqá-´Uë˙´g¨É€ÀUÈ8è¯"èhü›ÀÚ≤„77©
Zltÿñ^U5Œ:ƒ®≠Z√MÒó˛ò ∏8¸ß…¡;nõ”D4ÃN□ïT&
È$≠´Ìqm÷2Û‰Y§ÜœÃ?#'xê¸`P¯Öz»6X≠£íä†›d¨'
o\ê˛'e◊——————————————*Æú AxçÈÛ%
qfmÑ4xö¿CπOE≤âÊd˝ÂHè"πÒπ|ÔÓß8%+¸÷-Í”>Ær
5©PñU_≥≤Âã»æŸ^Á{(%*©èÃ8åÏi`õå{{fiûi¶ïm+
¬B∑ÉøÈ,ús6ÓXqñ ||]'<Û≥ë¬ß√fi!ïb58
NP≠Wø,œ8Ql÷^i¢ZDÀ~ÌeS:÷‡WW∂—
å~#§tçHöó´IêüG∞Z˘úö□°eDÆi≈˚ëÏID≈)N_ãY.:
·˜ô˜›ΩQò›è£˘uÇ≥EmV/Ä,∂¸√6˚QxåËÌ¥-u≈7»ø¬
<¯µÉì[
¶04∂-◊ç
€÷————————————————Ì€¥iI¡˚◊p9Sb¡2∏
πÊyıo?na9∑GgQU8ÀE=ÖG[CŸV0pËÈ5p_T%ÓËV
<€üΩ[*,X@Q+————————————————ïnâ»…,
,$òø*√œõ]Àè¢öòîm…›]àå„Íô
ÒÈΔ"R˙êŒu±;í˚63\˝Ä˙…°à51õu!∏pôÑúáZ2J.-
X—¶ÃƒÏΔú∞•í'Ø#2V@ÉX—
Aú°ÔËßÑnä'¡58∫ÃÜ)˙cøén•∞x,ÀÀf%◊P=Àf————
*8§OU*… Δ‹ <b]∏¡€›yöæúdÿgS›ûlN˚pn‰Ú
ôZ\≠2"ô¯fÚKíVÆX»rP6'†i!∏Ø†è6m£ly/ö
'õVQ˛7gLÚ∏€*õÒDÙ¯sÁ∏SiΩá°⁄wVä"Ou-
£°ı"âü=£π«\ û≤Â¥ƒŒD -ÓO(L¿Màø},‰Í¡;OOwr
ríê'@›¥ìÌÒ-Nffl˙—
òéø?‹5Ñd9.ªyd/qYgÂAŒ¿q‰[pêr-î'…ùÚ~g^${¢
$4WNÑ$ Y•~˝µÒ"≠€™/iIØ˛"∑&!ëë§-&‰"F9ü¥
ÍŸÚdêX´·Lh∂{∏rj÷B,Mxò≤˛0ª9Jœ1H2‡1·————
|$:Q› ¡üà3±÷˛ïi´è^□†Qöù{ê.§o'————
˚›∂"„°fiŸlHA'    &¢¿Q6°Ö—B)«óI¯œ≈ÛTê-K8
ã>»â@M,Ó©l_"12,Æ˜ñRfiflè∂∑UŒΩ 1Qz□·-
Xg-A∞B 4t˘π≈œØì:sEmÀ—————————————
…åê7?——————————————————————

Æ3àI'9ÌSfi 8ÿ»Ãg°∞Zú>eΩ,g˜˘ƒ.I√†w₁mé†M
  ;öH\e¿3j∂?∂zÃBàôl˙O}û˘u≈
«————————————————————Ì†Ôg∏≥6‡8PBYD∑˘z
§Ö±fú|s≥p@ÅÕé¬‹]˘fm˘fiöÎ√2-
Ÿåt]π"j□÷=+µnœÚ-
}————————————————A'‡9…ûQ÷¨Δîhk™CÉ
;H«x∞ö©ÓIµ|•>Ô¿ç +˘P)ø˜o Ô q¬ä∕síú%}d
èäû&«2/.‡<9¥¿LßÈ{[k…\vÂŒ∏0∕¬U◊+UÿçµáuR—
QD-®˘F&AvÃ≈˜ÇΩæ…Eµ..§œ%"≠ñOUªa"?‹y≠Bm◊á
™ÅôxoI|êW.{êË˘`₁+5-·
  ˛ˆXÍ]æ•=?v+Æ|"ÕAò¨f--
(ë®«*ÍQ‡Ï‡µ'•3È-
Hïñ©äÓ˚ô4flãNi]°Ãz÷Ôø'~"LÇu¶D˘û´Æ˘fl9
]W·™>ì]Q4&à∑»°ÒnÇ®∂W§˛%t1—\ÃvÑL€Jzc˘-
JŒkã¶u     FYï_rŒÿ@(_∏D">4*zSê=∑ˆÕH5@-
á!"â∞L`3'?Ö‾vñä-t∂k≠Àƒ˛µ!ÜÂg
ÏNc™π√òzL€`+Z«Œ°ù~;ˆ"Oµ0&˛‹ª≠*Uâæ9

ägÏ∑₁à@ÅÏ`Ö˘Ω∏i2@Zh`|æ®9"æ≈åw»G!————
0°r(%ê¢Å`NÅòÔ<9'ñCb$¿OlŒî†oë4$ÕÕùŸKç-
o˙eJ~`=.MvM————————————————————"Ô•î¬Ω
>"Kéz∏(/-ªËìÑ˘9————————————————a3
p~„°9ÓÅÃÓsVç-
A@Yflñ˜UjGè1Zì'Ò9úƒ[∑Éù˘`µû=°Ÿv=∞œk!„——
°û≥Ê!'ÎhÈaÛÏ
xK*N' ÈË=Ÿ≤Ñx_≥ƒˆ
flÚGN∞ndlŸŒ(kUÊò˙d«-
ó≈KO¿3¥'Ø%<;˛≤h"„ÔÓ8pä&SÀm1GCOxo˘ ®SYçc
Œa¥
Ø~5ŸÂ(… Ã0¥Ó¿Q"/Efiø————
ÉD₁g◊T|WYh!<]≤-ì&ë≥ΩAJƒJns————
(%VêÈŸ9øÜÒ¥˘#ëH3H>ÉöÜ‡¿Õ————
e\ 3‡ÙË————————————————© ˝•xPÔc—
9ñbxgu÷*lŒ† LRµ¿U-
7≥∂r[-≠Äuí'¨hπN7ˆB*ˆ¢U˜üåI"Ó-Z∞k¿————
ÇË√'1¢ùs(èÌRòQ∂'NtAfl\»<DêµBÕMfû<mTÙ₁∕95
ÿ•`4₁›yLö"µHÒ$™.;ednï8Q˙?;•VÍ
Q§É∫°G,;fIzEN8|3ß————

9

<$…¡Y˜]□ÖŒ;∏2MMë?«`¥V`Xú,∏˘«∆ì————————
'ÖH≥Ò`
úLg⁄sQy¥Xz–8¨ö:∂qg–ÿîÿœÿò≠4NäH<˘;∑–
ê10W>±åƒlú`E±Kâ˜Ô· °CAw10#√I‡^Ñq/ÚÀ□fò+
|–†6Í_"Ò›e+í{ØpR8÷ÿWY°ôÖú%4—
ís∞Ù>Ç}‡…10QòfS'^("Ø9ÁÍ–
Ä%Æ‹Yv,'Â<±$ê0Ù'#ƒ–
1`çÚ∞9⁄€S¥Ù∆ø.5WŸDƒ¿¢X~fl[›ó¿ÙNÄ!˝s∑˘˘§÷·
Ùe≈»ó1Úîæû~àÜ#Ñ8°Õñ«?ÿ₁±>fi∑|tbùÍÛê.q XÖ
‹11ì.©®ì©ÙÉ˜dD§Jª₁íÇ5≈·1n¯]^∆(PÇ–MJ¨e®•
»7Ï?1Aíhÿ˜U"'¥>π&
ÕNP«Nè:∏ê' ï:@ÿ,ç}tè∆#⁄(ÅÏA≈4†Yé"√.————
øö€ì7|Qù₁ÛU:₁"Ãÿ¶≈˜æfl•P;´†$ÀoÒ{õ˘¿%7ÁöA
Ê5/ô\xsK₁ê,Kñ Svqflö,µÿ‹Òì¶Òmz&ƒe¿
Õ¸˘›≥^´E6IJ§>vù°Ÿ≠B∏àH U
%ÓDdK¶'Ω\‹Ç∏∏•ö°.©£†ƒ¡‡á…±‡;P]√Îã$"X`sú
sü/'œ¥Ê$¢:0¨úC‰≈§ÄMh˜°#áw@w('zÇ2
«è10=†\04ª\C^Ò†È?¡∫B≈Ã>rG–
õw2Æq™çÁÏ:ÓÏ3$ê†–ö{–Ç∞ÃkU|j₁¶_:æ–
Õ∂•≤Ã#&4•°ÓƒÓFçÇFÿß –
≥|√‰m'•œ"q†Eïd,k.1∞v≤Ké™]ÈJ°xÏ{:‹©W°ÆÉæ
0°⁄†•$2K.≥©Ì}áä˙s=_±–A◊˘a#?/1–|–
Bß\U≈"C7–
x)ÂÂƒ˜Fä`o5„åÄ†£•bôCfl. •Û«O¢a•Í?–
»≈∂@ß~1¬éÑ–Mƒc>≠¸ú C gï¥•ëø« 10ö@–
iík≥,••CfiwjÈƒæ>Ó}Ë
◊ô¸:´òCeÑ√UΩAD∫[Æ˜Å.)J6∞ç°_tì*]≤Ê\A˙_Ÿ˘
ó°rÚG7˜————————————————Éñ»TÔ÷aH8X
R†>`ÏjW∂…∆.–Î"øq'rKè–Ì€≤"áåÙïó₁Ï‹Æ§3˜°w
ÿr˝cê†•±loù"H|Á›äöj®˘¸¬
¨˘âÑs!∂Ì˝flÍ–Ãè%Ä–
1oªÑ>éä'/1∞◊dÜVbxàz>Z‰Y₁Ø«X©÷fîn(₁Ï:£ï\
ç™"SŸ˜†ãRkïÏåÔ–
•8ÕIGùPñ~ÔƒY∞ª!eá2Ö∏åÂ8–ãD0Gfi]"àOL⁄`ÇIb
ªé/Æ√p–òO_Â¯Àæwñe˙!Àƒ¬¸Æ¯Æö10¥Ö≤;"ƒVó€fl
æ∆VW1∂₁bá≤10V:£5»10˘íá————————————
UY◊Ω06√ut˘fiV…q{ÀVÑ";´€˙∂}FîÍH,ú?w)°—
‹ªfl}ïæØ–·G¢` ∞w»§/Øún6Ú(————————————

SdéÑƒ ›━━━━━━━━━━━━━━$
　　©~í2ΩÄcPÂ≥∏÷±u
àëZlÖ1
fi‰MKât) v!î′'∫¨|5´Sã━━━━━━
) \fitqPYo;,òÙ　　　Ñ9[¸ìÜZÍ¸-Z˙4Ê°›Œq&Ú(-
<√ÉœEûMH¿Ä1ò<ìtM›â_Õ◊,?hËUt∑∫çmf∕°Ù‰˘`Ä
û£ˆ;ÛÆ›vEú{-
∫æ;≤ú6¥ú=,äLt¥.Äz≠'d`7Bøy*›ÙÆ∞a»5∂§zÖ]c
fb}∂?9
　　ÛŸ√Âè VRX›.˙¸:∫íÜoOÂ11µoÑ™≤ıæGUe∑™
ümãJŒ3Ûm‹ RzäpK%·*„9à3{˝HAãcX´━━━━━━
Ê˝Md£ú‡‡ÄÈ ;i˝ª÷)G
xÊöF?,'›úf¢ã÷»•>á£ÛflXê ô„
'¿h<öK2¨¯D(\
ÅCß™ôâ11yÿ17ã«xESú¿´±Ω˘¸‚œï#1Q\ÎΔ,™ÑÃ…ö
ã¨¨€¸Ò2ª_m3∞~!¨I©>\§Ü]\━━━━━━
™+fià11Á2$6 c`È√W«°(∂∏Δoföw™fi∂ƒ¡-
¯c∂ù•¨ŸÁíŒœÀf#∏ig˝∏¢ˆø(;R-
ıi^‰É3ï?ß˘•å>˙-#W¡Ún∕e˘«∂¢'ÀÇB7·®Ó^rBÅú
Òz(XO*'R€ˆ?(¥eÿ>tK„Z)‡+Œ©ŸK112…s¢@òÇ¸˝2
ıB>∑úªâ+ŸÜP√,÷ß'˝ÁfSs xàÿwsÅw4R™#.vv5-
$+p(WöÕ√„-R9ä5¡9Jfi∏OÔÁ}ü"»
{`wO11v,SÒM£¡®7fi∞@·c?¿8™━━━━━━
¬ˆ≥¯#úÏ£?/öL¢Àv_9·ΔI˘/-
bªG∕¸≤ñ«•A[Zk)Ï∂Ã_÷i˝QEôÂ™flÓqÑ11Vl°§ÁOfl
3!ôP=°-Ë∫ôô*®È.ı/¥Ó;Œ•\:´0ÂA ◊≈ò;∞v‰õπá
còî±ƒı„ØC,7∑d≈D>6°a»mg"Æok‡ìg≤UTRærπT-Ñ
PÛ'dl°ãôˇjø:Ÿáœ̀Ì¸GDée¨í&˝ÓgAÅ∞Ë'Ñ2kå
　　6ŸÃHƒÀJ•·˙°[C∞≠L]çÙŸ_ß9;L¨böqdÖeñ]
　　úy˙k━━━━━
ˆ€d„4¯•S€Á˝≈Í'*eUiµÉ∑È∕π-'¡üøk
∫+‡kJ60©'»IÁ?Ø
I°U°õ µ´©_Eî · D7_}ÿΔ¯ßÓÉ˘f§å
　　∕1Nfiè,€öûÖâFÑö˘8°XŸaô°é¡ .ØÔàOÎø[,
MácHw?iÙ˘s□4êÂç≈\Ód7"iæGÔ^)@∞Óªr4
íù JÆÍÙ°õ``C ùû"ûè

∑ÀUX#ÖHv˘Èfl∫2Âr èíÕÃÔã‰,}-äöÃ—”(ƒ¥elùe⁄
¬Œï ò[ˆ⁄n∏X•ÓpJ≠ö+ø[ÒXfl±-12Ô`œÙ17mßæ.j—
ójΩPfá®ïÔb≥ì„`7÷o-÷qìDáMx.BØOhQ{À
Zëê^∂‹˜
OtYzò1@ñ4/´flΔè·'HøÎ‹±”Z¬˘•ú^Å^R⁄QΩp·Iôc
˜G,t≤®/DΩ')¯m∑πÜ·Ï?éÿÍ◊1pfi€¶¯Mv˜‹¡£∑√®=
ztK<2¬>Y•flÏÃ+È
—†`®ΔÎÈ5u¸}(Ë˛{niÕ≠z+Õ5:∑âJï4êb€ŸGâc¥~-
®t¶Oõ?Váb≤Hflg˘n¬¶C-‹πRBk~à["˛fïiq6KÇ¨g^
•÷µ∞‘‹p˛±t*õÌât°§Éä-˜‘óÊd∂ü◊p∫iUx(˝□•J£
¢Ÿ§®6’ê}˘nb∏cÃGÊr˝=íá›12ÍÚwïßc:r,8””]∏F
µÄÜ—•`±-Á‹flö-U˛KÏåFÏÛˆ¨è°,GNÏÂæNêÔ¸
üá≠èÒöXáÊÌ4Y6M,Æ;;*˚//Íc∞∫
≠∞¡öa,’—
ÀÕ-ªÄ`öï’GiΩ_Ú“Ü□}Sn´ÁT¥“∏*5ç12S]|)≈K£•
Vî€V¿•Δì!uR:˛fWΔ≈”cyz"°ÙΩ¸‡Z6J´πúèo™°s}
BHO@Ûroˆ˘j_$’UA¨lV2$›?âMí• ·ó”uŸ-
vx°‹îûAGŸ————————————————————
bfl——————————————————¬>,§W⁄BÑ3˛Jd¨7Â
æé`fiúhÏX¨¯û´.ùC
8˘‡d¨ÍÑ¶qe$Ò’Ê„,æÈ¨âΩ…8`_¯˛°VY=ÿáø
t™∫¸ÆML+ä(jsÖ-
¸¨˘÷-J•3l/∂+∑v±˘∞Í…πQ0È<„‰ÆYáòÖ°;fl¸hÒ}ÿ
Q©Ô àí<∑lÕ∞›Ä´]¸F„ùppV“ƒ´,ˆîZπT%ï›°7ç——
õXÃäõ-ffi˘¥Bú˛ãµ,Ò‘r6IdãÄ°’|Ì AÍ-
„)o•Ò¶˙<£àxtûegÆ“ËN…cçY128∞bõsıΔÌ,=«è‰É
òÃ˛$êÚT,i9Ù˘Éfi`•cë?+@4ÀvÉ~-
·z’UÚr,|¿◊4Ÿ5˙ÌéÆ}¸ÓŸŒüm@Ë7ÒZíò/‰+2E„O˛
›A•¸∞¡#f©——————————————8rt“‡ÑË∞
ÑÍ”≥{ ,†û—
;aK2xfi\Ïè"⁄ûÈ[ut¿4≈´j»%¢⁄'`‹ìÄYâi˚˙vbY`
ÈZIƒ?À9.*□}”´’Æ4<åÄ¿®fl±Êb∏ìk ˜~O”ÍT¬ı´-
»Ú-
?,Ü*8?“‘°»Ÿúï5˙†»≤&’íÎ{5"·g”Óì/iÌ£€cjÆÕ
^⁄UëocÔ)è9Hh"ã›W0¿u8AÿVï——————————
¥ÜÉæôü≥≤∑ì˚≥˚¡u}≠ªù03’˚IRtsE"ø;¬öf≠
wBDÇ”Ò2µ[À¨L‡Ï12nÃΔ:
û˘¥≈ïÿSù=™†3flb7.2 L<me`ÒzTL˚„úc

O¨˝tn≈$□iÃÃÙmÛ-—————————
≥A⁄ªXπˇÃZ'öá9à93)gktØu§sø#≤p2kwC1%~
　ÊeŒ√ŒÔNƒ:˛O(¿·wV*˝·-
„V®Lñ+=b§:K1f"1∂Ãut"V°Øôÿãß>÷∏Û®fiçûgÀmÆ
M˛"$`P,†　　ˆú□„íG¡kÎ
(eE¬Jßx±ÛÎ…¬iL?,ò⁄=,≈ùj%ô…bqÕ◊äÊt<XÔú—
Â~d–E˙˙Ájù√Å∑Q#ˇÀ6Ô*üúE‹Ç,°Õ\1-1Å‰Åêœ≈d
ãË˛˙8›L]'∆~¥˝'≤ âPØ®jaïõ˙0@>Ò§H—————————
6≈G„…t±¥∏∑J—————————————
˛c1áÙ∆%˙@£D—————————————————¿)òÄZ
ü„d„$bnH∞–"8π„¿$Ç1ë
˛ÑzN•;≥.cI 6©îxN}[$-w}a0Ö»y>F¥V<'w"
　Î`rπZ…˙1‹ï2ÁgçiŒz""]¿π"ò®N«fi‰Î˘=ÓX
ÎR0ÙW)ö@DübÑ∏¥™˙
äÀ«6‹C∏π
9àF————————————————∂#Bh-π•pſ˙Gò˛)
°Xxñ>UâÚ¬T@Ë…b¬©iph≤`=:öÎâìÃzÚz#XM©SØ€∂
@≠ƒÎÔJ>ê/HÓõ
　∑\µ)"®c3ˆÃ7Û"£"=îìàï‡s]ØVÇ∆yÉm@SÊö
|ÙMbÓy—————————————————
ù1ë"ø¿'√øÛG–
N˙†UŸªoÖ,ö˘÷ùÙÁòúWÎÀZt◊§¶u3÷)∏á£˛<…yŸ
I˛flÎ¢G
°)0—————————————————À∂æX°¬z°;x‰˛=I
]#åa⁄*„ö§/Ûπfi Êi®'ö"ÈÈMÉÀ-ÿ™,ƒAÂ
'#Vh-
Ä|ÉÎâõåÙÀøææ˛Ò0Â`√ª√¶!X≤P•Of1†ÒJ†\PPÄ
fcEÅiÔã·Î∑€†N*fiHêœπ˙'¿<•—˜Öy"LÒ≤»#YzΩW•
vµ»Œ˙^∑p•?kÍöflË□Ôûp8?ây#wåW˙H˘•ô‡¥Lsknù
⁄+ãÕΩ*ÕÀ√zV°π#Â•4¯-12oV
§1b'y)Îô:"———————————————*V€ø©Ø˜
äoπfl¶ƒ»　•ª#UÆ8!Ô,€ÆbCXÖÀTê1î;Ã("ÙÕ≤
/Ô9—————————————————â˚˜ë„}È:Úi8õØ\
~`ß°·d©.£!ß13Z˛ú$1p/fiŒ'∆iq
UXà€≥O }∏13Ã¡Ÿ13<-　　　ì7ùyh´-
　BwÒèçœ•w¶Rbfl•¢Ü"1"˜œm\Ævëõ ØZÏ"[U—
ÌHóø{ÜÅ≥1i\˝=T˘Ü˘_t~eÕ◊˙[ſ—————————
°ÛntDâſæîõïáaC~8'üt0fî˙Õô613ZPó⁄†°1≥ïyù

p°|$ù≥éËG!;Ø*ƒyc[ñ≈h#ÿ»,®;‹dps*
¨]4°÷èì6ûo=/üu„+;óò'Q˘Tòx₍lô-
á¡Ω≈)€DÑH~ƒ÷ÄIM≈o ›SmÔcJ†œ"…^thePLê∏∑ú≈5
=•₍i≤œ      'ƒQ∫ófl,jÍ«+
¨ˆâú%áu\´4fl9 ›─────────────────────
£•Oò¶E
Ã&»îp_>BÁŸ∞'˘∏π&®6¶î)NO|fluò;ó¥Àd°₍,%üÅ#
dë?à`
Ç8®",Ÿâ§Üê4ñC'ø…™z¶Íâ¡oYg%jQ¡ÎWÛªIß'⁄0∆
ØÙß'*≠">r_rfi}Ôıµó÷Œ,é'Ø
      T˙ïR,ÅêÂ\0áÄ"˙>)jDß¬Ñêœ'Y□ï:ö*.ÖœV
≥#N∞˝G04m   =åÈ®¡ü|•è§àüs≥dÑ7/˝5/◊è£—
mYtyÄ
„†¡õä`'8€Ã"ê^X´McbmûŸ^@È5ŒK}?ã•êZë÷ëNz?
.ÑÛ=
‡d14ù,£‡[ß.—]•Gr?Á
Q›,,∆G0¨`Éç[,₍Ja"ÂìfÁ□=S$ËF≈≈G£‡-
˘ˆâÎô&¯∑Ì~Ü…-'KÆG#-
fi°&˘¬â$9©ÕäÆV╚}uTúå'mÜ∞¢ìæE®"ÁYÒ&∫9\ÿœ2
≥°öZ©Ö∞C≈‹U<EÒ⁄∏ÃØ<£t…Ê;¨°øü1≈˘`Æ_g∏Í₍E
ø}A8nY¨⁄Gk◊M¬öóûD™ûFÙa¨˘•ɪë|ÖæÊŸï|SúÕ√ˆ
9n%…≥mëäkI₍14\r€é´:È[éàÅ₍7Â'ÀÏøRk⁄#□`π◊
üÑB!--ÒTÔ˙à'ä•"˜9,"Ø∂Ù˚Y˙ı%IΩùÇâÊWK¿Ú»)
}ÀW°ÅA»GHZÌø≥U§ØÉÚ°Ll¬%Die4πäwiϑì¯%ú>Êô
à=´©'2tªëó˘¯âTf¢x──────────────────
8*›œŒ"ì%$˙14≤iªkD⁄5ìñπ„%∑˘I/Bq;®¬Ω•†]6^
^%r2È0%ó2qµ@¿──────────────────₍©Dú
.-']p°ÛÎŒwçÕùûJ‡¿ÎG«HsûøI?/[P

ÿ˘öî˙°+Jß†ƒÌ†Ù□*Ïfl†›U∞òÜü"œ´ly«s»4/˙°
SäÕk⁄V»»₍}Ü@%ú
m™z"|Kíy$Â›)àN˝X'√∞í¬Ô7°öæ¿Û>Or©h4ù¬R¯a
ÙíÉ%ækÚDoÛ'€/°Ñ¬¥«XÖ¿z_P¡₍lyÆ˚•;]-
D8p‡^∞[±¶éM°-'Z«ÍÑ
!¢í7˙¯E3hFt7aFD^oªŸ}9ãÅΩÕ…®}O∆5æ<₍eœ0<≈
₍□]3₍m•ã≠1◊ØÇ—<´fixLq
˘ê wPhgÆ≥[Õ'•®îqk÷^˝àtì-≥n—
5₍cå≈+˘Ë₍2rÄH    Nò≥p¶™

14

πÁÃäCEîa€€&ø ·&ûà°ŸtÒ⁻＊÷Â&∏Ç□
Õ;˝ñá»˚fi)ÙX©®ya∂fi{∆@GÖ}‡dß∆êW‟˝15
í ›Âk„＊
Å0n=õyÈDàÇJ Öo]¢'gé›„?ØZÂ≠•ËœñıcÜˇ| €ó'
-ßùGìAêp∞)á:<ãUB4ayyê›ÇDcØìQI     '＊
    § ·≈ÄáÉksKsk7àÒ∑Ø7ê

l[]Íô≠»]œYQ-
D>î‹ ˬ≈çfi'ÖÃ_lù•á©g∞ãi©OÀ'Z>]ÙÔ=Ú
    ˙}∏_HŸGØÜRW——————————————
®ofl-Áª
™ ⁻fœ°π∏cé″t{tyAxÓÀÚ0«s˘.°˙êË{◊Y]¿
ö˳´>…ÒL15——————
+   ˏ€w&◊KÏffi9—
f˘Ú∑Xx(°{Ωê4üı»W W/7Xhwg††ù/ËØ-
ÿÃπ1€ˇ∑2á›‰⁻ªg«œsÙp≤Çìòè¡∂∆E$ñÅ°Ê§″ùÁß®
0^πó·‰…ñ`--ƒF9‰À`a15…¶=xü˚„êµ≥Kf+Õ°
2DÈÄOÚ∑Qxpπm＊ÁÏx∆ä
    ñ◊Ìã$≠$Ë®ì¨"Ji‹◊πB¨vù°L«O†ÉÉHl
„§.-ib————————————————
áÁ≤aÖWò————————————————
≤C—
ßÖm\Îó≤ö„=s————————————————Ÿ6ÓÜ∞·
∆ÏA=Ékë!4ªÒy6-fsj˜@Û…∆r°>›Y＊+Cbù⁻ÙPf±›¶
AjHbÔÙ‰±cÚ5$‹3V—'€2BO{Âøifi':Ω˜•~KH‰'S- —
ÿ∏≠qÈbö"Àä$ÛèXè\G◊‰†¶b6JÀê®1p›è-
˙O¶C°fit˘ÖTg‰€π¨<ø)v¬sÙñø`
    ^◊ŒzÆg″p˜ÆI[vk◊!:V″€Õ[°l˙ÿ
…Á)^ËM˜Æ…KG
YZfi   l.l»H≠⁻K2S‰ı15Ôëé
H÷Ö≠íbí(Mû„0§®⁄ÊÁÕé,"Ò+æ·ª'ï±Ú[Ì°/YÚ∑™}
â≈Î
Ä‡∑¢w-ŒZ)…J◊'€
[éa″}˘]     ≈flpTÈ
mlK'∂ı(µB±˙-
äQÜRól＊nìwY°¥3zõ…ìÛ„≤2Âãé°h≠lõ#HÙ-À°f'ü?åⴕ†M¶˙
Ù Ó˳ùì‰ô1'dc=⁻k#Èc+íöGdöòôÊ⁻AΩ@ª—¶———
‴'>8^XÆ--ÀÂʃ æ«wµã^

15

Wfióv*õÆY,"EwÎÍAUπfi,°l"Ωn3Ù^È}ø'É˜'IM.,Ô
±„({™3/r/ú+§ëKB      "ü{jMÒ–
çSqèÖª≠flöÆW\ùiÈ@PɩM‹oÅO¯Ó*.ΣÇ-
X¿/ìì.ñ4#as™>¨´É≠ïË§íxèøö Øø§'±a–ð%0"j„m"üFn-
ˆèíÎ/◊MJ»FÒ-
    u>g≥≥Ç¯Îuaµ;¥ï-‰ª-
/JkœfiiK•É•ëi0•\T„„"'Tm÷‰-
fiŒÛ*µÛ{˘¥ùËÑoÓ)dv»Reó-—äÙRswÉî\U•8«ˌ—
    ËHB!Ä,Fg»¡‡ÅØŒÊv8:Ÿœ«168Œp÷zfléÊ`Ä§Ïú;(µ
7Ax5:zÑzG.@Ùèëï̇ó^¿µßpvät/Bæ————————
élnåt"-ß"LôΩ»Ω8Çi°u˘àÚ2Ø>a8ï¢øÜ¶🆎Àfi————
4àπ
°  Y3  C≥ˆãµòc-
>*Stõl"?'ˌ;î3,¨gäù„lY'†◊g"WŸÃÑ$¡+ø"¢á]µ
H>&¬ΩπÕ'Â8
    b¨*wn————————————?Ä¡:Ê_
ÆW˘·16°A-
ìA∏NJ\*ç~ñx18<˙CjŒœï.q▯œ,rW§ï£Ø¥lÒÃ(àhl
É=S0â¥£™ <———————————————
÷÷Äé9ÛÉófíèò#Tœ~=ɪ————————
!PeKOÊ0¬û^a~»,≤ç√r"0-≤|W◊jæßA nU————
-µ`æZ¢aB·ñ™9c,-
óÅ@AÆHÉˌIE$#M^$™ɪí˜K}âY8QM-
È~zµ-∏ÚäP)}Î´tɪ-K:Iàê*ìyP«+˝ɪ!ŒÀé¨°
X≤Ÿ≠mꝺˆÀthzß©Ë(î5â$V-
ê(ªˌCèV"2s·GʃUQuõ®µ≠§Véæɾ±„WÊ≠"\ê™Ê†ÊQz
DÄ≠'j]Éúuh4óQÎ·≈ö$™    flé∂í%˙÷ß€hîõfl
•l™°¥¶≈†˘gR|2Úe"Ó·Ò————————
ÒËmz©ô%¿-®œ≠a/&AGEÅbjˌë,€VÛXØ_6VÒ4Â<>'W
`Ωöà¢a´'ièOɪ"L——————————
†k◊Â"ÄAΣ ÔÆUØÂ
    ©p0...ΩⒶŒs≤År¯,=ìõɪ\Δ¡°Lg#8°u…ßÃÃΔKˌ
Ê7üáFµ,«ÑfΩ%<÷sáyW)˝ˆ-9zΩ®S^°kœ(16¡&J¿@
˘/Ç,°'Øf!∞ëàeœ¬µ▯.È
    |>ïŸV{°ËË16πázxÍ∏~≥≥,=€°î¬°o
qfl«∑"à˙£ê,XÁÃ-
——————————————lDfÊmÔ„e"J+Æãªì«l

q:u‹ ›FÜœ5□"ï@òWî∞17>Za#Ûп3ãòœ$?ó˙≈°#°˛

+AYÌ†æ˜I*I!∑□°ı(≈C˙•É€◊)Ê5/Yõ]5⁄Z¨≈ÎQèâ

†ìßáü•

7îwøt"пaN[∆3Îñ‰ë›%˘Âü≈ÍÃ°nõ]$¶f37ç÷WÂ˝¡

∫Ò›fiœˍü=É∂pìËØ‰WÈÔYõõ8]'€èC°;á‹^Ú"Jtˍ≠

∆#flˍú}FD[17£Œ-=úoïÌп˝Ô´tÖgo@…¥¬'.s——

*XEøˍ^∆fi®ï3…]:I-

W$GéH3◊§:ΩïB^õªÍ^≤ëõ¬}Ÿ¡Õ˘DU9vïsfıÎhHn2

‹ÆñÂ¢ˍ'√¥v‡,Ô~Í(rWÌ°Eæ§Ü¯˜Å B•êê¿Ü]…À(Ø

>ªüWC!‹ÿÛı~[ÀhÙÃ'|————

RaB>0¢ñÎàpÔ¿.◊Ò‹/3r≤ÍÌS-¥ö`

ßˍRög&¡z‹˙GŒfÁ`°ˍfi)˘Æb…ÏQpß17á˘\µÌ

5ñü-û >Ö^)¥d÷y≥Z~wìÚÎ∏°âl~¬ê∂%-≠õ¥‡ôù¬

°®ØØbeo3C÷KræÃôw)µÜ#Áy÷ÚÚ2!æ£ÓL-

S55:‡‰ÅÇæhÀ

`á-Q ÎÜflÑ[*v™⁄~ãç&-ÿ£òë‡≤sûít

3AùΩ^LN∂Ÿ@0ŸJ{òã â°˜àu

fl8Œ~§ÅWŒDõ*FH□¶e‰œ :y$°ˍY*>a˝,è·п

Ç*,D|‰•}Ô™,÷Ç{uKu®x"%á˘Ç®f

"où©ÌX4•ˍÏ‹-≠Â~c8&^§t∂f"u^=Ô1∞ô˝Ó=%®ØË˘

˘eúØ∞ 3X,Íé©ôW≤CR4ÿÈUBˍ"µEehÖ§%—

Y≥¬ó}€%âßàÚÛ/Úqùv"€¥Ã≤†8q¥à‹¯€-

ÔhÁ~í;s:ˍ·Ã——————————————ÂÑÉßM∫

'ÅrN$H¯ˍÜfl -

2V≤,b‰T⁄)1õKTˍ∞C;¨-ô√yÊÒzãJ[çße©r3»zÙ□Ï

•ÊÕ;2yœ)A·¿··›F√aå®ïFT^D°hùfiÇ`pzfiø

UÔ9à•˘V!œ® $‡˝8€Y·©…j—————

ç3c\à]Ñ,gc*Æ1Ru-^,≥`@6.-

Ák∏™ÎÅof˘`ò;8«÷8TÁ¬—DÏQKIпfJŒflˆ∞Q∫÷/

ãüJ[j…ïÙ!gcæWœ]ÅÉ——————

®~î4ôFÍп⁄≈¨ëÁ¬Ÿ sû§U@°ufl-•?)`V†-

hf)z`Ÿ17jâÌ"ÜI≠2fl◊Uª}tzIÇˍgRä˘˘⁄{%|é8±D

÷|‰·6˙ı1È√k

VпctпÇø»¨X˘ˍ-ˍâÕîœXæä´,P™f21˙,µ

"ˍÀTì!«î }j…73:≥Ë]ÔV€ˍÖQÆÔŒ—

áãcNZå◊1IªdJæà∞j=çˆY'£á±"Y~üÙÈ9¢fl°ûÔX5——

XVÖŸ9%6G≠v'`5€fYhŸ∂›Câ~œÙvéÇªáwã‹èd^`¡«—

LÈпP:Ã&-ëe  .I?1√&°≤§eÂÙ"ÌG⁄u

uÏñ‡»ßë g°™£◊M∏_!Eptm[+´óL18<h?$
        Iû´…√m•'ß^Y.?—————————————
ÚÂÛç`Uw  -
APøç5|áÍÎ»ä$?¬uèj946ynoãÉ{66àx*{QÅÙfi<Ö…
mW^Á/¿pc=m◊Ëø:¡€;(Îc°ôØ´ú\·˘°?7ø—————
˝T[:)ûéÏÜ°ÁÏõ˘(Ÿ^bH≤©-‚»—ƒ-[¿z^°)Àÿ—
zF˘í¯Ib'y*äâ  ôøß∑ø„ñO€œÉƒ18"ø√WÃ ít-ª7
õá©w⁄Q?-
XnòÂÌ˝☐Ãª8jûò•éò˘ü„:ò∞3ÀkB«>☐DÂ0o ÷Q3X,
2'·à^>≥ÖàÀ


´´4—
7Ï•C˝ÿ^¢cÓs«ÿYp}Ç:V¶ó8ŸÃzÚÙ©pñM~úP 0fl;8
*„ 6»¨ãß18 qí€5~°# ^,V¨ré+18©nL18«P»ö☐-
óÅk‰€'Í¯,AJ§P‹äÈÊÊÇCFD€
        Ò?≥fiezé'°GTí.ÅäK.![,z=ã]≈+´g7-
û tó<O˘Ì6 öö†Œã˜õ©˝II°≥D*-
9Èkæô^•À¶F≤úê_Ø^…˘˘˝ÊpŸÌ'P1æ®™∆^©-
Áv≈3˘=≠>âi"—————————————
.ZËQ»^ÑÉ´1Bbgåfiò`^J1°…&ÛÓÂ˘€í8,zx∆»(Zôfi
&Ân-°d" ñN 9ü'Ffi2 ‚ _{§_&ffiô`*"«È mQ(tî-
H1
T ^ü-
_~p…∏∏oÜcâæ¿˝äµ€%õë¡0†\ ëqп∆5¯8Qr÷¨ä˘í≥
u3lsS´ò®ÿ—É5¨/j¥tÈ☐´µÂÕǞH »OûÒ,-
Úi~d}üh18˘õcÔæŒî Ià÷$=œE}—————————
 ⁄¶/¿aî◊îæÂÛªÙ9™∞ÛÁõvMX      €ã•ß¶5Æ-
û ªT;°5∑w†j¡  ^Á=z≈üµ≤Q›Õ™≥eeufl§Ÿr{üp:|Ç_
Ω•s¥÷âA{çî)Êƒ-
˜≤cÁÇÑ¡et®ÛâÙz∂∂2;Ò∅2ñÎÏ}˜RÀ!ñozçÓ∆1°[Èn
èÿƒyd"z gø£áP$5—————————————~ï
d∂∂®"V!<∞ ˘®3'ü¬>ï,b5~—
©êö¶¢⁄˘¬|ÒQ}öUAu82}⁄G˜O„=X@√© ·UO/UÀòoî¯
"ì˜    d∏/\7ÔüU˘§v"§ßK´-
B•Íÿ#ôj;°:≈Sh¶√uNÓ&Äi*Ï}Ÿfly*`=°Ò ¬g∏ê>œ
á *HîÊÓ ëA_>‡î,ö;¥\6 égå‰☐

áÿbóƒ≥ârF>ŒŒCÕ| fiæ‰————————————
°
Ø^+måÑOœÌàLÈ-
í¡fiK¨≈'Œ¸ü`úflêÊ€íGHa/.I‾i›-SéíÂ≈'£∑«fl,ê
˛
'÷hÇ"¸s£†19ïÈm]Ï#°˘‰6ƒmÄ>Âa∏¸H÷‰˘ûË',|ê
}|É•⁄Ô÷b˜e,•¸14Ê_h(¥Å}vƒÛ\VY˘AH}ke≠
Åèäœw Ì 8Ëå————————————≠¥Èƒ°
Ôzõ˙
MûéK^Á≤pkæë————————————^¡#ƒËà
íÊó"u-°|flÌúp4jb
0Ú|ŸUéívÁYa'Ω-ÈD\™ÚØs0˙VÉwô2°uLÁ÷Èÿ©.!-
îÜ›w:2Ñg'X~ã_>R_n@pÌ,"U‾¸-
ΩDÑt€ƒ£Rxcì®‰•ÛcP'í°‹3ó
=ôTnL4çµÊÄœ3L°‰«∆7‡'€hê∞&Ø~j]Üµ…flH†—
`öØn•-àbjÆ≤⁄»T:rU÷ƒ•TÂ¥k˜ñ—åQÆó————————
˝'SéPÙŸ≈ñ…j˙,π√}Aâ^M YØÕ≈»â4R▢H≥u)ö≥d‾ƒ
wV˘≤VLw^C@}—‰ÙŸO¶19‰7Oföúu————
å.]b`â;∞…"—
µ°Äj°è-ÁŸa£XmÇYfù˘•ÜÊô™ñ/)ôLù¢H>•*œ4)
÷•Uj©9öΩ————————————
eÇßökuëE äÅÎ±▢/-H'RJ+¸ïNØØií'îË/Ω∞}-q\
_ı"-íZÂÌ6DÿtòCr-
›ñıñH¸Ìmwöأ®1l…oß•'Àôa▢ì}áô-
ÿV√•ÊAYÜÕ'Ü-[È————————————
ä_*±dñr
»Sg‰°Ω°Jãêx∑›z„Ò≥CO~πË„ƒZ‾Êwb^˘À é‡r®Kò
«Cô™æ"«D¬œ˘t•ç4ÑR^≥"±˙öfÏÎoP¸Èxœ=⁄k˘Ô|„
{≈`˘Â◊ ªÜ±¢"\JE œ˘a]vSΩÏı€|UÇäfi| ————
Â,0 ‰Ü.„u1flap˜
É-+o±óØ"3Nê$◊Û19Ò≤äèÑ&-
fiüæ®p…ÄXƒp>Õ•'íŸÜü„",g^˙úœ{=
@ùµ,[õ≥RØÌLã¥‾y∂ÔmhGœ^È8ü˘ë˘Xõ‰-
ÅÈ,‰Û^@\¸‰BœªEµz3flKŸÀ:T€T
ø≤CŸ19;2<Á‡Ò0^ƒô°˘¢ı=!p»wóòÁ.-‾ƒπÔ™[óÆ0
di=$$Ò;íÔÜø•'5KÛ±¶ì&≠0fifi†*=ZNxr+°jYëI'q
å\ãb»(Ñò¥æ$p™â™ÆDÉRÂå¶˜Y\\1PvÆ€|•‰[∞D"ì
là≥†‾1-

Ófl≥Ç›1œkvƒà)•ˆñ« &•˘üOᵀᴹᵀᴹÌz0à(J«⁄∞√
≤P,úÇ:~?zBVΩÍ;ó'Lʃ€%1ìÚ        ·B-è≠
    p]©ÔñM(∏µÍ]RÊÓÌ#k{k¡4égÕIö®ıË8,Ï
    ö2Ø@-@ø¡'òCƒˋ'rfl'óOŒ¬-#ÎhÒ    ÉL'-
n1àôk›…+Ω´ôÑ,#o•b§qxT-—fl°·OÔ3 :˳
Õó›yã˘˳fl8~A2THfùΔı˘@ÔYÄƒ,$⁄TÈñæÑ1Â4[0"A
JS 2Ÿ˜?Nï˘r˳[i'g9õÖRË+ôã#Ó(y¡□Dú⁄flG°˘ws
î`
ÈÂfl•õ‡^:˳á6∑°◊IO,EΩùNÈŒM1Oò:`»åá÷⁄ffi¡›¨
ùc§´*ÿ¶∏Ï{˘,OBI°z£≈⁄˘˜ʃÏ,wÃ{7ã      •Œ
    Ú-åï?¡è¬e˙Xs_˳MB————————————
¿MŸXâÎAúXñà"————————————
{6EwDé],3∏€ÅTy_HΩ————————————
Ä˘ø¶Ì⁄•BŸπ≠ÔxÑÈÀuèÒΩdÄ©_»7ŸxΩX6¬èä>"1É÷
≤võÛP20˳˘—óïïfß˜óBèÙ7ÕœÃ†ØΔz˜Àgfflñz
    ÁÉ□íÂôP˳/-
•\u«g≈2}duᵀᴹfë"È≠ôEÓ˳;8˜ˆÈ‰ã"\rk†°∑Ω»B"y
    ˘|ßxIô{HàE ̄ù≈VKIfi"————————————
»k&'kEÿÈLoí]ÿ∂AÀH1⁄õì· u„!•Á…ᵀᴹƒ•:Δñ)ä~é
⁄q`2E]··1‰ú∑÷á_É9%»ÏÉ*
≠ò20òuÿ≥Åp^hDÏ ̄(ì›yÅ"){ᵀᴹ)˝˳1
}¢`Ø-!>Dï(ã0m
    aê´VÆÜÍ83§âñfi
ìʃ•Û˘<S"}+îõ≈ÚMifi"ziÛ˘& IuQr≤I-
'-ëg4G~□ʃôZfiñTü=˜¢{9Z) ̄-,
ÜÙÜT1Z…€20*∂Õ§h†y-±%„'ã„ÿfi‹VK[ÕFÿf±è`ø"
î R["6åÕ-
É"Ÿ˳0ä3ì≤€ê€ zz/úYflT□bV§ΔRΔ æãÁ(|≤õ•ʃjf
'ŒÀzN+r
É¢M¡U¨ñ*eᵃ_õ=Ω"€îfiflIrñ7uπ·Ã˙6eÍ‹é9:ÔèpF
uf\ÀgsÒvï!+¢ù3•®Ω@hr €È[b
4πi˳¨|∂ôç¶pJf)flÚ|ë"AÎøAʃ20□∂0mxFõcʃâ(6Ω
ÄÑ∑í@ƒ
#d‹á∑/˘√
Í+2Ni+Éå±2TbÜáo%gÍZ{¿208Èÿ/†|·2àN7å9BÜæ
úc
WFøíqìfiÿë~ ì¥Ó20é)&•V*ì1NLìX¬a>gß¶ŸÖáKÃ
Å!dÁ•›˳ˆCé#UF°+/Dp

20

bb¿ ∆‰≤◊˙±¶Ièêok˘`21ÀÊ%-
J˜÷)…ÀS%⁄.ƒ0Î-4Üs"U□————————————
î,.vgi˙Ú!∫
ä,Å/˛˜,,{fl•(ÄX°n®^DãÜ∞fi1√lU">á¨´"|:tïZz
'â© |ñ"ØÉM≈?<™ÌËH¡äN«y+————————————
aó6£-'<∞v°À≤
àl.≠ñÏ$L√•C©ûflì+<ù•∞‹ dÀ7-˘ˆÅ‡¢1§Ê¬Ωäs/¥
‹ ?"qÙwËI'=À6-°=≤û-πaü'î
±W◊J¶ƒ∫êfl(ΩtË˚-eó≥ÁQfl°m-
˚[8è÷Bg=ìæ≤*¿˙˙ÇùÕj*{ÕÎÙSÊµ
•:ÿ±'G[□àX£;Ûf˚=Ùåly&Õ∫æAOl»Ò
        )E®:"?—°Q¡Um=TíZ<°¯Rp™ç ÿÏÅB+fiÍ≠4&
rÄ="«ª
jì˘V/X÷f˘√àuR˘⁄]ô¨XuŸ¢õvÀ~®èfiîma˛«Ó˛\Ø`
¥Æ–Ù^÷m{Fã¨)"Ÿ€›21□!xZ£g6a@µÓê ª‰Å¯DA
        éÄ ‡˜®f6-I¿————————————
¿à#µ:ó¶Gtœ≥◊ß
,Z<lÖÊ0i.ªD ®DVÈ[
        †?≈ΩMí,pŒæTAs°å£?_~ç∞œö‡Êì˘û‰óÉhÿ^
–rU3k821∏÷IÂ"öLhûÜ=————————————

π⁄jML!•Ù°3âgH∞Œ*êfl966‹4æ)BÁ√„*¶}®âOÎ•tÃ
ªÆ^p làeikòv-√≈Ù1iÕfD-È
›¡ILã¿±CmÑ21≤^{Ñi˛Ω≥Ãaµ¡ª-
0§»‰Ä©T1˛Êù'ÖTXK˛°‰4
ñœÌEüC0"ΩÒ°÷gƒ«ü|¶¶(ˆ',õHîQ˙[»8
óUç$ÛQ∏≥_b21°√•Bç∏& ÃR·Üä∂
:Ù …5h?1èE∆\MÅÎÕ˜ê¥∏»8≠9n≈óÃ`-
±Ω°˜hŸ∂˛»¨ÿ=i|h~T1Z7Î√ +î≠Dg‰§É□ÈLù"É˛;È
        ˘ä°`NbÀÒ1Ê!êó›ØÃBõI£Æ°Ø`C·f]"îò^ÿV
îX~ û˛˜)÷î‰ÿÜÑ({üòrR-…Ò————————————
Aül¡S>ú°2ä.A˘Æö´›Ò≈≈=fiüáceQ‡¨·≥°ƒmÛ<
1fih¡‰Yóátœdž Ä⁄àwç∂∂b————————————
wÅN§ m`°B]F————————————
Üp„.úÜ———————————————›g21˛ÀˇÀ√O£`
îá•)Ö„9L∏3Z⁄àÜaã¬P≤÷èwR˜:æõ6••Ó}…¥ŸX2´
21A8(¢21Ôác5À |˚ØZ^Ë21urÙf˜F—
ËÂ(©·¿X1Oi"bã‰œ¢fiC

21

è®Ñu0Z¨v-Ïw°j"¡FMçDÒ≤w,Ì1ydⴖòëgÀ_E}°Ú
    G;vä«E8{U22Î˙$22xX*%Æ,ᵕ±Uœ;T¯*Ó
    uki
á‡(ˆ¶iÑÑìûªMe⁄ªÏî(ìfiPmãè◊22∑\ˆ¿›1ïkyíxÕ
(üQÇo·{èÜ¢ÏÉ0 ≤B?≈'⁄]°¥çB¬´â}Áʃìd≥"
    b…XçÅÙfl´ÓÛÑ*∂Ê°ï„›—
ᵕ22¨◊hS;•≠†4®5Ω
'®•  „V∆fö≤¢ë/π ˜ã79h|ú}rö°ı™l—
®êö☐fiÑ)ùΩä‡
    ê————————————————————Dô<q☐˚7TsO
Aʃq<MC†€Ó∂:≈4ó†ò©—
°ıCÎQ≈]Cà»ÃtŸzd∆,"¯|*-íŒ¶FzóMÆ3'-
å£ËÁ†√¿ˆåßÔ©P¯————————————————¢ï'
&$_É_¿-èÇfŸŸbu,2-÷=68£•D^@r˘œ—
Ãr'°~$vtÿåå
ÚÂÇöáá«Tt˘Go$äRÔÁ7ˆ€^„ˆú⁄Ô¿ìA™DsÈ{∏UQπµ
ï—Æ"Ù˘')Í¥à‹Ÿé(q^ÃÎC
PZ±á Qp„,Z)j·|ÊF|‰-GåsŸhÍ#fiŒ•¡,o¬-
☐ìc#3d
B☐4 9∏xXN…VªRÒCXÅ>!…ô∆◊/‰ü 8-
¥ʃ,o0_meÁÿ$¯{‰xJʃg&6à""-
ét22RöΩçêSÕ.Ã@E,kä¬ágÈʃgP_zL!ØµÆÉ3´
GeàÂÆ˝¢)∆ÇÏdÀ&ô°X-Oµ ö«Áà."/(fl.¬|°Mâ——
ëÓ6˘µà tdXOkE"0¬≤ß¨sJ…
äAI‰úç¡22^∑u
GôqxÌL˝úöXIM¢ÿ C/¥=G,
d£CúØAz"‰~ËæqE{◊É?DR-
"fi≤Ãy22π˜°ü÷wW:"åØÀ`-ê∂ïªWÒj≥fZÏ˚±-
PNK≠T©H•‰èΩ$J7!@————————————————T
zê©ʃWÍÅ1mw™.©÷Ø·#ÃÒw]jØ)8É,ᵕà≤}ôŸ˘°ıÛªᵒ
UÀWŸÕ@éŒ°flpuåf,Ä´jTeîÜK]#A0„+Ä°p„…ÅDQDî
gÍÔf¢!çÁhM¶ÕWoê^úà°Ñ-KpÉ˘°v b/À °ò√—
Á22ÛLz∞∏Ë|fêùav¨<∑å∏]$a≥⁄˘=ıûÁå Ö·9û⁄†æ—
Áb &N{‰/~XW
>f∑'Íπ\,¯~?>ˆÓ‰&D>L22®ãÃjÆ≈-Ÿ————————
/

+#<lÏé7Èç≠_'•≤[N˜t±_+á+u-
°f'¿•Ÿ:π'H¯a◊À»afiy¶«ÄÏ‰™Ëfi£ˇMzÆŸPhâGƒX¨
‰aŸÚ7{pE & ∂p÷c-˙Øê§µ•yÿˆãı0
ã≤,UhO7Az°˜~∫˝÷ùfˇÅ√s≥ÎL0-œi2IÅ'6˝∫P¨π4—
™ô€ÿ7Ó˚>"Uç?H,˜k23+∏{3Iú-
O¯≠^êØ:ÎaΔX[ v°üXO•¿˙D1Ó/¥§————————
%"éπK±FZÌ-.@ÁAΔ≈OÇ9πg-
UòîämC°{F>úŒ£G□·\>ØjÑÈ9bíΩÁfi¬ıîTÿifiUñ?_
Ñç˝ ·tŸ£-V□àg›Àå'%!T6·µ"2úç5 π§Ÿúê% ôn"-
¸í4^Ût⁄≥Í@ô¿ Í3≈ñ˝…w'DK=πÇ∂-ÌÉX-
îŒfi≥¡23∂ìïgõYãfin{·‰sw®(-
ª∞}˙{oÉ˙k!ßs•ïV˘lÉÛ•/4£¡&∏ÏÑcZ◊±æ))«™23
ß¨JïòI-q%†≈rÉ————————————
LT9\÷÷ö‰ÅÇ¶L:m□·"7£˙π'U>äwîmvßÓfiA23Ω6'Ë
âbÛT=øSœfl————————————h˘(Dvø†+
'HT.:Δ…¬m˚
DíÓjPî————————————≤∏Õ1˝1d∞&—
Ö8Œ{Zl¢üà(GΩ¡J@K"ü˘————————
ÂD¨¡Å¢çKXxY£gP¸ú<ÆΔ»'√Æâ"˘¢hÈHb[[ãìÒè§M
□PëâIÏ5îçà%hàùª6"[bé°∂≈x«†¿HÇ∏ÁÄ0∏Pœ
ƒAú¯®SÅ¬√Xêî¢|ë? CÏkX…˘VÃõ(>˜Ë~Ê…T⁄fi
êÀ-nkË∏‡(D#@›òE-Mw√————————
•ûF}Ó*¡"òL }°QøD---
ÿ,Ìßp÷h,éeÓ2Ö§Íˆ'Œöf§Ÿ-
÷>0ÂÒmHˆQtú~¶`]YŒÔe-
ß,¨ä9≥_MUood„Z~è;ÍÍÿi11 ‹ÎkamÄ
'Uq5¡Dæú23————————————§YÃ@@>A
ê9u ÛG`H°óflvt-
ü‹/¶+□]@ƒ~L.ÀP£s!⁄üvZ4ódåíªfl
v0b˘è'e•BCpHÛ^ΔÑä≠Cr+\¯/,-
Ω7‰˙gKæqÔ$,8Áj@9≤à?LiXN™#…_Ë'ÓÈÊ3ŒÆ7íßÓ
dn·∑ Ë P #0S€+≈'6€ΩMÖ
AñáO-)ŸåxÉ;————————————
,¥›£ëL23¯ò:äß®V§n M8'˘…C
»B!À1fl4˙ª∏ªz…$Ä⁄∂˘ú(m————————
Δ>˝•&'5!ÍÅà±®∏∑Ÿc∞õ¶∞Âµ•-
q˝√Éfiõ∂'ñù}zNÀX¯ÂZfÒV!ª:tn‹ì¸?†ŒöÄÅUê-
ÇMÆåÁÅzUäª„§Î#≈#fiÛı«-†d˚!¯-

⌐Æ:ìgX°m#Z©]UNòJØ#]¿ïÜ īõTMl~\‾´ñÿ\$◊„ñî
_Ô◊24ìBfi,
ç`lø¡ÔVfi‡∞Åáï ¨'î24√´]°PO≥"AOíè ê3ÆrN@ä
[-1.P*B¿◊îL«\$¬§ó<Êpµt œôñ€ûkúÏ^Jd´
~ßÖ——————————————————————————————
E|â;'Wʃvóãì
€¿,^≈ÊÔf`∂Ã∞®V⌐™',(-'âõù˘í8íË"1ÛꝪì80¢——
•êî∞@ïhzʃT3xCfIÇ˝∆®∑`√uJ9æ~mí •A3‾\$B-
rØde‡"flÓM"„IùX¬€wê'∂Œ¶ö@061¡êuAΩ⌐X#sõÛ»
†7:πæÄÛ/B-
?=âMÇ•æ0g˜¬⁄≠¡¡9◊fds\∞À((œMʃUÓ∑xF ——
}êú@˘Åú‰⌐<Ø————————————————¡'°ûkó
⁄⌐ c˘;?ñ,-≤†§òâõ‡ Ôؼ;Ì⌐∞YÁüö±ôö—
≥±UhÃÊ<a7´ìTd&ç Ü¬íÿq~.a+¨Ç«5
Î={g˝(Ó'8Ñêïñï•Ã
-ËtMÖ°+ àG?øâ°O£√'j¿dÙÜCàè]€.-
èICû@\${1yû#6-
fl\$ZflG§I]Æ˝]≤efiùfíÅ_}[™P)tÈ7fl„äÕµòÔU ◊©Ü
f•G•ôÉ&«yÄJŒÿÒ¡2ʃÕªù°_œ*,Pa#í ˙=†âStfl∑03
ÊÏ©≤√mñaÒ„˘"Ïófí'^Ä †°ÆG»œÂÿGNõq-„fl™ç——

í„W°ÀüödµAçÒ±Ü————————————————
,aÒ„î8§∞ç)†/°∆oOS˘»¢`≥ŒóeÊ°"%1'ab¡-

CbT*/{_k^∑∆;ê/£—
À⁄)¡([1/=¡Ê4A8KM@*5M0t¥ïj5ì|Ÿ¢Ÿ°Ç°————
Ì XÖ,?X¿)∂Fég§.ôç¢c∂s6^ ë
Ω˝§õ0÷ÕnÖQ^G|Íe€{‾©ô[òZ——————
<Oo/9ÆW√BWJå⁄ørÛ'qÉùHrT<Wœm¿˘'/€[≥˝ç^qn=
fluJ≈-0†ÚflV'(U2ÌuMáÏ¨x&ñ_∆È4~c◊Ú%-
1A0úupr.©A±gü>'ì¬jGùò'∞;qÃ-
8('2a·%‾⌐ÿ•Ë⌐¶Aer9Ã24L*'èC„gxŸ"Ç*)oÆ;⌐‾
£GD1©+Ωv7hå-\n÷LzÇ\Oê§"v≥~◊m¿í⁄dW\B6`j:
„K2Î¥«|{⌐≤yFD.f∞-
⌐™y‡o»,»µÅ|Ê^À>Æ<‹¡sπ3Œ°°Áæ~í(rAŒzvóVxÑ
.T(Ô† |>¿Z.ôÔæ¿:¿√Î !˝Œ˜§±•êá,
ú_n%£€˘¿÷sÔûz3aÖŒ÷ÆíÈ.Ìå;◊Û©ã——————
ú^hRØ®.œâ⁄ŸZ∆∞,1úÇ.9. -

24

Oád®®ì˚ØB(≤Ë₁#ô^GŒ÷£°›‹≠≥|ë
　　　°(Ú´hxmï†ÎœW±9%　FvxT+-
ÀÆ∑T[üq%G¥·gjÓõÒfi<∞»eÈ∏mo˘　ß†%/»————
ÓÖÃ
Zœʃûo————————————£O∞+QIÿtq>€s
▯°
V-₁◊◊B—Ge©n©¿æëL«.1Ø3d+äíèÇä"¸
s´õfi!(Ü)jQ€Øû]qóÊ∑âûp◊î-¸;/¿>K"‡&îD]ipè
dW\€÷J~˘ÌÏöåe*\mx~}öíÌBP;{1ÃH¿∂Vc™Tq6&
#"~"ŸÓ€Ú™Ënë`íÊ«≈f‹Jd·æ:4éR　╱rsúW>æ
∏,†-Ï°2(Úπʃ
zcsÛ§¶Zù@*òØÉ*\Ì
≠+‾zX‡w5˜aL¿Q≦≤"-25-'C©ó7A‾√ÔI¥}£∆~´û¨ò
Med´ÑÑ~ÿÁcITʃ{Ä^¨=◊ã————
qD‰j˜≈Gx...˜
　　　ävã.ΩÂ`¿　j∑WU=Oà˙@´Ã◊LÂ95ÎVÜY/...ß˙M
î(ÃR¸ÔÚt-　　î,*£v@eMN‾ÄMÕ8‡v‹|ä≈,AP
B≤&ˆ¸25Ñóg\»ä259kΩ≈ïĹr=+<'　'Ëʃh-
Môî··´Ëîʃª¡4qÁê:@$"Ô<
NnΔ╱6/p¥È®)ÑHN　L}»r▯　é"¬ú™B"ßD˘q
▯''taÈ†
¿f——————————————
ò
†KödòñÌ.-I(7ÀcÈ¥ï&/ʃoEûRí6@D.$&Ù°∂Ab_`Â
ÂŒ√Ñ{V*[/)kŒÒñÉ¿äIπ...5Ø¶Tu'oî˘Ü†Ñô±ì‾*˜j
ÿ-`}çe¿ßʃp·Çû¥«à¨>;˘F1ç'
ª2ʃ3Øf•áÎ(∞æ¡¬¥}îÌ}{j´Î0üX¢xª°　fl——
&~"x∑•®˘>ΔSÖµ4©2s≠∏∏Ù|fiæUó¬Bi‰ñ≤Üæ*È@ö*—
——————————————.räm™ú".}Ï™
¡5‹B©25'§ˆ　∏¨ø　}›êdb=ã¢ú(P:fÔfi3"â-
"¸vå∑c°l　&È+"?™d‰´Û◊ô¥é€wÉ·÷ê"z-
(}\DAkØÓû°Æ©ï0,╱—————————————Ö
Ÿ'WÃ|É∞˘ãRúÀ;‰d.˜µ®Ä°Îy+=CzΩ@•Æ›Óg:>-
v+Ÿ,XÎ　q|P4Ü¶I25©âg≤Ãi!°∏₁êÑ_K'"-
÷I(\ìhÉ[√tz▯M[56Í∆
　　　FÔ§˝ì•sÕÜ®áÔæÉE‰ø°T4rd_óÇ_¸±˘fe¸.ª
Aʃ╱Up9Ï&ìÆ‰°ÿZÔì$£°HøÛ¸^å\Ï!L+t————

25

2<&¬,26c≤É'ˆdJú·QnflÂû¡É Ω□"ñ±C?-⁄ZÄH-
P(wL\ÃÀfi<HúÛbW″LÚBjö•…åUw'NR≠ÂO,J„}ıµ[?
@ç¯<c‰Ìßx-
[Iél∫ÕÂ"OòlÉœn#yˆ´…ä26Á3,§ˆ1ÄFyj‡≤ÖÎ≥±—
ÅNÑe,fÊ≤-
√[G6¨Â™d¬åû‰•íN¸§v_Û¬UG≠öj…∫Nü†ëfi8+5¥n□
  jıgÈ§<,7âó¿köb[ŒAälpÍÆˆKV◊Å@≈  ™7-.
ZM+″V") ¨›éÒí‰¬2≤≈û®Ñv9ˆf˜»Ñs'ˋ:ÈÆˊ{ñB˘
    f-‰øçT=Æ—Ç^Ÿ.¸"ÊòK{‡|'çmãÄÏnÁΩ¨m:
É‰™ˋ?t$]'9éË§ƒ j*„£î'ŸÈ———————————
√————————————————————————————
ÿCw∏¨˜t,YÒ|?≥XÑnª¶Ïk/————————————
áŸˋG;ªC≈«°üfiÁ    J
}0˝ËQW[◊3üoQô‰"¨ô†W¨wéì9›≥1PÂˇÙ;_°/fli8è
ö-Ô›Ô—ËŸËà°ôΩ2,ê26·.\p^‡≤Æ^Ñá…x-
@&§›P∑8¸à flë‰Qœ∏xÜ¥™ÂQ]f≠çaÔ¸~u0¢,kÊLfÅ¥
2@Õx '°ñπ§â€S•›D226úï$
å<Æflê°Ø0˘ıÕhûÈˇXˋN-
ÊMf©µSg‹+'Éò¸Ó ñ⁄Rók4‰W·'26"∑gZ•∑26ª«□ˋ
[éLˊÈx?œ&zo[Ø†7P.—∫
    òrky¿YPπë´ß@ñD*Qú≤˙ôsòâµP2ö¸N‡∆V»
ëÊS›{'"å⁄1_é6Å„b∆Ø‹Æ\ì£ò+'¥î0(□"f?"$DÉ¬
Wvæ-
uVÚÂ√É+°æFRÕZT∂Öõ™∑3∆ÕPH˙°ˇˊªp≠(9ôv(π∂_s
~¸8ˆxÙ'3
    ùà‰.u»J¸ˋ‹1˘k¡4&¿ˋbå≈íÅâHÒ,
†0'¡⁄ÇCúË∞à#U0˜ÌGdn@Ê≠Öä"ñ6ÀÇk\ÉfiâCè¡¢*
"¿°¬!'pô¢»∫———————————————ƒí¿¸ZØ
?kÎıåÔ<»ª;——————————————————————
…YÜ¶"òÿ¯
‰≈R{QÎf0ì∏∞XIw¥wß<,xC‰À'GyÎbÊµ^WƒJŒ¿äø
áøÚ¢•‰rË√ ∑q£-à©‰c3è-
√æT™¢Í˘-¨èr{≠ùt›k√)XBHxÕé<e;•}£mtîçê
    r*Ù‹ôÏ€≠±«ìQı
    m·'+≤KÈπÎƒ≈°NEs)}aÂ —gWDcúß•Z
¸ZFßNCå^∆Ò¡-

26

z‹ ,e⁄öfl≠ß¥ÊŒ∑òLNI4C"&¬XÁó¢ZA∞HG{Bê+Ô´>`
ª−z,ÏΩ©K+™ã˘d*KJ27¸…₁¯.\+Ü9LQÌ35™@£ô«°„
‰≠flë¿ìx6∞kqËå'AÅ27á¶Ê6————————————
ÿlflnÏl®<4   Ö°¡∫Ÿ´
„CÅ!Æ 6+[w˘ŒÿC9aws‰≤Ø»·
PrÎŒ0Èö^vV1>Y≤ÚØ®Ím'mÑ◊î"¯¨¬Ä"':Ä€û>ù  ê
˛§Ç xù…„1T~tG∂†Í0X$ŒAwqP8<≠&Ç†`$ø-
~ï±₁Á2û∫¿*¥håÄ27T¥2∑h27ê^•Ω4\é‚J
     H‹m´ÁÇ+−â#"ê\◊á"ÃÈ<©dãp˙8∑
T9jù3‹ T("Ôâ₁b("Ä®û0Ÿ«èÕoŸâDçkc6ˆtõ[ê±»_
è@P'Ow˙cÇ1;ß}QùÕèe}ÈcòoêÀ¿è˘n&————
ÿNÌ„Ç˘™µ'´ÇáàÜÁÏH"O√Ø«□7ÊΔØ>2ò:§X[
‰˛ô2k9"ˆSãPG•ö°`¢Ÿ`k]x¸¬ÜìÇg,ÀkkpJ4\<Ÿ.
8õ*Ÿfì°◊≤•êû8{Ô\Ùe•x°i
     VAp≠Íh¶‚…âΩ#*nr'$#êflmJ˘₁YVÛÂ
}Æ•}üGª€äÄë¢]'¶3N/¢∂∫©eñ∑ÿô#Ω:ÀâÆt´Õ8——
˜WhW@@51Â$Ë˘Z÷^UçT"ñ5Kø˙Ò8iÄ
˘ÄXO¨ÅdÂl;•<ã€#Ï'9@°fª
˜Ø¡Ùaêí;û(∏G`~Ùx˛¶√"Òïü:˜¢•e‡ç∫{1*'¡ûñ
27"q————————————mRΔ'·õBÁÀ†ÿ∂π
fÊoÕÕì"5Äz¬øw¶`‡\9∫·A(
µ‰ÿÏbw"Ãó‹Õ˙°§„B————————
™wÕr@Δ'"∑\,Nöéçµ´«´ß˜i±ä36`ëAçøË∂−≠ˈªΩ-
∏âî»õ/)&ãNfl?Êî8Ë∏Ô̂S‰±Ωí[Éù!∂Ç23Δ  S
lÙ∏jc9≥ÿq$4Δ¿'N4•I™ñàH/∏˘t5AÅuY}'óÜ»|éÀ
K-
*ãkÏC∂k>jÃ"₁`øu_W\òpw&('ëÎÒ"ñˆÿ°K{å≤päù
÷¥»¢Œ:}|†§ës÷LâÎÄÒOkd,◊.É
     ˜™sA§>fÎÅb&/âá±W≤"NïÿkÆv.LîÁ/Æˆœvò
ï„fÅ7‰[/Tfl/ZÎflµ∂Na‹Jµ""ÆW—
ÊÖck°˙™©? [î¿Í{ ®Ëá
ä&Z¢Û"ëÎ]Á8Ö˜âØjDyv(‹â'ß"EwCu¸ñìÿ‰*æç…——
!éîeÄz˛µ?YÉ¬∏£/ÖÓ≤ß.Ø åa¥˘œ,±vi'¬————
ì◊=ò|Ïß?−πDKπ~iEq|üÜ@v·•πàÚf1≥«——
˛ï‰Ç˘ræÖC'4¿'ä[zØÏÑ∂Ki˛Å−/û4-
M≠C°Róâ≠(ôÎ´$YbGmÔÂ•˛Æê/}†>GÓ'Eù0Æ[-
wø₁ác‡]tØ˘Sfi™±—+z$~Ìf~è—
÷x˜Ä∫•rŸêÚªÙoÌÿ-™T0-äó+OÏ ®†ä-ËU¶Ü‡—

27

!G‹+¨b¶é∑í´÷èå#píRQÙj∑©¿∫πó√À…U∂˝‡/¿Ç≠
28~É————————————————————flá[——————————
Uél≠¨ádA÷a^B)?xä−U†êsã¸Ïπî5]Ú*_ ·V
ì≥¨Ìñ•Lî'26
g!VΥj ·28»{eß>˚êy¿µgGx]AÁÆü¸−
Ã£¸^Åôø%üN8IsanÛ,¡f≥àÙ!¢Pu¸.=˚Ä«@ ",O−
iJÖû6∂    ·9‹û§V•r~o«ô"VvõzÓD∂T±R—————
−…ëÜX•
ã∑Bƒrpî3w/Û!ˆ%í}»z7µ◊;úŒ˚'óÓΩ˙)6›É∑Û»>ø
h;Ç¡á˝ÎMæŸ∞õ&/·Nê«ëéÌG„s∕%±t:!ßœÌœúà"
▢>tx7flïC>¶'i∆Vι4˚S t˜®≥fi@áS˜p ̄=S¬≈ô1„ −
\5J…∏−ƒÉJµí…d2;fiU∂‡Ë)ªπí˚A<,Ï<¸+−6îk|˚−
i−»|•ß∫≠®Œ›§bwÀ«Åç)Ãx ‡ü´¿O∂2ßo≈A2gîêª−
®ËYÚÎ∂x\¥Y8∏âpÅ€›)Ezƒ30'i÷e◊"≠ffl5ÈG™È∏ò
=jà<æM00pñífi£8≠Î≤«£¨g£p·¥ãN ‡6qø−
Êù∆ ̄CìTι"ÑszM∑EÂÏÅy ̄˚ƒ∂í"È∂ÇÈ?NzDŒÕ¸2Àh
#diLwj…"âU∂Â™sˆáe˚9Mêö?ˇ≥%¢DÙ1R'é% üæ1¨
ézÚ¶Ôt¶ ̄]úw∆cBéµÊÀZöp0h;D%Kì ªåV.öì∑IÒ»1
âî1ù˙jvÂˆhyÉë*ÊäqQ^•«ÿ¥{ü)Ω'7øVHà!≠Ñjƒ•
FcÕ≠¶Ã¥öñö7Ac%ãá±0cƒ≈Ö∏H
9Üfm•ιPÀ˚@∏j5≤YÄ£'3/.−w≥1,−
õÃ˚~|;ôxÅ•Ã`2¢õê·ÑYÒ,Ä!ÁÈ»•
4›⁄ÂÙ™?§∏Pg7p◊!¶S∆˚;Ñ√"CM{B——————————
„'U¶è¥·2Â!∂πi◊òS`aEc"¸Z%LDDê¡HS ÂöjÿC|™
ù!ñõáyóáã¿·ßh‹X¡¡uÕ÷≈¸H"îä9.3ïçaGŸÌF«˜——
f£pá¢4ÛΩ——————————————————————ÕÎ„4gìü,ñ
›4−ô%Υ∑ÖØ/'@∆™pGd¡C¡y§ëL◊Y8®•▢N∂−
Wø•,ÀÌE(,RÚÀÙ 5I„·ƒ286Å˘,Zfaá
©cP˚%Ëzœ:≠u]j˚RÁsw¥öΩá7∂Q¶&Ñ
¡•28Z√S„ªOç2}ë∆Ïˆ∑ÙÈÜ€¨sc;^dîX~◊Êg_Ωrf7
∕÷µEfÏ$?tg}|Z5îöú
t‡Kâ[†™|VT÷∞Åc˘Û&ó$ç •˚é'æJ∂,ÖD————
Ö÷ÂmŸ„˝Æ∑Ωm?"ig{«Á¶äF‹ç˚ä\π'F;]Bœ
1fiöEây▢nôê"˚›−ÈÙç¸vÃ,îÃ=%π¸ò(µ1à————
˚∂Áñ=eôà\qw‡¸ó™JÅd?ë28ˆJnXìÆ
«ë≠BëŸ®Î∑¥®ˆ»Gm1¡úΩæ€π∑¨„¸\* ̄ªSOΩø−
Öcó§∕bÉ∞/˜LJ)ëÈZ+Öés^ÅÖ4fiιOr——————

ûM§HÜÀÛDñh□à>§Ò^o&-
4x-¶˝ë"7¸¨flãÛ'Á≈x‰‡nÁ6Q~‰□ÿŒL∏¨‹ ()1jC2
+*ìpN 1öV'¸"´Œ<∞à{èy8‡†/˙=↙'€Ù≠Hè‰1{Ääí
ât^ëY8(bL-1q¢rIÉ‾(J{&ŸlY3-
Û@¸›ùqml3œúG≠c\çÒ3+ûÓç3∂˘9ç ∫åå<
+"ÌIÃg@„{c/‾˜°fi-
ô^»‡$ÌÈÄ•aÅtª∂Q÷+,2ò°d3À?ÊÕì;ÎU„mkkÓ;
4fiê————————————∑'MòÿJÂRàæ≥›Ê∞
&¬Ê7''∂Î¸ï◊rl›~üú{Û' Ø¥‾‡Íkth©
ó\0[æu,¸;^ÑÒ`åßÜ-‰Ü¢R{ë-ê;ï≤^∞«29
[¸»#b qfl@V-
ÊY≠»'‰Ω8aE1LÀÓ↙˘| ›p±zîã·«¸?gcëno`r7Ö————
°<≤1}0‡□˘3+fl8¢G≠„ó?Im$
Ì[˜≠`Ï˘]Õπéî6§»hr∆Zg————
™————————————m{Î ∫†â∆9————
|£A@R-]ÂF;£åªfi¨˘Ê∞∏êN€hV
∫Îó.ËF-O1Ñî^∆F¬X dG,?»Õ+c'˜[î3∏◊
¥©↙4ªÁz ööôâÎ'D‡/ÅÄ›"X kèÎÅüÙ`!Á+≠°≈π-
,/um+©∫ë Ø∏e2FÌnámòk€P•˝"Q∞Ka¿#…ø4fl∫ }Í
_
SçÚ:‹∫Hfcî————————————¿fiwotTt
N[^)r¿=u±#¨‾`fæE8˝»WL@œCWf#Õ¢*"tAF'ª©}•
Àîé$k„< °Å´∫H§·Êëp;n∏/ŒÈo?
öêl

ö=E®<∂G=•åök≠¥´!S; ∫a¨√
AÓD ™ YÜVá/ΩË.og v…t□)≠´r´Ë®öë!÷Ω
    IS=q‰X,´^:ªÃ¡^29Ò{å˝hY»Mü'œötjûân
j¶À»ì1„´≠Y↙yÍ"5ŸèZ5DmT€eî≥\ÈRflq-'ÂòW————
Ï~Á∞-§Ö-Vâ-g-´&ñ1————————
[↙øc jy————————————
˜P*¶'xt,≈‹‰+*X˘!'-
¥¿˙Ôê;nj‰ÊÁ€àã∆∂µPø´S#Çs#W_YEÈ°∫ë'≤-k≥'
eœ`∆ù2L"›ÈÜñõÖö)————————————1
~cg˘T+F‹ÄPO‡€ÍSY›;ãpç#ÑæÙGÎÇ29]∞mF¢ÀS¢°
ÒœU˙ÿ'ÛU◊°π,›□f±≤†ñÜ´f"Ÿl£ΩTxÏbµ[£<
tpfle#¬————
ÛtœfX*Ëîòí÷JJØ)ì

q-
°+‰eó˙n˚O"Â-q¿ë_p¿êj≠8¢‰fÕ#¸@gR¬fl5ÊJFKN
äfCÎ¶Ùú^Dl‹X¨/d☐T¿r©sá∏Ü]∏fi0Æ\9˚ääRKâ1î
◊¬|ŸÆå&;ʻ…Vå¥föí————————————
óÂ`^nCÊ∑*‾
mŒ∑P[•7&í•;"————————————
¢à®JÀnŒ————————————————1∂Ω˘=☐¿ÂòK
√â≥e fâµ≥˝^µ•30©‹—      ‾aW^hÏGÑ-K|>€ThÏ§·
à^fl:àm¿àÎ(UGQã«]d7úqèx¸Çk
      ÎÖëY€«›ª£‰íÚ‰¥•ä@W:ç§âë¿EYÏ≈≥0àÃìM
5ÎàÀ‹Ø@a∏$0≤AéÒ˝çß yÙ›30»
≤8hsÒIX?‹™íÛ¬"ˆx;2∞‹————————————
△X⁄ΩÁN6∏☐lh‾©,rfÔ`„û˚˙Ò∞öËæ°Ù™î•Ç,$lwút
Ü    æÎ;è¶ü¨,}$¨B1Z_(ʻ△ç-x————————
>N‹ç™HÔúõ¸≥æ1Å=ËE¨Z'¨X7Ôπ´-ª⁄Ùv1æŒéT-
]≥5fl⁄H≈øe"û9ù¿WÔˆ‹ÚöF®fãVÒµQ2∑¸÷ûh5ûZ
Õz˝Zn÷5∂´O≠;sÜQñ[i¸1…!o-◊AËl-
™®r˜ø¸LßãˋôñA›Gq}'Àï˜«î-
˙ΩRV≈T‡¸.FÚ•uÈˆ˘Ô|{yñ0Xµè˚©»(˘\√ZÀñK∂¸¨
E«Ÿõfl9Ôî˘¿E≠§=MZ‡e\Z∑∞$≠x. —
Ô9OpA4gYáÖØy4,îc8~'ØøûÅÉåÚ••K˙oÎõ)|i;˘È
zö=ì'2ı0')30û$!F¨A"Ö+'M*"Íç4E#∞ÀìlU————
hfiaq☐:&ŒÖ3¸Ãí————————————————Ó~j§
ÔDÄ J∂WØCè‹GÍuó«'±Óån˘Go„üy¢Qh-
≠Ã"ä˘‡|5c8WÛrpZp≥≠7
£©4É»*zAiÓÇpmÉç„Ç-fi1)————————
_ÆÄ!∂ʻd≠dÄo>û"R)Q≈¨J~h¨_˝HuÙ-
íu30ˆB+fiêŒÅ‰Å´aÅ7„˚ä›„ªR6Y"˚
Á¸·çʻ∏/Ø.————————
Ë¿Å'¶˝Ú30ñ‾´*ÁQ
ö?x△ß5ÁÉf—H☐¸☐-Lõ»ÏöÖú-
‹•A8ÂÈΩŸ›íÊ@}Èñ"¸í˘7ù É0´òIâ:Ml0@˘œ∏r‾Ø
Î„6è°d¬onÒıåæ¿2o¸-Ü————————————
@
ç ±Ÿ530Ï«uâÇ,n[wzVŒ@@&-
ø]"bì}r]¿éfiBLı)6ÜÖfµ¸b(fl'DÑ±?ÕP{…˘F&"‹π
Wæ…9Æ{:∏ :M‡ÛWQe∞F!ê˚EΩ†æz=mê9"àb™d≠ˆ0Ê
BC¶¢˚•Xn•\,™m6D‡è•@————————————

o €…Ø˙¶ˇÌ   Ωn\ ªÉ_ : ‰ KËØ=e
Xd☐¥óñ!ïÊ&§éí°Ûèb ›{©4ÀÃ°≈ŸÔmi Z, '®-ô?E
    ™$Uâ∫⁄@————————————
'Cö›ª€|¿—,àa†Ìû˜j˝€∂rGJzgâMD¥;•-
H‰V7Tt☐@æ3¶TS.Ê¡ÉÏtG⁄ôô»0————————
ˌŸr=»°HJπ'ıNŒø31ï]@Æõ‰⁄±ò,®————————
öqÚ=À'˄PÁ€31˝Ëò◊ú
ö≤r˝ˌ'Ä˚Õ¶ ›Ì¯≠‰øD√Á
☐∞èƒ†v5X=g3‹ j⁄e≥S±~π;Œ:âåÀNÿ8®"*Ã‰Û) 2—
}PÑ@@Õ"à.~A•ä/ _
©.aëßÛ•!˚¡É7NØÃ̄ùPßÛgÃ31db]Ê|5Úçõ.-ô`Ô
∆h´o{ÁD»∆¡sM˜ùtZ›:""—
n·¿q5†Ûaö∂1Öå∫GWÕıÜ—————————
E"Ïkœ<≤NŒÃ@Õ ̦ù    8G»pRÒ1"0————————
˜^Ë´+±÷ê¨PÚHıçc ›ÉâÅZÒõ ›M<Í£©à-
á ;ì}˙5C£p————————————∑XéÖƒù—
Úõ nõKóÁôî Wj•MqÔû


¨†☐¡ (∏†˝ ·ÑR#¿˝+¥qæsLl Îû8Á∂,˘WÇ4ƒåßtâoµ
ÛÇ-
â⁄π√[4 HxÃã/©Ê''1°2§3F∂Ø∏óÆ˘tÅ<‹óxÙ"5m∆
ÁQΩ*@`kóÈÏ"ìyÿ‰GÇ-E∆°û.†ƒ@ñ€∞˜≥q∑·\
—
ƒ‹Õ∑©ªÔ[O¨¡UrsNrG=~Yn‰˘òË´…eí±∏©°âô‹[sõ
∏fl‹˘H ̦€,ï}˄lÎíŸg™(√°Ò‡›á"òÈoÜªø˘yÃ∏-
˘pw»ÛæZ¨+AÈ˜ÚZ^☐`Û€ß‡í≤[pkjàÃœ∏OxÈÈAåØÕ
∏"Gµƒ≤k(GÏÈï————————————ˌ´Iæ)
ñ*,'`-;^ÚÛãp
°
————————————————
W±ÓÔ´
    ˌ∫U>bE°bıFëfiÅ·&]√¢äÊ´fÏeöõ"`(∫…˙N'
˜Ï:
IŸœCAMπ ̦*ΩyqH˘Œ-Ã}Í*í˜°'…>ÊπKé2¥ZÎ\?•¬O
8C$Y˙ƒ ̦    Ø9e†z:YÉ
àIç4QÊ‹fiIFm˘Ω ̦~·+£"˘ÆΩXÏ…i,ÄÚ•XrTé\"eaø
È6[pl∞ËåzC≤InŸñ¨,å¨ÉÁ≤çAZ—
Ä‡˘Õ\ˌ^ ̦…319ú°>31"<ig°5∏0!˙5çÚ2¨|ÿ›aÒV ̦
Ñë∫Që±àsÿeaLœ) y‰âL/ñ©ÜKÚ1/d¶œÂ=ÿ;M◊0rÜb

Oöâ˙ç–
ï¬9ÇÈ±\hvB≠°,€4îƒÑ¶<gt•£øöƒ•FyftÇ◊éÄ˙_˜
Ïá↑NÒk0È4í;
@â:9¥±' åÙâÅá1eërιãxÕ_•€_é¥„N‴Ÿ7˜o!-
_˘KÌ™ÿfl¨w>§M}.È]‰9‡€3□§¬⁻Rûª≥″Äuêfi/ÈÈC>
Ã-ï≈{ñ#ô)LFÍ″O_-M]Ü$ü¥-
î‰«Ç3Mé√◊632ÓŸñB∞≈=
    FeoÕâz"IÉ¶zù‰$#Y¡9p"1
mrez«F'ëZó®'pàι"]≈'‰øøÓÀxS    $aWà
`ÇtÕMÆêI•…o⎯⎯⎯⎯⎯⎯⎯⎯⎯⎯⎯⎯⎯⎯
˘⁄L".RßŸyÅ‰ùÈy¨æΩ-hfi2°9àØiM»C¡Δ-
6È@°éÊ∫Õ!¨e}⁄ˆÌÙ¬XM‰¥∞`A≠˜†<Ç
J∞çj‰ΔÅ~Ò˘Ñ©{2°î•õ‴p- ƒZó]∏iG/…<•X⁻µJÖÛ
MGˆÉê(',ÓÒcÊU¥IG-
°≥s0/ì}{>ÃUC0=v‴n@∫b∫bSÎ,qùDΩEZm„Nû[
flxg6h&"Xa·D•«sW⎯⎯⎯⎯⎯⎯⎯⎯⎯⎯⎯⎯⎯⎯
″#$6√òõÜ∑$÷K∫»⁻…7ø÷G;mD«j32˘95õU¿Ù-
•″cvFÜv[¡´ç,|SQ|G1$ΩÈy{ÀùDa◊øDX¸Ìr-ÌØ-
µ_2ªJÃ«>∫X^Δ7Û‰∑„á©àh‰
°⁻fló C4å¿P2Í¬≥,∫ì″•uYÜ1…±bµÛ®˙⁄) ″<©∏aW«
Ê$·E'€†µúw'Ù,/∑ùÑK[K†K_*§ÈµZ‰wJ:(T<µ˙ü'
'Aúú|ˆØ$"µ)|nlà®″£˘m…Ö?∫N«=Aö@j∑!ò„<•±î
9ÙΔÃØ∏·˘Ï^WQ>1'¸Ù—Ÿê*e″≠]0ÆßuMî,!-,5¸'-
äMfwî$N-Á¶øZo;⁄vM9 •ÏGØ;\‰„ô)Î´flâápwΩfl<
r(ˆ&˙2Ì…°‡fi-
ft¡ƒ˘¢'s≤jdf¸õX›{à5=òÓ&¥P°°ê″GZ_‰{7˜Ì2⁄
Z≥Í<$[ÇÓ@`b¸ª⎯⎯⎯⎯⎯⎯⎯⎯⎯⎯⎯⎯⎯⎯
ë08″·¬
®Oäã«ÌB‡U¿M&¸∏‡≠Rî&(s∏,pßRÒòJ¬™çƒ°7πaÊ_=
ó√˜ò!7™]\jŸi+¶√°<eöBÒ#Júñt¸⁄©-
HÜÕ-eû÷<ÏR€∨‡•(àâåbJ…PN>¢Î'ñ¶Jkq(IÇ´°ã™
flmø0•âBÇê« ®ÖåÁ132,÷™3X/£õ'Ç<'+″√œfi"ï⎯⎯
a¸Ç>0R˙±SÜ1VSÊE$MÌÓP‹Ev«˘Ô8Öga32ä‰P¶ò!U
ÈÌ1NWJÑ¬÷Ø3~œuƒÈÎPÂê¡\±Qr¸`Lª'h;î„¡□ÁâÅ
oê©y§gó=„⁄Üz∑¶J‰vÉ8Ÿ=°°˘Y!sÃq5ÒŒv´5£<x\
§¬5juç∂â″a>aZX¡⎯⎯⎯⎯⎯⎯⎯⎯⎯⎯⎯⎯⎯⎯
åaÈúá…£ιÈoÅ˘ÔVÛÜ∫@ìÃ§°-
)OµÔT [Ó„nò>Ë#¡Îm?úì®i◊Æ)®äι¶¿ÓÔ-

32

ß°ÍJò¥JÉ

  ÇÈ5Îd›åvÈY|Ÿ†w~4ú•G¡»ÄzîR∂KQ„„ö˘91
flã‰¶Õ∫+¥›ʰjk+¬np˛-c†Èàg}˵é‡òπM_Å©Ÿ„——
(ñè2n4R®dqà≠D∫¢'ïî¶1tÇû≥4———
ÏD~?@∂:£,?,≤˘
ò≈û*˘ZΩæòõëfiÃ„¢Iˊ ŒπÃD¶V˛|SÊ2T™†3 NC•(^<
'i ,¿"÷èO•fl∕∑-™Bsl ∑3fiœfló~r·ˊ
óK¨µ∕¥'˙ì®k}°˛Àrà˘°-ÒŸ√Ø———
ÄŒ o^PÊ•ÜoÌ™°nÆnÜß˛„rU—ÿÒs°@÷¬À∞G(äÇT-
_éõ$'öY^ ât˛{Ï~¨ß°L-\]*pë‡———
J̄,R□}—
Ÿ¶y¨‰X□ñõæuSœ€Ä3B)±çZ[ÑËˊå\2Ù,pKÕefl•@_K—
ã§f‰°±+,∞Î§,¨ flΩWñAß€ÍeóN£Ì•;m≠D˜†TB ˝P
}ø^alH5gdë`…ÓÒ˘'lèâ:ËÈ‰ÊÜäµÛI'Æy\X,ØOíæ
ÑmNœr'¿ı Õ÷˛(Ï-
√\Q¡^Ù€Á/8ùü¿/,NëZÕ.Ìè}#Igá™ô3333o£†N/o
@¡ã\Âø»fM=ÉnDXfjOqs{-≈Ú8˘e¶ûá¥œì‡Á,‰~Í
  Ê'
  ü<\Á¶πÖFfl˝≤:›BÏS˝ß!IhyaYπNGg*±`Ö°°
°‰ÓîE©EÓa‰Äqù+ÆX
◊fÏ-ìB≤ÕÖ£∞Í.∑?•Õ^ˊÜü———
:p∕L:-
±ZÎ$7□ÁwSl≥≥›àô(Ö}JÆRh|›°"ò¢ñÎfiCc§———
˝33o∂fÉ      ·jUòQ˙ÙΩQ≠"{Ç
ÜÖê>w5Hg\'R'ã3U73(1∫˜9˘]˘UãK≥µ†∕BÉ^<h?Ë
Ÿ=Ø¿"Q€v»Ω@ã<)û[e'Å‰ΔR¢l˛l+m2ÊV4,&°}30(
µ"□lpYâ≈ëΔé √
„33∑|J„ªr/d≥∂ß<i_kÀÇq£-
9BU.çìò[FéL£]°‰<^wÕ∕-Ô˜œCuΔŸΩÃ¢ê
  ÊëCÊU-QåH¨ì°ΩjìKΩß^eOll_Ô óVë¨ìyb9
‰äí-†Ùl¡IrùÛ4#Ñ$Æ6ânâΩâÑ∫-
ÛgFÿ@H)âÙ¶Cd.G"ê·Õñ,"TãÈñ‡N———
Ì;ôIê≠
›□È+ÿ'Ü»au1Ú¯Címt.,•MDøfl™∫†YÛ3‰›x#6nêÓø
PÆ'®Ø;KÃevœJøavjëZ∑iıåÙÑêâ—
÷›<z≠}™ÒA°‰ö□Ë"ªÜ©"svÑU———
-
ô˜Ê:HVû,ir¡+ÑíïEŸÉ∫¨©+≥±åö1OU|}svzØ‹öÅq

33

◊ΩÄ+fl†aΩj÷ø‡[M-₎ †Î°t´∕ßê·Qw„àfR
  ∫ı)÷&îÌflí⎺Sõ<óf
  »hsÊ'e·ÙlùÁç<sup>a</sup>Ùê€ÕÀ„üNÓY"——————
èŒÚÉIz„∏¶∂[á———————————
4èúÂOKñ‹ç‹ÖYKbò
{E~%+µiÕSÆb¬#xÎ™ÎzΔËπ¥·øU˙çBò§ú_"o
¬ ≠h‡∕Æ˝rπtÔÃG4ƒ"" IBäì;î˙EèòNl⎺
  éj¬`¢‹œDAn*p|WS'›:hÿ*„™¬plƒ—
›,©1°gr's(
KŒ≈¨ñÅ*ùÌÚÛ©,ç6êõ`˘Œ:|≥ùAx˜˙^rT¥Ó•êId/Ô
À"áÌ˙æŸQ»¿iØıkàêi<sup>a</sup>'-
J˘˙r™¨å"BÖ‡<sup>a</sup>Ãá´íì6€Ï„u4ÏeË%"Øß±dH…∏¬Ô~K
Ÿ»™›s^häû˜Ok#˘4¥'"S‹ãí≤€≥ó≠OML…ä;^ÿÍ
    k
,&Ω»¥°π-
°gïæLê√MÛLç4'Ìfi34¬∞4ïÛè.œ∏´oÒπ#PƒO•åiè:
¨§@Ω34„¥0˙ùô'I{
¬Ñ»tõÂíláhÓsqes°1^†p—ËZß
œµ'©è[∏o^cıP%øqsdµ˝ïóç÷fipa˝G'¥p%
»õ°Y¢®˙qö¸Ø¬Δì⎺°ÈÄÃkZƒØfö—————
àçx¸›Ú´^    ≤îó|èm(/
›„0Δfl}=,Q
¡˘'§í£àÜÓÇk≥D≥?â™ÊörP]≥[95¥;ë8$irdz/Er≈
æ"LYÂp≈øÇ€∕…◊———————————x„i
348fël°hU◊üÃ‡Ú4≈·§£„Q—————
âS´Ù9√J<…ı]MÍ?ã¿ ãrõÎfi0Á<sup>a</sup>‡—
€úé∏ $£§˘•P˙ßXWwVô∂∂3#≈ùJL∂j—————
°mH-„â)
KbüM´Õã]zOÔqE34›ç ›å˙Ò`£k€vU%ÒôòË3—
⎺V-ÇflÁ!Qbá4[˘∂îΔx£πÁ4
•4(•ï0å'°÷ÇÑ«∂{ÚáT%GœSÕ…∏ 1ü
í<sup>a</sup>ø®'!Üeh¬û®˙¨'%∫û¡€°flË»°ò•a€[√jLç∞jΩ3À
a®vE∑≠øÃO vBêóÂ%Ù%l¡∂«Àã¡ûÈßπ´Hiú\@]s@—
ÿáæ'≤Z£h8
f≤ÄÅR°-%-bëlàΩt±¢F fl›%â±yΩ{O˙/âÈ—
^œÓÉ<sup>a</sup>0ÚbÌn-ß⎺ÍΩ(∕Øß'EÁpµø≠%w"Omy0æ□Î⎺ÀY
øì3∑a§%—
`»≤u≈≠®eµòyV¢ÑÔ)Ñ§fl«Æü——————

34

◊|?Ü|˃˜æ·ÅÄoñãÆ}9"Ån˜∞‰Ë◊∂9{Ì8ö.ÿIDEÈ#Z
Uã˘-E`≠¸ë≥ÁLÌÙ-˜F-vT£≈-35àUS≤†bÉ⁄†$∏——
ËrëÓ"Â/j˘p>Bhtä#'ı´*"ã∂≥ö^âÉp≥Ü}‰¸˝|—
rè(-™áûe⁄¸(<!ì¨p≈˝#\IıÎí'kÒ^ÎìZ¶2{ê¢®Rî
S¿™âSod-£˝3P‰7Á-
J·ÏÁdFØY~|']'□)©ìjûÇ•}§,`¸7u≤Éó°å/ËÁïÖÅ
≥0o#Oñ÷ª¿‰Wo≤v˙»z□S‹¢2X|ÅúáN1ë¸À¨ÿfó~Ã€
r˜◊˜7°ëbòØO0∂{∏6"HG)*R¿Ò¿Ạ̀ç
Ã¢©á…∏∞6ûáÚ¥Œ˙Á°fll{ÔûC⁄¥Óû èf†$————
'zÆΣ‰
ho·U &√8Y—ë‰â'˙Gs_#=8hÜáZI÷¶
Ù†‡øft•íOE»Ì35ÓP--6∫
S-ÀÁ∞ø7˃†¬ß>s'≤◊Ç!^Ãfls)ìy‹«Ô*¬π-
O¨'S_≥±Cb¸O¸GÑÙi¸U.*Ò*Q‰vä-ñ7!¡v∏\ÊÊm≠Ù
-
èö?≠X≈ñ!WväÁ»ú8Ÿπ^bΩ\áπ∞uåßflû~p»¸¡´¨0¥ø
ü‰´Í6âÌ'    e h\n,™+Íx•ywOqi∑ÿ~C≤AÄÍ∞˜Ô@8
‚<é«ÎèKW¶Eªø≠;óÂ⁄9¬
õœsû,¸‚îl„ÊxØ5T†ë·{U∞
d2ö
D¬'¶&œp———————————ec^ñõ•Ê≤ü;
gnJk⁄ 6;`Lßc€&îä"Uw"
ZÜÈ_Ö&ÎÛÎV£6œ‚äILÈÈ»ı_¬i6¬R"3ä-≠—
□,F»o≠Ø•®^Í∫ŸS‡w∏/\éL{SÑk'*————
Mª∑ç(ï=â?Z7…∏u^°^≥"Û∫îiD≤Â!
^_ÅHr‰_'¶≈T[>H«,†&öípZ>•s‰¸9†1/[®x√ù@Ò
O{Bú3˘Jïø[éz≥Ig5A>u□"BÚßöå,∞Ne„w
ıµNßwcø£òKQEJöï□s‡Uñ=-9õøIŒú0òÍ'ΔC7°:(Õ
^ø<'˜{-œÎ‡{i˙3xi÷Q—
1ÿÃô4¬fØñ-8‚»§BeïJä˙b†È°°@'˘íIÿc„±:øŒ_»
ld¥sG µ±°mîã©<⁄————————————
˙û∂¬àÀé¸ÉêõfiÔ"T¡\Tå'j\Üôd{--
˘O@¢TZ8rÇÀá7•->xLD8‚0————————
Z˃J#õ}Ñê-˘„˘˃:{ßnoÅ‡Y<;µÌ˜…èÌ?Êñ̃®□LB9s
Cœçÿ?;ûÎ≈OíË"…Ë!ëO(ùÔõ≠'•Ö&©v&≠1  ¬¨-
ÇìΔÏø1É⁄µõ®xÚ„j±ôÊ^¶Œ-! 8|w°°=õ¡{◊õt1á—

35

%m¬⌐ÆÛQG'vv£É—
àÛy?(≈/£GõÀz]€m]╱,£L=Oöÿ©CiEÊ————
.ΔbËÅZÜËÙÚ.x§╱GÀôÂÑ≤€f≠¡»ëX]%≤
6@%°˘V∫Üzõ{HÑöↄz˘¯twë6fiœÂN—ΔKÃbÿx_———
,¶6j☐Kh0.‡"°¶+$æÙ6˘w≤ö∫Wóñæõø>*`¡†=kw
c^Üœ]É≠.à±&&Õã`p`∞Qê(36X(ü™
û•Ä˜∫U—
R^—å_0àCUàfl'·?j∞ÌÖI∂C¶W°®2∑…êîâ≤m4,Ô\)É
flç%—ß#o2,X…vA#‡Å'öêg@ˆòÜ—
à^)«∫D¢ãÖ◊HQ9≈§1ÔHüìk☐mÌ;˘Ø?☐;òwóÙˆ˜
xp∑·OJ˜t.u|V≠Rå≠iU#I·ü"\⌐Ñ¢Äè≠
        ¶☐!û\I:N|‹XFh¡Ò*—·∫òAeXj™1d#…£,-
NuÈyáß˘û§AAg|Ê¨-
†˜µíU£¡SF.Œx6ªöÍ#T|´i°— û7°À∞MxJ,1`yq1…
86%f⌐fiÒ|·ĪN›"çóÓ,≈Í2tµ§Z§Ex´ítG…è,"àáV%
wÓø·7qe(fòÔ>2õei
QPª!k°flö_tBÊ¨¯K€¥pøÀ•†1 1Åôâ1πrS!n¯]å-
¢.µ∞¶y~§≈vCN*@#flz`mø,5B…e°>©ÀJÑ9fŒRÑÌÆÈ
¿1°ÀØN@vpËdrä Ê¨#B1b≠ÉaHío/aq°"Z§è$ØùÅ„
•€(.dã…ù¢(IgûÀ«1c;^91$1"ÊY imò¡oeÓvÕ√°°
•dïêÇYîflû•sFÅÛgmEü}ô)PøJs%˘fÀAYåf"«úgÀ6
¯,-µöKô±;fl,∞û˜.QäP,Îñ rO¥á;-@36;úEz,K¿‡
        èAeçµsH3È^
|∑J:¥<Á€Ë€Ô‹,òóé•çË@é‡ì╱†[•orn¶k————
`ó©™Ñ¬ØrrŸJRΔ:Œ´˘Ê®ò1
6:£¡Ω Ufl‡"f¥!„˘€9.nFò◊PVûÒÕ1ÑËŒ•ä›1ùAQ
36Nj£èäÊâ-
w8'1ÁÂ¶_‹JKnuÓñ|£tÅ…úÙ0rë01:ß`€|Zbd°Öö;
Eœ0b1î°µÚ[µãú-   ◊·°,°.å•fiìåGè!-
Æ{Œi2M•nÅMQπ≠‡∫πtI_uX/Ã    ™>M-
RGÍß1™qk£ZLfiÇAP_•ÎGE¿eÖ¿Qu≤∑"$Ï"&Ú∫ú∑Kí
ø,(F) Í%%Å*$ pz´69pj•Î»$m}¡SU"q╱&es‡Ì-
£Kç36ÙfiïÏb¯éÇ—È3æ-î¬È"¬˘≥Âu UD@è
ò,{∑÷ÍÅÖÚ+EY"éÌ'\D‹jK•≤ØÀr°YŒ-
94éW9¡=;1b}\yIñî-Wa~'ók≈/%Ft∞6[,í———
.É    )WK⌐f [$›~Œæ/Øéπõ╱owÄîí
%`Àá`óïF∂≈Ì£çà{U/r¨☐™÷"¶q:Ω›∞!ÜTÕ3L]

36

°j\pöS&(I⁄áÑ‾wMÈ€Ô9§
    ct≤=÷R»∞<1:h!ï˘;ˌmˌd:——————
íÂÇµæÚÕäVw˙ 3∞ƒ}ÛÚüëY.˜Ùxa£6Ã‹Á/˘ŒñkHj
3◊wÓˆâf†sï ·7ã«í$µäÂ™≤Hbs1≤„5g≈€∏&2Ω_÷≥±
‾°◊fiöö∞,A][ë=Îm‟C>ſΔ39Jsî¶—j——————
pÙì

€k…’!πõ9õ¨
|çyÈeV≤ú’]êpã37Ôπ¥é||à"TëV˜1°∞Ül‟~ØÁ3∞ü
h'=\^~3-
€9¬ˌ'L≤Å@Ëó;ˌîPß[*á☐yã`n\ï¨9êØQæ◊Üö÷œæ´
√Lv}-
¥mqUX∏Y<π°-o¥€áYÚ˘[Ïſ¥Å§>"πWÔìëQ"˘••:«≤
fDfí™H*˝^±~AÉèn•®ƒ
‰÷≠E≥Ã:ÿ¬4-˜°)YÔ¶ö±9CF‰'ÈxÑrÁb,,ñ√‡ø\,≈
óP»Êá£trqÿgŒæBCÌ‰n∑lyÌ¬]—
◊ê»{ëˌjÄG*ZÓ'_˝§∞Lé'üˌ•î´π=€¡ÓWÖ{=ƒ:C„…
ô8OuÂœi÷à§Xù@ç$ê/»ø
ÆT"c¬ΔOyÈS˜IØ‟ßflvkO#¿V‾≥Vˆ[ùÚÙÛ9Pj ÃÈØw
`X¿¥Ë7Ü{&ÚÏÀ∏∏gDò{<¿µòà₁3˘fïwB-
ú☐âô·èËÂÛ37⁄"≤A4◊ÀUR9•}¥‟HÔÒùÃ¨°èç9ñ™œ£
⁄'⁄L≤°qrVœΔ¿1-
¬[ë=ƒh1‰öC˜°Ù„⁄Nv¥u˙êï£°Ë3gVüéé'+'âA'}—
§¬☐KÎÎˌ˜f1-
L{I†[◊ï‰ˌå¶ŸMYQÆKfiöÃ.…ã'ûú£Ã◊´^˘1Y("|8
*döØπ¬¶ÔùÕÒûïÚ-Àxí/çœÃg7Í
•&r|AŸÈ>À6æV>˝`Øwg°¢Ñ*†>ÿ¶H>7fiÃ€kdtËá-
6˘⁄{2ßÎdÙ-ÜfiÙ>+ìP⁄Bó-
Ô,kó6ú?9!ò€ƒ°Ì*=qp˙!fl☐|4ÃeèeI-
‟,6Y4'Δ€÷Kc[j¥+ſtU°fl≥'rtŸKyçfl¬í≈@©ÏOJI1
ôùÖÏ4-¢
äôk[ÉÙ‡≠á¿úóç˘flø-ß
È————————————————‰ÅÂƒâé(Ñ° qDÊ<©M
&J°h‰A4.¬/q}p'wÇö1ÃÉMΔ‹·ſICjBH`>by:ZC]…
æÍn'Ï☐ õ-⁄B>7£!q1•4Á‹,fÛµ†Eå¿2^'c£Èéµ——
"ÑÎc-ûØÔÕQ=J1'>;Æ6¡∑äV¨â¶íe‹¿#î$‰8——————
————————————————————-
åyøÖÏöD"'≤*°∞¡ÁſTªXg≈ËkfiˆêA‹]XWC!≈(Ω‹!É

37

.flΩ 9%□‾ ∑c{─────────────────────
√?Ï/ç'*≥,b)nô∑÷ë…"îÜûè¨âSç4kZl2ØOWOñ˝7k
Ï#□sÈyõfiä.•üvdÚ≥∞ µV†%Èñˇ?3)H†
Àdc‰YìΩBÜpÅÏÓA)-äæ∞û{Â#
‰x™ʷw°`Ü#˝∏`ô>+÷÷}£W□„°≤©„ÓÆ[â™t6A∞RD—
µâ≠N∑[GBk,úPL'Nc`¥ù<⁄Éw¸ɪtÚí-
38B€3ɪ€Ë˘rõ´¥ê∂ßk°-
BKõ%äxÉ∑6uGè˘≤ï̲ ÊÀ„`IΩfi„è€W<N-„`1─────────
Pµ»v>OÏFÕ>Ω[90ñ°38cÒïœπÄÄ≈□…«'◊ɪ°˘°©l(K
p‹ ≠´/>ˆ:F0ßMoœvœm±ÒÉ,9à¨í°‴◊æg
BÄ'≈!────────────────────dœPì¢l"ûÎ">≠
Èèè˘-€~Wf±f──────────────────────
ê®í°»·#A°h7bÖusK®ßâAÂ¢ÛE+ûV¬ΩÛçBÄízÖNÔr
®V∫ÉB©Û™˘
u,¡fiã───────────────────────
WÕ9úCDâ}"dŒvj◊¢
ùùΔOù»‾A-˘ûdCDlflÆ ≠±fl¸ ÏîŸ"Æò^L*ò—
$Δë°≥],`èOúq⁄lô∫üØS ÆæÃ˘≠÷©°ûl∏¨
∫‡Aï°¶G\D†%˝û¨'âüÓaSf…Á
&ÂWñxSÀPO?ÉÃ˘tt-i≥Êm∞(-o°î}
∞Î─────────────────────────
"#Ñ──────────────────────────
ñ-¨ú[ÉRQRœ!lAB
ôOGÜË%Δ-
\FKÒügË]œ$√Ê ›ɪ7ÑèYy¥:Δà¨¿Æä∞{óÍe-
_*˘câ´¬a´D€úxù›;Ò%zQd•ç¨∫B&ñ≈≤@~òÛÙ®lè•
│¸≤ø6ì%…ÓCÄÕJ=jÛÂ|æÃ°@38mlPfiÒ≈ç≥ó3iíÒ
htwÈ[€,ßãœDnã<dfiéÔôafa6fy|-sY´ˆ?
·7'√•q©¨'9Ÿ◊"/¿Üæ.}á?ô´™dóÒ
ˆõûAFôz•¿ì…fii[ìnµ„•W>t¿a÷á>ü`ë€π˜ŒŸ/7aí
ÈÉn<√Ë°]Âç'Nu†QGb÷6kÆqûV□„∞AΩ:§ZÄ°?o‾GU
GÅªÚ=A|‾Ær'C'´ëã:Lɪπfl9d•bçsQÀ⁄‾À±7\Ëfz'
¸†,á6Ê÷»U¸ÛÉI¨Òxc1it o¸H‹≈C\ª_flk˜xÒ©\äŸ
TIΩÇ›tÑKñ1)√eó.j©Ñ*˙B≠Èõ4b⁄]?°¬£˜∂
^øa)"en»¥‰5-àÙ∏≠Ø<<°ß  Û
2¸π™¥Ûëbmç«ßN9M‡J—
°pxÌn÷N§£¸TV≥Ë(1¶□M˜¸Çù,•U 2<V>s†ƒ-Vf'-
8J/vΩyÎä'W1L£mafi──────────────────

‡P}P¶»_3:»®≤Ô©ÙBl˜k›Ï°„3ØÈ•°'-
vãI‡È-ÃÎü¸íP±Poˆg∆®è÷- ¨úÊ1≠1ï
f6]Jß16°r≤÷fõ√∫v![AfiwoŒÁ¨"æ€≥NLı/ñH
v      Ì-¬´MÀ´È≠V
êCóñ?hJÃ!¡nóˆ√ùG————————————————————S
z;MQàz¶≠AΩ76ònŸ^èF≤39√ ¶/-
O5JûM¡®û39Ù7v=ã¯=ß/¸mño∫7#WJ∏M˙JŸ÷πlP¿ˆ
˝Æ'+ûã˜t]jfirâÚmË´j.Ù8u≠ √Ìw
Ä5Õ€€®ßXé»~`˙*øµ—†'' ¨≠QB—9Òd4
æ·[i«&äl∏9?G"…DˆL:Ú8è{õ«sflAMäè∏„%mìÀ3xÒ
9Q¬ñÖT°€{¬ªì-
k)6ÈerH,|HÕπÑåñÄ°RÊêö¿dJéBÇ…kä√ı"cC…wäâ
DÎê˙f£∫S˘U∆«°ëôˆ∑ç¸Ô≠ ©˝õ
      Ë≈Œqβ˜2 Úp®ˆMl-
ñ=!X2‰òÌ5£AÈsk6Û•ß0Ò
,A®OÌS-
o¬FÄQQ!eT…'Ÿa&6Ê'ñü≈•öZÚÅÆ¸qGá1ôª{Du≈ï¥
V
x-Sj+˝®±ä+¬ëÍó∏€»{"T±Sõ*éS%;XiÑ¿n…7-
rF·Ùù&ò8\4q2àV·g~Za?¢IÔÇæ.,·ø{ û°Ó∂õL
      øŒ‡¯ãòâ]A
,zFw„4∑'Sjœ«∆:óVqSÅÏxÚêÙ9¥ùEö'˜ÁÅ
      B»ÿ&pª©Ë˙∞>ùH±-I<®39$û-}·≤"?q————
°Û"÷9-Ì°dR<¿
Í————————————————Ì…k®,@Ωd÷ˆQãûtåH
\fC°òé4i¸OÕ∞'p›8°-
N•|E1¥°fÓf˘{sû(‹.‰çYGôÄ™≤aX"∫™úïⵠ˘2=;ƒ
$%]·qı÷ ú0P!d"ú@„Wtáıü
ÓÎÃÿÀäÜàù-ˆ
_O-——————————————————Õ[‰"8@˙2™0=-
B[ôÙ√™7?…§yï5ûè˘\˙ØèP•†.Ω" Â-aò˝K√
FAuú∏‰fl¥õu*0-ΩYuÇVSËDáâ39´˝Ç————————
ÒØ¡Ω-√èKl°(Z"ˆõCÜ0x8Q•nÆ-392õx>™*œ-cu2—
·$"sŸˆê.@WP"‹ã————————————————2ü¶
ì/PfUÓtO'ît+òòW7!TzDx¿c∆Ïg,‹ ————————
€∫í3Iß-öo∆oÃ™m°°Ó¿™flß61Ü˘ï{ïâΩÀ»Ò-
Q≠Ty"â††V÷„_µ™ÖÔÎ®,¨¸êèmÎÃÿÂb&Ø-pV-
È*§>©ó´Åfl»Eí˘uGÃÆ5ƒ—

myä•a«Oìà#`ÈŸ+ö˝ÇHó]»¶)í2~À‡⁄g'Ï
　¡A*Ωr«É,È-3Ç₁•∂U40XŒªîwê|Jú€(UÙU˘ï
　√5L7¡ê∏'óó~l/(Ëÿ
　ád40Ÿ§˙úNpÂ$≥U₁"•ƒ¯
3°¡≥ôÅ^«-õÿ>jF≥≤¶ÎTÑ--ü7-
　%›îß"*flÃd‡ÆÄ◊p3Ò1^`6"{2ù{
â˝r˘ZLŸàÒ´;^,Ô≥_˙ü˙d,fÀ.p1-Ûââd‹b¨?T∫,˜
fïÃVòÛnR@Oö°æfiXq°7∂‹ƒ= (˘±OÎLÅA-|Ã[4{Ú
ßø÷>ÄêF˲,{-KΠ◊∞≈6ëNØmIB&Í∑ΩN÷¿Ñsôâ#11ç
　írs˙ßy<　～C—¥‹:40~'40¢5‹.Ñê(@%"――――
ûfi‰XÍ!}0'œÒõsEªÔ/±ãéÜ•†¢à¬Íª
ùy∞_Ÿb9.®˝ÈHÈO°»wÑM^fë'|+Ók[A?˘ÁÈ≥z%'∂>
G　«'ı˝√≤Õ¶-
õ,Ë∏B+ÁÎ∂¬ZŒŒlœπá∂∆%dÛÎP›fi¨›„u≤-
"@Ÿ,©,ù}≈650?âôxhE úpæ€,›È(˘Üh-
íw}XÅâ∞RÎ4ÉG¿S_°∆—
ïfiùA*ÈqÚ)^ÒYúNG~≤/öª_°[ÿŒ}∑Æ[L^µ^m'¨_Õ˘
Œ¯ÉÙ¯Ks2◊÷Y"îVæ:1-êê~˘È8ƒñçäï%_/≥9ã-
;ÄäÏ∫a\ûË˙ú£D#âÁw-†　――――――――――
•¥¶´i‹8R1,E√,GÂ",Ø@W∞äzá⁄)≤(O'%=]≈∑◊∑C"
2£m£˙ŒDA∂s•≤G—ÿ
˘ÂÒ≥-yëM40îàô DX¡å"ßéfizSóK`„□z6POŸ"éæd•
˘ÕµÄ2˛Wi{€"400›7c
□ı[ §Ó¡πY»qò
1Tf8˜,Ÿ»˛ø∞ø　――――――――――
$p0˙&áÄØ˘Å
Ñ-
/(äÑ«W――――――――――――――――ApzMÃF®äA[¥
‹˛$∞FÔ>÷;öÊô-µ€ö@ØÅ"~$Ëπ˛HVìì≠k
^L™™ü£aˇ≈Å∏Ö8F© ¬ë‹Ålmí-° ∂GÅüzÎ2™ ∆QÜ*
£fl™ı•flBôá(ÒÓ∏≠Voë¡Hu!=-N¥.Ælk™£ù.
«€≤ëío©_~s]{èµÙm¶˙˜g¨]˘©"Ÿ⁄-Ë;-
√V°%√ı'PmΩ∏-
˛Ä¶¢K≤≈…flØÙF}≤˜5»È□•ÄZ≤z√L114w□&*ç)£‹òg
ÖWı-P »95o˙fæRÊ
1õ\6ÛÊ^Ê-goK6G5<?'ª1Yç˙ÀV*Á˜¿¶˙――――
-Zäµr-0&(È Œ‡®áh'˘•^^
Ô2¬2;uGÔ6Ä0Ö4^!x∫AµG>¯œ°í˙w÷{ ¶'O∞ie•

40

≈© ‡Vøù´-©)ò□————————————————————
RâU´ÏŸ-ONó\‹ 95A;π)9- ̧í‡————————————————
H0"——————————————————————————————————
Èñ÷]ÑØIeñû$˝í7c|π ›EGÁÓâG◊ç-{ ̧CãF&
　　•gîLì∞å—
NøJm ̧ê§cl‰μïDémôfY⁄sÓ¥K‡Ì¨≈qÎÉt0aπÁ„'ü$
«{E¢ ̧;⁄hNó °Í
=úOW;üo˘í Ö!⁄›OÂ®≥¿p₁√À‡tRî4b-å
ΩïJ|«s°ÄT{>Hü|TÛ'◊n'P$r ̧€-F>uΔ⁄ ̧¶˘âÒiÔ˘
ãGW°Ï-ß—
øΔÒ'∫ÿIUëÍï∑©μür¶váB"Ω¿@A,9%vËââ˚Xé¶:&√
)D∑ßEÙŒ¯Ï§iZ™ïẦÈÜshYâô‰K)C8Àyò·3∂¥(ug†ö
¬ëDŒÜ!Ωà2Ó3◊áßèfl!Êç'¢äæMfl₁CÀ| ˙•è˚s~paÈ±
fl/?˜˝
ΩÏˆ:+ ̧J®ÍØ)—
ö¬Üë∫˝Ÿh~ØV◊ø©ªeÛxgœ÷J‹‰z0⁄Ó,μaÎÁ,ÅÉàz∞
v0¥ ŒE≥□∞òwÆÉ¿>Á•˙™m
Ùμ ̧,ŒÀÒK$5ø>ÖÄ‹\8ò□Î-ÍS ßÙlg-õúé^-≤≈˘q—
. ̇Í◊îëë§KΔñÓáZB3√ ̧∫∂∫　e*xQ∞μÊˇvfifl—
°Û□•…2N1€ 'ÉO*˚a—
„®Ωød>ÆËd ̧eóù¨Ô˙-!üò`êØ‹₁Km™9————————
KRü_πV1∫Xò-xdÅ˘1|sÀèøfl·GG'É+————————
etŸŸ ̧óí›ïμ•"Gfla————————————————————é
°˙&|ä] ̧
　　&scèäXÓQkyª1Ø¶Ñ8àc¯Δ¡≥®Ç…Fv·ì•‡'ÌÁ-
————————————————————˘Ï41Wø¬~-içö[-
4‰…e6|p≤Ú¨„•&VÀrè‰òX*~p,ø°————————————
b—————————————————úvëDÔ_pöı̀Ò∂ ̧ ̧-flw
†vÃL-Ö+Ü/y₁*W)´˜mg*Arßr ̇n¡
»fl€;m•Ω4"t}Dá· „-
Æ‡BhÈŸ◊Í»X3E^¶q\Ÿñp.Ω⁄∫&ogfi3Áπ"çà∏Ñπ"Ù—
ø\Üe±jë¨fi≠5•‹ (—ŒgÊh÷◊[ü———————————————
s~ß]•ñ'>f‡V»[≈K6zîM'v2W.æ≈9,K-Y•XÕÅ'
˝-XÕâBW≤H∏CÖ"*~JÛäëödÊ ›eDy ̧Ú'$≈U—————
%(*˘□N~*wTΩ-h
˘ëNS¯™÷Ñˋ´Q0˙«ˆ£0È§ 'E≈"ì̀ÂßD,N°Ä[=T≤˜K›
pŒ∏tUê∂äEçßÓ™F°∑{#˜„W£ÁÂÏ√π&Âo§`XÔˇfl¯@z
Ø±á¬—u¨ñkˆàW‡rs©É˘rÇ":^‹"fl—

\\-!ı————————————————————

√µ]≈•ΩúA/¿Ô5Ùd$∂

　•¿

ÌDS\é«-1KÊ[MêÀx√"»Rm<øvÊV§ô‹ø¨=æ…+

:}e¨À"N≠Êfi¸‚<ÍæΔÂ¸*$ëÍO–

06Û‡T∞∑…OÒÚŸªEt42\s©oô¢å^Dˆã∂ZÖ\|`uFoÂ@

4†J2RM4A&G#ßPBËA÷∑b3*Ëé≥$¶∑BÙ÷±————————

¨;8Ê]V"!Ì9_µj-ôÒ)·\ç√IIL42KIÛ=†;A´

|4√¥˙ʃÇj‹ú&&≥Hçm¢!P_ÔbeONxäC∏–Ã¨ÀQı°42——

`@'-ÌwOçÉÅW≈-"éé}UÑQ-

ñãi)„Z¬N9∑ËÆ?K¨NùAkuŸè≥'≥ò˘ÛÕZ(ØÅø7-

xMoá————————————————aœ¬+ˆLßñ&W«ı_

¿r›˝'|ÿïcï›ê¶q•∏à-1ÛvG€☐

　èöf$ À42emA~O-[ÕT«¢R+W{¶©p3flʃ{¬MÑç

jÑ42çfif·☐d—

™————————————————;‡§◊ÒÅ42ãï%rwErä

a*vRÄù¿J?fi,ERùÙZùπ≤,!NπÂ>ʃ›^qYÏAä9öxæÎ

∏Ñ‛s?☐ÿ÷é™√Ë∑ ìfØ—B6LØW|O_'ã"(€xª∏ á——

b3√Ä€÷ı/["¨>?uÔ'"ù9fir]☐fiÚûǗów"§¯xÃ^42©˘

ShÓ"¥Æä@vúß#GåÃA¯»\ı+á±î¯√~≤åÀ%π&T„ÜìSd

¡YñùîÖ&|¯m◊

£à¬hÆk©5[&∏‡-ªv\ Ÿ≈‛bö|:ëkô'ÉÏ=bm

　†v~˘˘π"¢@jÃJ«%ém¬Æ7•p————————

Å6√æìƒL´¸∞îƒö)Nla|ƒø6¯€˘Â…

…O@ïTQ4N◊4;®æVÖiôûåÀD⁄oÉ)x!ª]•Ò≥Ñë¢ì≥Úø

XXÉhàhÆ∞☐[hü¡ÉSÜ••DU{™˘—

Å>F√V°‡2K´&'¯ÔVyäÔÆ J'⁄>Ñ≥9≥≥ì@gâMC-H——

VÛ∞•Ù®À:S¨ô˘0S‡4d4;úÚ'"!Åõ≈b

　˘_îÊ˘Ifi'•F„]iØê;K«®Q°Qv7Õ˙m«„n˘âPT

ÄÆf%ûx >Z%˘pæNÕfi≈;ŒQß{E-Œ5Ø %Ã3^™ʃ!-

Mä„bÖK‡œÆÖ"!☐/NÙ-(¡ 　¥oÓ+¨‹À,bëü

　　ª˝7K"«)◊{¯»'Ù£˝¢cœ°ÿYå∂î§vØ_aórjsó

FWflsü§µ¨¨¸ÚL°,Δ•ÅÊ^S£h‛ë»ÑK¿˘ŸÜYyê∞Whø3

õΩH-¥∂ıƒ'`fid≠·¿°òE+…42»¡p¡Tµ1DBÃ

†fìÀ#Ìó≥ÄØ√ÅË&‰ÕìyÓ#ã2$Ìñi∂

9-•'ôíà+ù2Ïrfòth@@ âÿ˘,ÁtO¸√L¨á6=eØÒ~õJ

≤ä'v

　　f˝éÍ]Çª.îêgò]"6Ÿõ°py_sßz%ı_ʃ˝‹6$`B

42

ï;ό5ç`≈Å$A IêDÃöϑÈù¯ÄuH–
âÂ(¥ƒ]RãKwkTgŸ¡#ƒÃÌ=Zfl: #|&Ö————
Z˘ë‹Ø]fi˝ê™]Õ§´□ÙPɩ>Sµ(å¿â´ßSCB¥:'∏™±™Ë∫
°^XvµŒéríWÕø*ÜJãJ^%wø‹ cZóï/À$õ^ù:‡·'êæ⁄
¥âϑ√2p?Ä3∆û#Ièmqï ›wŒ6Ñ`£——————
–~}ü¡q≠ÄX«µ ˝Äÿ/=≈ɩ ´⁄‹|LA+Å$°^ß°Ká
™…S≤= ·; ˛VϑúÆ*————————————————
43@WÂi2åd ·µ{eg§|')≤g¨$~
_Àë2∫#◊3•fiFåw˙œØ•ÎN ‹ -"Ä°
¬lS8 ·Râ´raí¢≈¬ϑ§Y06ÙɩgÎi@/{‰?uxΥπØ˙°[•˜
òBƒ'´ ·ic ¥p>Œ¬ÓJØ÷∏ó˛=ÍÃ˛^&9P÷}m◊^⁄8QÒ{
;ÔƒypY–Qfl≥˛————————————————
8Ö(°–$¯y@a¨U˙˜◊>;™&Œ.1ª-
HŸ`,□®ÎJΩ+`ò8ü„œ* ô©øúп±D…•'X∂3‹¶———
Yt$ç5ØiHoÎ$,≤
≈fiTæ"•Ïà¥◊µek˙kÈ™˘5´⁄ÈÎ/Bɩΰ¨*`⁄£";
–ªE.©È‹ «`≠®ɩGk§ûE '?Ú≥PgVµÃÄÅåvÔ‹€3;û.Kp
]ãfirY#lë[ËL`=wDIk95÷+jük¨ØS±‹Ê°ØFYœIgNû
aɩ:öNØ,‰"Eö¬MZ43åù£≤°¬ãÃÃI(
¶é+Í⁄s˛Ú‹+œIO"6°BÇ§¨Q4343w√h¯U‰´òƒ@+∑}E
I€,02È˙≈Kàv(êãÌòx@à43Ω43Ü∫*àè]qyK`\ï-\s
A˜ªG‰‰5≠k‰∏â8«Cú{∂I@>òúáp∆ßX(úô‹ Ôgzy∂ü≠
àë®6F€)lò∏,B,û—————————————ÑpM
qû1å•AâÔ°p÷õ ›Èk/≈t ·0∑ö∑
≈T6≤tÇ0ˆVã£ñ:*=7pÅNëP◊È‰Ëi
Å˜|"c}ƒá-SµèN43gªc-‹+c+[hêÂ Jõ

BF«ßòÑP> ·á:*Íék∂MplÈt!bfflúí+¿•`lì∏kÒÁ+U
Hzepöí≤ÈÎ◊Öf=EßÚöeŸ@ƒü€43@€:-
Ñû43‹≈[Ñ°˝m4°Ω431H 5`çè————
®"4}VFÃ6◊€©-$=H©é:RfòÈ@‰RpX————
B=• î‰'0±I˙∏ ñ„≠¡˜à*îN•≠n]°Cú7ß———
ò©Ëv-Æ–
*ô°°I(˝B;ÔXhUaÊZ€‹y‹úB‹˛IÚT‹]wâôfi^TP,£è
JΩ‹ óQé‡X2p["|¯±MqÕ!^SBHDƒ‹VîéÖ⁄Ißeó„-
›BO©á=#rl…‰`ñ„˘GiÚ'≈
˙∫yï»qÇ÷uÎ>4éHSR@](-ôÎË°‰n‹Œ=˘J#Ä•èc‹AË

43

/ã+‡zN-K£&G'u`8˙~∑Eìj<örÌù˜ˌß4&‡A%<¬∞po
¡▯>hJHÉà?åõ>®ç>'˜ˌμ
£óF]™Ø tF5≠c˘Æä∆„ß,ÒóíÿT+0˝∫M°≥8q…bJãÄ-
˝∂<¨ìI8â¨≈√8Ã44'∫≈…Íl:<[Õy#È™¬÷J≥(ì#
    p|2'(,μèR•,~«  ──────────────
(─────────────────────────────
~ÆÏ|me«ÀEÈ''ØTèê*∆Dë2nâ–'ÙêÅ‡──────
─ÃT˚Ç◊a^1)ú]!?≠NÏ<
∆yyÖHo+ØÂCãI^úâEQ{K,ØH‰¿FmÖãW™æ₁ª4§:˜R,
;QÉÄμ'¬'fió<X$Wæ[⁄†44™ö-
'ÎØá©‰öäMÔÀ'ÃMuâÃ6è
@dSÈ+ˌay¶°»-44yRZâW˝ÿZÛ•jÍ
xF•u˘?Y₁˚ux¬OЁˌ(#ÔЄP>CÊπ°•S}Ê<•ôÕíÃ8yß∫
v˝|ó¿bÍ442êƒ†^=Cßô ò{Ôö˝˜-w''T]!D1‡Õô──
∆M•˙S,ˌåû˘üÀ!)[q{œì!────────────
▯S°hOÙ≠1[ÀWŒ˝,cM/t±üKŸí
°£¿;VöˌIàïN@₁.,tÿJ™ˌ•Z#áÈŸK'FzvC«Æ∆Öπ──
flÄ>ŒÒç*˘˝Ö€ΩIÄ´{¿(jÌh∑†mk…‡¬$Ã~{˝1ë 5Îü=
&mä™Û<§õ6ÀÿÚ•zπflÇ^°ïd"k˘Î⁻-õÑ x»˜ É8
Dù¡ƒ9ØÆû¥É˝≥¡Ñ
RË71ÏlDU≤≈Ã‰0˘é≠∂ÇÌá˘
nf©Ù>˝
      i‰á¿ªßp„ìc<vË‰§{çO`c=¶"AG°•π,O
     jÍ~êêd∑ä˙hnzN_fi▯jwflÒv7/⁄Öi.QÆ÷U√{ô
s'T»fiïn!æY6Y(£∑ä¡2ÈâöácÛ∂Üä—ò´¿¡ç‰\Ok∞√-
í⁻v──────────────────────
∏∂ÿØ˘>J$Sfl!≈Ω˝a±°⁄>0âêˌÕËÔ¢Î°)Æû»ómÒÖŒ•
*jμ §™Úê]ƒ3B7TD∏ °───────────
ÿë¢dq¡qjÁÛfû@ˌi-
──────────WÎÇXÑ∫ÿ:§òU
n»«9∆ûáï«\Æ44øô<Ÿ₁_<ò&=Òμ^Æ≤Äa/'f^"Ä‹í"
Ã•˝ZzμÂg⁄Ø˜¡>~‰xQ<üzç¿•déV◊'B\»Kfi≤w*'ã1
‰Ò∆ß˝44M˜ñ8A$‰0Uflï¬®˜∞Î*1AЁˌ+;⁄5ƒÑmFqXÓ
1ΩB.∞0Ã2ØÏ∆¥Út|TéÆÙ}eùiˌ"A·M[{"†uIE•‰ÂÉ
≤BüÈÙès£Å—
ú}Ÿ(g¡Jæ>F¥ï>,◊∆X_{πÿ•‰∆=?*bàê†æ)ÏC‰æ˘
      ØÁW∏Ω!Å4ªÃUÃ˘clï~7)€€¨e√Æ&∫åO^í5,Wú
~@‰`RhŒ8•üŒmV=ªØ'£Ë¡òI˘àfiÕæ\ÔÖ¢œu®«76ås

44

sB,àíðÕ„_„◊ç*yrCî˘êç~†âmtqEµ¸ø›ò»˘SÉ3â8
¨5ITfò¡®Û@µÅê5Èì≠'Ä…ÓÏÁßDñxØ¬Dâ~>ÄBçyœO
™≥ílfi¸fi™Ò≈f,,π>~˚®w~Yœç„iaøTj˚Ú :lg∑˘Æ
Ìr˜ü À'©Èm•DÙÆ8˚ÜÖflNl/(
ò"˜V`˚3¿,˚¨¨w√…è–
ôîÏÈB–å:)ã¿óÉ˝,L^Hé∑r∏J›AM
\œôÔ"5.˚¡@ôfl•É,/`eñ`päM6‹Rl‹hlooÁÊk
1SH„ ⁄yÓÀÆıõÃœdö™¸∏≈"áfiÂÈèÄ6jnq5É»[CG∂s
|¥rîâ©´†∞øÅDI—©EÁÎ^óÔ¿RFí
%r˚0J/DΩLû∑A3d}œÚ"›Iò˚Ÿ¨W„;êa[‰™ƒà—î——
µO⁄˚‹»fl-∏˝sRËkSßg*…ƒVW–•ùë¸W 5àï–
ÇJzHÙ.X¨›˘/âwg'±M;'õ–
*≠y¡zõ1øV0C8‡„ÚË45¨÷.-
ÖOÁçÈøxTÄ˘Ü§÷J˚3¸‹ïõ`Ñ˚œ
F•çÄ?*˚GWªµqÂªÍÿÈ˚P‹xU'\)≤4≈˚®˘|æMH+∂%fi
pvQœ˚™"´¨·˘MÏqó}LÆôà+·Ô€'˘≤ÔÇŸy‹òØ∆vøù|Í
Ÿœ¸€7‹9Àfi7Íõ·'@]*Èî›á$EíÅ≈4ìfl"à˚ö‡ü/^∑
øÎ} ÍY%$%#Ìé◊pß∏Ó#Ï"ƒò/ªè∂≤íÖ–
)·Úÿ Ω?ΩHYÃÚk7…◊1âméò&Yò]=
¨¯ŸŸ¯`çgœÀ˘¨ÑÙ☐N≥∏âá‰/¿——————
∏ùnÌ:¸ƒ6¸•'[uN#çî7fi]Í^Ÿ˝ç¡Û∆É˜O!K‡ëÓGÁí
Ét>¿ÛQÄ≠˚-/∑–À p˘ŒxÓÇJ„π–
=Y%KÇpü5¢¶øÙi≤.§.$ÜöîÖ˚"]»q–
Û1bo˚rwz~Dw–
G0nÛÆ˚flªtü?ËvO£IW∞2Ô]2Å•p6≥;un>€¶˘=ƒ€{B
÷1≠I˜†õ Õ∆ç{è>9-
‹9s{%1òi!§Ë0√à®®hÙpE;w∑[-
„s≤˝öªÖ-=~fRPg"8øh1≥§Èl03≠êÈv2™$∞m——————
©≠a¥————————————————————
Ò☐\45P˚J∑÷ Ü.fÂÔgW¯úU¸9
ŸEe®í?€˚»&¿KÜ¢—
#•ìläsƒÒL˘∞Å∞hé'ú÷h#GjŸ8≤(£I"V;◊´û?nJ'‡
EÆƒEz-
Nû\˝☐0ÖêL‹ƒ5´y!#k+ÈªYû–à;îÛÁ¬∏˘ïCFÔñc∏"
¥"´≤Ü·Y^H¿OsÙ–∂≈s`ka˘Ø}´
     q;A√ø„R…æ¨.ËÆ˚[D‡☐tIéG‹>ÃL¯ >"˚ÉÃø
‹-±…À—¢ï◊!√BÎ[˚®≥é?Î$o∂âò¡™PrÜTÈMûd«-
p¸s©0È     ò\Ü*·´5!¸ƒQÒ˜ì;N¨-

45

flÊRsjπYÙ‡ët)-«˙ìv|ÎÙC'•WKÊÉ-
µg'áhn'«aøÈ√gQΔäCêÈÃÕ•_8°Ò)
∑ÇË'™————————————————————
·Öh≥z…ÿîë\.'d'gy¯˘_öF"ó————————
|tvOLS§□·.≤□iSÿ-
¯è[ó|5Õ÷‹)°M‰Æ›ÒÙfiMd≥ÌÜéø-
≈˛⁄e@?Ûj9hN∫hŒq□fl¨hÉ.ø∫\ú,ùø¶?UY;:"gÒ›]
œ√°⁄˘àmòõÊ¨Õl=,¥46ë°?›ÌÜgÚ8ÕIwEôΔ¥ó"W…Î
qÅ®8îênnv9¥„õ
õ9§˛SnE[Ö˛Iä"L≤ÈJˆÖ¬py=œ%êFF ,ÇZë]V-
N¢˝y'ù°òÑ÷u2}ÅfRm†úOCòèË˜xQïs‹…†Âô
Ç∞K8Àí◊Ï∂fo@«üÆp\k⌐fl1†5Õ¿édw
ßq8øE†LøÔÑ8fl¶5[°≠ˆ]&‡ıdV¯f©iñ‹áNå√∫lïsT
∑-ΩxH 2ê¬/-
I•xfi9zÓø^UéŒ§YT»˘dÄAMÑ3'ëÆq$ªa_=°Já(Á@V
"0«K°√≈°ÎäÖ⌐vaúoDì´Ç‹v∑Ç?ë]≤Y'c¬ìù□?ÿx]
O°'sŸÃéE∞/Ó÷›R°Sv€(äÅt,˜∂æT‹b'z˘4Ú5V$¯,
(∂∑úœ+p/`F°Bµ\)—≥ÊÀËcˆˆù-
O@◊!≤Pfü¡yΔæE‰wE∞ª¥ó-
xk]«FRÆ˛gl˘ì˙v1ø⌐ï¶;·ÔÒΔíÕé„ÑŸ@ÿÇ»Ì,%dS
$AU'◊J¡›b˙1°OU,3fßXöË∑eõ /Ωc!`m¿gåV¯=Â≠
§EJ˜Gg%46rÃ3ÿΔ«Fm‰ñäô◊ä[ÒÁ`ß€˝ î-⁄ë-
¨\FÎÚ-R,¯Å@—ª·°c9WeпÚΔ®Ê ô————————
öù©ÑwEe¢zµpã-˘¬ìJ
?°HW⌐ÖÄ¨
œTOÓ©Ïß√t…Õå0ôä∑Nb˛Û£'∞c¨û…¨Áaój0yÄXÈqÔ
D…°jCkèèŒr√´Úô«e'‡∂¥·⁄öc„∫ËÖKõVcF————————
□(ÜÉé÷!˙Û§qHΔå≥ıT»+MM$9,°áC◊›ªBÿ8O14à‰Ë
2åaÂA¬°QÒ"Á•Ú›4ü-1ë∑∑Ò
      1®é°éÔ¶ürd√Ó∞TVi˙Æ3—
oî√öÿY⁄˘≥ß€Œid†46÷'J¥

§Ì˘≈¨;uÅû  Ø Øa14fl•l*9H⌐‡™ê÷ñD————————
#¡————————————————————————————
øõXJ5Ωÿ∫¡a'$„çëåÄ"]ª\———————————————
™ÔF'6L————————————————————————
§ÑÇóKH'¢JnCËnœ'˘·ü∑Ò¡
»ßMCh°''´∑Z¢5["n…|r0,Eaü≈VB◊Ú•ê‡1□'Æ«‹

°¶©˜47z*Ω≤rc¿D ¡¬Ê2Á÷°
  °·™^€A£AF¿Ô6|£ÑRWÖù  õoNiŒ-
§W˜}nó7…lê,FH<12(J√∑547EA!□®=fiÒc•w'U™Ñ,
Mµ3Â{□flZ™Ä-¨°
  "3üµπ∂®?Zâó)ôq∏nAApn√˝°†µ√m¸2ä47Nu
47>Í□Ug?'M…UŒ≠éÒ~÷[∑A$åGó´
Ÿë'wi,÷₁Í.-V‡°Õ§Ô$œ™ΩÉC≥†¨-úí——————
æg∞L
PÓ¢åWΩ=¢!.Ä

———————————————————————————

¢©^Yme{ä⁄   ™—
âõdGπiÖ|0°‹®rÔ!ãÄ"x"/˘;8\¸ñî¶RÃ   t
Ÿ"°M»è-
π:üã˘Rüú9"è˜!_n¬Ì"Sô¿Â'≤l47"÷BÖáëπ.»jn
47"H˙YÈGüÛb#˙«„Wõ¶¸!S˘¬æîH}´ø
  4"Øx\a^fË3-±°€31f\àœsZ\•1~˜fi°ÉT∑]û
≤√)˙47ÏÔT5æŸë3,˘&ûÒÒ/Wúrà¥@u[åb,-!ªæ"Ìm
  ¸†¸Ùë
ãDfiµ₁∆É¬Ïx:2Às£ÅÉ·L¿D]o°Û§BRÃ(okÈ{¥
≤+ÖT¸b`˙y!^M€s§ÙjÅÔÓß47î°Ûd@Œ"T˝ñ√©Ö$°Ù
=47IË$€›§ç¸-"L$`B
§ƒ;0Ë¥Ú<µ¨Å°ôÆæ8Ø$ádXÉÚ+(y7-
íÏGäY»ë]π6°÷£
cúÛP{‹ÉG}nôÊ˜˘◊]§™#≥‡⁄òÉ5öÏú@:/ùÜRp47H1
µmäÍøÈeteí%©h˙ZVbG#ø—EAQû0>∞dM1
KÃø√4————————————————————Ò□Ó„æ0‹
  -Ez4eÃ…wc≠$AQÿ   ¿ø≠® ^{˝'áipµZ£
π^‡ÛCfi\≈‡fiöä})Ç/D\=)fÆÏ`ÎÃçƒdë}⁄öÜLQ°=¸
˘□·GÙ»ÄH}Ã7'ñn˜€íÊl˙yYÑcÈ›ûüCà₁¡æµç3÷',
ÌÉNãõx{?ë‡————————————
°s˝˙o⁄\q7fl ~ïfÂoÈü¢Ó)-±ú/•˝JYñz;â#Iæé»□
¥7ÿg≠û¨Éû,≠Ir˙Üp÷,"TøTO°∞Ö∑˜U~±i/sØœû¸T
"ÁPnaâ)Ã2Èflî¢Å©RS!†„± YäÇ9)˘————
,Ÿj¬"°¢¨ı∂Õ™•$´1Dä™/ &Àh1fPËfim¨————
Z,Ü F°⁄f2‾∫n,ÊkfUß 2GÃΩÃk≥˘O¶≤àÖPíb⁄/íÑ
{~ì'e?,Qß:ØCmAO47s∆ô…ÖŒZè⁄Ÿ
5.m}∆Z$€3É|¿5◊4% VKç°èùm|ç\˝5œ¸ó˙ê€₁a¸¿
π„é¥i•p‹›B;˝3‹›¬Ì≤"0í&µ"™Jç∂I{Ç[‹f>FJM

47

Wvô<sup>a</sup>7„ø!†z»¢¶ hJéw-ˌéy-r3ôé?M6Ø•◊———
≈ŒÙyQ®â°Ûnflë…◊ Üô?ŒèLÎJ'ä4O3 X´ÎßÁGon!-
ç˘âµÖ√ˌÀ-
®È[®Î23†å°zÊïïxŒí5,mΩÊA…wOMOö®8ä°å———
X)∏Û0ÊOfæNÁm•∑?vú§hJ§∞W\°ÕÓdL¥¢{□Òûxm_J
Ëèfl\ò†ÚHÑ£п5ÎöA»èÿ-ÿÉ"…öe————————
6jóÃä‡`ƒ¶ôÚÑ'ö´ç„,aêà÷¥M•qíϑÑÛ÷2Ê·Ü⁄®˙U
‹5∑cO]UOé◊°GƒÀ7¿Æ∑•%_á¶XÁE ˙ñ‹T
´≈∆Väõfl¢uÆ,|éÔ`ìÍ"6s~zϑêÔ∏âпy`üó≥W'Eü◊+
SpFÖ48ϑY{¡¬îp¥1Ö2˘8Ifl_gû`g∞"8¢ "8œOÊfÆK
O!3@zü€°[|`øœ¨\(&Â®∆D,e¿Æútï±Ãl∑Æ`*:≠Òu
å-
{mU=òâ,Æ?|¥GC_ÜA"mfi^Y∏Å ◊пLfl≥≠R¨Ëa\Å>"9
3Û…øÃ›"´7¯äÒß≠ƒoIw≈——————————
¢,nÅ˘≠¶£+ÚK~ÇHXúo@Œà&n ®Ï™,Ga4'Ltç(·|CÓ
JÅ¢-Å∏!I£uv∞ø≤◊°ŒR€p°·YÉAúj—
r£æS»\Ç$®˙dkã›∞Sôè(—ˆ|nPó≠⁄),eëô±————
`´¨Ñ—‹Ë;M`ó±YÙ©ÅÒ˜{Ít¥¡ª‹Ä+Œ°ÆÑqƒ{Él-
Û#d`
9(¨gD¶ù∞'æ,p+0À~õY»•eˆtïUàáà;|`Út⁄1Ç%UÕ
èÁ48… £ì"™…≥Azãˌ,s{o‹%òBk°ö‹Ÿ≈L*zFNÙék*
^ÎÛë\›·≤%XJXiå°‹…¢˘|›W&D>£ ïmáz…Dã÷^LãG
Gær≈Iƒ/J€ÓÂÏ.{™z`26Ï-
Csü ©÷ñÙ‹fl˜K°„‹y‡Væ-‹†Ø+KKt-
Ÿ…ÙÎàÂ@å§flG48ÀÖ-Mæ¨«È≥URX¥Z□íúû1PEçPª˙-
Ps∏(÷48‹'ır‹□$»MÍÏ«|ë/xFF9ϑM›[Eˌ∑E‹ö
-g 9 `´W!ÕY)ôø'äi?CM-ˌ{B®?®□X-é±tYŒ¿Å?±
ÑŸ+‹2
ûìì∑}?i°å~6Ω¯,p$¬…zj_ÈA…"Ö-
°Uz˘5±~~ïXABz{°1*„qc◊ËÀÄŸ;
j·6ùLW`¯∑ùbMN‹ÕqB0Û¶°Ê´ƒö©úßÅC´êUƒ£iùq⁄
k≥É"7,xbÚ
  Ú„(¡Ωò^ÿó≥ :À°Mˌ•y&EbÃÿ√DªÁ#Eˆ]….oúêë4
      ~□|nuÁ4É'˘Ô√,Òz‹÷©™Øbâ2UÍøÿ"µYE≥Q˘
□Ô∑'äÂÙ/CøtùWù-F,NÄhäp;ƒ≠fl„éîz-ÃµŒGZC
ôô∑=|€Æ≈RD1ÃHV4$Îñ$±1âé«wjeãwçÃ;s±¡ 3ãG
D≤¿¯yBп®/-õú;FCûZ3s¶Záç≤∆»-
/ûQŸ·ÄåZÒfã„¡*≥Ì4fi›ìÙfl§àÈ3-'Òµ°F-

5˛ÎkL‡hô:^!Û˚xgSÄ‰ä›zÊ˛-
Ófl*6ú±∆˘^™ƒ>¶>:?,Uo2™(˚iï◊hê-S9v`KñÔ}6g
,¬í<$∂ÓÊZ˘˘∞v‗ÁØêπbÿfìm%3®*w÷dTèá¶kΩ∑Pz
8à8äô^[}RÙ}∏o˙Ù   ƒ˚/Ã˜}∫®-ˆÅ
íA      ˚m:éVÀFß"e˘Mñlö´ Dóh˛˛
9xva¡7‾ΩÚÆ-B˛åxìía3$‹ÓÅ/q£æ˜ÅR″s"ÿ◊ÇN†˜
…æd∏ß£4Uìµ49ëc————————————————————
╱4µ∏\ï∑rû6"rÿ—
∫ÙRnñÁ,r◊Ãh6œâr.ä0%ñCU£Ö˚QQ$5XB*W∂G^oËÙ
'¨8πÀ∐#ëeúfi~C‰ô€1aÜä‰!Àqûf«™j|n◊1»£¿¡rû
4£\ú.Ø˘Ω d∅˛'~¨«˚q
˚F5-ë£tU◊Ô˜n\§≤Ém˚'œ%ØRr¢LxØ˙¢•b÷5MÈ;,-
tøt"˚a|mÈ"'‰Zû„Õ˜2Á˚æTG•‹´õ$/N1›z§â————
M»˜∫'‹□sµ¡*wUq˛‹Ç————————————————————
â‹Ÿ^[»8FÎæ÷Ctn¢ë
Ωú¿Îû"9P6À›ûôl:Î"˛€N†Ùdßqøø¥Á>ÙÎœ˛÷pv╱t
figX€îfiÑ'Ÿ:ù—
g¨˙Ce≈DÑOL‰}Ì‗Ù'äÚh˚flpß=9ÙØ≠ôë˚È—
FEZ˚5Cr‡ÖÍ˚R∫a√∆CuáYâ¥±]¢—
∫∞R÷Õfl>ç˜Ê≠®Fd]Ü'ÿ\õ‰ùi˙F@ÎSdÉ√ôô
´(‡q(Õ¿vsë≤"Õ¶€Ù,—U√—&-ñz†˚ÑÂ˜AÍ@WäÃ@$-
ô∞B`a@•Ày÷ª˚fl˘ΩyÔ\K+˜Œ a″1————————————
C&*[î'f:□≥òá
4˜/"╱¡˘ª∨≈RÎ'Ã"m9Fùû…√□□EfiÙ˘¢;=≤‹◊∆e˜dä
áÈr?ˆäIÿ˘k◊óÆá49W"ª œ————
á‗∞-h˛£¡ÃΩö˘˘.Êï≠ÇÁ^  0s9K6 µÿ-
ÎƒLó•OöUÒ;ûy49,ö¶THE˛ÎJ|%¥Ø61Ì5c`ÉæÀmƒY
q˜aƒ˜¨µ'ø‰ 19□¬¢˙ÃE§WÙÚm"L╱RÖ-Ê2Ä--æU
2KÚá{e˜h^ˆÃ¢'2Ù∂m∞sq*˘'ÜQ∫∫49eI§Ã,™Ô
    Î /ü˛9Ù0◊ÓÙ√™Ó∫µ*4ëÿ•µHòf
Íî.é§˛',Îé╱@ZFM   £—-'Í˘
    Áâ•Ñá˛Ø#¬'ÒÅôi˚òåk(¬
    ë-
B◊M≈í≤üµrfé₁ìΩîÄ†µ˘NHÂ3´÷£yÛ∫æËπ„é8'‹ËX
N;lán !╱É∑J,éK″—
t‡è©˛p73HØ"»Uc&Gy  'òwƒ;†˙©†çù∞Ú/


                    49

à¨-

¬˙Î8†f≥ê50nI'˚ ·ÜΔÜ…$åv$|g˝¨J.£ü¢˘jÏ§<=>

mq6Ôâ¡âY≠ûÔú————————————————————aäx9Ó

î4‾0©§Xo‹O oåÆ£6p"´ßsÛfC"Èá-2-□˙ÎUì

√",›j'P™gwNv¢ïñßÜ_Ó‾†µ€п

    ¿…fÎ^\Y!'#fl6ï ±@□$пvQL±k-\

    /ÏH2üx≠Î&¿˘∑˙I‾ õ□∞™2c|QY©

    X¡≈F∞/,FÛM∞··˙í‡ñ————————

fé˙,L%Ö"≈'Ï9rB

µXŸHôå^%ÖCÉv_OŒÖkEO˚')-ÖícœH»Ö-+&¬————

‡‡_ÈÂé+SÇ@£F<∂^íÍ,Y'∂«-qÇÀµö5Δv————

≤ß/S—————————————8rq¬bÇîx›B'>-

^(ñ%X‾•†ç—————

;¨I,˛!èù@¢[X.)flg'l∑-

v˚Í8Gm•ÉÇÎwkÍ≠ÌrPÂÙcœEh4Ω‡#ÂP˛„´ê/§Óù^F

,Ò≤kQH˘û""-4"50üÑi\õ(QD…ùBÊ®≈&,/8ÈÎ}¡fl•

<õÅØ¨Mææ˛3±Òkµd@\1 -oVLflbÃÈIôê·sî‾N!ΔæW

'ï«¨ÛD-?Δnß''Æjõó≤|aìG£ÊØv≤¡˛*ΩYXm'rè-

ûd›⁄»ó,#Ü—————————————————U+êJéŒ^õ

Ñ˙raô‡˜ÙkDMJÉ1¶ΔùBçÊYá‡È6-â————————

F—————

L˜OÒ∏åtGÂÕ∑Z˚ÀÊ'F="BNÛtAÌ"z•∏»D-Lá¬•-

êï,Ëtw˚äñs{Ì…§¥`n+-)0ÕA*zr-ÈP-

Ézëfi}ÕKS!∞tëŸµ_ §!§Ç¶ÈrEÇ 5∑Úµ∞nAÌ∞˘Ó-

1ÀÒÓ¬Ó∂0U-'ƒ

dó"¥#ni7m6"2JrØ"™˜MÍ@ÇKh_Ìw~Ù

Ëæ»>glFÈÊÃì.ÇäÆ¥€≠+*ı≈}ÛæFa-

?§≤üy¨L•À£˘≈◊_Z√˛®Ÿä□ g¨]f˙{w˛Í[ñy£»x§√

ó>ä®=L^âflK‡ ˛Æ⁄µÊ„‚ÏÙ‰{ñë∑q¡cw]»kB:±.â-

s∂Q| %˙Ÿ{Ú≥¶9,Ùflbóëw)ÄıÕ=|a]Ä˜/Ùæ˘év'ÌÙ

î~    SG)+ä#c†'îõQë%^üfÂ›1

    EADR∫∑´ë‾©€UJ4——————————

9ïœX&UZ/

§Ó*Ó\Ô□Î˙nRÑ"U˜àñMÑ¢o˚¶SB-¿Üezg¶}0ø-

ì¥J!"Ωó'Ÿ >ò Œ=ÿ∂r=‡{è∫©i"øÇg"›nÒq

ÙÂó'ZÍ50§0™&oÛ"p∂7ûΩ^‰cü√%m ÓP≤%d˚.µ

)ü@fl£›"›«a[}Ÿ5-ö7„˛fiDï,»;bBàQBt ÁÕö

50

√1µ%B\â‚ƒt0÷•≥'Ú€ìB6∫qûß]õoú%Ø∏ç˘⸴6„(˚<
ǪG=ô%4?°}„Ùå/)Tàl‚ÇP˚‚L$Cæذ€Y∞Øt∏/Ây∅°
51i
JÌ(•¿r£"6*'sóÈoT„§Ózfiû•⁄"öÿ‚51˚˘ Ñeäß-
táÑC~œÛÊ3D{…âçé÷Süìr3?°j∫⸴»óf∑æZoÉ°ïS⸴Z
…]∅¯[Ä*⸴|ÜŒYCA<~51Yü≠⁄ D∏∅gÙ∫Œ————
§í≠y´‚%¥≤[Gœ±Q¯r Ir,————————————
ùäQdG2ë~'ÜZƒ»å$«sYS'wâØn¨%ÂΩj—16æÕ
Ô+°∂Ä2é°FØvçI)hZˆ9≈$3»õNŒ§¿~j-¨E'3<‚o
ç◊üyÛg——————————————ƒ&ùÆ]õYSÌ‹?
9,˜ÚÕØGÎA¢1sDS}°íã3»•›ò—
Œ.(G„√O‹≥'¨‚b##◊¡WK~¡¡û]ØW0î`{ü¥Yéö±Ö$√
7Nts'N˘lo1Ç`∆Ê-
›Ω%öLãQœŸ1ûXMWWA€„⬜JóóÎ4j‹(`Ÿj"H≈:àßü[Ø
‚ÚeÄö'C ë°q"‡®Ÿ⸴Ñb∏¯÷w5La~"·zÃc[cfi-
cjR˘d„JÇJb∂óú/©∂
±z˜Öä~~Æ¯WGΩóZ.Ä‰"4„Ó1°\®
*I‹‹.e¨4L-
¨:*§Úâ9€ÊÌÜyÕ∏U8$R}[K·#¥È'Õ-"|ú9¶«°V´-ª
¶sO⁄ÅÔ*Î‡=z‡î$ÕP¯S«8ˆ∑õó§1‹∆————
⁄)kRBÙ€≈N≈§∑¬0-
vGáØ÷uèr°`Ç>∏*?Ù≈Py\ãU;˙Ø©fl- úõá€ ›‰ƒ-
bØÄ°uÅ}ÖÖXÂÃÉÇ{ñ˜C^ÿèY0fiãàæ›‹F±∆t!´y…≥ø
Ÿ"ï÷&C•KPØOu41˘eCQÃ∫+"´›é€2‚ây…ÅZãuö
O>-ë/ ß§e————————————————
'GRÜs™C∞2≠øA÷ÿ∏ÿ--Ûì•∫∂¨±B¬„«Æ€ÿ⸴âfl˜∏&|
4á{õ^¿˘ç›{€"¯já÷xüí‚adÒYõ51˘´bUë&*ÅQ´Î´
I5ü¿vQ4-
ŒDo·2m≈%DAUÑÙ+ø≈Çë•1∂A∑‡îbú~"r!≤?‰¡÷8ì‚
dâ⁄OÌAvhÅ∫°Ûûã^˘&—
{6^ü≤èt=:WRÔ°Ü:∞Ñ∏Ωï¿7D————————
üÿ°w∫"âs2& ñ∆ƒ…Í˘[V};∞@Ê-Ù∆-≈/˘J¿————
≤Nósöí,
1=˘Áìg~o√™¯n,~ÏÆ„›ÙR„k—8óF%Pès@õ∫Ê{fiÌló
·≥'IWSjS[æVÁP%üÕ™Ω´°Ô|-
÷ñrBél,Â€n´À¢)œ˘g]oFDÔq-=ìÂbæ~åb˘Î¢á≈¡(
Ådñ7vûlÊrEé¿]…q∑Ü7_"‡!«¶^fw»yãû)Á8bç~6π

=‗Z–§ûfi      F‰r¬

?\Sa°bRcΩëcj ›ÙÓSXï©EÚ°»¥E≈$€ù3π"¥àEêu6z
IÙ4êr#1°(∂35gM
Δ◊eª1®∂R#ÿ°®"°Í∞Ù&sf*qJä"¿X•˘/$‡qäSmqp›
ÿ      8□·Wë"1
f∫òyM7ΩµÉŸxÿ°âÑ□ZM~<içé–
f©YõÇı)xhi•xÖxÃáI\$2J
'Â!‾0‡~ôÁôèÊòOÿwŒÓV6À"8`ä4°å—¥∫$◊+Ã
u3«ª},'ìÊ‗u‗dXŸ±˘9°„˘≈Äg―――――――
íÃøÈ52ÔÀü6ŒV<Æ5πÈocŒà――――――――
V2F°)ä'ÊCøŒòç¶∏ÅT™ôå9å˜tC3ä[[cL:îC¿0˘ì
#¶YQÀ<È+WGo ÊÇ=YQµ}      "g2W‗
,ÜÌÆ•·üé,O*ÅÔdCl)¿}F"*'Ú≠ém±˘˜›$Iå÷――――
‰:Á√q±Ωè¥Pkë∞Ä>$iô$o/YÛ‰|x5L~≤~1°;Ü◊Kk‗
µò"åı0ÑäªÚt&ö·J¢4◊L――――――――
y      À#9ïz=@‰‡&îGª–
Ï52Ïò LJRŒs¨†~Õü[\∏iL¡HÕ'R'5Ë–
x‗1‗ÂEÂ'‰ç')NDqΔDT$Z"Z~7È!□vSØ$⁄7‾
      tÚCFÙW úœR*ñH–cf――˙¡Ø∑ÉEH――――――
∞br·PèkÁqZ©h:ä<4Á°–
m5èp8U∏¥n‾4}ØGflÜß'ÍØ¨□pÅ;•fiÅ=Ò"ÒR¶NëÙì'
∑:˝lîÃ.I Y!§l>â――――――――――――――À~
|„Aú3)Çb±3éÔQs™YÍ1∂°$ï{O–°$¡(⁄
â2i52:U˘M°n„©ˆXeˆôEø――――――
Ê÷≈°O AŸaÏUÙsil†52ÚúV∞¿uÅ
®‗´«R'‗˝ úÛêπ"X5ÉYMπñ――――――
G9Î@ ëfi4ÿπ—fl
RáTµœ
‗6 –Z2`Í–ÃµbPÌæ¥3Ÿ8#Ózç"¡|öŸπr#2ˆî`9V4•
VZ&KÉ§'Õ1Ê#ãï∂z"$xãîΩR∫…t/ÅΔœ"iîh1v≥[2p
=π2ïL°sãÊ}g›î\bÏâòhWK`#ì°Î6Ò∏πPVŸ·52N‡Í
uü3îùöê

fi∫"q¨¶<∫+W±,Ω„©ı――――――――
ß®ì@˘Í´‗Ôë+ã˝ÿ©–»52œ∂‰UWAÎ√€Æœæë∆~g‹Ss,
ô=úˆw 8f‗#|W‗¨ÂôÄHl∆.Ÿıå– *›‰âwŸ――――――
òj>□–

ßÚv————————————————ÓuOB‹]OµÄ[üPAÚ
^5-
"ÄkW•¢ÒÊ&6æÒÜD≥†'«ôé<ò∞."o3„ËjY®ªíõc/¶∂
∞…ÉBò™P0öl¸÷ª*˘÷&ÈÍÈ˙ê^°ßCO0Û1‰∞≠¡πSØcQ
ñœz°Ófm˚I
flÄ¡ö·,y◊´HÏJä•L"˝KbÅ%H————————————
tç«Á"————————————————————
h-
%ôèl————————————————"fv¸™E#PúÏ"GW
MWopÃM˘ó>\©˘0'5ÒY>˚\ë≈?
1óÇ"ÒÓı)ORTŸ[Ö————————————=^a
^Õí§Ê—
é´ï€Œ,ög©HÀÿ¸ÑR¶u£‰>‹ -
‹©y‹›"YÂ˘hï«XDÕ>òÚ„+j˚NàüL⁄E)ÆuI„©$Jÿä‹
±/oÀ-
7Èí+Î*é˜TÊïwLOƒ0ø©êÃƒÁÑìœHo‹´qC∏∑j÷@Ωs/
•≈TG‡-———————————————)âçA˚_
u)Uí¶ï±Pï-¥`-œ
eyt=éç&4öΩ∫Oÿ˙ö±´∏˘™‹òL|°1S¢çn∞¨÷n=D$òÁ
6I´^IÎcñ~tÊï53Ã————————————————
ª‹∑≠4R°a,^ Ç™"flpπ^ÑZÇ^®íÌS)ÈAÆ(
sflq»„#7fl∫Ÿä7————————————————
Kd÷næ53·¢3$÷HöÚ∏@â2"≥Ë¥!ËÉqMêX»®>g
™⁄A Î‰ıóösÂ∫œ'!CA˚8≠□-
,∫`Ô©'%ÔÍÛ9¸ny^*∫`3OWe'ÿ-E^-
Ü*˘+|«√[çuVÙ'X Ï¯È————————————————
Yg[ÄwóΩ')Fïès0I'" LΩR<gNV—øÎ%hÊ————————
fiΩÄ˘«D{-©~»^∫Ifi!◊Íπ;Ñ¢òœmÓ3Ω‹ f^qçÑ¶›R*7
K/≥¢"q˝E=Ÿ^ä∞=¶y◊‡⁄±æπéEÛÖv¸Tö›U°‰ú®ç^p
ré¡È~Ä°-"J∑S◊ØØ›r∂@oøg25"ê˘nH|œ≈ûfl□
∏…It—
›za˜üÍÒ|' [√∑0rs1'ã.å-ı'^GœZ¶'DS8ÌÚ"£çW
Ô.{›Œ2g]∞¶˝¶‹æm˜~E≈vâà^,Ö"CXP≤"o‹Ìmo∑\{
'@Ú.
Êê·Îÿ_fiöÖªÎÓƒÈñõ6G†ß¯àÖ¶LOo‹Åb53KRÒƒÙ,9
¥y¯rÓ)}bcc ‡›Ñê FË‡/í-
÷^¸À˜U2Ó⁄âö≈∑®7˚5qÔÊØo¡%eñÊâ/¨]R•ƒ‰sUz∑
(:<»ı-

>˘ ˌuáòÚ$3Ôàì€+Ó€oV~"Dú°ô◊Åÿkâ' ·è†ôÆпËÂπ
Ûs±yâÜnY˝Ã„□„y'3boJÕÖQP@åÃÖ-Ã;Èt"‡çeóGä
∫Z<g]Må°MEïQP————————————————————GÎÔU
+ã{ˍ{?°ª-¥
»πÀçy<fÒæ%öÑãL~âu∑ˌêlt1Såí6^•fi
Kãhè°ofT*æk~Ò'<LD˝[ íÁ@tπ≈h9«m†&>Ñ¨ñ…Dû—
E∫————————————————————————————————
6
]Ωq√0}2©Û≈pï6î¶ûC®i'¬Y∞C1z"•Ü°»¨∫
54ÕÊËóVä' 'å†´[IBbU'8öì[µQ
     düò◊ˌy1=kà[C≥∆.ÌÃ%≤%ô‡dkS∏4ër°G.≈∕
-Xóbë,(sä
y' ŸÖ=n-°Fq9I≠áåb`Í
\~ò^¯)È∫›ÿ2¬$Ãgí<˘ıê√!œ-
;IÛ¡</'¨:°‰…"ß-∂Iå}∫WöPª6øÆ„ô±˘´Î•œ™©◊´
*@c]ΩìúÁÃ1p˝5ï°ÖDµ˜k-
Z)óü¶6]bπ(□ŸB§~åÀrPõAÒÎ±âã«R=-ùw(¢k5ìX
†Òî˚°:›<ÿ5∑ÅqiSIÆ5 €A5πÈW·"ˌˌ?°∂´EËÖ)√+∏
J†ÛòÅßÑ>çZ°ÈU-ö|`ª.íÓ∕È°\≤¶:ÒnûtÙflw™˜K¬
úd°M23Ê˝áï])Í÷‡'µ›Ü∞"1ÚfiÀ————————————
¨g§'ß^Ô∕Ω?fiΩò)□-á
Ö8ñD∞-é¿äë•ÙSØõeÓŒoé#±h∏âÔòâ¡OU,‡óÙ¡^-
üY^û
Û»Èïz|Ås∑≈6^≈›ØvGAv\õ□è…[~{W8±πê+Q~Fö*ÿ
ìK8°"ó-6»xÕ!∂≥Jõ.©Æ∂8ëœ¯2™@x%fl4Ó-
ôÆŒNG»-FIµ"È:√øÛ9ì————————————————
8·/π@°{a>X±2`t†D÷∫Ù ê¿Ë{ì∕Q¯å«â Ù∂
?iUV¨ä2-b—
j#á6¨''"ÈRöì!Ùê¬Í:û∑÷ÁŒ,øü±|f.^ˍ°ùé˜v`«
}˘   (L-˜≥õJ˝fj≤nt54Ÿ¨ı°˜>'U-z=\¬πTd9
vKQ%\Á'U!5@A¢XIÅ¶Uçjp∑≈°~;•[Uˌ∫U‹ß"mà/f
u^ò  √¡õ/flòÄˌÇfk•ñÉ•`
54g€Àæ5fÚ-6∂ßπy#sQXø¬<°ÄJí™†5□~-JZCjÙ-
<í.K…û√¢$G}flL◊≥Ï†‡yô¡∑∂ˍ†/XT≥í\Ûä÷Æ¥˜<≤
ó4DÚßP|d÷Â®I¶*>Æ*Dw?`b'6FF8÷QW\î"————
"ß'Üπ
b~pÔı gûÊb"…õJÚ£ôwO1"úåe©©H£•aÿz
ëŒÍf$˜ÀÑqàÖà\ÒU>Ív™ÓfV}Itò^ˌ-

I>Æ?T?˜gî≥ï-
°≈∑¿œuflå\`g∫:Àx^Gf$[`°¨å ›GgÛ◊cÚ'g¬≈y÷ò≥
N4d'`Îé, tÅ6õú√Ú.Ï&À˘R"]≥ß;ßùdVìü#
pö€ ̄øó ̄2q3/Â)R#®,x¶ÇÃM^
T?7∆Ù¢¡3;[ö¨ô£mfRµÄ:YÍ{{äSmÙjB‰L~ª≠∏+q-
Ã8¿1Wk--
:;⁄°Œ∂I4„5B£À£°øo≤ò0/ÒA…∫ÒÑHÌb1'°¡`‰äg⁄
ñ!) G'™h«Ú¿˘˘´'µ≥BE6˘cflp¬ †bY)VªS-π˘]¥PO—
Ä°3√u=ó»ó55òÓ!P" Ï∞ ú—tZ—
∞ 5Åomfiÿ…":ÜÑV6˝\|#Täàù˜U□531£"ñÕ$∂‹fi9€
¶7Ÿnó§_ ˝å∂∫vz—————————————————dÎ"∑
≥éÜßY¿w√Æ9®:¶îÑî
ÒÖ°^«EŒÀ•O"Xx˜÷{¥c‹•á¨q36®À…ú□≥x3Ì™Ï———
±YÈ≥1g[
PmÀN π"Øë°«≠55wéLB,2,Ë559.:⁄È˘VpVÊA°———
éÔµn∆̄ò˜ìÛÕ¢⁄°ª-∂lGa@√jjõ≤É®Ë0cÓTEö9UÅ•a
∫ßLêÙP‹JßQ| ≠›}U ̄ïÏR≠Ÿ?2*d…˘•}∑D°^@ïZ=;
@Q€fXèú'◊Õæ/é:1Fê≥@.°□wfixùæ nÕR:É□Å˝Ÿp:
hNóÒ˘GG:=æA†)°À5œyÌ[πã ̄Ç>≠‹Bö@ÏQ-
vfl‰´â ∑[çVÔ˘∞?§•¥Ûî'¡/Q»jÕ∏Vœ˘B] ·DU#k›∞
éh´«,ó˝ yÓÑ›,JF„-?¢:y?Å°‚‰1,¬.—
81Wp"=b•4'-eÙ,ëŒï§Qr [ë◊+‹


¶
uˆäñ"¡V''nµDOçÕ∫´˘Öx)∫êò…7;ëÂEïDÜQGYÂa ̄
ÌÁ" ̄c÷Cè.ãB/h"·Ù◊´⁄=øÇVpÉ1äs«~Z ^Uû≤———
$ÉJå Oµ—ã®á÷HDõ$∆ø)hlÖÀç§ó"]ù·`⁄I≥—
~¬;¥Ä-
ódCÍôX8«äHxôã£MÖÂëE+"à˘ÊÁ ̄X‡ÚX›JF1´uü'—
ÌJ®∑Q—————————————————————
Ä]——————————————————†:YdÔ&"_‰vvÎ∆iç
‰—É-
ÊØ∂ïæ`C≠∏ ∆bÅŸ˝ALkõÜ€FhZJ17:◊ÄË,cI8˙Ø7]
.7:¶;Yx1só'Ÿ€?3&jì2˘Ò>◊!Œ————
à554Çá————————————————µL»ãÖh-
èõ;çÌóõsf4-1Îc•,≤ÓGZÇ:ÏÀ/†©&IÍ!i¡˘c•ØªÂ
áä-°8O¢Ãœ=W∆¨qOfi


55

9o∆é±a{œ£nmÀ·ⁿÔy]fl†øoÀ-
âO3¿ü¨ìJP,+Ç∞,`Ê)\§Ù`:ójÔ————————————
µ=Ä:>•ä…¥ê<hÖä—wïäf∆fil§m».∆ÂÃ
　　　E{,÷ÿ≠≠8jï
　　　IÏŸ°=F¬zZhû¢‡B<∆Õ|úöÍ"√∂ç=YäD,OTP
　　　·TöbÚ　　　ï3Œ¶,^è€‰âö◊ÊÜ　†d
Où6Á'‾O'-
7q≠¢°≥o¡≥œ∑∏É≈t'RÄCäÕ)¡"´vM.€≠Z"-˘!rd,Q
f;J#nÆ#‾————————————————————
eòΩn-öØ∑"•c^ª≤?è‰°EåQÜSÖ)gH√ñî∞`‰«Ü∞Z£Ã
;ä|Á<¢ÊfixùH(≈.ôpGS2|∫ó—∞,œÚde/Œê»ee°ë†Å
/âqëU29rCöTj´$iK
WáøÔ„OŒQq
ú¶„*<0\T‰°CÄ•P=iÒæöR{Y†Råfl|†gÎe±DÙ'Öï'‡
"J£N ß¥/
FåfLÝH˙∆‾r,´T÷πz˙>ç€fiX€á}≈ã5gÃÏÃwÆâfiåâf
]•a3{7Ì‰‡±9B˘◊≠KÊœ"¶NYëfi≥Â`∂}@ÒB≠∂ä@Œ^*
‰9tªA∂°‰1Œ
Ì2èF-
‰Ì‡Çå•Œ3V'ûR)™+{,§˳≤8e˳k◊˝ÿng0hÖ˜"\√ôz∫
Ã˳L¡·<≠¢ïà¡ü&˙!u————————————————ª
^8À‰7û˘‰É56˙L…¨Ô·-
Ãg~C@i¬®•#îÇ ô<fl,lepb≤Ú'ç-
Ëö!˙æ,BèY¨kuïE¿Ñ?_0ÑFÎ{(xc7•ÜvnéöP<≈håp
î »)r\ª§~xä?«ÆPÛB˘‰\!`T;nÃ-
µb!^mÆÈ˙V\¡?°7⁄Ü∏®è›®˝0≥©n‡J:∫1F»!$□!——
ÿ"…flù0Òëy•˝'˳JÄuvD9f|ZÕ€˘Êí¿pHjÈ,f"£ê∫
f@&|Ò r?móÌ˝œÔ&k˝û"»Rß>Ï~É^÷é,NLÑç§m-
ò√…ôôŒÔK◊›^°)±As(Õ°¢ßª¨-|íÔ‡>Ç´Ø;Ë÷—
:`€oÜ´'S9Ø‡YÂí!lùP.ßõµx^Ú~«kËÖróü^¢|N}$
ª ø)LT´Dɧ ñ0Nëp†…< î=FL∂kÜ~Zj————————
∏ •

Õ°Æ√ΩA¥‾<AeJwR
√[å1˜ú"«Ãñ4‰¥∫m^TŒ˘w>‰≠1*:µ…Dªg÷jœ^°—
òŸªiŸ‡œvE#„´°åÌœ
p•5Ä‡—
˳fiŒ±t^Ÿ˘‰y(^öD⁄eÎÖh§⁄HKÌªçÃ!œØjRs'#B˳;

56

"í ·ßyãÑ˝5Œ+5yvõ{Ú£eóH4ÕªĺöFòèÉØsÕˇ_-
   LYœflLÍm|¯ÿWÿàh&ä|`π^·Ô·Í·°x·Çóä
Ç@~úø¯V°"BM{≥"nd‰(˘´Äü˘…˘‹vUmÇ.cË—
gWjT≈Úø————————————————————È@®wˆ
fi$◊+H©0e9ÿ7'floQo9ë€4ä‰ªÆÚ˜ËïyŸ˝∑wV-
é´¶~ÛéJoô
}nf₁·l∂I;6!∏îJ[ˌs+a9,{#—————————————
AÅõÛvï°Ï_57
~S}˘•geY5O…fÍî`}[Çê„Dˆ5Y "?◊‹ßflˆæìâô]g„
n°z+¯èyHs‰àBî£CnÿÌ∏Ω>eμ#~◊áfiπãå—————
∫-(QHˆÈ1°≠XÃfló€«â}¨
q‹≤J3∫3B˜
μçÏ
r•Ωªœp‰Ët gÌ€wGú8n————————————————
>H∆õ6iWYfi„‡PwAÅ™ó+£;Ùã~A±v€¯∂öô#ΩflZ_[})
1¥
∆≥Æ8fi‹ÇÒÈT‹˙Ôèóa"2"π1 ˌíèìaøZ1ŒÉì"—
TçgàOOQ&ÑÂ·A≤A}k-ÖeÎÂ ₁-§ÎöDaæ≠OÿÁ¿{Ë2Ÿ
° `Ú5kù‹zVˌhGúU‹flàøõ∫©õ-·Ë$4˙ª∏fπh≈
ππ9π;ˌ
   Øú÷ä¿R˙DY†¶®â±Ò‹7√3≥îp°n@üÛF2Äÿö÷†
œ∫∑¿±Fc]ÂCˆμÖ3ñz˘ß)¢ö-
nÛÎ∆flœã57©DFù£Î˘uù•Z#â)BÌ˙#.|≠ÍT¢0Pππíu
+íj'†¬…V-KŸ5:2Jªk˜j¯Ê\—————————————
W&ÆœâÅ˘Ÿfl——————————————————————
( Ã∑Ë-ñ=∕ÃKàø☐@éOøû57#ïEÀ\YÏ ›-•——————
˜Ω'ônΩí@YDˆf—————————————————VluÊ∂
ÖHÙs(ˆÑ#D(:ìèõÔdæÛjQnfl°úL₁¡BØ á=îtÅaM+v
1¨çüàmßä©feGwBñx.®4DÃ)AeXÆ€7È°@"∕XμÍ∆õæ
Ç≥âKWùfò,>57ÿŸ57‹˜Ωh57ê'õÅŒY°1j‰ÂËaöDöC
» ∏∆UÙë ˙5€?Œ´su9☐fÄàÑëÒ¶°01Å£€≥(‰
3∑√ˌf•©±[Ó?´Jˌ´ä,Y√°∕L∑eN◊MÃxæmên∑∂˘ÈÖù
éÅˌæÚFU"O4rM2bA∫fl∕dl©û÷PéNí
   §◊∞"ÕÏCA∏Ÿ œjTxÄ§z≤Ä&
õˌ,\ÊP†1ΩÍeV¡=afÄøÉ6}]-Lm`¡☐Å[à
æ2f4èØUõ‡0à9éHPÊÿíæÉzo9fãuˌil6ë¨àÈ.-
Q$∫=L ™}B0¶ù.,lï û·†í‹.Ôò.¯———————————
u¿≈Íæ{-_i}s¢

57

»R"ø‚K"m:∞}}=ßÆ¯Ô"◊n0áOÅSÖ! ″Ôwï!,n¬-
JqÈ• ·d‰u·øl.1Öúª˜π≥söÚ≤6;+UqÔòòØ≥ÃÉù˝˘`
√„
fø*û5öåà"‡,2`çf∆diÁflõøfla?‹ ˇ=F`¥úmxÎŸˆ…·
BÊ¿WmdFS″E58W∕›(ŶêJ;`‹ "éIP5feÈn }1°-
*í≥»æNfl&Èè&' ·Læú¨äÄ hæ"Däâ2l«\ÍÂ—
˝ÿ∕ò

í¨ß
x□¨ªöØ$Â"©yg¬8œÙñ @%jˆ¡£_2wÿi~∞≤˙E
    ≤°≈S‰FüË'ï|üⓅpèC—————————————
F,¡ê+ÎÜ8A,8¢F´sË≤ñ§µ:Ë… —————————
iexŒÿ¨u"iHê□ñÔ£EÊ$k~0¶W*^+^oœ°≠J!´Ó
Ω‹j*FäR‰˜e
∫‚°∆y˘Q″C ÀCï~,P#3m¿WÉÏ‹X\|…dûóo»c□§˘*Õ
`å∆îFj‡¶`ì"™5ùªLó¢]˘»ê•Ôäá¿$1ßŸA¯!yÎ„w)
ñÂƒ6{Ì/+Z—„˘≠|T∆≤îHfl—————————————
Úxq^a∏∕≈ê+¯íÄí6‹±©,jUDX„f»ä—
|-kÃ□%∕7/-f"F(Ê$™ª!AÇf—————————————
Gp-æ»á(í)aìÛM˜Ô/:·'˜‹[,{M^~C∏7jmXgyqÂìÌ
™/Z‚Ê EKG1□
Su#cŒÇ|∫"Û-*□PíøËéT˜¬üΩ†OØß 1){‹{
[E
fls'Wûd§Å^OÛ7§nsj6Áy)PZ.∏∏]€Ÿ"ç‚‚…´¬xf"◊
¨„UêŸ2¶π'3‰'E˜)\›˙bz8Æ6$µ•˜?g…‡1≠Å‰©ûl£
"FÏ∫oó—————————————
a∏êSãé pK.eô_'®B…@sˆ∫¶€∕≤‰ì¨zCæ—————
| □y´É≠£∕« ™å>ß}
DÊÄK©îÆißŒ‰z…:±wÂ-
kÃ∆Îê˜∫Cæwt†ÿ8Ø√ÕypSA∑sÉÆ?ãπ?ŸÑfl˙‰
»'ïÉ[Øn∂9ß‚ú{nY∏øi?¯
{é∏J‡ë'58Ç7ˆπ(@ràX¡áé,□T‚ßN•‹≤K|T.fiÜI√÷
y∞å÷□¬f$¡Fáù9¯i\∑€~‹«ØπIh8ç∕□™˜åÒIM°≠I,
∑;JWr¥*KÎâÆ˙8ÓGT ~»w¿,≈‚»#@,Dªïü∆7Ë
˝1Ë‹tf1`?¢Ü\&jaÕ·¬Ñ ™î÷‹"wªî¬,m°∏
&Ü1≠ ´Bè&‚œ_4•7M(
|ï'MÉUV'@›]Ñ°

3´Ñë¥eü¥fiKùJ0ÿ21‰è√,jIˇgö£îØó´úΩé¶∑à{ÇF
"ô *%W√[¸~πsè'ÂÀ≥————————————
â,Fµ€¸&Í‹)ˇÂ¢≥É†y\————————————
CN◊çS8xË˘»ú≥w»0°_)vt,€~Î©L±"gî|¬ùæMÉ@
‾)∆CÌLöz E‾Z
ı‡àÙªu¶(òãÙ÷œiÔe1éÚç¬›z«‰ldÆ$059{»qË^Ä∏
-
ŸÁú∂"ãlÅàoè"O¸Œ"‾]N˝∞…i?«Ÿ+èÏÏ7ô±≈û…wÑ
590ÈãÁ'{~•flP∆å´
@∂∏H¥FEc˝k˘´ßà<h.·˝Z €Ú∞ÿoŒkKüäX |
õfivz∑æbv"©˝Bx¥◊ôgb¥Ò,`Xn—
8d_0j#πI-^ª>Ú
Ò›W̄âᵐg¥fla~9√*\≠2Û7√õú¿|ô-
ô4•4òÈ¶€∞≈[ÌYïRÏᵐçaa«Zˇ4Xå©
‰1Ø"ÀÒ?†∏,DA1¥≥)Y————————————
ô«óàÒm∞◊õ1Ó$êe>IwQI□@≈$,fMv6˘Í∏• øRÜ·§œ
{*—‡,‰Y^Ú‾[Ïðo—VË<mYR1f
ú°Übb¶2î§RsñÉ∂|—πxFÙ[∞A
Ãs6∂T1xÆ~◊£-:àŒ-
ÏY,Yì1_V[["~Ûæ!-√«˜÷'õ∆≥I'CÎyÂŒ_B‹∑□Ö
ÃÿÖ:2ûú£Vc"†≥âöùÀ-ÿ}Å≤0èÏ
ì¡√Åó|Ühæ´∆p8ÅõD}ÖªîJ~T†ßÕ————————
v-
ß©ôπÈSaw•ãï$TQ°‾‹•!Md˝4¬3®KŸ®MÊ^˘´ÓΩ,ßó
zÆ46HÅHûùÈ˝•x¢îÛ†ãC@~÷Õ5·Cü•˘
SY4r§£0§ÕLª›ì=1ú',Àc¸"†|uqIËúïʃõI‰O["ì·
J•®Búfi!h•èi"«±H!ÿ¸ÙÓ59¸‡¸SÒ|Y-
wMlÛ9∑Ò¨T%Xöf0¨X————————————
$Äç;'¸J3Vg" §QèŸç›Câã±É/ogᵐ^£7e4E°'ãdπæ
=,')Í∂7î: B1`Ä÷ʃoÄÅXôÚ-
HÆù∑x)éu˝~ßU‡"áÕ˝"€¬@ÁfqñHfÈíœ5¸…5
øê≠‰Õ`atZdô°\
≠¥o#sïèl¶‰‹n[πÉÃœÃDŸ|-Á"v+S@'≈÷È1‰ÒÓhlÿ
‹ ʃÉìÒ¸58j‾ÊKxwl•`TÒ1…å†ßP∑l□∂
˜:›y'ztSøÏ1â/«jøa}P053˘□«¸í·»yf°ïq
{öôaDÃ=‾lÂg»gC+†ñíy`pä◊f
?A2∏˜ᵐà$Ó¿/è'ápÒ y••öEÓî
zÚÄ´‡ô

⁻J3»Áö÷Ì⁄; ÏÀGñã, ˝Ë‡R3ßO»HVÅ4`Í]ä+πb€Z∫,
ÊÆxÒÕ-
˘∂RE§)LC>Õ÷á≥mOT)M¢®ÍâI1ZéAQ2<˜ú‰ŸÓègé•
W√ÏhpSIŒ2#£Ä1ü≈9qmj?k«gåÀÉ{tU-
c¥⁻¡:WúÙüì)B§uî"G1a,6√ã˚Îú}ÉçÊI√°Ôô…øªt
¥òWce|êÈ⁄°e˘Ö÷fiNV0Cg~¬Yoz
?¶XÍlΩQsû‡bK˝¨⁻ÁÈ3∏¬]v,…&Eàñî
      m† (à=ä]÷~,Ô*Ì5ëË0d∑ÔF,Ç{ê∏P]-
ŸáΔ®¨´_gø⁄eâw»RÉò'˜Œ¡è±Í_n∑FœóËfiΔÌ˝πÿ<□
}á$$ò™Ū "t0-%Áw1r^ÀfiËå&ì⁻'ÕF…°ΔO
      p«QFŸd|⁄íUµï"óJLÄ£ªŒ¿⁄+ê4Ì j°-
÷XΔTù⁄tÓ©Ø£(⸻⸻⸻⸻
4fñ˜`&!-]¶`•y™˝Øn#60X‚Ô□C$ËOΔ0AoË¨ÆcC"@
aÃÜÊ'H\¨•á>Òóé B">n˘¨O~Z˘fl5°ëÕq]qG∂§ÒL
Gçè©vt-`gV 9ΩQ˙¨?Je<`…í-
Paa¡ÉN°ΩËgÇaÆ!ÕÛ5ÉæÎï1Û-
fl‚Ü£¨s+k€a^°R◊£J◊;¡EAfiˆ€>g‹oyΔT&Û_1+ÂªÕ
Ì±^•Î-O£¬øñ¶fÇH'ß±≥Œ8LÔá
      2È˜ÿΩç‚/#9‰r}r»Å˜Ÿ]thθ3òπÜE£‚6ÄÔ€M
#™ZÂuÎ=ãéåÿ#ñ¿'èû‰¢8IÇ˘á3f‰eo₁ò:¿GÍ^émÍ
πè7ùÕµS,ìÜÄ?+NyE‰™')s‰C˘ö&4^â[Ë∏Ú7˚°Ω(å
C)øh¥M986≈±flΩg€æ¶)Ω?ñ-
,≈˜^>lIÉsÓàGIöøo≠ò„≤2û⸻⸻
ùfÄ{/‡ŸG    M·ôÅêV3"û)M£ëË!´fΪ°ßà®x⸻
8qF    ÏòX+‚˘5ÍêÌBbÌ-√"`"1oÖ^;^"Œ¡"°øçX
      Á⁻X≈|jB#$¥
R1Çú$C√ =SÀí°ÂqÊWÃo~Kò«z1⸻⸻⸻
Ê©JÔäÔÔ›Áêå‹"§x-"Ü´ñ⸻⸻⸻
é√U≈ éç·Ap⁻¶"ÿÍÉ-
™ß≤®›ªyflπ~rm,Æ{$ùèÛ»WàÏãè
      ‚°œ'ÚJÅŒå˜4ô

ríÌpayµaNf}π°°,≤≤„úy-°…Y>Ï©P—"∫œ©-
‡˝ÛÁIÌ[Anmÿ-«Â
Ÿ¿ ~‚áQ,eÇ»k<ª‚_J)¥Sªa*&TéÍfl(O
      ˙èœf"ªâxQX⁻NBÒ<-
êâ(rÊ´|:Î□ÒíÙji-60¡•rZ'âÆ¡uÅ¨-‹Ñ⸻⸻

M<!Iç_œåû6Yt¨ü£ª—gæåÄ————————————

¨ì☐ü.‹4oŸ¶˜¿8*ô

ÄûSÄ'ó--X°s∫SÚ£ÂÓcµ‵´Ÿ;úAêMΩflm∫†≈=¸H,

　　µ5ç∂"·Ù!ì Î|i&U-XÅûâ4§÷¨#————————————

•EîÎl◊qµÅEê}ãa-

™:3¸sj*r61˘´qU™o;\}∆p}Ú₁¢z+Dos≥fifÿŸL₁ùo

»　　"´ìÂ˙Ey'èçëásçL˙w

ê∂möø·+————————————————

t6óÿ]'‾∑µ☐,-

≥9D‡Ürj¸0k=ã≥¶L4\‰ÏlbM¨Ì;zÕ||gsîÆnó‵¨Ø"

4"Bì…ü§ "è€\D=≈————————————————,˜

≠

{'9mdúZ}•·¥∂Z•÷„œÎ-£WÖ≥#?õ∂ñ√¿fl™°3w

ÎdpÑ•2<Æ=_

₁v˙√!C3·•<¸˘»hVñQ⁄≠‵·ŸF±a.Fd1∫jÅñ~Óÿàµ›

§#∑î<ÑÙG9Í"9w=‾ÄLõY◊gÁ————————————

————————————————————————————————

z˘˜Ëåô≠π∂GâÏÂq^Â±aK‡|‰Ö61Ó⎕6X,'¸«.{Ω≠|J

@ò?ß ?m@'ÚÑŸ o‰üŒ!floπ™xÉ

√°I)œb◊•0≥Ù˚ÅŒ3ìâìn◊F´±aDM‰¥Òék(-

₁@kT≥XGÅà∅¸61!E3O…É◊(^FÂ　　~VBnsP˘4

o(»hX7P"ü)Ÿ°•∫ÇÔÔË————

WÛœHØjÎŒØ˝lçkK<´ÒPb#_ú)‾KÔ¶Äª∂fi◊˘zÆ|L°n

C∫¨ÑåF·f§,¸ŒrxÆ≈QÖ\ôŸ¥≥I:=>₁µÌÖ-

öm}(^x[µ∫w ØXB"(‾e'o·0ÇÈK¸'¬6•yGxyõ

<È^$^qY(D2+s¸à8¸j*w∂õõ-$…fl

Íx'•§9∫Ï&â¸fhá8aVu[fiî©f»4á√]‰√Và2Br?ÃÃ¶

Ô.fitkUU≈}¶âÿ4NÙÙoN°∑qxÜ¥çSÔÔ fiå—

Ge€ê∞)±œ>öt˘Ï<»">´u0RÎœ'gjJëo„ U',Cµ¸

　　∂°á÷rÀ´€ûÛ˝˘‾∫"⎕HCsÃÇ,â,<Éø∫ëîü 3…

∂1Im˜gÊgTIçÈ›†BHî‾6ÀÓ`k.∂3√>7————————

†eAnH\x|èŸê^xz∂K„<-^)®ÍMÚx"‵¶"zQ¨,-

•πÁÿJÌÿ´Û˙o≈íÁs≥P——

qÒfh⁄uœ±çÇÙhE‰,r‰µßÖ≈˘ï õ◊FË'¸±H)(-

≈(® H[∂nm É_©/,¡˘[,úÎŒ≈Ù¸áœow{#˙ÏÙ>Äs

˙<\ËKfl‰c]≥µ¶ /o¸öK>Y{+*ô…÷€8e√v0àæçKhø*

ih\FØuÌ¶ÃÃÂíRÜ†y°éX´í[°◊aD(_ì˘nQï]>Jú∑0

Y©61cÜΩ‰_9Ö*¬a⎕|M®⁄$çË‡•-

61

ÄõÅ/Q…°•PU'< •uí€çÌ=Q";————————————
( è^  «E'±ˇ<xL#>
¡µø^+,,œ+´ò;ΩeΔ¨ˆ@#hËÔˇ·"h°ÕC|Áòà<¢ QÉÃ
øJI3êÖh<\zΔ,☐VVˉvÛ<,ìM¬<k'<%§flÍk|[ÍvÙN8
–
«'ùZ8ÿpjø"☐:øp≈Ï]órxç$¿GøG1ê»Æs~dπ6Ë"«÷
"?ˇ√">aU1L,îbÕo"eùÜvEdÄí≠πÑå i‡èµCx ,◊˛
Õo:ÿÂ@"x@N"wû\ía!Qw%"w9ø" — ΔR~Ì—
ÄÓî-ê◊ÔJWÔÔ•¶ÖÃ—
ÒêÓŒÃ•ØÀÃπî°˜B€£K˛õm¥jHÔBã&vŸÁPûíÌ©

Ã————————————————————————————————
ˇoâÑCx‰2?íàlÎceGOáµËŒ‰K[ˇø¢,©ò¥————————
: r<ÿíúˇëRΔÂcπ≠z3dˉ„óèÌMòæË
hzë°»'$ÇU◊oˇ‰«°D8*¨3ÉTzà°sHÔ—
Y>˛™≠fã£ÿ¿‰\Èm}7wo£©Õ≥∑†Lb7[o.&KJ_QÉëêª
h˛ìõ|fi·ØÍ)°≈
ÔRLOˉ>≤ë¬-8g-¡ooTí''π"˝˛†xuËÂ¡qΩEΩ}
Iœ÷RªÇA?/Ñ$YŸïù'◊L◊+›ÇÁûü«◊,‡1 qÙBà1ı»z
·À∫ëÆ>›Äπx≈œS≥
>%Î£tY™O˝  otH≈
Õhî•M£%¬Ø˛k·æçfÈWvÈÁKm+"
"yEYqa[§F9Ù∂ÿ*1Ãzm™FJ¶!‰G«(^¢[,/≥}A————
;πT=˜íÉA ——————————————————
ı\@∑∏

¬¬õàÓúÇpˇOMö{MÈÁQ¬ãÖ']|˛æ4ìÍázÛLÌ-(:≤~
¶#ÖüøÅ◊SÅ=úü˛Lπ„∏ıt_„•™∂∫!˛Δw˛emf´°=ëÂ«—
ë<ˆïN^°œÇ√ˇÑÎW˛iWÌÍ5ìG˛Vó$ª.øñX¡éÄCI∑PN
Ã¥_≈ ÙFuQlz} Çwçe<≠‰<.
@Là«X∏,*˜πæ"M∞ËA&âî¶p+¡ÇC'`˜s¡∑Vo-
Jq‡ÖflTÒPäa=…'k{NOçÜ 2ô
=È•ôR¶∕Î©Æh±o∫Ns@Çqó☐ÎíflÀ°ÇÆCàP±µRHmfiËf
2Ç=6Â\,
t{ñû®2iqr˜é4Lã☐PŒ"v£|^ˆ"AÑ2∫E≥UÛÙPNüõP^
bl£õˉÛ5:,,fl`âØ§µÛà÷Íˇ È,∞Ëe6nŒ´úF—-
!œ`z®-Ÿ"„∫üXe——————————————g´ØT·
HÒ‰∂62.≥ªí≠Û6i£wIgn#vWˆ——————————

62

ı÷ë[3w¸±^!Ú4Y_êÛN≤Úª-
fi.O„~⌐…m#î\-Ï¯®SÁ¢Âb6^∞èæ•Ö†âún1çïã——
x⁄ÀaÀíÛYw°S~∂‹Å¸Ω{0Ñgü˘s
°†ÕJ]û!k□„‡•£uãÁœ≠œ~ıÍ_Yhë¬âV——————
Môò€i?œ•™twÖ——————————————¡☺âl"
iutïerDKÂçrfl}9″™\Ì'qÅcKs<≥¿kl„:yƒí8}â)o
â0Hƒ¥ï`Ê°Ê£ÏVÂE3ij·1àuÄª63″†]
°¨_02Ä9/ª√•™k≤Ä-°•u˙˘†à.uKÕñz<÷·†éÀ∂Ωi=
"-bÊoé\Nz≠çk·fù?"ƒú,÷fl-U‹.Çå□-
KL›ûvc3k(?í®,Ã∂H;-
¶¿}≤gb>¢ú®⁄t°>*¿ÉäêÉjÆá∑h-é^éúJ|8p9q›6g
x″E∑∑ò□Åöàæƒóeb$⁄&¿>-$@`ÌNP-
Õ″2ê;¸Z£Ë^UÜ;ı`È6Übe.^r4∂†ju®4åõf‹AfÉ$µ
%.êÒ$hÒzæÙ8\D2″¡˘E+æ£-
%h≤Ì⁄2'fi@0ú"`¹^ÄN=˘<Ÿ≈VÅD3›—Ó·ûH&6√2´æ˙—
z°GÅ∆[e63Stß-
SÂŸCÂ°]•k∆3Ó:˘a´=„◊FJª𝑎4àKA⌐§?°-?-&ú¶——
ì>    'åïõ•Ÿä+`V(å‰ø<…a•
«`b,ÈÎäö°9Ö¯y-õ)6°$∅wú~ŒÙ8ô«o$/môó☺ì[2O
¡]`Ñ[ïx-T˜√∑ÿàmT;µ$.ã^″-
2v6″9¶£%˘ŸÚ%fiäÙ-;zÔ^¬æ63Ù⌐M¶Ò∞¶è,ùÓ«¸Úm
âÉò𝑎¸ù≥3n~|&ôƒ(Î2„[éu∞·«ª#á•Ÿ;3†ÿ1P£«{}
Ï9·ãH¶
-ës    èìC≠>«Ã˜□fi.h≈-Œ963bx™†5_eSÇ
1I″r„â…ëãÁsJV—õí@  ÒÄoR°—ëJ&!/õÃNÚª>
A>†aƒ¢□X-¡63ABÛgxW>πfi9¨3Ê,-
%I☺?±Ì‹¸vlÒ≈¶joé>|⁄æú-8-
Ô□#Œõ€\Ã>L∞iÔç&…∞,Ë¸…,Ÿ1      ∅Pa¨Z4
B5Àèa?c§ÀÇ¸Æ•^ ´☺B ——————
ã5¢^≠◊;:Ω„bÑZŸ›Rl&ƒìÕΩ£ÿs-
CÃQ"Ù¸GÙòYm°AF[o″′″63´ö˘ Œ'>œL——
é
a&&Ÿ4Gõ∞K´P˜Zpπ\^«W≤˜7ßs|⁄EÚzC‹´Àõƒ∁€ß-
¨´÷ªÈ`rFœ¸4È!úÀBË2ı™œ3—
óµ+H_RëIÔBgrã2¸¨=∂l±'YV1 èø@6V68ª4—
ãlsíÃÓÚ≠ÚYÌP„RW†·‰ß°°S^<%&ôT£†]BCâÄÉ,″A
õ"}¬û¥EÂTØ19Ï)˘®Îq˙˘•Ÿ———————
ÓL,1ÎÈ#•Æ°9ÔaÓ☺„ÃÃéáΩ„à1%@?»˘˘wë+?{üJîŸ

63

€w´lrç·'flÖfi[BzgÀH¸Ñêe°O»´WîÀÂ™'————————

————————————————————————————
ŸYt©2#@ßÓ"V4KÁëo¬"1QTÿ„‡ä¢HQy§,…≤∂Ùïa4∑
"zz=EŒs!i˘}``°<ªy'bÈÇ•âÇ≈¥0Q ——————————
ª@ËÂA@Á "i\fi
ÔG™kÃÉWRçøÑ-¡Q˝é«+ZÏ»)¸Óf¢¶»Gx‰64"≠a$7-
'1Ç÷ñêœ≠+ô————————————————————jËn≥:K&
e!çÄër-I—
|:.b¢1SÓGìΔQq≈.q‰Õí‰≠à°N}¨˘ç¡‰`ë¡_ 2U¿K
ó¦•ÿVbæ°Œeø`D¬Psò›°OsVÏ®9·≠gÏ≈ë#◊,'☐.7â
&<è-≤oåÒ™╱¨ fi's°Ó_,-
§H∏`Ä¶áÃhbXÿo╱‡üŒ)¶Z•Ífòa∞!R£¶©ûêñ93Á˜Ì
-ÿó!Ì,∑"È£-
˘•°˘a}âp2‡"¯i7 ╱ÏE˙v"£EÑænÊÚCK^£≈◊ÍÛ€;…
æ¯f‰h0Óç|2œa3Ì≥q>"ñhHMœÁfl-O¶‹À¯╱Bú7±ôG„
•ñq4 ¨|D☐„!uÁ64¯«…Ñ-Ÿ°√ç¬Õ@¬PX"RÄtøÏ"òØ
ä\≤I≈ÃNÌ1åCCT'ä"î¶|>ìh≤L»&¨äj[ØfzgLè<mR
(>¢Å•m˜bßR'$°,[GîË≤•ÂcÎ∞™QªËKä.÷wQûnöÑW
n´QË≤o£¨÷Â«9Æ,@ó˙"áÑ[J…∏µB"e¡±˘╱∫‰né∏.@M
ò»≈åLòôÒ¿————————————————IõªSª»6¨
bÌ<˙7HáM·óıÇ«˘¶Û{<·fY,(°◊ÉÂêzfÉü+>ß…‰b3
:´sÅÛÛ€;«─ríÉæä─÷7rµÆJÚ|∫ÓË─
Z¬6ˆ≠-☐{œs+Jª¿_Îß™ü¯hQÎí›}1£∏_êÿùø—
64ÄI=─
1+f_Bß„°Í≈®"ìVÖ╱øèø/g¨©<S*¸fl¶&≠☐,â|`z†8
õ*‰%>»˙
ÑEäl»•¨ 4ÂFsÊöòÙÔ-j~Ï,64•î.‰-æ-∞'bø—
[*4˘5°wi(0flfÌÄñæ*+FVX¸ä´Gñxå':™lo"æ´íd∞
Ï»ä¿m@;°áfmôrqôeU64ª¿&ßWphh-HH
¸≥-æ›
éÓΩçµ¿Ú]I∞'{
5¸óı'≠zyŒß∞5'5r€"õŸYÏi"HÁö∂£∫˜Ü¸Ä8'sxÔÎ
U─à]¡£M>&hÑ+˝õ'Â"`§~n8gk{È°Zûuí÷*ˆ[•qZΔ
1YÖH&„˘M=<0,u 'bV`ÁFH]☐ØŒM§û¬¯ÆywæÀ
˝1°Œ¡8'————————————————X————————
´1—
¶·y¸&°1òbcfl—ù—
$í,¥S¿P†Ú:ÆGXöKK +yüsÑÇ•#14t_‰œï§÷„-µ π

N˜Æwè\*S␣Kœ≦•\*ü────────────────
‰/
/•Ω©L˚/␣b™∫k────────────────«Èô#î
AkÍ∞°≠Ah‰z
1mÔ≥kLp'ñ∫·éœf¶\*57xeäîÆÛ0ñtç‰°≠Õ√s)ã>"
ó"B›}›ÍgV[d¢>Q ⒺDs]eÜÙÄDI-
Ê«Ò:\Â‰65∫2"oÓ#ÿ∆¨Mè+Ä⁄Ì1tP˜≈°π«éLà~M?»
]öY+'Ó÷|F∆v•ÇfœÇB ^␣vÎî∞πIÎêËC·≤€-&Æqøv
^éGmÒê01-0π#ø.^ßÔı-
Hùvf‰∏õQ1‡1·Îdi˜ÇΩ¢⁻õ|6!f?±ÇN»©ü\*6ïÛ8˝"
7U∞GÓufQ˝∑Dkó¬∫;-
@áû∂™ÃI@¨Ô˜æ1‰ëpÜáÔIzk∞S#î…üÁ›∂E}Ãb!üxL
†ròke"¿Mfi[R9¥-,'Œ8Ài≤4-àq°ÙI^␣r5g!───
⁻Ïßá›fi¨≈∏q°ÛUäæVuÌ√ÖAMàÄ-À$Hø¬-
e˙Wß<í`ÆX/¨"È,1-øõMö7⁄G"ChâkRmÕ,"n•=s9„
úJ◊ ␣ã»V˘,ódíë˜R!ü␣⁄÷ÃK
ÆÌœt∏Ë`'ãLΩ]¬∫¡„£¡&√ê───────
—'ˆX@yx§±r˜»
±>∂É™‡FAk6Õè›ÄÚf∂␣‰TéÓf7ü▢®ÿ8ü±!ÈIéa»|>
· '•y‰U@ê±N
ê)i}y§ΩêNd˘CÛ▢1ovªêfi¿$äR.≈G␣»Ì-
ú´u#HéN◊:jõ@@÷
JÅ/X9»▢©K&Êp‰(Æ?c-ì`V¨65$‰∑Ç────
5ÀcW3áb@-¬€ÿy8»ÊG®Ã\*fln˝f␣Fvm'LBÇ6s◊€ÈG
¡S~finîÆ∏xÏ»„\*≥&•óFs¬<$}=Y9ÓM␣fÜDKi-
Ò0.tíΩ··îsQÀÎ0\*9Ø≥@Ù[]{"îùawí-
∑U˝ÿú±ÆÑÿ␣⁄û
£0¢␣qÕ÷»J°+∏$ÆÄxï¶n´¿L2›XiïGì9ì∏␣ÈUy5
fi•ÌÅn≤"Y
ÌD#}øÂû˘+Õ3I°[F˘√Øñ fljÌkø␣Ê#}ó§[$µPtk¶4
»Ì⁄Çpìwȯp€ üÁ7+ å≈Ω▢4ÏñJ-
Éÿú@≤©xæ1'ÑÂÌ?-m€$Ov-
,Èg·#␣•ø≥◊ã†"<~•#'∑
,®¡ê÷òÁ␣õœ¢"PÖÌà±˙ÂN-
Ÿ"Còü·P␣X2ùÑ?V8fia⁻5fi˙@qóûëÀÅaø¶Óõ]¬joØ
|g[ j¢\*␣æÈ«Y~œ{u␣dIª I2hp©,\*Ã◊æ'7^ªÿ-
◊ΩCëC≠Èf|qñ────────────fi;F‡␣À
ªïN«1∞ûf␣W──────────ç˝¿∑0€∏

65

'™XÚŒ'&Høc,3∑◊#Ù2kõÀ₁ÿUÆ

ÈB÷*vpDâ·';WÔÇÃM*^§, ·]9ÿî°Ë'MR@5&&
´∏√!Oøæ‚"-='¯q|ß!|i±‚UW"´Û∩∈B≤∆6·°ÆÁCñØ
ç]"«□˝%eg3®µt°uL˙sR?Ocª±HøK◊√!¨e,–
™bË"»‰˝uëÜç^>oû————————————————————wœ
Òë£¶dÿ7§2sfl¥˙xp□r‚/˜„"¡]5◊†LÈexôœ÷~Æé∆Ù
ÿÓF@◊

,›än⁄∏¡ªRT·z»Èœπ¢üQΩ1|^`ÿoH$qJ='ó•"V*XÈ
›…∫|~ËMt55ù2RJÙ<ùEN£ì´ –Í≥•öIHÏE∏F2Ê√ª–
rj™ò'₁"‚°B8OPTòÿ¶KìàÆ©C¿Æf`÷#òqÍ2Qëà£?^
∏4)úßµûxy])At;(b±~66Æ7ûÏ°±l#∫∂óã
₁)`÷øÑäîñøÏÁÚ•…‚ÁYO,uÜË±°ã‰¯"97Û
"O:]C¥₁zhqäü>@    zÁ∆'{'zMÁ¬≥|≥‚<≈U
©òqÒÇ©Æ//ƒÈÌ˙£≥g©A0-
˙´⁄•øµ∑'Çi±•BÛ»'¬Otœ‰yvssröÓWCñ85Rü
B0f)∏‰|•ëç
ØBïnÖ&)Ú  √O´˝rî¯†ö#˘ÆÑæF(æ'à"□úf
‹T∈uÇ-
Œ!TÙX₁8»>˙‰Â¨7[66ä‹„A∞‰pL'BOö„ƒ≤(-˙
    ÿˆ˙.Ω[[˚¶‡\„‰$‹˜}Ù€.qK^ïâ66˜bõ◊Ág¢∏
□~ #êπãµáᵊ˘ΩŸ‰¡ÓDE/¬∞BùN ?
    ≈îêÎc∏01úõ¿-]£"V¯˘Yxu∏üx&M•[Ÿ˘0mõ
ì‰ÓE∞Ú™€í-Ï˙»-À`¡πîÉbT-
Ó·€s]æê#aèV‹k⁄§°ŜÔÏGÒzô,'‚'49,'ö>»µ7<Ü°
¥ñ≠˙ÿ·6ƒ†Ù$»dú∑é
'jz04hR¥    ¶©₁‰«&Æ5•≤W‹|"◊fß-!S=m-∑™-0
µ2&ÌK»0öÃè†‰
Ã‚Ä™FI~ö⁄>„auSP{ò†1^üò´fi°¨"Ωná‹
!ç·´öV¥J◊ŸR‚]≠•ö∞qˆ-€-°‚æ™P‡±B;œ˜¿‰{ku°
B≈ËÍu/Wù‡√U-¯<òHƒú»A,ª{1*Ÿ#ç^Ÿo˜ÕE₁V‚6G
UK›©K"s"ç∆jµ59rÒÊ±K¡H∞SXΩ5flNj2Ω~
¡₁>π7ùBlácb;y±[::————————————————————
#'|π≥Ê÷Îàs»∏'†Òûxû`a@‚
V-uÈ2˘Ë,êHfiú…¬◊Q∑é¶¡P4ªT{ü-
S∞À∞àW--¨fi^ŸrÃ˝àP¿ŸŸYÎîòL⁄-
‰R¶œõ9‰FÇW©F(RNœª5?ˆ»làDÂ§ƒE;∑),K´T#9tJ
í™ò∫›BJÔ•ââüe‹±ffic";09ŸxeWa4‡◊=È˜"ÿ"`fi
ZK]°äqc‰₁_ù3Vπ/|Ô≈{˙>î-————————————————————

66

Kü67rk4çó"75êÚS'IVHÇV  *,dÙ
o∏ΥC)ÕUE ̄@€Éë]7≠,Ôòâ≥P[p ̄Ô°Sv(|£˘ÌõÃ——
&{Œi1{v-ä•∑YXà^Œî=\",k1…fi'&•Ôõ≤≠oR

¥9|·6"/"+Z
£2(Ω¿&[√Ê-Ì±
R$DcVúÕöç'
{Ñ?Àç———————————————!dÌ&îM°Œ:q ̄
í-≠÷x9á˘ø.^s∞1⁄äY
∞Æ\É,Ω[O-°™^⁄O™√‹□C«i:¢'‹à^——
ÑS¶ö0ÍæH∏ßiŒiœøå* ̄∫ÌÅfW"uo…Î§fôh□≤3ìfl¿Å
 ̧ëøf=o«ÛÕ1ÙBÚÓ˘-
√ûiœP∞[∫:ñ9Ò®RW;'Û\ Ø°%"ÈiÀ„iµ ̧€C-
:!⁄hò ̄Lñ‰g>é˜ ̧ufiC
    d3≤ flî|ñ‹Ã©[Îñúó'é M≥T°ÆùX+¢@PØL@Î
Ï¬.í]≤ÕrP<®
öy¬?ê"ñåÆ?=~<„ìt¢)G ̧≤¬∏∑`k€∂ Bìµ?±KÌµr——
¡ôµá¬ÇT"√æ∏{·'•qOc©>∑ÎÛ€B`Y,ZdLÉöÔ=bÅ
m‹d‰©ÓÏ†hêÆZÙ{ê}-
◊«flän˘670E ̧Zîl"åõKñsò*'$w ̄Fœ--
˙∆«õ≥mfl‹„\^ oà¡aréÀÈ[·'Çî-
€¡}Qj{C>≥]LÅÅ≈p∑okî°Ê°~û´⁄,.≥Ø)ÅÈ*67fiö ª%
ÍB1¬àvµ∑€°3ÂÒiÂ!·paà≈^Ω'ÛztÃÚ]°Ôjzû•x#¡
Q,Êª^ÏĺÙ°´Z&ª∑Ñ©ãs"€®«ÒÛ⁄L0"#.5ÊPŸAî≠
Ì«ªêªÙƒË„fi⁄
#˘'`:g-‹œìµvty[ç∑búuefiÎe˜I°<>——
~è´I‹ë≤Ùé&õk‰«!/ ̄""Vy9∫™±
uâ6d« ̄.√f¬Ep≠ôÙåR‹d¡äÓß————
€REV£—————
·Ìnñ™)□lkBãK√PKô}¶}BÊÛQ—
o»ÕòÁófå>Ì◊^$q˝=ÿ<§îà————
g⁄î°¿â°£flê⁄É„v^Éç·+:Ÿjh®,£,!————
Ï∫
Òµyî•`;©^dÀuàÀU¨Ií~. +
tÂ•Â"]¬[I+ÔH»ÚWKvœ,[»∫˙SLDîΩÛŒ ̄í∏∏ÅÏŒÒS
"!ÿŒ'î>VXA÷ü»∏,èù¢5™>‰e≠≥k^w€fYã¿æ‹|V∑K
˘ü-?p˘Ÿ4üpvãÀËÂäjŒ9P ̄ãûß√HpS ̧^s
    5î!©§j◊«ö:KqGZÀT,teO‡éÍ?ôó ̧ûwï˘tTa

ÖÅfËxµ———————————————————¯œõú „•£µªâ·
ùÒd4´ ß.fiL¶°0flIc÷flÄÔÆÖÿ&ˇ,≤:kÊ/
    \MW?PâŒó∏5¶ÌpÑQˆ-ˆ¯∫ÇΩ{Bøâ≥
BÕ£îÕÄá√Æ@åäÊCÚ`øÉ‡'x(&
KÌˇRßàΩ☐T'F$5[yu—————————————
e»`ÃG3∑æmÛÎpÕ‹?ÌuòîÜÌczû—————————
p¢∏ØíóydˆfiÌ∕+aJ8
ª∏∂ˌ/\ΩôE‹óÀ•"Ú\n
ª¡/©.◊z2ˇŒˈ13l=ja@à]¡Z¶3•    2Àt¿w-
‹ëeDÄµÒ◊†ÖxÀÃ$œ,ŸB¯î7kµ£:ïC;XôΩõ∑õQâ∞ˌs
∕Q:õ;ßxÈˆ∏òGÓÂ±}s  —]ˇËR|'LRp©tEÜ‰ˌ`od&˝
    efl…÷«uùmà‰z•fl^˚R-o1·¨¨à‰t3>lR!∑∆©Ù
ï-9%Z8`JìLMé¿ÊK9Œb$gb·j)ªsÕ~qíâÿAjwœ68—
SŸˌdˌ"-ïˉ_√◊'YéøVR—————————————
C*ùà~JÒ„¿êÈ¥1∫Œ∆ÜØœÆÏF≥åÆT`Ó☐'"Ù9x‹â≠fl\
◊N∂J0€Mü<âmp˝(æRìk·EKY◊f————————
ÿ›ù¬<√é¯ˇ‡9ÉΩìm¬¿÷-÷-
˝›ùˌˋù„∏c™tnömÜ~]Uñùu•®Ù¶>©øŸd∑CÜà≥◊+7E
ÍÅ¬ˇWJ\öHæ—————————————————
sî¯≤nè•Â
Ê¢ï«À∏‰-få«,çA´ˇ÷$8«
&Vé*∫¡zbå'ˌ‡*íÃˍ"LÄE[î—SÙ£ÑÉVß¯G|›
    ≈§ˌAX˘☐ß68Yô3e°ì☐lóÚ∅°4ê‰?ƒ°3'Ω¨d€
RŒ 68õe´ˆ‹ùxaçÑ¬´êã=÷
ì≠ŒÓÂÂ=öÑz#»°NòÛ{"Û/¨∏ùˆ5;úlfl
n„≥€7ÿËöÊ_7-,¯ÔE´ë"-^¶Y5∂ˌ}SçÑ°
U7c≤L•ª$å Ñ;ßoˌopfÉ\-•,:€»-
œHc±?$Mk[ÈèùìwÉo£nVÒ{6ó</·Ág¢®o√â°π!~åç
'∕´•-êÙí]ùΥπcå¶‰YO21_◊5y$ˌä€ôeP≥HøcÖ®
Z|¯r„[çü@l÷ˌê——————————————
∞Z‹.52ËÑé68
ì?ˇxö—"ûS+8BÒÚj€∕»O¶o`óPm,C|-∫◊ÂÿYç'————
Ù§"üæ˘\:rS°∏áP≤ê,a₁GJ÷K&¬2——————
!|∞Ï"•ˌ°ª}yòåÅ‹-πµfué≠•"©cnófYF3´XQ68
∏4∞j¸èƒjmÚÏë£øSÕãc`xa¬LÈS≥
¡ì∅©ˌX°Lá2V°#s¬úËÆˉO¨Ü)@ˇx_7"õ+`›tu-
˜á3[FÛFIXÑåØ bzô8-Á"^•'«fiÔ34fÉò®&À˳
    +&âÕ¨jÈÅ˘dÏ∆sÀ Ú4m;J#urXsa›Eò—

68

Gï6Æ™pEÆqwŸ∞SnM√óN¶a÷c˝ŸS ·ËⱭf∫îÜgd◊üófW
H„∂|áH≥À˜ÑÎÏ†9ceÄ˝fi 1õ_5r*U•0<ßót˝5Ùbô-
flõ‡.˘ÏP•¬☐äL`[ö>`F
]Çœc¸™fò‰…~©ù†ÀP-
Ó?ìÉÍ'«´m;Õ¸˘Ï˚Cw`À]~;V÷5
    fihû˙í≈Ng(Â≥æ₁\åwh—1
°ê'd˝äzÙ@,+õùÅi }qTV«sÄ=»€Jo∂E————
@H˙√Faüò⁻ÄZ☐†«LL=‹ ª˜o¥ÚÛŸÖ|á.¬*≠◊qlüò7å—
Ω7í≤°ØU-
^g◊õR%Í—"x<ÿ¶(`————————————
bmÌ!Å^MŒÂû·®âü
    ¸ªÏ˘ï$•Ä¿0fu∑∫V„iLÕu¢B69ãtix◊!y∅₁k
ß˘oπm„g'
₁≤q•¥='rDj§'Eª…&¸=L¸+íDif"Ás9`Ø˘∞-
Me¢ÔJ§Á)W ‡(I!h,‹XŒô—í|§|Xu¥]˜-
}~Ò⁄î‡q± v☐„≤
lkÛaYWr«AÆ2Î,KâCbï=â? "Yá=—ìy√Î¬&∞e————
wY÷œt{åO∆,L·g'¸q'S˘Ìà
ÊœfNUñÌõGE«∞B₁@˜{ŒW(π6Ãåât…Cà☐9Ñs^ΩÂ˜#ù
ë≈[a˘Ì`¸Êè∏ ëz————————————Où崅
&.Gao¸,Ü^Ä|j8a‹wâ<∂ëè
"¡I;"±,₁cG=Ì&§}ÒçøDQ≠≤ ›k€µ-
€91Y3G∑fiKÃ<aU=ö3|˙|˘FNF∆˜¨;ÙÄõHÜ¢¢'K5|
69√Hã(◊˙°êü£≈j^ÊB)"☐∂(◊qq•ZR©ç,@ä‰è?©WÓ
Q=ë_⁄f>É,›ËEhD°|fiæü/fi¸Ë∫Ê
#ŒÃ^QÉ∫Ä3©fTü¸¡[a,"—eÍæ
SÚS6â[Ga/\pnkéy≈°:LÒb&"ª¿-
[₁Áv¢¨æíëÍÀU$zSH`ï ä‹AöË"ì"ñík≤Ö˝\'≈¨Ù-
L*¸H:íA69€69Àpûôôî&Q¸&˜^)ÖY•˘ù-
≤óÂÊrâÅöy˘NÃà4BüÇi^˝ñÊÖ3À\|(å+VËèv3´g{®
–Ò}ªNê≥uWÖ"A±8BD@ØB¨Í:±ªÂ.¿fi€ìôËn–A\—
~áÕ›œuó^F"√˙ªô+JH 6J$-€∫V√s—₁s@´›xπ{¨x∑
€é‰ñrÕM\£Afô˝À>Ãï""wÑ˜V
    π˘?∑∆„0úA|üÃÎ…L/Ω¸fi"å∂jÌÈga£—
P(ò•∏fØ3¥'3˙∑≤]I"!ÁÏYæÆçÈÊJæûÁq¨¸Ûéö=fn
X}¡ŸœÙ¸B{7—K≠Æ.^☐57?Ñ ·#SΩ)

Qs|I<Ù -~¸LO§»Á

#˘˝Óß──────────────── · r'Ë‡O{A
eØ0B8p‡?™lgZí€──────────────C∫
70ÏŒ˜Ä»∞ß"•úŸGÃû&î-x˘:──────────────
}S·ÀL‰`E˜\-`
Gn7´≈-áÍÊ®µ₁      uŒi'¿Éôj6Xûlπl`MÉ˙õ:──
MÆ∆/qìÆ√û©˘9=√⁄ß8  àìË[Sd›∫∆ßÔI>XÊµ□…Ñ∑™
Ω£'I,:∏0Áh‹ „"EÓé◊?S≈@(ÂOVjø;1d˛◊˘Ä+1•O≤
ÏEóîAU®ØnŶÈI¶¶.ã[¥‰Ú¢ÇVåôŒ¡ÕÈù"ÑÀ˛ÿ¿Ì\
Ê45.6∂É˜u3t¶æËçf"Dtª4j}é?ã∂`ÕhùvOó∂ç&(ø
Ë©£UfEZÇÇê─
L──────────────áùo|18-
>DËi'‹˝-¢˛['„≠A§;˛[ñ,A-˛Y-
ñ6√ü›\(càÂA~hÙ~¢4ÎY„Lppz.Ñ]~°Ëÿ]yÈœh«i◊
J5•Ãi≈@√a8ıÄø      ÉôÜZGaqEï
æù‹…µi
D†
YΩ·. π6Ú5gÃìπx"u.'ƒ69ÿûøª@·ıY«≤''L;d°"å
Ê:Â

      ∑©(jÔë6ÿÑK®ä'2î»í°Ö‰ÌÉ»öt˝ZI˛V?È÷`
Ö ̄TGL3≥8vfl≥26¬T¥ìz˙S\©h7Wöª>√÷™F)›åL∆
      Ó¿ÉÚÁó^_X"\˘EÇj⁄¡•
˘ú¬É,Ò1>°äP«wÿ2Ëéf ̄e‹⁄Ë
Ãc)?4ô•&ùÇtñ˛ŸTÆñÎa≥n#˘ÅK'cF3˜≠F=·}70ƒO
YÀäF≥K'Fîc≠T@{ã¡[ZÓ°¶,
      Í!Iê»=ÙK˘œ˜Ñÿr0?")∫ƒ#◊ΩÄÈîE3Ÿ‰éÍ©?
Ç,}{üç"I˙uûó+°ïfiväsjÍNq‡ûd{≤1‰l…_lÙ√]ƒO
P_ ˘›È.‰T®1€ími-
û±bùlí]~ÓÔ¨÷ä!ƒWfæöTÅâìÎ^Ôw•è-
R/˝Eß®*!<=¡Àrhù®î"π‰>ûHæ+>5F'fly„ŸG¶±™{≠
cÊRË/ÇÀ£˙S≤•å°ßhRRà»Ï≤Údè8√˘Œça'2P7äín{
Ô∏E‰Ç ¬ø-ìK¬-^W,«ÿRqZ"ã~À§"∫¶œi*„qÁb'Én
T«:'i9HVfâ˝I‡¨+çqÎÇô5úö„∆i~4B´fi åN&m…"î
-Ã—Ô_Ú#Ö──────────────Œ‰Û-
>)fâZÍœ[_äÌ‡¡fl…Óâiì Íû-1‰ZåJ±Ò
»gàC9Â®
      _Ë .8›8Ôå∫bKtÑà˛«O&·⁄íæÏ/Cå1∑Rµ0‹‹
{& öÿe──────────────
Ω^Ú¶eJ⁄b#3∏√¶?-

70

Å£vçœ˘aÀ1«{Z{Jßùi˙Nò›¢ŸΔÈrΩΩ$˝—C˘"P-
Rp ÆŸ"¨¡☐≤VtR÷¢ÔMúHÙnû₁…¬xÔ°À‰.}≥nxÅ°☐ï
®°ióç¿êá´RïΔMfÁY.M,kñë'-)®íŸ£-
|/Ù₁Ë{°6-!¥w☐„™Sá,∞sK^Ê77`öL¥lY™I°íåR«Y
`,ø@˘•ì\ΔÌ•VÍ»ÑŸµ=OŒR\M˜â)ØÚ˜Ω$8q∫Á:®∏-
Î^Ä{}õÖn®2´tÃ[u∏G&&RQ,‰lb•Ãò˘Hê®Æ≥`ùæ°^
-«¡-
≥fÃ§â∫L4ΔEhϑ~á¶˙æ1S¿1qt¿K¯˘B≥tS´;I∞©0uÖ
Y)É☐Û)s"öQ±¢˙€v'ÇpŸ˝æâfiÔI◊!˜
∞Hôç£∕[„äÿ#±^"J≥ˆÔZÕFî}*ÎΩ[eyä˙N‹œÿ"ç{û
õáÌ1Ü,mBVÖöñ°˙?©Gü,-júËz≠$$8
6yÜ€‹`:∏˘có∞?@Z…WíIC«màP☐jH5
VC~ΔP©ÕÁ§∞◊mò＿Â4ÛxgÊOQ∞◊S•≥ïTsçz´{£°˜Ê
3Öîĺ∞ß•°?"Δ9e^z,Q`˙`-'ƒÊ≥—
µ≠3g§˝2P…òQ(æ»fitΩ\5´SÛ)ä¥AS|
«ΔÎ°†ènf4êA&ëj õΩ`yÅ√ Qìi™ÜoW8fl9a
π`:Sb◊1˛‹3˛IØ1O-ú71-6
∑Û71¿ƒÖCå]kùÏòõÃÇ˙ér@π'©ùj☐û{Îû
R
Èô#Y•è;q®EâL≤«@["Nπ˙+
≈…ÿkûs
  c☐eËÉ{ˆæ/VÁ«qÕN∞-
∑û☐ó°÷°˘X∞•√ÃŒ¿H＿¢óƒE9«:Ã˛^´í‡(Úñ`Pg0„ƒ
¿«O‰ΔŒRÎî√Ã"DB∫8¯ÔÈ-
Î≥u{"I{ôz}ŸFÂs˙ÅæçêöW≈4∑Œ∑Ωçñ‡Îíùú'☐ap•
u   >.ò9 ËÀ¿≠XÁ‰z÷…Ω
éT;P÷-d}Ç„ˆã`˙ñ´9Nª Ω☐L
¯fix^∞¬u^=&h÷ÿLCA)c∞∑N˛∑?±7;Çaÿìoƒ∕„Rϑ‡\
Æ£îwygß0K0
©I71›˛ƒY^T˘{p
`Î≈dy0`Ür™¨Æ    ˘èÄTSÊÅ√V≠B
'Õñ›Ûùaœ Ä‰
:p5`IçϑB"z∕ç1,bÊ
      @rŒcßWü©ϑ£÷ö&nYØY8ªÙçA»:15}˙G,H"€fi
:ê‹∫"¡?ö~*~«î´¨-Êéùf.fî¯˜‹˛<ÚÖ¨ì•¢¡9"Îĺ
Óÿ₁°±Ÿ52G/JÿìC☐î)<E‡°¨πê≤zbú,'ì≠f"¶è;±$
k]™ìA-æV≥

"CŒ÷^˛"¯°QÏ√≤≥…-ïEy∫ÍEøÃ£(<jÙêΩòæì'ö+z>
N?òƒK˚|ØÖîBc∑@
3¿`o@à˙¢y˘ñú.6€»
Ô¿"S‰õ¢-
÷¢_`A„«Y»Û∑rΩÅú¡£∑ÙîüÎ•¡∞6<ÑJıÀH™fiΔö6ôá
0
πµB ¸u ñåGπë√,"Ep˘ ?ï≠…¢Èi9œüΩ·éláΔÇifi"—
Õdß.@‹6¢éπnfi˙œO»‰- Ñ‹¡ bc=--ó+…õ◊HËóg—
ÉO$;^íì1„Qflz©√-«∫dÀbâ0]ór≈[â≤ï72ı}£1ßµf
*!".0ñÏ——————
'DJ'é¶êc——————
B-
Èáú\¡-˝JL*&ªLfiÄFëfiƒçœO¨QrW/oKaƒú72µÇÌ'
72ÓÌ¸2KÃ¸Y\…É0ó¡20òÿônF5´08é'¥R-
πÀbkw‰ãu\Z˘ƒÁ'x7≈πÔf…_˘+a.fiSáJƒ6Í"±&i!□
Á^2/Qy·¬pÇ¸p†àxâv=¡ÀÂ•∞—
ùúË),ùú¸ãN!©ÖyvÔÃÜZj_-‡
†8LJ0(qŸ‹§õ(—
Ô˜ò≤Á`?nm;øw~Y'=ÌãK]ÆW˛ëù@nïflmñÈΔ°ëê
∂ fSMoÿ È+®œ&ÔÎ
◊3∞OÏ8÷˜Ó°jZ9—Æ°•î≤fl&‹
ΩIS«ÀÔıVÂmyÏ{Δ,_t"h'0bu¨∞,BË˚Ù72Ç———
pπ——————fiƒçö5›˝¥è=7Èw"±
ÿZÎo‡8Qfl⁄Ø°≈7ÊÁàc£π…Oâr=zç°,flÎ∑úL¨¨+Cfi˝
£^E6\˛fUW——————√¯Õ˛ñ†Ï°
KBÍ`í¿®9ù√Ö∏ƒ9ª∑.+˝DØUªQ83'ò¸¡¶;KÚ1h———
˛õ®sÈÃ')Ê4 /˛ipŒag¨a¢ÎÆŒ≤Qó9X(Ê˜3Tv_
^4Ω<r¶tfiØ"ÀiÌ¢#dΔ^+±ü)-
jÆõyë:1≥~Í".ßïìR™Bëπ•c;% «Äx &—
ay1˜Z*ßmíq\g\2'¿Õ#€oñ˜Îë0IÌ&¿ï¨?¨———
'm5ëj}Âæ|∞OÁg©Õß◊'≈ã,î°"2□^˚'&ÚSfiÑM.¡¥¶
≥Èd?}J¥"$igπ72´·~·úÓŒy⁄∏7ç˚_¢8∂Dä ö¿£Pç
ÄmùréÙY™µ¨ù[Voß^S3¯íÇ—
)uë^WüÄA,'Ï^nÖ>Ò∏~(72Δ•„ÔN†ê
…1ñõYÁ'bäÒ^˚õΔ©•·çl≥&°ƒs˚9 Luè"v4†ßBçA=
£c
Æ‡T‹ìØ-ùZ aâvn2:e≥„á^àM<£{/ΔV OAè7e´]-
'N¿g√Â›L¢}h®Å¯„ÍÙp%˛◊fi¨wPr———

b¬⁄A•πZcEæ_SBJM¨/J∫4Uïâ/,Ù˘¬73?œWΩ≤9ØÃπ
o,üQ\∏"73%r®1——————
fø€åñ,@ (M¡ŒWÀµ~éÃsÎ0EEã8QFïFjÁ˝4Ü°√—
~âí6¶[2À^OzCd+z»xß˝©z⁄v ú□Q«xë»—————
¶73—qÃ`ÁdsÓáÄÁ$-Û¸|-
fl≤d",l:,o∑j'·B^ÆäÅM˘∞îGéflre4(©T——
∏¸pe;«Ö¢sõS∞s-
`L§LXcyuc&K◊5\Ïòîrë WÎ&ûñ⁄√R å◊-
~üÏ•M:Øí8&Ü·‰@≤Crù)Æfñ¸Çâ˜¬Ç<-
v'¶T9ó#ÀŸ^|B3M Ú5|Úü≠¸˙;——————
Ñ≥ßÎ*◊ Çö<ü¸†Å®◊÷â|€õ!ÇØ^-
‰Ü<Ü3⁄°tÍç`yü'-Ã÷Ô
MXf?KhZÖd£/Æ÷ÿ"ÏA#ìLó/mUh[^tÙÚ14A¢≠ëâv_
µ—^NË~1'‹‰fi∞◊EóRTë®@Ãà˚H Û^Ë¨"wùt ë-
w∑æÔ‹°HÆ£îòŒCáó ¿^∑FdÖÙ*:Czï¢ùS¸8åïG¿îf
¡~f] ∫∞*8Ïfl6ÃÜÍ=•êr
&4A©¸a-û;5ê™∆⁄ËÍ ô&÷˘•áÜ¡|∑ªUÇ∆ ̄[•ñfD@Ìh
ι∫éÙJ ̄7¶Æ5{¬õ¸ÚµIÛ73¿ΩWG=˙´ ̄ãÂiLFæv+À›N
√Ò□‰æu!b) 6ÃxÛã∏sA„bä∆∞¬Z2•-
fläæœ.£TÑîH˘^¿ìicèŒÂ\YNπh÷Ü.l»(Õ]ö°)"î3b
XdbFAÁyJ¶$l(æ•¡ŸÖ¥D¨¨— "
‰ö°¿ø⁄è1rÙQâû‡ùò·ú‰ãFW,c□‡B°{,©óÿVÅ‰c§¢
©[ÿÎSÃwN ñ□ùT∆û——————
)K'∆©ßfi$¨,[„‰´á-|´Îeπ——————
ûç
±ƒ∞IQEP<
è†#≠g π——————
Àõ‰áŸJøV+"≤©¬Tw´6ÇÅí7Ùt¿——————
ÒaIÄ^OøfiI*Ç,d^dÉÇ(UÁî∞áÀpSàæ÷DfiZS»~
-æböM°Wã¡{ ‹‡¿73âqfiöúkÆ˙≥~
¬8<q‰>òd•»`jÌsû_:
ey≤b⁄fi:…îÔ˜††∞H1é|≈äüKW¢<§´ö‰Û«˘zXqdª©´
,ó'8°Ó•_NÍ´±`˘¿∑è>——————
;‰◊˘□q,≥dö≠ í□~k,÷3‡ÑMßLÍ≈^Á!
F]∑eÜßÅg◊--¬QeD-
·}fiØáD£fi6Ë·¯s9~MÖ¸,{é~ÁÁÕ˝23WêB›[˘Ö·B"í
[-
¸µ?h∆=≤0ó®¸sõï°Y:J ̄\".™¸≤È¬Sèjdw}ŒÿnSîä

73

ä≈ ·Ä_z‡ ·µMÒ˙»ïBrıIáy6t‾œß¢˝+¿ÓEŸÎíÆŸõ!≈
´ñ- (w◊èÂ°Añù°fiÑv!™‾‾‾‾‾‾‾‾‾‾‾‾‾‾‾‾‾‾‾
2ÂêÊb-'®Ø…K<|74˘¿-
₵|√¿YØ6A„(∑˝z¶C%ötF1k+J+mà¶Üm§±?5ztg…°Õ
mÚ¿]Ë2≥èAÎ´ U„x+‹öò,aΩ¢Å‾‾‾‾‾‾‾‾‾‾‾‾‾‾
BI"…92û‹▢;©ïöa(¨Ã2˜,*A6°
°mtπª„Eãb}Y∏9x£Ó~6·æ/+8@™‰Ïw¢™°xÌ4õÜtÇ#
cäí˘?B=DÎ@Ò
        bY.âU«É‹∫BÕ|!¢ëÛ…çnçèàø‡$L(_'„MÅ9a
4▢{"+î˘Oû⁄≥r`µ=ÏDÀ—Yob]gtfüfi…ü…A´PW^˘-
ç‾J{Æ"u˙§¢{
        ØË[kõ∂zÇÄx®ıDÃØ˜1ÅÚÀ¡õG®zO˜iî?!sŸä
7œB••æ@_ìï◊&€r▢ãW₁S51HKiP«!É(¥Zr0e◊Q-
Å1fÈt4Æ·M°MûY*
≤Od)ÿúv°KçùÌ∆å"∞πgBª8*&ªó°ê?-fl£"ı√+íç<-
HcbVæÜ°U    wq¥àæ‡•πl≈WF‾‾‾‾‾‾‾‾‾‾‾‾‾‾
[4€ìÒ+74ó;e≤÷%Œfl«≠Ã,§B^(;Ée°-™‡₵œÆ"ÓÇ63
IY0;@îÿ`^ "⁄⁄t«§FÖizÜä¿ëëñ¡ä¬k∆o-'Ì vù—
Î≈|*»¢éµÖ€<l'NvèS-.ñ>-
cNöÖ.\,¡†ÇÅ…jJN`v?õ»3tíG⁄27ÕgÊa˝≥˙ÚâI∏˘
-°a§b7®≠74˝^Êg‾‾‾‾‾‾‾‾‾‾‾‾‾‾‾‾‾‾‾‾‾‾
_≈₵]_
y· zT˘˝…èkEÛÁ‾L^ò û<„%=Ë4h '˙BA3»ÀGáÿ-
#VØ≈Ω"høuâ%I∆øÑ4r‾í„4`!§ƒ»ã∞&∫…˜n -≠oE˘
#≈÷:KU'y∂l▢%
<₵▢Ö!´.æ∂jîm@êK›fi˜'
Y∑˝XΩ!:@ÒÚS2[8∫`fja¢]Å9∏-°$÷ áï-
skı"8§",Ï*-Œ-˘ªì≤…à$ùN.
íµá[i*G-˜}ÌÏ˙"æ,!?|<H´
xÉä]@uØó.•jQa.⁄∆'W‰xD˘øT3lU[Øiª±6◊ßD÷Õ∑
r@≥Qÿ∫ß,:…{=/fi¥L.k$]Ω9ëb˘;iù8QG¿Hî|~+-
üÁ•,ëÏ≤▢ÉI▢-hŸëöôÅ₵îÃ◊É°
⁄ΩŸØÄôòÁÚ˝«£‾‾‾‾‾‾‾‾‾‾‾‾‾‾‾‾‾‾]ÄÉÙÑ
{ÌnÌëbÔz©ó.∫9'æ+ØrO<Y˙ÎzÜD§Êf≈˘-p-
M®NE°₵VäÔê˝}BlnLi-
sπ~?"ÑûrHîµ®¬af<Z©QO»£mfQ°k´ïπa‹õÍ◊Zh1`
¿]Äd∂Ä{◊ÿ⁄fi0ûÕŒ
YkWì⁄§NF-‹r?<ówú€fi:ü£á\°£\¿ÎÍy•à˝èã›õ₵

74

Ë¿,,Z|'F˘YÉËÀ‡□¢~V7°—
öeëtHó0E8OîqX¢"U†h„¡ó∞————————————
Êû˘Í,∑»¢ŸG"€õ`1Uú∑ú∏$˘Ç$m∞-Ë´H£≤xà@.îÂ£—
odÍê"0\'4îq
~;Zı·M\G¸5Ÿ¸c™Œ•∑YŸ)[öt"≤çõ&1≥[øØ°ÓjÖ%O
ZŸŸñtCZu}È@hf©ÿ————————————————£T
'Ì*Á^&xΩâ^Å−□ÕWóûéqb2
    □í,u7#¸ô`A·ÍceÉ§⁄⁄9ûʃ'<DÓ4Yo¿Ç™4˙J
Ùñ−ᵃW±BäAfl
ôïÆf0Tπ≤øÑ<„'∑ÿ3ã•^î…*YË‹ñô+Û…f°ÚÂ)´B⁄"
‡@?¶EyîqN‡Æfi≤z=Ï∑àn€˘Ç~s"√7Ó¢Q›ó≥aÜz¥ù\
Çq□VB;"§°¢C®€Δ°bŒ 9‰z]rspõr[±2GsÒÚ/c?ë˘
pW«3- '©u'ä−V‰
µÈ}•k◊h≈+P∂ÚÍ;µ&S¬Còà◊ã'W‰ÑëXrÓfV−‾e¢
    ¶¶ë^´1ªÇ$â÷f1Ñ□8 nÀøÈ˜
Ø|IËB"¥#p3È≠°fÒè•e°•Çfi√…œSÆf∆CÙA⁄≠÷flox∞
ûÅ\‡,Ë?É#d≈é,ò ímöH∑¨∂èDBv≤œ√sÙ*-
¸¿j≈â*~æ"J∏F®èÎRï™çúù5'Jb4∫5~c!'÷MÍ›\ë˙
ÿ„«≈ r•ò…-tË·&%>Ñf…‰Ü;»-
É¿ʃË□DréfiLQ„gAÏ5é· ')®-ì"êX-≈k†íhj<".uê—
ëG©°————————————————∞ïÇ6ËB´Æ⁄Ω°√5
c«lUË›¸` ¸˙I‰≠-
¡j£fi'•µßx"Lqœ;Iæ˙1Ref3√ûãç¸−íõDÔ¸eÕßbú
    HkëŸ$!gS"ŸZ,Ò?5‰=fiQ9:øíî7•FÁ] 4ÉÆw
˘xÏrSª□E.fiN⁄œ_N∏'5j]‡°`˜y   ?"¡]
VÊÑ=πBmb#
9w‡<ÒΩ+»ê™□‹4H————————————————
}9ç*‰‾¸[è®Êéï®§{¸è¢hÌL∑Òú◊S§‹‡Cé´õ·H75>
f?]`…Uy⁄Á
ÂY•ZÖ•éu€EÀp-xÍox-
Ê°3•"1VÅ¢1„ı´éÃ]K□√Md≈ÒπØ.≈'√d-
‰,@V_ç\Í&ª¿G„_,Ó:.^ÎÂ+|íÛ®¸Éä˙N¬˘Rÿ·Gflx
»ARM,-
‰————————————————b[Ã$»á∞:€7LÜ+_"s
EZ.lÔF†a□−"á˙£'y_t«œ2ı6•ıS-
·}¨Zúe∏('≤¥o⁄ML≈Øñgöë°ÆoZÓy‡kXÚ]N¸íÁü√T
°sflÀ7 fi    3qzL/£ö(õùòÃûXÑ≠nQˆ"û
    >}Lfù√µDz≈~∞TWur∂‰|(- caå<¢fk◊^Øv

75

„¥Î˚èÇ≤ØøzW´fiÇ˝ÒÖ˙ß $≈≠].õ¸Õå¸
<J§ƒ0Wg1Á≠gf∏)û·%˝%Ë´-
/∑¸ÿΩ∑y¯EÇ+wwñôÍ~nMÃäy™H>Ñ±ª¿∏flÑq•O">d*
ËŒdπrÇÑ…˘ªÖ]W76@)w«˙,]`6\∞¶-ú"
∏  BævíyL}^JÛÑTi~Eï.ÜW-fiiÎ÷ÕÄ!flx∕Ã
îaKfiá76ô
±∞Ì76c(|*76RF»ØÂ\˙ìΩ0-Í ∂=-)□76èióô¸É∕
ÇPÏ-kçŸ<µâÎ RΩl«èh•Á,flÁU6-
?·V76tgfõG˘Ây+∞<ÔÈ Ø-
     3¥"ÏEEU<˜§Ce≠˚`K);íí¸ua}∏ß.wíñE¡)3
…y¯¸,±4¿>2—∞f¸ÓÖIé@BL————————
L˝£∏#w-Wx·˚úÂsgóªÅ{¥à>‡Y§Ô,∆bXøíu,_ſ-
ô,É7-ˆK†‶
öãOd□·éO§P¢ N∞"¸,ø| z›
ö□˚f>úÕOåRÕ¥LÇòæb©‘ø˝‡®]‰Ê¥¥)Ï∕\òè/-
Ífb5¬=Ÿˆítåfn@Ì≥ò›2~ÖQ`◊ÔᴉdlæY‘{•à=Y*÷/
n€Â1f˜'ΩS1Õ«2#@öª´™÷Õ—————————
¨&‡Ïeu˘<÷∞˝!wk-
Ò3\2Z>∏ö»a6Ú%®Ãµ8∆ûã`î„√ÖH•·/v$'EéÚÃYfé
¶ã˚ëù¸
ñ¶?flœÓ@ôsÖLÅY∏%{£=ü;‡ß˘S,:!NnÁf≠,P6î©üÙ
¸zuE•Í"1ùX$¥HpŒ;«)¸<ˆ‡›ſçõ¥¥7®T¢H±Ûèß7µ
«…H≤ÅÑh1Œœ∏-
ëq0M28§¨?Ïü©{G≥mœXflR|µ£˜ÛëxÔÇsiÆ◊
.¬-aFíIΩÈs5£3oyŸ6Ú†-Ué—
-ſKË«,76Ñ∕!FT ¬û#êT[øDKh#‡nji(:-ü·-
ÇÏ6…©πá}YäÀdW8-Ä\U•ö¸ÁCm_e~ËÙ□z˜üuÕ◊Ì
gΩÁã‡ài¨—————————————˘q‘*oœeHœ
  ¶(¿f∞ö1À¸ÀéΩÓ@¢—————
hàav…Òî∂Áñ‶µ˙bπ´î?àS÷";];˙<∑~…zM@Ö˝#‡`l
ü˚M÷´".@`ˆ/%cHÓaŸkë;∑?0â-·~É-
@ëÏ□ÑXi¶¬˚ſACπ%≈å"ìÙÿü—
b$Á∑Öö:Úõ•eÁ¿M¸d<îø—————
CPG∂ÉE®ßb:ÁØ       ‶Ü
ÀËù'∆ãú1ùƒÎsLö#^`Ì_;Ωh-í≤ëô‘
76T$ácfrÒ9î@ïoRç$,76‶≤üô-
\@ÁÉõ»ò\È2u/á·,˙Wì~—≥,¸‘¸â´„[———————
êŸΩ•ÄÜ<±,ú ó'njÌfl´åAÌ®9)éÁ$p@Œ"  ————

76

Ä77»

ΣòÊO%ÏÂ₁Æ1◊˘=I$H{f 4ΩúÓóõ÷m.]÷fi¶≈é¬Üá6Ö
Bñ<ÎNíg»∫77úBJ Ë1ëü2&P[z¥ø|ŸEòLuk´Œ¿Mts
©!˙CΣù}$„£ €%xf´@¡°zïjs◊#C¿2á›6OF——————
Åì-□z@09~]gEçU————————————————¥I+
Öoùã÷Œ÷D»$‰N|\©ªXÿ˙ôCóy77ˆ∞µ∞ˆ

uœ
÷^Ö₁*A∏®Ê:∂——————————————————≤'∏3:1
y¯)çêWO^

˘˝Ú.¿j1Æ:Ù~i0/——————————————————
v`Çπ,âpΩ´ß"Ëe¬ì√°sg¢ÛgµÑ77ZÒVv∞0Von ¨4Ò
˘Ëft≥c¿C—————————————————————´±|T¥≤h‰®

m-
QfKö&ÿM'®‰n&/›37{H≥yïo z√Üè∫Q°?Pbn¯ñh-
_f£fl
aãÅJ∫Î„ÓnJ:¿´'8%∏ÿÕ«ûõâot<.)ππMò'{Èòôª>
iŸ——————————————————————————
3õG„‰≥-Ng°p°Ñï2'/;¸âO¸ì¬\∫˘"¥ª
ñï}Õ1a÷À¸ÛÏD¸1UsÛÿ™©ÿC√h(TÜv¬ˆ,◊¿ÿøMööx
¨äí/ Öéòèá;¯◊ÉQB∞q∏1Qv¡?J•t€ò%fi∆ÛC¸U-
›+◊µÈñ>∂¨ˆ ß


Ú«————————————————————————————
∆@©¿sÊ#|wøæÏQFÆ°Pv∏Fô uX§G4Ø'—
~´M,i¥\h¿Û□‹IëX,,ÓH¶/"ªÖ-: -
f~§çF6EË‡=õyC√ÉEägà_4nÉâÆÀ∫B∂¸pU¯Öät≠À£
(ÚOb¥P!¿77 ≈í
        cdãÏ45K´□3±Ë≠l₁¥ãO∆™ddËÅ'ÛÄ∏PpÄäAÛ
oÈªf¸&aF#üUËÙ-
7₁£ã∫=Âêj: FÒ$¥vcîfÄÎÔ+≤TΣk˘ãà
        fl<(p›§G‡fio»Àø'Ñ{
L':±/ùA:H¨úÿäŸu-28z¡-µr¬J∞÷Ô†?Í-°Ì7söʶ—
§O————————————————————•∏h ò
õëCÇàó-qáñ≥7=S&]+∞™∆`≠
˝¨ftÃ∏Cå*Üï<Âì™4∞÷5c≈ëWÈÓ¡(9˘₁è›î TvKB5
Ó     Jfl¥±k°:-
‰ób¥∏˝≥5!ÁŸ2Ôìm•á¥K£=3çÃ.ê¡

πÙ'4ʃh°À#T'ᵃkPEÆÁao´/W]£`íçZ^£˝7™Æ6Öd™ü
O☐h´¿ƒ˙Ôoltæ9jÄÔU|.◊À—ÿc=mq_-v☐Ÿé(•q
ñ©aoÖ——————————————————
"µRAé˘≈äPYmfi₁Ø0FÅâü    dL»N[‰·vè`D67æ—
π¡ã☐Ø⁻ᵃKÍÄ‹r≥™  78[₁√óÙ4çU÷x¢jt—
Δs?bÁî¿øæ"‰Ò☐èuÃfl\mR-˘úñ››Û—À$‹sj≤?a‡a&
˘±_=yD{£€˜°j
    mµâ≤•F¶ÖÑ…ávW¬fÙEÉ†$jQÀ√Œ⁻
RV†›ì*;6ʃz6ÅP◊˚‰7®äµI[Èo$ÊNv∞5€78Ò◊
Ü7€'û◊ö˚8(99π¢zsÜ√é————————————
√°d-Á2≤……ÛD}Ò∞„øçG{⁻_=!•2Ìú8!˜j∑£ü≤®˝˘Ÿ
´Ï¨uséTá·Oô‰ücÀ≥ì˚u[ᵃZ=N4/æ‹˚ŒΔ[+∂»©A.\
»M`π⁄åÜç|)ü°íˆ™∏îÀ-ᵃøÿ¥≥    ±3————
†?.‹9‹áÖ0PÚèNÏâhaçÜu_₁ˆ°´¨∏ΩYxwPî˘QjocÈ
π    ⁄Ê!&Q)Iʃâ[˙÷C
    ‰Aû'Tü1˜:•
J®Nà{,fiVπ¿zí\v̦≥C«W⁻dÙ1Ö…©'⁄CÆn«2ä+o̦Úû
m≠Æ[ß≤—VU¬ç›Âc:Æ†ñ¬ÿ2~∏(ΩßʃonbûÁ
{}ö≤ø|WÕ«1¶™…Øû~kjʃ‹*Õ«d›c^~≤T`∑Ò◊yIæy~
*Wp¡ÇÎÀ'•9¶Ûùe{;Xk̦¿Ãï
'‹ëëe[P{ {Ã4ê}M‹µv,›cmã‹v2ÔÉ—ÿo.òSq|₁—
Ú◊Å≥µØ·Ëp´˘iïjÿOn„——————————————
,̦ëò‹◊‰—
Ç≠hʃT$®;fmÈLÙõ=2,†WdL‰yë◊MÍʃΔ¥êPxUÜ‹Íõ
»›Ú6üïæ2JÂ`ÊâDõ7ê
    j⁄⁄6îΩ+£µ≈öRü?LäëÊ‰$≤›"ÛøÔì¡
ÌeG"sñ3ÈÇZΔ/,Ø±7ë•◊—————————————
ypá`zΩ̦„È2§Y«X5 ʃs•+‡T$_h⁄µ√dÎœîtËÉ≠„,"
s
ÙîP«˙≤´˘Ô^‰Ë4±écZ∞∞[?
_≤"Ñ£Õvvú"{78—
∏™§I@Pv'ÚaÎΔ‰fq‹¬¶®rMJ∏1°*⁄Q
Æ…˘í©z:ä=☐˘2›Õc°————————————————©
É☐m˚±É∏.øI»Hï¿±≥°pKFïg̦2ʃK-
1Ç-Ô*d☐öFH?‰çÏ˙E‡ò¥èñä\'ᵃåP≈~Ø∂k̦——
₁©\!Ÿ(@WÏúÈDX›"ù(ñ(à!̦Ìh·\´°†d
∏oåñfFÑ"Ω‰µ\}Î6—•à{≤'xÁ÷¢ØIouŒ¿ʃ-
'äTTËŸ‹ÒflÓ;-HTqùRx÷

```
  -_Y!‹SN
˝~P1F⌐X̄úJøÖ˝
   u@D°nπW V?¶@SR8¨JM'ßiì©‡ŒáÇß∆4ÅDRW
·c˝îÈWÆê^Ú^Î-áÆNÓí.ÔÙì‰ëg)〳]ø˝Øíí-
eK¡˜D›_"îv
6Ó°;F·®·™
◊dÖ¡#Q≤eπò‾o-ã°Q¸—*Y}Û˘·Ç-·_•áó  ødk¸ç
  6*_--TF›°≈6çFõ^
  y»‾°=ù!1W∆ÿJ¨Ö‾¢Oz•P©C§íNÁÖÙ¸â°&ûèfi
Ü〳∆µ\Y3ôzLkÚ‹&MÌˆ')Ÿ—
"]«ÿÈÙuS≥ô|1ù¥nfä§-ÙúB˘u√∞B
  †‹∞Cãyfik∫fifiπÃ@≠[ú±∏~Ü'úΩv'û¿‹f〳∞oâ
˘
¶*è¬êÎwm:å+F·q0°øflÜÉvÁÆ•7Mì~˘]54ñ*…\ñ〳
Öb]Ã‹›¢røøf〳¸◊È3Çj□ø,HóÀ,°≥=
  BÜ$Òú[*□¿ÚÇ˝tg˝ˆ˘W≠´»Â,•∆å'Æ7˘G°Û—
Í€fi`°¡6Ÿfi〳‾□W1>Ã*Ω-ÔÛ›]Cp-
Sò߶wÌ∫éê@Wõ˜ªAïæß〳¬dú  ¸É÷ÇÇ€üLr¨Æ
ôß·ˆî∆‰≠g  'Ê¶úpE m$9-
®°pï∂·Éê˝¥ù.∂Ìò˝£QM¬¬
˝Õ6„®mÔÂ3µâO[fl˘;Œ£•1ò€‹  ˜Ïîåî_w˝äa@¡àY
-K79fiÁ3≈∞-
`SNÈ¡•¿∑íß3è3‹¢Q'‰#‰,§¢d¸∑of$Ÿn6˜√õµof€
ÛN)∞ôlïùóí˘7PjΩòëä-f©ü}BÎ□•Öî6≠EzIàrMÿ™
Ù¿&'ŒJ2©∂»ÔÓì'˘fè`≈ÒrL+Î|ÕÁ/m√∫¸—————
5è˘SÉ´0$TàÈÁm!y(ì|èè'Ï∏¸
^-É+4^w&z0∞MA>?¬¥Ô!°:`…————————
‰‹«˝ªï_˝¸Fc˘Y,v¸YÉ„°≈˝◊mGêˆF$Á∞Ö]————
eúü¥+7Õ-□åÎflpÜÜßQ6µË∞6Dûe˜µ]øON-
ô¡‡Q*€Õ˘¸ªù4 Ã¢W*(09™ Â˘ñIΩœüù∫X/'-
q·Z'〳($\Rbå›˝b,œîM˘—
"‰ól¸{∞Fö————————————Ëes˝sf4t
S_Vü™≤ïÅ`v£Ÿ¥áÂáé•zÎÎØuÿ}∫K°›gÏ,$gît∫˝!
_ŸYYÔã
Xbma1°´Y_&Ry´ÿò5&Ã¿À-]Ì§¢Ü·]eÀ
  ?]û,´XÀ„_ -úIVYÅÆ÷Ô)˘É/çß
]74˝·U6
  àkA¿˝í(kßDflmÌ).yá\ÎÅG''ú0Ò¨ÍfÛ□`Œ
```

79

fiWq|0+ÒàöõÆ/. ·O‡]∂t¶´k—R————————————
˜§ñ—G»EîHç>)FzS∆Á≤¡—µÃJF
6#k±°ãö'}1u∫+Ÿªıá-É‹hIÎ"
°Y‹Œ»rK∏Ê!"Œ6>Oäõ≠R!80Vãü„OFfi
°Fèm+/u◊5Z"≤q7ñ•g»ü∂ß
　　　‰|,ÕõB˙±aàâ4&∏f◊ÙÌ¯úFs=K:mØÙ$3Ó+•Ü
7˝+WH6ú3Ï([¢6WãEÜ⁄´çÉ»n›Õh1‹¬œ3H≤àáQ∏Œ◊
Öî5Â˝Å£ã√î[˳t‡‹C‡·ÿ˝4¢ØÓhÛªã'ã˘óÄÍ¢Éµ§˳
Xå96ÂÌttö/-
|}£°k?FÉ9*¯v£M,oYù≤D€WΩ"⁄˳§@¨Ë¶∏-pGòË,‹
¬çâbAD•ı»
*cß¨´[!T∫kÉïïÊÏ=©∑¡}1Gª÷ÌÓªù!"¢ÀÄΩ!œeZ‡
Ω◊&,/|#X˳flkÓMaÌP=Ωg!±HfÖVœ-
°VÌûg˜ÕÓy#?ŸÈÙà'a}o)í>ûMÅ£åœIgàuÿ|£"Ë¿˘
`U:a,0…G
°˘$fî•›°
　　　　ü:Æ?P\Ï´　∆Ùãjµ∞2˜]∆5\.Ÿ∏˜Ê1.‡©·?≤
¥eMfiÆ{¯©∏ëÑ"´ä}]ST1(6±ø§}E‹GÙÓïÄ«Û°G‗ób
œ6‡úi¨]Æä€´Oi∞m"´Àù˳ñ¡àCÜÃ——————————
eÙfiFª3"Ÿuµ≈!Irpœ—————————————————W·
FÒ)>　—hÂ˳9gDà„"
çÈN‰Ô•ä-YîäÔ`‗§]mmwxÂEz]√ga8
3π√©ö,——————————————————
JÏ√ú˳Û√ˆRcªÂ…•,AÁ|e˘v¶≠›˘Ω*|-"øBI/w)e —
ï-)-w»Ë©"ä^V°∞
YQ„¡û#V!ót.›±˜åiì7¢…^‡˳6Dn-
ü˳fiàÙ\æz!JZñ}Ü-¢
8âŒsìeRÑÌqfiVIˆ{á≤◊I6Êsn»«n8∫‡≠Mù7}ÿÊÍÎ-
xË˘(Õ¨˙0:{Íµ!-
rÀ◊¢Qb1·®e?I)ñ·ã?ËáF*t'˙∂Æf•jc;3ÛS˝¨Øß
uæÁ]ö-
à99•{N:ÇLPü¢Øßüz»˳Ÿò√˘¯s¥◊'0ë˝πR¬$w‹˳‗a
8R"Zf∏¨L"•‹ÿ(　　eÒRdN-
IÇ„∞ÉÙàïédù4fSr8ìèWe2,Õ—————————————
a∂A,u˘Ôÿy□ûÙ∫'¯-úuPˆ‹n1*˳Pg‰û*ÑÚ˘Ômq[ıè
UµLû=ù÷˳ùß^‗µîQÚ-
∏ì€*))BÍ©»fiæ‰Ìzyù˳˳Áªòd‹ig*c‡wfiWfXjîS∏í
∏≥…‹I*§£Ÿ8HÛ;.t≠Øk&k°¯ìúËÁz√9˜ßVfnø¿bπ§

80

>^‹ &®Øe>≥ü,¥"⊓óÙk≠1n2ƒwÍªCÑ81ä~EⱯâÓë¢ñ
»ô5°∆ÒMØ#>goa%Rp:<-‡ÆāL) ·◊"p[?ô0
q(ı'8 ·älÿ8~--
78ÆdßRˇÙú§◊ö®:)IŸÖP\"∫□à,‰Rjç'r—
B~úÛùè9¿uhÂ%„ËìÂCÍÕqÊVāWÓ‾≠es≤z|"˘ïzÓ%'
@ÆÇ«Ø-
•⁄ë%÷»E$w/ëFL¢3˜⁄Ñ„«7.Æe°,àπ÷ÇD/Ôx±5⁄°¶
Ú}?èÇÊq≤ €î··8÷8;°—
üt°ç.D„5`Êê®˜%~Un9xêo™ñXüq']KgCïf:———
Ù———————————————————≠cÚ
¥¡ì¶-ÃÍzc/CfzÎ@ò‹ ~Efl∑V€x?éX™‚Jj*,ƒÁeYo•
æp|tÄdÂ¡8Í,‡Ω°¡Yæ§5ÓπùMÎfÜ÷‡në∆O3ôŸ‚"⁄ã
EùÔœoZx¡Ñq+tu‹T®W≠ŒÄä»!@ÆW^p›‚K,:
Å≠ª\"¬π»Å÷□flÁTŸn<8EdÀÿ√≤HÁ€[ 181—/A∞>'±
^$O©W}3±˜ ·H˜3În≈u9°iZ(œˆÎLx◊§õ$È∂R#gÈûV
∫Kf±°»ÊLimÆkJø˘†ı=∑⊓<û—
îË□UùòçR0µÎw¡ÿÜW°êX0≠öüfÛŸW›¢O≈√å∞é")m;
hNwh∆ß-m¢S|´é0†y⊓yÌ‹æâM81ZõË√0vO81-
9¬èÓÍTÕ*Ü^œ81^¢+Ã≠·î-ëÁ¿————————
È|˘à•PEïbÊ—————————————————————
≥èT∂0»81µwùÚ*IÚfv¿81-»µá.
<^fÔZ†¥ÓÎ÷^fl9/?ı2"ÆTw®∫πÒ$C——————
Ò"]¨·————————————————————}¥ø-
î(Ñ˝"=±Z$™9[C fl$ÕëzÙåX)————————————
hv]8·
ÇR[ÎRp5âCΩõq⁄ª£HN‾3±£M·fWπ.õ¶}ü@§{
^∆üç¿¢§ª‡^úòÓÈ$úÍ@Z¥1ñò6÷ˆB∂≈u.‚~∂%|ûF;
h"…çò-
7=G∑î&8„LPùV§ñÄÛ&·ßS"2™?©u€¡ÓF&_ki‾:°Sú
>ΩµŒ1√¡,÷¡¢e—
``!∞=Ä FQŒfiŒu°Ã°Ju7Ø!˘≠-4\:WY≈kqˇ"Q$±W;
€,Ââ√¥Òo⊓m!:qtˇ‾A.>!˘;ˆänJ/<\‡´ÚLEu∑gÊ·
bıÍ Ø!ı$€=>ËfiC-˜a"rµ["1;OYè-ÏGñ°B',
≤7◊ÃzS|tËÖTÂ,4Ù∑-
fïèà©óhÍekä˜lâ√°,´™ 2ÛÑfl6Z°(‹Î¥ ≤≤…‰u8É
;∑6ûãŒ•ëMµ TÉW®∂*∆ÿö˘ç∆Wz¨è˘˝q‚z°Êø^A≤—
:°Ì3÷‾B Õn=≈
≤* ∑„ù·zÅØ

ÿ
ö,;â$v&8MKkOS˙Çç_ï´ÓÏÛU°Xxø°å∑g±ìL|M.-+
2æ["t∂Sm-t„î/¬W̄-
ü4˚"N|cb∆ó®V20˙Ía"O√∂|ıÜŸ5õ∑yèÿìl˘qËHgw
b4°6ÿ-
÷,kíQ,─────────────────────ïùï√ú"é¥b:\
mè<.¢√À®;yå8èfè'$è5VpÍÖ∆────────────
8ømÙxxÏWÍGÃ4Ã7Õ7◊(É‡ËÙ5−
¶ty⁄7£Pme8,N∏('æ79˘`´ïÖ&w>MÎ<?ÇıCÂqÛ-
WÀkªÊâWÁp]Ñ√πı~Æ-
°3¿x∫ï£{Áû$∫flä÷Z&iÛ´Á82·^à°<!£¶LS-
çÏ'˘•£6⁻÷<éfióÙ˘®ç°˘∫~ıiÅè‡vP‰∂#)O„∏Ω˜…L
Q ¬˛v≥ró ªøΩ:iÖ˙m/ËªfiÆÁA∑«
qå¡~ö§°fiÄasÚ≠i,
1Ö≈‡Â' @à∂†â≠Ò|´D7‰po,&∞]Çñv∫82©†Ï°^å9Ó
æåÈ,,"s'`nàÙMêhŸk∆F÷x⁻∑$å•6ÕQ≠H©çÉ√Iäí©
82îq„Öá7‡ã*v□…ΩYÕÎÅ}æ~Tàu∑Gà`Å0gTØm'ÉàB
iâ482˛¡œ§Ñ¥˛~YÔ$MÅ9tÎt¬î82ÿ°$±$!────────
S‹F,˘éª뤰ùæY"$(ó≈  -
|ÿmÿNZ∑<A>H⁻&°öØ<{™^÷t(gBÖı^Öëfπ∆p◊2-
Ö¨é¨'vÿë«9æxôÕ6⁄û≥im'π"è^s°.]˛∞Ø¬‡´-ú±˜
πØdÂw6<\□JΩç8pu§fi$≥∞NQ÷´Çb|≥\$7åÏ∆Ûn§≥Ã
ª$∏∞ø±˘w-=)≠∞ãú~ñ Ic\<∫,Áä®:0cC"ö'ë{p2──
˘ø}÷4"0Öı°¡"yp"¢4OåëÃ„|œ
¬±fl|∫NrLWîiÂfl´Âıà───────
‡W∂,‰82N˛èJ¨SÏÎDX_= Õö¡∫-
É≥∞∆f0@1filßé)ÅAæ}cw6QUœín
    sï'7T00̄7Ó◊Ä|†6Ω4TÙ"mÁ0§8g:Üx
ô¬÷ûÙ/Ï?o<ö{≤¢2TÇ∂∂P39∫c!á-
@™Ò†VÓÊ8ù··`/ÊÍghGÕ+™6dÔÑ+©´∞œ°oE)∏§LIØV
d™∆Ù£ÛW
    HVÔ†»82S˛d/1NzÚcò)ÕMø<H‰˛U•íìŸ±C2I
Q,ìHı~ñ9ÇÖEvÛ-rö ≠íù$*€ cÁC cI∫
Ê["ÿË¿É∆ıÔ82P*Õ¶UÓ⁄-"N=ä|ÛÎÎ©ÎY3Nn────
ÂÏfi»ô;û≈d
⁄ø6+−gRhÇ≥yM°Ü·π"lä=Ω?˜™Î >f∏nÂ*Ê
    ∏V"I˘Ñë@@= 82aûÙojJÕ────────
⁻G˝êH∆O2Æ⁄h≈® Íä<¿‰á‹˘H°V/®©&?{−

82

!ëöˇîãJlN□Ç¯Dñ` 0Ape™§Gÿ◊Ní èåó«N,v‰¸î4
65Z®vP^Øq4_Å83O¯Â-Ø¶_Z)Áv”1ü≈(áEDNOk———
ó"^Fõ|/öÿQÛêáΩVWu∫æløø…M,í□±i~R∂R¥ì‹¿ö5Ì
Œ™gx˙ÕèπâcT0P·vÂ?Î'————————————
Z"    `k`ÉÛt%íj!˘Ù7Gqiv¢ÎËÙ/WÜÅ•K∂%Ù´"t-
Z‹Ú5ã»á/∑')Ä iõÕ+}Ú§÷-
h•õ¸ãF`Ãx3ü\k¢XÔ/JV
q∑≤¬"√°‹§-ÅÂ:ñáÿE°ô@∂eNîÉœfl
Eq◊Ö…¶∆vÚ0¨Î,JyÉq°O9+üKd&NDø∞Ò,ä7∞) ®Z©
ú%Oï»J¶¶ÚæN~ì"&`ß-    1¡èL+5∫¨"¥Ñ≠ªÍ
Æ□Ω⁄gæŸRzflòÿhÑo˝Xc]•ó¨ËËU,]U≈èáX˙◊.'83{
fiU†¨èl¥©Ò(†8F„~Á3˚G«ıñ&B€I¬83¡üÄó=J0Å5§
Ç˜b6¸?2U§+ihf¸ã3√πç`yŸ∂ç±™†ûÕ!àKu/∞úÀ©`
^\=Ú=≥ıë˝gø+ı⁄ü-I‡-Üµ,ìApôÉb‰¨Åòa^ù———
≤"øÖ:83#∂¨˘;¥L)  t+œH≤,ïMí@ÑÓ,-:∂Ó?L7ª∞
ÜeÎ^ƒ6V-f:ÈZ^Ôz˘g7-
'Û¸›…ŒË9Ã]F´∂flŒ0c‹éóU?í□£À4}åÆ#————
, ãö.J˘ ∞tÑ=ÚÀw⁄Ä∑jl_√————————
ÍíŒ]¡ÙÇ¥zÌØ°˘•Ù°ê06g·'øÜ7¸8Õ˘=ht.-
I^÷°ïzË¸ç(ª⁄KaΩv¢&©π-
°d=zT¸Y#Ig`@ÛT[á\rÄO™˚ŒÎ-ÑjYn5◊————
ÔA————————————————————
GÕÖNqÉn¶Ô⁄9E¸"oø—
Â□˘QdEï¸¡□áqÜ§¶Ï=XÜ‡∂¯´^————————
û(Ô¬⁄_"I}˘ÓI{f®-
ˆãó~¿<Ÿ◊Y¥á¬+Vµè∏('ä¸M:}ú£0vÄvr.$GíÛ";D
ø•5ëe`Ωßm._Öú˘ôÇHÈ'Ô#r≈èT»0„ ————
√°ÿôlt QjÄ<J\ÛU
yµí·`»^ÿüÌ_#«`hcOAp\˙t¢∑øııX°ÊjV\;ıó§pF
ƒ¸¿Üiî;%àeª≈^ê+ùuóN≥Ä©¸àÂïåÿêì=Î>¸ U-
(œTe9^ç«——————————————
b-∆83nèÄq80°_≥>òV^€˘]ìÖ¸\ªF:¢¬p^Û®˚õ∆j9
WIgfi SBMW-"u————————————
7mNRà ›flYD^´~î≈M7#+ãÃ«¯NÎòQ3Qƒ∞∑SbÊZÊHò'
ZôA˘íÃ€§xz¶¥(¸ëzŒ@4;[•AHt¡F#eP˝‡ÇÔ~ìŒB?
á#'¸OÂE,d¯(1ÀbË83K;ÿÃ÷ø,oRÑN{¶›Ê—
"û7/qHfl@'é=£œËÿÖì;¬)Ã‹]úéèÅ¢≠;iÕ&§h6®f)

{◊\‰øV      V'≠àiÂµå-
N∏Ï`^4ÀÈ°D˘#˝ΔHÙ®Õ)˙Ï›®,e|I
      =PeΔÓ"îΩızΩ+oDïNa±âciùÅ˝6Ã
âa□7∑Õ4°yd˘:Îæ¸ä ?ój¸-
L™g^Ó¸!›"kt»∫P"@ª#+@\¸¿C84W˘:˘(·Müÿ¡Ò84
´3¿#»≤"€˜+Àæ-Óè4VM¬KõÜπòALÇ.EÃ/°Δ∞ÍxÀ¥V
€q{yÂkâ∏
É#≠^&UÔuÌIüN•îÙ84…WH√¸™÷ÉQÁ™Üoã«_|MÂDcÅ
mÊ«p»2      ˜≥©J1†}C
Δ…ûflÓè^Ø∑†◊h□˘´Öí•‹yá_□PüÆ π_#‹á
      |Èn'ËeªVï¶TôòA›u‰˘w—flı?çóê"π
±5ƒÏ$…æÅö\[⁄ûÂeB6òsj√≤óë"L°ÚÕ•ß
      Ck/k°j∫JÆ∂˝˜›≈(Ñ.Ú1÷±\ÔÓ-
©5Ωı1òsva∂`´ı·"z}æΔâÄò0Óc•
y~Äbæß01„{Íço∞C  BjXÅP3p )®„0,Ù5iB-
x'«1é6o¯çæ∞ÚÑ◊B°¸˘6K□Ká1X›°x9èV84'P±KT
      ˘ê¥1ÕP=
6q≠Bj‹&      ∏N]âçÄQÚ•(8:Å      'Ï°ıÖñcæ-
V®$:¨bS˘ùÄÒy‹(™˘ÈQ-ÃYπJ-÷}Ê„e≈"¸-
˘ÌÙx`Å‰,bQP—C…÷´UÆ51AÕàÏa{˜————————
—Ï˘|"-àLbïÏ.•2yëÀ¡£ˆwC¶Ok:;˘sÏG
óL˙≠6≤SEf84òu°°ñ1û`È‡√¡ËÄÍ≠cBíÏ;Ú□B™Æ—
êHYîëkı°
      wëPÁE$LûŒ≤fÑ©£hÉ±˘EtZ"ÖÎmfú;bzMÃpo
"‰"F!«˙O~´Rìö2$'I˘ïÀà´fi(…giÁ'Å)ˆÕeôê¥·K
"åu\Ó.¯‡ID≤6-
Ô-Vµ‡ò¶/Ã…€¸\î"M§˘B∞OA‰ã∫Ï°¸fi]ƒQû„gŒh°-
L;s⁄40¡û˙À-ªÃÆªª{6™MÄ?Ú„Øî-Ñ¡°Δcx
      °A›¬84Z‹ÀÎâœΩ⁄À*- Ú†eÙÚA6?Àä
r¸I˘ÁB°âå∑ÙdÜx/m©ÆÈ´ΩÈoC ÎÛNÜ—
∑9Q;C5ØùÊYQ3flırÎ"Ÿ;)¨
\'
◊ÔHÏ÷uâ•˘ÁŒ-1k≈ceœ(ïä≈‹*6Óç5ÄF}xõ°Åc-W≠
"ç˙F¨û£u±äë_§
ôp«84Î,Ωƒ‹KHÿø¶&œ"ÊXW¥∫ÈOL^  ZLò8rEq
      Ω-€8EÍ7√Åà˜o*————————
'fi∂áÿöMÜIÈk†ÿwéÛî,ãr˘84]éøÁòsá§ï≈-uy\™$
dÓ†±sfı|«ª⁄±ó›•#˙SJt¢MJsdıH#:óz"ƒH"+÷ı›Q

84

CÆ.ˆ°π$π∏û\góÔ‹ä∑Ïódℓ7ÄÃ3]ÍnÅΩΩ¡˜pÀ]k—
q∑Nà‰ÕN˙åPÔ¬‡oì˘âHm™∑ÃÓFÕ -ÿÙùU}®Ò*ñ'}ô
    1∂õ£)É*∫°7ËŸ\ŸÃŒ∂ØÆÁjåòÌ_ü◊;—w¥——
yåƒlo∏¿¶M—Kµ    1˜7t≈e¥∑#fiY˙Ü)-
Ç#íFt˘«ÀM¿°≤ã -çÂiö▢ŸÙõ¬Ú#§^V8Ùy}oªõÀäÿ
À≠3ΩΩ= ±'µ@ÖÅd¢‾5≥d-¿‰•fi˙ü▢1(
ˆ<ÍƒJª°|LÕZπ\{Õ|∂|—LÃa`t7——————
,wbo˝~h#+$Õ0&    >Jã∆•_ª=-
1ƒQÓfiëÊ)ò‹™"õ4Æ¸c—wö„ ‾2ƒ "òÉé^∞!K‡
    Î
8U«Ó}ô"πVÙe·x±`LL|®ízíCB~æ‹@ÒàqÛ‹}-(K∆À
‹õ    +∫IïßÍ-
gc»Ωl`∏&Ñùπã▢•òw˘▢ˆ2›ÌtÔÿo∏Rß»üRÙnëÚN"€
Y•85Í„Àµ1ÈHX∞¿·k
>±h„E≥ƒ▢ûƒ"¶\•'‰æÓF¢'y°í_]"€Œ^è°ÒK——————
,›«C*Ï›•Î¿<O}û∫Æ-+(èµß-
6ÉaÇö-ñÌ-Ÿ≤`z10Ωã™fl:-‾>¸B[ï‰e<Áõ£i——————
û————————————————;d{øæò•¸Ga˙-
ä´π≤#a|˜&ÔIFïDSƒU+¬˘Œ•]ÅÎˇBJ£û)Û˜¸ÃA˙˝S
dy5¥N™≈n_X4πç†∏'04¥1D>Ê´hçÂ∫iªVXhB1RXì¬
í[v>âbPNã¸ùïwã∏—
mÿÃ"§ÑâÚoÌ6XMá•©ÿª+Ω+§ÁŒ€~OÎ3î≥€₁<Õ÷DŒÈ
VU&˘"IO/Ï‹3∞Bà≈ã¸f#6±"∂ce¦¸y—
·1î?∑9áUÂ4˘vÏ¿µ˝VÍÉp¬Ñxbî;kCüS:œ•∂-
ÎY<4&ïáw+21íJ?f<:B''R‹¡°L+∂Ivqï∆Ïô°◊«å*
4ï…"Ö¸Æ‾˝Ù85zò
'∂nÎ▢jgkÎ.€˝¶4•¬àfi"‹y0„"Â——————
œGùbø,!b¢Êój'¶´˝ŸÉT1Ñ˝"_ó=‹˘∑ˆ˜◊$1µ_Œu<
∆hjXã©5ª-˜ñ±áw|rI$ir4ÿVÿ»9ûyNØw—
î∂◊g˝‹õF':)m|á÷Ds9Œ/Ór«ØÁcaw°îâêú„œÜE3é
ñ®ñS¿ÄÒ˘x€K±wøGb^)„ÿ¨•´ã2íÛÜLΩVv¶jOjOhÎ
{/c`
Ó-,éxÁfi>MY!°ò4m¨N▢T2ÁR"•›äc˘ßô£…——————
ú'|*tq[Q\ÊµeÎ™_ß3h§‰:á^∏t•T∑xßØ0u'/'«Ìé-
fl2ÎÅCæ~E}£GsëûÏägP˘†;ÿI$O1Á¨aü…˜Pw∏——————
vn▢áfiò▢Ö85«€áuΩ‰fá4ásÔ¥êmŒ:V¬j~ÚU-
i≤|˘|≤¶Æ]Ë^Fr"ßó——————————————————Y

85

¨â\f˘uú)™Ì ]öçÒÙ————————————————
êÛ¡Cˬ#
\≤∏ˬ:=¶‡Ωóè•qÊØœD¯ÍΩ2«$Ás#-
Y¿Dfi·πU.òÒ<óW¢!)üi\êã•aÚ€pk-%∆£◊§œëÙûQã
[KÃr zd<¢————————————————
m, 86————————————————
——————————————ᵃeç~b∑œçiøˆÅ¯é>o¯
∂Êç.qø¨?(-õ\|£
VÎQ•ä2CeWê-
†í$'¯
    È~ü————————————————' ˘œ<†èËQ
ûΩu/Ê¶}BpŸ————————————————
˝•+∏

.ÈQRiøÜëë÷ÿé¢˙ŒŒâfiñP˝}äæíV@ÀX -%÷w————
®¨æπΩˬ,˚á"≈Ê˚(W|®ˆ]ÔÃÍÃm-2≠,P«Öt"_ñÓUú-
»fR…Ìáö4p]/ 52ó∆œn-
%O%}6êTpSt@˝tC!W·˘Áπˆï∫EÖ™{∂ÎuÅ¶¶Z~(ÍYô
Vâ'˚LÕ7ÿ§Iêf¶>ãt-÷˚«/ˬd‡'A=Ô|Œ#8;,
    ˚Pˬ-ÔrEî£
rˬÌ≈'˘Íò:8&fi/{NOfΩÌ∆"B-kr†[√˘>RbÕ5Ñ¯ƒÇV-
˚˙:Ë'Qµ~òOœuRmã„Ã˘!7Ñ2∂Oêjó∆8ªì±Tv]·È#E
«Løå{Sl#1˚Zú
    Ss9±>dÎhoì£)firBy$ƒ
i86¶  B˚•-Q¶üö˘πV…˚Ãx≤è?L    Â∂3
    ß,p¡ø»$3…ˬ'{zåxsÉ≥ˬàÁ□èÿˬ1˘ı'zí¨.Z
Œ¯jö¥´öRÂùfløy∫Aπ-86ª'-
mêE$Y«Ç9nû$;yx„,·Ç√}cAáß∆ó±`πe≠3¬≈;Û>&Ö
˙ì(ã+≠©qC%fl"∏∂#ek,Ë!?>&jJY H2ÕˬÈ-
ÀóL][ˬ%ö')€»®NÊç
Õ""″□uû"q∂˘ì.-§]¨`'z¶˘ç————————————————
ÁT¡1<¥H8--ßû∫Bç8áH-ñ6Lø
:◊w¥ojïNfˬı˙¡5{˘ÎÅ'≤ì--'%fi†ˬ∏"Mãêh @————
H ]-I;Æ+Ñ;„~Ç;˚¢'6˘ù˚-
~~π§˚íÕLà«è∏ØUfiÌQD-zjÄf•˘Aÿai—
ÈÙ¬¬EsìøO^l»ÏNç∞&ƒ*
ò—:—òÌ≤ı¥  8i&*ÙÕû3K
    £,"µ∏ˬ˝Ejqëdéç){≤~±ÃëÈì•…1üä86Y˜s

86

`é7ª'1Ì^9gï√∏◊≈Mü°°ú_<à,87«œŸ:ìmOf.Ò„Xõ
∞>¬ÿ¶í€Ç∆˝0fi"äû§RÔÎö«^A1`vVKõ\Iw87∆·≈\□
±jÀi°¨˜9&9,\ã≥ö————————————————*~
`:fⱼf·*"ÿ≠iÜÒå1Œ#∆ÿ≈»∏áÒÄ}Ω÷oJA%ûÉ¿ë'-
J[ªfiÊtgD◊ë>„˛Ÿåà-‡÷¢É KOiê˝ÏœY≈œ†Ò°‡\=»
ÌX3¬âò6 QCe%"˘˜œ∫ûßfóh"iûAÅáŒ"◊h—
˘{"⁄LBEÜÏô?¥[®¢ÚMv£BÅdB(j]°Òá˝—
sª)ò«Q!sT HDWß^ÜÒ®\™ZG~ZØL
!˘U ÷o———————————————————
~{^/-
ß¡ã˘™=sQ‡®${·˜p^0M&HgÿËúi∞ë‰^bï/e»Ô´¶ç-
nA#hrlæ/°Ï±ΩN^æ=Ïdi\î"qj¯x‰[◎≤‹≈õ„àÖÔÿE
X=h<ÃUŸ7JÀòV|¡i≥¶Y∂i-9·3›±)·áôKô)8e´>Ôÿ
õ?˙aÈzt)F₁ /EÜ(k¬V•æY§"•ÏbLPCÓ?Ø<^Ù1˛flE
ÆL„∫íflP|)ÂÀ)——————————————————
üûªŸs$ÜM@ÆÄ}®ÇC~èaggÕ-
z∆‹ho"s ∑zVπÑO7˛."/˜iM-
Ã∆>/∫PQz˛…áu$böÌöffl|˛W±o˘úË"mhb√¯aoÎXmz
U4∏•ëuŸë‹Û÷vµ
§-B9›BÛZ(ë!Tl{î∆2ÇÊ≥ÌëÁw ¿eO—
&Ü°Ô?uñµè°ì˝Z$·•™^`]°˛x(›ôi™tiä87≥€2&,∞
Ä€n†¯WÎÏSo‹∫‰ã^í∫k˛5ê◊l'îfÓISÀ•∑◎Ê◊Üf'à
‰¬f,êÄõHuNé÷◊y˝˛sML⁄W"îVV——————
ÏÅi®çI'[ó¥ò^2§dWuv—Å»ü~g›…c‰——————
K«€ -
´ä∏^fie.÷flÈœjz8∆„ÑT€I>ôú"ovLœ2□q5˛1ì□ZIu
Hffi□Ñæ°≠¯Z°acè˛ø‹≈fl
     Zë¨/ø¡˛CìF!÷v]«˝çW/,OçvÄ≥πYíÙ"õs¬≤
6bªíª•õ<≈ÁïE°——————————————Vˆñh
Te0ASØÉï€Ω ™‰≥ï°U∑ ≈,≤â‹fl·5@!MI èÄ G—
Ã¯P‹ôHÆT√óa™e˘´x•€'≈ªí•Zµ€<Î˜áô˘Ë£\‡Ò<v
˝£¬
œn>—————————————˝9p?ü&5k∞pÈ 6a
^=5•ró¯îåUÂ¥¨ (çY-
û,'xW2àü.ÌÏÒ"àË*&ì?°€õôkniñ^∞4„Œó?tK>N˛
1•oñ¨âum————————————————
*†ü≠⁄¨ë'H,R7/e
     G=rz◊≠L®˜«˘¢7-√vŒÖ_"O≈@}\mçÒ-D#'¿√

87

oá\*òÂÆHô6'LÍÉ4oΩ®ü¬ú"≠m√'j%%r%‰îfœW≤/‹ã
Iêôûuóí~˝˘2K„Ìv†XñÇIˋ‹ÿy5ñs£SªØW3÷-
[û˙+gËñ%=76'M~I]@!∏R°-
{î+rÀÂC'#PpñÌîg1ª√M¶¨ÿ5˛ˋ˛fl+4Õ˛«>@y«Åfê
ût@≠˘h'RoW-6ï„∂&√Âb∆ˋ@˛j◊≠}_V(oÑrΩáÖ˛|r
söfZ„k]ªø('Ø…¶â1yîê_˙È—(BCõÃ±ß-
_áãBèJ†%cà-
˜K¥óè1…˝™yT˝´á'+î>5A1\{"∞FS]«CÎ∞,z2œË´˙
%fj˝Ë≥ó◊v{ÎÉÿ÷-£÷SØ°
z=ŒkÁxb¢M/Ÿ˜ÀÖ˝q®ó•88˙˛uÂîígÚD™áfl\»ò»cø
Ûâ˝ å^∑u˘FpmŸL√]»:{ Ôù˛°‰Ûƒ S$òâ¢cN&[^g:
-e5à(Üvsn□´oG&ï´Z&ä48¿□
0Xáfì
ÆÕ_È„©ÿœ6nì1]ùä˘8∏ÿó∞•p÷V5Ëe»√Âb≥¬ÔÚà¬3
8Ú√˛=Ωî®˝éÃ-
é{)Áî°Íß'?ÆHà+gªA∆ûƒ˝6x`∞∂EŸh¿É#
´M+À˜ÃxH48g'∫˙π˘3xnïäRc©∂1©€®â1Ã7à,'ëâ}
™3E©j□Í0Í∑¥Ÿ5Gf?ÌŒM
      «fià)+°÷wÏEd˛˘√JÌ∆˛'˃„VªÂæ†xy∂≥Ìë»¡
$àaäÊnÛî{çæÇÕÕnŒˆB&â°‰YMEΩQÅõ)À[^È˘?ãGU
Jfl=K°ˋ´˙µc
w@8¢`N°˜ÿô¢Ë§¥ÓÿßAƒ|óKÖÕ-
õò%.(¡¢"≈$zi^™Ÿb˛°]Ëß
∞˙°‰iœ·°PØÆÄÄúÚhÊ‡·^„E#¡¿°'ÑÉ ¡ƒ(|A}qú≥d—
°u-
î                                          ÷DØGd»µA!7ÃfA7fiÆ
¬b#-j—AN'eûC´˙≥à˛t¬kj0\*=˜¨≤÷˜‹ÿ9s)Y
°=°?çy-
yÒ;æŒ7Èqñ˙˝'0Ë1äÖ»88ÿifâr|÷XflFmÚ{≈÷á√J∏
Àí√e‡j¢‹»Œ◊À¿
eud
ö'©◊Ã(•'Íc¶√˜N√1+•¥#Åfiì>À9£eÙKPÄ□-Åy∂-
Ìèo]ó\*rcÑ‹%ÆãπIkâÀ;@>•û¶Pπ)ª™C,)òàÌSÅzñ
gÌ%ª°≈C}eÒ3fÚ!ìH{};ô¨
$ó:Øc',LÊ†Tòc¡y1ó&r\*ÍÑ>B`flD□z≈4©ñ4çô&#∆
oŒò€Rfl-$-
fiÀ'h˛ÔÛ˘Ó&∏Vßpª}gï<8ÀüÉŒ#Y;R6∂ˆµãÑ<a@1s
,ãñO&oeCMß˛û0

88

¸§ôljÁKpëYÒ
fl≈ös≤òùó¬cB¥f≤8"sª,4"F□89Öüµ›k4xMj=0fi≤N
›\†¨˚q˘˚≈7□!A'Y∏àÑ\89{8"Ê¸ØòÃ¨≥XØhîáã»>
ß$˙É)ˆ˙%/‑Ùa|É)Á%7)ÀÔflfÔàe∫¸Êí$U(à89ow.
(%[
6ñr"Ç<Ê
ÌA"¸ÆΩ¡ç˚ÜÏüo^ ˘æ'äÛ√‾πkÌÎ+åKÇÌ‑
ÆιÌ´$9˘Årì˙±APÎ∞Â§ ∏|4
¸ÁåK˙C˚æÍ©8Ø+»üÀÊR
Já?∞y^eVªZäüÁgò;<5Mä4+

õ#ëu∂€´ˆ™®Ô<s
ÈfiwË4'œ,2.ù>V"}'Y;D¶‡kà‾acιÅ¬Ω`¿ÏÛ
ÅÅÇVΩ€®'¡hô2cιÑœeî4zpø[¶.±ÅÂ<Çd÷NÙ•]¸"+
¸ôΪ‾¥
•Y*äõ∑|øFhZ}Yc0W˘R¡Îª»„Z¢%AxõsAŸVpúx<ì]
òø»hÎ"GxªÎ ({ÓsòÁ]¨˘/√˚xÿrzxÅg
»e•ö⁄˚'ªfÁ≥á%□_sÉ∏————————
·ßVhTá·YÎÄ%dåæe·[_zy⁄ß⁄∫?9gW¥∞§KΔ/jgvÄ˙
ò¸Îà*Eç]Øœöo€»áp≠ß————————
Úøf(∫ιo9=◊yEÍs‑
ÄcëÁ÷3Èòûñõ‾êÙÎFzÎp'_¢Δ©k)õâèª†ª 'OˆfiÚ¥
Zy¸O¡ø*\˚p89Ü•ι\1m∂˘≈…'y√AgI®◊5qzÏÖln‑
ØH7"◊ïõrœy»N——————————————Ö@zÑÂ
ÎQ‹¥@ƒ '+ñüj}¶5•Éé,8√{J!w'räz
        9üKç∂˚Â68µM…ιÛÁ?è
ôàÙfÖ=q•∞‑Iµ‑%`MÅ5âÉÇ∏<∫¿ˆ¶Ω<[πèp√Kï˚——
Y∂4'¬»YßflF‾89†µ≈E·A‑
JEìÆ,pü:©b□Íp2 ,aL≠…,…•çÇ/ôf^øU›‑À‑
5÷ã0h Ã› çü59lÜ□˘ª^pl˙X®.πcû2\ezL6
ÎÂpTÜ˙BöZ—————————————————
∂∫89ªç     4C¶Âq'Z˝É¢tF¡˘q89>⁄Nπ‡kfFÂ——
áFT'hf∑û893‑
a7'Gf5ÏŸÀQu^H£faÄ˘€5≥&eπÅ?vPcÉ1Y˚˚∂A‑›â
8å9Q˙&w'J‑89 çz,Ãy>I—————————————
§`©b·Ï□÷P…ÜL0ïA≥(CÄ|¶˚¡«˚‹‑
€Rq´'CfiJ)I¬◊)=Äê'uü•ô¥áÎw•µ8‹/‹ì%J;Õ6‑
^˚89F„…Ù„Êq¸∏¢"˜[jc§˘äZÆÖzŒû/rq∏≥®˚í,ú≥

`0

ã[7!<∞ƒdL¢L≥43ïîïõ„U2òhyÖôF¸90_"â›≤eB_ª
GÔPÿÂ≤ÿ€fi^ád[ù∑SßÉ5=/ÔDëÙ£Ê°Z™H̄S∏¬2√———
€|û€ TÍÂÂ\Òèôq©CŸVø,¥O-
ÑNbi∞Ωê∞∆ÇËáÌ≥lÍ$8Æà°f†ò

a

B7°Jw S°KŸY5Fȳ Ëï-
∑ZΩ≠•°ÈVxy¸i'*â¸ƒªÄ•˝ˆ„&,hï›…"∑1°±Û&±
EÔ≥:

C≤I:¬O∑_‰*≠mázT©Ëg/<|
ÇÕs\G{mw…}Ø'9Õï\flTfi¢éÔ°J¡☐œ[c{}
^sfi<'Ç'ÁäëŒîlΩè]≤u ˆüÚπµÂE;È•⁄Û-
ë1πáÙ90…´∆Ó3¡'Ñ8ãûÎc)Èüh[ê]:
•≤«ö™a√˝ ·———————————————
"6ŒŒ7ñ§[â∫N„ÓåKE∂@≥Ÿ˝≤∆˘fiO'°ó/>b,«1∞IÌ‰
maÖ!—^|T˘1
Å|9ä—¯Q¥9›èY≥]Ë}—Ô«†óÿõo©-
ö±KÛù°BÇ1sI›ƒë[Ù˜
     ,@oHÀzGÚÈ•€-1≤Ω'¸πÉ5FúnP›1 WÕ
"p÷µp:…{πô3^û["„∞ÍZª^CG—„n»sûÎWÔ˜´
d?_≥5îØ'ß˙©,_ztjimX+bYpñÏ90Ñ0©AeI-‰Cê8I
Ï—`A90¯≈øÿ∆Ñ∂B2J‰è]ÍŒNjM.3ßF•V¬1KÓ———
æ„—————————————«•/<*-11¢ù‡ÓAÕ◊
›¸†Á˘90ç(…)
Ën,2âÅ∏¯µ9À¢¸•'=†BåØN -Á————————
≤B›cÎfiΩ§?x¡Ó'◊Õä"∂ÔÙ$ß>cì{ÑAvÚ9Õ™èZrã€.
£90‹óöπq£ßòH;N^√$—0åçÑ)Í·{ûc°`9 æNoÄ
     5,≤)§›Áô————————
&ôHùv-yÍÄ≈ ∞ ˝‹ëR^Æô*fñ'¶˘—¥
I«µŸ«„F•©dMj≠O17®H\XCèY8µ-
1)aUú,x°iß)°'ÉÂ÷»Ÿ±˝˝A9063ù ò2ÍπÇ5≠———
T˝‹q,Ÿ@π⁄∆Ø ÜHQØäÌól
•ëßX{P>h90æ
üÑ—æ˚•5‹ó∫¯&¶90˘|©nädË©søø90ÁÊÙ¬èŸ5ùÊ
Ñˇâæƒ˙Ω∞
ãÄâD·´=ò'©íÑ¯yp'ífi…J(πƒ∆_fl@-
ã<¸u|ÕÔgÃ'≈≤˘•†¨oèB-
Ô|ÌÖ@1à™„Â^[[´ü€8EµŒ90C„¸·ÄnD´sÄü¯4<ÇA>

‡π-    πΔ"Òµ96ìÈ∂T¬ãõ ─────────────────────
•Ô<─       ÂÍa≥˘«{ÀzdnáŸÁ®Ï¡AÅ'l/iQa
'ÔpYÒ®…`8ö˙ì©[LÙì±sËáäûõ3GyD)mFnŸöw"8∏∞
Õo''T{ÌT°wŒV˛;Ú+fi§èó~Æ]á£mäb*—
A|oüÔ6æÜ>< ˇË§è\ ›…ZÿwŸù───────────────
Ï
fØ™˝Á:Å©NS[ƒ9ãîg∞Δ¨øœ|DbÇe?`?mï,µA"mU0ñ
]b∑flŸyw£BåπI[──────────────────────Í≤Õ≥
œl7t91±Z'y9∫BR-Lht{Ö∑˛gQ…)èúHóù˙§r$4
∞ûq-ˇ ───────────────────────────────
¡Q$~NåùÎ{|õÌ¡J!c91†âQW≈V?nv%'pãÜYÛò∏,»˙
€®˘…dÀEÂ¥° f:ƒ›
nê„ÅÏzC™4/£´ ›†Çnâ≠Ú€6_^8¶nesçoÔ±|∑o™MŒ
zÕä¡0[Ú'ÒÜÜi───────────────────────ÉßÔ›û
≤
f¬Äjo ?ˆbÄxk°°ÉŸì˛LtÛMplf¨Z0kØÉÈ¥ì∂£:∂í
®π±îuïm?‡!mW,fiPÑ√|uz^˙ÔF¥|Ω«◊A⁄?∞PEÀXO™
xB…^´Î>ΩSrRn¬‰xÅ^øê¿-˘~√í≠?(î˛zÓ>_wZÂ|^
‹≈∫÷Ô)!#Áv}ëF©7‰ôÊã‰‰
       a¿z(.ÃôÑª∞'VMì‰ õƒ±ªƒSˆ•¥Ié√5çΔ%˜j˘
ˆ?.-
ä˜µE•Ì0Wn`Â)è?„ò€d◊ì˙mlj'ì†M1≈‹óÃà>b•e"
'p3aZ=·ë˘êq ·Ó}891ÎÅ◊6Z
(hìuw=¬#Á„Tt)Ïàâπy,ÅPnY:éY@BΩ/UÕ≤ã>‹fi„˚
äfiª-æ9⁄é1%'Y─────────────────────=A˜Ñ
vDŸ%-I‹C™„^ÓÃ—d≥ZÎ uhl,Pßå∞˘
       òï€›5.ñ…□´7"À"ï´í…˘-¿ª@™rπ~â2{â‹ÇY
8Z∫˝¨±AfuÉõòLw.+tüXv?ëNmFõÂ
Ωfláî Ô7ì‡ÃCÊ)~!Ï'˘_QF≠1|□~Û^;Ò-
'=Êç-ïXÙo|#1≤%N1-
t≤ì€˛´oêF[<†˛î˜◊ÛÑî+¬|bó<ƒ────────────
;:Á4¥ˆI¬6aÅœÙA4a916√`°"bc˘Â˛&—
ú¡Ó= I≥¥ûê7>•AÖÇ1•<≥„#Ã˜ÿ`"‹Fj&¶≈°$──────
—•uæÚ,
p&Ÿ©lñoä®G8Ö®Qi{¢nœèÑ7A≠°lã˘€_ä/91AEsKP
(Mv¯˛◊Ì3ø, Z´o¯ì>ÏÂü œ∞T,yó',M~˘˛ËN
       {—°¶âfõ3D»>!≥;'J°Ø>åOÇ1|-‡‹ê—
M±úl˙EÑ]ö9)fN5I#0•ª Œ™∑¡9Â────────────

91

§√Œ‚[1Â'v éLa‚‚d‚¬|OiS$õR‰
§otPÛ„µ≤q^ç]~¶VÉ^—
qx°a‾∞íFπ°^j2É'P≈e6ªmL8−d‾fy
»'w„˝Ÿácæy'gC¿√7ı≠îø˘>  Æπe≥mÙ?v:¡‰−
sHI¿*4(ù)ößÙ?˜Z‚M¶nçG$À…ò≈flÔî‚fi1g−
á\a':;?döñÔå—q−
∆Áï=¢≥g|°6−  'YÎu3¡‡5ñçs‡Åw
7Á+∞wàn)d≥Ÿ≠äœâ`'‡IS§∞7/Í◊)¿îfiKI[Z®
          'Æ‚‚ç92íÜÖML'vî{iœÚ∞X˜Ñ392;óÖOàCìN
^◊T…õ{Öñj7·òì™i7"¨uésn3−å€ïªí ⁄0q«†j/?−
(üO˘&Y?•úÄ92−92∑˜≥'ò…˘\uÕæ‰Q^@˙O‡ Sóa[t
\>eRÖK∏.`√°~¥−Z‰−D®™ñªïG/c3k‹0−
‰ÿR−H∏'·Ñf1)bÛ—
uÕ#„≈î°ß¨â9INãí□¡ÒÚ"i®X'í˜¬®Å⁄·òFÉ*O©*ì
Ü‚‚∫QÕ*Ô®2i◊‰çk£‾fiq
ájC≈µ
0'PdH‹Ç≤Ñ¿ÃéH't∅≤—⁄
        œ˜ù©Ã□¨˘G…fiê¶ÌRa Åò«DZF∆¶™Ñ∞Ëw
i∅c‚îj·^   ˙à·†q°\kiá¿\~flÃ‹¢CÏE˘"»mÒ)vÇ
        àiÉâ•∫¢HBiñ'P≠z˘xÅ
1VÆß‰Bxì2r\x°•‚AKÄ"ıíÊP−
‡~∫⁄≈{≥hòÚ¬»Yµ°˙fWjùúÉaòûfånzå(¡⁄üM?$†À
c¥Í˜>fK≈Sÿ±CHfò~"⁄/∅‚ÿ
        ê'k^‡Äõ†„˘cÖ}Ë[Ktãxkì1D©8u¶(ÙÀjBàO
Î±{————————————————————ñ∅Lp7b‰…"[•9
          P™Â|ZSG−mŸ∏ÀÇXÄ÷•kï.∂u
ôDÁ®…ÿÜfl§•ßÇ;[D<ßzDÛ° b∞èñfiÆ§Ö|„−
óÖ=/†È[3÷DÙıÛãä?slaX]€™ uÙÚΩ7VñzTQ0‾õ¶≈
ıXVmÇáP7fyn˘ï£ÕFÀ'5−
□ì®¬D‚¡]=òÿü"5ï|€‚Xf°Ñ∑Ïï9.T‚:ÑYPå‚àé>√
O.68˝wÈ±£−†‚04−‡rY=∅—ï|I]â8\[IöM˝‡ö·¥2
GLMg‹À\Ö∆{¡`Kg"w*˝Æ£Ié◊‰

−(Å£k•nøIhÖE»ËO‚ùä4cXÀ'PõNò¡JøZwr
*Y˙<EæL°;gøb‾‹‡11Ù∞Ót−À}]n]fÔ±"!−Ë]t!Ñ
ê'Ç/}L;æ"/oª"5H±J−≥Wyêy|¬¡‰>f−
X^˜è"æ÷cÛWœcîÌ;/XQÖF¬≈˙Y‰‚£ï´'{Ë$¶‰‡œag
‚k"W∏Ña∑0V»+◊E~◊ÛM3ìYÇ\‚YWhÁû$∑™~È0flÖΩj

92

^~R"lπ━━━━━━━━━━━━━━━━━━━━━━━s˙·˚Ô{Y
　　93W /õ
x*\˚7XaB©&G®93•î"AÄÍÃ®>ñʃπŸ2 ,!˙™ ,•±ùõ9`
Δ9Ú1öh°Áì
88Êgæ÷¥$óYÙô,ÿ"Ë˙kΩÜæ]ÅOΩ ̄´µ#f━━━━━
7
TBR◊"=nLm﹥´n™ä™Ê
p®:©»rʃ} }Œm´−9^━━━━━━━━━━━
0õ∞÷ne_`tÚ﹥ÚZ®â>w ,%!aep@▢Tu"pP·"XäeÃ◊-
°p°°
≠+@▢QÄQã¿Ú‹è»=X+GVÿ>ÍÔCRi/Ω_$Øô•n˘Ëê<◊i
fiÜ´E£†Mõ™-
K2^r,%îß€.F„I9çe5∑È!™,f~í"w¶£Äfi€
　　Û8õíÁÑ∑
%'cπQ_ıÚÆf ,»êP≤êó9ë¿Üz~%^Ç:bÍ\V]´πwªSò-
Nÿuõøvîlı°e-
à^‡oÎ÷£∞ıÍflË893Ã¢S5Á ̄¥ÀmQ˘GßN ,fP÷sªŒ1Ä¨
Ig†"åfê ° |﹥{ =+H&-
ÂWT†Ó&B∂,©("W.xçµ¨P±ßRåhÑe©ëÈZjEÑ`
&flı;g+©¬øDÉ)¥M@Då•ø(Ôʃò◊õèçüXÅåxp/œ=Nr&
|Ux∆ø∞~cí∕∞´àï'ËB¨fiMʃ¶'﹐fÆæ¶{L∆ß[Ù≤ªå•ü
{fl9H"WŸø°òæ∏Y7æ━━━━━━━━
V•È1±Ã∑WQ=E−œv∆˘á®"Ø7à∑ä4−
‹âUœÎûWø˙©bLèʃty®fl,ßI·kèßÁU−g˙pM ̄FC
€ZC,∑Ö©˝ÚçBUö˘ö$E}PÀMV∑Y¨Ò£ä"P®À-
ΩMñÃùçÇçʃ,wàOõ/Qû¢m 　¨ÍÒ
Ÿ∑˙;õë0u:P^ŸÛBkï≥à∑ö ósÑ≈ñî…©/§¿˝ D·°´ʃ
▢T﹥- -∕hÃ-
Ärs>°πHçŸ¨k°%i\@úÈæT<‡æ[AFkPÈRÈ^…{#≈^O‹
B™[2Òn#6 ,M━━━━━━━
ÒË}≤•d8ƒ™πKPÈZÈ√úO≈0ë^sèõöf}Í
Fd\˘Ö%V"°Ÿf ,A˙Ó:-ë>?/] ̄L„q`−Âª+fiN ,¢_-
ÿtV^ò<Un÷ÿ`ÆM93£fi%i≥~ô﹥åÙáfÕÕ˙ô'•x ,﹥{™0
∂πé∞Â7öΩÚõûËn'rØ† ,-^O LxÑ…üqÔ/ÈY%8ƒ+ʃr
= L¿I≈nú~'ÓÅfg{[∞n+°D7xng.'Ω,ÔÉ{«»€¶Ãƒ{
!«õ930,c? œã]h("ßá≈Ìã%ñÛ━━━━━
óáÿuáÖ∑ÕE:zF4a¬äÖ>Où:yz$Éú ®∏ãË -
r@i≥&•Ãqd%4ÚSfiØPE°¡ ,Vôó`ÿ ̄<Yí=Õ1ëS﹥»^-£

　　　　　93

Æ-|‰fif„Û
£~ÄÌß§∑E=&æ>æóèÌ•"_4ëF¸QÛÔ)94Ùq?¸;Ëâ÷ë}
s?OdF∞¸'q¬!«}ù|<l©1ß¸jÀˇfl+ª¨∆·‹Œ›Õ————
5xb    3Û≠)Ç#x
       ☐¸‰ü1ÙÂz+QW„kˇVp¬µ†LÓ^U \94°πaSFˇl
ˇ_
L®Rµêæwë1çN☐0GUÂôL7Ÿ‾Ÿ¸áúåîË)Sÿ·wNÁ:ä◊fl
EÄZÏµ∆N ›…øj3‾ñfl~aæKÓ?HΩflRö8?X°Éflªø5C•œ6
⁄§Mfò Zøô∞4—————————————————————¬
éANT*ÿãì:¢,ÛïÌ).¸Tú————————
¸¬J1ß¸˝ôw[íÕMyêÓŸÿÎ6_ˇ˝#<DÄà«ıkdÔE————
_RO———
öîˇ-₁
Uÿ°f——————————————————————————
Nw'≤Ù ª4tzçŒˇ87∆Âê‾øCˇØ±}i]MÑh&ë$N^flN,a/
yú~ûÉ\´k∆ˇò/êLª[≥™-Ö‡'E+¿ó.»—————
Ü!'‾kÄÌˇãc^¥ö6_~É·©fiπ˝'"W±Øj„"fi?;!Î—
å^à-≈`"°!‰X!ü-wñ<‡jv
       ÿP7ÜöJÄø`çgœ'tK^K±•"ÆÀÏoÑg‡"•6D/·D
fÊ1ˇ-
chXöK»Ÿ√s≥Rfiµ"'˙Òòfl‹?©?æe|µÉ8☐•
u7Üáï⁄\ó•[ÑX¿˙cç˙ìÉÅöOŸ_Êañn¸:ÏM⎰fË6‡∞3
-D¥ÌmÃÈ•Ìqiäym:--94!+Qà•\Ü"[&f————
ëûÑ¥MØ
       aÙ°Xˇú‰z☐Ó¸Å•ªu_1^a^o¿@&94©πÚÄGfz¢
1µx¬Ï{1P*ë¿qk›8——————————
œ€◊†L€¨nsysô☐-‰íÚ{ò∑©ÌÚF-
^‰-7Sunôû ÁE)°☐Pé˙˙0…——————
z


`∞›8tQ¸ò®ë~⎰afM·rwxÕôs!¿ÕY°'N[16ì™Ì•·Äâ
?ëv<38-Øµ P|5ø——————————
AZAç€§s,Í<ÂG˝çF®ønÅH3ù<Ü›#x_{?
       I¸Æÿ°¶Æ∆'ÇL'≤5õá0n&☐•®î-
¸$∫5©àßB☐ídÌq>ÄaFcõøo=ÈÅ,⎰fiÉôî:ÚG‹®*_†£
pcæ Ï.ÙØAˇ µP∂vãF(üóê°BJ≤?
⁄ËèõÎê☐j"B<jÌ?Ëthë;ÑäYÚ∂ˇ◊ò`

94

k^V——————————————————μ!x)!˜í°bÇ(Lïi
\mb\‹ `eõ¨€ësŸ'z"‰y≠{ÖâM‹v÷9?æè∕ÕTJ˛a^‹ö
e/©(V∕+∑¥él•´yŸü@Õ∂
˛óvl‡fi™#≈∞À7#ËO'T·˛f
†◊£xF˘Å"iò'pá/ÿuQw
  ≤"Ã,N▢©†‰/Ê∑˘6˘«‹∕AõB6k•"äv≈y∫nIÓ
95•Tó-i¿($àñXÖB;m=ˆfΩfΩD"â®Ëu
Ÿ‹E»¡R‾•—————————————————————
≤}¢&Z…Ëœèic N§-Œ!(lμOPŒY
ïU|Á˘ª̄;åò7à Èã9,:WF≈.|q°——————————
€'|—————————————————————————
]@ñ§¬Ô¨"Õå˝iË
Ÿa¬‾/¥2õ‰Îc¨f‹ÎA¿tG€`∂Æ(Œü,∏μ§‹Ω‰∧≤
π˜Í›Bo,K#ÄΩòõÊéP∫Õ~;ôƒÙμÚÅ+−
‰ó‡[ï˛õƒ}£,e∞c)πë5Q;Èø√CŒ6°…/Ù;T3»
b -ø≤g`≈—————————————————————
,ÍÜ[w,û.−fløAΔ-¿|Óy
„ìƒâE™j‹Å‾∞wøÎΩSko˘‡lxüHÎt•¿h©d0∏k)≤œ∞J
¿≠ÀVa 9 ∑√ô L^]É˝SrÉhVμˆåf÷^dÍV√^'Jæy~ä
ú7
8+   Bâû-˛ÿ:O'¨Áù$±ı-d˘{mtõ3¢¿≥-
_∑Ûîî œ6m:_ØX·äá•ƒv‾ö0\`√ÉÍ‰u"μ°A‹Ç˝Ùê‡˛
•fi3\D~0Ω
ôÛ•=`æ@+Ü‰€v{éª?√l«wzà;qÒÒ˜95k‰é◊]a−
∕Afl"/t¢›flçö"E„‾‡v@6-
úoØA∞®ÂÜæ‡Ì"§ef,±˝9−Sí.®WòFv!zÀ]ˆTmWú-
ΔJ^`‵^=≈˝ØÜ?hÿá‰`®0‰ùl
~â «fl≈ô\·ñbX|G▢C,&´‾-ÆÕCäμ»:Ã"èÔc\¨„≈W
!wé∏ïË Ì+„$ê·Z•cOμ∞yö‡∂ÉODz‹+Ø4~‰«Œb◊Ú
9„Ê-x¡ä™ìªöøSB+Ïk{Ω"6A´——————————————
EVÀ]x√çÛPÒO*¡û Ó*kŸu‹-
Œ)ïF^§ÓUnFÒCæS1≠D?õêeŒ¨G
KwCÓm•¥wÃ'Obüól§oõÍ-
˝r∕fi±/95S}∕▢üÂó'Aΐ§◊ÿ:˝ÜZŸqÕ}lk4÷ì¢ƒμnõ
。

8.]ñ‰¡z-d©
á
¬K1

□B˘/Gj˜ ·Ñˆ
´Î-êm□ó · ˎxõ2────────────────
¯†Wn8TGÒ'fi¥`v&˝£dì¨────────────
p|cP'∅´Âwß◊O,Q°IIùIü≠4≥YVC:A†Ìuys ÇeÊÒ"À
àÂü{≈í=Lcˎb)*„÷˘¢≤Lˆ≥…§Ü[*çî4Ê
°ÜÙw)_fi¨∞ÑÙπ≤îÙ{p7íxË•ıÆó-ˎ›Vdÿñ⁄CQ/kôØ
ÚÎ2‡fl†TZ;<ÇÅ⁄íZ§}⁄=íÕÙ──────────
€IjP]\Ji‡ÙÕJ§z
        ãpWÎ∂´Ú(Ëfd°4t˙••∏Eb¯"Ñ∂<ô∑ÚTB.§ò·
+-ûÉ─────────────────────────
'¨≠!í‘ÒÎHZ˝¡ò'.,6v•kˎ6˜äñ6ƒ9ÖƒÚ
˜^2ûflèé÷B·Õ,À™!ú¢{‰M [(©V~0¬EóÔ}□ƒ?˝x ª
        gñ6Tj`>ÈÀcç†`CÀèY‰-
›YJ*¶è6πMNòΩ¿‰)E¬(g¡~¬KYZ&7éè⁄e]Üx§ˎfl`-
·ì™ùù$˜‰Ú˝qd:XÌM]ê²≤Õœo-
*¥Ôböpúΐç#ó¯‰ØG?<€-
/hJG§ä¶bZ?ˆfl4≥âdÏ5W∆>ˆe ¥ŒÒ\ìπ±∏──
Ç$…ûâ/0'±R<ÏAÄ
±¯'?∆>√ã$'÷¯=NÉCLÕƒ-4Ù{ɨW©j∂4√,Y≤AÖˎ$ÕÅ
wªƒ®è‰öÃ ]´#V˝1…A|£¨Ûuï°q´Ã˝Sπ≥ò0-
…ŒEOõ¶V˝Ï‰°>9"ü◊Z°!ß9˜,'I∏ˆq≈‡Q*ÚÓ´c∏-
Óí-"1Æç∞´-
Ûˆ€'───────────────VÊˎ£´J˙Ïêúø±u
°˝¿    öx„°\≈t
6HŸ†Ç+qˎ∂¡$˘ZBL*ó∏ ˎÒ7Yˎˎ}y────────
Í──────────────────{iˎõ>Ωáµ"‰≈á˙íP‰
Ù)ÑÛ´ç€⁄àéˎ7ñ«¥˙t¨.Æ@Ë÷ã -
±CìÒjuYúy€E˝1õ+96K/`¢fi'E∏x‰^9¢£çflÂ˦µ™"ˎ
W°tÕø´lûˎ¿˝D°Î•-
y,vUWh<ŒéÀ£P‡&àrΩflgÑüÒFeo[
YÉvÎx´úæö Vü⁄X{»ˎlïlª"€"§tÉsYê8E0Rpü•<äª
€/Ãÿù)œI^~ΩŸ
        çˎFMzps‰È'ä÷∏ÛÈ‰àÒÑ96Œ4"†èª0B
        á
ÆÔ>3|»W2}vIÈÿ°nı,Jö-flèí•'jb□∆j9─────
˜C□,˘JR∏9h□Yã®Óˎ˜'6nÄΩ»äA≤ˎmàÆ∆ÈÆfò!e[≤
æ∏·ÔrfiŸ•®ñ"≈á──────────────[ñ=d

96

øG´U»ê›úfDx<•¨$CÛØ),®Xú\N`Y™÷•□ )flõ□Ï</ì
œ'rq_óÉ‰¿Aüœ    Ü Õç¿4ÎOi∅•-3Ω∑mé\
/
,ß«/_$€à^,•°€¨Ñ@V»j⁄:Ñiò\rÖ%————————
I>"n␣--
Wt␣A´□<¿‰OPÅÌ÷h°îë¦¿9$oø1Úq"([Q»ø#0,À¡˘
{£„^]à¯_¡Y"'éHú`Çé≥Å,∏#}äaoË¬z,ÅñAÕ»ø·<
!cпaI:¨ÕÉMB,p÷ÎûîöSª∞@E␣ÂÆ₁␣ëS»ø±3Ùx*E[
çf2"ÿ∏ç9•ÌDw₁ÓGŸMv¥¥)8Û¯≈vb
¶¿T&5≥°Õà…›Nô¢Ln•"ÊÈnVu¨V:/µ$P®h,◊Æfaj∆
≈{MFÃõ„@¬ãµàZ"VÁgÜÿëç¡8á'z>_#5p∑∏:ä>ÁµÓ
ê¥~ÇÅ+<X^‡˝ˆ•iOUàΩV¥lF-ou‹ Ì————————
>$U°{flŸ"ã˘^à,ÆFæ]NZÒ¡˘myg#ï‡Ñ————————
‹tvg␣j±Ôfu◊


â©´∂$`à"©‹ '1Eô∂∑Îfl»aI√ç————————
>ö f§>O~#WŸÃ}¥¢≠62!S*‰¬é˘G«Í8Ë;1vÈ….>-
Ù}è¡PÕ·fla∆…JgV-èÆ'õ1
Ø-ÇÒ,'#¡[=°c Í»g•Ç8Œ*X-ÂW␣K-§°□ +o÷
Ä␣òkÌ¶••Jü)ú—\␣————————
±'n
    ◊˙îw-f¯Ì∞w%f=≈Ω/Mu————————
Hb'èc%•}Ã'ç !ÓÂ*Â`<H
`'Èr)°~∂fi5†uêHY9›0◊èwßÉuI'nR°k,†ªÆ ö˘——
Ó9§),˜´áÿÌÇEUç¨Ô˘⁄∆dêÆ————————
O!"ÔÏhÊ ›ò^yçøf«Ò————————————————é
»…ê'}Üwì$\H@mÀëµÃ¢˜Bflx™Â
ùOe]j}MUõöDlëò"zCî∞?‰Ãn97Õö◊/)¢Ûä±—
    Î*R·{øRáÁJösñ:?‰T-•⁄»¨=^Äø∂±ï†∏ßt␣
CòqwÂ¿èÛû¡-(Yì≤,AlxÒ?…S!o•]È°G'c≤hBÄ†©:
°W√ ˝^␣.÷PÖ'µyqûï¥Z₁-
∆æbUdÔÑ„®□XuÚ˘DÈË?s≥â}EìÇF%°ÁÃÌr‹C≤
    Ó"n"
fl|Íÿ4————————
Y»†+Ñ?,AFÌ>:    G≤4•>n
    ±î˜"±ì%‡)≠œÉfiAù/é@òËID(\î¥^±™"␣¨~"
Õv•µÊÃ•ÿÖµDÔ*òçÒaê«z˘àC ç1‡◊±$Ô

97

πùÚ‹Ó˘£îË»-xÀ±Êyß&+Ü'°≥KÙä§ø∞fl Öo ¿C
§1cüёN„àéá)c∆ÛÅMfõhÏ¢ÊÄ"àfi÷åM@-Çö‡
kØE∆Rп5Ê9jQÉ™âF∫ˌΩh…-O˚HÜ7Z»ˌË¬vп] ·fiı0;
uf©q÷√ΩrçιÌj=èÂÇ#†1!,π7$å¬™fiΩ∏Œ,∂◊2Ï•-
œ¨F

Ï+¨√[^_'ËÿÅ.?9˚□ÚyåAˌóèD"C¥n[û·9f:
™n,˙Ë^Ÿ‹¡-œØ‹Ï□á@3v5□Êa¬˚÷}q¡E————
êú'áô)Ü□VàDáÑ     Ñ     —
qπœˇAH9'ˇkÚ/Ø˜+⁄u?\&æY-FàæΩ~9œüY?˚————
f       É¿h◊#øΔD§vr´————
_êÙÃ@+Éâõ…^^c¨aêΩ+Ä±XÛ/t‹•4ù¢Ñ
÷∞◊âbw≠'¿^-˘Ó¡&∑†˚˜ø2*:}bn"ÜÔ?E~#ø©∂-
∫¯£)J˚&ÄL¯Ù‡ ∑Ω⁄Œî^L›öç1TÛÅ«ä[≥$´¥¨æY£-
0¿3t®&x+•uˌHdR«˙©Å

†f"gŒz¯fiL¸áúп{÷t'´0∏£^Ú¬=ŒµA□èá∑†Ò
´\8cÒΩZ◊nòï}|dõ————
I1Ä∏ƒ∏î`Ôæ≤˚Ê⁄Ñ#N∂'|[ÿ¶ü*©WÙ˚Jf£q'ÙÆÊù∏
-è±Vˌ÷pA¢E|,±TIUr1ö„Èi‹Ø·⁄fiîlп7*‹CÓT-
ü™dê4ÀÿNíöL††vfl W?wÆWûh„nøÇã∏ι‚®]s®6õVé
èihff'Ê∆ˌîÔÏhù¨v-ÏÀòÉyyú´†Ovp0åøæJ-
'mLgÜ«M›â8Î`{!˙zÆk˚R‹p…JÔË————
ú/vI2á4ø=kêпyMwÉˇRÄ7ôj#ÓÚMOx÷=————
Ëfl,—¯R†!∑öï¥¨0ΔÛ¶3:¢9é„3òPH@„1ιÑ…†'————
œÜ∞fÚ*v Efmf%='-z∫¯ }sß«˜Û}ΩÖ
g$A4ô¡^»˙/—
œ:fi∏\ß¸˜îÂ;æ&Ås˚3¢?6âJÒnò∞ª˘Gôê©Yhœß)∂Í
ââtàëv.ΔΩ   6¿∞jflf6Ài¯í…([∑k—
Øx#a•ü‹⁄D√N#é≈≥2Yˌ úª
ˌßê÷ßQÖÔ¡Uf‡Á),V§pπˇYã¡
ÙäõÜf≤„)Z~"µP! ·jÚ¶"Å?¬•9çP@]/‹Sg‰f/Äg}≤
\S≠'Ú-
πæ¬ˌùa∂Wà±á≤jt^z98≥ãÌZwÅ.3≥´ιhöË'Ô"ñäñT
ËÓª^k ó1àpè@&ï«Ñœ∏ÙÌ±›¨-
ê‹`úáÆddgµÿI¿ÿ0«à†É¡}Ó,Oà∫MÓò-±‹√ñ˘#\Ÿ-
Ü6∏ ÿk*d ÇötÃZ£Øg¢¡;qg5ú1ç-
98õèÓkøj}u¡„"VÅFU∏®«=¶&@,Y⁄é÷2-'Mà≠o————
&œïC98˚¯≥Aáö5"ò8,8-
'_"xUÂ3Q|h»ÂÎ®ê≠îZOò" '∫□•í?9

98

˜%-æ¿Ñ≤nœç{4∏0 ·YÎ-EI€T—
_Í0ECl- V^Cw¥¢€›A-ô√ô-|Úø₁∏¯ã{4†õM<i——
Ü∏^¡Ÿ\h—BF\å|<°Ë¥Ü¢@°Æ ˎ~∆ —
°LéÂ9ñd3¶$'È´/99+YbõeOVËÔ6Ûƒ„?,1©69î6W-
Î%,-,Dä_-?fgÈyNœÚ<±ÿ-
^ ˜fl{Jæßp[ƒ≈Àˆ´Z'Xçî"ø{™¿◊C"0 ˘∏ô¬Gü
Œ:ìÏπ)Ÿ~‹ù„t————————————————
µß\
ê7˘óÒ‹"
        ›99ph»Ã≠êÕ•6¥ÆhA˜*mèPä9|vCê9Ÿ_€ò¿•
„£eE<M@;π(`ìɪä∏ÁA°4c˙K¶Ü(Ÿxñ˜5øÁm‹¢Œ˜"ª
‰U˝?íàÒÄ©%y(à ˎÆ™¢$·ï————————————————
≤r¢ƒL—
≠6ì Ö5c≤ ˎfÆ/9Æ,x'⁄[¥ƒ99´]GàÇë\°+U∂o"e(Ë∏
:Võk˜ËA`…M)…≤2≥wÃ8æV"Ê◊Y————————————
∂A6÷|≠óèD¢?lï≤☐OÑ⁄±¢ÎƒR'ñAâÃ—
Lƒ™˘/ûmflQÃ/≥Ô¨ô"2®x:!≠∞Q≠!Ò.∂˜{¢*ô√™-
Ã«⁄ÔuÎÑ∑E-
çs√ ¯®¬ÇÍc¨————————————————Qü û——
›rä7EˆÅù^˙õ˙Iâ(|¿π‹WKÙL˜¿€˙ɪ4†°ù9uT«flY0
Q·ûÃ$ªï÷L˜"å~esku∆P√ÑUà@`ÉzÁ‡ʃÙ,
        2X∅ɪÜt5ï4Â‹•æÎxÁ799`wÖ∂
™& ˎ{⁄R¡ÉPπ˜≠øÕßø°,'¡NËøÂiæÕ`çØSæª\πl ˎ®Õ
≈AøB{,6bI'°n÷>Á,,Ø»YÀùÛJJl'¬fl
Ä2Óuà¨ÒìÍQÉå°Ñ9e=zOõ†•Y-
fÔ∆Z ØökáL}F5àÔÓV≈ø˙°ì¶ÙQàë◊A————————
…Êœ3ö£≤€aÆ©ØÜ-˜ïÇHO∑hÑÂ-
é¡X≈~æmøÒO•˜t·%˙KoÉ-Z∞Óπo-ÿUL≤=HcÀÓ¢-
œ⁄öʃ}∑₁/'∞ɪ∏°b{√99ùç›ò¯,ÑNP∞ c∑Cxs"ç——
æ dÂƒXÙwoÂKZÊ•ñêåuö-
ãtéZàƒø≈a'◊Oñ†•l+=øLãc‰i™ΩÏ»´•ì∏Ç$%¨Å8Õ
ùrH≈s'-9%ç÷∑Oò.☐Õ°vpÃä¿ Úó„x÷ʃ≈n.uyÈΩ€!-
} íê»1…ÿÎ∫<-Öæ±uÙƒ(99]N/ áˆÅ4á^qDq
õ¥¶Q)óx.8aF(¥ y99Ê*áÀɪO{¶ÏflÛ¯6GyH)Cèà+Œ
°+≠ÜÈ$.‡hªÚ˘p˒Ï6q°ÊHÍó81µzÀœØâÂπùE]D}7}
µúÇ-"•dUén''Ñ?ïÊ•Fv‹äÌ(^PÁé˝|Ñʃ¡ò8™ÜµM€
ˆ&%ö™Ê'˙"WÃåDCÕ†QJ~ø°£§Àxµ-†7äØ)-

ÊvuÊëÙ6≈X{⁄!Õr⁄!N¿fi=Äè±s(mP‰âLû~‹Mö^åjq
‾œçHiZYsN˙A∏ó˴
xẙ0lz,âjåqõu*›∆!Ú"3˚ZÒjÕ6glZfi†Íóâ[mé‡Ωn
s´q√Ÿñ:Èè™…´◊á+JŸflï*Ì0·D6â6$√SNo——————
!¬∑ùDR,e…,-t˚□IG<S¨o«€≠{Ë100;±y‰Ìe2Œ¿P"
¬AoT0¨'1≥.Ä∂@9õ≥ìfiÇ^8·≈V∞-
™d¡Rp|ë‰˴∂Â<Nù¥[Ó@—©F˚qÎà)"v⁄□ú√'√——————
Í∂W
w≈≠‾ÛÏEÓÅÊ}y˘ÃQ|—a‹¡◊□Z9
ÊØé∫IT√>˝æ§•+A˴ã$——————————————————
ÄåCär∫:eÑÂYÆ;x‹˘Tq'd¥"~¨,å-——————————
eiF.®úuá.ïäslhÉÆ3&Xz    <˝‾ô8∞3≥≥X∫ñÈ9èZ-
íÉ˚wr-∂Œ•$ò‰âÛFt·P˜‡È—)|~∂àæXa‹J^„äÅ5L‰
Öÿ÷,±‾ëm;öÎIxR‰˚ÿ*≤»ãQ»øq˘-´‾£»∞w€˜/õ-í
˴o-®&QÅ∏∑],'['Ü˜Ω‾±÷ã
∞@aé!ùgÿ:w∏¥34sÖNW˙B[†äYmÍùq`§Bnœ
¢•?»˙˝rj›Cß-
„KflükDɶÍ≤oj}|r§cP∂L∑˙¶='?í÷i9W{dΩ™-1+□
^å100¢)Ù˚œmz≤≠Ú∆à
‡!¿+®|1»5H¥ÿe®örÒ^ÿ+ZÒ100Ü›"[,H™0□ÿfl
PÒsîm,∫¨a£Íênç{Q1ïùÅ :©ÖÂ?Y„∫«hvÕ
∑    K‰ñB48„˚‹fNÏ40øΩ´S
∫-çS‹<√‹Os◊µ`ÏflÿÅ˚п>H/4
[hl3'=j
Ó˴"ypdÒ#SS`3"k~x<Qag!±üfJOxL∆ö≥Ïs®dôT-
ì÷Ì‾ÿçJÄG˘G˚ÅTÀ4Ù0+aö100SA≤wA9ùú€â"ÁaÈ`
.*)xflmŸh¨'X´F¥£ß2Fî#>/y£˴¶y,…tM;;~>Át¿g
ûûÊA}"Y‹¬€+ò„ù‹flJ[ù±5m"o˚
^É‾ÿùÂ∞©ßUï£íèÕ<¡˚œ100\——————————————
ÇådF₁•4∂≈†'tÁ"jô-¨2i
2-
o!ïci˜µ'∑aBU†œ'∑†›п0E√6 ÈN-án`Ã6˚$ô100'
èrìárflqÅ't9Äê¶FпÑWVæÈ!¢ÊÅROcJóVàb•Ù"'¨√
£Àõ)d'Á+·v•ÁcAõ100`H X»Ê;-W——————————
‰˘Å^‾eåTNLF∞      ˘QHΩ|‡j=0ï
    ‰ûNÖäk{=„√(bffitqÄñ(âp"≠a^yÁ0ÆÇñ•ö{
BS§xS2MËTÊNÈBcÒ€…fÚ˚∫£+I{;*È∆ÜEÉÜo¢-◊˝Å
Z˘µc‰Cá,€‰Ç=}fiöü‾ ^ÑB+õ˚,:håŸxÔNIU∂¢——————

100

]f€ì7ò>⊓Ã"•h@új„z$ıá□˘ ≤Œ~‹ôõÁÌr‹‡<f'ëQ
˘~_Cʃ˝ÿr…◊â§+¬ªfiQ7    Î—à‰ú&¡————————
□—4Kì¨Á≠∆≈ÇIʃ®O>£rì≈r&≈
ʃÊéhUøòÄ˜"œnœPILm"□íNùU———————
mdÙ…[+n°V÷x/Ühi6V 9√WOU,fi⁄ʃvIʃ
ùì °ÉA≤F-èÚå1˘∞q· Àäa'+Å~„†SàyÆß¥[;O~-
¥9œ«¨NÔ ⁄% 10110"!πî÷'^>≠ÒÖwΩ…\—
⁄ÿ#~ï`ÿ±3aø…'ò
…`Eò C‹ P⊓﹐%°ó%V)á¨¿yø⁻ʃ101,$ó8π=}rÏOfD¶
ë ≈ØbS101ÃÚ^¬ëÛ≥"Q%ó%ÂL-
b`lŸíO*ò˘/ùÌ €IxA9Ú    àuÚ®63ÿ¨¿ßh_æ﹐fl†
¨X«⁄6MÍ"Eù¿T∑í©SÜ
åò„©e"°H101'™4Ãã<'X/aYa101'ÆÉf°åô`ØTÀE©
,≤H\8flÇÁè8ò≥å{ÔìN'›ætÚ »Û=)&* Çç-
wX^s«'pʃÌiçëo⁻°# ø2"ʃ>™-Ω»————
2K¬i]â+ïÇ£{∂±=÷ÏÁ·﹐°ÙrÆʃ)€?0‹ òL1p÷ô^ÆÁà
ÔUM˘⁄Ω+
      Ôî^Á2ä[‹è$')Bá¡Ñd·È-Ç™ù_∂ØõÍA√U›Í(
†<=Çã⁻EÁ101{À∂ñ·7E√AxÂ≠^ØŒ©&°bÚxâò-
ó≤…ʃ«!]D&ìQ,Î!Í"⊓=œ--I‹j∑]2◊<%==€u ÖÊÛî
QΩ!° ·ï≠x-¡J„â†ñ™fiX
≈®' N#∂^W»YÉÅhÙ‡bÚôL8°uÍP‡y10ä%€Xç1‹—
ÊZ ÎY®gÑAq†?üß!≈êfc\ajû>¶„÷ÔÔê
b≥!#aŒ⁄*(®B»F<äÏ————————————
Ëêdµ-Éó—
{æjàÁsŒC›løñg,@"Ÿ°ʃÚfiH"°„·"ÇT¶Ûu=Èb±•*"
ï≈EW÷⁄i,åLÛ*<n"¨´31ùê/xL﹐pIç<—
£t⁻âélmÆ=oôÔùF﹐¨©Ms˜ÎaB†˘Ök«D-Àg¿¨+WÍÙ%
Ìü†
kkZîâ!¡|ÎW°CÊ»Îã$xgÀëÁ≤h '≠ûP#Í(Ei°≠™ÚÅ
N,W
Ÿ⊓¡9ÇzõÆ——————————————:VÀ»è›ìÍä
õÖ□*e ŸflnK﹐£®≤>Ù﹐'o﹐)hʃ"•Ï
êM∂Jxqó õ}$vÒDÇ''2V]'í NÇõj•\π04
∂KÍÁ5•ëc¡Û∆©[DP]]á$□h£Áí®WfiU﹐Ü‹ "ëÜdâœé•
﹐I¶" {«7•3é∂£y.*±!˝!ʃo-
,˘˜∆¡•m§c&À=)éäAA¡)0﹐ D©˘¢fl%ìï÷œ°

101

ì…ˆ8m☐ù<+ÛÆvÄ☐äz[ÂÄU-{:Gz,√ä!Á¡s
}^ÃùB' …dï≥¶S}M·nøÈ{îlmUY-
"»wcᵐÌÌCS˜£ä¡Ô77!z—
{á2!'W≠xD¸^qÛ△ùÔî•;3£†•Øø‰ûiG√ŸV;—
œíáI∏,jŒ®"©ᵐiT#_‡É&…#ñô¸ËgÓʃ1ö¡1Z<o®-
[˘Å4Ó6ùMn*2\ŸØî0∏¬æìπ_"˜EG)ŒnU˘<Â∞ÑX≈Úì
102GänáᴬGÛʃʃÎß]ʃ¸{©Ö*>fiñìÒa]1",¸ᵃ"∏≥ß<s
ʃz±˘H102d¶S&x"8jÃfl,Úó˘'Ù>h"!Ú|Ïï)¡t,ú"m
z5vJt8ø∑ÉQñúÄÆÏ1@∂ì˘•JT8¸JX
      5fiOÆæiF¶r¸WÁT]Œx">IîÔÖë°ÑhòùÂvêNÓZ
<˘Ÿ¢ʃ˜£
Î˘Eì<#ZfiÓóW!'€T§HeK72…à;Å∂
oÊflÖz¸Áó•˙,∑‰„'Òé,\#¬¸f›ôô-
fiÊSiÕçVØ√!\eP´¸J!ʃ«˜‰1ᵃÈ>°¢vP94‰wP☐X@Põ
xü∞Õã "Hÿâ{I•ʃ?ÊIₗÈaàí¢¶1@$æW¢;<Æ3Ω☐—
*≤=8QíæÌíA0·^Ω-e∞ú™ÎÚ;`7,≥løÈ
ô«--~<˙G\j£¨O>=qoᵐZ≥ß≥ã0ÂP∑…¯8†mÀ¥Å3•——
ëÙE-
)^øÇIᵐí∏oÅ≤¸¸({ã¡kπ≈1˜]z®Mqû~$k:ìg°õR˝˘
x2AúÑÄ¸Å,¨"8a8C@ø˘uì.˙û~èï/°'Ã´]~€——
uÍÓÈt<o‰(Yfi4∂s|ì+7íøI+wæ4ìF-¸…¸æ,f102µP
víÁ>ÓÑ ?b;∞ ˆ.
F/◊®-
‰B»¡ìÓ————————————————˜ãÇ‹kI-
Õ5ûÍ≤102:œ-∑fl#e—I☐˙-±ÿ3<@•∏òµ-
Õ$¶?R19v†é3rfÅPøê¬#≤»————
óʃ˝ ôGÕòùfŒ(fl,—
ú´∏g0πveÃrÌBLs•DT†Wʃ≥€}$ä≤çUlùDï ˆ æ{§ó˘
≠~=Ìo°Büt|
5®Ãx7∑ñ:©Ê¬◊•Ëóu⁄pløòP‡˜V˝∑πkå)ÊùCNià@fi
®⁄≤ₗ◊È ¡?w°ᵃ‡Î△˘;úöₗÅ————
>kßrxfʃ∏¸«ïp#¸§-ïEìÒ"Ä}Ôô¸v§«'™◊ß£ʃêu
4»÷Ïÿₗù
QN†°ʃ        D
Ó´È¨Øo~M;<ùØ☐|Zá°ᵃ
ûNS$òm∏¸-≤çÀskπ‰£µí|0+dsØ3„————
————————————>`÷å‡o&Äëóˇb˝)´Òl
'¿'7»€e0c0≠´ï÷°EØÇYÉ—
e∂FF~$L102Eé¡ÀÑ≤max≈îZCßX>ORÌfi"!⁄oó≤wv»

102

Trzfw6‰Âq@cÍ-Ô——————————————
ü |?ÅB¡:LÍeÕéV6~< .eÿe5©§aîÂÙa‰YÂ$ø™——————
Vr,ç∞t∫Ÿ™¡r[Ø)=Èi‰a«„µ≤˝+xfiÕËCF4_-â`ØÉ&
qŸÅ@1∆ O{4Y?$ŸŒrôâ{Ütî-
O7)ù¿‚Æö9ô;âª^ÓDö
IÔ£8-†àŒlzóñ/¢ÿ °∂…›_ ·ØÚo——————————
SÿC,ï≥ªJ◊S.y◊ÊÀ!˝í,
    T<Ta•ÙßfiaÜ103XÎS¥TÊ*-píUbD8ÉÆ•™ƒ5:
÷'(˘|»1ä^ÖçM;aNv{ß.'-œ§————————
 *÷"•A7•˜j¥ô°-cÎß >ò  ÚãÓ´èJ}aÈaG—
ÿêõh}9Iåü:jÃ'÷¨™÷†+¡ÇÄ<M-
3ím]ôÈàÕÎØuXQÁGÌV⁄Q

.ñ∆<àIÄßc˘1a
Îvmß&•
^n7?_oT*`˝--ÒsR§ß?2€˜Í√——————
ø9πõŹé∫:lÔxË
ƒ·Ì¡J!ùÕN¿o,[H!∑ÍÍÉÕsÒd"œÊgNFÑ•Ç6◊íflƒjõ
ÆËg?-
Âv¢{$˝±òôLrO?êₗlóu<1øfl¢?π±gA≥B0Ï\R=l´e«
0<ón;¡†äÇäVE——————————————Âc¡≥£
©□<z;çO;Tœµ&àq˝ƒ.õìÎµ˘Ω# °∂9 fl¯øA cîê¯2
¯mŸƒI-°
R ÃYB˘=î∞} ·¥
1°Nµ103^z´K‚Å'©C\◊ùÓi÷S5Ú m¿{'˜˜Nₗ- '\-
'Ù≥Ò˘ÚM1µ˘¨_{Í#r
    ¨¡ŒöGœ˘ãxKÊ{úTb]IÕÿ{/Ø<□9-
ËHqÑ1ü<≠`hiõ!õ¢Lœß^ù09-
π` í‰DUÒì±ÁO}-∞98˘Û!˘uBÉ5□∞Oë◊[ç§É`óÒ≥I
X(B∞]?≈°R£áC¬A€-kÏ&˝iœ+ËUZò^¯
ÌÜ˝ïSØÛ™sÿ>Õ~ÜkŒ2ÏâÛ∂©2≈#°FA≈…Z∆ÙÜõsƒ∫Ô
"*öP?†Láz°Vs=ìÏ∂D&≤Zä¯-
í°haKÁtT≤&y9ôYh'iË‡˝ní7——————
Ñ>>7!L.˘x";^,…YPïÒpV2fl2Ú—
≈*M!Ä3íÓ'±5%*9‡5zsç,)í!J{fï¿-
ì⁄Ci∏ÿÑ∂_Ê‚êSÅ/rɲâ|®<‰Œ:$ZÖÖ¿Æ>™·,72èD"
∂Û?9ÿï<Ÿ¯=fl+˘ÿô8.ƒ"ïçÏ`'·¿5PU≤Wëₗ"UÎVÏOí…

103

5-fWâ0⁄A?Ì∆
Ñí<æ≥&Å2áüp≤:≠Ù‡Sííh  }£>Ê$Üu ̄ ̧Ú4.E…çÔJ@
añåh5=úaæ·OÆ_!◻âé°Ù¶√ì®sï{™∫|4∏ùæ‰ ̆Ú¢«¡
àc3≤'>å.'õΩı ̆ä ̋<NÉ ̆ÒÛÕ≠ ̈° ̧âE¡_c„$F104ò¢
≠w

~1046x"ZÌI·D•-(êì*wÉp§4Dfi¶!s‡KqêÑ◊
Ç◻<„ ̆)sC,ÚÙ{°P-104s4åEŒ‡p ̧íc5Ê¿pflíÁ…Za(
+'^ÁB£øû ̆ÒK/:/‰Å≥∫4¶VÉcı6ËÔÊ«E^ÙÈs^Ì
´±∞Ù$©‡bπ=~, ∫[Ñ/v∑•UüØ·î·ÔD}§C^≠°e&5" ́ú
«ÓN ̆B¢•&Ì)øªú9ÇjâÃ;çN,MWYfi7ÄæÙ ̄óUp——
a
 ̀ ̧°a ̃nõ@‰:™ ̋õZ°1◊¬DùÕzóNŸ7â´c‰Çó0=8v ̆¶r
 ̄íåwnú\»‡l M‡Ø./TMa«ëG¿r-Vi•*Lúö9Æmfi——
;]3◻ ̧iaz°É&XË¬≈hfÛö"eõ
ÏΩõYm‰—
$` ̧¢B‡:Z ̧mø‡DLG…(Ofl≠TÔ5< >ô`fifloÖßT@´UH——
¶€ÚÏú¡—
à'p—————————————ÊÈÚ÷í≠9Äf„õ‰Èj
bj~_ ̋k/ÉP∆Ø∫6>J6w´~Å∂104 i
üTEX«3      Ü«7dnc104„rf¢…,Rß§∂âm^A-
œ‰o'´AªÑYÓVÈ6'Òõ ò™L°fi÷Yk ̆∆ßd≤ÊØZ»√ÆÏÍK
MïkëùN'——————————————R$" ́!>'ç-
π0∏ó{O®M,ì;÷÷fièh§Ûø∆êÆÂÔ)⁄±≈∏ÅMÑ?hhiàôª
>@µ° ÜŒ>∑∫Á…æûÂ©Ó$Ò
Ÿ≠∞V∞⁄€∞G®zÓ ̈HñEwªò!©g4'È ò ̃ª ̃±Ç∑U"0ìN§——

Ö™òµv´Ó ̆MI'7ÿôó\0Ó¬ÚZÍ,∞ú.òM«^4◊{.≤â—
eM2&—ÄÌôÑŸy∏Uœf!.â}u ̄î¥<iù ̃ÑÜ—÷Éàó-
;n¿õ≥(»DzW◻4∞°DåÊ„õw◻"ΩÎc
Ï————————————µß ̄ÅÅí^ñ>ÛÇZ}Ñ≥
…§gî|D"ëÍ3d <\w°‡'ì>—Wx-
}Ä|dßZÜ ̧µîp,ÔQÎ/æOï.3™<∏∂Ÿ®ËzûôÈå"œöfp´
±å€ ¬Q~¬ ̧ÍgO5 ̆¢—
Âw◻°»ôR$p5g´Í∏Rö.<?;Æ^õ¶Ì!Ÿ^-
´ÿ ̃*Ω00à∑E≥T~•!Öö ̆◻ß°µÕc«»>ÿn@Å7Z Á-
V•Ç•·©vNEûÛ)°à¬◻-t ̋3ï9\®¥ ̄´ƒ°°Æüø-
Avr[¥/√Å~ì ̆°: ̆u ̈5vô)»„*ÄŸNYGÀ ̧õOX_5r<T-
}õè<äŒ≥áÃõhí

104

É÷k

Ω∞Ÿ□◊;øflÿT»n+_ô◊ûÌØ^~»ê_M105\Ù_\»0ùQ"8l
çÀDflö·SKîÌÕZ^…Ba ›•÷π&œ&Att'√ßõQ÷lkì/≥°!
T°R∏´]≈F⁄B∂ !W,∞Å¸.]ù@æ…d‰õ≈ØóõíŸI
ò∏˘Äb†˜?ÿÎ„Ôî÷FëâúÖ+Òóœf¥Xö
     ìfôK[Ãâs.#≤•øÉÍæ∆HRoµ
ı5Hä¢£fBKDÍ−KÍÂíÒ,Qoêuä]ÑŸÂ^!î¯√ÕÌ3?ÜG9ì
÷9Ä|°
mr¥Ù€è€±æÏÉÑ"ÿ)⁄□˘Ölj‰P¡…LH∏^G #bì————
SOıFÕ]Å cé7qÄ3&8úÿ;˜ËÀ$]¶ïfl_É5"ıeSÒ?°Èn
ÛŒ+−∫;rs‡»'filÉR€∏,∞üßµÊ˝CxCDé°àÊµJ2˘?¶,
˜çX‹_ñúì∂[Å@f£'ùmØ˝
üç‹Ú•¬j?Àë‰ö|6µ}Ï,ë¶:¶‰w§‰Ó€Ñàç5ôñıbia_
ù•F:ãÿGP«————
m,Ÿ,=˘Õ3≈⁄Y:ò*ã©z,ÿvBEó$−F[^J————
π@W¸)Í∏+&¸[π^a−f&!−
uíV›…˝eÆwÊˉœ∫˜vnD‰~ø:Â«…°[K
TF84fìé…ÊÛ5WµQô:°°.G#b_‹^aí:û=BY9Ârèª Óíß
`Àê§Z˘[é6⁄•}+˝çüÙ·ãd]˘Ū~≤————
Nç ÈHÁñàkÊsCGıÒPYäRc


®≠
oPÏÄMÀ≈∫∫òŸÀ≠¡^√?,e¢˝◊¯f¸ v?4}105•©πàï\
Âïm≥ùÂ˝®‰˝*îy°P−ß™é˜
2˝cV∂∂Lœò‰ÿøäX∏•˝0⁄NäEA∞S¯□•ÏbÑ‰Ï}ƒ
     ©,∆‰˙}é‰\ ƒ¥öB≤fláXx;∑X°•∂
±Hfl5âΩÏ}†Ä~œ‡°å¡_ggfi´‹,•‡Û∆[)…√bû≥†¥»æ8
ı‰π|n}————————


8;Mq˘}£H±˝n∆`ƒY2ìve≠®Zö~ıı°˝;ç◊œOm¸fiè›u
ô∏å°P≠≤•né÷•˝ëóq−
ªM$Á∑˘Ä°Eú|˙‹∏Ä◊Ì X$feIx_Ìë',≠□¸ffx,MXc
Ë˘™8≈'°/g105Ú\ç‰˝11050o‡‰4Dw@˝k•c;¥‰:}Dè
õ˘−•h˘êâ@≈≈≥SUÕ|°e›÷˜|¯k (Ë◊m|Œc105€‹y
÷é8ƒ¢YbeÉò¸ÿàOîÁ=Ö÷¥¯»l˘û√˙˙etÙ?4éóîÕjŸ
K≤[zë˜>wsπ{«4~T]W∏nÅʃ©NÖí(ÆC|∞
DòØÈØÒ∏ÓÏ?jÃí/8å¸□U÷V≠=2˜ʃmÎ4ÁtƒË«Bxw˝2
ó˝ìi"„Ã)£'NÕæ/xyÄÔP§Ÿ~fiªZ6•I =Gvè&

*≠»B¿´e(À.ø'4õ————————————
≈‹ Ï☐‰›Ö‹"kgË⁄=÷~„aÇú3µï˚"f%íæz (›9"∂
õüŒm=⁄§¶q"3a#@Òzπœxi—ÄP‹ ±◊'ó§xµ————
^gπë`_Ho
¨˚P₁;————————————————
ë·‡‰±,:†

    P¨≦)&"˘û‰^æπ;M[e™"ùÅuàõî'©.{]á"'Zæ
∫"$*ΩO˘|"!h]⁄.íçÒ«ª"~7•˙'"¢™˘o\☐◊æ˙†Lû
¨‡‹§n1~ÿváò¬CçUú/≈kø˚˚∞dÛ•˚›»«!ií%=„y
8ÀI.@wÀ9.Ò-›ûO.øáv´1∂¿©u$EzEÆxI5ÉøXã]≦F
õœLÏÆEë˚´EtÑ%7tïfi€¶'ã˚†.106@A˚ó~kjUÎ_Fs
Ë€ zb∏»¿K¿Jàí"Dgxf-
›⁄◊u⁄Øj‡C"fi6˘|·Õ/z‰~Cf¬9∏Àéâ!ÛÇ*›ÄbflMñq
I-
åî˘Ïáæªª J∑Áß‰$¬Ààz@`æ•FµsüAï¬mj'ø€È?ëó˚•
á≈}f›ì»„UÔï————————————————
Ï+À±Bfl±L`õöÉî*ò8ßï$æÿ€†¥‡®xjñÛ5ëãòÀ„ŒıŒ
‡î ırj∏çB=∑ ßÆ±-+GuøNx————————————
ÆπZ÷yµÃ¶T9\-ì§ïÊg˚Å»XÚYe˙µî„¨Öñ.~§D
õè^C.€ ÷9§.fŸ çMÄûïz————————
U¯v∞îêçπ˚æ)hØôπ,ß¨õCfl-
'Ω/ÛŒç¯H"g}(ıNÓ\Öd"≠ZΔ•î¯…€—
EÛâΔ.ÑQ©106[î¯Ä¡{π†7∞‹ë"éë0Î◊YIZù@™.^Δm
5ØO¨F√ ÎEZ}Bk-
Bé‹6∞fD+*O¿â˚±É˙CA106«™˘'Õ☐Íí—
ùÆëå.¯ÌÒ'ÜôGFπZ©-
ÈòSqfl»®Ìo£EÇäPØ‰π[y¿px9õ2&(˘Ê,\Ãw#ÁÀ∑¶R
\2.≠fl4ÎìKej^¢¬106Ç'A„efiÑÆ?ª0GG}#yæD~4Óò
Ì˙'Ñ≠g∏∞Bifçje N:ç¥Uï…ΔTΔâ„#mñk'1Ï————
ó"∏˘›——————————————o-
ΕÏ¶TÖÿ9&è≈0π¨fi¥SÂ€SíπëkÜI◊èBã☐Kxj.ª≦p|ÒL
ŸÀ4.W± ≥ó:~Jõr-u————————————
Á2Z†áπ›1áÕû∞.1Ã}zΔÆÈG"¢ª®106±`PœKD\FPÊã
óne™106!å˚q4"C:ÊK^÷è
Dßx\Ñ~òM£îù›⁄uqÒ~U˘/∫¬.ì´ãn
    ≥wf∫-èÛ\D-æ˘¯aä3.‡â˚w'm±ÍJ
    3¥\+úÛ¡

1ã°rXâ1aX-õoGêÔh∫ënÅ—
_('qbÔÚõÁ¶5⬚ì†o˝»ùa4{k"=:A$àaöy—
õÏr™.":∑.¨eo#«æìàVZfYa6[^éEu\aH∫7÷˘₵fóó
ô|+—ƒ0Lt§<•-
¨éßZ₵Q⁄2[â`\G[$«fcÉSå‗9!¨ÂÁF™íöK´íø107^
›7ê≤õûôa9U-%ívªÒ≈ÆJáé⬚‡)∞•«ùÅkfit[˝˘!ê¨—
†hò¨≤*1°107≈ᵛ™Å————————
-‡Q0{´¨ÏÉE8sŸí7ùı∆úanÇ%=VDrìw————
Ï%£„«ã₵'pflΔZœ⬚ìWíÃ¿à<4%:êI3ì∂ó%qûùwO+°-
Á-f"Ü@@øÖOÎ´C¢ïh{ÈùCÒ¢∂5IzxD°)
zã4êSëÎÌ{0«n
∂¶êÀ˝7Ö|yvG˙kœå¬₵D9$üŸ√ö´Ω¿@»˜†°(πø#æ≤∂
¶‹)◊‡˝ı¬ì'ùÕ≤U‹∫◊Ó'ʻÌ"ËáπzÆC%2bM*yêU₵Àü
Té°KÊL¢•v.´Heè;ùƒfl'¡.≤Y`,™9¨≈Ödjπ7≠Ã)ÄF
…]NpÀ¢ës¡´›°,À"≥Û-d´$∞Ô—N™€ì"₵ñE‾·o=—
J;ß13h!f₵}Djî˘ûH;◊ππ@•qß2È~Ë^b#:Su≤TúõŸ
°◊‗eûlDíäÄ]PsüòRÈ9„™è-«'QÀè'àw&ÈÔ6Å%zΔ2
á∂∑††=1°«₵˝óÛ≤ÁÆ}gÄtê˘ó¡·¿‡ò‗flxÈ‾i‗‹åk
1èÙŒ´Å•zï(Í˝î
G,GÔQË)g=!Çû,ÍÒ¶Ïòï Úåw⁄˘"XÖã°8¨´gp'‗ı'=
îË•%â‹rïOåfiPM‰±Ö6Ø´Õ0´≤≠æw"Tô∂¡˜Õfl—
6ÁLBSïGV~u
¡pËy-†y«ñ9"~Ïî˘Jm°^‾˝fl…!&˘ÍTs"È"flflh}29@
9Y¶°fl-1⬚—ñthØFàn›Å˘Öì<≤õ†Õòh Ê ÉO
E,Ó^°Bı…ÅŒøŸD∫•KíÜ¡ü˝EUÓLRPd—
x8±GÎ¬#@5-Û#Ûÿ————————————‾—
'6Ê^z¨sª!b1074-p«SKÌ÷»c·$˘=₵?H◊KÅG¨àÊl…—
aÍ™]xn————————————————
é0dcÏ?ìõÄß>YÓ≠'Qæ'‰öãeÇÒ‡à——————
°å‡8ŒüÏ ÑEG₵‾Ëuù⬚——————————————%
aíkâ∑„Õ˘₵-
8›íCD∂ÈÒaì§π®Ωæ*x₵ùoÑπÌ¡‰Ò´mf-
Âz¡$f(Cù\ΔuçÄÓ2~'[å'——————————
Æ+˜àRáÿk€nÜ÷≠cπ™±ÿ}†-Ç-
âpDÍ«‡·¡ÚxÉY|¢"t[‾…Xü†%ê#fl©¿ù,[0,Øï˘ô
¿Í¨√W^oÕV∂fl)'—÷æ6^pÔ₵Z¥"ÿ∏BD0(1ÊDáó1
F-É⁄¿ô‰¬≥R-
#Ê)NìO÷‹¶aÄ\Œ\∆jÍ˝¨£√¶B›•´2ä⬚*±ÇNlUÇbkL

107

.´,1'DÈ————————————————————
Óò˘víØgÛE"FT¶Lò~œı…Ì^ÿ|À:1B∑ofiß®≤□#;ò
　　　°uq∑　≠R·§Ë◊ÑP　÷æ&
•Ág‹X;sÆÿ'/＿ı£)jß$°|"ñá+．ÉçÃ˙ıV†QêBéZ&p
»AÕT%X58M&]ËÏ$"¬˙Œ↙˙AÿrpQıE§
　　ØvÊ-
K¡,≈A%dUáÌ®°ãLÔ;Ò„œß•ˆëonèô@t∆$I@Í˘‹°Kv
›D=2ø[óáX`%°˜ùB#GÅÚC•HRfipkó˘É‹ûè∂Ø,çfiôB
QîIflıøÕÀü∞ø^±`œgÇ•‡®{Û®flé›p¢¯‹　Â-
"°μŒw'q'‡")|"fl*ñüÚ%ˆ=.é&2¡ˆ·¨;¯.F9·ƒΩ(¿
æμ°ØØfi¸æDÊ\＿/óx√‹¨"çåXFÇÓ—
`◊xGKõÒ¢v□A…\±Yu∞≠i$öÏ
ê•Ñ3]Ü∂™J∏πQLnG:sÇ3°†ÒÔyD»kqqtß\N«ój ᵃ

xfiÍˆμcÏÀ¡Úû^îv≈u.ë∏‡„à#e◊"éZEØfo∏'Ù∆«ää
pdÛŸ`¸‹}ä＿-
ÊWéóLi«WT]|Ôí9ËIXhi„¿¬Âî;∏'éœl»õnç88∫＿
c1•◊ˆ————————————————————
≤¢†€.4˝'M∏lÿÌh∏âü2Ò∂VBæY＿`"ìë$¥ß˙}˘â%Ëf
dïŸoñ~ÿ∂øu}¨ÅÙπ*‰∞Z‰+òwëïfi6‹2X@Ü…j-
äw≤P√˘£ztrGoPWDfôEÊYküÌÕq　　t¬MfÁ·Q„-
Ï(|-Ú´4O]5]ó+?7ÜÂP))
RyÆ\)èQH4∆ì∑Œ/‹U©Í42Ë°›Áê˙Ç≈]äAè&ôVÉ≤ø□
[Íwx¸∂
˝　　　›ÿ√l›√□ÈfJ~±˘＿¶G0äé£Z–Õ∂éÈ%©˘Ë————
Ÿ[$∫JjÄ°Q□"f∞å®´√0J¨f®Ä›ówy+2á∏jÅê@hM‹
˙ÂıâeA}Z3√HnWQ†∂ÇÓ†Ë©--û————————————
Ó&iõ0Ä∏qnbËY`c«æ;^Ù1/áàμπ[yj1"7\AÍ&1Z∞Y
J　|´U'flÉG————————————————€q.μØ:±g
$ÍWÇ¯‹fl)ŸV¬©Ê2∑i∆sÎØ∂ZËG?¿ÈïSÛ"‹úàévflqÛ
ÇîIÄ©Ωjïh8ØfE≈,
°ò¢¸sñ"∫Õ±Fßoä´@◊ÏîJm®wÜK°ô
∏'3r°7ÜmRŒ
ëøø"¬,LáöZ»"€;˝‰+a‛ŸÁÅ»íf∑dfl-~òíùR∂kû
{¥"!úã∆&û–flÈ+˜˜´≤àÄâûƒ
　　　╱ᵃ/PXÉ¯ÛqÃüö:bÓR(K˜é≤∑UûlÈRåh¸ÚËᵃ*
◊1£óÃ2*ˆâGT¶˙·3™Ÿ╱H„üA7—

#¥©Á°pB3c109Ö»˚Ñú5MIÿn<_|ôT&ú˘      Á'F-
ßsJ∕-E*~≤„'_çŸjÓEfoE†v>109Ï"Ç_yF"
dô˘N◊ZåŒæò¡m∆'åÀaØvúªb
†˘Ç—â ∏âÔ◊w({¬109ŸU√Â…˝`l↓<õ^^s∑L}π"Ïî˚
üî¡X(êØrëç‗pF®÷ÿ4 'ZªZ▢√ïSaùfiãB•ò˝˝J"$≤
"râ §hN‾å&Ç8ó‗èU\cz!1b\nâˆ}.ÓÆÆ;@R⸻
^
f>j\≈M8≤®Ò˝<Ç▢€.T∫°ÈøQñ=#≥-
çx÷Ó>-&FxzLsx‾]'!Mÿ,"È|©ZTŸ"fl·EÖ¥]a/©[k
°±rGÀñU&7Ñ®(Ô'waC2.     Ù˝∑R˝ìdf#ø™◊
     ùÌ/;|nX¥ÓÏoπ©æWÙ‡ñ>¨Jó≤z1XÃIÑˋø£À2
HC™ncÊflÌÉgCö˝"¥b/C85[É↓-
Õ#"M‰-ˆî/67Ã2
     z÷)¥,‗„π‹•8Iw!#:"\F÷À"ö}ó÷ùØDê≤ΩØË
Àπ¢dÀb€vÖíÕ+Sx ]‹◊Èzfi0RÜ↓÷352.⸻
m‗ê´ôm60∏KïÎm∑NWëfl>Ù¿õ£Ÿ«']gâÓæ◊~cêR⸻
=ê⸻⸻^¿ÖmÀ
⸻«mo∑E≥'‡>c+U−∞ò≤ú
o1‗Œ∞"£‗-
ö‗•^´,˘Êì;uÒù¶,ŸK£¿~R˘?,‾„ƒC∏ÖO)m7eÀ-
÷Âî#‰V^fll~ß
d#!nzDœfiT"≤2<pÃî·#N'È,Ñ—n(ÊÓoL‗Ó
öV]ŒÒ‾T["ƒ∏‾\⸻
>ú.˙Ó€çKÊ"ÂNmH∫Ü‡5çªª'‗↓˝∕§÷©∑ØU}∂°6‗8c
\yx‗z+ä©Zp[‗>Dm°@÷T±0Ú˝_Ø@.~πçÓnåYÑù¨≈ë
~ˆÄ∞cHëↃGœÿ Ä-
úrôè∑π+Z7°≠>∂ŒúÓˆíéu}‗Ù*Ë„Ió-
∂ä‰">Ãy√≤ˆ∆˝†ø'oÒ"å!‗jj˘üìy•"fi$,˜ÜUD€ó˙
Ÿ;IÁ‰ÌOÀ"◊KäzÆfi!√Vfl-
d'‡0:4(»k˘4z↓÷§éV‹aÖ*Vu!}Ó~⸻
ï3("ËdΠ°ÓzÃí⸻
´Ÿè·p&◊MÛ©„Q=Å
!3îêYNÅÕQ<@»ec=∆ì‰?‰∆>5¡M∞ø∕qgOá∫ÅCÇû»J
ô‗˜‾DEÿ‡˘f∞D‹-0Õq,¢&N•ÚXeñ∕∂D"AÕàÁˋòO;˝
g7Ù‾jnkä▢-ÏüÕ¿°=≥=¢@«.TBƒëä{ŒΩÜÎ*Ä€Â|Y…
∏á49
2aÏfi‡1>ÈwéÕ≈C3'bÃÃMpîÿ®ÕÂ]çìw≥Ö^˚eÕeÄfi'

¶˙oÿFâjZCF9□gZ1f·‡"ÿ(Ëfi-ˆÂ'∫2∞ÜN————
Æ,nYÔj¿áöÖæ}"g""ÕÃîSm
ÀÜµ¡Âãçñg0KÏG˜=qúLñúU————
©◊iw∞pñ      C®|*åvÛп⊓uãÔb‹~=Fy≥————
},_µLÁ————————————————eœE˙K÷≥|v-
"‰Ē
çÁfi————————————————————
\5ƒ:†¶NÈ-Ê4u
      U·£^ÙÈ4§¡p®·\MàoÂ\Ä#j&nmÃÂ´ÎuAΩ§Yx
f±Ã≥=110qì⁄]˝bé∫R»)O['Ë^§êb◊ófl'Øt^ù±"p‹
°,'@D7zTiD‡íò7≤ƒ∑ì÷ÉQI‰¢áì:≈—
Ã®ã≤µ¿8xj}ÿ¡Ÿ©IÉ3çΩ±m<TÍM£Siò¬Ô(q-H
      ≤#í^¥:•;°
ª§Ó?6ƒ«Ö¥k°:1zï≠¶√ ̧{ùN…fi>EZ{GU-
-W/r$X‾p8ÊÀjm~»°ùƒaA7jib-ZO‹ÇZm®¨-
W`$ ̧Ævå,≈0°´∫
ä'Gb(¬;fi{õ⊓Î5etflZ",π°-2†m
 ̧————————————————›£) ̧˘†∂_el⁄•ŸÿVÛ
u»Ûfi÷ç:Ì¢™FI°RÆ,=a6˘MÃ‹[î@u ̧ Á€Û•¬ã□@Ùç—
ÄY:|‾+∫Xl‾)'v/´Hïäœ°¬Ü ̧
æhÒ!.¥ì-p-hɪMóÑÖ„˜+‾hâHærXI8Ø<—
√°Ø_c˘\∂Æ88A°éÍ'≥HôñG™§¡¿g~»é•UAö~
k'MúUÓæ¡˝È≈LÈú Ëü◊°ƒ°¡ñîË=ê¿Ô»⊓
/È⁄+$$,©Qnw¯DC‰òBdÃÿÚ©Õ„-MÏ(HN‰ ̧ ̧&¡¥CÉÀ
ê›go¿‰>8Òöh ™∫zm‾Xé£S5°…-
ªÃGÁØ„"v∂µ,±(˜E0/"µË∂sµÚ´†⊓¥·nA————
˘>Ñhí›e :ÖfiØ~±∆ÜÈ˘Äa+ä-
∑Öõ:•(hw∆Û]aiå‹ ̧¡ûØä110~ã[JÖ™$æÇ≤¡¢—
ÓOØõÌŸMQVeõÛÎ\-Ô¶110§{————
}Î´110A—
7PŸ;Y.a,®ÃxÀÜµuUçµ"ZRz≠Ácè*•n˙„'pB!yªµ˜
b=vvÍôÛ"rS•JKú∫°>ÈJö‡pumyctÔ
      ≈ñ/®∂fl3z@□ØF1Ûòƒ~ BiËõÛ…@¬ëRõÉ˜+_˘
QÈÍÃ⊓11]°(∫Ì^ã2±Œ110†(————
Ã'|£xI"6'q¥˘ImÔ"}ß‰————
A4©ÂAµ-
√uf›Ìêér{ÕVFúzŒsN>˘5re#ó`´0`íÒπ"≈˘U° 8r

110

ÔörEàF>　　Mi˜fl>Y¶÷hÊ˙ö=ú'"å$˚Ù›
Ä£É›cc†AT¥————————————————
6y[£b""Æ®--E®È÷"[eπPÛtÍ-
SS ˘ʃãM'˙ʃ¢Éàn%≈ü@¸ÿûÅü¥ç©ô
tQHÂΔM∂ò~NXæNd?˝;tùA(fl>ÍGì≠ùvá˙ÅûùGè•¶
oGip∏ÿé†Ÿ[^«∂W—âøÛ∑˙ªë}Æ-
˚ª¸˙Ù>8†êÔflʃc˙ß&¬
lyw…ÀTæ　•†°Õ≤ëéy Ó—j‰@¨pÖ˘<<èÊ•'ÃH˙
Õ'§æ¬Ô|r∞¢â°/"ÀsΩfl-
°G˝[˚´´í›˝ÃR8='ëÊ˘Dn‹•».î□ΔéŸò　　àìΩ--
§_»"™U""R®§F9›9ë{'XÇ
«8̄áàÿQ«.-oÚøk¥wwπã®rÀ†ØñV7°Ã¡
ë6ÌK∞°9-}5''¯c•±2≈LIœ9D∏M_˝˙˙-
"T¡)[flZ¶&xʃp †É'lø>úÇ¸≤ïj‹: Ò¶]H¡Ó-
ìiÂ=Lò`k®Náß|@'1‰61RÎ°¸.K2≠v©¶ÙÓò¡^Ë$ø!
/é'¸≤XœÄµÚ-¿à[y©fiûGÄp∏íoì?ˆŸÙ3
□#o"uÉ¸¶a‡˜[Z
}åv|f7´çåfì?-*µËéÁ¡´⁄+•Ú‰nv
öõ√:Ò¸qöúÉCí(————————————————
　Â
®[r]«ÊO∏'x"≤mHt£ÓÖ|ÃX+p≈a˝π±fïjïΔf»ç≥∏H
\v√8—é‰9ø 'XP,¯xQÄ=BÇÔw‰''ËåSØÕuú¿Oé´ª
ë^ΩáZZLøÈ=　K　　§£Åtÿh
)F]Ñ¸!ßÑ¨Ò□Mà'L∏‹ŸqQRH~=\?›hñ¢Äèf,¡yçÔô
ã≤jµG6øå+ÙÃ./>È∂Rd˙≥˘ÁI•πNUfVy≈üΩ+r¶∏Ú<
èNN□　ìa‰∂Ü¥≤Üu§öíH≈Üc´£tR
Vb›¥¨ãì¬Rv…§úßâ.;)æ"0Õ∂óóÆq¸ã°Ûã•™Ê¸Í◊˙
∑Q*di˙ŸyM¥í<≠EùHV~qw≈M«s∂¢+!êÇy©I˜ânÀØfi
±$∏d1ê«gÜ¬Ω*¸dtÁ…´∞Í!Q>ØΩ{éÅV°°_`>ò∏ïq-
TH@U¸«ß™L¶T¯R"
á˙è2Á◊HoØ□ÖÌª,G$ˆÓ≤TgQ∂¯Åtµd]Û[Qt˝ŒC*kê
Ñ————————————————
　·õ‹Ñû-Êëß•————————————————:A»÷˘»ƒ
â&°È Èx´˝flW————————————————fl¯!——
`b¯
Ü±Í°?8U˜"∂•ÊƒÎÀ‡´ʃuß{êÃ™#.Î?‰^?ì¯v_•aëK

n"œ^Œ`q112£úÀg∞ÿb≤… Jl<èì=_F∑, >.ú. ¶T˜
    "W:ÉË=☐C-!à|ó\G…⎯⎯⎯⎯⎯
~Âka⁻,˚Rgì(îÿgÊ©{)ÉD☐ü⎯⎯⎯⎯⎯⎯
ioµû4|Óqëĺ{`îÌ¶ÍéÉñf"∑Î⁻^nêr˝"Y%Ãí{mó„w
}ö!≤Ç∞
Ú.√)/π        îù±3sØN
Æ·,◊J"gµéú#ç¥·C>ß,Í∞1‹ y≤GìOB¶°·±}Áo~eK3
·Û∑‹ |JïbÏ∏≈Å⎯⎯⎯⎯⎯⎯
aîâˇÉ°)´e!ôö◊€ó÷0òÕÚ¶"¶P•0Äi. µÆéÊ•Ò~ôk
E  DW$Æâ$1Åàò ÛBá4"ìë)U&☐

jÆ‰⎯⎯⎯⎯⎯⎯⎯⎯⎯∫Ëô¥‰ïiö∂≥☐;"k
nö!À‰ÔFS^JCñ‹ sK#¨„OEböpÄ˜*Sï0.⁄ß‰112Ñ—
¥©ÑÆëΩ#-}éN°„F-&∞v^Æ≈Õ-Ÿæˇÿ ÏEn¡|ªs6˜‡Õ
Ö≈ÛUÍOBØ∫-
jHqêeÕ0:´pù`1˙1"¥O'°‹ ‚AaŸßßú±Küê50Ê•ôÕÙ
©òË÷uîÿ÷¥d-
£íπÕ¥f_bD€GcÙÕ;;Pç⁄æwÕÁgù/´‡ÉR—
Jv[ÈüI©;Õélá√ ⎯⎯⎯⎯⎯⎯í*ü
Z{â-
a)!∫Ôô%$nœú3R  SÃX•ë]Ü¶∞⎯⎯⎯⎯
∞í] 3!&=ÎMr W°Â`√ê,ãBX¨⎯⎯⎯⎯⎯
R{û0gm⁻@èÌ!ÿ•o!-
\æWhçÖSê|Â:9«¨3∫D]Óf÷H„ÿ`[0Ù. ^=°wO‰0z⁻Õ
i'AHÚ/6°«òï¿áfih∂ıX_"¡æ©

R⁄Æ{⁻¿n¨<õU6úˇf"|⎯⎯⎯⎯⎯
  xT,'·˚ùmc†C:.^H:.ß√Pàxåq"S˝„ÇäÕK∞)-Ç$°#
§∂´⁻wè_'Ê´‹V⁄ œë?Péflç}Üêfl¡∫o‹z>IxØ-4…'ë
Ìàuw B.5hÙ⎯⎯
`ã5Cè ∫Gøä∂î\†Åú§RkTä6¶pì´◊±Æ¥-zµ-
ÄY,88F)≈C™≈yÜÔ"ÜÅH∂îL|ˆEXpb˜∂{2JM}}ı+vç
q/Õà!?Áoâpfl %xr*ˇLù⎯⎯⎯⎯
mÿF±>#q>€C-ÆJÃÊ#Ù j⎯⎯
jüùù☐eöõÖˆ¬c€ä?√-˝√í°"ú"(ö±. SuØ8Ûrã4=X-
Ù∫ùçÀ†¨ˇ,ª§ˇöä‡Öì±       +
øᵒ◊z€≥Ç"(Â∞CØ"çgCè;Si/È«fÉgi∏#
    I¢J⁻öÕ?[`Ü^∫¨

eŒ0113fiò%«˝ìQZBÍë‹Ï&*MI¥°FflË!ÒaPNˇt6——
L¢%ˌxRå≥`l@…F•}À±9ô°]˘çcTE}ÇV\Ø‹°-
Ø˜Å£ê@°Ú€˝*Ib——
¬
0Ûï¢"◊n8c"‹ŸMë5§âü‡∆«113ËÈı
m∫å)dF~Â——————————————TPô ˘àî÷;
Û^$ @SQˇA K+{=ï®∑≠"0`Ëõq…÷‰CV‹%j‹KI□%óv
u£m°0d‰nÅ%s^rPp•˚˝R,$Gb|-
ÌIYí[ò©éE™zåÿwNqÄZ4(Rgπw⁄ŒW/3@±Ÿç••Ÿ∫∫Ÿ∑
p≥∞[Ä«P,
   †∆ULDËu&D4Ô†I«]¡Õ¡‹[H"@bÂÈ+FÊâ∂E□o
¬¬Éÿ Ñ±sw›°ÒhüZsDGk∑e°Á]KjŸ!§——
Á#~Ì¢◊]ˌ'
   ∆˘{uªœØ@Ò{"°EzXeY°Ω¨h'B¯6ÿÇø°°†ñ7Ÿ
WÑøy$Ï16+Ûc¶ˇb|˝fA¨ıË'm9%ë…vÂ⁄Hw'jù◊$§Ò
%?⁄Áu;0Ã∂-·
UÂ∞ )ÓáWeF^ëœ~#§>Ausí——
DˌCøROÕ#oÕ)(êb Ó∫€Å…%ô•"44å'T∂°!ÔÌÈ‹l^∂
™ç•t†pÏPz x"˘-A¡}nÅã.¥¥¯áÙ——
wP-
'Åá?Ö®πjÓ¯‹‹ ·∆è#113w0tHfi5:3ìÂ?ÖÔÅå´6s[~
DÅQñ%◊|í-¿Ü≈     L±¬¡∆˜7¡tŸ!£ ùÚ
¯•¬`°8·PÿÂîÉ∂Q¥-∑±€ıê,óxTy^≠êY!——
ép.…«†±É∏113Å¬üÀfâ——
,‹ïŒµfi®ë113Ñ6ømTflÉGcèZ‹9tÈÎ≠ü)ú¨Ih∑k˜¬i
*`ÎÔX#‰(*Ñ™„©[»_VŒXyXˌ¨§ÄgÎ——
9⁄I'——
À∆-ût̪E,UEÈ[∞È"Ï,Ã>ã^†x-võÓõ
í;˜ -›Pet̪Á3¨Ì□'=|!tfjÎ)ô'5ÓÜÑs™q7∏‹fi)Ä
MEQPˌ91QÀ¢øj-
`£íÓˇF ˘{∂|ò9Ú=n_û~≈Ú8'õÎÊ¡⁄ô{÷p˜‰Í•åJx
*ÜI%£ˌ¿∂@üÏ"[ìPcπ#[îy‡ÒÓüQ^z'd`tòd}!lë›
.{≠„6H^mI*Hı'eRàU(Ö€uòª´tE˘M≈Eh0ä ãW6——
~›Ê-àc-®ZyLÛñòŸ`u——
¶≠éE;™õ!πlaA∞£€¨Ï~›SÍW€¬^&û˙P113¢˘;8Æ¿˘
´PÌ0,8ö÷&-√w≥∫ó/'Î°-
íÚ∫Äh‹l¯πGÑTÖ#µ≠ã÷,ë‹∏¿/ç G?˘4¨ê'8∆≠}
113˘€D—

113

7j'‹ëz"Ç¿ä^´⁄HÖ§˘–œ~Ô4 ›Œäa ·≤ôÔDd‡%À™r#Z
ü‰Á'∫:ÓÖ^†ML+M◊óªê˙?{»‡±ofiJ⁄›¥o«Ä∑¿{≥f8
›?kPt_^«›ÀY5NÌù_"Ñ4P‹6í7◊âƒ7Ã◊¢ÿ4F≈ª₁
HíNß∫V7÷"+H◊ñ„b¶Â!G□Ãj˘#¶Ëø=1«˙P☉JÅôÎ≥—
°=HÖZñ±yÅ1ÃPp≥7ìπ3¿Z¿ËÅÅ@»üä°5Vƒ□õ
Uè'fi'jnxÀâ·~ÎÂ"Ø°sÈmÒ¥¶ß1m˘‚=y'fiΩáöö"1Ü
kxeΔ´*jÛìü4≤õm,—◊V————————————
¯åÕõ´⁄ÁêS.#çn$í∞Ë∫„Vï}Ûû∑a˙8jÏÉÍ‚ÅR#8•Ö–
VgÈ,fi Ÿ,Ÿ˘ÍrΔ∏D='û=‰ì5›´˙∑√uw©/Ÿ–
´^$

ΔÈEø•B√ÙÑ››8+öQAWù5x§M~àÖV¨ñ"–
¥êÔ/vñ„ƒÂÌ´êƒ"–
i:yµ!9≤ÒÁ_Ö›'$≥¶˘Xc+ZrÁæÈ|\–
ÒH∞Å£¥¥¢n□Δ}[!Øi†±Ò∑T"´È————————
*˜§———————————————
Èœ"érØkb9Q0;Ï°‚ìàãΔÑ
»9RUe·j≈¶∂‹›ÖYA´≤qíz6ìë÷BÀfÎ
8ÂÀÀØR◊1À–@;@"§‡ÅÛ&]≥Âå\í;•mGïÜîæH□z?≠Ë
6è(SEûk\+I}d›∫´ó∏°LÌÃ8rÌ°E¨©₁∏?É,–
c"ôäA^46¬Z–YΩ'˘∞¬–∂'E›äz∞Òtπ
£ër»$c U¶GsÉƒ€◊ÒkèHΩÂ'†□bÄñ≈Îé¬MÜ[
@;!2°"»≤›J£∞□òW•–·≈Eâ
'ö@i□ÊÙÔs"ΔÜ•fløÿ£eáÀ————————————
¬œ¥‚È,ëÀ9è‚y)/VÓÏ,!pÜo–
îçÍk≈åÈ^óêbc'^ƒ"é'¨n₁'‚Æ•M
∫›¶°(§‚,        √–
†~P‹Ö)M⁄fœ˘ìÈFÔ◊\˘∂≈ÆóíQ§:^|&ãh+,bCï«/°
©⁄í0Δ¿Hb«114?Ó˜Ïèιpë'èä*ÃÃfiË
[íÖÎáë∞ LÆ¿"åñü)⁄Hã~·»›©»!•ëTïÊÂe□M‰Æ"'
rmœòÖj"_·qAGãó?gßó…uÒG◊–
^L'˙W≠C˘ñ°òéB≥‰D¥^qÙ.wcÁ°₁¯Fe≈oªÓÍmÂâ——
äÎÚ„6p≥‰bÉŸå›≠%5dÚÌ™|◊πQdùàßÊ^Î:X"k"ó3⁄
4&ÃÚ¢å∂›ª#ZhG∫«‰114≤\˜mõËSbä›ÊÊh÷°"VÃ7,
`Âsó¶GÜ⁄8¡•.œœ©˙'k:∂"oGË#∫jHa‹™*.…€€Ë4Y
ÒŸõÕKu‚5£ÛÚ"∫°4ŒÙC~G¥–
ï≤¨/§àL©;$T`/ÂΩÅ∑cúvŸØ}"9ÌÁ"…Bà7´:H[F–
¿7äc$¿gÁ›ªÌ¯0¡Z‹»„È‡†1j'¥í!õà–„»v2Ê˜§°

114

#aøPl7≈)ƒÒ˘„□ˆ˚xÎ¬d":ú115¶>¡\§.oú >Ëê~œ
?')mGâ□∏rà*›d÷ZJ·˝·Ê≥)/-óK′zø´4`¢ÑflÉ———
phË"DMKuò5ã÷Íì¡  (2–r9Ê
§÷®˘PV˘¡ƒ*wh‘}ÙÆæ¢ÙÉÁ@fi`Y%-óª≤.ëå¸ÖøΩ58
ÄO!¨2◊ãΩ¥Ûÿzäò/îõótç¡o˘…%∑Lt°ÂC´öŒ+√_¢N
Ï˜1kßNêN3Y*∏î=Æ•J+◊£W®Ù∫]Fıçòcr————
VüÁ˝™∫2@Ω,ûß∞û¥ JxEÕÒîam•Aõ-Ö„ä<RÔÓè2◊¢
}Í————————”™¬ã¶{îç∞L`‰lZ"
?åG∞sÌæœmäòÙQó€›»Øª»ÀOöΔ⁄¨æPí6′‹-
õz‰úPB#KwK‡$,¯Ñ!©{´Ê+€-£z6~#ÿı≤ûs———
äb*ƒ115_~¯è–"·bu©#ÿF√s´ òÿ'â…⁄@———
• fb%'-
¶ΩπZõüVQrËÜÙL»flmu…∑8ÎÍB4□â¬∞~óPëtÅNCœâ#
^nî…û8□Œµ–
|Âñ6;‘2êÍ%,lîu∫œ115«`ä∫vPÑ<Æ#ØM◊∑j6¬Ë4y
óÖdn§˚nTÛë≠Ç˜[0pÒeuG5h′F}*ÛçV˘NÛèJ{•,8v
O‹lSÑa ∏µÄ–‹ø^C(B^(πøƒ®*————
˘œ
fµ6∞————————≈"¢*<ä&/(î"Ä+
‡è©7ÁIè©OP”ï ü◊yH®'Ÿœ̂ÎdrÓRa-
>+k°≠Oƒ)7Õ‘Qß†Eàú/∞π©õñúy”››¨Ú2´˘O;^fly›
åóù=m6™ÖÛItT^„™ô˙æ}#◊~Ò˙fldaQk•¯j‘¥Æ"1¯™
¿π7áDπCOflóÚ&[Õz————————Ê4

Ùë4 Ñ,-
‡115⁄∞äûR1D0îJ·‡\‡rÃÌ^k‹ÅÍ"È≠øc8ô———
bdH˘ŸI<ZP†TëÔ£˙‘É•∞(˝)0€]ªï™¶Ãj»\ìID,Ë∫
¿v›¿ÓÃEeí¬Q°∂o˚§EGUH⁄éöÕDŒ7É÷ıU†Ú#Δ2µ
qÜE⁄‰≤sã`
2ƒ-t7˝£"V˝|□∞qÁN.C=°HzïQ˘*˝ÙıxÆ&òÀ>
√-Mä!9ß∫∑πpÀ«Œoú…öÎÁ(′————
1›AÜ1iä´l115ÀIK)ìfld′ñˆ
4âcƒZÔŸÇw´}•Δâ!v?†\eÿŸ.^¯≤œ6gzÖÌ•…ô
2k˜_
ÔYq,Àì¬ñi"†3‰ƒ£Ö≈D≤Dkœ-
™‘1Ch=91÷JÄË…dã©nÔT•é˝|Üµ€D,JôÎN0™&M@*P
úsTÉêe-ûN
êz£„ûÂë°≤ΔL€XA©å÷ÆJ"¶∂Í

foÜ≥í´fàÆ.å7Ø˘jqÁáÍù‰o˙üÁ¨∕|hüHÜÿ2XI{"X
•/é≈¡Æ

ãå˜Mh£√√QP≠'≥çfiHTfi¡÷bÌõâwp·.‚v∕˝
116ÿß,M6◊5‡•ò`Bô§ö≠∏Ô>«`

èuÚø0}uq'1}ê"¢œÓM¯√F˝‰â-∑¥Üw————
_†˘≠ô»≥°3————————————————sO≤8E:ÁG
|zB·¢»òVE∂»Ö<Gl<àØ-
w&˙ã^æ.#¨ÚÇdÿaY≥ôûzÛy ‡?Qø¬moÎΩáyì,Tø†\
`{°F—R°Ù75-
8\76:Ë————————————————;¥≈*©Ï∞∂L —
áÒ3,≤_QÁsÍ©K°˜∑©•"ßúÎ∑6H{=;ÇæìDqèñ°————
ΩB„{ÃÎ‡}mÈô-¯îvΩÑâúl.≤Hõ
o∆É{ô¥>(Å}è∂}3ÙÏv¶,ãqN ^™‰ßÈÄ———
p.•ßÏ™áfl<Çbï'W®flñ§Õ «n£USÕgäZ

ø~>‰¶fiLflnÊHô>•]°úÛÙ€EXT(M/Œ»vyMZÉ—
wñS'[∏?>∂¬/ôFÃ˙$•Ö´iÃß=ÃP°mV¶ÚY∏¬{ÖŒ◊@ö
/Ó∏0ê˝ÆPÔ!˙*q1„óŒ°D£∕° Zµ{Ω¿T116yó®
Í"&-'†™€†≠,≥-òà¶ªN…9¿nñjî鬙`
õ÷5N;Ä&vàOKË`Vvñfic˜v°€H√ÏCÑ(Óö_ÂC™™lÉ®l
_3}ÄÇÆ†•…≥M)«°Ò®~-pß————————————
˜¥O¥cÂŒ`≤†≠u‰.@#¶ëÏHçf≥µ ÷X≈ËiXV3:——
Œ.bT°´}ΩΔ‹-°ÏfiÚr7"¬Å£c r≤.∕ )
«ÂúNLÔèÙu˜ø¡÷¬>ùÈ'/-
Q7Q¢`p◊|¢H∞c∞^fi˘k7¯$%fi∑•À&A2¨)"◊t∞116-
Æ÷]1®©ØöÚÿaD.Î?"°˜∫ã6iê;.@(á!z"————
,Lqqã©#©
ñZ◊ïtt1?ÛK4É®□A"1ìÁAÎ&QC;Qå¿¶9GvÙ{∕ÇIõ-
FIÆ‡Í£Õ#ÅøáäDµxH A
ÅBM4≥˘±Vf¢ô¥uú$8oyåñÔœ]-'l° Âôî—Ñ
Êêõq°≠Ú˝´ÿyï9ÉUÈA"ª¯&7°wÕÜ©W¥¨
8ÿ%√ààΩÕ¡ ¥≤¬+Pª4≈m#nhÇÿuLWÑi≠û¨¨rü!∏'f
òFz∨…¨1nÆä©GHmIpULeàìf}ànézÀË€ÜaPFUcÃ…z
H116\ÊÏ

ÆYg0]————————————————NÙÁØΔf
ù»H,.}R'4Ø>∑uèÿóãµ!nÔk§ç OÇoïÓ◊¢————
~w¯À\.ÄÉYA∕° πp`°&£Kh;ç°
85ö&ES-£Z;õE7"ë£Ì°„!O————
mö˘~7¨œX¯já;z:¢`Òäd™$Ÿ

116

"újÄã"ff@Hf&bi p4 >}¿ (;è¿••©fm ú#Æ!
H]0ËSÑt:u≤TP\‡0Ì~xh©7D-
"]Î8∑≥˙ìîqÏî8°N®fiµ`Cd
æfó9VI45¿˘ød◊ Â#?∑o±±z ·°_XâãgÌùVW8
FŸ"±v□pã¡ (¸¸É₁°t3
I(µ*¡†⁄b'Ü&=™|=Vù'úR¬,∑Ä-
)¿∆å†É"6@È úEù˘p p¶
NF3`ïµYfi-Ä"êíí¨˜œÔÎΩÑ«ûNK∏¸¨^eU3Ã5\Ä¡≠¸—
kÜÎç°ÍmË2J1˜ °Z>˜UMÒæ'⁄W117_∆fÆ˜T—)-
¯(nÿ∆Cò.¯₁å‡ÉN◊Dçø˘∑□ª£ÂË°*h}Ø ø—
Ô˘QµRm{117RNÕ¿‹¸-
®ÌÁmG∂√∑A[)ÆëüÍ™íC˘L¢w3J·
9Ã`3ò]„≤Ä8<≤LŸPîÆ
^MrÇ≤£ì0+Q@ÜóS‰zP□z4©ô∆ÑÙN '„ñÉ$zflê
V‰Ú…4`ÿü5iØ∂è=°—————————————————Áy
#˘
^"öôqø¬∫•ÄÊø°\¶ï])\ñù21t≈cpÊÁÙ®•∆ô-Xg‹^
*Cë7'—CâsnSr∫-¡∞Äw'PuÌgùü◊I$ℼM·⁄6-
Óõ›Îå¨
—F'ì∑æS1F9Z œ˙âE
ÒT117©¿ÓuÃÆ∑])µM¿˙}Œ‹Ìfiÿëî‹ÏLc˘≠ôÅ#¥₁Éè
∆fÄòPixÒŴṇ@‰⁄¸ṇç£é3□ÿ9´∆„â∑«6u∏ßY,M1œgÀ
√»´Ô1'FK∏Uœ±3Éª◊x¨∆ªZÇH0Ÿ¿,ñ∫Ω©Ìü8òfKúU
Äô˙-
§„Ò1)Œ!hbµÓ¢$p"\8‹ "ÓtÕffl¯p2©‰ü5_ÿ.M:èe`
Ö'nÃÁ—y"nÑ⁄J117°Èÿ…À∞÷vçdflL.Úô‰
∏∞™ìÌàLÔærQjÂ08´mO§T+Còfl/
ITP»Zu,.¯ÏÌO˝˘ÏÁ)l_
h0□$o7ïô»fim˙f*ú…As
°æeß6z?oflÉÎS8™⁄a> vŸN•∑«Ò°Ö2€>d?vT°Ω!flì
lÒyJ´ª∫^ª¯U∏X‹Ô_z□ṇ¶p∞î˙°Â¯®E'@7H§ILb9°6
0häâ₁äJkj™"zÖ°÷""—
ÊË‰j6œœZ´À4zÒ;É≠oäïüoP…ÌnO.Û°8°Ä+Ú'>À∆æ
oM:—e'F¶p—
ÿ©-ãÌ∆#fz'bûfl¿˙6•à¸0$ Ï;∑C‰¥∂ æ}ô—
›F˘-Òï¸ çÒ(ûÚ¡l¢x¡_YF„|ÀWm⁄ç˘'
˘sUfdÏ₁`«uë ¢·pã&ÆÆ¯∂¿Ü

â`'*i]q√≠K—"èl]€±y1PÄp1ª|ÿŸçj‡Tr-ö9?h0]-
c4%_Á˙È☐BÒ˜≠·xâ˝·O'•Jõ¸uÙ^QÊi¨ÜO˜ávn7R1
»ú.Ēc†4ÑQæÑkÏ»S™>îfd1u——————
L^•"˝8d%øfisÿbr·˘K$W%˜)≈â◊1——————
dPt€ó——————
Ø¡˝x8É!ôê_Y{Zk01∏@Úr8Jô»îOŒ˝zÄÑµåL8
1"AS£÷|'7°†≠j",e€Rʃ    ÇÿFÙa8≈(GS
øxÑÇÄËE «Ö€§•gî——————
yg´˜H*Hå!˝ìÛ╱˙§¥Ûx`╱
Ä|W§Ó$˙†^#◊ª©wû∆˘¥6;ÏS ÀŒK(?Òíì-
'•EÜ]å≠Á»•?œ'∏>äc\"bB╱~¨"clî°ègxYªm„0ØH
Ä_ô¢Ë
yË7§•U646ŒU1dp˘|±¸]¯wØÕi☐˙∂-A¸fi/eêã*iÊ™
0å!÷ÒM;√¯c€)€†Á≥œ>"——————
{"˘1yñzQ1:ç˜ÿLnw"5]öô/•~☐ÆÔ)¢&ƒ"Îö¸óbQ£
"ø›˙Û¡…ñ»û4˜ã`"O☐+˜gm*R;"—
Cú±™)50ûPê_Íß≤·F¿118∆E´    ¸Ω∂˜Ñ≤÷Tì@—
Œ-
âÍ'π"ßÇÅ˝≈˘¶'——————————————Z¸:A
ysxiuÜ!0˘é±ò#ÈÈq54J∑6eXN^aCg8X6cj^oÿù≤Ó
Ë wxñn?#˙°jÈ——————————————ª~˘—
Ç%^*NÑ"êîÈflÓ- -
m•_3(Ø∏YÀ\6«¶˘Ò$í%h☐¿Œ≠Ÿ∑'8 /À
J…ä÷≤‹•∞Œ—
ÖË17,>Ÿ ª PM ›•ÚúSä»6°\Ü¶õWChì ª »*añÈoV`>$
(p∏Ñj(1--∆ú™î[flÌU+òDù-Ù≤a»
<6hÊêvó'˙Ûf}‡'øÇʃ_‹◊3~"Åö——————
1Ów.;õO3'Mìtzá`ç7\d3ôç!3Ê£^Á:£Ì‡õ-ÄöÎZL
èÙÒŸ:©p6‡XŸ%D'I@zXtL'yèÒ~HxP9(O"A¸☐∏¿
    XlHI%fl˜Ê>Ò∑O©ƒ¡W«Æù4wo"8öÎ≠ÅZpÕ;¥"
èŸSäWTb'…¿ß.∞√qkì[c®eÒUÀ·ø,√Ì——————
Ì    *^tXT£    «bPqE˝†˘æ-*RO°e‹~zãç-
Ë¸Eô/ÿã√„[æ≠Ö1118F√˙∞Ç r'——————
†$öü„¸à"oµÚÁÙY,iÑ&bfl‹à4•±MMÏ#¬¸H„˝Òqöö2
ªóTÆrj="]…ç-
z«It›zjeøÀy☐»7wz°ÅÍ7f•&T£@5Pã'}Iá∞eÖEèπ
^xÅî»îG™ DÚàO*'^fl≥π4kÉçáÊá'£√m•jàûÆÖè∏‰
;wπ^d -118kæ=òS¸µa7ZtÅ¬€ÊU„≠˘·éMùcHD"

118

9îÇ≥÷ìà"Fg˜3»Fk˜©nö7øð∞ß⎡ö%h•|ÒaèÂo!Ωü9
˘åΩˇy~Në;ÿ2î•†q≈*.°V„—
@Gû`O·vÈz±±¿qŸeéò«∞-° fê °$Ïq$Ò'±5°/{
  .-WtóÔà`åú\Úx,ÿîfl~ \„6»í„æGìîOì√ûZ
⁄i
$≥ˆ‹É‰séKŒˇzLŸOoŸj™ =ARV%):-
aq<ø£wU09ÕÊÿÃk)°´ï•ˌT%|Ωxzœˌ ÉØ°ÄÚ;119SÔ
„˜ß°ÄˌgHV$¿±3Y√tÚe————————————
‡◊'mnÄ#Ëoäo"·‹sW
ES†0ß:¬Ãtéʃ,≤bÚ˜i7%nRfÊ¢µøûkfDP⎕Ñœ11ON*
°îÑÊfiy{15ÜÏÍì2#.ˇæˆÃ⁄µ∂™<Oã^"1gñ-
¿ˇhã?Ö⁄≈fiv[⁄˘˘ˌRå5ä!&ª0µNñUœ‰˝É®119æˇî-
0å'!l∞!»aÎó kb∞-¨÷
@f°1⎕íœÅÅÈÈ3Ö;Wë&•HqN@)}>‹
'ªΩ1óΔ•2z-@ÄÆˌ⎕,…hÆZp#»-
Ô°ÆÇ9õ~+.©szîø]·f«-¢´LFÚVÜ†»Ωˆ°EWÆQQác——
˘ΩÛóÜKï+.ËEìªÈß≤Juut-Ü‰´Œ[!Ê°÷üh⁄~o˝|¿f
mSZTûⁿ-
§ ʃA∞s"p>Vˆ+6ˆ$%ʃÇ%)uü°ÉfwËœfl•äö ◊Ëá˜™«
ï˝d2/xfl≠ú´‹0€fi∑ ≠<foðѵ,/|≈ bfl<GìVMó÷x-
8.ïd„8{OsflL¶,‰uB-Ì¥Â†L°#√æœâviözyˇy≠——
ʃ˝üOL,@»øᵀᴹ
îÙøû4Yw"=Sì‡ˌ$Âè"Ê=Ò%ΩN ‰!:7Ä(Ó§.úQ≤;Àä
¢Éa*;≥∑¶ÙÒÀuZeíˇf `ÄÖœ>≤Îúû◊sg√E+ÛK_-
Ú`S∞üjΔQ°bçXg`£#,w‰°jfÄz>'_ˆ⎕ø£mŒly-
Àˌ Òk±ü‰Ìw—Õ)•û⎕»|%[o;:
®Rè≤@™@ËòÚ¯Úóhê®}lΩpuÒŸ'[«e<ô÷@⎕ÁDWjV—
l ~Œàæ•Z„˙˝™@©Ü119C¶(ÔB»ves≠•ô˙è•,p!gûP
iÁVéˆŸÿ ç`KF\I€$[ó¶)t-
~/´ûñˌª(-©7ÀåÃ#HtUCuq•')9Çÿv,%ë9)°Ò~œyI
v®7«%Rg.ŸÄ119iÏ\ç(lP˝-*ñh€é''{àX
Ú£o≠G≈®t————————————————$Ôÿ8Á,¯=ã
˙òŸáŒB~™.ʃD,ˇÑ
    µÅª+~Æ@v3P%Ω§»fi¶ʃÒzcö»119ëy°m119˙Ï
ãÿª⎕⎕àûk•©äâ•µ¡119xIVwfåoWÀ?;`2ãHL≠fiê="
-1¿°119∞Öⁿm{√{ÑÁ íP:»|:Ud¶É≥◊êŒCu:LH°∑«
¿™Çlñï•⎕ç◊ea≠NúJãu1Áˌ G3àìkë[————————
é119Ω«)Î fi*cç:øEí®üòQë.HÉÈÁùÃYlˆ£————————

119

>5*√Uxs)K^qwd69o¥ÿ°WíÓVäBH¬c^  |∏∂F√PÛH5
.üO~˝<Ì_[dÉIÅ3c5ùÄáñÅˇ~pó85∞-
õèʃ∑Ö)â›ã%U˝\äÊOпíÙÅÒ  IÜkFÓ.Ä‹ •ÕÄ/Óœ<Æ9
:BgÿŸ´Q´pß¿o|YÁÔERJUz¿Éç{ûп∑Ê□õEÄòпò˝ˋ{
oåüÎµ\∞^Ìè›ìßôпÖ'˙1oG3°îÌ,Ï˙°±níRUÜBhÅR∂
eY.¶∏B        µ)ΩŒ›≥O˜ÿz*™˝ÇÅ————
z`"DL_Æç7p^Ö8‹nî◊ÍÆîâØÜ•ÍÕàp•‡Mìñ{Pç\IÒ
ê¨Á,¨‰ò1ÑÄ›ëC˙É'6)qzny√±˝‹ö————
–
û°ÂK∏§Ù=ÈÜ9nX————————————120≤
À™øEüôô„rŸŒoÔö*пD—-W7°Ú»|b1ÀDª•æd€À6R‹ ›m
ËßQVÒl6flfl"«fÑfl~ ∞ôœx›}ü˙‹È‹.-
MÈXª.∆Õ˜gGi˙ò_120$fiâ
f&        R÷MûØ*`∏üäR®íÏ9˘¡≠∞^H≈}\[
ç1o120FpÄ¢px_^Vq ∑-ó-ß>ˉ-)bx¶'Ê∞„□'.,
<M ‹' &&ágoMÀÒC1O—áyïq—*z˙?˘«⁄^
/'w?...Ü3≤f1é∏±ªh#M'Çóª Oœo{uÜÑíL©WèP‰ó'Z
...=Ë0_/d¢ø«xï˙˜qò3tgëÏò¶¥d˙tSöVS#"+µ≤ÙTΩ
1ÎÚôn¢ÚÀÖ@üп'úʃ‡f‹5CpÚùa-
4œuyW¡∆£‰)hΩ'µV|ÀØ»}pn"1Y˙M:B˙√!?î÷Em¶ä
n...ñBŸú∞
¬z•Â≤ÿ›‰N,~‡†å9∞‰µ´Í˘AçlÚnâʃäÂUÚÆпÚ√¥y6
≠àÇ¥-.ß¬p————————j
˙+®◊Éîê∞›≈fiDu∏?ôö^Êп...c*VMæÉB°˜Lp!ˋ^‡ú∆o
[˝Ù¥<ßr†ó'"ì‹ÉìØÎ¿cøò¯ê—Ωf≤»Ör?.-
*Hññ°OÈQпÌ∆;V˘ß®˘Ñs.=o»´aÍ+˘ʃ∂˙;åí¥ÂªÊ
Èö      è4;Ñ7^£пé-⁄¯°xb›`tÚ?r
ÈµEa.øÎ›1FE≈4tÖxUMi.ó ◊˝-
t≈Ñ]°î2'¡Ωó;†ïQä¢VHfl    m,DäÜ————
?CŸD‰Ø†ÒôrÑ Ã—
=gH˙P¢fK[˙õ√/TïÂâ.пw¢VNÁ...Û...À}uÇfl|"•ò-
m/§÷F`b!$S<0zJXÀ Ó<îæ≈ÂësåUÍ'm∏8¶⁄KµJ¢——
åho@Fæ4OÔ∏ÿ‡àS-
eôO@Œ[§¶ùÂÃˉ.)z˘¿‰JmFâ^wëÖ¢^'dE≠‰÷\<àêâ
□‡<ùiRyÇÓ†
jñbŸ-tìüªªL}N«'ÙÛÅ•^ŸM————
4˜H˙€ÊÈ/1————————————NI^õO)à‹
aÃ ‰±Ç$O¯ø:#MnáÊï_ËÔ;Ω˘ΩÇì¥D®\rÎÈ„‰

120

ûû»»5 Ò{~j˘êù;»πè¨˝÷%-
≤041W«»®ì\ïg¥I¬ó…8*É5@±Õ,^÷'jÜ-
    ÂnV« V´¨ˆî¥*O2yXIÄƒä n•E¶Kw∆frR°é´Ï
`!Ô:¯‡f 1,tnrQ±;¶@8eÆÑ"—
?Œ2ò◊%}Òõ°5`Mxâ8d«∑sï¡Ω˜yÙÔö•ÃS_-≥fiwZàÙ—
Imå————————————————————ßäóvÍ˝ö"CÎ(V¶x
-A~µ.}∫u°  •— Îj°,Ù.™©ó5h ——————————
æ$˝∆1216Tµ°80=◊]ml!»gÁ3à®Z°™z≈B•≠ªπêBflL
ø

LÆ ÿt7ƒáW·◊*O-∞ä4üWF∏áb2°
^121ôp£ªflœ∏4æs4°˝!ÿ"ß·±⁄Ó——————————
    ÒåΔ´ƒ`^!#µÓÚ⁄▢øT"V'ÒÔ®'Ó¥m‹≤fD41▢H
vL˘ï+óÈ∏oãh1ò≤ûↈ◊vÚ#>¢¥}ê~Lv•9ä—
∂˘iqΩ|ÆTL´ï57g≥'6ØœÎ§fiÀó4»Ù˜A„•Njl"ØQ$…
í¥∞ùc.9'L…MßyôÈ∏S.#B€flU4í-†Iè'›˜————
Ä£"7R•4616:Õ"wû∏g˙∂ÕW|jò9%˘¨,Àö¨]Kù÷BGk#
€fl˙(ß8'E)ê‡Q•Öß~9˝4-U¯ÓszÑ$y#‡bfl˜[+Á5˘!
≈zNŸπŸ√:k>ï‹∞~F»M˙pMÇx-
Ä‰ÉÆâyhnîö°MÇ-sØ•ÊŸ˘,ÿ‹(\∏}.¡Z©Sá≥¨É7(á
j„¶Ÿì"4÷›xîG]ö¿∂ı{≠—
∂0ÈÅÄbxå‰ΩØ≥$ir;juèÉc‹|§„(∑R¡…Ií-
aàï´Ç∑à≠-
ú"€‡U¯ÇJŒ∂˝É6üyçŸ≈;Ùâm‰9aÏ'ÕËí†fü.Êh.4™
Ó#Ñõƒ}®o7Ö˙9,®–fiBO°‰i——————————
IÁ————————————————————µÓ18•ƒd†Ã)XEê¿D
=,ÂYÅV•µ‰àG———————
ØO_ÃS¿¥ªPç◊◊«°-
^5,Sá´DÆßÙQW~"Ó&mB96ãó≤‰ó_Læ4xTá◊Ó∏Ò6Dg
    *g[÷√f8À!1▢õÇ-LpGŒ¨ÿ~eF˝9ÀvÈ˘∫ˆk~-
é^¶-Δ,:1‹,1aYJ∫DÊß∏ä|ÉÂ¢TË-
IÎ≤Œ‰0¿‰à4èt!JÁZy1´bƒˆXwééYÊíŒ«ptíà‹Ûßt
≤∆∆ó4€>°A:[-˜2ííAAÏ.πq——————————
G667®!Áøbúöe»„.è-Åÿ‡°ÎfiwE,#Ì¡
iõN∑ô≤nÙd∆Ze],ë„9∂V5tkòΩyı
  ∞    ÜyD∏-
Rñ¬‰˙rsÕ{Ñ™121ÀA{£ÃpFØ=LÀE/‹Ê€-

121

"‾z±`Í□ä*LhÖJ@S{¨,ï5< ·VáBœrD+@√£G's+f‰<
√YìX´ËQ&ê*Ø᛫    íòìú¿âü‾
¢≤ÅI.fià,Lû4Z;k∕üÔ+zoèÎ0ë"DÌ᛫Î¨‡Ñ§ìÔ‰[Ø
122ñˆ(ÿ≠µz`à·*∞‰BÙä————————————
D———————————————————«‹ rfi᛫$µˇåfu/¥®,;
−Y#\„uΩ¢π•gɪg](‹ìµ„'àAªZùOɪ_!h¨ñ5≈Ü-
-uÀÎ}îõ-^-/≈Ú•1-û:¶w᛫…™∫N"◊óY„Y3ßËmü¶Ì°p
›n‰œ≈Ç∞à°©l  ôÇô1Ääcß7¥<`&óvÓ[√18d`^â—
°‹ä2x°Ä„Ò¬}ßK4„ÛµnÂäFô11ÈArg]ZΔê€*8À≠@,
ffÚ6wÓªç^Ÿ"-íã¡ÙG´$Í40ˇ@Gɪ·W8᛫Ês≈Jù€h}à
$ïá_O∫ ≠A¬#_û————————————————
y|∕~OîtÒ H"ª®π≈JYò    à∏CúÖ}`

›2[ÁØúÃR∏Ë46sÆ-¥∆uÈ◊¶ïs™Ar∏¨Ë[
L5û'î'$"_§È:ÿI□éÏ^Dû°:É∂Öõ
"'^l/∆∫fiPπ᛫————————————————-∂ûŴÔ
µ};+äÃfiÍ‰$È‾ÁgÅ§^Pπã"&(èyË°D‡-
mé᛫\∫fEÂwnÜ`-ÚñiAA:u————————————
-
çŒZê„Ó»2‾)DËL{ÿù0d›//"°5sÒkFj‰C;~Qã4HªÄ
CK'fl$Ÿj"P!÷Zßµü•G√∏`'e{?•}}Ê˙V¡p^ws\óù‾
c¡€≈<MçõSf˜.,ÆÈ·äöÈÙU§-
‡Úío°ÍÀ$∑I,4°Ù|πîYë°€tçΔÌ-
Í∑g«ŒçŴ§f‰Ãâ$≥Ú)!Q]`fl□£)ë᛫?·Ä‾Ö(-
Ÿ}>îHJ)ÌUËl≥|‡-æii"Ò————————————
'f=g,PßZm-À}_1228ø{Pû†f‰——————————
„‡ú]ÊÅW/ÄôlËEÍΩ
Ê¶œu=Ç≈nÀ'ÅΩ›Ä8uâ◊˝íµ`_ØwŴ†É3ˇãi‡úîÙòâ›
k9>∆z·éÊ`sÅöß~F^3RfiµÚck∆ü®›LnÉ°+}¨wœ∑…[
ˇ∞$EHÍ◊ÓäæY2=^ú"ªïÏ'AI∞IØLñÓ∑ua,rÒ¶ù≠^°
zÜ$m»Ÿhÿ^î&Q∂KÌ,∆ñ∞.‾¥íóËô'j−"ß2°'◊JVR—
ô qñ<Ò»"uí#ùy"-
Gm,Q•□ø/□∫o¥Æ√ÉeT`ñ_ûè©¿_C"2î÷ÊŸ\᛫áÙY∏ì
∞zõÃ‡£ÂÂòSú6†xv'{j:}Ôù±®ÄW;ø@‾eu‡£íªa•…
!P!÷tm<ùÈ„qNP˜ò´Yhï∂'IøÙ-â
    ∏¶^ë®â„!wÿ¶®Ö¥÷àÏtxP9᛫…y™ç´ fi
:îÏ9/ñ®‹â"˙ÃGΩµ≠ÇÇ¥†nfP˘›fbÉˇËˇœk~•|ÊÁ¿æ

122

"u`î·"cÑ›ÏKÎÑgîOûÔ:‚Ç'wÖå∂?ÅÎÆ·øÄfÏ-
mÜÓvµflπ'bÔ∞/æµ∏„0®
°°≤\°√°ú¶x1u´0☐
¨9e™0Xqùpö˙u(ËhØfixÆ®∑fl%ZÉ≥06œëC…î∂‹'Ǒ·-
ßl˝„ZW…õVõD∆Ñé≤ÙJ\ö≠l∏£°·%1123^45tù
ç0‹Û|ØÏxgÙ•5————————————————@m=kY
ô
7-ñΩÕrÈ‚%Üe8]‚2°[‹¨
A‾a®˘w€¶KŒËΩ-óŒ123®˙GÕÉ›c
ŒöSõ7£‚Rc∫≠«1‚Èê-U¶‡sg¨éfî˜'N—;+
    å◊ÈÃ›ß☐r[1ŸÈÓ©≥-
gfiÏxõå,sÆ˙^{˙Æ˘€V±ä§ÛâÀ=OŸZV⁄á'√ÀI°[€sK
ä≈(·0*sAæÍ/™Ç9ÇBV,\¿ÇeŒ'∂ S¡≈"CË4•T☐íÀ≤
‚ëΩ'Åì°⁄âî$¡y≠ª=SG©\Ç-k!Ûóuª Fπ
6¿ñH\°˜ç
JïÍUÓlhî£^'EjpÜfl%öÊl%•:ƒ,Â!L[‾∞9ΩjVxÕNT
»dÄÛ≠)® ∆≠¨'Øqå^¬"JªfB¿0————————
∫‡fi´åë6?áÎˉˉÄ˜'/ q‹b§ë+€´é6«©wíc~*s—
¿úè—WÔ4∂„+ n.ûî€Z∞>),≤≈¶lÖ"0—
Õñ'œœö‾ôv≠¨%gµÚœêwQWh«ú¡aß€∏3f‚◊
    ò*"…2ì•]ä≈øÌ»————
zb`˘√Ê›Ê)g°æTÑ1∫Ñ6iÌ2Vœù˙Èœç
    }´òù˝Ø•r?÷4≈¨Viè›l3i
©±ØBZåT'Âéík3©?h‚*ÑÓ☐I≠Ÿ©K$Ìú„Ñ¨3Ë»wÜé_
Ì&∂R=dÁP&ú ïÅ≈q————————————————4Ã
∫W≈»K® ∆0ÿ◊2ÕXÇñb9$?¶⁄ï^uRÎÔ☐gk%æÒã————
-
˙ÊsÏM'æ[VŸîv◊nMä≠üt»'p`÷^‹E^tbU;h*ï^π‚´
UÊXƒ8˘123W∑10•£X—§á%ΩUœªŒd,ÔÎl
◊OŒfl;qŸWá®kùÅ±∑◊~à]
¬ÀØŸCF˙7ÒÊ|??EÃqå'GÅ'î•^»•qXÀ/18Öø
Sx+Îçe≤◊¶ø∫w≥é'm;Œ˝ãJÀ-ãø>…,
Ãõ"123/'°(Çƒn˜"#˜;‡a≤2P6Vh•WI∏.H¥„2-
£O«)ïJíì∂Œ qÿëj¬;óVE4‗5ì+ /F
uà»%C123Úú2Ó123á{∑Ö)õ√óPánò≈M"j‹˘%D+ç‾Ü
ÆvØRÊÃÃUÿóq©¨»ãµ‾I… %(Ç"•?Ô.YaÈ¬☐
éÿ#©"Ñ≠≤¡ŒRÚâë◊‚Äff-
÷rLπâIÛ÷üfNùÜƒ•T@¢:@%§3Uñ†h›Í-

à¥«ı¶C´÷fi^-
fÁeµ|∆âŒ°°í^Áa`æ¥h"ΩπfóÉ^È#œ|¨rEŸ8v—
"E€?Û*0ÂB#Ñxo}Ú§—————————————————∆
ŸÓùπiµ`i#
¡Ù⁄Æ˜124Á]L¸Ñ%$I——————————————•
.íøöÑfir4±S,≈‡5ø
-124ä}woj¬±„¡°5¬«Ìh>ë-
4˜π›...ÖIæ'⁄éå˘Ö§^$\NÉÿvfl-g¨¶.©ÿÒë÷)ß&Vñ—
èö2¬eâäï»≤+!"{´CXA≠◊çÇ3ø-
Ä˝Gõ◊vp&KâÎ™C
\À$ó¸"FcøŒ+OÌÖNPíí...ÅßevË¢è„—————————
®†±ÄâRïæœæT.£°ƒ≥^âÒÇÿâßß∑xèÑ¡|F´îc-
i"]e`m `àà.ÜñÉy
ô>œh wLéoç≈¸Ôâï|:ûØ¯ΩOdgc☐$Õ¸†-
˘Ûp>H1◊©F¸° ☐gã¸´HZ[Ωxĺi [Rò∂-
Ñ'f'{!ÂËÉ¸©x3à[*§kO√À☐^X$ËÉ{∂Yk≠®[œ¨Ì•‹
ÿg»7of^ÍR-‡8∆fl7≈∞⁄à☐QÅ‰˜ÊNòÄ˙ôú ç7œ§u˙Á
›µ„W«ſÜCC•`Ü¨Ñç≠ %^~ô°ÿ‹bïÇ§:of=&Uw——
q¡Åô◊ü'˘]Ò°.rî%öæ3EèOÙà(';X#;I1—
G;tœéfi£ñW9¿¿µí5r=°´çR'm‹√ZüÇ|¡é§uF9∆Xy£
∂d0πîÅ,®!¢t-g¥,∑S≤ÂÕ≤Ñ≥,Z‡TΩÕqä›≈ƒ¡m˜FP
YçÌìç›§ö≠∞+»~ô'OB›Üè˚[«Lús]XßDÚx[J 'Ómı
⁄0ê Ã^
cDé˘~Œ! 7"Ï»÷Nã3Nè=(|Tä¿≥Ó]µT¥U˙Fq{¸*&ƒ
WDËVqÕY124a»œÓ51ÚÕfl≠F‰‰¸Añ?Ì124ÿ#T„´
        Çí˘øu2«5˜Ωì-qEÑÖazú Ú¢ç`Gn-‹k———
Ofñ˝-
w∂^M-2(›'So˘GZ°G*¨í≠¸iÍZk'˘Ú√ƒ«Ö•wúſæú'
I...ñ"∏ø'Ò•/
ó>-è§•«náfiû\ÑÄ˙â¸vt÷Œá^¿é◊DÚ_)·√
èÊ◊~?«'124≈hêó¸1oíúſ'∑‰Y◊qmYJı∞€&˜`'Œîn
vØA#¸~ß6xv´,À¢£≈Kpfã4ñ'§a›¸∆,œÑjØ;$eg¥
ä¸Ù∏<°Õ=1|+ì#L( Gñd˙
ß•Ãƒ∞)IJcéo«>â≥§S¥N†s¡ñŒªø1Åœß˝pâ^¸©ÚÕ9
W˘`íGM≠Wſzc,OHÂäÙÓŒô0v8©°¢Ùª 9¨124çm‰-
6`Á"ì
4s´(Èd®∆WHÄ'4¬ı˜¿j‡r˙^em∏s\Œ.w≥ÏÙ√KEêS⁄
¯àr„['ÍãçÚDÚ˙2[rä]Um,¡@9Ï4Z œfg›Ü/€44

124

|«®¬ªÖv≈ÍhWØ ›—n_IØdΩç\¶'Â•6∫ÆPõâ°-PÉÊÖ¯—
Qk®µı125†ö•{12N±f<sì¥125çP/>^î^#4öÙÌÁÃW
z\±5Â§?⊓óæ"◊WéEOc1*ié
ÏEr`·'0¬«âårTmq⊓d'1⊓GJky¯8≤-Ÿñˇ——————
nµôYìtçŒv˝ÒËÔ;¶∫„ù¡|e°Qmâ·)SHs1Ik[‰‰|õf
dù€G⊔zÉÑ8£…~¨——————
¯‡ıáúwë{    ê&€võ˝T"5ˇh™
PO"èÓ125˙«'x¬-vúY+2µ'/∫öö125+fÏæô¡"ÍÕ}ˆ
ÛÃ8}v˜ªÏ°8 ëˆô)Gï8 ˜~Ñˇ1flæ∂|‹¥c1eBÆX
    Ø,O|zìß'óMåÔ`êmuëÉŸ——————
Sà%ÖX-´R¸ã-ˆÊ®ÈÇkÈX'——————
‰±¸ì$b/'dJWn°sÒñ2æCÅñõ†ò¯‹\ŒzⒹTA˜Ûâ'4•Ú
£Å¯‡ûøÓ|É¶s°=%á$õ¯JµqÜø◊çZt }ämÆ'éî«
°a°$-ÂçπätʔBu.#ÁÏ
    125-flÏ•"W,ı=Ü~+∑Êœ&yª:Q 77r —
®ó7t„∂ } s¸>Ä∂·1,≠Ç(0v¸Êõ¥√î¶{PRè)Òå ªV-
æˆ™ûŶˋ+ˇ-
fl9£Í¬flbEòmób˙ôqz$ˆJ∆ô«c‡fiÙ2ÈÑ9L¸fi
ıå‡já]î
°ß7)◊Ö È∞´•nî0J<Uv`'íd"R`Ö$d]Ê ò>√AÙ
5aõ'ª¥ø%]K‹¶Ô7N"ˆ•"flÏådèGØã">PæŸ]‹m¸≤&ì
ÿ)°«ú‹ Bf¶"K◊‰£Oy@DfmÌZí»"ö§~ßLËû1ªyèÆfi†
bg‡5}Q¿}¢Í†C^ôʃ|°˝Afi.‡π/\%,
‡7êÎ›}∠Ñh%"$I2°%ÖëÓt1I7‹m˙|Öø——————
,hC6°∞P!c∑lR\ˇéX=∞KÇ©÷:'i——————
"Î2ìÉ<@"&ÉìâÅX¨¥íõã-sRÀ8Jπ¸döv¯N*≈ª——————
\(qfEf?§u.125`†&~8I\∑ˇF·F≈å~Jñó'˜`bU…ˆÎ
ÓØî¸÷›)ß{¬——————————————Y125NÍ±
'¸ôKìò¥∑IÇ€Ö·^%Ú%T¶:°c≠§a¿,h¥|àAKå°mnÓQ
,≠üH·PÓÎ¸åôB<——————————;«ˇ∞
fiä ÑZ •9>ÜaÀ,‹=¯w
6¨¿◊}125z⊓¬:H¸ëJzåL-Á¡kxíóëêÎ¸b˙è˘Põ¢8‹
à1:U~Ñ„«√3K¿k÷ÏdÚ'~ÄL,x
ü≥∆Æ·S>âòÁÊãÍõ◊'¶H——————
îó,YNo»{=<-
&Ì'ö<Ÿ7"Q∞.…§í‹"®Nën4Ò«V0¶xj™Æ≈NÎd«Ä
«b'Ã¸6Tq'‡')S≈=ûo)™C±S˜£ 'ûé ˜±«ıÛåfœ-
33+ªfï3Û^¯%∞G˜°Nzu"}|4,1p&"%À°`ÀÍú>•∑*WÑ

125

â9ÓÈvᵃDzc|Ù≥|B&öÏ≈è˝ø¢‹pÙn2ìU]1¨ÌÂ_¥P˘,
´Ûfl]B≈úlé®1265°å!
LÌu◊`•™Q≈Œñ 1≥ —ñeÛ˘ôz
　　□æäV¯ÜÑ-Ve«ë9òF;∫Ω36⌐ıtO-
<p…aÒ&1Zè÷Òy'7«{81Δ!(—
˚_:∫Ô8>ñ∞öbÅ-ᵃ}î|ù,∑©
　　÷t"a›‟|QÑs o"ÄıÏÄÓic∫„zL
ìöj†2+àV°;¯sπΔåüûù≈eÄE&Cå|†≥(
eÍ`Ú¸ß°qœÚác¬ÖÈt|‰ˆsG¯áVb}@;
Ú#Dwê§~ÑÏœ=ïtÓ6∂flt ◊cˆÑ"Fàëtd-
ãÉè©&o€W#®aK•¡≥O¿OÛ~98]Ø}'≠í»ú3
¸Ä‡˝FŸË□ôffl÷58ÍOG#Fˆ0 ol®an„o¬
&gØÚˆáNÜflx◊Ø=¸•Ø<66LÏÿhçI"G}$x`
Â¬êã˙Ir@;#fÔ˘w?‹…kóîà&˘˝Ã/-
\mQÄÑ£126<«äflÄHE°Ô"V——————
C˝øÔ7üÄΩn˘·√3ú>m˘,ÃnTSkCÁÑ˝À•X¶N}b1"Äˆ…
m-a fÊ˝èøÛ‡Í4w/≈w»ì10„-
K'®¬\9ÀÊ˝l{•í+ÕRk¶æ•:-
˚"‟‛rùó¸dcπRx∂Ω1Ÿ¢'aÑ©¶«4∞‛ÚKkl ›¡fñTIÿ‹T
˙•`[˘"¨≥°LHuÆ0ΩUå9ô∫‹◊'9zC±πÌy2Ä‰ÔHû&ñz
◊&≥"D8.　　　GYwz±ÙU‰\IQ„-
:Zgb¬¶üffi_âO"*1ÚÕ¯´LKC╱)/`=£*-(π°˜Âõ1fé
VÖÃ126OË~)⌐,DΩj(vı‰Ú !ÿå——————
i„ô€œûxB\>Ø-——————————
û·ÄF+û∞oÔ¸╱EπVtÓNûÑZ∫╱ÍB$£∂K±˘C:5ü~uk√ᵃ
‹4+Ÿ"çÉ——————————
iy›?(>——————
¿Ÿú+xÿ⌐±,€
ÿ·iá»tne(0)Bf~µÁlTN‛p<‰0ÖfìÄâR•ßT@Â°u-Œ
€-ᵃÓ-mòᵃ\™YwAaÎ©mÚò#Âú›œ£"
√r•Ì«ˆzˆ‛ãG√ß÷,•¥`Ï——————
Qg"
‰uÜä0Aπß≈ÌfaΔŸb©Ì2òm«´E=®"óõ
>p¨W∂¨si　　åOg(ΔÊîfOR#r'ß}ᵃ
　　¬z)Kuc¡EÑ‹ÕøıTñeÜé¬ô
Á¿UÕ4É€‰";øŒænœ6◊^Ë∫∫âEdZÄq°Q-ÿN´àDZ∫
uˆFùØ≥Œó;,V•°°|126dõô|Úᵃ Ω{□≤¡6¢!3——————
0}xRDj¥1266˙□ç‛S*≥[â‰„ß˘û∞ı-

...ûäÜøÖJ√ÿÕÁê∆[?ÌÌø†Ç‹ÙÀÜ∑≈Yøõ...Î˘±Àß\*ØW∞
trÿé•Ö\$Ø°ò C≠d-
ÉT\· %ú¶]Y.TVriÁ...˘lGìØp%öX°¬„úáÚÚû
 f'¢√flSKµÔâ˝Ôâd◊HíflÒ?TÑø,c˷ríœqn¡«Ñ
ó\*V>—uL3èÈ#f‡qø%&lʃ▢K&Òü{8≤œ/(√-
•´üi,Ω‡∑>Bô*húlq2Ob...oâ»'´Éµ————
~...Ãj°°m»{ô9-0Îf∆\*{7.z=¡Ä˜√\eeïπÀfi&c¦›ò¿
˛≥'∶"ñˆØ≈ç▢«£#EÂµ7q
{˘ü°F˜₁¶™@l7"˘v'’†äù°Ù˜₁R€Ë.∂ãîÈw7àNØI?
®€ƒ9ÛÂ˘1fÔ Çá95Ù—ë£*ÿò(XX‹õkƒ-Ú´>————
pΩ₁&/`‡(n£·Î0UlX~ètìßÕvÄäg~Ö°èç≥¬·x5î€2
®b▢Xô6"£ì\$JÖøÌW'≤I‰»=pʃ¶•Ã≤˜<˜≥Ø3Øñu◊¦[
C∶▢Ø`°®úC⁄N4'\...7127ÄÙ£ΩeÅ~xi6≥ßs±vêÑzÕ...
ÇÉèÄï\\$fUö≤π◊fi~'íFéãkWë`Ãl^1∶z...˜håΩ¦àeh
È∆\ÌÈ¨bGY)K•Üj`±óœÉ°°„ÿ}Âdå/h·ysûN›'_
¡¬'⁄µX¥∶Ã,˜≤fil\$I¢˜≈]FbOõN∆èê?ù€=<UgbL&)
+‰÷&`v´9†i
yÃ>TyA§±é›∆ïÕp·'jè£í˜ó(·jË/(åÑ-T¦+¬í`oj
®ΩtQÅiÃf_ëRq<"}„ ʃwÍ-
©WåŸï,g&˜H]¦*ÓµÅ‡ôv!Ø¦ßD?†ëË;
 õóuÚi⁄ê"6VÄ!ù§ÿ^„Ñïñè6√&o-
∆ʃ3ΩRS§{†?}◊§["à
êR°¨ï°åÕ\$åÙ2ü§XÿÄ~t¡⁄{[qπÎ÷˘^Ú4xµÑíZ´@¦
Q—"G\$˜_ʃ8fi◊Ñ!É´úflRVÉ°I————
ÕF.=¨æXM™"Ê-
A≤ptR ÿ˜Ç%7•0fl\$Ö›+;hÂhÚ´G˳_,...ÊVà∶▢≈—
BÇ˛¥...ÒÛe€a¬∶§eÖ"[jⵯ.∂cá˝ùvË˜˳=P£HÂ+ÿù-
Nï\$'ëçí-
íÎÑ1søåJò#Y¡€1°1"}∆›7∶)S Ã,ûPRÿjL∆n"2Y(
zõÉWæS°≈ 8"‡%fl™√bRx◊•
 Üœzflµœz~`Ûl∶=ÎÆF⁄ä
 LÊ˜±·LC˘¦%≥ƒ<\*Ü" 0π—
GÔaŸ▢Ì)Q˛°ì,W¬¨È≥Ωù%åK3Ø\$£˳DÄbÏYE„,ÇÚo5
6"▢C≥HŸ6`R ÓÕNF^▢ËîSë7;àt————
 Ó!ÖÙ@Dgsʃ∞ûjã«Ò£à[V,≠
•ÚD€rÖq¢¿DB)∶◊^ŒöÛ————
Ú¬êî~±">*û -

127

————————————————†hf‰@Q√:cHX≤∞sÆXä
6òÅïôF
p⁄¯øMXPÒ›d:Ã8πÌ5g'î•¡í6Ω,C=•Ëœêl1n‰í•¡ç
Ωu6 ∏'rXıùx3*†åNÈ∏x∫ÖV\üßä9˚ß˚¡f-
ƒÈÊıX7mM:°è°¸˚^Ê´Ÿ∑ùF}`˛‡ç›flgñSÒ%m˜˝%5q
ÉÉ LP‰2-0jf•+4q-˘E$Õª´ulü{›s#'Ï5
Ç¨ô√JÀ§"oœ≥Økb˘Ω◊cÄÇdH'j=K%"}128∞˚ét∫àß
Kpµ˙‹‡≤aÓ∏›…!K_KVdÀ∫ˆÉÎ•ÌyÈ'Æ@rßÀ√XQM-
O¸|◊ŒÕÙ -Ó~¯™eF∂yí-
¢·=}åµ@ï'W˙RCîÄx¨˛…gÌi°®⁄4ÜBoEfi≤Ù¨J≥·¢˛
Gn‰·eß/)Ë®dcHH:´lï`ñ•T®hdÆ>˜tlÑÂjnXNàõr
‰=4∂Œç_Ôrn}ΩU'£Y

°ÔP#®O
+öÛ≠∂Äk;v#∆¶,ˆ™¯!$Rfi,ylå≈*˘^~_Y˙…˘∑Ö∫D1
AΩV-3128äò 8˚Î6˚çCé‡flL‰X!í∑–fiÕS]
¶128ã/¥&∑ö4`™…?%u˘ÇSRs=Ü=X0H*=•±}·ê_ñ]
7?`YÒFÚ2Êgf•#Tò˘ÿ" *˘™ê◊<"O-s®Ifl-
N{Á≈/7Nö‡ˆÿfçÙ$ì«WH¿Ö5ÓÀ$/ê1.128Tú2FJ∞Õ
õ≠pÇ™ÖeÉÜ————————————————
Á8g°flÅãK<ÀéÇ(l{Q§ÿ≥CíqÜ˜«T ∑⁄+PßF Ω¢'1∏–
≈åÒQŒO- •ö¥?ıajÖ,∆G4{±Ò7dD4&ôH˘ß
◊)ësJüz–
∂⁄©ô0S0t)„vŒT>fiä˘wè`Z8'∞/∆{âb9«ß† l+¥B-
°mYÒá…wPH{/åÅîå–5t˙3¢¨π}'Áá¿K1$m_'Ami*x–
Úf‹+MhÓÍÕ–}f•ãJ›Ü–gìDÉ\4˛bN0:ËòF≈ÿ£D{
êè¢Ôu)Mr\Nœ;Ëya˙≤~˝⁄%A›L¿"@∏u˚
√˜<°òâ€{T'6e"6≈È'iÿÕ@Ê}c>;FÎ˘TÚ«TÍâ√M=~
\zéæ∑èñ$˚°üóÃ¯«M◊j‰Sd…≥-!„0Ì-Ì®$˘¶Å"-
uPDŒ≠,ü]ŸP '
*◊ˆA£Ló≥ùî◊!Œé±•ùLÓT{è…:ız;,I¯j~Ñ128lÍ0
}h€wPË•ä5s3≥Q-
B°<êèÙ',≥H≥M¢7ÿπ$fÏK†•;ådB˛∏Ÿ˘ê≥§ Nÿo
128êcã°e{,d–Cæqr'yyç
óùÊôΩö128¨íM≥÷QeN≈ı•8>æ¿2(…t¯ÀÂÓ"}
"ñ'IK3®vF¢Ö–◊nù…à∞n"í)SÈ•˚•
„|4·JÏ±•¯YòxûÚ3ôO)_ã˙ÎñÁü–∏:ó}
âP

Ã9'∑Ï1s⌐ï˚0*;W≤Δb'Æõ'„zÅr≥„Ÿ{ù…é'@}˚é\•
õ≤9¶GX‡íâ¬nêç∂[KñC1
tV‚S°íª¥°Ì‡?ÔfjŸæ_Z'´ÇêMfi}‡ÏPæ zß|®˜ã»—
Á°]q¢üÉ∂
À]˝□·‚E«pˆ2$»0Œì◊|'ñp∫Is˝∫oë∞E<˙Q>¡fl˝ÿú
‰•·…$Õê·h¥≤m⁄‚-
BF÷Ø$≈æÌlÓÓOË•SMZüûQ129j«(D‚R-}0D‰пeLŸ—
Tâé©ŸY◊
-∑ñé-w˘0)ª±œg‹óÑ@=î˘o□•
ùUÎ ÿ7ùà⌐üVçBYµLr4cîÅ1£Á◊‰3ˆ‡≠≤£∑ôÚÕfAt©
|çwÀ'‚*«]S+k≤@————————————————â˙ˆ
W|Ùòä•rÔû+Ù˘a‡□ñäÊOg[˘µóÎn<„N₁‚ÕPÄ€:ÖTÿ
◊Änok~‚M¬ÿ₁#Â_7·◊Ê_Òÿx]8$œ¬⌐û¨r˝æ˝'cé•r
áMèé˝◊Âfl˜•r§îÃ∞≠•8˜w§<~ÿ≈⁄bœ)´C¿õ˝Wfi*éá
i< Î ˚`-
\_•$≥;ßŸFÑ129Hq-□Röî⁄ÆÏ)If'V$B?lõcáÊ‚^¡
?Ũ`Ω‚¢©fÀ8«øÌg˚'ÕK†
≠ü————————————————dæy‡Î(¨>öqÌ®·<'
◊G·ö~R3ôD_mE™‡3π>Y5E?´=˚m◊8ÄT9Aé››È¶/ø
129&nÚ□@ª¯|{-&Kû•Ãj+'129ù˘kfl9•›Ù4P`cPŸfiÂ
Ç|˝ö.ùÛ□À ›₁ç˝XÃ¢8ˆ§.)}Ô§ÀF˝\r˘¨·≈L6ïå\}
πn?‚'ÆŸÌ'œL‰]CsÂ´¯Ù{~„AÆ.)6ª¨∑@‹Ly-°ÎC‚
H?ê'öLßoYg‚^£g1√≈Gpj˝∂frâtzz129Û∂¢≥!ÄRß
nè‚‹sYîôΩ‚‚c
H*påûd±j®;⁄Åò (
¯‹øæ~éHZæcпEc=ròÚg∂ïK129jfd §åÀEø©)9'□5
Ù⁄^˜!Ò…‚⁄H
Q˝N&@Vß¥0+∑3Æ⁄°è·A•ßDÂu@ø$à:=--¿ká»
ßyõ—ÊmÕ¨zΩÃ-}¬a°Ã√˙·‚âÛ-
3Ò&‚∑Vœ›:≈8Ωµf IíPü1¿Â‚´3øFç2ç§ßvE[Y˝Y)≥—
ˆúÕ[´∫~®—f\°bÛ⌐P≥ô)Éy61V‚Ã≠y˙€
›îÏl˝j'‚Âatú35Ì-˝±ê˚fÇu<E·ùп‚&œ˝¥————
Ø◊Ç————————————————MŒÛ;Ÿ˘O2˘9å›ßA
˝˜†J|©VKnÄß3ö(A)Üë+5òÉK⌐µ
*Vèe=¬…hä1296¢Ø√fiú«‚tZ∑ÌBΔM‰₁ˆr9ö6ò————
¡x+ynΩ˝¬˘R————
OæŒjÉ4}=˝Ω…˘õ@Ωüü^◊}ûjÇ˘∞
EMã£é0/oœÌëu∂*K^cDz;$Ôùõ˝¢Z]-

**129**

Ó·¯¡≤ê<'Ñ̲Ù∂sIS °|"·Û^á""˜JÔ4T81130Ò…Æü
w"Súí°îAØ'îC.û‡¿Ì{„ó-î≠°,o:§}•=ï%
Zà°Äd°Ú-Ù#$Ó8ÏrflD∂Æ}'WÅCä-
õ„ΩûV.?˙.P≥130•Ï'ëEô$JÂ5^{ä¥—————
∫∑In€Ìø\ËxÃ'AX00ôó¿ñ£§:G"Ü‹hLIûLU'é/ø©%
oÉŒóZÔÈü")Ù<6è´}>'øxœ]∏∞%e÷πÛ˛ñéu'y@
O"…'IÊ/Ëà≤Å›Ü¬öBfk∫3•
¢ô"gäÕ»ßG‹∏`Ïyúi◊`Ωfiªardor Xm‡VZ|ØÔ^N¯q7òîKz8
•È∞π☐â‹&Ä€5âov⁄∏¥ÕRñ-'•y1:#4'®)á-
µ@¢È8Å¶€)¢∫îS˘àêéìjÉopœıª—=•]^G
i°≈/@¨Õ≥.ÜP¯hj˜∑«ÔgTe(X8g"a47∂-
Y…†≈˜≠ô®·h,∏Hpbw6ÛCS]g€
        +1q∫;à∫√ƒ,Ï÷¶°]<î§~·Ó∫hûl;h6'fl—^˜˜
S≤≠DÎ—œ-
˛fiŸäÑ∆*Ù/L›u9¯\Sù8ëÑ"ª„˛%[U◊∫W∫C-
08=ØJyõlE˙ÙÍ>1˘®X1{°"ÿà≥⁄˙Y·∏)Ÿ%;-
+˘~Úxπ5"fiflCC≠"KU1H-
∂'√õ´'îÕ€‹-?ƒW,?☐ã{¬3ßmGXsÊ372Ø(r~s˘K¿˘
∆˛₁GÛÎc˛®≤ÍS`Ê4]àâ-
˛Ÿ☐eÜËäË‰üL'™rÂ®)◊≥§—————
kõ˛;‡ÀòKóøè"Œ"g>flÑ.∆˝˙BãBköÚà0Éß"£⁄-
˙☐ÆäT☐ã')7-Äâ|™ÈÏëƒÅ
Jπ,áeœMÁg[∞±vâ∏ı±D∞GΩ∞1,Ç%ïh-éú∞N±3Ÿ
¯∑\‰eC†˙sF^î•á3E☐≥ıú^√G¡ŸÀuÈ˛IqÖC
HCkò?∑-
µ¶°≈›»'fiv2áÚk^130chù<ƒYs®Ît…îB¶(ùœU]òc˙
ôJ˛gÈ"æÃZ°ÉJÀ◊\æ§-
ÖWH`Êõ¿˛€¨0☐'1e‹Dô˘Á130·-¬-
~üz/3Z>•≤s0'õnçrÆb})òèÕ‰Ÿ¿#«",_˛'
î∫d4ÜÜ›•≤˜7ÉÏÇ—————
N‹´±Æ.≠x≠…≠————————————k}È∫@ó
130ã}wT1Ò~q√¶˘~ü˜ÌÿY-Øûf ND¯Pùª‹F∫ç(œ-
|«oB%ìä¿˘ùqO!•X130jc-·∫UgTÉ.&64¢˙ûÓƒ•]°
˛°hlÉN÷˛R∏—————————
ç•ƒ¡Tå;eflwÜ1IØÀ'∆⁄-‡µflG`^ëù÷}|û="|í'ÜÅÓ
ë®ïoI•¬öqu-
c•Ô!•ÀÚª{≠å"+{    ¢b˛¿¬è€Sâi˛¯˛
‡ÀŒ§.2÷…-Ní"s†°û÷˛Å≤}Á¬"1vùr☐˘Êp*`

130

fÀÊû@nfÕ+p`,7h(úûzÆIë±∞Í;£>^Qj™——
Y¨ßïÚ-∞¡@Íªÿµ∑ÇÍÀEd131xZác";>[~¶µO®≤ìÖf
sX€p£∆fZ∫EÌ'9í«÷œ$J&·"Ü⁄/ûªé‡ï6ñ¶ :ó&⁄`
Ìt≠fl+vfiIUx¡Õ1ÄÂ:;dj1QáÎ~ÈΩ[V® +ÑUÃÁT\G©
∏˘÷π4·"»Í≈äÖ8Î"ãÀ•∏
Láó2w∞t
ß131ÔuAfÛL,@üµR-Flà    ÌáwÚ∑∑Ê——————
XÙr`w\îß•§fë,ficbÍØl››Szo´-
ï* ¸ùV<çz¯›>∂ÓBß<`ŸSóØOΩ,Ï≥Øk ₤î(c.∆ôSv€
vB‰q>`¨
~3`[ïk= F-
*Zvπ"E›ëß^¥ß"•"|˚ÈG}•tª-˜ò Œ^∑˘}6»Ì´"\~
„#Ä≠wÀøæZ<Q`«I…úìx˚õ§r5^s}óUO∑= ∆cN4 ·_
X$l˘‡-≤fi«Ç-å——————
∆≈¿A&JÎßÒQXCV˘⁄Õ˝≈Ãò‹êÃ¬}Ec≥`D®h∫¢='Ï
131b ÷†`————————————£=₁,•ìw5†
& "zT¡Ò¢k◊.≥ñ*€≥⁄dπ±s@›¿?ëêBUŸ}Œ¿íN+4* 
N[Û¬-
^uÏ7®ô]¥∂Â)-Úf®˚Ÿ´'&çñÑuÀP«·ùfl∫---ô:>Éj
pO˚Ô. (¿Ì≈'WpÊ;E-Ô§á?øV>!"0^n«w.3ïüë;¿Ê—
mÉjëw4H7ce‰
‰◊Ã«'n‡^ J˚Vª‰®Œ≈ú•~&giá——————
y≤{Üò»®`ÙÍLAòGJÍ‡,… d}~B…ñflêT+É-
#ä☐€k√~7vÈa8~`Ù±¨é§)fl#[£èl∫5ê\m6·úöêVÎP
¶[û◊fjú{cÔ
7hfaªPmΩ—Ωª̀̀ìM::1É⁄ªúZ¢∂∏n{ÒZ˘P˘131∫yOóê
&nôâ]cª`n¯wŸÚ¢óÁkâî≈e:{-ä8≤ƒÖGBG₁ø÷'¬¢6
àEò8ŒôPK·ú˘Î ̲¥ÆṍúF'óá\Ωb•uÆJ'|y$√-
fiÂk˘T8[,m-òf∨oÍé\Éõ)₁-O☐é)˝€"☐T\'hÔ,
à≤…@ΩÎO.¯˜πgå›wfi£Q2☐WÆ|Ÿd≤⁄◊-
ÂTsÊ^4ç›‹unÂ∑[˜ß¥Œgß₁‰∫?…O3Û§——————
-¡:VÌÉdfeyÊÜ-
öû/¡àaßÃ"⁄131.Oá≤7˚{^c:Ãõ∫•'?DèÃ\`É[qZ`
•e∏¿¥Vìh`™W¶∞∞•¢ôSW∞Y—Ã-
^ãOÔâ‹ª∞Üfl^@¸(ñ•¬©-fl8í¥w5¨÷Ñ2·§Â€¸Qã◊©-
è@8´.=¸¨Û*¸£‰Å√&#õDs©¡V;£¶&;⁄ÖGÈ2[`,xAî
"∂j∨›î-Øλ̃[à◊dÛˆ_A6Gìë‹ÑÄ«ûî6/¯ü2YÕT˚áä
m„C≤"Êõ©xüÿPf̧q8ÃU¥≈∞†fújÃ.[≥ÿÛl{Xãæ₁åñ

131

>8öµ¢∫~p°∞œ)õ€ Ø™Ç-È_Á»*.'∑ƒ∂üv≤wÁ ~
åßö≤nl'|w]ÒÄ
rx?O≠wi¢hÂ1ô4zèòÔ¥ó«‹ÎÆ≤ÜZ◊uóÍ"¬§ınü`€õ
ÊÉA—
≤Ê#S˘˝MRΩóuÏW∆´/…ÆƒıΩ[TÁ6'ƒı∞ãÉöÇ1°´ıƒlX"õ
r132\¿(+
065Â„.:¿È6JuàÏ
-ëŒ´›T®#7«——————————————————— êÚ≈ú≈y
G È4ŒM„4±ù',…‰•´ÂËœÇâ:p∆∞Wy'âÔ∑Ï‹ˉ_tÆ-Ÿ
"æ-M'±çLù-Ê∂@øòI¿´U=æÒt¨Ø˘I6!ã9na40I´'f
A{î.V™wàÀÑü€óüC,9Xb)"›-M"À
NR©x‹‹◊ô5j´ƒı)‹'»xT
.@q~ûj+B°1)©ß0µàâƒlØK1~⁄éîéî$¿-îF*
è.OoAÃ#ÆK1¬ƒ
q..CfœP,»ñÔwÃP&é¨øI"€#132    7˘∑∑ëy, é>ä-
∆±ÏŒ",-
Â◊qÂyt&S‡∞.O☐ûSaö~†IÕ∂ ",◊ÁGîÙ©w.ÈféNU(
∂>≠Ä'™Xñ"&˙Ï☐H@°îÙË132⁄é¬úã8Ô≥◊efi0¥rró»
™yµÆ}‡‰{Àtü"br‹W:29íüòX√G132¥)‰¢-˘»¬(‹â
132ùæQ¬ÕñVn0Üî ›Å,‹ÿ•Á›-h,ƒw"!?Û÷?-Ï-
tø!*PoÏØSªò
⁄‹Ù   'kàHû-
HP‡ˆœ»‹œˆ«›àØ ,/-`?x\T!œd_Ó7™πv———————
øœ·B
fí/ı,ÏtœD¢˘P√U¿HâáÁÏÕtN£ ›≤0=üãËt4`∑ÿ(¿O
◊Ó…MpPh°    ± ◊QÚ[Èr∞¶∂®è`Ôÿˆ'◊!-
ãt‰ú2Ì¨jõH˘Ÿ˘}⁄é☐JEÌWUk.F÷Å•±.OÄ¿0õ⁄r{f
eï7Xeë…Ö6¨G$„ãÓ+@9®Å«¨Têb-
"‹}◊vÈˆÜù~j˙éW˙(ïKPøõì|îGY.-
'Û≤™}∏*ÓXé#?3Î
†⁄.,á}è•KGPRyƒ¶CÓèá•cgGBËü≤ıöVHï˘Dñ‹WCÇ
œ`/Ωªøp¯ˆa∅Œ¢ÚQ4ôdn~-‰Ÿµ—
@¯≠¯""•¡§6?2êùei.ôœ˘õ§#∂§¡
.GVÕ1CVãûê•=ca'☐.ú,óÀÈk_?¨œwõ|*-
ü¶î©˝≠íà ˆ ÏT7ÿV)úíKÉâ@m"B#…8G¶Ù"†>◊áƒl—
ìSâòÃ#€-Á-€›_˝v‹ão"f(›/U}ˆ-
≤•e¶6uª€imÀ≈(∂Dn÷1IjÙæo¯Û0ÚX4ƒ+ÔÚHìë#D.
(©LF,-√ì ˆ Ø.deæÈffie´´A2úA≠Pê¯"⁄⁄≥@(———————

ΔÄRi3d˘
Ë-*ÙäoØq≤mKHL¡⁄›HÑTÎz≤7n»y˘F‚ªü›°`
Ï¨¬˝≈/Ríb.î7Î¯∑¬1√,.u≈1†(o"1Ê+Y•K————
§€:˘ü˘2gæÅöov\
£——————————————————Ô-E∑9SHµ=
5ÄçvN∞û´XπA®©S1á°§7√:¡é"yÌ⁄‚çÎ‡¶júÒSRV¨
ûé´e«˘Ó…òá81z&á+HK$7Iá˜`/n(fiÖTPq-8_¡Uç——
9$6∆ET]äx*1µ±@Ë————————————————————VG
1Ï/O˘Ñ∑ò˘¢ÅÀ>;f›¶29————————
ê√Æ+⁄ùfl∫esfi≈¶Ø)Tê+°ë)————————
ç?=ù^'Ï{++X¯e#uú0 …-
e°aygfi;'cn9œqø25_pd*â∂ÏKZä°8Ë•ìïø›}1‚ªb
&◊Œ§·'gtë"8è?πK|áxEû‹xï∂Œ¡hŒ5Z÷¿=Ω˘ó"™§
?Dpx ;Ñ8ÄCç`ôŸon-›Á¡;——————————
G◊□-XÚd]Œ-?Ä∂Pd3————————————————X
òÅ|vwôhu133Bm©R-‡«
˘ˆ˜€Æx¡JÏIF,>fxî£8"A
ÏÅ2S0$LÜ¨-™A2èôA-Æ`˜A≤vu|}€1ÁπO-
™M√ŒÚ#M•w".‰.√Ô-´≠ós7=-——————————
WN"rÀé,Î<‡LÊ\ ·CÁ[p¢ñû⁄ßùó∞Bí,'Eœy´133!
©Ÿ7• ÙŒC1Kã,ñ8õ™çπV§\èæCnó∫U'-
xa8fgT1¥æ&Z™1331lë¨ß2•±-)Q7õÊl$
!Ê7æ0≈
}ó´'/¢∞„ëWœÑéÙÌ Ç@ñrA$‰xŒ‚äüö¿s`ìyhëQ'6
i˘ÂÚ-√°9πx´|"O}Úß1$flÍÙΩ"-
ÄÎ14fi§fú8é˜ëQ ÷4úË
ÊZ|xW+K°\,‹°⁄⁄&6Ofl£b∏˙∂^¿î"û
z;":}gõΩÔâcϒm"1öD¯ÔG¡-
64≈≠∞æ¥+jbVWiÎϒÊl&∏)É¯√Q›"≥ÛÜ@Ãœ¬ÿõi1òï
F°~ó^JÕ¥ßòÉ¬Vh¡d¯usÅϒ-
Úô≠•ô=„-&üI˙çzfp≥æ◊VÁ:!——————————
Ω—â
}"Ëë'éÿ<ZˆTPÈ
Ò≈v˝õ√˘·◊¡å
+0m:^133™—2Ê3NΩ#W1qa¯(Œ,oßdì5Í†@6rÈ——————
…ÇÅ7=˙ci˘q‰§ï)ÓÕπ'⁄'¥>Ú}¿‰{D⁄Bb€≠À+ïh-
äœª-

0Æz;õ}¢{öËäf£Ué`pæär/Cÿk□´"Æ-ZA6˘ëΩ°G—
1wPÂ9¬â≤Ë·¸
ue%mf!òá*ÿ]˜$————————————————————
<≤çÊ´‰«·,-a…fiG
æ∏>QÁ∞»érb[‰°ı∆ÿìäªÛX□¬ÌaQÑMz÷4&&\•Á·`|
W‰8sñC134mxPõM/-¶@T@V8∞"————————————
y◊=e≤/∞q¡Ö∏>äjπ¸Ãµtèp°hÁÿæ°≥ûe<[ •Æ≠———
qcéñ∫/˘≤ï~éò°C§cá¢j'úM∞
]Œnì^I9‰ò›∏èfúz˘#tc+!»e£Jâï˘
D˜V∑π`rñ|°€åt¶□†?Ú ©òó(6&I,e-
xî÷Só‰ä∑2 U‹˝•l°œùäbp‰5£□±134ç©ÏYY¡öeì?
) ±ñ®°`›£ˆ∏&8∞¢«D∫\‹≈\o^˜Õ˙ï'|ù˝ñ∫;êaf0C
:rJ◊-
ø∏@y◊|êÖ)|□ÉŸÉ÷˙·ÀÄfi(5òª˜"ˆfµ¨Kü¿L„Ì#è[
3'Ç
ÍÒFk≈xp"igHI†pî*ÉÊ
D is•†EÄ¢£Xí«ÛJ"°Ù«4gËÆ∆=˜ø-
°;$ué*>X°Ù›ZûÈ————————————————±ÌΩ
-≤y› å•è.aõ□shh^wæ&Z•"£çÖhÄõ]êÂ•°`
∆ù"Œ¨.KYYs1Ôeí¥ŸÖéÁ°[hæÀ4˘-0WÈ$L˘n}πt<k
,Õ|$¶°Àäô™°¥√4Ä^ÎéMvÇñl‡¨π«|õ¬R>Á,.πÌ+æ
2&Éfi0˝«Ì≥≥≈1$˘®èÒ -9¡□˜ÍÁ¸————————
134qèÁw
◊b;a—®¿9~ƒ]
Am]µAp‡oK_gªJÃ˝`+•˘§L9.sh≈ÃÜ.)Ì@åJ@‡5]'
˘îK±ßflmïÕ
¥π62°˜—.ËH□+OSÁ°m
*Cé€ÄùaŒµË8™∞¶"h˙k≠˙E~ö.ÌbgÂ∂H˜€≈∆-
Iú.´«çZ•É«≥ÆY›µ«∆„ª1
í>À[€\□ıô≤≥6áÂ†‰Éªqèe QBÌÖÖùñr————
-ürR+≤Üç¡ìÿÜΩÍÕ∑€LQãBo4óí)£Û∆æ¬òAe◊`134—
Îù«ƒ*:íΩ"M∫°‡◊éàπÙ˘iaÆü◊'åÿ,∫bïƒ‹åzZ√-
qÚiÛâÙÎÂS¬¿————————————————————
——————————————Áô2*#÷}$°s≥cÉé"\-
x¢ª`————————————————•G#ıíΩ4„ÒJΩ+û
mJ˜Ì$ÃSx®¿æC≠ê˝QÿÔü∞|¨mX(134áîÜhX˙7Éxó C
i¥fl2flâäsÈ…t?6C∑-S$0æU
    ≤‡€Ú¬ßmÑ'Dw™A~¡∏»é-

134

3≈°‹NåNWo·'ÆпØMf±]≈_(Õ±vM&"…@ònΔIÛÕã´†í
pÄävùQí————————————————————
$HoΩÑz√÷3Ø'Ù)-
╱;%ÅTF>˘/>BÍ¶◊7•~ÒvÕ5æ©"ÊékÔ¬135πUO[ÏqA
é±®kœÊ{jÍ9™î}ÎwÎÛΔ}-
^gßıß•'}ùfl94X«ÈdbíÄ¨∞~ıûl‰!¬ÊT7óÛ/úFxÔË
"z
Óæ stil⸱AÏA4µr ‹mÿfNyfç¯,≤='eßW&„-
‡,fimgr∫©…'X*ã^ï
"™7,∂1ΔwáOqõù)úcY6lOû§"ÚK˘≥‹å4Z5≤Òó{àÄá
›—L}9"∑ml„P≈∂ã 7XRpë·‹ËÚ£ŒY¯-ãÒ
µ®K╱▢òÆ∫m———————————————————————
zIÖç5Àòû•@‰Ü…„&2¥ùÉ(n¶-À¿'[
;π· ≤"Ûq˙~ëçÍ>
é    yRŸLÒ•Jw    ™t▢"˘YÒ˝Ë/
#u¯T^©}•öí Ó6mññë▢›v¯-Å`ÿÊîmN≠WÄË›Gfs
·∑∂∏ÃF´Ú———————————————«¢∂fîÕ[xz
ªflÌÕÖÂ∏Ω\€—
DÜ\.?-Àz›;≥äÜÆ¬∫‡Q≈∫8¡x„˘}òH">™M‹ŸªÃ∑«Û
:l„o╱âı0k -
fiΔ°▢ÓVµпw◊aîr¢Õçúzx‰Rkjfi34.ÇÉ´3ÓW˙-
5ùT‹›]ô'ŸÒÚñG▢/÷Yª‰-óqïuwâj;Å▢RBs©————
JŸœj~ò$sp0_smÆSbX˙SZflx
'›˜¨╱Ωú"òÈ0'=ÀflõA:Æ"Æ,∫kËÖìã°9']~135°8C
ûV√sXv
‹ÿhiª¡?y=â›MB;Ù„Mqªoß)⸱%‹⸱„ù£æØílÇ135ÑI
135è1ª,Gù∂ yMJ—————————————————∂‰œ
n╱~„è'W'Âb=∫@/•Z|âîjø$VÛlß—————————
&`-/=8}z⸱']ß+ër«úOfi
ÌBùFî‰N†dííÖ'Ê''(Âo‡Ÿ´ïíBölz´g®¢ä†êù¨Ê——
Üèëkí^¿∞™9
Ü#¶¡◊Åæ"√TÉÛ&%†h]r"ôΔ∞[°É∑n—Æ9ı™-⸱ÇÑ∂———
⸱Ã\@#Œ¢1ün£¢⸱êxø„≤^6ñ‡c▢Â∑å@ÊI†'ê°fX©⸱Œ
Ã˘7°2]Ü…--]Ñª†135Ø8-å35Ù^C?,1‰9˜————————
z√‰≥LµÔC≈    EámàÛâ7îпBMèfl˝∑î¿,-™—
=3¯Y}¯÷Û∂=—Ó•å:ÁœÿpJUç[â—————————
Ôпó|9)DfãoΔüŸ, *ÿe9r

135

...x†ÃÄ¿ü0∏p_änY.

¿%§r*@°¡□Ò∞∑a<sœCyJ]Mq5l#«¿Õ[∂p<)∏≥Ñ†m4

´□óÔœ∑QZ>ÛÆ&IËª±˙À´A!£'''Kr°OÖ´†GËc-

Õ0ÅÛ±ô{¦¢ô

& (PÜ§´‹Ãµ.-"J"=ã·C\ªO|Ï◊oïÊ„5®/RŒ

∞"˘∂‰≈ôV©Se√S[∑˜óÔÄ:N«[%ß®©⁄ÕΩêÇEî?fiïwë

¶ôj©c∑§ü_†¢πR¢—————————————

áÛ⁄ƒÿÄwUO U°HŸÛ&ÛÆÑNæÆ—————————

᾽áê§

I`ı ≥âtÌO?ò/Ù•C\∑∂5o^"N…AˆÍgæCWr0/|K$†ü

ÎÊ᾽cøåqpRA-

ÜƒÑr¿•(<᾽≤^ÁZã≤·Ë†ÿπ˙AõRrÂŸBòB————

∂⁄Yà

MmaÈ᾽S°ÿ'‾ã≠ÏõçA∏^8≤˜°∫¿N+-

∫ã5ÔµBîùÄb5¥§'Zó|∫Ô•ÑÃ∫‹—

ã¡£™€Ú^®ÊøàÿIó@7µéøA÷

†\e6Ò}‡æÈ1]i————————————————

I©ç-¶-ÂÅ°îÊÒ      /'U°O«î)ìhX ¥————

ŒÑS6fl÷≥∫∫œ' "ÁEöA©Ç$©fgØÇ"G————

7≈ï^˝ånçq°u¨6≠Ì£∆'?‾Z#„O¡÷‹Ò-b˜´∑·àlZ√≠

+zDN°Ê-Ïœ<-

HÂtÃóñ[°t]†⁄_ÒîÇ¥‾ˆØíóØ·¬Ä„\Ú'Ò£ú≈Æ´-

¬•‾âΩ&w0«+ ï∫áBµ¿·âfi™ÄuÜ-Â~|Û&''N°, dƒ∞—

ª∂˘+^bSY∂ñ‹¥è‾————————————————Ñƒ[

è□≠

â°Ëi√£fiªn'$}∞}

RÕß¬,x‹•Vßö-π'éΩò,#Á®èqÈfi;$2ÿ-

᾽3'!ß†ØÓ=$≈,-

höï˘Å"ÍÏ⁄ê˝+Î°3Ã˝QπÊY(∂ñvÊ:»~VW€±¶µ&m——

ÙÄ7ï>᾽ä˝; ∫sZê‡q᾽"ôá¨u•?eÏIQÆ"SàÙÓvnJÉ——

g{fl¶H˘zï7…éE————————————————

˜rm5„(à•ªWXYÈ!˜Ù„

)flrŸnÕ¨ÜÁv1©ÅÑâu%.'ı£üÅ˝‡\W}wt ———

fl;-2136uøp

.Æ————————————————ã∫V$Cfiõx√Æπ᾽m±

√ fl¢z}∫-

í<9éMÆ<᾽úÍÔÖà+rÏ´ä¿Tò#æ'EC%à4ÃÖí•ûNÊY≥——

„Õ‹Ú¨‡fi2´•.x{fié|í†>>)l,ƒ∞Fæœ6YÃjrëü6ßn›

Ç⁄Ú5 ›W™ıY°¸] ÇF!Çw∆Ã–f∑fiUÏ¬$¯îÊAÀŸõw ‹¥
˘,ÿ∑$≠îd≈ù=£`'fl————————————————Á°
51éÔØvÜ*ªjÈ∞z–Œ)Wsé) `Ó@ Œ€•ø¥-ò+VT≥ïÀÉW
Mkã‹3)œ"√©t¸Œ◊Á≈Zö•DÕ}◊6`Å∆ÇÛ:°í~b⁄2Eey
∂/Kôπ¸ö!«",ô|ES—
Ø°ç´¢‹0ÇTÀ'4¸H!òÍî´Áù]ÿ`§˘5Á¿^™WÄUóœ0¸T
1À————————————————äöπôàH
Mõ˜ô~…Î∞¸ûÕÈ$c∂iøFkà{ÂßH·e¢KA¸á9–ßèæ`-É
o∫Üïôr0Yêé\-ú-è=3î°†—kø◊6zz´ˆY137òTVª—
Ÿ£8/'˜´∂@-
,•⁄V…E|3Ø◊›∂2Æ)˝µ¸ûÜ∑≤°ƒ8 ÍŒadäœ~¬˘pkœÆ
TÒˆÒCÛµµ®î‹óΠ‹¡ãm(›°Ò¸ ¸•ŸLïñ'›Â$dôVY∂;
ˆ¸gèNäv·j≥Cj0W‰Ä@úr⁄¸ å6Lù
‰‡Ô~Ûü–çh§ù
Í∂Âœ}ˆ◊WxD∫¿~⁄èuàR™Æ5ÑÜC∫ªŸ ÎΠûô^‡©.3‡5
öΠ=â÷P›≈∫|Pge{`!Ë2jKîµ∂µÖ‹4,BDOˆ ¡xËâø|
ÃÅ¶„ugîØE§¨˘sæµ¥'`◊:Ω¸-Qcn['®1m137•%1—
õs¯0¥"Á
¬•‰-€ØqóV3Ò›OÍ°{-
N("‰(∑∑ÚÒã€ì137Díñir6‰Ò∆L◊j^˘-
øÑágÓe•≠eùàµ—
137"Ÿ¡‡ñ`Àƒ÷$3˘°ÜAIôF€ƒ°nCC8u-
ü mçñL,ñm^úáÄùa≈êÇ`Ω?1
¢U«øCÄ6À∫∫H,çetSZè/—ÑÁÏïâ:3€ΠL7ìíÍ
7èœ„üWa}˝úQ‰xp4sß`æ˜rb68—¸W÷õ^fi————
®Ù›ˆ$≤Vé*ò̂Ûê9›x©ÅH ùê™öiY,Bß)~————
P3°ú‰aA[ˆ¥@emóÊ#qªBΠ1ŒÑmƒ⁄£1±L+Kió»‹Ø¯&
‹~ã¸ê◊bÂ137‡«Ä≠
W√πöíó{°∆‰•‡6ÁI`¸èUùæF5—
û&èù·khõ H•."ô••¸&ûQ≈¡Ó'\ç)4'ÉÅæ›ÅvAJw&
ößu0äI∞«öó≈ ¸ÆdnLØá
€rrm€·A"âg≤ÈÏ≈Y'ä~ÃŸh-`ij,°————
Ç;^oU°Fï¥„ev‰µ¢H›Cv∆±—
fiAåMÆïfi•')èU¡?•‰è'jÒËÿêëé∂Æ∞v
î¸Ã¡ÆÙ'Vÿæç£P∑ÈPr„˘'âõµØAj¿D"˘¯Ié}j1‹†·
÷ÅÆ‹7…â2¨…µRâZ[lÒ-
DÈï7Ó`´Ú"ö^ıL⁄{Ø£hÜªJ¨¿ßFÌ\üIÊMehñí]Âré
Ω¸Ù8›:h·7–êª QœGn```˘-

137

ùÊ_Zí622Ö]BZÆuW‚S»uT°¡2ïæÎ¨Ã-
øô'´≈n!!÷õÜÿ5Ò]ßêIΩˇŒmÂ´‡£I‚ÿ€•Ç2Í#
ì?´QÍ"´tÈdÍDíË÷q´Á9ZœÔ‡Â¶Ófà°thN*ª"´úTfi
‡⁄ÀI^ê‚Y‾`R

‰ü!ñEÀ€÷Àgì{_u·‚çÚ<Méx{ã)Zf¡l»ãØ›Éea§q°
ø\Ãï0:Û(÷ÕîÔ√P⁄ácx'ZœêÈKø·íÈ%‚àúÿúç÷à™‾
Î#f‚˝ZàDéoI—°ØŸfóoÔâI138`Òï•|_ñ——————
.â(0(≈}ıNDàè£É'÷#ù_ÊW‾<j?ÄöyÃ‰¢ËuuΩ·{±
Üó%1VÁ‚°©∂aËúQıy^<Æˇd„•6UıôN°¶⁄â-ÍDπÄœ#
â;{]Øü¢qaÏÈ
onù¡π☐tKRÎ3Æ0m,|94
©ªΩ"ã„5qG˜Ä-
d·µRπ°ìns‡Z)∂ÑÁya8°´ÀU∑÷Ûó∑ë<☐œFar∫ñ
'…Ç)Hô.Êklˇ ÖLz Ïhöï∂—
^°≠G3√ ífUr≠0®I«t°⁄b™Î§y™‡∑°ÎÄÉÇDëö«"§
'0 ZÕ[2^.!ÙbÈ—
/&‚°lQ˙œb≈æ>ú¿lò)ŸuÔ==ΩT œÏÀ8dH¢_…☐&sŸã
ÔÖùÔâ‚E‚+÷é©üùcæ'ôÕ.>D›êÌ@Ã2y¶C≠Æ´Úh"˘„
AtÖknÈ_áÂ'/,fl————————————>ÒL.
eµE˜œÛ˜ææê˘j÷
Ö+4gÛı `Ü•˜í¬E——————————————
—
„e€åàaY◊fßB[„≥Ã…2qWî3☐~Üß$è<∫'D•#…ªN°§ÿ
k÷Bl·ΩıZrë∏Ó('rª‚äaFn"——————————
π°üï·¢ó;™ë¿@Ñ»`vb'•'ⁿª-
Ke±·NØ'Zf Ç∫è´C'AöûõmΩf»fí•ÎÔïÏ·c-
πõ"∫±Ô-J˘fß<Ú;œ0——————————
<ÏfâSzé¬>SNÍË‚Éã‡+°2Æåi]
q™(Îö|Á6W=‾ÆÿNPIçÅ⁄%ÕgÉÍ∆k˙Êî∑I‡fi.#üãòY
…x*Åà<±±~6AË"â∆O®"ø‚é†∂«*°ã‡N-
ï≈IudFâ€kd⁄C1Ÿˆ¶#uÚ9∏™¢È≤^Go£v†Ør°ñ—
˘ÏXàs5fúè`*p0êåÁÖÒ.Ç‚flö∆ks"0"vImwØÑ~„¿À
$·≤Öq¡QV¬E\7∏ÉÄúm*/g7ea7≤>ÑNû"áûÅg"¿=‰°
õÿÏ"∫À≥û∑ï∆πè ∂
3e®c^6˘CÖWÂÈŒöflÂëQ∑2°]Ä£138â138fiÙò‡(fËP
HJFËS≈E¢<0ùÎêË§≤†{P‾_tM≤pH^„Û°AKI!¢í8XH
?Ö EÃ138°‡;æ<æ$/‾U®1}TVFÂüe/§‚T±})°•'4{
ÆIõüZc\µLz-

138

Y°âO'∞∑M¡≈∏oÜÍ0¥óÆa»VÏTAÒ⁄|êJ'û†Ôå
˙öïZfi yßO-fŒîX◊ŒF(à∂ÄÀ7¸[
#'˘MHë¶'c©øw¢Å˝‡˘‹Í□ì-
„«X139w\¿@bX≤Ù`Ñ`bl%‡ëÆ¸Ú˘•À7ïB≤hÊÛyÇó˛
rÃÑ˚ù(/ßas£î!4]8=ï¨ÚXSÈœÁß139-!µw~™WÁÕ-
˜)ù´Ot0˝ä÷
¥ƒ+ÀóxØ′áI∑ÔIQnΩeÆkÃ-»ê•ö îÏsÓ¶D·Ç:‰'N
5+FW"P€Ô•´′l¨U¸——————————————ô∂
¥∑"eŒ¨0ßÒÿBf——————————————ŸÈ139
cî∏íuÜ,∆139ë='J'□•ë'⁄,∑/Le√y¢]À,ı~.≠XgW
L>kÈîÌgBlìı"˘∆
|^äúª◊÷I˙Ú¥MÔ1n∏!¢^H"°gë≠Îÿ:˜Y—ì:∆Ã∆¬Ù
ßÜó,°VëÄ≤ Écå∞%ĵêè%&àQ'TML^e∫
ıå,J®Ÿá6Éñ]zæÁ-
˙Ω"Ê◊¿™§V`Å{È'·KF'œ˙f©mÿËÓ≤•œ-
ΩÇÊÚ"AÏZ{Æ∆9Æ~k;,′#1399˘ÓM›°Ò¬≤_∫}êΩaä‰
ÂÅ∞\Wrpzëm——————————————
„d139;MÈ⁄kVw˘üÓ¯\″∞″±p″ÍÁ[∞ßõ;Ó˘÷
‹4h·ÊËı~1\[Q≈œ—œÎõ
∂8‡2ÿXp∏Â÷•ÍÇ.fl"|^óÛÆ′£˘Ê†é"]JSg7——————
Í<n¿′7±TÇ£Zm}øãÆ˙Lèôy„µ»°>SúO^/‡»ô±?!
139°"Ôƒ›%íı)@^p®n=^Ú
s_≠z2'» JŸ„Q„°G′ƒÜtdÜ″x´„Ø6Ml»˚˜Îk«Ø-
IßÖ"†˝å%„yÙª •eÄ€õAæË<$2ç,QT
Ç®Pè2ÌgC˛ö»!',∏Ûìï≠;#Û+flh=4%∞y|√I.~∫õÅ•
Á\ß}.´Éld€ø,m∏ê<î÷â
¸D=u-
Ÿ∂·HIå∏>gQ@‡+Æg˙1%πaYßG"O,À«J˜àåÀåJÌ2¡F
÷[=]□[H¯2ûIp‹ñ≠‡sbØ|Vk^])nûo
&ÈÈ∂Àù[[ J&E$v^¨.lbÿÖ,^Õ˙çf¨ÕpÈ£¯°¥˛
≠ÌÄ$yœıêòu˚Çìg2¯ÚF°Êg-
èô=ÔKU^″wQäøáW2Éq3„¬-
ÔÎ^ß{˛.‡À€ƒïíœflJg]πÖ˘Ï˘ùTÇ:^HÎ»)Vèsü
…‡∑¸rıÄ´]∂"<ô§[sè:˙£ΩN¸˘ÿ;°vÙ-
¬≠n^ı˘‡¡sÈ€•÷].!ñ≥˘ØN^ÔpfWú2^ªÑfl&z——————
üƒ0}%àSµªuaòfi=;˙ó(¥Weõ<ƒi[¬o=‡˘eôâHò˝ÿâ
5Ù¢î#?);Úà=á¬Y ä7Ñ
ÊÌßç„zæŒ¿Ã˘,2Íœæ˛a,†ª1DGÖΩ)å,≈-∫¿ã ì·†—

¨mΩ_en1I-HQÒÍ/xG;nAŸRúñflf
*ûVq[ldxáxœÊFÙ˜û∞5À,ªo´gØU2V4O*œ'a/Ñ'Eæ
såΩ≤¨^lê[‰æ2|Dã□óÔb_œ·¿—
Ó◊}ÆePü~5Ω&ûä+»™ó□<£
ú"F(U¯ÙÂ‹@Q'õ p-
u‡ï°À140De¨r°Gwò∞DÙI?}N¸Ü-
∑?çª+fl•>9\∕PS"ª————————————————
;,XW=≥Y,K «XZs,q140•-Œï{/0æ¶,-
ç‡gIæf„∂lí#î?…?^+Z≥É,ã-
Âi'°>ÄßÖ‰ ›fi¢y∆]>ÒY„Ù0fl†∆8£†∂□nVÜ"∞**oÓí
§I±\fiL¶où ì——————————————————
h8Üáf≈æÀ-
—————————————————,°em±ØNu…Zπ‹°ü<∕≥
ª0˘I∫◊4Ç¶°<ùÂLwùè}È+F=í>.ã3·ê————
njF$,],•aFuí
L^,· V!= Dë§°©ï,-<§ë¬Ùó ‡NI]—————
kÅfi6'‡F•˘>9∫=_.O≠‡$'≤9J"\0">l□ß•£-
ä]•ûüMo‰„-
X‹T$(†b-∕yx˙å§-pûÂ7:˘ÁæO0ê)mË;<9Úh"<`Î4
}•Å∑≤Ó\"õ∕î5₁eï†——————————————Ω
°*é~QN≥ørdÆ'¢wkH›∂û1‹hFTõC¬∂{Ö<∫:`Bd<Mê
m&≠K_‡fÕU\@ÎÁÚK\é∞öö8ûF'ÌÆ3*Ùûm ¿Y7',¨d
µ,QL¸@GÓ˙7¢e¸‹èEíY∕KRgVH@≈∞vöÓ0@ëÖ£Îè$Ÿ
ÓÓfJ'Íj|"Õ˘—XpÒÁÉÁ.sÆ@"ßp
b_eËöN°àú9„
öä
Çáª ÓâcRg-fâÌ# F]ûÄí´†¿õÌ□ø:—
ù["Q‰fi‰¿Äà$\©ÿL"IãkYÉ
§a[h¸hµö®Áç©S<Ù140≈0è'™ÅÁ¶5FöL¢3¥?aYô§™
˙(ñ'éÊj•140¸Â'ü .«Äx‰<"-këk[Z]¶üXx¢Øè-
Ìg»ñ————————————————————————
p¢E…6å›fq(˜≥-
∞w[.œ\oÒΩ˘˘Íaπ‹è[áèâp\√∞ü◊=¶)e≈≤´!wPBBC
!Ö˘È‡"¿ä'0˘ú"«K¶KyÎ]∑Øa¡ß\≈âJ¶wÌ§ŒA&øñ@
 i¥'¶_ñf∆πXvAú
TTÂÎû?ÙCú‰Q∫ZÃ¶ó$FçÃ§ kÀnÏÚøhí-
„————————————————Y?)gâªJ∞né°ä\Í˘Æ

140

}˘∂1pïÏø/yK*æw"2,p¡òÍY˙å^¢ÓSÏ¥°⌐≈ÙìJ'É∂
yú˜sÃUv¨ÜG$Õ"Ù¿A√X£\ü-Ç{Éù≤3HæçÑ-…ÌI!-
Ó‡±¡$ÙîVÅÁygÚßoa
v¨w•ìAŒÅeÉøп?□®^Ωñ'Ä≈ê˛™ƒöÊxIƒ(ñ˜I88 ^¨
Îí_*0ôpæÌ«‰'‰èn+fi$´m
\‡≈J∂/`êb<HÇXtåx|^±∫‹ò=©˝--m„ë$æc1èV÷R}
z
ä⁄∑aflSÂ>ÈÔûß141kÈV̄Ì⁻x}fi„=É‰SDÕòt˘Ûùx˛'≠
_v,©[Î{ml"u{AÑ®ÒBL5µGÏa/∂Ü≈„5'*åtÿ˝'n9k
⁄ÎÆD°äì˛"ïҀzí"R‰õ141Gä-
b^wb‰î™Ó9∂LÌâbq7:˘"˛1I˝¨î¨ ÷Î¢›t∂nÛ̶
è}ò≠ø‰ø∆ª□*TCàŒê©"Çs¢;IV˘øÊ†°H5•˙öª|ÒçÕ
æ•èJ|‰÷„Ó0å¬3¬˝d[qQ̶
˜Æ∫-3ê(∂î˝Hq141:Øx4 çÍ,]̶
;°s
        S7∫t|$141≤,'Zƒ≥'æ⁄£°bÕ;>^≠ñ∫ô•^§¨í
—8œ∑JNQΩl})-ü„,¢aÜ0{Ai?40/ ˙--
°˝Ï£à†ÂFÅÖ•p÷9Ñfløzҁffi [1´Ænã_-≤⁄!YÀ\]9Ò
9? 'ÒwFù◊á˘$§ÈEbø_-
ô141©‡-¨Ÿ€·#*&W∂7°˜˙¥⁻
˘£®gƒñD&˚¡QÎ®Pdâh∫û+6)ª«`—
ã{?⌐W√□⌐<eL^jÂCAF≥
Â˜ï2±PR)ÄZGzÜÃR¢∫®M"^¬;å73rö≤Ï/a)õ°hbØ†
[Caø—*̶
¶G∑«àé˙J¿ÏßRhi÷','‹◊£õS®ì¨V«37€'≠0,ß¨□Â—
ÅÏïY+¨¶3nãW∞I̶̶̶8⁄ŒX·
◊₁•}'˝-˙9~F◊»f̶
:≥€ê.Wa~Åéª|É‰~#'W•È¨пD∫åÅó
        ÄC¡Xƒ?H-z‰L"G`°(d Îd141oÇû^ı?Qs¿
(bE¶‡]‰æ;ìôF£ÕëZ(∑»)Ÿfi$˘Ö•m'
        ª˙SΩÙHΩ√s}§`wEn
e´ΩÄ} Á‹≈∆ñè®{æ⁻,Ú≈□„ı≈Ç^˜"9Di⁄ë]ó|ß+₁Ë
É8^ÇówS\ë§óhnÀ&ÃÍ,‹_)˙°æé-̶
ÆQ*G—
‰ªÆìe∂ /¥#É»9_ó?de&◊#Hq.\°!ù⁻1v+rvÚuìµ)
$£É6œsVË5˛(ªu"пÓqΥп¥Ô…˝Y∞
o]<m

141

ö¯∂=5?√ı‡G1Â6Ëbä1Ê{C4 •≠∑0x———————
€Iyw˘~©≈s0∏————————————————
Õ7œ 0RqXÁÊêêb*òUÃÕ†v]ŸLüJ`•¡G®‡'25Ï¯÷-
1-√-^FæO%Z¢õˆˆˈfiDˈ
%,±Êo"s‡X∆ÜÓm&$úıR:pÊ
˜ΩÔÃf~g&˘´xaÿ-jˇ˜π|æÿWÆã6π›ëÁ≠™_□•åmÁT\-
2ˆ˛¬‡†nPRKryH•:@‡°p6Î»b+˜ÏËíóAÆ<]˛°G/V□6
o-gÉ¢í&      GAß¥fi√û.
Ââ|0S÷≥íKÔÊsw±&Ã°;∏£iôµ›üõ°°Ód»y7ù≈O∞\=
ÀòD8&◊∞W¬Ÿ<∕142%*¢^ë,úÈ8ùX=8vf°JÊW‡òfTŸ
Ö√Åx.WÌ‹(ØA§ ólèñ∕ÃÏ»C0◊¯Z›˘≈O


âHÖ-.∫flø„ÿjb÷©0πz"ıYÖ]èÏ\u≤Óc-Qoê6=QS-˙-
«ÏVÖS1¯6õ°ÓùÛ˛Ú•————————————————‰
£ü~7ñ…ÁRt˘cÿ§
DÏs□)CY»Çu•ˆ?†*π®!GÅWïó*≤"t1? ™.ã°7∕Så«
ö
≠Û!ä¶áœB¨ú7‡Á‰ûP˘"∆•v#˛$J \]Ÿ.
N€˙µ}¯0(√Ô [±dõlLñóàŸödàã¢1é≥q[˙Ÿ$———
2-1yÛÛQfi¶«˜Åñ‹NE}ÖàRn4iaNbÎ0/Â_≥∞¥õ∑•
        °âB;«GOqª"I≈Ÿ©æ□Æ≈"ıñfN-
¯ÓH"∞_zÕ ∑ÒC2õ•\JãDÄtÖ
        Ä5ë±∫WΩ∏Ω¿Á÷≠È6§ANúé≠èïì˘œw∞G,ìkÂÇ
v˝ûÂ-
ãÉ'9ÂD´ÊÎo¥ŒÀèàæRfîØÇø§,gŒ&êïé¡u¢á˛M≠bn
°nÒÄGÙ´‡≤°ã142?ÛÃ.¢ÂÎ° ≤
"HO-□Oh.∫)∑…Rúp€GÍ∂SπOíá«Õz÷'-
,^çÙó≈ŸÏΩ76˘ò* »√√¬u!™-
8WL !]rÍ¥≥A…sŸª¯¿≤tÓ¢ùK∑"´ß#ÔGı‹≥WòÍ∕
£áLÕu;Äéÿl˛¸QÕS<9∫;ÇKx˛∂A:ì¥j-kãıæöxÑ_∆
´òó'\∞fÌ˝ˆ®ïÆî,□˛Æ-3≥Wç-Æ
DóC∕WJ˛∆v"¬t-‹dÿ˘,ï0âm•YüOfy————————
~T¨˙u˛Ìü\∞în"ãoŒPã¿W]V¨öû"îûOZ!j„ø3%›Tõ
.fiÅ‹(;U%-fiÈ4-
¿Ã$f¥éÔ,¯6fl≥™‡FEf«'n#A»›»ïRôΩhòâAæXqZê
fiJ°Ö∞ù¢ÇÔÈkv´˜Í£‹


142

GèzUn∂„Wô®KxW]¡⁄143‾œ∆————————————

fi"{¡•.0<U∑h7ùÅÃõˆRf-

~:Q"≈?≠òXÅ§eMÏm¥M¸1ì≥99ã$üπ?àJ1ÖÇï:1>DN

H£    é:˜Å]x´¡qá4ê¨#„ÍŸ

hHÕw˝˘h˘&úh €õÓ%uPØ

2q°¢(ŒÌ¿Ê≤ªĪoF¸_I˝ÈÃÈ˝ÁÌ6¨Òá5ª0QáË0Ï˜‾ì

tY@÷}∂Œfï.Û"ˆÆ‟w≠‰ñ₁°œ′⁄‰0:îÀb◊â1†·+hãÈ

¬SWÙˆæ`3a©∂∆ 8 Û¬"ˆ8:¨ı

fl¨Kc,ÉHÌó›uVIĪn\2+d(»'≠>G≥2Y®XzûÄ˙ó√Çå´

>ïKó>≠¡©%é°ÒgÈH∞¿ä´ß Ò¡U£4»∂véYQÿÎ⁄

ÎÙH õBŒ%æ∆C÷¨

âg∆€î∂h°í=Ëô®à

7'¨…Üß´#ñ(°,|ƒKÄqô⁄&…:Ò®Ÿ143∞˘[≥å◊□{ˆ«——

Évôv‾ƒÆ<Ö-

ßTæ1'Hìq≥»'4Ù˜É\˝>≠Ñ`,Le4#ƒÄ‹|o

    6%W(‹6¿PûxFú5tì\≠k…DuÅ«flh>"Z§uõ˙-

W}Ö∏i"øÒp≈ÈB,°143'},hfÊ-p}———————

Vx∏ê√b}≈¥Ø•ÈIùê-

øµOÚ7«Œ3k`˙ç<.Foπ00>ŒÅÔÛ-ÈQRfl∂Ôóƒk"óŸ¢=

} ≤Cπûê€R"åúÉF+S>Íë›ïÌ◊ó¥!'ãv+ìÅ

    a˘=1ö( Íi¸Œ$U¸8€ÈpôÂπ{d˙js7fHIVø——

èÊ˝TÒ¡N

®IËKé‹ß¸íóeæfl¶ùieèsÌXflr—¸C wPáhRƒñ———————

143!{%ì°`=Å…‹˘ßäzpvG#□£Ú.›Äæ´†,äM∑-

√·ÖØ56‹7'143¶xòOXwRjW¡ëx◊Ê‰•YDÂ¶{•∂Z„‾Æ

›BH¨•\ßın®2•u¿ŸrM›„Mg‹‾z#MAΩ√∞X———

Ì∆2=Ñ±ÎöÆ‹—cK¸‰µT/¸-ˆ„R{[Eä;õŒø&Ae———

b≥∏ó\∑(ô›_ˆÓtäYC(zÛ∫$ïé»ÙG'åÿ¢&M÷2{øYq¸

ÜaèWm<õ·—„'Y&9ÒkF„JÏ‰]<Ôê÷≈d˘å————————

ŒåÊY›Ù<îá´Æd≥Ör7`¥s?b₁¨e>Û„Hñ∏<9äLÆzÙõ'

Â[~

E∂"«¸,Ω1.~≠|Ω]˘ëo□⁄⁄¸

„3.ƒˆ143™aJB~N₁143÷ˆE÷ª★

5ì★"gÌ»zrxfiFnŒwúyÌ¨úÅ∂∏ƒõì-

ó°¬,5¶□@ß‰o≤KÍÙ————————————————————h

ı•LÍ|"O,'fl$ÚÓÁSOØ≤êì`®æï+"e«Å,∏?≤≤…˙-

Cfi•˝T&L÷2˝R·‰:ÌÔ])∂rq≠Q¥¬a°Á'úE(ò143V]}—

143

01″kÍäD(€€± ÀQS†LÁ¬Gä±ʃ˘©π©Lï-
D√QÜµ∂;ô≤oCV'∏≈§± ›ÿ÷ÃärP<pí″ÜÙ3•jëÀë¿ʃ.
&Y;≥'Ç.Á98f16¬ànÁ″êRÜ =O″Ô´è±ˆÀA
ñÊΩË•ùÙFÔ ád´tìa",″^ÿ3{/fá·7ʃ√i˙ØÈ≠−óŸ-
:U1·Û°¶[œÌ″J-
Î≠ÌÏLÌ+ò$PÛ°gÔ°•u,₁}5K∑ÀŸ·ì2ÂìM
t+4ʃ%˜Ω8î˘ï2™\Òé'ÖËäÈZRI1˘ôßìXöhNÖQ©¡‡ã
b/âC»ä−˙0…\yë◊˙'¥D
˘õc'∏ì∂Ç˘ ›N∠″e<µ9nÍ◊çÃ¥8tôÍqâ-
`IMt144äKvÔÇŸõ‰á?ptÔÚ+0#≠õ≈aê<3∑5ÍnvE8°
ñg‾OΔ°ÿHflêÕ™'ßT4õ″£11‾§(Ê·c∑`U8õ″x.Q‾:O
‰'¶Êw€jÄ\≠
y5¶flú¶æΩ'q`à,æ{y2˘÷¨ÿM±#‰„hzô
Ò~},Æ£òv˜ʃWⅢo/ôíáj∞″˘~}mî3gbÂ®Ü¿″™E¡fio°
₁»y˘ Ù+?GæFfl∆>'£″;Ìø÷#WŸ9
üÑ:\àa‡4QAZúF₁ô˜À>
¨)_•›fièq\W.]₁o″é√U∠&ãïCw]ú$§ÙûcÒåÖ√ʃⅢW9
D<†øL-›ü{<Æ~E{1:◊¥144˙gä
Ùµ´foï\Î8Ë(a)§&Ø«
œJ«vS´¡DÂ>Ó‾ÓÃüö€ù″Ú≤†1zx″ïÿ∞ætz¥™:∏G∫
Q°°äVxÊ8ÏÇ∑C−\‚€q;B−Ωy©≥~x‾W`G°™e‡Ë∫Qõ-
'Ù-
W_ìöØŸ‾™v4w2Wk•„kÓdÎBÉ€ö˘*=¡ô<9|°'f5%{Û
ò{⎕∆k‾w»´:å″
À.3•Q¢'Æ″Û¨·CÓ·¬H[ï0ûÊÛ±tì ‹″W‚•ì%|″1ë‹
`•Iⅈ¼ÆÓKc±ÕU-
lÓÜ:^&″4QBuÈ%√:.ãp£¬ptµD§ÔʼnáIÏúfip%-
ô√g°Ôíb¢ã>uDêgÉè·∆®fl<Äs C
m·<fiÄ″k5›Öê&v`f1-3yBxé5
⎕0¡üF\W›EÙPuso≤≤π≤¶˙−ke™Ä≤D≤ʃ¬K-
·∏Bfi¡Y`xuÜ™›R″õt₁'büÍÿ¥^-
flb¡)8¬fi¢æa7«ü0eÿ£kÿ/ÓÍ›BÚ¨ÖUA(›
≠È∞*9Ù‹çJ§#5âK‚€∠Gpp[A@ÀΩªúæã∂£>Ø»ö 'U^
ë¶˙Jæ„Â¡
•+8≈î¡≥ëÁKtÔ¬ÊëΩóu1V1;&Ç,›£¶›-
∏b∫'µßQÙë!ØŒ±99G¡Ü˙F∂Ô·Nx∠pflüáÅ!ü91M¿÷a
^˙ïsC=G„||E€áäS$É†¿ègO″+†^˙»ö‰§K5
‡Ù6°b{‚√a˘>£$ .∑,#˙œ~§})Ü¬ÇMG≤T

144

ö`ñY,ªÕ∂i∞6Öbw•gòfiÔÿÛ»
ÊwfÓ@hdŒù;õ•CûÂ-†œŒ-ÉÅÛüÄ˙R*ÿÂ
OdiØÇ„Ò*~èt%KfbéX»Ñq©w₁ÚË¥àf&îÇ∂èª8Uõœ6
˝Ms}\ÕeRç,ääh≠'ÚPHîÉ!.◊,ÏJZ•Ú[XœßIÈ˝-
›\†H`g≤    X     9‡ÏÓc-
XU/íµ¶é'Q•Ïd,Ô V‹•Z§™)¸Â}.]Ç˙s,Õ…G{„
    p'LvÀòNgaÏâ`∞Ic÷ëfçtÂ¸¥<±Lo^!\˝óbæ
QlãÙÿÆøfiŴá2è     ñ≤A%Ü´!!˝ê˜˝NXb
QCfl?Ìùúík~=Ï
ŒµHëf!˜ÃÈv^%ä«e$Iú››Ho7√ô₁L'Å«*G◊@≈áŒÍÚs-
≈ú%%e<b\)  <à/K∂1˙rñ˝€Ó7-1¥»›Ì-Ÿæ¸X_Ñ)O
I^^ç$m-#Cìè-
˜ô‾£⸣ˆwŴ•ÇDwÜ«/-bÎÿT{≥™»'®j^Öÿ+`•À#5◊
1454ŒÙΩh2è˙qõÀ/™VµYgö¢%éP(€=∂)€,3Ä)HÀô«
r÷s´ó˚ôÔ+î¨∑3ΩXK≈àaºBmhÙC'æÈ
6ØÚá5*¿Ñú⸜Çá«iÉåvº¨*àI-YΩL„ÏÑ≠ÜtüÜü———
-T•òU¸t˘d@zL-f4!q¥ñéÄΩÅ,k|XZV———
fìøÀ5Àû)•Ã|2òÃH@B*Cj÷€ÇP/qæô#QvØAª|ú«◊V
å◊:'-Å√˝¢-ß_F˝¸ÚG÷˘Ufi©
ÄÄ˘Ω1€Âº»˙SQQå˙Ñ¥Ï°{a$¢ç'%Kg•˚Î¥Çè3\Ko€
ÑÆÂ3©g<ïíöÊçF˘∑¢(˝9FtIW…¡®YË
    F^_MpåÛ^‡›5∑˝õÕœfQßepg5˙§0
mö:——————————————§Ü-UŒ-^'¿˝g-«
¿'    x±9¸
    oi5RbˆHe/¸ItÈ•ªP€äÉ-
E≈ôFÜs‹ä#ó≈´˝ø√◊òy!cíN`b;<®Œ*≠5˘¡z´¸
˜±ÆµVÚCl%—————————————÷v˘Oe‡àA
'˝ZN Ûá˝ì$JÄÕªq₁º¢
Ù2}<6Áóó⸜π[f‾ÛIK hyÆ‹ƒ Ÿ≈    ïû‹Å S]-
ËCùP#wÀ-
›≈ÖXQv©¨145fiXE¡)XêEPï¢&é›Á%Ú›b˘p˘∞äßÈ/h
¸º~º¸ë˘0ÀÛ¡}≈ó∫l¸ßæ{z\Y521˜L
ûuŒ*HGÏZ∞•Í;Xä=+tëpÈy!?cœ®\rÛO•√˝
›‾%È˜≥Q¢z #G≥v8,%w
    ºc≠ÍÃ¬≤π?∆UìZø145Öfl•PBL„———
Ü-=û<ÀTvSS¿TyZñ¸^¬Bn-©„{˝————
≤£B

145

}ìLmfl©≥Œú¸¶J»Óïg~KêÛ⁄]æwZÄ%□ô¢»©71!•è¡Î
/„:ï-≈!0⁄©ΔÃ¡E|2;dnt%ÔA¸ÿÛ™mœç¬V`È[
˜Se]$3Ÿ□»&˜tßé-
Ú=Æ´á√¶gqIC˘è (]｟ÀÀ◊°^,≈fëÚnÖ146Ω™ûûfa„
†146 ΔHö|Pü¯'ø9IqIëÕp`°3≠êg⁄Ç|®™u°#-
€©(T°8˙Êe®ŸT«´HÏ,¯âÉı¸%¥~7/¸H˘%O§•ÓÁ≥cØ
(∂Δ-Hk|————————————————G©ügg&6h4,
⁄LúΔ¸'-u†±-
5ôïÿLRàr;ÊøÇB`Ÿ◊ÿ¸Íj"_b"rœ√ÛTxflD]µÿˆ146
ÿ-à|—_˚$^œ⌐óŸ¬ñ¨L)mK□Ō›∞Å¥±˙∫Nvπ…o¡-
√\>]S†JB9¸ HÈÏÃzÚNp•ô´S°úÙ£â˝≥≥óí±[Ñ u-
Ÿus>Ù‹«————————————————————————
/èÛa´àdN(ë|ÑnÜ†pcœ®    „Mÿ.NŸflr‡Rñ—————
å!5ŒyM—»2ˆUHJï9${óy‡´5□Ê{äØD]î-
Œó[7àFwÿÿàØ»˜¯Û⁄‿ıQ2€È'¶tø(Ñ$
ê∑R-
É¸k'›éq°%™bÛb7}LÈÕ/,pa!\°∂ªµWΔ#ovŒîX´\∞
√?˝Û°Üö‰~∫5Mjà5éë°vfi»qÆX¸ê4 q2◊◊RbÜ-
[fiÜ.%˘rêß√5√qv‰éOŸÌ3Ö\≤k_˘ΩÓÏU"¬b¸jî"≈ç
áÈgK-áD'¸)o□Âu|!
ÖΥπ4[;        ¸{-
âM„÷÷ûå%°□€âÒ~9îZ÷BëV{y^\?>=Ÿ`Òw0$ ÆDhÂ
´,¸»d¸µ∂Ä   4°Õ;°ªåΩ‰(KZÇ-•ú¨-È————————
ª…"†fiQ'·,õ¿÷îZØçrxÌŒ†(>8Ö3fiÚÆL\¸üqÆ¯^D"
∂~£ˆ4Ûwì`√^BÒ=¯V≈¢°ô¡õv
£§RúÂ°¯êåœ√°€Î≈k°u∞‰öÜÖNó>"©∫%K≠óΩ146ÿ…
ùÜ¥ƒΩ≈4Õìh<¡Ö{˘H©BÕ0Å√ÇÈ€U□ÎdØB-
√ÔNs∫æ]¸√flã†IzpÈdøS1õ§{ï'…⌐•ò
,í; ¨èX÷€ßÃPzV˘~'Ö#     Ñf-jÁ2_u°2áØ∂◊¬J—
Ω9h=ü≈∫ÂloJt±¶C"ø#-ŸK"W,VÇ1X•´¯∞Î§ÇflçX¯ó
%‰ÏwíÉ äÏ∫Ì∂E¯Çƒ]lç———————————————————
Â£íœ#A¸ÌBD"^⌐S˝L©ä˘Ÿ˘Sn=}çÜflñÏïè-
€ÍäNüÆÈV§:ª¸V˝nä∂◊â/fÊ®oK°û›»Ó∞•"≈`[BÊÓ
d˘µÙ‹µ
nålfiáBíÙΔ◊∞B ©8rV;}*ò◊.n<?]'ïwjÇ⁄‡èùdr©
J@õ|˘>t¥≥Á-¬jsû¶ÙQΔΔ-≠óÕ□'ù+ 'M,Â-
fl›"€Ê›5———————————————————ÊÂ9ì3-ó∞Üú
146®XKg3·›,I#}—————————————————————d1É

146

QTŸ≤± ëtvC>'YÀ
¥°6ÁÃ¬¶MUv£ò°ÿù±ï ›2S≤wÎpTç˝∞ín=fì-
≤fiRz®˙ÌIS∫fÙõ€©¬$™Ì.ãæ˘.µÓ"Hùtb
NETX ›ujGr"Œüÿ⁄¬ÇÙV,?ëH•£±≠»<(□´˜‡ç`━━━━
Añ¿   ç¡Q}≤ÁüÜ9Ã|fiaÜ£:«»M"D,ÖZtÍi-
2õÀ°s1Cuïù˙N3⁄1Â=B à•∑©u°3$‰[à'━━━━━━━━━
4
π ᵎ°ßËî̀È¡Δˆ-éZπC1í-
Qâ˜˘uDß‡•*4.Xæ'îtfi∏ø%`ôC^˛fiR'≥'≥:„¡YÖ
      sv±m¥"}XÁ~J>hfl§A!>>+9Ò-
ÒCbƒp„ÍòâmfiÜ1òM"1÷>d˘flÈ„ñvy9á≠AÚ»ï:─
N/è"´›•◊äµ°P≈;x6+1Ïvù"œa'™-c?íSJ´ƒ∞─∂>
Y˘ÖÛ4Uãíï≥ó®Â±|'5",Ú`Ë8ã¿wo<`#h'∑"î'¨ø~
∞Úœ|˛˝━━━━━━━━━━━━━━━━━Pú˙¥œQ¶˘
#.f∏è±´Ùx!1BGK1>
sÀ-Ô˜îß∑ã≥»˜<Åï˙≥ö¢›wRb@_+Õ•6xç™¶Éåèd»ï
ocJ0ÛŒL8´1€Uª y)Ù
ÃÜÕÊª━━━━━━━━━━━━━━━━━━━━━
!hÜ¨U"æ¡=÷uÖÛ¡d>≤˛˙JoΩª^„uÊê¥À-
íB8(≠"\˘CA-(°<f(ç\V}◊1XÊNΔuêé─
◊ƒ„Δÿh-èGf@∞147$â◊Sœ8^:147í˜•‡jûÏ'7•éÒó
0™XÒ°êÂ±t#»ä:}îÑÓ%ö˜B~¨Ê□æ›éÑ9ÂU;Q˙@ÏÒ@
≥°/ÖLŒ
]Äè'.17LÊ2)`à"1ªòœ•,óX˙nná≠m≠ƒ‡[A+Öfi;ΩR
™H?qÄ±Ü›ù≈r‰iù∑Dâ]Ó,IL≈Gëü÷Å•ô•!'Û£îÏöö
¥'olw@wQı|‰fúí…∑∑
Üh4^ÎiSOèJŸqa≠gSüòÏ,úJ7[U{V˜√~Ì━━━━━
,ÿ÷-
Í˘Ö÷¨L¥Œg œô∂%‾Ékè!H\ZYGÜmEŒè¡Ã«ƒP&<™√9
<£RV-
,Œ¶R147.8fÔØ„ìÛ„◊Û∏z€+ÙPÇ±ïmgêFŸ+o4
   ~d∫9≤vV"°G7<.,°ú‾ÉÎxÒM=Ò~
˙Q?ı©ó x¥¢\Ìfi˘#1wõŒ'Ùî∆Ô──
á√ÃR;"Éò8Óh6ıdW]EË+©∂7;îA¡◊£árI~å∑g"l˙S
,ß◊∑Íöm˘Ò"oµfl3LCìCø√õ˛$í@£Õ#…
îr6ëg€-bíG$^`‘⁄ÓÔÒ ˆ∫0━━━━━━━━━
:u˜üñïçπâ˝
R˘∑.«Z(fií˜˝SÜŒp;Vn!57-Î5>˘ãK*Ñ‰TbbÚÀ"_ô

147

`[xÄ®b"+¥:±4∞;∑ÀI™|åA#◊váß#©≈÷)i|oçë#KX
ß'Qó>Õ^xп±_Ÿ(ï—
‹148 /¶;•,Sõ´å≤fì^k÷»fìâ™ö∆sçsÔŸN+·a∂˜á▢
øû˜Ñ„D"EN▢Ù˘Ÿ„bÅ.>¯Pu=Õ       íÂîá—
æ};||NÃmmR˘WÖrtÀ--wP˘±z"Á≤Í¯öÂ>:'‹-
&ç°∆°•õN√M«m]R√∫¬Ö≈UŸ¡Äñ‹óf=|Q¶"Ög‹ß"@ö
Déq¥£›´?fq%YìwPàé≤†ÓÈ#Ù>•fl•t≥•§=—
À•T1˘Û'-hΩ´ÛØØ€5¿ÄÈ ;$Å÷
™÷∆Œ‹é∏av~-^7Õæ"7/•®‡ŸN,§-¬¸tÛ%>WH
\ÙW|MõÌwÆÊªØ0Ø®¨Àú2;*2·°
    M‰%†yBÑZf!!˘AE&©´]á°¬∏vü¸qoX»Vƒ
Öí148ìEÖ¸ßÒΩQg,˝dÒj^5Õâメm~±«`JƒDÂoÑë·Â∆
(B(o1√∂}ÔÒy™∆ê≠∑.≤≥´?ò:Q]™Â2CæâX|[-
Òç¬˜∆¢wÙ7$úÍ&*b‹÷;õ"…ˆÖIp¬Ë∞Îô¿@√tÓDA+
·


Ê∑i©˝˘ü].ñ"òV*¸+õú˘@Äü|î•∞)·#%gZnıAâV»ê
Ü7ël8Wû{u°∞;!ò-ÿwª©¡Ù §_--
Ï¿Í‹¿u+ö@4W‰•Ë˜Â‹añSÈÆ£>—
±Ë0>ö'3â'9åØìfænW2-
u;ØΩCUÈö∆`w3®F>"fhwflflÃÄ"„iÏÁxHʃ±Ë‡≤i‹fl€
Ãõ¨˝]·∆„.%—
>‹Ûп(-oü ™•Ò&f@ñ-
ÃEΩ"Æx1åâPWÁŸS.í˘ôçÁ"lS´3‹ÉYíÈX¸9»,Ú∞b+
¢É)U0•Y∑≤ªàX¡Uÿ∞Ôv#W|ÎmåÁÒΩ©&3|-4D,11Œe
pU5Ô‡1Ä yP*…59à-
Ü{∞/Bôy)úÌ)≥j3§N™pu¸iÜ˝„TΩ-x¡Í0)c¸-
µ•\Ø4Œê₁˜°Á¸|Àn
» ‡C±fl≠Ö(Âf [°"ÉÏéè    ó¬Ì-
!ã"‡/€z/+˝ó%|ŒÒM¸yÆç-¥n"Ü—
ìLL"Üöô$
Íx~)«$F[@'ʃó`n4F◊W—Ÿ
#±1t¸@Èá}[õ◊ä[é%°œ¿vófl¸¨œ
B•1ÊdÑÀªÚ™.ùd¡r[ôrM'Ì^F≤A0∞yÍ¯Í148&&fi['
ëåÿ@ä°Q£üÛ†-™=ÿœì¸Ú,^H
;€z√æ"„Ω¡á¨eQB≠≥CcŸ,µA≤ìÓy£(ÉÀÇ˝˘=†OVñx
}?c"fiÎÅ˝bÛ«148Œ¸wyÉ`„—
íl‹´±Yòa]‡1Ë‡kTc_•˘Ù148Ø"üÙ∆ïæR¿á"á*7Ò¨

148

sÒ∏%»,\}å◊¡Og-Ê5¯5vgÓÎäDòµ
)[Ê´Y|c¿ïù#¢àz-
ÜŸÜñ,Ì:dÙJgÎÅb¿FÙ.áùà÷/Óß(ÛAÒÃ∏⁄_Ωn¡.ÑD
‡∂Œí‰ï6149≥2±'ËÒs¯à|†õÃì¡ÍX^Eü4£µ·´ı⁄Q√
ô1µórŸÈ.@5x6eD◊ØIß«ÈdPN´ı¬
ÀH'·∆·149/∞÷¬Afl5Mëfáët<°∏¿'P·.ûß∫2————
≠„ã'°€'≈˘Éí#8ø£≈yëáPÇ¢˘
/më·÷Ó$a3§•RóÃ™œ.Êå Îª]m#√èÖ
§›Å±&`...Z
¶9µúrÒf Ìc?r149¢P¡¯"ËÜ≤û∂_^va&-
KK\.‹x}Æœm≠,ö˘ÄÎ/;%;MN9=;ïûÖüaf•∏ÀRöŒ•h
r &¬êΩ∏±rO"√*\§vö®êk-
åa‰FÉ\∫ÊôW'O=A¿c\ã-Ù¿Ôkúœ÷∆«È~DÃ~‰ug≤ôì
T⁄πe®då∂°]pÂ‰ÏMà
ôbG4∞f˘Ô$x.då°/÷ãä⁄È£!ánv...∆w‰¯Ãæ¯y
´îéÕcï∑«¡FÀö_ö©t°h=âHI6´—
/h)‹°Ñhÿ•ÆÜ¨âÉ¨}b«Ú,?flQÙ˝¢øç149$è∫'ÛÆq)
=B149.O∏/î∂—¡ ≠⁄`Â¶áçª_e/ï¢Â~w†nÈ⁄+-
ı∏*]ùü^ -Ï ° ›X/-
nmÙÒ±≈; _IŒD˘∞ï‹¶˙õßfiï·°Ø›$D~ævƒ
ÄıÅ«p #œÑA2°ÃdBMflÉ7U¢————
k¥ °
•[Ú;8îÚs√˘RZ¬&.Òùfà2Ø!gÜÉDja√4d¨´'·j[j...
ÏHìÃ7x¬;õ;'Zd˝-
‹$‡à}DõRujv‡»‰=7‡ÿò5aQ)[∆DS≤`∑C+Ω∂$õ5‰H
~6)'~_)˘Nêö¬7Ó˙ÉPÖÏ»æßŒ ¯∑-∑◊à]ìs,k∆O-
#éMÑpÏÂ"∂
p/0Åßö⁄˘Y¯ÖEÿ‰øM V™°jbfi! å6 82D•ç+JA/
∫h∑<{N5r^'◊ëÏfl$\▢
ä∑5∞ö•‡S[Yø ßØ[YŸÒæÿ∆?'üÖy>3üÛ<
jíËe∑æ—
ínË,Râ IXúÕä—ÚPQæc }cw2á0^'————
⁄Xá±Œwfilªdë`E¥————————-"à
^ì≠©π†ké/∑"e•Õö_„)gπ}gw√ÖçNâh˘ä/-
á,∑/ø[Úh∂D0fö4û¬ôæ['Ssiπ≠¡°äõÀò≥<z±¯⁄8
(ØY»è>≤|Ä!¢Ñ∞ıı«°vT‰õ°Ó®.´uSgÅ————
6fixÈ¿-í;-4SK¿ ¬s9õ¬°€-•æÖ
ï.¢,ÿ(Mõ¿ëõä`≤— (ıÀgŒê-

149

÷Rësr‡2¯k*‹èª ^á_∞fl6nSÍ†t∏‛——————
O/Ÿfx√#ˆ µP,≠˙-∞————————————
ªoœ˛{¢ïó˜
oé4Ÿ∞fi-
∂kç≠†ä•nŸõWHÕ¶Lpä)tÒ^m-
s1501□üS˙™©¢RÅ`Kñƒfiíã¶™?¨rÂß†‛9´⁄ßGâ|5ƒ
ÕÛwΔ˛Zì†}•©ûµbâu9x-w.i≈∫‹<ıZ)∂˚›¥Ríàcæ-
r=Ñb©Ô2√)á°CMêÍÍ-
@oëÈß¥Bí°9™fi© Oåÿq"7D f-
å[q3¬úYÃne¨&'Ôoö-fi"Ï-c˚‹?È⁄+‛b⁄ƒ_CŒ-
*B˚ÚP«9∞iÈHÊ¸´§àùê□Ív-·~ñŒ∏©]˘ƒyçÒ∂pÜyÿ
#:ÄQÑ+5]W≤————————————~ÀòzÛHY
≥öom∞B7àL□ΔFh¿˛hü◊hË ±Îw7√S'âÌÍ|≥"\Ä7_Â
Zì@xÑè◊Bˆ…†rEFZÅj:H7£ú\|¿$™Jà∞fin¢HcjÉ*›
Ì^€öéVøé"0□}è$â-
Nû˜¯˝g*a∏˜Odc•sfiÚÉ"n£Û√y≠âè"°)ã□æ=˚-
êê^?[)∂,„÷,%≥¢ÑAÇ-
¶!^ùªÛÀRflU'[BÊ£PwÈ¥150äAà66**$À————
P"sSì>□évë(Íπfl˜Ö¨KNG2g[(¨UQT¬û@¬†ƒèGñ~¥
£˚¥πÏ{<2eùŸ◊^≥ø €Œ˘ói+--±it?"öÌ-
d"k„NzÓoz150c,VûŒ%ó‡
∞Eí‹üA˜Ûr˙*ãÑÏ@êxµ.å-
$0fx`èÆ}Ä8›°úfiâ›^(□u÷ÚO{(I¡y‛{^)————

7áÎG¸¿∞t.Úı;ËP¶»?åÒÏ«£Du'I+Á"XY"'Z¿$æ,U
~ô-f‹O≥áË8]150¥ˆ,Üà5∫_Ìÿç!»————
néX¿z0>0150¿¬\®`1=øjΩQíád˛å⁄èΩ+çBSupiGY
X˝Ü{íÔ≥RiÍsÈØ[âI‹ÀóspÒπ¸û
Œ¡ÌÒ>g7Å˘ESK}∞¶hç=————————
ª†EG¿ò°bÊ£EaÙ□FÆsh¬Ò®Aœ"àÕ fjf————
150v0¿x¨äß⁄z'~Äùq8◊∑ ÇáÈç«P`Ê_:≈R™Fnf£C
˝□n¥1□ì†ëŒ©1YK¬÷lr/:˘M¶-nmÃ€séîf-
ÆíËfl¨\np˜Cû≤¬≤/cfiöÁ‡N=ª¨èfiŸ!_.k¢?ÄñıȰ Ÿ
ÆiA~îûÉ 8ÕßCj8ìÎ>ø)´;yDö
®qy†ùœRÎØ5Δhßj˛¯|Δc"∫"0^m-
{ùı¡ùÕbx\/¨°V%'y‹ 7aH©Ëö«ëW˚k(QQá˘Ü1B2ˆI
i˚€î∞åKY.´;ój^ké‹ lõ}*äÁ¶âc
»&F§8∫#-

cå7'ìπV≠ç'zá„Á¥)n˝ãMÛ¡Ô˝∏nÚÔN÷————————
È————————————————————————————————————
AähV´ù(%ìöÕ2!d∑RàÌ\$îVÁS~À¢ÓÜ≤x}TtÊóI≠ü∞
π1µì„
     f\$w›#yVc)˘.ÚΩÜnêê¿Q=V¿˜Ìß>«áj◊5ÂfW
xfÚ7ású–ßç-B,"j¶--
/cèóÂÈ*ŒÜ˘§ X£"î'ª√#≤®:~çÈ´\aÎ¯\$‹¬≈————
Ç15#&œ————————————————————————————————
Ì≥□7∞Æ7≥#fóZ¥KÖ
À÷ÙPZ√Â˚ö°Xà»ÜΩßΩ…≥—Å xö„´v¯f®Y∑°;ô•
#[Ê øáåaÖ\⁄I‹÷• iö-v°:ia}ÚflÈhíëz  ôê2ãJ-
ÊÓ>~fi∞Ñ¶UdÄ-vë:flU
o•ÁÈ"N"6k∞œB6J} Ijø„P˘õü————————————
mÓ8[»-ˆÎÚ/ø
‡™[]iÓØ'N Zè°äd)k˘n©˝:`∑Ôï]◊µ>wd©&ÃIÀ
M÷ÁY\$@®é"KÓzØÊY°¬©ZÓôÔT}Ç: fi≤üõÂ;151k2
<≈îÜÛé8%ÛŸN:|úÔÛ" >=1¨Ãfiı†±\◊Æ•ªfl!+ñ/-
ß_í˘|ſÿ Òl[+rqñEÅvdr˙Úç{ï"ïÖu{Á+¬É ¢t"
pCzd{}âRhçÜóàoiÑÔFZ>Ø˘íùî™†z-
Ÿrí1≈+ÂÀØí˘˙‡(   â□'#üÛ&+P~Àzä
Zn————————————12™ V!-
O§;©v«™©ìÆbÈ`h1ØÆî'Í§¶'"¯ÕJ□Å¢ÓVë%¶8f≠@
úª∏:-};fß⁄'NÁÔa¨X\t~£ˆˆ[r¶Pá'ØCí~Le————
ü]í[ÿÖµß˘="UïÓG¬Gë¢°%π¶ñ›Gx› ´õ™L—
áåYXû£∑       ——————————————
KÂPKà≈-™ C54≈ÜÁfl¢Ê†é,T————————————
¶≈W~ôMìÿ['ÿ5õÄFŒ——————————————————g
Ö#cKÊm»,I¡∏Mfeà"——————————————————ó
âÓ€ßb∞ék\éb}äJÈqB5ı≤ÜX°÷\9≥{ëfÚ)ôîd^¶X
©°\µø°b»=˝;n)ˆ|È&aÍ6NêÙ————————————
®∏!N'ä®" Ùbr-——————————————————p-
ΩÃ+X…Œ"ø¯Îü»t¶ÑwpÛÅvèè(°-‡¡É7nK°∞&-
p∏P∂ſ9†6Ÿìà˘ÑfiZSÎCÚá•˘A‡ÉßË⁄<O∏ªÃf~ÁMHz
fl˘{L°◊¢ÖèòÛé±ÕŒaì
u^´£ÀB◊ŸS«]S vò∑ı,Çπ,R'eåÏ„°,I
&¬ïf'vª0°¢)Â•9cŒ˘+p≠›µ°0
ïõõ, ·zü•·+∆gÊÕJ————————————————À©
¯H#Uà ¬tπ◊˙ÃÒì(¡†Sz·=wÇÛ;

151

1 ·) ≈=≠a‡(/) Z :-fl‹ Qv®†Wò^Q-
Üë•"&öw£ÃX<≥/n$®¶ñ‹ b≥Í{)Ã"‡"ù(⁄—
±Û:Òõqªœ—Ü8†#152‹——————————————
,-&‹`*†[E„Ë¢ÍsQ°B+0—
c◊0ıãá◊@e^n∑`∫´ õ-
E°ê,ïç_152Ë≠ıúÃL9`é3ÔŸƒÌ°˙^vµd*æd›çóærM
`övsàÖEfl_à›‹xi¨3h9¨1Ø≈——————————
&µ!!QY%ò`µ⁄-ä⁄õpyj@
WŸ{Æ"Acu§V^‹fiaÏ[Ï)1íöfi mcÒx"Ÿ∞———————
∏c&#FÑ^Hgªàomega;Y;≈Ωxh——————————————
Ø0T˘»q„sl,úu)[a∞`≤mx‹•≤SyË{%Æ⁄Öxvn`'&¡1
À{=^⁄xÎøÙj
≠Æı#C~Z-
,Õ*´¥+Q3Î|Æ,1\π˜éõ†ƒÊ¿Úù©:□71'«Ìéiá≈1K[
ÔWÔ¡´∂7"9˜oŒ*¸E÷ÜäØâ%F•·Åã›/1πΔ?¨A?9jG∑
≥éÉïéãw¥êçvZjfl&≥ï}X0
∂Ω¡›÷¶°¨□R_Á{WOÁËT\˜.µ·ÿ·°Æ?5————————
Åígäi)ÖuÈ3152òw*Fæ¡™€+1%°ñ'"ΔŸaÛ°N3€!ö=
·(¢ôh8y≈X`˜UñÅú#ı˜÷6ÿÚ*HZNÊá¥Œc·e¢fVÕrX
IÜ©Ë"«k÷———————————————t_°C-¶UJ—
¶9<JL`PF∑•˘ÀY]êÿ3h[Ω^XÕ——————————
π<†≤11j<bñ`‰†§ËU>î 63□ÂÎµ∏fl¿
˘+∑≤ÃÁÇ∞U-Ú"|=7í¸ÔŒÙÌ;————————
7°„%Jù=Ì_ÿSfÊC5pt'Â…nÖ[MãM©Fë9rñ6"6\°j'
‹Ot3˜Æ8\Sv)în
        Ö™#ª◊œÏ ùãΔ§uqÍà,ãã rı'ŸPæöÓDµ°€Y2+
¥M‹ë
"e0}éx Å≠g\ú˘∞kW,Ç.¥ªÄ/73¸ùj<——————
^C®◊ß˝-W@□Ç"ZÉœ  —
å!Cı1/tûØ°rÔb·J∞›«…~>N0\fiNÉ;GıÑpYçCM@4ê
XΩxå¨JHfiè'Q;,…„®Œê6Èz„#›g≥7s9œ————
^´ú…)S0ltY‹í≠z0µ,R`$ÆRE_Sï[ï/Õ{Á‡wƒ¿§´•
R-
Ö€tnTù¶≤/ù…"R±ó≈ìƒ!ÈX≤ôrâE□µ‰ãFÜÍßA å™‡
±••d'ë±f›gÑ6À¬Ô<∞Úú™œÄ¶ü∏`„~ X≥qÒÁ´˜152
´){ÍX›¸ŸÈÀõ¿>U≈™◊·œ„¸Ÿg° ¥À□≥∑fi_˘RgìI'ï
Õ¸â•'§——————————————————
8'P‰˜]>

a¡≥Ã^ßh————————————————————
jfl£}/°Û————————————————————â¶]†[ïg"}5
oJ@Àa ̄€¥ çÆ£≈,wéÎ/÷∑Æi
tN«íaÂ©
'X. ̧AúFb=(È17fl†©t }êì
　　　®O≈y£üØ®•÷•ƒ⁄Ô^ê∞#Ì
%n≤a Øx∫"?•˘òΩ∆±b
4â‡1æ+äoÄæ®Qhâ-ù6ÅP\©∏^Q2'µ∂ ̄KA
ît∆ÖÊu1≥^Ú<Wá∞°j„Á"¨âT∕·™M‡153-
tä&/ì‡ÃÈrÏòæ¿Î§1Ì?™èØ∑ìi¥≤¡Ô˝≥L©sán0Gì©
ÊVaj°‡ŸJ∑ōc!ØÒMíLJñLÒ ÷AÀ*ê————————
c¡Ê<´§äù 5ªfi©6∂á Q›Om ̧————————————
 ̧6v>•Ø:ëHFÒO œfiÁpÈm2gêæß\âól°€M„ä ú|πZ°¿
µ <êi^　　　—
{fiáá ̧fiL¬AM2ëµ√s ̧‡uâf¬xÉ9)%Á§ÜwÀó¬ìß&fâ"
Ç< [$ ̧˘Œ^ÛY.-°ë$∕8™hÛt"}2Â'da1 kJ™∑cfi¢…f
eœ.,£ñkf"#Uå=˘hÌZ=@µ< ̧4Û¨üeÇóå…òBÉ∫'u^?
∆^=dftùkKÌ-Û¿"§G\wßgÜÓE$Ñä≤153
　　　fø^ÇS∫§74¡@`F>•'₁Q¢,Ø‹¬™"n3˙~â\`tk
.d¨EDç
j¨∞MÉ˜È«3fi^'°£‡0É^·≤ô0"ë;Zz"z153…¢Ã*ŒÃ∏
·∏d>V≈øöæB€ÀØ>mß'ÖêÄf◊?_ØÈÂ-
∆ ̧e°ÉÙ À¥ÈUä°âEsÕü
e, ̄x9œÀo ̧∆M¬z,≥dÎr•˙ûûJ-ÿäk□G}Xà°∞cCTJä
153'pÈ•:%ô#]O◊◊Äò‡Ÿy□zÜe≥I€ÁCÛÔ2˝óc)YÙo
ÓËZAt6Ùï%ç|,jª√kÀ°(˜+´b ̧9x|ôÿa©Ω-·TÄ¥V≠
| °éÌg•hÙW˜MÊ Ô'…Ñ‡x"∫ù÷ ̧≠f ̧nƒT-
µëù≈q-N{Ωπ>∆µªIŸ `'%Ì≥ùΩ íà¶ädv$É6□————
;6%∫*√.¬^Séfi˘7vÁ}úä0"íŸ4Ãn∆@zìïMÁ
ŸMFgë„zó¢'êä:{————————————————â¶"
¢"1A ̄Ë"^É8¶¥è∆áwm_€|<å h»u6ûÑVPrXV6{f—
^S5&\ÑÜ˝`x<d-
 ̧€r©ÇT¥´Á*T›ª≥Ï∑. ›j©5îòS,.á1
　　　b≥Q\AØ•UrµŸô˙ÒJflvó<X=·Dé————————
™ûdh»éF9153h∞—f6ÿQe-
□àáò,ÜIß153ÒPCª'∕ ̄D]àÛ∞¶`:∑
　　　¢ S¥tgùcmQ153{————————————
Ír)◊xq9Êüx

153

9Ω

QõÜÑ´?o4wåíÏJ¿ÈõåEw————————————————
å⸳fiÊkÀüп±ë"ˈ°QH 7gõè————————————————
‰Û154QØÄ«•÷ªÜbc¿∑¥á⸳q,⸳¿ÈPÜˆvÃûç*X∑'>'ã
Mì*s.r1sÄüñN\⸳ñÒÔr•ÍT≈Ü3Øçµp∏•«y."Q∑R≠:
'»r/":˘8πV‰
Í˘TZ›flÅÅôFÖ
å+ ZΩ,,ó"â5aâÍ√∫∑ âËã€N"fzúYà
)*3it∂+≦mü154ôûè'N‡?:FQ ú›∂∏`«☐ι⸴"˙⸳
Ë!4B¥,ÓÅ"„-Ek"›è6ô±∏ˆsjC5+Q<TË»Á$sp*xÅä
õ√g·ê£¶Y-BôÝD‰AÉ‡™2Ë ÂÓ
Ω'®VŒì¨ˆ‰£0S.»∏⸍äqâ°π«WÌì~<|ØATìu/€§ô…e
ë`ÛøÇ†ÙEõn=Œ‰≦Ñ-cò⸍e
î+-£æ¨Ô"_C4$èî≈úêííãxHâÔ~ë1ˆœr
•À∆flø„›Ç⸍Q@ö÷sŒ5§flØUú^‾pÒkÝ∞dõ6Í.Û+fe8˙
|s{r97°[µI÷ÇÝãÒ"8‾Åo2 ´¬˙A‾@›¨<»±VXèƒ


aÖ8ŒIJòy-‡i-±>v⸳òC°Çã(————————————————
NÍV¬———————————————————ÃoWà|•Ïιü∂öø°
⸍&´(ƒT˜ˆkÍy]±ìIP}y≥Á·g¢®'-
NçÈ¢ªC⸳ú√˜Ö£óÖYz\ÿC¥ü.∆ªÿØ\+°p<Pßqäıs,/
Ùà2Ío≥Hm∂Ü ÍHA˜…Ötì©ƒ··v¿Ã:q@∞†L!˘Hb————
}9vÒ∆÷ ÓHÖï£Tâê/,˙¿e‾w≦&>B°ÑÔ
éEfiÀ∫iêíιE\a›4ë1•c7gP≈ÁÁ,‰1˘
÷¬ä`‾!8òvJú◊†êñ>TÔÀD9É5~kP¬+°ˆ;@«C•∑3
∆ûJ)›t3
)5`ctå{"G…—§R3ˆ5 t∆⸳…d iéF6ÈöÔÜtL
íeÚ$è@®](dŒ∑*H~'‡™F$mÊíZ`154ç^°„Û⸳kiÄäÏ
Ni ÃSß3Üù 'ÂáÊ'ø
#Ac"u∑Æ154HVQ»™.ÆÜÈƒeª☐g@&ù¡T(ª•ª7¨à^áÍ
∆ÏÏr±ßk:Œ\Ý dÿDD¢¢(Àt:§2≦è|H————————
…d√ôÕZ∂]t∆O⸳#ùMç—
Ö¨ò÷AauÃµ»:ÒU˘¨õ#xØ¬JêIë‾µ˘ÀQûœ…ªÒ¨∏⸍úD
[⸳⸳›ë/ ÁoAß7t~∏?k5'~Y⸍¿G-n`3®/°ûJ=øY
vÒlE?Mh˘J
©XÀ<ΩL≠Tì•∏\Où^ªE•ãOYÉ9=≥0°™SYƒ∫•èπë-
¥¥êµ<Õ‰dØëDéèw154è˙;€ÅEhÈ˙ä≥¡«ïj;ç•QÔ&ƒ


154

":ÒB[ì⁄æÜrÛfi÷≤ì#,hŒ‚q~——————————
[Ÿá'flíó·$â®ñ∑Îõ4ùp„-
"œ€Ú8⁄ÖEí4Ó□ãë3˙S≥∑wh∞=&˝£L-Ò#…¬bGµ+)f¶
íî&™Ú155Õø˝rZzH#ã≈$1VXZ>Õ»ÅfÖ:ÈVÄ5"©Wyf
JÜÉ• ¨ùG»"GôúX"¯ÃJçkà$7V——————
@Àe∂ù{H¥Œô˜πî1#∏í˜§©Êkfiò6∞vëók"——————————
fëMÈ◊úπ‰-∑€;B:ı‚ÀÊÕí¥Yë9‹Õ——————
ñ£-Ëfl;Œ·y•ÀÀV≥NÍFw˘~≤ÿ@'dP¿T‡°Èx÷.í
ãyß„fi*cN6•˝Ÿ»à8oNŸúü∏¢,¢·0å¨¯∑∞¨äî?ÄÙ••
ß¡eàd/≠'\+nx[éòÎ€Æÿµs"—
‚ıÂ9)Eû{]¬`›Ù…ôU0ª,u8155÷∫°Å≈>—
©Ÿ4I□!Eáπ⁄l~"è————————————————.∏≠
0=£ Aˆä'-
¥é°lçî˙.•Ωìì ̂ôΩ‚/cXèq/V.˘∫"¿ˆÿ5¨Ü
3ˆBà
bE~Ä,fYMH6,{q$Ë°Ì¨¬[zè‰≈æˆê<:]fû..‡*L]P
nï‹¿,‚∏‹~ö0JLÚª-™™í›#¥a•†≤Ω^ÍdYåQm´‚n^—
+†æ155□b'z∞j4÷Tæà'•(155['Iq…÷5+V-
˙(VòΩj'ÉMà\ÌÉ¨üA†9J®x-ã˘ä=∂ôAuo⁄Í÷¬œˆ
ù˘-∫‚›Ìëök(Oˆ~Ì◊S+Y['©MÿPg"ï4≈õXÛû∂&ÍÌ¿
…e√°-,⁄-·¯•Ù°¬*v#±Ps§∂¨»˘¨°Ø ç["´ªxZÆD
    äkÊt0 >ûiëµ4iYA±OlΩ≈ŒÊ˘Y⁄Emfl=Ï›:ô-
Èæ°∏;âó¨Ω‚#…U.å"›N›j—————————
ôÉKo¨‚Œá‚Ëüπ˝m·GFZd-VÛ«Àòt⁄?L[
√ùêôYìå+Ùµl~÷∫Æç˘ÎìïíÆò°øáBâÀZfiK˘ıV1ëc≈
+ø-VÆ£´°‰J~‚-
O8ÊEö[Ë÷l:Âÿ>¶Ûm|/ πÑr‰÷î¥n-
qü©ıY'‡‰ıÂBpÖ¥fl˘‰2| ¨§&∞õË®s¥éñ÷Dxı——————
*Åoßflâÿ„2µ$Ω/©À(11†5∆€¶'ôvú
",ácpÂ
âr0ª¥"˘0F≠ñ˘¯Âí*155Ká˘ëª∂â/≠¯π¥bÑ
-_ˆAø`=ô‹‚'FËæ˝£ 6‚˜¨•≠RöT˝ÿ˘
    vØ¥í˘n0ÛNdëfÁzí∞IÔÃ»2≈P·°8¥!Ó≤ã@oa
◊Ù°-¬1e∏‚›~g#ÉÉ€√6≠"8NœÆ≈ŒB,∆mµÓAfiø8£}€
'‡Ó5älQ'∑à
    lU˙⁄'¡‚°{ê¨4ci&‚Á"6™ö4/Éofl*_ °ct1)
D±ÆıkÈ•4H˜0˘å,Ò™•=«ùÒ——————————
laO<ÒHj5Rç,m47h@Èÿåtr‰gÎXdQ'‚›□-
155

øØ`æU›«TX∆d çr±ÿßÏÅ)k•—<£ßê€•í◊[",———
Y∞qäpö\©Ü˚ó———
òN±Ò?FmÁí°N^□ä¡q[A^˛ tû(ÄØ˚{ﬂ˛◊Äy5p,†Æ”
£:»8;]°}7‡◊d©;@Ωââ§ßYÉ˝πQ˘Ú~ä,K»GéAÎ1«•
÷ .#˙I GX4äÂ«¢àyπp`úæŸph
†¬Â_h:156)ú/ü/˙Æ'Q~÷™fúS∆ä$á£=HE˘D
6éwµüè=úbè—¯wœ———
i'Õ∫˚Äh[≠ÌÁ´Ü≥"˜møG"È¸uÖWîÑv©æÍªóÊÅÖox
õ¡b,Àu@M˛ùUâÒ¥©æ
gëBU˙FzJf‰'¶†—PN)ixêÀ¿¿…∞áÔ^UÏÅà
|jŸãÄ/◊”¢ûÖzQ———
5D±n!"ó I—
m°)Æy„˘ı°eÌËvf©éıIÌl≥G'¨∞Àrù#Wìπún9™wØ¨
´?œOπÎfiƒyòÀäm≈˚6-
,?∞ÆO"I”å•X∏íP#µñ¯î¡y˜íÍ≠°dY›ßr*3€!‹U&/
pŒ®ƒP5)Øxwœﬂ`·”∑A˘üªÄ∂|ZÆS¯;ß—˘qn,
T˘I±ú'|2u)@ı<˘]˘î∫i+aRH´"+óê•EA≤Ñ¥ÎEÊ"˘
Ñ˘T«3 $ò^U^˛iüAkMπÜúOfi`———
a^_,Ø-¶t")?@3gxhœåÙ•”%ôAtx-€∑\N)—
1Æˆ~0«Âÿ≈÷Fœâ€¨ÍÕæ¬?Ä}»9¸¢*^π%qõ…tRU©ü`
˚V(D›SÍ#c»8‰gx»æ:˘ú'ißO—
‰x"fiä;DÚ÷èWÃÕ(ßU∂qg˜M-
Pl+g⁄K¬È◊…?≠¥e¬v∞T”ú·H¢°p&úòJËr¢œ§9156·
/ål˝jA"!,?V» …˘
•Â=È
@———ÜöpÕu%…x"ÀbÜa+-8
(n,Z©¿-MTà• ÎïNQü!}'≠———
G
ØØDlp,p'˝á"Q¶ˆ¬kbrŒn{gHEµRp^+mm‰"3
ü§πO156p/·îE°⁄PN„Éiõ˘É-ÖÎ3¶ûsAUsë÷^RU ˜
K^œè…Ó§kÎ_Ë[ÆÏ¥°—ET¡˝
w›™ïcÀx°PÂÉ‰KΩ$?°Ufx€a
ï_V¨q1òO£T∞8|Ó9À1…r>”———
îÛøÜîô+`⁄Ó¨y?Eu '#»`ﬂÄÌïKÚVÂ'$mo-
=156≠T·156pS4',zeªD□|Ò(¥Oîf y-
òƒÒpÇú0zPZw———YÛ$≥
pÑ9 R□µ•pT"õ”,M‰Ä4Å„ ø˜_2g†S»D
é›¨yÎG∫P≥˜™çLmw⁄‡Ùü°-

:sPÊhøøë157&*òпëɪÃJ;Åd¡Pë˛Ü1Àä]≤□@˘uøzÑ
ii'(≤O
ï'Cù≈∫u…F…€éïL˛b´÷,ChñΔΥµ)^]ÖÂ…(@]¥‰yÖÜ
.°Éi-Û717è@2…y#… R1————————————————
π;Èö\TqV»ÏTX{˜à°dÏ˝¢‹AèΩ|3ì)ß'UÖÚæ¶›˘j-
ïₗ◊\µæÔ≥O≈õØÊÿåƒ+´|Åᵃ ïÙÏg—7óäŒíÃçøúÀ˜˘ç
]P€î∂oVË…oræmÍH,˜ô˛dØ-7F˛Ç*të¥óè≤·V„ã†H
ó‹ùüie∫É≠éX.)?&ü□‹åc,Ÿ
Ö□˜5FõVDñsÚ™0☺≥›X8 pᵐåmNê*õ«SÇ
        ¬[≤&ìÆπÚ⁄`V˘≠£uú#ó:†L$=¬Iòˇ⁄ëåä∞`ó
wãÏæÒíÒ5ÚB™$züä————————————————————ä
WÎ(≠÷›◊˜¶Sfp€œ——————————————————h&ú
aD¶Û')XƒiJø('„ᵃF>ƒ.Á.$åA>
ß"Ê r√x.o€"ÀB¥/ƒ˘x®áA——————————————————
Δ————————————————————————————————
æ°h  °1âÏË
MsO≥óõ,B¢$äñû*!èÉ*„9∫ífF[±‹°Ø/˜h[—————
CÏW.ob°‰5O/ó´!OWu∂;ˆëDLøPMVxS/ñfΔ□…+¡Ju
ãÈIQÅGôÆ6`œò°†™2ß1ó‡{ä5¥ãkÀ∑|·ÿ
E8å-ÜZTJ,`r‡úJ!PQäÚ=Ü˛o·-<p̀Ì5ò_—————
12∫eflö˛≥ƒß≈ß®F-
b°(∫∂Fœ>Ö˘áÒë‰oØœwɣT˘$g$Å——————————
-ó)›R7H—•˘bûÒæ1øá°ᵃÑ˘Œ¨á
ŒNöÈõ¨˝∂M5Jò‰¥8¶Ú°rÃàq˜N Δ"q •EÉRá{^:°s
µé*›ö ,fπ/Ê˜-
•,xs'ã(ã:˘™éÊõ£w'»ÓNÁçÎe^Uí!˘Z6>Y¬*®‰¿—
ó"Ï˘*É6?3V=Ü4Œn«\eSΩw7C——————————————
ü∫N
IHÓ˘älyÉÄÆ±úÓÚ7K4jN^&]ÙÈ¢•Ï»Ü¶ÛfiCG¬UÒwC
Ãó‹DµÑ)^;ãÈ-(Í2•Æ
        TX«Ã˘à>.^Y›Jy`≥hA3@#Xz¿"gÒÉñò¡)5\Ê
ìæJJq
*'Ì1|'ˆÑ⁄Ì¿ùŒ‰√<⁄è≠®+_˜°!)U¬1K˙˙'ûÉ≥ëi∂
;!@'b:⁄Û<&zyN——————————————————————
WÎ¢åƒs•äQ\u7¶3,m$PM—Ã7ûõí,Ù]Á!—————————
} ö Ïu˘(K□òêëd»ö□˛â<‡—e=Î»Îֵ֬„fx\ŸàúÀ¬?fl—
z≥@àg#vç‰¿û□G`≤ï£—`¡†„'bÀ‰¨∞Ï;pó⁄C¨Gå`$
˘]R"c°'´›ƒúëa9öÏ°™dÆΩ‹∂_'`Ö˛≈M(h∫˘∑àüå∂

Ø†6ÌIBfiqÛSfiÆÚ°~óïò%^ï4ò3•‰P•ÔYWFWP¬Dò_æ
Óå7⁻oÌ¢r;≥jµ────────────────ÎœùÚ⁄
ÀΩ —1Dó®Q≈®ô□ï—NuDü[wˇï¿ƒA£Ï¨ØÚöÕ ]∏Ã) ·—
ˆYJDûcúéÖm4C∏G¢$£¥•m$B«J¡Ò‹ àÖîêg1ΩÂôñ•ï
Æ∞Â›#\NôR©KÏ?DÃrôÍN2ªgúx"€Ï?‰0T'jÅø¶π¢|
ÓHÍ†

FfÛªk(q.Î¢
  5˝≠.□êaìBÖ@¿√•42|±¡à7"ιÔØæ´Dz≥ŸιRÓ7,)
≈Øbœí?k).®–z)S◊cιfútíÃ∞æ∏K"èáO5©âòj„`Ô¡
èι{≤&j∏[j158158158
ÎÄÈõˇàãˇ158Jm«hú¡ñΔ◊───────────
∑èïnEÒ`ÂQ-
.‹Δ¨fi»teÂ≈27B+LÛgµáÅ*âîr¸b‰4ÈZ3ò{ñ~□1†É
•vñÎ∂\t©'™å*•z3È¸'ï‰Â
p¨E@#j∂Ú≠PÖ¶[\x£Xù¢≠i˙Å3ô ·
õ$ß1a…GË=2ÇNƒ¢6h=ÈƒafÇ|'SÜóC]°ι≤~t+WƒÚ/
Î«Áêt7±1µ‰◊LWæ—3g───────────
,Œ¸‹~'›∂&,!ï∑S√oι⁄¢ƒCG›/°Ñî─────────
"º‴¢Ò¨
aÑ9^òä/©∑›w|p§€~¨÷πg∏"ƒq^Ø@h•ò-g»∂ˇ158m
ƒÀ≥=piÀ|/IÖ'ç—ˇÊƒ=b$ñ$œï|
"#P_ˇç±°ÑM=Ñ•ìîãz‰ìfiX≠úsóÍgÈFùfRι®pµÈL=
m¨U¸ƒZ,˙Îàïëä⁄+Ó´-=ÖÉ Æyv-
†˙¸·˙¸~£ÕHQi€‹#Ôy™d›".íã¸ébTMA£Ñ|ÜcK"⁻ˇ
ØÊçïÅ≤◊,Ï   z√$√s-∞‡/-
'D¸"158Ωι0Î∂…sÎí7ó€ò √ôNØtJµê‰-
UFuUk≥üª[78V¸ÃT‡Rƒ Æ->…hÎX¶-
îqÄW∏-ß`ÍflèñZƒ¡4goÆ≈óJP™&ˆY¸µcP°$ΔÉ·^3+
Êe_)Ú‹ÎÙ   ¢ÅÂ±å,Fq€Ñ¥N
Rt¡pQ!∂ÎåB∑©Å˘°À∏}œ3É∞ƒ
ι7Fùô!?Ú□)¿^──────────────Œk~ÑÂ
Êx"!cïë&øRH=-
FπbN◊óœ6©w∞≈†ä?•B˘Ô√Ä˝®8WUè»ú‰158€J ›ê"
     ;˜G9=;──────────────-7?÷Ô
VbßΔ+95À∞$ŸÅ£
„^K5ÙP dŸ´yì§&◊°G──────────
¡*éu158[Wøô0',S‰û›°ŒöÚ*±ã‹Ÿß◊âX&¬æ──────
«yÕÇœÆ™≥¨"â Øÿƒ¢¸ç∂˙‴™ç(¢óÂv£˙‰ò──────

158

ú—————————————————————————
Oë!.Ô—————————————————————
aÃ"UH'ÜIÆJ¢êdE•Æ·;@s□´Ùπã≠#ê`
‰R¡hÛ•#ªã2@èçÓYoY˜Q≈+ê8;K≤21oØùtÄˇ‹[QSà
∞•Y#69wpæ*_E9fl w
8fi`¨BjW1™#fàüàí∂ïü6'"Ì±P\˜ïB«$\ˇ´≈ù,Ÿëï
Z¬,*à°|∂ì:|S®÷‰t`«…:8ØJ≈üéÔî∂=É¥îèêl£a
ÅJÚÇπb\cæO&159®°\éŸ£
   §2ÃÙ[éàaú≈?Ê•‹•Ãœˇ:hz159≈¨,ä†j5"□˜
K'ãö®!yÈJX¢À3é≤œª?°ïjÚÎKyap-AÀ'‡^π#—
híê˜«¶ìÖíÏn„ƒ:XÔLì®äü-
ÍEG‹159âê≤ˇ›ÈÙ'Yw159c˜—
}K¿âˇV3+*π∆SØ‾ü‰%Ÿ#ø¬t±ZÆó{AVëx∆P"nöÒËª
¢1ô$a.ZDÈ€'°^JG1 §159jé/‡?Sa®D3â6
mßV ¡Nå,H´¢u|3øÎÎ#æ˜{RYö-ŸOF
πt∞Oyú 8÷ÈGSÔ≈g÷Yêd(YÖZ†}ËíΔ Ôü]vTå*"
   ÒÇÃÙ©›ÜsÌ›_XC
¶®?ärÈê@j†;:U"159+Bd•?——————————
¨≈r¶ã`75˜1(|¢?rÑ‰∂økc…R√,πê'; ˎ∆ΩèÙ¿}ÉR¬
9€ayf-Ÿ@âYÂâW*Å@P∂A›••†ém‰ŸÆ¡! [•á"`;•V
5Ù°{À4,≤˜eÂ(çñÑo«E°Åi¶õ¢Fj
`≤+Sπ∫•®ˏVm p·Œ aÚ¬}-¿¨h"5 ow—————
RÙ0ŒXÚÖ»75ïëBlØΩwr°ÛlRΩ˜3‾ö
Q°°πïHñ˜P…lÈÆ∂"o†¿ÂEÃˉ÷EÓxhäc¥D∆™ƒîÖfi†]
≥í™°.1æG›'ã$Öœûª‰SÁüô;PïN†≈±œ=lPûY∑ˏp˜J
\0Åì FOªΩÃÏ(´èää1Rè"Ø-ÜÔ
P∆≈µÑΩëZæf{+ÖWˇÃ^‹∞-
◊µEˇ"ˏ‰æÃB{ÇÔB&+[Èó]ûq,æ"`‾€≤6ó‹gå∂-
Å∞„•Yä≠Ωh›B∏ó›°ü'π"jÍye›æÓ1fiôK….æ®]□√Z'
≈Ÿ0‰¨ìW‹ê8jyE¿"‡˜Ó›Ω;•˜ûÀÃç;—————————
ÊÏ°‹˜2ÒÚ∏≈NâNflü'ÒìÒûccä ü≠j
   ;;àÂfiµ^Ïƒ∫¨ö‹€^∏Øí\à8°Z°(1R2Õ5qì·‰
á'-
Ví˝Y1‹∞ç=4•≤,√1ZBÁ¢‡ì159≤v4‾Õ$Ω`Ù]fl‹ëˏo
7    á————————————————————————
Ätık˝≥^qªÖ'èÌfÛ±¿è'|kM_Êg"——————————
p•1»————————————————bKmØÈr∆2˙‰^P€
-¶˝â´júQ°Â-Y≠p∑^$HÂ√*yès˜≠]‹—

fl±Àl…>pcö3∫ÅgÛÿó°UêG¬Ã˚B‰îÅ˙Øõ»ôã∫CΔŸÜ⁄
`›ä^°∂ReQ6ÍÌÅjfi¿°xú¯¥jhõ„S!Ω) «Â¢ü¨˚¿|R
Ñs:£ã◊#7„flÔò2‡∏É|üKRáF:Æ¢:Vjfi
înrg)Ãâÿí,©mÎ∂ß`î□--
øÛF•VÚflE∑RM\ö@:˘‰πûRπ)d†µv…,ı⁄vô
‰øÄtÃ»Ñ„ä†¸íô‡Ô∫és«uw4DGk'R ç‡#æ6≤h\-
«Ú˜'>────────────────────────Œ¥ úöß•m™wòÔ
∑3IÖ
§•‡.Â»„-Ñ√p¸/1'Léñ^˙1Ñz,id⁄‰ˆÿ,âÿ¢7∫Ÿù›
∫jz"∂"t¸…,˘¨•}K≥¥'c˝Ñ!¥7s]9$sôKVÍWóyZ<Ú
ö¨DÁh†[-ô+›ÂT°y'g-
WêLK•&œa¸°Á•¸.•F
J}∫•e°2-¬˚„â0G⁄ÅÜÀ¸vuóN3Ç§øfa∑¡'¬#ã-
>tü,∑‰D⁄ˋÒò∞Ñ…-™9Ô{1g◊]ë>@-
L>ÿAÅ¸™ãÛ©í˝?HËî˙ÂQ#'äóañΔ&lΔÈ iÜG+n¬U≈
(-˚^s∑---
M□Ï™WÚY7πëÿ~4{]ü4◊u†„¸<›ê…0‰|◊œ'NûV¸be°
¸ÚD)1DT∑˜—Ù/Ò∑Ç*ŸEMÍ0ÆãÔìv
©ÈÒ€£ì2Øà©œ=m†ê«z rTDfi;X"≤=ÿz£I€60z¸û
^≈úΔËœÛ/¢¡Îh°{8èp§Ã˜160sÛp¸hM»Çf
Á7□Ÿ ÜÈ3Ë€`0HRΩ°˘ú'¢îæ+!q≥±ˆiÖ∞™+›x‰•Fá
áhåá ±áà…¥/‹∞g™ZC\fl-æ$6…ûÊdíë—
¬áΔØ*›™ñı˘T^ˆfiΔ¥4¿ ^'—ÛC ›ØëXÆ e.+∏¸ä-
ô1606:1ÁæR˙‹@ä˘zuÔ 3∞Ø'ôëª≠
      ìfi5è‰®V◊=T¡*t
è¯‰;»∑Õn‰fx:Ï∞§IPπv)|öôíü˘-˘-
6¸•)ı‰¶JÈÔÔ∏flÃ´-2°◊      □ü3Ô──────────
∫É[bä-Te"h±∂)µ-8óì˘¸z-ÕBÔÃì-
t□p;uïrm5-¸Y4∫p±f-
"Oöf"™c≈t9˙€à\,¡É…-O≠¥˚\Â≥ó≤rÆc‡QêÊ───
'ÿpxΔ©1¯fl ØDæä=‰ÕÙU:─
∞»äd¶å=9»fÂ˘=ëÖ¿1öXVpó®åûG¬y
      äeÁ#≠H€flà|q6"Ÿ‹óflç˘zk}'


\.∂Ï,'Ù'˘8p‰ïçª ÷3L<H'˜ÆéZj~‰Ï
~a»aáÆ°AJEFÁ"Hò¸>{!¸\SL¢~∞F:Oñó -
flùuÓ`≠ÎuR˙Á}ƒ˜e¯2´Shœ~«'Px2‰sîÂ≤Ø*Ω„AQ‰

160

-fi'ÛVi`° 9"Yqô-

¬≤õ«ßhtË.R¨{pó∑Ö‰Ñ*ˆk‰fiÔÔO©ˆ¸ûm_áû`í,Ù"

±ÿÅ¨&˘¨Ÿ~t™» j`¥": (›e}À☐Õ-

nÊi¸t";è2Ïf2•SöŸio¬m2("B‰†¶Å¢¶N±0o€_OËË

r◊◊ô¶7Sÿ°c−í5°˝OÙÜOœfi¨ëÏÊ˝9»/2§à•QµÕL]ã

éÑÁN.+ªüà÷Èï,Ö6ıY˘D

‾W!±àM3ñ7,⫿v‾uÉ)Âúœ−Lt•

　　Ñ!¢Ó$ù¶q7SŒ†T ?XH:E0à™ÿrÌ∆‰+&c[Ú——

Ô÷flùËCA{Ãs\'õ!ÓÃfiíƒaêâ£ÒoÇ•π-

FSJÍ•>rêFeñS ü∆¿O

ŒsûöÏÑ±7ùèÌ´à>"h»(ØBùsKh¶M◊úKfiÌJ≥

·U®Ø7−>‾˛Çk´»:Ó¥ ‰É—

Eì•h¿•Ø$ê»™R^‾ú‰˝ˆH¡,&∫-

∑˝(qQ∫|æ∑…Ê>›êr◊»°ÃËÍEd¸ö˝,òz8}•ÀåjZgã»

BdHy@ p)°W(‹¬L∂ıPâ¨3fl…3gÌâ¥)_À

Ì>ir˘æ¥!è_à ¸¬é[Z∆j®

t±mÂ∞¢H˙•ö;Í∫Ë˜&−é'a4 )ÒÎTµI(‾Q.fòkz˙¿r

Ìì

　　»∫ú„ã=óxÎU∕cµı‰ÕüT,Ì¡*Q‡?rŒ‰…˚‛æÿ®

ÈÄÌ´Æa7oGìÒ"Õ⫿y/rûÔáÊ'„C‡÷5¬ò"I¸Ô˘3XhR}

ÔÄwW≥ooÔ,òà˙ôµI+4cù∆ef©"°>àO•je‰WrÁôÖ›d

?Î161Çì"víC÷(∫s`™••9S∞_z|Û•˙ä¸‛ÌFXyA/™˘ü

　Åg∑−zóóù˘¸,‹——————————————————————ˆ

gß‹qBı7'ÅÎπ-

°˝ƒ1·ü]í]ò"Æ'®uËZcª&¿µâ☐<s1¥¨Ì>wâ˘‰0˘°√

böπq›_•~‾û®¥z! ñã≠g)˘s"ÄÏdÓåi´.WY›Ñ(ZÛ

•fpÅŸga∑†WKy˘>B•˝eç´1hmØ$qQúPjû_}9‹Còõ

ûÕîÿNÚ∆›BMJÜfõ|iŸkòc$'·?"i&Ã9„ÀLû˘á‹«-

l\ı5NØ£F≈° Büú3çùQ

V•ajõ|Ï¸ÔÍ◊vr'¡91XÔgé}˝‰íeQ»˘——————————————

°ıæ−Ÿám-

•8)zπÿÎ/¨◊fi¸d±yá∂X'áÆÒ@˝€øÓK¥°‹ŒUùC☐ù∑

|Ù¨eZ¶6¬,i;¡?˙ˆQ·ÑÒvJotn+d

'XMø|üQßπIc÷~„≈‾‹°;Ä+[Z——————————————————

¬∆Ge †

G≤ÚCÄé2:ÕZX¨Ê|»Æ.=zÉsUÿˆqK£æfQ¸E°)sÿÉ√A

t−è?'fiÇ˘[kó'ø…Ù\íÆ$Ã5ë¶ÀQ°Íî)-

?Ã„AYsF›I¸«KHLÎ$ô•6−+−üÊ [rÓHåæ«,œm¸—

161

äò¨'†EÆ„Gø,8Ñ≠Ïã˙ûä(]¯âÃaú].,5Jè7w∏☐XGö
®Å)˘+u
Ë4'Á´ó
Vpfi«‡5ÚJÕ`PÎz¢6î∏*Ÿ…õ˜/õ¸`1ì\!N162∆,'Cé
Îq7¨ãäáv¿˘€##Ò√=⁄aIkw…——————————
flŸ•Ùázq$"ôn…'ª«]∂h~Ì, $mMf≤T'•f0fi%yÕ◊∏
ÄΩÑÕõmk¨?ˆÛå‡N————————————————{Rø
É/}Wïho´'/…162-
XÃG?›Mfi]efl˘‹K¶Q‰àìJ§„Ï˜zùÑ»mpMçã,™±áÚo—
iflŸ5HçÏRd8˘————————————————7°€_Øv
¸¥∫YflÀf©COÒPõNæ——————————
Á-® "Ú"ñL(©oÕV——————————
N=|x§U>O∐ï&b6⁄Úè;ÙZ®á162ÜíûÌà@¶
OO(ñNÜåâXÉ ¢Ä——————
1Dgë3ú[,N[Œ‡QúΣÆ/„ÛY™rŸÕñB¶f®¸¯yM…ú&œÄô
ìsï≤Ì0‡2fæp6ó$¯/ó;56N™¬˘˜œ3èj≈_î162pàÎ
Df{V»ÅÖòÎ5ûn@162≤üÃY6Ìd≈¢3X-•ämÑVÿ"„°±_
fbÖØ)ne¯Ω[/gI"Áb|ËVÁ®ΩÊøUDÜK-
˘WÒËn≥µÜIÀ‰7qùú¬√(Ó—
!ëÃÆÜ∫¬=[.UÖÈpñ@oóÒµ¶'«Y1g¢®——————
ëL˙_À_Ïfˆˆà‡êp4Ï†yÅ
îÛÅ¯Ãì≥ÇΩ÷`-J‰W>@Í.GéeõK4…7$
4∞s3¸¸)CêÒó'ùê1√ÊÓÍ[àwÎ1DVF¢t4pÑˆéH™——
j ïIbíî    Fœã<162jq@&∏FÉ1=D=ò´*b°D-
+Ñ'ü@¯õR·¸&-AçóäÕT/~T>Í%flËC¯¬u‹À´.û˘àVÙ
´Õ˜èè≈[ïHŸ`è'÷´ïflóœf≥¬Ÿ-‹——————
®øsÂ´YsF§}È∫!——————————————fXØÔ
[?∏5c¡FfùB8ÙÚ#Zê""îâC1,Ÿ)ó^Ê=—
˜°o^WU;VJÜóFÜ›â˙*)≠à\ŸfMâèm6'Äyk¬*@‰æØ—
ú⁄˘]1∞=Âß°ÿKâ]ÕèÌóÅã´Û □'Ç«Ä≤
Ef|Yè^S_HÜ6—w‡÷Ç"fÌ-Ô¬€}Œ!)M-
'÷b©2∞27¨·µq,äöóp◊EqAjü£(Öw#ƒ•-ùª#XÁûWÒ
H*?•QÁ>áÖCê0h∏Æ!€û?ö¿;ËÙ˘.ÚÌâz—
µ'JûHÅ*8_ÿNÌª!¸ï…1Z>∫ÕQ´_©Å-
ófP?i1ée⁄î>ó (-
èäB◊à/ªÛÈu‰f∏0‰¯ã¥Ó~vüèΩöõÑ¿——————
3;YF Fœ]5Üà<ñH1èï$"`ÙÆü¿¯h›Ω!íé
     W-õ>´≤µdÙ162b´o∏n1ób"

162

z¥¨´/¢≤œŸ ≥¿¡xé'æ ∫vÈ}≈¡    i'∑‡Ô¶Ö£§
    ÿq";–òt1¬ ?r1µP1›‚rB˘„Ï"Fì∞~í}V—
øb'˝~td™Õ€ ú÷‚Mo*…∆e}&Ú
…Ø–1kª"Uë›^Û'$\∆∂˘fl5ì…í'£•˚H—
≥çÅ)¥Ÿ–fA¡yTåY·»ñØ=y˘˚Ûàsö¢‚W8"È£¬ÕLÙ3)
ƒfI5□mFl~b©U®7êe…≠q¥sûe¥Æ'$≠d≠±
"xv‚"/A0Æ!ÖPÑx42Ö=˚'%øïÎ+0^ãQ˚îû‚™‹ ˚N„
ÓGWûŒ%ê%âBl•wΩ‹Ω•ŸÄ(?∆PÉì————————
m„1µî¢^âp(4Á$ÍLâœùFOWÛW(´6±=äõ ————
.äÆ¥a˘‚±m4äfi¿Y†∑˘W\g√5˙ô™;[ÚÊ€‚ÌL□û≈y›'
`‚'˚∞¨ÃØÑ∏£-
Î8mû'□Ø1˘K'∏ID¬©"UÔó%ÅFÇæ$‹ I–è‹AñG—
®eÕr—Á´4ìÃ%±f)Qù—
‚ÿ˚~!1≈RÁÕH‚≠fl^cêä‹3í∫=π!L˜X—∂n†———————
¯ßÀ⁄OÕ^˝'´=◊gœ˙¿@≈ì—~sÎfi@Ìt±-
‚–eµ∏+asõÖKõ®2©≥˚PÏ˘≠´É«o□yL^≈
     ÄÉ]•Å¢P—
'ñ^∑~˚=163ÎÔ˘1ÆÖ‹NùFä:Èñ∏ef•n„«]‹v163ìt—
-
  @X;ëåà7ÅE{ckPk«Ì———————————
[€'◊É› ¬Ò2÷#u6UP˜--
ßn∞1œ‹¨\…1|ÕW›eu=≤˘*›,v=øQËfl˚›ê±îYfãªk^
N&Á€¥i(πKê¿t^Ä =c‚kB%r5L™ÔPY163
    åÓ'#«nj·a†MB‚K˚´"\B—
Qœ≤L[ÿÂ2&!ßhçi}ôm/öè¿©§‗Ñ¢⁄ã¿"Yh)√≠iØh˚
®¢ÌË:-
ÖXä&B‚e———————————————Åóø`‗í‰æ¶R
'˝Ÿ1©ŒDπœ≤TößMÏŒ˘´pŸäÎR1?®,˜‹s»c‚¶":4´
W≤Z¡ï∏9qWπO≤K5dP;êΩÇÎT˝/¿§M3À"•ÆäÄ∑H—
¶+Nb
U»ª˚fl———————————————
Ã±"Ç6"F""4(ë%qÜÉ¥0©¡jqm˚———————
;H□#
òó„πK¢Rß›Qá˜ïÿ∑'˝Ìıo?®-
≠+œC¡˜s3ÃÆ8æÉ˘µ3∏eê˚Yt®RßMsUÊŸ≈∆-¯ª¬£5/
%;P|ß#1nå5,€nm}¯è˚¬ß"——————————
ZßFØ∏v'≥§≥-1≤Œ————————————
©çA≠Øm7.≤PS`oWF∑ -'*P4[cLÍÖÜ˚t.√c

G˘=p÷¶yÊê————————————————————åI
î∆¿3w|J°F⁄m◊ÒUIs±.ª∂p¨sS!—–
˜∆xfiáA'.ëZ◊¸]»y∏z…Å m«î„IEY:s————————
Œfim™7ƒ;P.}ƒ5∾ƒ,é≤Ö÷§ J÷¸¡√r´ˆÂ√y~¿'2˘U;
nf#«ïÌy#±3ãj]áùu∞btç~π=ˆcV≈Ê<fª0@`!±ÒÎ±
°mvlVDfl§————————————————————9P-
Jp∂Bz02-¬
®}êa∂˜æyçÙ„ãnM©ÓôFâ)Íó=≠"ï
    +éªê^˙£gàÄhù p¸›Ñ ¨RÕYuË⁄————————
µ—9ÒÖC∏≥ç?Y==6´ˆ#Í5————————————————
hçιÏ¶*Ñɾö òØ¿∏Ó°)`————————————————
5µŒjdµÕ{†e{ù        å"gp∏ˆÙà
    Òîêv[J]"J≠∆}õk)--£164'a¸)¿bÎØ·ú°;Y
¶3&ι◊flc')ˆv~fi=¿€164?ïyåòT‰ôιªWüÌÕ-ñP‹Ü—
®êÍ€ªPâ§"°ª¬-
âíó¢!FàôAPÒ 'Fá´∑°#ßÂJ¸ö6…kÓˇÃˆIïQÍ".uá
‰"ÙéÉ*————————————————————y—
)164pú,°Ì˘$G~J©8Ü¸ÎÚÕÊf[OhLJlyò`ã6n∫Û$`
‡:;»2ÉxÉkΩˆe"+™·íÑ¯¯™0ç————————————
-Ø<Ü`&†≈t±ι<·cvœ∞àÏ'{ÁL¸•≠πÅ£Ôzî•¥6|Ñ3P
_W∂ÈZZ·uST`±R/˘æÈ∂s∆Ωõ≥Ò————————
n"„ì/°πÉKL™}
    ‰G∆äʃ¥`æÖ›Õ,πDBESùÂØÑOëtóL‰íʃˆA≈K¿
Øq—
ÿ¨©®eBüÌÍ————————————————•°•)5K},
€/"z1(˜Ñ! [-∑`¸[ìgt°ÍBÙzuJfïë3œπ◊a—
?uâʃò5í¸ÚUë±⁄Jb"≥›'˘˘⁄Új8MÌ,œ164TÎ¢~kb•
e;`∏ûµ¯)≈ÜëÈn°·————————————————u'
p8≠fi]Œ…Â7=˜∞ŒfMq)OöÈË∏O,|ëΩÉ·"J{¨b`À\€ç
Œc›õIîÖúÍäX3 LAÎ;Œ∑Ha;\†æS¬†6ê[fd°
VÌ⁄´Xä|1√é‰\Óá∂´-⁄~zΩá#j+c=•¯9
ûóÿF]i£íMA,+u————————————————√Àq"
˜ç€Í„Cii°‰}Ì˜ÚQ™u‰ê'l πa·U˘…Â~¯^q
\ïVÍ3BZú≈ü‰≥K≥å
ÑŸ,·ì°œZyüäCí¯,ιÓ*J˝"ÿ,h Ã•iTιeä‰D@÷————
V°fl¡GʃÈ¨≥dwÒÌ*¸`ÛÙÔÅ€àʃ>|/Ï□:&<KÀáã164í
†V‡Ã?Ä•Uû;vª˙Ñʃa64¢ʃà8¡Õl˙¡í∆,æ¬Ïæ
    5˘¬üKz£9Ö◊fl—ˆ`ÿl-uO

164

Ì#ƒk•˙àZ$:K□B~`ÊÒnʃÀ¬\»VywBc-
¬œÔŒGʃùp•wÑì.aâ9é6r165D'A7¯ªNp˘]£\fiʃæ˘Ë
π<A34IÆ- öà¨f⁄bGÚNcŒm-b≈Yâß>ü áÔÈãœ‡
hàWG£∞'[_X″›«˙√z$/fhÄ'N‹m„=ü¨˚—
˚˳Δ¯ıJH÷TpAÁ˘AlïtbMtå#}˳™‡#.-
ıÄT|˳È@˘®ÁÍ,ï˜∂1gÚ˘§ÎH˜jåÈ˙¶~µü□ªÏ¡
—
S±w¡+ÃΩÁù†Ü-"È<¨_D" ∂˚¿fi$\#].•&ûÜÔjØ©öŸ
ÕÓbBákK¿C¬'•Ôf¡~"ãŒÿ-QÖ‰¢
Ï˙d0˙ŸbÎ∞Â/èπÙR□v˜ØÄ•iò$IÉŸâj7U"flêé
ù•IΔ'[!LÄkÉâ˙jÎL‡!Ûôʃ
ΔŸâ´6«+á#X165.Ú‰éÆÀH~M{˚ç◊#⁄∞∂`ínåÁ£36™
§>˚çnU‚8—¿□ vŸH•DFhCs—øBÄ»æ*ΩãKÉ
zE   ∂7rd÷Üø|6¥□⁄:K⁄{±tõœ-©!"•
´˜ʃ"Èä˙¡]xÛôk˙ÄZhúÖ˳V^t¨Δ‰ÿ57ÙÔ)Ù8U†"$Ì
™‚{Ù≠≠Hw´!&(˙¿≈5s
íd]<dfj&á¯Ö©—Iuß,Ä3àò!≠§ Éì›†
    Δπw•˘›œmWÎ®X0d@fi é6ØZõ8>GÀJ˳ßMÌÓ-
€„®ʃ0O[fÙñµH⁄¯ô"Êíÿ1DÛ™="”∞åd‚¡RIÃÀ?Æ+˙
t|áî¢\Â›|ä+fÇ™«£5{oŒ-$ífù.Vé
Œ÷˘"˙ʃ'Ω¿ÀrŸßdGÛ—
Ÿ≥˙«Ôâ>Î® A″flS[≥oêœıtïeÆ=∞¥mây.πhüÿá÷>î
j^uëŸ|••À ÊΩeüÄÄû2Ê•˙Dm-…DçW‰h‹tÍhærc-
*€˚û™Çá≥"Ô˙»LÌ$ΩauRÊ
ÄïıÒA-⁄øXxÕ&¿öõì#íª □Ve¯É0fl∑&›v'¢-
4GDÑAiK⁄¡Õ8Ød″Ì;˙'wÛnäÌ˝Ë ï-
`-q˚⁄˳Ù>õœu˚"
^-†•§K(˙øwaU˘Ú¯é∂^`efiGsÌA„″µ5ë#5ßì@
£+[¬46Ä.„ÇÅ∂
˘áÛJí{ëÅEáÍ'të4‰»Ã.¯é- ÿ‡E—b˜ËG]″5ò-
ª]s£Üµ=˜pÔ0∑˚^—
ÊBã$yb"ë0ƒE\Q#åÕÈJ≥$wÅhG≈"165d<‚TíÙA®®®
¨9CÉ—ʃ7w@†›èú‰□îô√´∞-π;u{<`yæorYUiÂnd»
+îqsøÎ ʹ"bü§ó<⁄‡ŒY6Ù`3w+*
    ›wY']0û≤∂˘*<è) fi
éÎ-'≤)£≤-
¢flJQà^Aı\Ãä‚DE(ã§†˘;K®˚WªÃ"6VÔ¥˳JÙµ‡ò∂é
röKÙfiŸÅúÒœ¯GJʃ-

Ë≤\õìXπJ"{d≤Œ fÒ''166úö|@9ï≈¨p≥ssã"·uñZ
Ê∆−Ït0YÂ £π m5"Ã¨x9K8−]A□81−gˆÍwÆ:<m−
≠ÇªÒAAÎîÌsMÚ[ô#S"Ç∑MCd−õ;0
ä≤¡ÈP3fi∆w◊₁µêÖÍ−Ú0åli¿
î®^HÀ≈÷÷çªí−Û~xˆ˜−
ó¿gùNhjê=Så)cÌ7˙©èƒBkîˇ¢"flW§∂¬ëóÚLjRÙG˜
ÿìV:[;múó€E√≠$≈¢±R≥ŒuåæüàX®Zu9Ÿ»<¨jøÛôµ
PgÑ"B"_6å──────────────────────────────┐'?∆/©ÉÀ
lí"T,SA̅−Î──────────
yeñq(H−√É=¢õ‡ñˇÖØP|<€{Øt~C∂‰Û`j¡bW
ŒMçãµÒ─────────────────────────────óFªxïŒÁfi®°n
%8⁄◊ŸFflA''ÊWiyÓÈ∑ſ˙Å
₁ˇ.99Wé/E˙Hò)æaÊŒmÛ})'M̅Ï¬∂„¸«@œ®;áÈJ√ò
á≠¶0_eãdſ+1«ë¥æ„Úˇ Æ£$xOÂ,ΩLÖ"fi,8áFfl`bbÄ
ñzR∂óùF       û£9ÉQ8≠Wò|≥÷SËÁæ'□†y∆|°|
...ñ1ßG¡•h≈˙˙v─────────────────────────®†lÛu
o1ËØÊ†ÇÃ˜ÿq+Ã©(Ó"ù@≤áe™Æh'∆s'Áœn≈"‰oIf∂
áÛ¸
ß<‹/¬ÚË≈C4t'MóícúvJˇLÔ FIπÌÓÂ6"Tõí}˙"≠Ù
flPπÙ;Êû⁄ï¡₁πç˙VÔû#„1‰ˆ−ãÀûX9}ÑÏÈw˙n−
∞"˙}L˙y!⁄...LùdR?flIªm®
‰ÛSÂP(A¸LÒ∆ö≥'ü _Í˙˙*h't‡¡~Û‰›ifl|fixi±────
MÁ"rcç®±S•®}'°úÊy˙Åó...8uTì¶D†q−ö−]VAEF£e
4ˇzËH−ü□ä∆C"Üu,
˜C>"¡{0Ì≤tu
FÅ6V"K)õ−
öÚcö;íBâ‡°fi{̅pp`E˝D"öflſÊÚ"QtÉá∑Ó÷†fl
va¬166aG'åPåAÀæâÆ≤FÃQ6œ+Æ]=F_)Ë"»j1ÇªmÜ
ø‰è¸¬'Â−⁄hÃ§õ̅"F
$₁,Îç166ÁZÚN«h6≈õ S`¸liUˇ?V,]Qå•ÁøqÁ7dN
' ©J3Ö!S6;_µø/◊‰ŸNÂw¸ÅΩa•\µ#□≤
£÷⁄u∂ÈáŒéQ.ï¡ò™Oa"Ã—ſ──────────
     −∏ßË·──────────────
−
Q≈r∑'/x›yÌèuz[166cˆ&ë_‰1ÖãWfíç̅°Lj¶&Å8õ
≠Ê#÷ÇXfl$ˇu¢bü`∆\¢&ÙZſ∆ãrçfW"‹^»»CêxC`∞Ñ
uMnØH RÖ «oÔ@]o©çÅ‹−
/ ÆZxÏ,°Ûk4;©fi,∑ŸbäŒìW¸´l∆Ω_n

166

€ò∫≤∞ÈÍö°V}¥âÄjç5‹ ˙□∕má"«aÙë^%)ãù≠——
hy`A∞æ&ïÓ˜IèñÕË:nç≈`ë167L0å3°RmÕ
cXWk2‡çúOh%A^}{′gÓ167Ÿ¬T⊓´—
•,üŒåZ≥aÊÀg¬û1ç¬IÕ≥`b°2Ú˙˘˘ı≈∂"∕ùM˜#œÁ„
ÌdEÓ\¸
wTîøîuùu±Mf˚‹*uµ&Édí¸1^ª¸SêÊ÷1=fiÔÁe——
0è†•0BQ□ã»Ì§˝eÆD÷±—
°=2≠É√&+†túî8â8ê¥flŒa,Pfl¥óÔ´˝°*Í3I¡^›167
rfi÷˜"?,XΩ‡]}¸£AÁ-
èî•î˝Êm{îC«*◊hflª$!®÷¥ÕÖ;Uh‹N¸
,'œÖÏLE'Í≈LnøñY%°∆p¿ß
+‹∞QmPZ&Ê•óŸPÖüöns¬=bkÑ¸≈?Úv4XflÎZwNù˘-
ÙèUx2}€S√-
◊TN°œ*1∆¥@ÖJßî°Sâ€Z3§F∂^Èñ‡vÁêÈph˜˙Ã1_
167°≠?À~Iú≈Ω*M'ru·Å£+dÆP
◊ÁŸ?ü∅‹∅^ÙìÙâ? ;ΩⅡ^Ë)RptYÈÒ…Õ——
ÁU$]≤À∂'≥Rn |€¯Yæ——
‹"mÌ¸ö°xÆ›4Î©Ud‹ónú^+˚167âß3 ≤?,ä'`'uTI
ª†•k,‡í˝167)″ONy^®r5w¸‹f¿£úc\du◊•SN^ C¡
€∫W/*Ït›:bÃí1vîüÖX;—
~¸Ôîjô°ycO∕∅∑m&Òê¶$fnËÉ„æÿÎB^°…Uv}Æ…
167Á∕ÖÔê‡-êØ,H/÷T+4[é¡jB\ÕïwJem™ŒA™Rá´ø
Ú•°u©û¡∕•…/92®Qï
∂âÿÍv"¡†'srMUb@"I5B5—
]à_QMYËíõjv¸ç″†ô|Úc-
;ŸÊ̂ykÄÍîfi⊓Å√-€ÈÚî\á~eï@YÇ©N$íÙHÇôTâ∑——
Ø=ÎÛNC#¡‡Ç″ùL(D#&⊓üp –
T+ng‹›¯¥™″¨^E£)‡'-
dJéÿ•,ÿïéäèŒEäõ[≠fdIùo/]f)Ô$——
_\4std_ÇÅ˘[œòx~q#«çßâ˘$ôı)Ë-
èc9˙Y≥0˜íËyøÁ·oé
¨√Á˝ÄYaì,ÔL~Nï∕É}À^V∫€'
PΩb^∫Y^r˘±3.µoJI¨∂/Ãq‰√O*ÎÍîô3À&ìÂöætC}
⊓îl¡øzœÂ°Ä″¬Y•Æ-(Ö•N V‹-¡Q•‡Ç≠
°`¢03É $/ÍK'.…ÕfiWÕ™c˜ÇÜYÊ÷†«∞‰/)-}(§ßmÜ
Öú\¸-ÿ≠r4{∕2t|⊓ú…
‡yâzeÛf∫———————————„^∅'Ö}$¢I
µ"D"□Ô"‰-}´ú^—

167

Û@UèÄfPkÍ˛öt•»SeÅÂÑb,cqMGª·å¢69˛ûˇ—
≈q8ˇπ@Bê±°Àq„ŜÛp#¶∑≈'ˆ)bJMÔ8168-
ÚØ∫OA4GMC4#≈)˝ ⸻
|WLæ@©G0XÎno•Q^e&˙%Ò`œπ
íÑ,‡áQ;ùË=#ò°F¢9⸻
7Ák¢ÚóíÑáCuI®B]$§√æù∑fÃv…¥ZÏ€%⸻
hG˜
ùÍˆ≈ÔW≈⸻Jaâ
~sbá-/ÏfiUœª∞öÑ,õŸä-
°B/õW∞ù‰h'ßÇ2/oÊ,=ˇEqπ$˝W€[ß‾BûìúP•®ô
ƒ≈ÿ˝5˝ª¨EŒ‡ú…
î‾+.…"ï'ø•m€|ó-ÏÙıfi……n/≤à.ï/*MVO$.ÌRNª∞
L/˜&[√¢^t1fl9¢DwDË>v9%ÑQé1÷r‾v[ 'ãiè⸻
÷ïΔ iwp€ã˛LÜâú-˛¬>>Í23ù-⁄yÈRÖˆ∫‾9¿Ï⸻
©µãflªbñ°Jb•kt°\ízêèh|eYAŒëʃ‾Δ2@flÛN® !Å2
◻ä»@|Ra‹ ˚ûª∏{©æm•€Öl=µÇAÍ…TH-
[fiıÖ®!0n[£NTME2x}ë‾Ì÷Z5Ùp&Üƒˇ»îàb€€$Û)
ç.Ë¨1Ê,%˝ƒ|ÉIdÎ}n,9+êuá5ı•=Ö)òbl5Dù


`-§° ¶ï&;gJhn∑FÎ⁄‾5‾æYZÊÄmòê‡5p"ml[6òO¨
4ª6ˆ‹Δ57ÉBè∏ÀÕùJΩ%®M˜D⸻
R4f|èGòß+8~ˇ˜∫-
≈8êÙl«Ï¶¬≠zmBi8ÿ',§{p`ò^'I˝5?fiË
˜»Èâ‹>îFêäõÄP A˜c-b•Nñ*{Në4$/ã
Áò•∫VfsmG--aB168f,ë0«.3Oá˚¥¶à%õÜ—
WÌXN%0⁄+{VâaÖK'πX˛baõå{ÒqóJë1€ë,*-
»ÃäB'üX:rê'≈1bdŒŸ¯€cÄL<˙„∑EW°˛ƒ°™'Q≥{œH
T}ıU3øªˇ>t⸻
rrù≠6i]Xd,≤SäÙtçz†Ê3•â4—Àˇj2≥„⸻
xifl@€§isu•<TÇÍ∑GÒN`ùÒ⸻
Ó=Œ`§% ÇÓÕ`«pbkfë·168ïkh$∞´°Ò÷‹≤nœyÕ∂.›
«9ò"ÕWâ7'Ôµlƒ&Ë£V"‡Ljƒ-
¢£B'≠êÜ®?Í/fiªπ¬¿‾í÷°ç<i‹$4)l.û'u,'ü°0úπ
˙{-CÊ÷ÎŒı¬™Ä‡Ã°œ™¢›@fxüAÕX∂IÎQ KúµíFÜ≈—
ÿÕ&$ *Åû∞@è|†≤˜Öˆ3Û ìuû›Nt˛
     ØE˛ÑK?Ñ¿fl`õ\-ißÛU¥-
GÍ∑ëÇGòâQ••øÄoXΩ—
fl"iÏÕ@µç!'od\ÃÁ+Œ<=ø⁄â168Ë°ÏFÁ›øÈ±Êáfiòk

168

{‡±[0´Üêôç³7,vÛ}N±√~"¶à1∆.1vÎheoï¥ä————
j⁻2rvÎÛ<r IÉn+[°◊ú€à 4Ê∂ªœ=<¶◊Kqµd————
@Bëõ]ZÙBÛ¿∏€Éqû˘Ú_nHÓ+y@¬—
^"eã{ëââ0RÚH>7†[*<ÛNpXRë;xΩN∑‡•cF°e∫≈•I
KõÓ`-DÜ¸∏Äım¶_:s˙∞ÿµ›M‰Èsä¢4÷Ts)DNNú
YÂ -
s+ÈãizLr4:˘◊leŸÑwƒh¬W¬o±Ÿ&⁻îm6Å@"ëC,Ôë/
ãB¡ hÂ™Nì"Ùœ_0¨ë}zÿ¶2-
ú¸ª.$⁻«e!AªØ169hÇ"@q˜Û°*«‹ ¡/4vúCJêœFBfië
©Z(wI"sEëwÚƒÁ  xÜkÉ∏ƒ Õ´+≈V'8£vhœ————
Ç˘'j%ïD¨ì'Û`Ü□díø•˙¢¡^0∫n:2™gç'169›àÆ›H
t›¢€HgN›[<•'ˈXÃB⁻ÕZd…◊DõãG|»«Â⁻Àä⁻Ïƒ]
;Bí«N#  ^ÅyÅá~N/Ê-S7°s€+ÀgÉÂÊ%·∏ï ∫
^&Áà˜ï©A#éú°-ú
ΩC'□%µ•±»¿˜÷j}b†©•~•˘,/¢Sÿ  Hƒl□¨¨Cf/Zû-
m1<ûŒ´≤∆t‰¨¨äÌL•OÔwk·¡,°?•h¸ÎrÃONr,w/Àâ
k¢¢Ød—™GÍÆ^}'-IvfSÀÖAq∫9m,+©wf¢!4ô5É
⅃∂∑":,|â¸¨Ú+ËZk-
öfi/‡É≥øMç¨*ßCn:-ûft¶í"®l?°Œ«-£∑dòÉk„P\ú
Ê™/ÛXpØT#BÍΩ—'´°yDgˆB"-g ëÇ…n————
√Ù]í+®'*7^∂õgQ»ö‰ÛG†^∆•I-
QF√k*,Jçõ]CüA¿gÌñõ·‡Ç«ä˝¬@I
W˘/çF/˘Ô^†C µ30^Û‰p∑Cc~¶≥}8Vè]• q]ó□◊3
.•2Éöé∫WCR„
;æÕ2169ÿœiâ0;§øC√•4Ù,‰@h‰¸t¸ÊRD~Êñ'|˝L⁄
ÉP5Ÿf1Ò6-æ
†j`————————————————7¡'∆42íÈ6—-…j∑
{"ÅÛ7I4ì˜∂À„`Ò7Ù∫3™¨¨r˙FK@ÚµÄèÙ√
~µywAûSØ1o‹…q-5Q°"6¸4+-
¥RñxBÏœΩ•_•¡röõ2†⁻íÄ :E"Ø
∫Ì∂œØ©¥□ø˝⁄¶∏N
Ÿ"ü≠È[‰ã‹5óvò≠≥U8'cM'ÂYyà/6·≤Jv≥],
∏HÓÉfl'¸ó˙L∆\flmßõì‰Ö2□————
»1·‰íÿÈ¡£ŒÿÃj°8=(2ƒÒ€úì˙õÃßiÊÛç^©`±∫≤-
EI>©af»°úTA‹h `$
≥Ü∂gà∞°˙fiâÁøxQ+ÿ‰Ï†ùfb‰øTu0‰bΩY†.-
áƒ⁄áXgP"—Füg□√_B6œhwflb÷Å≥øHçªπ÷fi‡å————
__KúÑÈ,G»ßb°ìpÜ6√´„J]ô§õá≤Ã$?wAG+Ç-™-T-

169

âkÜÑ/†´Ωílc|€™Õà‹«›ÍW.x□‹œ^¬ú€îB¿ábqù≥É
ñÁâfl È•Œü{(k¶≈GflUDI~~jqfl#ÿé∂Û-
¨pF∂•TÓò,—å—(N&)I.ï"—à{›®œ-
+y4vbdúŸ¢¿#U⁄————————————————àö¡t
ªSà‹s&ëÜù˜,X•Æ7A5z170‹§D
V⁄õÎ¬————————————————————
¬XùQ————————————————————
ÇÃп.eï®7OÆ————————————————
ÃŸi'x©¶Åµ"˚0§D}´tóõë«ñê˘2ökíÌx≥‹pp_3mÌ
Å÷@M' ©'ÛÆ^\fiÕß————————————
îÜ≤¿pyÜfá°¯é&Çî"¢=ÒOúu˘ƒƒÂ¿G†§Ûs'ô¡…2+í
ÇìÓEOW¬éõ?$W;ÌÙ|∂j9òN-
Ô∞A'á‹ _©9,ûLÌ4h´_™u~T!™
úlÉ1U¢¯ ,Ë|ì¬l◊Ÿ◊∞ï≤-
ô}@K*~í$'%&»Ó".√â,M53sÈ".BÖ√u)sG≈Å5ÒÀ——
lä¬
flõe°y∑ôOeT›170fiÒ170dÈmËé°,◊:w'Ìq
œ≠p0¿ˆ®«————————————————zËaÆè»'á
≠t5ÏèXeÒ‹¡ZD‹0
%e′
È′_à˘9ÇFçiÔæ1Âö∫170ß6MÓÖñÅ8
    ÖÇßg"ô¡!Jâòö°l≈ñN"fû5o∏" ¯&Ø.
ˆ©ñ·P-B•óÑ¯˘>âÍ©p}Qè‰Îš¢¬Ñ'—————
!€6√\-¶è¿ª≥ö£S∏_ŒÀt[o#„'W8àjèm˙W5(ß-
t˘DiZ`∏cÍ
∑≤L6^¡b˚Î°˙VØ¯+ì¢„$™i'Å:˙u$m/Pö& ¢,Ô
    ´…€YµkÁ{Ñ————————————————
ØX:IØpJ|-
±ª‡‡8‡ì3r^ê)÷ùòLQT'ÇOfóªÍüìÕ¢5?ßoÖÌÌ+*N
"úlzE: ØGÅGæı¬Ô,zA\‡#∑1I|ÁH2Xu,Û∞õ
ùåI≈âıÖS˚Ô^Ag ˘$ ˜g•^——————————
'fi¨M¬ï†E¢‡PË™ñòWxyåYp+ß˘…ïW"yO$é!;^»¬Û°
(€G170UÂ®ıËãÜ®Z'Ñmó≠aÒ:U˚00Ì,xÏ°A⁄…#é∆¶
,ünF∞T‹t≤í¬eä2ü±ß∆f¥√-´9-
˜p≤€ÕIS°ÖnE·/-‰0VÜfiÏ∫˜Pafœs›bõ®ùPL5S1∞˘
Ω    «0çÉÌ«Û)
    ±"!•ù≈≠Ì/=¡LúiÅm~¶Â2Yúãª8îp…Òyew"U
}        ó=˜õf -÷â˘zñÜJ

!ãfid'õf9;=cÑd7ôkr‡˜————————————————————
B6®-ÒÛ•è˙g ™|dë?W\ÉÚI]«ÚßüèD∑ê∂˛Xw:éÈßî
[cÙë9ÜyIn☐————————————————————————
Út*0≈⁄`Á5ë⊓µÅ"ŒVÆíI,&î≠~≈k-
kÏ<êãSKrµfl˛r9sHûŸ0jÒ{<ÍA
y{€ó.Ë©´ƒ⁄Ùõ' (E"‰"•vL\1xHlµ€•$õ≥sÙ-é
    aCÖø±
    œñ4óÙSÊã0ahuOÁ˝⁄\ı'ÂƒN•´É∑+π1'—
ÎÚSÀπ4ÏÏF

®éß;œ}Q•îè)☺Ì⊓ßfl˛=å¥óõPwyBv-⁄ò^áCÁœø"˝¬—
>Âœ^œÎï}Ç'†[∫CÒhÆ∂HP˜1Ô„÷ı171É'}F⊓ïÌ[†„
xYEßO"1˛œ xì.w-£{ëÿÌ8&É˙ò+fiMlÓß————————
SJHÛ?^ıπ°v„SÑû:f=ä-«F`ò˘d
    ï ‡â=ZAê1<¥·èƒõáU±À¢ì2ã¬ñ®˜ßÛ-‹V'◊Ñ!Ã-
    >\Ôâ|±DjÆ#¬ÆÇ^Â¢—————————————————
,TúV o„t™^÷·È;Ü¨v≥Jœ-
˜πvı¬≠?°z~u*´I£x[˛=fŒ2°√9Ç0oC9ó1·'
=4Æ≤ıÈ/G AÇ»Ωfl?=sÃœµ¨ûL≈Ê'*————————
≥˝û=™5øB2®T†«Ωr∫˘≈∆—
ª)Vq5Ã‰™ΩâYtɪo≠wó`AåÎfi÷ÙflÚ◊cÜ≠ç«flÔ¿<:7
lC:C,»^°Ófl°ú1à7#ìí≥
fiñ<~Ô7dó≤>°ÈÛ2˙œõk˘5õ;§€<„jvdâ`ËS4#0z-
':¡˙ei°~P#€õ1Õ˛|bœØ¶.=ØΩk•0
    "Æ°<ªsøÄÍ-Äî*N|Ó…6Úú
9Ajz°‡óIj‡zß^0ÁxæÓ÷ï#‡VsãX≥t⁄Ê¡íP◊P†°¿Q
DrDC˛@-
    ˝;Xè☐U¨ˆEmîGÀi☐X}˜ˆã‹Áô'¶Ï√‹£"oÎÄ«
ÈÒÊ/ƒ"Ã¬171Àmy•JÔ∆È7,:ëÂ@
fl¡0B‹È4iK-:ÿ)ÑH‰5"8õ"heflÁ :R-iÛUvÈâ
    §\∫w&nÚ¡£ÔµêTN∫ÊY^≥Ωs˛≈ëJ———————
í⁻s9«1†≈†171iÆ÷‡y˛aG-
h˘Õs3y¥flñívÒÕ@q<VtÏVÄåÃó-?˛k¿°„9Cÿ)—
uåBf;YA´˝Â™ı˛ë'˛≈∂µzä€!à¨5õ/„<±µJÿ9¥ùZ
∑7≠Ff@M"ÔÃ̄L˜û≤ão•ûúk$»3Èn
ÆgÌÙ"171ø›,C"hÂNVõÒM&∫··ÉYÂTfl:^L?6œå€ãÎ
•9,'¿ö/™]Æí)A-°m>õu_Üœ>ƒg——————————

171

```
»ev3÷®õΩ=ì∂ÛÄãí™—Ò
        í-S3ZI¢XÚ!¢M|'c©∞JØ£°Ë·†n•±Få,—
«±M‡¸!©QúsπØÑæÁÉõ1D2∑d4Å˘¢¥f4 xŸ·XÎØÊ
@\ç†›†Z;Ûr«ùΔn›n◊û¸≥§"ıÒgZpRz÷[Δ¸
Ñû ª)ı›±µœ•0«{ãÒ}®ËΩ}7tDÚí ‾ÄØø4:-
«clÅ¿tÑ≈r¸u˜ ¿>ÊÀ÷∑œœk-
K?Æq<[(Ç∕™ç-çÇ≠1Ä"lUùxOQ®À€Rüp µåõ[)˘k|—
Q
‰ô•≠∑îûl-
NÚZôr«w¨èÈ-gΥæv.\À¡Âê)z<‾üwû¢£8ç]¢+t>∕Ö
∫…Ú@Ct±eìïWéó|
        <ï'0fÛß±u?ù9/™'áÙ3xóÅÕ˜î÷5?"ñ`≈2fi^
s|Í#ÛÒi◊¢?û¥Wiöûd4˙É∂Ú14»N¸CÜf›úi"7·I
172âKA‾@c€å)ÊKäΔVàyQÎÁ©]¸OÆÿio.-ù"À±a#Ú
□üñπö≥üiø=ÕHÛÿìñ.çÃVPÀœ
        rí«Qi9◊:Ê6ô°Nπ`k¡∂Gæî‡za&‹ôu¬O,ΔX$
Òô‰æ6UÖ<,Ëw[˙›
2J™•8¸∫4!ªŒQ¥Hl^Çê~uO€4Ñπıß Z™[ıG{
"'∕ØÂßW§‾o†¸TÉâC
!ìQQ9‰w˘Df≈káªµï€eVÿó»4Æ‰Ï}mí$
ıdÄ¸
^Ä˜'MóòR□ç8Œ
‰8∫6a≠íx›¢aÃ±DÍ"nC∞Ôëéπùù¶
^è…Ò£{îdí·‹$…è*ÀK+s[_0Í∕ló\1?≠¨$T°}á«4õ
˘flΩ¸@/172∏{≠Ø\è2I»å>9J·L‰Æz˘oÂÈp-ÁÃ
&˝ÅŸôúA¸≤+¢ΩO&\„ª¡Gíï|ÄŸè *¿s˝ê|Ωë‰◊A]F
4ö∞s5π∏g"Ûc8
ÂœQ*e
¢~b>Ê?ı∞'ùs€[≠8fi·B8i‰,ï…°,Ω˝Çôv&mqso"'j
ØÈd-EŸ‰§Ù>o&õl‰Æ≥WhD  ›z+, bpÔma-
ÃoïœØ∕¸‡©□¬∞E≈-ürxz£jf<˘-≠&+Ì8ùü`ãÇ-
˙w„EWµ6≤s∕l[+ëSÁ5Q
"˜«,g≥Ãb¿MÈ•æfi€£F≠0
df°)ö172°}>hñ∫ÃX∕}ìNÉ…n        Ì¢ß
R°Êô_?‰fifi…·Y/´µ˝™£LÃEN¡®ª2Äé£ô>yëJÍ",eõ
{2•F≈(ñΔëÆ∂Cî)|â\„ÚTd30#æVÃ≥¶4¥tJqµ{Ï∏ó
e?£@«∏¢[B¬Ñ˘á]œÜÄœpe-DKsµtÉçöÜ
8hflÙ q"I ã^ÒflØ J¶e*x3&Î√ÀÄeóQªeG{2ãflÏ
```

`äŸF‡firWsÙ•W9?ÖÜ.Ô^[.ÀÅœá∫&≠i™~ ›»dZ.H£Æ
Ë=≠qòÎ"]□IxÉÍ
Z'3¥∞¿ühÄ„h≈œ¶PÉ®∫Ò|Ryì˝lÚåh4ät/≥ôµ\Z¨b
î-[Œ‚M±ÿáEaâHúj'îû-
≠gZĉê®áÅîÊo˙áöO∏ÕÄ®ÿ>ÿ˜ç¥h∆Áœ¢¨˝˝Àærã¬Z
≤bϑåe‰,≥ÀΩ.Ê2V□~91…5ú˚Ó8ÔÅÿÈW«h¿ÖD-Ó÷ªa
#"Dí:t-˘173+[
        ∂◊TßeœMå±P˘1737ì'flªyP∕tïµ@˘Ê‚]™#N™
ûRÎ}>µ∕RÓR1Eé————————————————»€,$
≈|e·$60&õ0A•ó„¢$S9§-AÉtC‾sh2¬·‡Ê„™————
∞Í|öØœ ‚‡U) ¢ñÿÁú©fifiß5L˝)fl‚Â,ÖêK‗Õ7•çSÊ
ÿ‡Àh-≈(xá‡úÈ∏LB¢3ÎÊ‾€IAà—
ùM.=‰√¿ÜÕÛàüdÕ-
dôUÆcú‰„¬åxëLiZyÚ†¥â□®e^wÙ™')ÇVè˙:
©í'cVT6-„G™"î´ªÉAÎÑπiVÀìò˘ΩÄúD-
+øÕÖ®¬s…_□Èπù≥|{7——————————————
ü"'˙eìç,-πô°√\≥{•ÀÃ}yF´>,G≠îÆßÖ√«ÈÆd'HË
…Â°íl
,y ˚õäÍ₁"Ö≤|∏+è?ÒR.2›¡|w!H¬wœÔç-
&µÿπV‹˘"Î´≤x‹ë›ÆflqxèLå±°‚-a6»2
_â"∆≤Ñ{®Úò ë!?¿í≠•iìã'S^p=ùfi≤≈¥©.
€èÇ†·ìËbD\Äπ'flb173ê‚∞Aãé#úBÁÍ'aj?Dâ0ö]â
Ó"Hh˚ü∑Ì$f¶¡ûfi•M6ã#¥DŒ}NÇêAñ÷w∫
:o∏Æfø˙'∕∑i‰ã9¥?of≥ËÂ∫iïe"DÙ¡3‾Ö≤¢c=˜Îü_
+±‡3ÁÄ∂i□´ÛŒhùAVm‡ùò≈ŸLS@0·íõGÙå————
pF°÷ª÷ù‰ Î'ÍÜÈ§∏∫dœ^$SZbz-≤±————————
á◊ØDú————————————————ç€:€ú^ªM∞ "-
√(Ãæâ≤Ñz∑@^è¡c»ázÆ¡F"aá‹j™5fJ´◊y"∂ßt—
˘Ö#ÏUÕ=Iñ?3*´8ÂV"s»2Gfia`pfÈ ¬fi-
£ÑÁ˘,°PÎ‾E°wNq∫ªC&í60æ]aé˙∑;WéflU8„ª=¥¶ù
?m≠'—+¿úÂè˜˘˝œ•6V®2ì‚C~Ω"fRÑ0 Ô è˚ü‰.M-
Á¥DäVfiX÷eÃÑÑsêmπcBü^˘DÈWà·
ìäÚ1√Ò≠∕â6œêÑñ¢≤‹Y›˘^B‹ŒËt————
v™G‡@∂"õlIô˙‰Óoî z3 —|AQ±µ}PÚ˙ÖQ————
ŒX‹Eˆß{©BÔÎCà8ÜßÀ∑¨o=ú&vœä«1jiGTfÎRøâäö
,-[d'‚∏√‹IÙW»êI€ÕÊ
‰´héó-‰R¬ZYû+IÁ≤R≠Yñ±0].>°øI√[nV]√-
Ïµ‹s4áá‹˝EPo;Û›;ƒ,#ÛCy' ‚•uy["WÎ·-ÿt{

qg≠†────────────────────z[¥_≤Z#2ôD
  ~ü•ˇ£a•9∞:P÷
;ƒ⁄F‰P,j„√Œ•TØ‹Ï™hzóìu−6ŒÎ:ëà¯4®è‰ufi──
‡>∫−√PíçzIƒ#nÛr~ >Éc3®□?─────────────
\æö
0(∑ê
¢{/œ÷H≠ñ•nÇ€#]\S5<'Æ3J∑?õÀk¸`&1TW®2r‹Ø=
ØS1L¯˘È}9∏Ω−)\]<fi'−®]>∑rØr‰ÏP¢¬Í√Ùçmû]──
0HD/4D3──────────────────────
ui!◊ùÃ$À|A‡ßbpaY∞|'i&¢ó'ó
ƒJ≥Ub\~R…´á˙Ä¬PêÉŸƒ˝
¸Œ§,¨49Cá=ˆBqÛ∞F≥m`QUâÿ(>/ßB≥Èfl−
OØ'w:X'Òg:ZVìÊÍ‡sµI»ƒpùÏ≥ëæX€−
'Éñ<ØÏ÷»Y√Îê…  (8ƒÛ◊ú˙ç58/XÙ˝AXraŒ±r3˝c‰
‡FŸΩ;[Çe−£ÎP cdpZÀ|äùuÏ˝ñ,U¸174k>«  ·„
'Ì)ıê';&ÆØé™«─────────────────
¸dû;ÜÄ√N◊ÀX*'Í/−˙ÍãÙx+áÅ|+¸â]˘
‰íµ‹àTbtæ−}mê⁄\¸B
Ç:°g˝ıÔy©â∫˘]˜©>öCÕçÓñQΩcÉÒ≠S 5€Ó˝Q}œ‰Â
ÂprËPk∂1745Å¥Q`úY=åÉ1ÅœÓÚMH−
*ıÄB174˘π¥ôîÒUK‰˙=‹:d£‰ƒQ−−Y°˙´*−
‰ynÏ˜À«»∞¸>Ôµoaâ[€˜'xÊâÆ£(&Úö°_+†µ©YîNÈ
#fùØÂfl„Ï˘^Û„ví¿©…ÙŸÊŒ˙K‹ñ3*ΩSåãüq„r|xNµ
−ß
∑'(√úBê− yVâ'‹fi∏ñã·□d─────────────
ÕÌ†6ˆœ¿°¯¨hTu•
     ÚOµL∞Ûâ0∏±¡≈‰Ê˜*m−
3~ön!‰≤~*ÒËã„Ã^Sª'´ÈS~í˝!X.v•¸¨fiò1V€Ùù3
•G»174Á`Ó¸eflÑ˙ƒË‰RÜÄ◊xN±−
5nXdÓ∏S+õu˙ÈWqç□Ï…a>ù|Œ€.õ≥¬@W˘Ïfib|Í¸−Ç
¶˝Y¢‹ñèª‰Õìj B£Ó}·†¥8Òt0ê®»≠„}€Ó3¨ôwAÌy÷
;ø!]G÷Ôé────────────────i¡, éB±R#
ßÃçÇ□´a‰uÖ∆ÂOÜÃ?Ç˝Ÿá[å˝ònúÿ◊ÌãK„≈¬«˘"□+
Zœ©Lò…Fp}Æ=nhÁ˝√ê1,~Å@3‡£
!□4ÃîåßgOhäÆ8n¬í€N¸æõMo2Èx⁄óÌÄrÀR−≠?£Ëä
     ´n¸CZ∫…‡6ÃcÂea±v «ÙƒÜ −ÂΩ†,∑ù─────
¸S ˝A>$™U4‡é@ÏéI•î=OfÔûk ‹q
fπg2B±Ò˘†ü3‡¬Ô«ú[Zûép&nAΩƒ,hooJä□Ó9ØõqÍ

174

= #{JV7ù'πt¸ÃXà¢8/¸ÒÖ¸'+9t¥…àKûíkì"h˘˜π
#†\2-Ë{|ÆPyøõ!‗KôΔ>YâÙËZú≠l¸K

    μ*‹À=}h¬≠i‡i'X∏∫Œï¥¨⁄£ÉPñÙ9mB'Ë‹—
„∫°$…éÂÖ176ßÌÃË¶{82ä±¯z'G÷Ωu·îÇÅi‗ˆï>¬Q
‹Δ§æ|"]´g)¸v>LQ\úzm†™vKÍÚæ6Ñ^*˝…†¢"Dwsc
"¯>ÂÙÑpËB¯a!!œœ ˘~öHlÜx @nr›1øø∏KüÂ¶k]ü
ÎUÇFüËrÂÂ1{J÷}ÕüìAÁ°fiÙÊ————————————
—R÷¥§JΔQ    £————————————————————
ñ-
ì≤äÆxçU‹´176É∑Hxâ͡øÔÕ∫á>GSî,£3^≥!phõu∂p
!X4ç^a8p›Ñä°˜$ô§i*ùãÕ®ÃßäL,afi`\«îƒ1A£^Ø°
í£E5∏î—————————————————'∂È-
úzn;]t‰"`aM◊À2c[.¥t∞˜·F6dC‡õo1"H2}CyéÑû
≠7fl-®wWÒß⁄ÀP´ΔtÜ´A,,0Δòä—flé
y6fi'Í'åQÛÃôWÎö☐o%u-ÌoJ£1aΩ"ßÿ∫5'7éÊÿ˜J(
9Z¡£€i

    ÅGRÆû¯¨ƒ1tS☐L≠Î¯'é&n'≤^aÛΩ%J‡œ÷»N÷¸
?— ê|hODØo>‡",†a
?ˆ™90Êf9¨#°≤Zp
Sã≈4ÕÃY'z˙Ã'ÔF}≠ÌÀ›ÿ∏\Ò81*¥Ütçv¥aGû-sÃ-
É>Ÿ&mj§Á•ã§-~∞dæ/h——————————————
´'ì(j˘^]¿B ˘5-
0Na{d;Æ¯Egyu´îøñí7hΩ}">ÿ›Ò/ß&?Tq"*'yÉ‹Õ
¬‡ÌjJ[n¬ô-:Q6!È¢DÄ≤f^n°F˘Å·VoDdπ€Ÿb¶ì°•
∂›u-
î˝±T=∂í[†176Md¢-∏RF¸ã˝á2o¶$Àæ¶}éÄF  zÑ
ÕMƒ}Ÿπu!85aS[òtäfiv!Õâ˘¶NU∂ä,()•°∏]Õ'ë"+
d√Tö˝fli——————————————Δ≠°,MÓë&Ÿ¿
ü|8†\-cé8¶`BHa*8-
aÈ±@*Ôw°OŸ+ú©Y°Ú∫c©wöœÀ±R·påRŒ————
25 c1òÒôÜ.©Í¿s°sif7]4°é9ja

    X√£Áh$Wçh#m=ÕVæ∑*F±yî»"\—
ËË≠egF•å®&ÁTL˘!—
ïôN˘bœX˘D◊{sãfÍwe¥ ‡s||u£≈¯Q176í^*£T©{‹
'⁄ÆÚÚ'v°âeQö&∏P€"Y•Ç8ùç⁄YãóÙ-"°æÙ"äL^D—
=q€H~∏Æùg,∑ÇÛ∂ÖÂ◊‹≈Ñ⁄ -
¨¨WCaNà"a4Ô†rÊ‹ÅÕ≤hóù{ÔWG
    'æî(∑ßiofl∂.¸Ï5dX©í[{◊°j•Ô$ó¬«èD5Ω

176

ø√GX¿q<Q̲ Œv÷Ó∑BÈvÿàj]{gUIQ•N̅<?ÃflÊÂ≥OG¥
ZÚí177c@k̅(I%wOV∞Éq.{☐!ySX4u. —Δ"ÃóË
]˜Œ˜ÚOH˙∞:5Îõ≥, æî≤—
%^0ÁÌ]APŸ7π÷¿ÒπĒÄ‰¶F;«177Î˚
"177…ÙîÓΔ}Í%p′Œ˙177<‡—
ΔÇÇÂʃ%)\y3†ì€Ê*!Nu5õk E˙»fi›úHDK•ïg.-
œ'˚ÁÁ————————————————————————
âtähüøÀ '*79•-
=M«cW°˘◊ÀQ˙ö/0+´=<k¡4>„qëîOfl»•—————————
*»e`r-
¥Îf̅XY%◊——————————————————————ÖlL′ew=J|
^°˜)3˜ägµAE¬-
"ã(ÊT\ãÎWôz,¢]Pfi°5.&Ü-ö ´Ûc-
aü±øøö VòÀ*À‡¬‹ "⁄ Øó^ƒ8MOA ï¬Éê-◊<ÃBí´◊
Û˝ô!Ü$′Ñ^-
nN¶fl Ò̲µH\£∏î˜è(Óÿ»R¡úÊ{kôœêÖ"′7Ê/Äont,1
˙iq51÷≈YÁEt0~0°âViD|-IΔàf¥âtuö~˙ú⁄R≠`î˙
—Iï☐ᵃMù™Ãe-¡„˘7üz¬°Û<—
Àòb>ÊÁ€FR•<˝c⁄»ù«QÖ3—<′],âΔ≥—————————
,ìK¬)åÁϑ¢ÈxPvZù∞$ßPærl)\ ï#ÃS——————————
lXyÒ⁄t≠FUë˜t®õ=‹%âÊ=-°Ó^x☐§„>Lçͥ¿†———
ßj£≤ÀÉ~8ÎfiH ˙‹6‰M"ÈÜ,a$ú«ÿ¬-
˙gâõ˜9#?∂'|˜òR
^ìg∏ÓØØÎÆGÁÍYíNm¶@/¥á=Îfi¿Òw ˙ÁÁQ◊ÈR««Ü%i
¥àÅÜ†gw@ò~C% Q ) |6Ω¢n™˘V:Klíl|ä0˙fl-
2V!%%-bÿ¥á\e#…p¥ùl̅·Y#)Á‰̅´P≥Ø:B ê´S
k̅¨ xc◊VœW∏ßÛÌHÙ•˝TÄà˘NØœ¢[]$)"wkNÿ!ëô+
TèŒs3E„œÂn*tD°V˝;ü>øYjƒ¡fi6&C£µ#Õ‡fl-
w„JêP§$íc☐êÌ
  X
[ŸÙ√BjÍÈ"oîõ177ì̲Ω|9☐U∏ñìã@>wæOôU/FÊ∑——
0å°˙T¿$ì   ¶-#ûÖ,ʃ{≤°Ù™≠u——
j«â∑4Vı\Ú2Ø†¢ƒ°˘∏†°
k»⁄FÎà˘∞=ôH4jõù •Ö=¨OkrΔôᵃÿ√Yø3áØj…9îÕ≤
Ô4ú"Üu…ÖÓ-QIF«{moıïË:°u"Wn̲o°>˜ʃxÑhw'-
ØcbùŸ/∏nÖ
fih®̅≠ .fiyıÍzV"Wb* ˙O¿JN
     LÑÎ9177öNr£ ˙Œ177Δ˝4k˜æbo"Ü$Ÿnáfl~^3
                177

˛>„Ÿ?PkÊŒ1!∑——————————————————eÜ∏ö°
™—

ÚÃTä%178{mÎ#P@⁻∏∑f†('Δ"‰ï{\˜{}≥zgwœ°°˛
¬NYÏÇw®Á %E†Fp¨&Çc¨V®F2
˙Û‹çdñıÂ6í)¥‰`c•ë'≤Î†æ"ÕÎ˙°ªiAn˜
∫‡£Ô:˛Í∏S®dõflıõ53fi±√"CÇ»»Ö;‰π=¢â¡"•ÊÜÌO
∂-˛z ¨Z˙åvèNßSÒ,ïå@—YPü}ÌÆ÷7˜•Q°éÀ·:P-
ézÀ/ıÌSæ«© á»±ùÀ,OÁÏ9·eÑàQëo|∞†fiï\·˛uï
178…Ì°€lÕÁ$,H—————————————————-fi^P
-i¶D€°)n‹~âx¶Cæ€J∂&CπUO¥˛ûäASÕGÂo'ÅgÄÂO—
ÄòD7˜7nmÆp≥B4⁻ê¢Ò±∫÷€¬ts"aeÒNŸ-
Æ"Δ⁻°Òu≈°/ÙEÌ†é:µQjÊI‡
I⁻°§·Ω∏iñ2]´KısZs2•úÎ"µ5môIÉfàÃ¡>)oô±≈´
}}‹õç=¡ o≥@9Q{8„Ÿ gî˛‰¶˛∞¨±I⁻
Ò——————————————Ωã≤ÙFfŒ'*flÂ,Äûf&
SÈ‡ A9÷äVÕb…-K€;Bû:^dÎà*÷ÜœnL-W:ü"ƒ-
U+TB ÙTaÙUæXt≠Aü»úÛ
llæ^·b¿oÖ9øfljû∂ΩÅfl˛nOü`◊°!-
ò!kÎz¶ZKòu"L°t'˘‹âõ⁻ ·ªYæ-
6á¨˛&®·SÎMÓê¬lŒÔü/è¥jfl§lÄ(Z-
⁻¨ó|‰∞Bf»yìÃWË@ˇs˛Ü«π˛ De|5•
«n*¿ùXZÆ~:Dk$%Nfi∏õ]±!2◊Ì÷`Òœ[∑O}do
ê!fiærŒ©Khöû'˙ªΩ®Δ=ªHÃ`
á;øf√)ˆyHµ±†*∂˜∞Ká †
'‹ßâxùD——————————————Û[IÏ-
™'eÙü178`È‰l£Ù,P∕',¨e®mÑ'µ+I«˜≈·Ò
˛cú•†ÉUäÖ"•ñHıíÃœ‡Çpa…W?:¥O£Â**Ÿç^~ÑO˛√
p√MÆÍzèp‹·nD\á1ÁêödRΩNWi∫«´≠å178PÏô1‡ê·
*∏¬9˛hΩU•—
◊vıÕÛ 7îz‡í°|mÑbYàn0"‰õuh»ˆfi Vf∞„Ø)lh'Â
.Û!ä
tWflT„B°Î•^éOxòiOÕ$)‰178+p†CüÁ}ªWR≠•˛ƒ"
ıßhç{rîz"˜lõ—
JïF"sJMû°b[æüUHU∕,æó¨©|6:ç˛™à-6l¨5•ä=»——
†≥]v]i∆ûUfi≈≈Ì^¶#sµÓ-gÛ˙„pk0±:Y
mVó^´sÓ˛¡òg:≈π‹åø¿ƒ"178[SÛm}Kôè/F."CΔ2Ÿ
Á|9TX•⁻èXî∂ÃR-
‰Î≥¡dOÒ∂∫À¢√bLtw@"˙ù!JÉ178èd‹bôÁ'…ùê'π¶

178

ì
9ÇÉÃÍ`ü®2≤fiÅÀ>Çö^v◊Penñ˙[åïò°™a`r'≈ÀÎ^1
ûj˙ñû- dN©¡{ØØ'wÊWPÑC—
é₁ß◊õWâS÷≠‹®6Ñì3iàm˙…Ï ›JídHø"gê!®±˘∑Ô
Äm¯ñ◊òY˘û‡…"¸Û°ª…W»

ê>.Íl⁄+jó¡øÓÿëΩ"fl«÷8ì8†â"¯˝©Î∫fË¶GflÕM-
¶fåçΩÇ47+*W˘O¬ô@ÚO^ Ïf'†
«¨É=≠À4°—¨ÀDÖ|179~7c∏-xJB
°:£qSM¶€ü65c#N-
S'8¨ù'Èù,¸õâíI¶≥ò ›fl≠…áoî°Ç/Våi$179$¶Í]r
:´-"√öëa0-ˆ@[˜⁄A§UÅo+¸|QúlönΔ;≈´ë¸÷∫&O—
1x%aF"¯pnÚâÛΔ∑å ≠Í□ØmÑ#
∑TÃ1XpxU- óu"A
ö^ä¥ãø§J˘4ÙÙb'¥'ö˝‹û2öcF®D∏ä,Pön{î2íë:è
ÒH ›ÉH$EëôÙÜpøxNàqøà¥é_ ›
zèÎ¶G#"˘.ÌNà˝ÃIP&e√k-
⁄ˆµΔ@‹˙ö+V&°¸£f'Ç:¢t
T@#>ÜÀ› .W"0Ê
ÿ,îÂ-
©179GõÍ%˜¥¨˘)Œry€Δá□•'Ê˜ÊnΩÖÁ?¸JÎ!9úw~<
ÿ$ ›åŸ£□V_ø¯Œ†efiBQ∏¬cT†c>G6Ye˜]®FœtM¿;„√
Å…¸8AHÜ´#R˜"F{&lÔÎõ'ì%"|ÁÃfeœsñ179NKò,
^Ω¸™≠o,L«-›ç∞è————————————vP<
`äfl±¸Ù1úwgü_G#a~ªPrö-é],-
ÍÈlfFÊVÕä!∂R.g ›UVµz˘MP_Æ∏flB˙ÃN,V°?´
₁¥±ïK"≤XÌOÃ<}3mß"NŸ+ƒ3≥zMH#Ò~-°ryXY-
¸W.'œ˘TQq„À
1@ƒ₁X}9zxï'õpjbü^Ö9.©DûG∞fiéƒ"¢5˜I
ØµflwáÑR`₁@v(fÒÏnÉá[k179g∂£∫çyô˜$
Ò————————————179∏´∑∏™V∏Ÿ]Ln Äj
°—àò°₁óÍ ËC_sÃÀkbúz<∑≥kïõ==∂p
'î"Œ~Ñœ962Ee¯Δõ'ÅÖv ˘|"ÁËÆ°J÷
§RI,†ê=Õ„ÊdÙû"o´Ófi†o-•≥RÁΔœÛëä#ìL≠
Ê"Ê5B_"I-
iã————————————1799å⁄¨TW'üë|∞-
â%»tS§*‡¯?y3õ÷'ªœ°ˆ„Œ₁0)∏&È€†V|'®Ë•ûÑ!ä

179

```
<≥3]8¸$-Ùâßg…Ú≠ò∞œ>D]ÏùÇg€]RP-
:}öÇKO≥5ÿYr<øcœ@ª™ì1ÿìÅ∏R}˘k∞üA—ù
öfã'‹:ø#ü|±3]\Ÿç————————————————
'§ãD≥ò∫ƒ◊yq•"B!RyÙ,§
Ü"$ŒÖ*X®CÅëÉ|∑ü6Å!∏≈3˝îÇ•œËF⁄#s$≥ûo‰Aœ„
=W˝¸∫Ú~QƒØÆ›BQ‡X0ÏÁ/8}¸ì'a¢ßêa¸ÃGEìfl
Ft·[#¥ó«°□⁄∏ÏS1tÊ˜™flo≠ô$z<Gw-fl-
C°□FSÜF˙gp]]ût¸"¶J"°-0≠$∞:————————
O□¨4l´x+Ô∏€ULÕ————————————————LÇ-
±Z]fªî∫H_-g)ãXªh&÷enÌ-k
Á£X5c)ç˘;$∫.‰ãÃ„È¡êA1]°¥È_«1dÕQ‾^€»≠—
1RA˘µ-"E-·Ÿà&Zâ¶‹˜Ç————————————
∆ªî˚,o
      Iu∂,7€ßçmÏö?RŸµU[XEƒ180áY¸~*z2%˙≠
)s*3P{"ñ(uCã‰†}Òúò„Ì————————————
—≥®oÃ¸åA\±''LQ#àD
ÿó)Mf›————————————————————
H————————————————————————————
œãn1óË        fi˘ÍôfiÅîç∆sÔ
1Ú∏∆©1'…úuÑ∂Ìîn1[zn4çÕ6¨ÎßcüÖûå-¨sÏN'Ô
f˘£Ÿö˜9ì∫&˘j:;]-4*£-¸¥—Üê^,¨æø4
4zÆ´"4ƒõ[öÀ™Ã,fiÓà^∆øò180ø†^ú´u∫+…Ø
¸hLblDw-
YÇ∫=J□á˘T————————————————›ã‹-
}=<¸¸e™ôkwó˘Òi0Ò߀u9ÙÂÁÙ,:È•Â>-
mÁãNæ,{áó∑©ˆÊ√"e˜ôk(é'€üãµˆ|ì…[Bªj¶öÔfi∏
π]Rû~?üödsÔ•˘:˘‡F≥ë        A≈¨ú"ªëR—
u¨uØÄÁö2ÀmüÉœ…+oœ‰∆îñiO÷§)Ú!⁄[q,ínZõ———
9ïyµ'ø±ªnÜy£Œ(·´cbU¿ü…É|ï¢•Y;—¨µ»Ö€¸-
¿»V∂C±Mÿ†tâî0Ql†Fni^iƒƒ(=v°
C]î•°¬1=Ωâ<•}¸‹/K/C∆Éœfl7Ù±WÜ§™êo∆çíU«4m
∞ECo‾0iÑ9aíWÑö('(RTâ∫√
¢€˜S‾⁄cffiŒÍ∆ê'Ü#ÏØM1 Ä~z@Œ1.~ªJës———
5áÏ´·¿Ø÷L®≈%∏ò•©ƒxLè)ÿd-é`XÉÃ{1F 1P«f—
öù[ó˘¬Óòz˘yÙ-^1≈•6Öf=@F§Z•ØG!fl€9¡Q€í∞2h
fië)fl{Î«∫ƒ≠AUhÿYW◊äDÎÖà—ó¿5˘Ì
       fi£j‹≤~1:e180ÊÓÓ°@◊M
       5YEœé˘ßÁ5æTÈ+5¶ˆË@KeÊnò1ÈzÓ˘rU≥}H'

                 180
```

:[˝ç"nÙ˛"bk©ÀS?·.ₗ1Âi€'p!œvs:————————
Ä®2çùˆC˝ÒàVÉêy+gUX÷ŒÙ°-
Ñ≤gÚd∂„R'Q®[fl¥Í§czéH˙úRÆë˙∆Htj:è?qj∂
ˆ¡ä_$õuÆR'/?\◊≠1\≤rÓÙ2ï"jxö˘Vbq7>ú,í/Îú
À¥™àö€*—ö3·âús≤'°181í*_·%ª~™É€‹◊ò-
∏◊ZvÛYcYπÂh'PMM8
{ßyuw+â$∫`3ÄftßZÎuZZ,í¶í>Å'1Èm9'™\„‰≤çÂ
dÄ'âÇVcÌ
AXx181†≈§¯]•;°r∆————————————
◊3Iq;ÇLÊ¢áør-
ñÀ®‰¿ÉfiÃ∏ûq∂CvQÍŸÓxW<˛Ÿª<«†LáÂ◊ïOÄFµT-u
ŸZ™bO˘dí}d"êÍ>Ù°OEæu¯|Ê,ò"+  Õ®-
/b°˜vèyÔ˜HÂldSjofig˛ã|CÒY!ÑËJ————————
>∫+fi˘À®ŸTA'œ€¿˘5òâÈ∑ÉÈ181Õn±µÿ€…B∆
˜Y—π)£∫Z√b$uä4Kèi¬Ÿ"l!<ÈhÛ•2K"µ——————
w"ê∑∏TÉ§∕+Y∂)Ç-
Y¢7$iₗRVÆ-Rzû'L18141$1‰8ãêÍæ'bÇ£ÛTõ˙c¥_
@kB€´fig˙Åû)4E´E->òøJaOZ€∑ó/á—}J„®±e›JÕ¯
¿«Ou<§∏Çâ{z™:`(~{"oâ¢
Ù,DRYQ9®…√ä•¢˚πzZå§,^}'ió+∞  -
∂Öó°ₗØ°[øÚ(‰I¡3Ö∆Fÿ¶Ö)oXCiÀ¬
*©±|~á‰6Á————————————
Lflf»b/˜®Köœ—âÖöπ>Öê∕äΩÎ£√8{ÛBÛm…ú∞0ˆ▢
u˘¶KÆÃá œÕ"Á†T]JàoÂ§ÿA∆@◊i˛£}fi Ú181œ,©ç
?ö
     ˜¶√å˛˜LËìß∆zh|¥ú->€'ZΩC—≥´D{Ìa0"+Ù
ëx¿)˜ÔXø˝√ß(„í˘ÑB^eûÒç)5˘Êû<®v|¯'^<_ó(1
ñZÉwGU▢˛9='ÑÆ)õ€±∫°Zùìµ#ÉÖ±C&{0ï"˛v+D9√
Ûßœ∞:c_en{+▢qa∞t/‰P_¶fiæ^-ó∞181·ßÍ!6ÍaÜq
9aMv"πÃÌ≠£å.;~ₗ;xÂ]˙¡&◊à¿◊BÒ*S
îXM¶ì∕A˘≠fiìbÿø$∏◊-
GD‡˝+æπoS;››lfl÷Téu)•[ñÒ«fl‹.WÈ=
HÀK›ëfi·»∆˝f»ₗ03êπ€2ß˛c°ÿëpªüd' OoÅí›ôQÂ
◊Ú
◊ÖØ{å9 •ï»tw°U¬"S‡¨îΩÀ+˙dlÉãÀØX[!-!¬≠,<
|alfiém_zg'k
‰°Ï{Wà/˙    ˙o∆]Ü÷n‰i¡ûfl————————
ìMÚÎ-Æ¿Û$„!wÂ,†Áçƒ UÎÔMÂáW…°,á~b¿•[•<ÿq¥

181

§tÖ9∂Æh⌠@¢H‚âmΩ¶[Œ›™\]]OS2ãƒü≤?Â™¯ì%1Ñ‡
~zï'ıß•õðÅ[‚∞ÃB§1'ç˙£á˘w@£Ωíu|NË(T
ãñ‗O⌠gå˚·Ûq"∞®————————————————————‰Û‰
cGÆL°Æu(sÊ]*ÿÂv÷‹Á182Âãƒ´w50Ì'räÈ∑2~ƒ·ù
,!á;
3jq————————————————Îc˙ÖÆ&Yrvù≈WzÈ
··Y2ÁœË›-Æ∞L
Á˝KZKí¯=°e3L|áßyã¯8 ò',f?ícù™I%›————————
Úz
zÃãõ¶˙u~Ë‡Ïe2Ñî⌷Uöó-
!´uïÓØµtb^:∑¯Â‚‡Uhgk8XpÜG¯$%…û(dré ±]·°
9PoZò*úô@[&≠ÕíV\¥Jí©ç""P˘Wë^¢'3∂˘G DŸ>)
æßÏ\›∫ÓÖ15†ÓzÖ≤Í®«‹'ËÚÃÎrå B¥Í¶mt§„-gf
¡D‚|^fl:LÒäWû„q"9 ⁄°E$"x±A›.ƒ°"-≠Î————
Û∆Î©™8˘⌷˙Ô[qÎù9<>ü
˙dC¢∆kZÖå √XèwB6õDü≈#ZJ˙Ovh(Ò¬,a®à
ln•◊æ!Ä¶„äàd'•¯*ë¬Ñ*^qÃ≥eäNh»:ëA'P‹±åÄ?
ô1"pƒŒœËÎ≥¨Éo¡————————————————
kp˝íPÛÖ¥Ï—ÿ°·˙8â õ¶°⁄∆"-
ùÁ"ù⌷Œ.‚a¯öÃßÁÉÿ-
uE‹ÛàI^Ω<,Åñ˙(Æ°≠,÷ÀcŸ~tÆ*Ét®ã>´$us∑^Z·
°m†∂^¨ì!⌷rÔÇfU)+"rDÄ†ª"G‚â-°¯Ûa————
èöfiô◊#@ù‹i--Ê°₁èõW
    π±±l'∂ıß¶^%kMyÍå÷⌷Gz'…GÍiWZ˘söé›yÚ
Ë‗F¬¨y0Y(¯Ti.ÓïKoáôfiÒ2?ê°¶b≠cáô‹[üQr——
ŸÎÅé…Ü-/=8õá¨'-«™ç‚PdÎà@6182+©=†nΩ
      ⌷òÜ"‡—SN]∆[ËTÆ-
182Ùæ/Àπ"®"©ïÑ«Ä5⁄‚®RÛ$tÏn±hü∑/xEñ©°âøÑ
#≠?WõE‡°‰Â˘À?¬‡—Y¡√!P•1"∂w)xGL∑@⌷Î'1ƒ-
Sæë?3Bé™N¥ë°fÉ182˙u√J+ØO-Sy]3•ûÆH@#PÏ——
≥ãH{182iRrjÛb¿ø˜¯'1›R‰&Í¿A,QüFƒjÖúù∫vÉ-
6⌷Ro´'Æ ı2à}°aA'zz÷qXíPi^kR≈ÎËO<.————
  {¨Ó1∂EÂÑXé;.7‹∆@›Ë∂Yk€±=™ú`:˘∂°'g5~‚y-
V%`eÛflô'd"äa…ì}∞åËsÛ
    „Á°<-ÜñÂ˘◊÷+5£#√∑}
"œO5KF¯Êe›0#ÆVy-
  q°ËGËÄ⌷U˘,†„›CÓs&CF€√…y∑Jã
      Ñ7°¢/ÊŒ`-péF∆182C•Gó182c0ÇÓ————

{˘á_=ÌË©dÀ∏∏ww¢µö63d[èVÏèB+ƒ%") "Z-Àx◊ïg
@,CïÀ'˘,1¡Ã-　　　ＦÉD-
7•¢n„Öì©:S«™æÔ{U3%\°¨Ïmn°¥=_ u≈˝õ}õ-
@&Ä¸ÄËÉƒí3]———————————————————Ä▢⁄ïEU
'aCKÈ⁄uÆîâd1∑)*WèpH∑0Q"Ü≠œ}≈„◊ìGyä+z˘Èë
|ø‡ã'5#\¨£O@Ú∏‡Ñ¿ÇIÉ,èÍt•òïm„ÂÍâ¡˝?]î)°
≠ˆ\-Æ≥œo'ßfU-[¨⁄ßu6µeQÔÒ≥———————————
'›RÎ¯ïz›-DÕûÊÔ¦€Ö™$ïƒêÆx‹ ç▢‹®-«9z∞
　　　=ÍçTtï'J1'ê%-
à·8ªZó»ù◊&¸Ö9≈ï±À‰NZGÔy4í»°pmÇÁñ`ßlªƒ∆‡
÷J®´ù›z∆Œ‹„ù÷ÄŒ'»¬0!ü˝1í-
¡…$ÕC#5∂Ufi¢fl«¯ùßÛ≥ªJhËÍ7)l÷h
ø™‹ ÇÆâ‡FO≠)ïq°tGóüG
f8183Ó$üo∑fi›FÙê"Fvy51¡∆!Œó\ïsDÑÄÖár˘'-Â
N*üM,Í——————————————————————
∂√y　　x‡›≠¢¥e'3'/È!ªÂ'r◊õ¨　　î-4ÙeËcÁˆ◊®
y≥√eL{x'˘®Kr¯!ÁC_.ßáød:§ë$åõ˝$%IÅÛç˘$¶‹
⁄Î's°D6jÏ∑<?D˘3——————————
÷ëïß°ú¢Qfl+flÔ
ÆµV∅Ô#Ãò-|flWLU
´∅wüÍ≈´=q®
¯ÖÕi"'út⇥4Ÿ@ÎM,,¨14)√Ì°/)‡ä«éKîŒø+Û—
p)√≠çKhñXõÄófl®Œ8jìùØRƒÎòSi]▢|•DÃó3T…⁄5ç
(({`C„¸è1-™'H∞Õh·/9†‹¬ój1zL…‡{ü≠Ô[ Ä˘——
∅ú˙zô«öy°k\————————————————úXfÉƒŒ
…çÖØN∫Ñé›%4%°h˘(•¸fÓú'›C¥≈så36ØR:7Ÿ+•fK
'CYOˆD]8¸•ôä‹B!›ˆY_„UM∏Ç%ffiÂ≤w˙Õ¿€ˆlåAX
(:A8¨¡´Ωn„√∫¸
›ªGwK¸€—————————————————————
%Y
183Ìá¡¿ˆˆ1›9°∆pp≠~¥dŸ¢ )≤ËÂßRp————————
›NÔ&Æõëb'=˘¶6°\Ë¨€tòwÕw1830¸√zn≈*+¸®ªFÜ
µû'¥§ ÿùH7c§Å¢Ì`yïåÿéœªD4«u»Ÿ
　　*°w.EED%;guÀvzk∫P‰fl3√˘$WWJáùΔm36Yø
î+û~G 4éy]=µy\\¨X}∂▢?'Fùè,êu»∂°ˆ«±Ä
üO#cJ«fiÚï3p©%6ƒ,jíÃÙ&ŸÌ¯————————————
*·qOÙ,•Ig'o^áÈ±Ä≥8aäD¿…Uà\•IZ¸°êçæÀ'¯a‰

183

ç{/¡˝/˘Xj′ı´'8ùmöfc^ß÷$\OåŸΩˆj^yQÁóìxÆ‰
¥c-d˙^xõıı,®ÿÄn{ÁÊ.......>˝ÍòeXLVÈ‹ó¶ä-'
˝É⁻ó Δ‰v————————————————————
·††lÑßâ0(Oó`Aÿñ®Õmå †Íë
ë?D◊?Û∏öèà^ıΩ}áïa)%˘T}"ÒßH◊d——————
‹Ï≈˘Ø

 á:».õzπ.9#Aé‡‡˝¢ƒ‡õÙuÅ÷'´Q%«U#ˆÿÈ
ä»T]F‾-ûE·oí˘Ç÷y¶Qï-.ñ. ∞N•Á-
ã˘T^ÍïÖ7æÒ?™ê°]ƒÅ)

    Ûµ¶»±äíÙyàr¡¶ilUdf∞)•fiq-
ÛçR"nY°Då!Öú@+If«›á≤´184c.ähŸF∞©ßÀ™□.≈-
◊πΩ8iuPkrní∂ü¬˘*qÖøeqŸ„˘b:——————————
Âjö°˘YX#P•'ªB.Δ@w±1¡±Û∏3ë

    Œÿ˘>ü}§#cÆi´æ≠aÏ·UúX„⁄÷ú‹T4«Nm?8P≈
Ñ-„Ï¢°'˘®°t1L2E°.·y————————————————
Ìraçqù(É(9J·¨Ù{ê‿ú°-N————————————————
◊∈îLl†èÉ————————————————————————
kÈwç°Xy#†éÔ'Ä°B√¶ÂÇP.•pïf†âsfl4ï¢@[«e&¡Œ
Ìå)tú'P∑èΩãVÿ™€Üö¥JH$ª— j8ƒ5-
¡„úÖüÖû›æÄ.4ÓÄx1ª@›Ûè˘.4F-•®¡ï
∑ß´îFÏÜ,`Olëu184è‿K/¬'K+G•UÎ◊>Ójù";ó'(2
ú-v•æ¥0≈œZÂó'æEbœvÊ'ÿï2›∫OspYcsC»*è]?√
S-à3˜üDÀ|M§ÂÏÈ¶∏‰
ÇnUÜs&|?V)Ò`ë,IL"≥çK"!¿ó°ˆ€1?·+˝L˘Iwë∂ç
:o[¥WUz(|HÉÄió=ˆÀ1iÊ2°nøªús<‿•&5‾˝AãK2"
T-†\zˆï»‹°rXÂ®:åO)é>¿A°a‾o¡ä⁄-
ÜΔ[V(«iAÀÀzv"Õ•184*KΩ^∑(∫ƒ'Î˝£¡(Æ°-
SK{∂R-
Ù".¬ª*sKÇ‿>6W›xè◊AÇÂ‰#efi HüiÔäΔTáÏ2õ#‹~
oZ•ˆ...xŒÈD åvQ€"I≥;Hø}R¡é∑ätÖÒÀcoÇè¢!ÚflW
óƒÅ}/ƒÄÀ±...]ƒ.□M∑•R1Ä:m|1AK'7Õ≤|Ì†,.í I%
ai!,'s'*GEò®d√Ä‰,flÈIl≈‿('vËë(7——————————
í‾¥!cÇÅflç©G"Ì1ó¨wZéŒ∫#ÍÓ2

    OÚù™aÿE/'JB÷Ç√ı¬Øj≤Ê/'î;Ω-
9´K€ÃÍ- ©ÄôÔ¡™ûÛŒfián˘¢"ûX^˘.€Éáïv.Yë⁄-
£≠Sù¢È°∞®-àuBMB{@ÙSÉ‡æ;È„Ê'Ó},"£Q»|≤ë:ã
ª◊G„ârcÂ¬I6'.Ù≥·⁄¶0.™êƒá-ßN,#Ú=b□w¶)Lö[

184

;Ó,rN*185}+-
åÖÚC¯˜7J?.-´øG≈<fi∑{zb"Oé‹¯|FùÉ,Ë›)∞ÙéÊ_
û‹02§Á·æü««185C18<ï4:ô°|ü˘X¨1!ÔÏ4±úX3Á‰
"®˝ÒíÁapnÌıò¸πà(÷ÉÔS<fi:4\E5¯h‹à´ÚÍ˘ÿ5◊Ÿ
9ái-
ê(˚éMoE†G¯è˚Ê„à±sOÇÓH4Ò>"˝®4~;Á⁄∞Ifi‹(±
CE9∏˘øKÜÔ∑¡€Ø§ñ†ZûÂ˛±÷•„˜Èè ———————
µfi°B‰pÀ•Yéây5ö!tè+Ôl¬Tÿ®Ÿ&,wHV•cÿ%J¿È°^
√õÉ
&Áô°8ñ∑[ü;?,yf≠úM°àCN¿¶-□˘≤≤©—"uÊfl
Œ.|ònÿí%R^®úã-äß`„∑%^¢ÀS¥xÍÆ≤≥A(Ä*G˘‰ÄØ
I2Q€÷)µ∂=Ä«9yiî≈V"ÖΩÄ#RPÚ≥<185¶Àƒ,_çYi˚
Ü¶…flw«U∞f˛∆C#Õ¿˛∂s′ ¨¥€Â¸¿•Ω•0ß185"~>3g
>•ŒîIø∆ˆ-…ó•l;&©Òfl•LiÒh∫
ØáU«w="¡Ô8Sÿ(LC˛¥∂Ïu'/'——————————
õŸg˙O¡O°k/ûR=fı/QX"ªsíÔÉgŒ= ,LdÆÆ
&D.&•ª"≠,™¶èM@~I9
B €ÉÍ;@B†7wufiÁ;j4∑sae¸õ)¸∏∂-
$fi§m4$˙¬*•AI€ÚIIÑ¬áÿ#,OaÙÑ*¶ô†R-]-
˚è0Ëx∑ö€[2m»°·»ê≤ÜWÁ™‡àé˘⁄[ô——————
êÑÈÜ7òô æråé
ÍÙ˚u∫K∑ã®jdâ˝ØX∑QC⁄˝ÏCù*µï‡ª¨jñÂŸ—
xyy⁄∞l]â˝tØPi°csxÄf185í%é`‹4¶}ÿa˙Íá≠c,è
Îä^g}L-N_Ë\‡í□Ï'+ù∑§Bf‰„"ú∏gK-
ì,l∂2áæ"?‡=÷È´è:M z@V˛RUVúC¸UÌJD´o´äò‰
C´"Ωµn˜{˘∆Ê+ıS¡Í-íã∆Ÿ]A,hE61M-
_ÆW*Xz∞nqÇ•CÔ¥,Ÿ=˘AËKfi}ÏÚ¨˝1N0s˘ï-
.üfiWfi′¸)≈»Ñ£ÿ∑À'Í8*Ω[æ0Ët±$\˘á£Ëfiñ»‡Wqn
□)÷•□<à.ã$»úCó7O»á§ñïo
©îúÀÁr.Ü•ˆiÄÙgYë⁄2c^Ã>´fl"Wv185WuU—
§9¢∑⁄q#Ó§Úın"ä0¯≤Lfiı—
¢Î»ÄbÏ2˚ê_2KÑã,ÚÜ5:¸æd'Œ<¢E≥|âÄ}Wı-
I0ô"3ŸZïîçb3Üâf2Ø©îΩıΩ~Õü°ÉÓùÍ3„°SQ•Ÿ/Î
øQNA9⁄ÊæÔ>Ø¸ûØY)'¨:ÅçrîÒ#„fl-2„(µBe9àüÓ¬
bõg=S£H<∑£)ˆru4›RV¢£"õ∆QVÄ
ËCÎ≠dp˜én¯∂M•/≥‡‡Ò$Ö˙∞v˙«â4H÷b¡———————
NµôBå˛h…Ù ¥∆J©ê%}85(≈!-¥ù8L#g-
i1aà9XÆ≈ƒ-"è.Â2ÿìÌ˜0ó4≤C˛¿——————————

p°Îv-
&Ë^©F?π"X3•iædœ?ÀŸZ›OXcªÓ‰,Ú^*318øx$3∫F
®Ò%ø†q~ù}j◊,÷±î@-kIΩ≥öøxçT9á′pŸ—4Ÿ'˜ê——
Åvc-q‡Øê÷YŒ—
°~LƒØπ™≤à°ië&%@Z□'≤Z®ÓLã′¯ñ»ÿÍLGHFk¿¢˙v
∏π…dh¬ÊTUcŸj˙Bfl  WF©ï⁄˜µ£„2â˜t$[————
£zòé′b,"67◊z∏¿ÖC;_ÕÁèK‡e•™Œ3H/è-
.©ïÏKéb:ñB6-œÅy˛uöô|H¬ÄädH€UÔ∂rI¬˙ÆÅ±e∫
<œd¸P°éÅ@ñ 1Ø"¢˛»≤Ÿ√,v‹Œπ6h◊E¯ãπ¬X+————
@dçé ™∏"Nû  @1Q°-
99≥0ñ¯Í′flÍq≈πãJ!□*|Æ%)UíèlÕÕI"ËV≥,————
?0À≤ÜD0ç8˝-DÒ$][\"Ö˝‹÷&~ˆ}Ä·£10$N‡∏˝Q†
-
&ìƒÊ¸:\∏Òpa3ö≤8Ô(ú∫][bó{$π9˜Ç%!ûñ‡∑öq0n
¶]fbD7ÑQ¨ËH»6oü"Ë-¥ïN186'È‡,ï¿]·,ät8—
Üj{ÄaO¥π˙°\π¨FÇY~PG»èéJ◊¯ÄÓŸ‰‡n,ÙÿT±DF7
î3ê0áŸ@òìFw[B,)ÉÓ  T,°e,=t≥mSx¡ãÃ∞◊óëV‰
KR7«œí^—
3π}≥nÃnOTòÂÈ,‰ê˝åL∫ÀKpH˚!iÉ;£¸6k˙°'Õ„˛,
Í‰G-P7˘Í5x_'¿±æ„-S—
èÆ=Ôx€cSÔ˝µ√éõ◊4Jèí±@>NxÌËjÊ)flÁõ3Sqñø?&
Ö0flèeHyùÂùJ≈#ãVüø‰´‹-
€lÿSn^K÷-†"Kªö∫ƒÊ‡t8•∏ÉÌY.#˘ò∂ñŸhò≤iüÏQ
≠ÌÄ¯Õ<ß'
«««),$Ÿ"›‡ˆ?>BBl√˚FRÎ∫Íí´,∑dÅ∆A‰†,ß
¢òO\-
oaß————————————————‰I≠Ôì#ÂTÌ¿
E

¸ÜÅpË◊T¨Oâ?q©¨∏ø60G¡ôù@Ã-Eï-
ñ#'ÜqâøŸ!õƒä‹qkå7ey¸ç0Ÿπ≈9œÿ˛à(:zÖ¥£?ß∫
'‡≤ŸJÃ-Â∞à…yà .æî«DqT©◊∑$®MÜ÷<¿<7âyª∂q
°©€}œz.áÆ£πæá(e„ΩC□"øŒ-
Û$˝†N•Öà′ê·:˙⁄fi≤TΩË†-
ç¯"€∫Á¬õW„wE^à≥Ì∂kYµÀÛQÛ%n¯¨`É¡˛¨±jûòtû
|˚◊R≤
fl„uT¬#:T*¶£!ó•"∂<∫…C;186g•yÎT]Îæö+Â≠ú-
µıõÒò~mËÄ§;¥Dªbb¬,E=˙c…lï^K÷ó£·:e£°Œœrì

ã,h⊓c⊓W€æ°qΩ°——————————————————
O#'ü`
9ò!'ˆØ¢ÕÿRpPlä`ÌµÃ:fiΔ0∂–Åê`Q¡°Á!/≠≤2‹…1
flòV<õÓBÖ\€ÿz™Ï◊hEêdIE°ë#4•
…å‡T]ô5GtÎe°VÈÑ–
u<ˆŸt(Ò<}ru'8ãŒ(ŸÚƒ;ôØ?ıÉò¢4©˙°‡<√Œ°òfl,
wQ~7ª/°Å–
D#ıM™O:D$″váíåÆ@v€|¬/#L´®∂@∫@Qÿá©Isüe"„
MÌìê("\n¯»Ëz!?ô¿5ñ–Wíëƒ∂0–/0˘o‹æ=âı™e–
ÀÛnèhØ187–R"°6Ä≤¶Ëä1$ -
ó*ª<–187C@∆ƒYr¡X"ùr187oOGóm!Ü.3}‹∑Ê9≈ëÙ
3ìKƒF#▯;}~"í″Ô°íƒOÍÌz
Ã‹ÖN‰ñ‚Wsì˘–
sé"Ÿ>QéïŸ¬r†‹ÿôã˘P]/U«ÿÌLŸ€¬§AÍz}Æäı Ω◊É
‹ü)To¡#¿x;©Hæ$Aø„–
ï™≤€hH<Î187êÈ«‹ëCO€Æ†'™„+¨›≤Và▯=<QÁxe˘"
?}'' ¨ø™Ü0Zà˘‚.îÒœí9
A¶[>é°ÄOÃ®qóØÊŒ@.ƒg!ØAl'èZ´ø?″ô0M¿ÄÚ.E~
ú€п–&2<[–Nc5Úïì
≈–éd;«Æå&VN≠[pÖSÀbÒ▯÷ñ{¡187≠™"È¯c——————
Ë{°©–
ì"M/9_)¿¶ìï#H°ÃC€#pkk°Twözm÷?Äœı Iîã Ws'°
ÈT\Ωˆ⊓Q§Y~¬'∫≥±cõ"ÅÎÏU˘‰;3ı3t@Ô¿п≤–
Ô>4wJÿ≤°'µ)»fl°3øç‹
gè|ãbXèÂÔÎÀµ#…ê″≠k4)éËß¶fi•?2°√d,zåÑ"™©Ç
ç(*_§vRÜÊ«ÚØÊc‚;Mq▯ Wkë_°AL€•ª·Õ.-
$e‡¯Øıs!A!´/Â¶◊9‚óflŸ…h±äÀâìß÷øÔ~ø187~
187QÈ`å=ñ‰ıí`Æ"ç:aŸsü–
*.ˆåΔÕoÂ˘F‡y√ˆ≈„ÿÅjÊ&À´ìMfl¢ΔÅ´
2Dm,Éê´}\Lx>≥⊓`˘/‹gI•–
!T\⊓‚8ÄWQ÷Ô^íΔYêÂRò¬≠E#"ôê¬p•oÕ§Ît é≈÷„X
(´•P≈ª:›Í ~fÕ à≠í:´C¥ü XÔ¶œ˘‰r&V>Û≥‡ôßY
    <ôoK——————————————————êëñ▯@,&
~≥®vm≥‰m©Â5¡KÀÂÑBr≈Ò´snÑQ&°ñŸ——————
jò[n¿‰«}œ•ñÊ£ƒJíáæúl"~—
‹¥QuÌµÒN"⊓Å™9üÂ!Ûm·'[xzb^Zn–

√‡pιì8î€6ó%Bπ†6ML"ιƒ…≠é;────────────
˘‡µSêÚëó-›h˙N-
Sflƒ%≠188XXe;2ShElJÅÜá˛i\òÑ˜PUÇ,Õ[˙∑z"˘Ü
ÚB¿›Et-¿Y=ä5ÁäŸ6®@ÅÛüÏuø›∞)ê'œ-Pì
„Ó;MùÜ´œ dÑÀ˜€t'p^Ï0Ø÷§"ÅιÆW=dX˛=¥J¢8+x
ÕcÁmmk‹¡ÆB®-
7Ï3∞â5˘□†∞Uí'kÓπ4òl∏∫]}[M˚06p∑_d»RÊ────
„∏Vù≠+ÀΔËÿK3¬®fl,ÇùPÄ»s+Í;19}.ÖË´─
#∂±x±Õœ5yM¬e≈¡E(,W];hÍd¯S˝L˙(¶P|R‹¢ì
D's nÃi/ãNZ)C6‡\Mú;;─
j7∕¥^7¨Ã¡ÂƒU>√úîu$EÃ˛6ç°9ÁŸÿ2ö¡≠˙ÉdVπZó
ÅOÅΩàxŸñ^fiñ°bµe/Öc˙˙‰¬∞J-Ìh'kzs…,ÓnG¡-
Â˜Â¨ë®•/flι{1─────────
=-"û‰∞^`oÏÄ`0‰M©,-
f¥5ß(q."„"äπ¢ê≈≠aÔ6◊àπ‹\ì5¡˛_Q§tî¨È!1
Æû)Ä.J-ÆK◊ôõfi JÅι6∑KÊÊ£6"\bÉ@"Ëι◊}dìwtã
äûL›Y^û?ÜÂxÓ¶HôZ+d────────────
ˋ
ª˘âŒH0A>Ω˛◊¬›≥h•ø3úÜ#eêÆflô}i{y®˝˘¶^äŒ"î
pì¥¿°p9fiÍ™¯¿w∕U# 0VúªRÚêâ î∑)°--
'€≤ÅM(◊ÿ¢a‡XÜ‹C•≤gé{ÿÔÇìgâ%oì¡≠!
oflÚ89≈ S∑h¡≠‹°Æâ¯Â‹,Œzïù¯.ôÈ.% $
˙ÉŒb≤°vg?ÒÖ/,õ∂R¯Âιñ rÆ˛¥ΩâÕ∕ÿ˙˛q√∫g)-m
°˙‡z∞z¨OÏjÑ-$¬,lyOfl◊ùò4Ó6{¯l«∫…
8Õ(´Y ò∂Ç˛188ÕRûfl√÷nZ †õΩÁè¨xÇ‹ zÍ)
*§j&µ˙Ê6Ç}IK[Δ¥Ç4ÙF+jax;ß
ÅÁ≥kÑ®6»3≥Ù¿ÉÍÙu_VΔì(QV-¶ê§'_Ü∂Æ»fl□BFV÷
˘ÔÙëΩ‰Ñ±ü5êÇOdA˘(6}}∫!_Ω‰ùA.‡
ì√ïØÓŸ¬óW¥'}-)å∑˛ÈÑÚì}YE"ó────
LBt∕OÍ9å^°˛Q`Ÿ1cQÖZå›ÁV△3Ã8Ÿ|;â">√ejÊ~â
˝È˜5‡¬H™8ç□°¢g¯F©r-
˘l≠Ÿm@,(ë…@˙≠^ª&ë#@›Æ.ÂC*Á6^z#Ê°|───────
Ÿ˛,ûÓπz8|è[ìªüÑœ§--
Ÿ˙…ÿé∕ŒùqGè•s{˘∑8Ω˙‡flh€âI`¬¿Ã[˛EA2ñ@ë

9¡Äh.óŒ•C°Ü∂√N,~„RçÚì%Q2√¶˙M'{öÏ@ŸB!B´─
tÍ9'|,qƪÖ──────────
q:∏ç-y≤────

®eÉñ#∞ßœ)¥≦†9 >í° -…Ω∞3————————————
yW⌐ª————————————————————L+¨AÅ∆/T/„26K
v˘"Lò>ò∆'x:J;ó§ßr3≦ÕR~¨«π´+-
úm◊▯=E¨óŒAGvéöŸÖÓÍÜ6·FDù"î (ÂX∞`Ê@¬ö.^j\
,0û…l•nè^®¡ e,eW!∞S°ÚG÷¥ç°4:∑>P0^r°ÑrÉŒ
ª<Ì189Ö¨^ú·T„óµLuT"®m-
ù⌐5çkU!B+ªñœ£ÍÃıΩ?ûíé*kòO'<h&∆3§'.r§™l1
ôQ3⌐Ë˝^°nŒü≈µMÙbÑƒ•çæO6¯°?J5W7jØæU————
ÒË<QM°h*H3´ÍÛlΩCEsÙ"=-
ì.P)zjDí"XA™ù1¿¨UµÈ˘≥k
&ÿ_ë}Z)ØÆ"]Ùtg€√À-i∫pxh¡"àa∏u$[8ÕQ————
5∞|˘Ñé189À=¨ç————————————————
†Ä•6æ„dèª€Â*÷\®ı¿Ø^sπ¶189ò6©KÇã+œ(£ÍA≥Ö
âÃÁÜ189@ 6$Ø\Ö?∆-$•|Sg"oÇ&Æ^P/U
    flÿı†L'¯òn∂bŸ¨™Œz«K•¿@.‰8ÂÕõtÏó"Jo-
s ˝®E~õ£é
ÛvÒTòá$¶&Å‹‡h:¡'BZ(´&@N-≦‹Èt.*D>|‰,Ù€ì6
√å‰▯é‡¶≠@ß÷mç|"ÂÍ<≠ë◊l±Kãå ›Ó▯»n2Õm°∞âËâ
Æ\«í4¿å!ø(◊|:V€Ï©"b™óÿzt´áùÜS:ë#-
K◊˘Ñ~U/äF)—
…'c¶'∂sç707Ôb≈äìBÍ"'Æ$ë˝$∞wãûx;————————
-œ<Hπô√z´Z4——————————————————
„C·¬È>pÍÜàê▯TW_¬‹ ufiG\o67≠Ú≠õdb Àƒ
˝ Â›∏1v,Á±≥r§é^€ªçëzª(Od◊tEÇ+Ndp:2†j~@
    ` ÿ1¶‡,>âTGçæ[,®C≠ıÖìì
Ì‰™\'H&âË˜fi=189—
•"{a:„q≈3gS>Ï°`ImoC.)œ!˙ËX▯¿"öÍ*.=øÆ.∏<
ó]Õ9Ñ≠bìùJ-m¬⌐Ì
êRæóMl˜u÷`˘¨†êÌãu-'BÇµÍID&189;€˘41
æ∆-œJ◊øVœ z»Üø™OÁ÷k)————————————
"P:≦˘bO189˙<X…≈_únGæ@1Ì:£j'‡èCRxÏ≈f~¿.î
q8gjÉ©c-—,-
Ä,µL°◊ªÂ"Dfi$ÑÁy⌐Èæ-ä‹ @∑˙M▯°‹+i±Áëø,=á°
¬\≈æ ¢˜∂b;
≥Eä:⌐!QÚ∞«-√ênÉKH1o°Æfl.m2ëPÍ£5ãc˙y————
°|MX+¥\kÙNø÷fl©Ú£û<i√bL189Ω@▯————————
ÉkpRá+„‰C"A˘
>ÜYG≈Ãh£™GP°#∂Ázf?78Ÿ≥øøF!/¯ °Ï^S®wyFSáÍ-

189

äÎä──────────────────────────────────────────
! ~nü}˙^?3/!@≥∞
BnäGü4æ2§ã1%∑1p8¥∂∂≥©∂S3• ·û∞êVÜ∑@Á‹ ⁄v±-
LIYÄ¬Ï…&Z″9─────────────────────────‹ §U=x‹
flîô^Å°¶⁄„'—
Ω1\;{â∫s"=c^Ÿ•-∆o|¥ùß¡Ò\TèÑfi☐Êw]#´c»¬-
E#6ÃÑ¡Ô<fjˇi{ÏOp∑^≈-
•≤n›-;ÃΩØÎÅ|f0Ïê!r'‡N,Ì˙9≠ÊóyÚÈ·∂ÃmßÅh/
¬È÷-G7w%‡ä″´—
E°R§(oe`RÍXùUpg]nÒÙq‡°¨W£™sÆ\
\c¯«cß†──────────────────────────────
âÿ9─────────────────────────────────────────
òÖÜ¿‡£¥—
\ïf{„ûJf£≥π1a[al≥Ã°XÔÛüÑçq™I¢,ˆ}∞û>fiEtÛ
kú¨$f0π"®Ä‡Ã-
X˘µÒòõªhbÙGfiÌªèjãv√≠ÈdÄá:¿å¡ø}áÉh"®,{Ï˛
2)Kø‡Û=≥É&?â¶ë-ÿ~tY€dÌCI‡$'ß%tÍ
w%Ê+¶ß÷©¸ÙÎ»"Îœ|-˝C-
óå¢øâU|l∞wè'¨ï:>/0ΩGÊ;qÁ,Ò-{Ñ<òD◊ Å`åk5
:o~,!MÓí:‹·ñ@ç¡,ÿ=∑>ÃL4¸•ïŸa°…X=æ¢∂[:•^
ò≥í„u∨ıe¬j¡I6"%tóÍèaP5¨ã®(∑¿d-…°TL'rÄÛπ
∫Ò~qfi¡¨S$Å\•»˙¨ÿI"†1˘ss/ÓåJC-
GafiUæ¸IYe∑R™◊˙õ≤ê&'+'¨!Êâÿeß¢€k`Àuçaµ
lÉÌU7â¸Gß
#†4/Täı;⁄¿¯ ÔX°b$¶ä˙Xœï*≠øòÔÏf£Êâ,È8k"c
a¯vø≈}p"ñ˝zt'éÜøâè3î¶≥<<î∆π-d£ú^·}oÛ2u∑
ªu±dœù¿h·Ï∞M<-
∂*ôCɶÇ=☐¸∑¡¸0¨WÉN@ÿoÿ∞fln){êÍ°?}@…‹,¢$€
(Î*/-¡ÂflCÛûíÒW∆z ″⁄@Ä|:ÓNÌ2átC£n'•fl¥ßM¨
ìWïi◊∆}≈Ö Êµfl'á˝¬ ´″^¸ÉÀ◊Ì ∞D`≈I$√g2─────
,€diL˙PV»MR[Ø˜+ŒV«Qîà≈Î,FPT§ª≈%7Ò«x
¯^n®d7W″R
      Jân◊√¯÷,„?ÕÎ/∂M>ÃB~yÜ÷GÂN)òtùLßÀÓû
àÎ)˙+ΩË\!∂&pJ‹%-d,≠Q
s|ËX2±fòCeÜ<ev√+dì¡IÚ5¨ù§&°úõ\ù∞mπ—
ÙìJÉ\¨'d±^xµ+îK}BjÁfi[îÌãK≈mÙ8≤@,P∑ÖXÒÅ.
¯ó≥Ú6G·☐Ÿ3±Sb·*ÕN"|e$∞BR7Ü†¿Q8Ò─────
ÂΩ<h"|†qÜuxⵧ#´Yó¯Hf{wÖè≈∏190+˘H≤H„©[ûMÊ

190

9≤¨vmÄ≠G¨∫›S7⫫Ù≥ΩH„¯pÇ (ûN^›u•Mmå>°±îäõ
[cq$xfl────────────────────<,ÜÂbD)flvm:
fiE≠YU˙0{ÍC≠Ω°ÉÇ[>Rdfl∂•µ
bj»LäBX'∆ÖÀó˙ÅÌOï*-
|ZPfl:¨;gGûd;Ë¢iëfi+èá∑≠%'ñ„%Ü∞M˙;ê¯•OK~à
u?Ø,`x˛T⫰Í±°tAIWwTnÛ*3-‹+────────
"$cá∞Æw⫫fbúi"4>sd.Œ"-è□ˆ°√
î0l|_äcS˙˛6å‡'•=¿W∆≠°ª?c¡M4~·éÖÁ˘mµ-
(^"&qvI∂eIÃ°h®d#™N•Æ@<ôTU˝î-
wRlì∑'5à§W?flΩzÀ(flÂá±4z∫Ò}!¡Mû?äs───────
6Exò1□^•⁄V-
ÍOáÆî ™ˆ¢?°S-
 Uf"#∫'o›*…,ó1fl*U≈À⁄K´)´#°¯´÷åoØÛ≠Å°ı|‰
ı±
c────────────────`ÕœKõ◊Ï_@Ÿÿ∞─
|•ab¬/t4ÆõüâÏ˙•¶Ñ 191∞-
ªÏôZSx∆£õµ‡‡dfyerÍ›^"≈é≠ßîfÕ<ÿ#‡DK⁄$œ#⫫
2ó°qs©q+Ê;ÆÄË™2îÿ˝4p°w1`────────
¬Ÿ\
âHÉbƒ"w¶Åb{□Ö,-=Ó‹>¿Ÿ»ˆåL§ØñF0iGú»ë9/iÂ
 Æ÷Ë˛è'K]%2V1EGvc∆-˝™ÍΩ≥ÚLNEªÚÇMŸßi¿é°$
·1T‹ çäùW@˙ÎÒ;]ª0?⫫⁄ö˘≥Lc¥Ëjmï4I•U-
"I›÷io'¯Ã±;Œt≠™4¬à®BÍ˛õÃˆˆEΩ-Ò≈˝îf£ÒKfiÊ
mÉ˛—æf
1S%s1 ˆ
haáõ§èç&j"PpÌa√q∫éf;oç»Û¨ÿ∫ÉÓg!n; KÉ`
 '2&n─────────────────────
#dX€€e+‹sÇj°ØÏHÓ°(~DiÂÆ────────
ß„Ñ%ú˘ãø™LYÉ-9}9ù∞C¶¢mä{4p,|°°
±EÅ"œJ˘ô;æ$ˆwõ────────
R*Q≈'≠§,ÎPx¢fi(/Ë}ÕX©⁄È191-
â2ŒpÃ€¨≈Ç"œıK191èA≤‡⁄Ê'dö»àhHlé¶•€⫫u)d´
ù±Ár<8±8_f<•—<n,f •`ıÙza────────
Kÿ'àƒ◊X˙#Yå⫫ aFÚ‹àXr,E49øYàá────────
≤LÛV_─────────────────&·ñ≈I˛Eàf‡}^
áéˆä¬∫¿ŸQ.191;gÖbSÒ]å"Ñ´† 5™?Ú-
Ωy\e!£S1ò29W™óE\∆#191xu,Ò'c°ñUàô√†∆Ìj

∫î+πæN˘‰√ÈN) 4Áœ(ï∞9lïø¥Ωâó•fl"ˆxa9Ë
ÎlÒwØ€ëë0°˘ Øwœêfl•¶M~o˜&qÆ7á∂
zÓ4-
˜ØLó$p,]Ú¥m≈evÉf˙.∑Ó^□™Ó®°∑EË°fè≤É˙!¥=.
R
É`Ñ‰çósÕ›Û—í'"bvD°`æã¥≈ÅS'D'‡8————
M5É)¢äMÕâdã'#)7∂œÊÏ+=†t≤›§>fl€vËËo°————
0%È∫-□0fPWI"øÖ≠q"ó€Ûâ:*˜'4
    7ÿàåfi»Í÷¥⁻≤Õâb°j®çfD†âÌ`é„©K`&fòàX
h@∂lË0|…'ø≈}Gflé9ãE0,√}˘P≤„+"ôGfiï"Ù‡À∫∆Û
ˆJ˙≥é¥Ñ´Ÿ£V¸‹g◊•ôâî]V2›-T————
∏f"
‰œ∆:á&ΩtÜu+›MËù˜Sqë3F 0î\õr>ÖfiêL»¿>Åæb/
«!d≠ÔÃÍÆ ûÅicq2Vsyã÷∑c4Òl Y#
ˆˆq—ôôÃ
@•©≥µ†èaf∑¢QóŒªô.ñ|m2Ev`>÷√‡øÉÎò∆ª»Â`Ωj
»6EÒ€û|z————————————*1Ûa…•ÃT.
∂˙˘«.€≤"'„ÈøÛüø˘W°-úø"±Î'oä5-
±oçe‰@fl0|ôÕH7È¢‡ÿö‰◊÷192#IÖú—°¶Æÿ
    Í99∞!rÈ|êc◊É°ÛYÀz7˜————
>6∂:Ëmrìó¡,⁻;B•ΩP₁eè}î)cëÊfi-
8!°Íq-m`e/ÿ<¥¨|…l™q@È€Œ$±ÕÁ3%£€∏/c‰Ûci©
DΩ*z‡?óIç\∏-d¡2pÍs™sV•'xfiÀ€≤ ÅfÒ∫-
$ëë≈,€AîùÑô8?à7"j»ôp:¿Q————
4°úá-ª)√è¡Cæe±09ùÀGé∑ÉüX∫Ÿ'Ñú
∫ô€7K™Ây÷`ô=T∏ç∏S?÷|—û¨øTÆ°Ñ=ˆ₁-
q¡#$%":¡e„•˙ ————
Q]z5œwo]"h,fl±òQπM˘∂LÜã Ù5g(> KI›#'ÌH6Y
ÜRßòàœk["¨
@∆Œ†#3ßÚÏW□ÊkMùìS¢*Q◊∑NÒúpΩ∆•ìNœz$∫ôMåC
‰^ú´îzQÔ1™∆192Ñ—
¨h¸Óuãn∫□.#ßPg0Àm{´192flNÚOîG ÀsÆ&fiì
;¸„Pa4ÎÅ————————
Ü]9F-
°‡>/h(□¬Xùyæ§ÊcÁ±˙U]aRvs-ñ Å0AR∫¸gÿïSâ`
K2p´"œWËÄ „ü⁻6{rèh-Ωlk ÊdZ5
‹/π∆lEEd"-€Váâ·FWÊfió°ªU
õ{´ŸµÅXVü\∞`Ä¨tf6XÎÑ

192

ï˜1ÖÔäø&f' 'fiyúÄQqⲁRë-Z‡æX‾ZNÇ ›‹ˌ¢ˌ
õ´¬ãÇ4°ÚÙ{ú
*P,ÆrhΔhÃⓒ›∑"≠W∂6„ÊQy3à⸺⸺⸺
Ë"r„±V5ÃmúÓ·Ïîê«≥/Ã\§}Ω∞©ŒËMyAûDnn-
vXU˝ÃtYÄ|•œÛ∑«éA"ãèÂëΩ˚ã˚^QÍNÄy÷®xså±"b
>Ã6#]• ˌ‒
óy·^"äÚÂˌ˙ëŸ`MË£ÍAœ©W0n°·≈GÑÑx'Õòá5‹‒ i
–»1,¬éEYç°ŸsI·6|√BÄÜ.‰ï
U7ÈOFÒË3ⒼJ-bE∞ⲁwé´:Ê∞G1-x+à;¡ZäÛ=≈MP»+
–›ƒ‡∞ÑÃƒÜ°/çÚ◊H$S°õû⸺⸺⸺
5Ñ›R-ë□ã| >≤-ÿfiⲁòT$'VD]˙DŒÍqOä
    ["ü∑fiB`Ù↙¿ⓒ2y8ŸüÍØ3X,Ü-¿ØGμ∫‹ÂQ↙ˌ$
›8(nm•>Á±≈ä193™Ø°$y∏ÆŸ:"¨ÂS¬yÀ∫x«S^
‰X◊˘òBF©À5Ú∏€,¢}B∞$t#¢&V≠,°H…≈î£/˜êdûÀÆ
®3-↙‾`¬p∂
õs ñ¡ZÿË˜Wa-∞Ç™≤M∫;3≈ŸaF-9Ç°ç•;G}—
T*V193Z6Ø"RZ=ÇŒ¥ΩÌ⸺⸺⸺
x†nQ∫‹0ⲁ¢Ñ6õ˙`-ø>É?,‾±üxôFïvμ©ö °ax+Ä
G¬Ñ˝†Ÿ-4-ˌa∂dÉ£≠—.√ü°ĵÀÌSÆC¥Q⸺⸺⸺
p‹ □193õú>N—
lkπXÚQòVo9°↙—
□ñOpëË_0è:o°^HΩ$é6^8î£…A]Õ'èÅ‹ŞÛ{-
ˌ‹ î»ÀØ∞√zCu"¶åhh¥9yï^^,-ø¢€R.~ÌìÜãÊ-
Ï√SqÍª∫E∫V´⸺⸺⸺
ΩH*oΔ3¡¡‹ⲁò∫6Ã^
⸺⸺⸺⸺⸺∞+ˆ‰193AVŸ;äYiÖàK
4193A‰ë ∞ÇR›*p
¥q↙ßS4úKŸÑNÏ»ûfs9∂2m,iw9ŒóÖflØ>•{x˙`8„-
I´Ø□Ä⸺⸺⸺⸺ˆ£„EÒsŸX£T‰ù
)æc©◊‰`Ç√$eN-,flüF8fœtˌnkàïñäHïàˌ193Á»oP
˝ùΔbÒ©yμ,VbJØμWX˜Îûx[…=˜xb/ì-ñ-
Xí1•-•↙Ù(‰fiÜ'1°ĵÀ˘{l^Ò1‡ÒÃ5I¡äC_3è†-àÍ——
↙R&0åƒUTKWëÉ•!˜μ‹É¥" ë¡ÿß¥Nø^å™Î̂π¿.
j±fl~ués•‡¬û7-
[k¥ùóÀ_G8w8cêà^‹ÍWÜeflÄ1935+°pμμ°⸺⸺⸺
≠GƒÍk¥D'ce`&bY≤Ö‰§)k@l8)£3ê]†Õ‹zLI∏üZ'z
»Xˌ ª°aû—5ùäæ°í-·V•ìf+JÛYÁò"ÅÚí-

193

◊hf————————————————————
uÊ£†§Œûn ›Zc„tÏ¯rëá-¬˘*ÙE\47oÖ|PÛ•Ë—
â≈å1_CcFΩXΔqí¯•yg2P°aßQê5-
≈j[◊Kh[nr≈>Ùeg±å6:s,˝•˘…————————
LSG194o W˛h,ùE#ì∫Î}Ì ∞ÂÛ————————
h]≠¨OìœΔ}â:ïk Ωw5ÅT«˝äæ√†´∞3l‡á~;∑û-+<Δ
n†tª Ó”•Õ'fííÌ-Èÿê¬V‡————————————
>ã%WÒ±°úÕí•ΔªΩ¬t9¬"®a"À)FÍâÔ≠¥ç>÷ÏWs194
˙-»-*-j•Í,Å÷œoËßà□I‰≤ƒ,}â»àJ:QX4]Í—
Â@œÊRúB„0£DQ>S¬P ó√˝ê€À¬Œ…Øy
        S≥6¬wÚl,û0N,$4LÆ•©·
ú<0+  zx\Ø————————————————————
p˜o™-qœxîxj„ç5†oì@≥? 1ï¢'.Ó$`˙…-Â≤À>ÖÖ
«P»Æi11ˆ•{S´n/Ÿ6∂IûÕèÒÚ≈~˘1@Á-™„Eí>ç≠ƒH@
Sh‡søO
1üJx≤yAyûW194 ¯rèÛÿ{ÌÓkÅb'————————
•÷µï$e˛ê|√‰∑árUçú*-
»o(ì9VõZWRflF6˛†rÅê∫`!úΔGåå¨œOø´«uæÜÔ¿ÑL
FΔ@2ãÏ¢Í'cÎœÓø%Úì!°VÎ˝ò√e194Ù.∞ÈØÀÃåíΔj
îò¿Ÿˆ^V}S¯9Nt9ko<jÇcMìÅÎ)Ê{∑f7FŸãq—
÷;U7#¡°————————————————ílå¡èeD≤•û
§
        ˜±í⁄V≥BÕ◊Ä0«Nú7¥"ïiµ.'åcBpP&°qs8ø)
Ê…Ï@«#ÈÏ∑•¯Å1Q•ˆ1g`Cz∞Ω/z£".ŸÜ.':‰ÑC"K-
ØÂâ*I62w∫4˜j
<àåñ]Ä{¶Z)°72Fâ9ZR¨a…£…9Èáì,9|‹„›˘
£)Óvu$#9";í-_#Ï[™.————————————————
 =194ú_Áâ' ·⁄';≈|î-}Ñ-Ú194"Ïh?Âo ÀXÔj—r
›————————————————ØÑE&ÿxR9F=≥Ó'‰ífi
        2HDfi_□pUïÊmƒ§ÿŒO/@ÈBâôÕ∑Ã9˛éW ÍçBé
-HT˘VfiË————————————————————
ñ›Ôfl$194fiõ£˘d'~?'`É•N]k¬ù¯("ñ¬aF_ùãÉÁ
€ÎñùWfleflΩ‡Ncæ
ùÇmŒ‰÷,S`◊^¨ã'5Øb-ÈdGπä¢Üo=L‹ Ï§w!îVÇh"Õ
¥"u†cô⁄‹é^O∏y˛Mµ.Ô_ÈÌ¿Q÷j$5Ê!xƒkÜÛ4¬Sï√
'•¬_Àâ·…AåØ;Ûal€'äzÊ194˛´
›„ÜóGŒÉ>Û,8^dvô⁄ä¬•ƒGôÁçqM©™€Ñ
        ,9¿»-sH••tö_ÂEfufi_&≈°›1W C*
                    194

_ÜN©zô◊ᵃe"ã7w2l¨195¶R≈Õcᵃõfy_H≠hät'ÏL/ï
C̄
e^
r¢â"w$˙f•
cû4åT7WnÛÏèÁ%Í∆Z>=ƒuŸE¶t k§t,4$™£-~2ãŒ
]:e|:|É<wØÕüL˜ä'«˘§.%óÙE
l^¿äi;åÍ"¶Ù's?ÊÊ4ñj8
±LgµJ}•éü≠AÆh„v¡˜ü1VûÉÈ,ïõ®®†g"≥eû
äAtÚ%œ@3⁄çåç~1‹b+ØÊ_zØç————————
sL}¥•#=ürb`@£yXøèá¬Ā̧1òe˛195ø®J
⬚qæ[aÇ%¥˘≠h⬚-€πr∝k•≠"gØÔê—˛tB&
û|©å'∑Œ«‡y'%î{Ofi`ÅéÖ…·ª(Ω?"˙e®Õe≠.6]Ùœ
ì7eæÕ;;ÙáátDî 4y™`¿QübÖ5óî"¢µ\,=^€195D1
IñJ ¬¢ ¬ᵃkV'˛>Î¶ózh»-3zÀ5éï4¯4=°9x-
LÌgn'üë8"Ø]Q-Ôvï-
"≥∫§äÄ"q€s\pµ°|Ñú¯ÑŒ.§\¥†˝ΩÖ$C*®Ëc7≤¿[í
fl`È.7•∆§}"√Ì…õ————————————nü∏
)÷¨&
ÊÉ-
L•œ©f¢ê†q(∆————————————————B÷H¶0)
,Úµ<‹ZQã+?y$@o¢è^ıñ.Œ́Ó∆æ,?÷1u7+iíD√Ã7
1äòÏÃ°iÀ0Fà
√ùM◊Y„∫,µ•jƒ^ÌqXÕäBqä2j dz„®m√∆¬√œ3(àÔõ
îÿ
>«∆f(Ä7X V-9$^t'Q_o#B∏Sáé
ãΩ%iJH∕´,ÃË}vÛà∏Ö/à„ÅµG9U0¶jbüflD5©
`=`4˜Wf7˛áaÜC°BŒ∑|E¨]˘¿úü´ÔCQsÈ9-
*c»‡ΩÈ%˜æ∞ pûÈ˘†⬚2≤-
|Ô+0`-è#!µuaH¶Ä€¢"˜fi%ö∂•ƒ
≈ìÛMÛd…á∂é/ıtvû|=Vq>(ÁÛ¬≥ìZŸA*ó€Fw≠l÷µ:
2 v195t∫⁄å-
åøâóåËE >≥Ï;o«1™)ö˘ç5µ ;Í_Œ®òIß,b√Å˜ÈÑno
,XH…†°˘flFh-°∂Æœ
»§;Xß°IÇKh=˛!+èJ}*ùIœQ∕U∞†È`a≠ñì0́Ê
«√`E[V——————————————[@ƒ˙s">3è4-
"èÔÑ7HRe;t'§sµ,UÓñÎñ≈7-û«(Àó-
xz˙'˛§O)O,¶cÎó·195òãïr¶K˙ã°ü(ê'ÂÏcóaΩ"C
Érïí,°Í^lÊ¿-a™ô/-
195

>fnÌ‹∂™,ôfl$CÉ$E¿Ï¥A⌐flAëLH=″˘%zîÑuï•-Q-
Î@fiÅO′πøfléúÉ6<Â¬á
fl¨‹r∞\˚µYÁC±″x`ñH⁄êÂ Ü¨ÂS/Á˘d"ë¡€ø€0à^0
]z*ΩúAʃ„&†zÇL—aJÒW
Ñ±À˘••ö¿ØÉgû>Q«ŸB?ßJzU]◻óøÀ`´∑Ùò"H®zÖʃÖ
≤/V®ª|…CTÚ3òA>åÓSÇ#¥zªÒàC.…¨#:z}ÑŸêÙÚ√Ø
äQ˘q,≤1qì¡ÛtóöcÚZC1ã√(:Ú≥—‹%[§VÿÚñë—
0ûnÅpá5sR°zgd1Úx˘Å¿7±ʃ?òKü™u„é ªóÒ——
ï;™Á†1ÄÌ⌐″ÚÛ$Z+¶ùnT{w7»ùKZ}′ÿ(O∞H±c<î
√˜⁄¿ôàHG.dEhgfl196é-
Z\Z÷$Ñ#îù⁄″ÊÂüΩÀ√5πÎt≥Tüç4¨eöã>(Ñ•1Y[ö9
∞Ò¡
¬©ß ÊRÌ[¡D′]Övóú ¨ñ§M=û¬vãÈùá•∞◊
  í ˛Ö¥ô@1gR[‰¿xêj′Y⌐Œ—
ıWö"6æw£Ì°≥flmÅiu∞ãÿémí«ed`h4Ûh ¸|•¸y§Scÿ
»:=<å◊PéÄ5"˘˘k0I¥∂~¡?†v————————
ÍEòiÑSÀ€—————————————————
ûÕ ÷ñdTY′úΩ/§Òÿfo≈,∞äpdà6OweiÊD˚.IB"+ŒD
€!π√)èëíi ·Áî¨Ωà™—
¥wflªÆåBh≈!\!Pu6À¿ó°¸õC„"E‰
(Ä~†É&‰x.w˘p€¥¶S•JÁ:ïZ$hjªÁµHË(1I…@196˘
µ⁄WµSBõ+»flVÉÒN′Ls=0¨t›à2ü**¬Ü¡k[w~´◻a
péê+Qg8€z€i58Œ‰bp99′⁄üÏ,}——————————
7∂″í -
,U«"ït›ÌBi{Ö)◻»e9flàâ∑£˚J÷¿.Â^QT>ùCî¥°`S
-
I′_ç!Äb?óÃáæE′¢——————————————ß◻
òoªMáb+os
(vkõAÄ`Î1′ÌyCÔæCÄ+^ ›¸KÕ‰^+z*I≤zklYòNp9"
ë≈∆1…′æÍ(_YÎ^±◻¶
Äì!M†x¥¬x&ÀVœ=€≥ UU`û;.Óà¿mÀ,,/0E Ô——
û∑∆uD"————————————————•(ã¯ı¢õÊÔ¢y
y$Îpq!i[)æQÒ¬K«8ù"¿‹Ñälú®ËÒ•1Tπooöì2H
X≠ãaÓáÉËÂ3¸ëîzÿS-ÿ‹/9j1Àkü†d 0>Ä—
åd∂|FZ^-Í÷BI#xã≈FU¨⁄,˜»¨U◻ª.´ÚíËìBOu¯——
•⌐»ÿ¸Øù@?π1©RY ≈-%
<et*Ò>`›‡È1öX~VÆ!Œ€¢#a

196

dl≥áf∫Tc˘fi/≥óv    ‾?¶Í_q≥Œ————————————
ãTqìBé$'ò_!|`M «[W
£ìòFêxÏ^ô‾iü€["C†u˜©N]-
Ù≈tì?√U+Ë^C†xOgnsΩ£zÊ𝗇Ã}ÒÙ ·Á±p∏•s∏à9ÑË
{:É√U1°9LÑ¿¡…Â¡‡ExfB∞m{b^\MU&!#Kì}7ïŒ>˘
õ}-≥$πù\`‹GõlÑÉ^fÃÉÄM∫  '2wÓµ-
Â∞agßSÈ∫Kœz'åÍ\b¿@Ù|ßñõU∆0X3≈ŸÎ1¨5 {˘AP
Ì•ƒ∞Ã:/eb-}çÛêçc©VÿëÌÆH‚:Â9•" Öæ-
7‘Kıoád≈ıπ„Ÿ"°∆"§†CÃx>U¡œıI s˘
&∆^WèæZ1T≥i¨8-˝Y-‡øË±õ=-[
    4"›µ´œ#°`197®ïô¬@ÄŸüıQ5Ë∂‰f□≈ãuÜyO
+d★˝-˘}3µd˚∆ΩtÇù-Â·y
;´zq Vn{~‰‚6uîuŸ‾˚A,bì˝ıÈ`"LON:û≤·7Æb21—
QflA‰˜¥i`™ ——————————————————
J'ï—————————————————————·——————
ß)°îo_˝[±n_d≤&af¿JDBJ`÷;ìá'{^W-
◊/€›‚ÎB3Ü
‰˝£"‚F±|›|ö#:d›^ú!ç9`ÓÁ§ÈY¡ËÑ°ò-
…ÿf∑Vãenñ'éR——————————————————nA'FD
˜ƒ≥o‚<"★>:wµÅ&˜{˘Ü9,P¥ ——————————
·«•Óÿñ∑6∆□⁄□WÁêû"¶UUéàÑe'i˙°BÖ…eÑí™E›äM
t|Ñ L6ÅªÀ9ï·ı•`@R|åd"ßÜ¨-
)V¢ÒYŸv°_±.§a&!µYW1fiÙ"——————————
Ñ¡u~ª————————————————
@æ"ìtÅò„g†ÏJV ‡Q.O"-
Ú‡÷fi¶Ÿ@¢‹nEuß,·ÖuiáÖIg^NQèûl9Pª∫„Eà‚ÆDp
Œ›N«ÌéDjl-[√#1âQ-ìÙQ——————————
ò"Mfi‹/Q~(flsÄ£2$± öóêzX®°æDÎ197Úµ¥òFxfl——
Xc,„÷Môs√Ÿf˜fl1°zÆªP±&◊Â2'ëáBÜ·â¡∑è7'¢-å
ø,∑ L4—Æx
ÖN1† !bcæ"q1ÍS$QZ‚*…#Gf…&ÈÎd‾n□|¢ÉøØÿÕç
-
zj|Ö8∫nô;°ÿz"ÇK!Ó:∏!Bmh˜Ÿ‾À{»°á?[<rŒU.|
¶Üh:Uü.Ç´+£MJ>ınqΩïÊ$4Î‹ Íæâ°bg'wHÔ∑.ÿWÖ
ßV≈~4Â;¿‰`πË8àãq]§Jï;{H‚©R+…ó★⁄
c•ÈZ22CIÂfØ^€0————————
★á"∂]Qy5$†(/XÃŒ.#∏ni5o"B˙PàtHÙ~ûü?ÿK:≥~
-•µª KÄä

197

:x₁*Pë«]ÈrAóANìAL˜_Í"G->dî"Ö ,nÃ'c-
\,©‰œ"....»‰nŒΔ&TÄÿù˘'cdíÚ$-⎕æ'sẄmçL(¯§∞0
kôïc198≥úØÊSÃfi5'.•z^»)±É|®?@
≤@ÕÛ¸ò9GÊjâxöùä#L*flô∫s——————————
ÂI#aÌv<ÍfiÖ†5...¿xW-
îÆ°Wêÿ.≈¯\R4¨ÓûÚ8ÜY≥]l¸Y‰AôNÅ™0PË"Ê¥¶"Ø
1âEÛ5⎕r*^Dÿµ∞Ê—<-^`‰`œ«fôeV¿A"a}⁄Ä¶¸∫
 ˙_

cL⎕≈"‡˘•yvzWMQ¨`Ük∂_∞2"≤ªSs„t:^b7í≠Ø;¬\
"{|¢>k◊ÿ
ç7íÕ¥jyéÍY&ë vk]™√ÁT>◊*Æ^ØIjî‰Ω"0Œñ
öVß÷àP`ï
1983Kß•⁄M◊¢u≈•A⎕U^'Iß≤Õ¶ÊÛ"^¸˙êl<}áÓ°9Y
≥Δ}äo„~Ø¶ós†A_∂°¨R$îkúf"Ü÷*R¶:ÄGZôÔæ¿<c
>ÕTîT>Pò:⎕Ü¸rG(WΩZ<fl%z=YœV4}ôû2¯ö[˘[:è
π∆[€∞3êãñ÷˜Õ⎕èŒä¸óa<":øÚÚ¬§πÆ€íe∂R————————
6₁-√ß´å0Û™°q\¢Øëxî,,Œ
       :⎕»n*¿WÎ'kA√\ÜØ◊Mx©`,1äUâm0>TAav%;
˜éc,Â¸r†₁ïF}¬â¨n,
.Ê~ „NYÖ0[EfÈå„sû}>à`˘-ª:EÉV:ìz[t₁†˜
]ì¸à:»é»6ëÑDM&Û¸fi:¿»Ô<õBy˘aly:-∂-
Ç⎕ìÃæe⎕...màào«õáπΩ⎕'——————————
z!Ô˘∑yéò>¡Ó°í    µŒi@¥`fi_VnËarf•ÛNõ¢∫
èYΩ?‰ÓwkXõ-Ï198⁄G°Ç¸ñÊPI|§◊<ÅDäµS————
i·óœ)®{¥uÜ(ÊK˙◊Õ<Ë⎕í˘‰ÈïW˜Øz.π⁄HÁê5É'§•
Í>T⁄`L>j—————————————————TS
sk},à`x1√≈çk◊L}?¡'5¢198Ë
8DB-∞Íüg£B≠!Ç≈7f^Hœ¸Z∞Ò⎕7Øâ•i-
%]±Ø<R"¢|‹¡ØœU‰C\Dôõ≈¸è
       °O√H0¨WWÇ_í/Djœ*Ölé≈Y9á$NfiI‰—
ΩV„BÓ>°Ô Ã—
VªlÃÏxª`¢vÄ...*lu¡wm₁L_b∂Ï~&ÈãœÏö@&Ñ≠iTf∑
œ;Hv"SFMHäæÔbP∫VÄ/s√ŨHùÍîÕè% ¸cZ198õ
       ¢‰-
⎕>>ÑwREëfi'g¬6é[198NLÍHkflw4m‰wk¶ªpkQ¥M#|
¡¡≥ΩW^úøÎ27R]¨7GÉ„•√ë‹±"mõÍø°zu&&†-§h^á
Úìñ~ïí]-
miFÎH⎕¥kR>°f•¢ÙÕ{Ñ_"-Ê6JjYxh°¬È198¸B·

198

–≈´*ãÒ⁄ªÚˇ&†hÂ/————————————
…¡ü0'ÒëoÏeÔÊ¨©'0ƒe",≥zL3åÕÈû€ü¿#
(+V¬ÀàPÖ5ª÷ı˙k{æ¨□199m[åôÕJÒÿ*ˏ®u›AÏ±——
ˇywÛcC››°
ê¨X°7±^çƒ›û7Ë∏ôã≠•s›lÉ¶muïï',aªëå
¢¥∆"rûXeÀ∞h≠fi˘>—Ô<ã˛v≈˛2•¨Ly˝©•
æ∫z££€™ã⁄9ËxƒÊ∫'"14*ZÁÍ≤∞Í<—
— flj□M~‰D&bm|ıõàõÔ„eä^}øjã!Vé-
⁄ŒØ) ~R≠Îfl79I⁄————————————
*pÅÙ,)wµåK,ÖõdÆàM .Ï<Ö˝£ÈóÛ◊fiÁ
ΩÌÙ•«t[Õı̂°ÀF¿3ÊœàÌÉÓI~‹"?6Ââ‰I\ÏaŒ•Ù)H
Tdpc'gOã·<gG¨÷˜ˆæ›t7≥⁄2C+oK¡~™]Ω?tVä„@W
⁻∞·´Ø•á±¶Q]Ùqı •˛æ∂¶Íı ∑*˙æ"™
}fl8zä#˛
CGäÓDÄu≥Ò„ÌÊF∂CßN|ÊflÅ/ÑM˙TÑ'ß˛Ã¡5LKv-
∂flÜ›Wë≤;‡e!•◊U¬˘x#Y"¢ÏC,•F¡]…D≈∂‡≈
    Y>M&ñèÅ°úB,+ı'´éÛµV\÷˛üBÙ|u´aoküåµ
Dπy————————————óv~1ÏÑÄgàoÛ
      ö&úª!è9~\ª÷"Ê&*VìH˝˛°~ú<B3‰©ÉWyflFÊ
DïàQ∑±@¨ú5?⁄ImÅç?ioúHâ<Üp-
O∑\çTÜ□Åâ+æ˝ÓI˝—Gõ-V˛Ê™≠Àö_199ZÆL«N6·Q—
¨-sœhp ⁻ní)}≥IO$VÛlL)Œ\OÜ-
çèæ•ªrPjÑïi'ë,R£˝∞fl˛E'•Ø∞LÑ-
ÍçOhfµl»p‰w≠3Å˛ÂOkVqcŸ$»∫⁻{fA':ı-
‡/ıè˛öà◊˛ßÀΩ(=9ãö@2ø)g‰´&Ìõ⁻∏∂™Í…G˝øÏ·W
ı{À^≤Ñ†€ÑÔZ⁻\|`zÇ<o€·
∏<CEz'8ÓJm5ÉAæùS0˜'dRYPz\'"t- ‹ΩH-
`5,øj—
ıqL/Æú¿ÌÆMï,‡»yõOœ±û⁄o˝Ê^»M¥ÿè4-[∂¥Ñó^Ù
Gøö0Qô≥L⁄πç»ó¢j

ÅÎIFÜeíÇl+£˛ÈËBêØßÏâê4ˇgTF√-
áΩÂO"fiM<bÅÎûu+æÁ{È-[vl
ˇãŸ°˛Ÿ;yèàœC˛0ÇÃÆ|÷Æ§ê{ø•cäµ—
«ú fiWåh„fÁO(Ä3ÚàHÑ∂ªí:'ë™ÑÈ¡-∏ß≈ƒÉ&´ÄæS
æ°ù`^^ß=w„cm≈⁻Öı>˝P◊ùLînfiw! Àn}-*~
      _Ò,ÿÈíp⁻|_˛Xù√ú.7C˛BÎÖõÕ`-
r°X kŸVs«ôEO¥rCÿi§á∫I"óÜ1ÄµÓW8J®¢ıEep⁻K

_´-∏¥µ§«p¡(wŸnr≈∆vHyçW®"ÙMn¸*ô¶Ö
    ≥4°ŒWÅ∂    ÒÁô-
ÁFöÿÑÄõ)5¶v]1∏;ˆ¬±u¶â≤ìI6é‹j£çõ¡Ÿo)!îV—
=T•À°ê~Ã8»çNáE″∆¥∂JÿÀ˜dÒQ|‹i@ÄV-
nmµDæ‰_¸\Îi,ÏÉ.\≠Â‰P4«*¡úí'y€}W\dY∏f
    Ũ∏óµ200'+¯ÊiΩ£°n´ÕJ-
≈-≠`œ˘ɪf(ÀäVuéh˙øŸ—›ô÷ɪz4□≈□/SŸ†ae€-
≥[Ò÷Ï±d^◊üÌsåbÔKÄåõ⁄±Ø#awdõ200Õöj∅â(——
ö‡dÜ[v200¡ÛN‹fâdY¡
¢¿ê≤SÅé$ZYùÛ‹Í\¯π(µ\o∏ƒ|ú¸÷éÆã®sÖòÂú:¥V
3œz™″Tò¡õ≤ck-·⁄&GEɪ$1b|Y3˜Á
ÊS{Th?m=Z7°à:ᵃ™í.åoÌ≥—
ɪ,ØŸ˘™°å:1∆yi.ïa∑LÍ™3Â≥íÔ∞ÛzàÓüà∆Eà[öüÒ
v˜P‰á-¸˙U†r£•,]*Å5∂∞¬÷nr'ê‹qM—Ãm-
:c™ÌB∆ÕÛ`Z„kƒl'¿3Ùo—éym‰Ωü:—
ONÉ≠n°£ƒ˘M:ø1L»µUÉ2b˘z———
ó4˙æÀé————————————∑Ÿé|‡≈.fl ¯±
vÔŷ)|≥-°4Õü-
S^ç!'200ƒs"díɜ@□LPo°'¡Œ?Öß;hŸN∞"Ù£øê∑∏ÿ
PN™!ÉqOf É{ɪ'Ã¥Dg∏Ñ∆9é
'±‡ÂWÁ3Vâ˜©Ÿh†ù?ÈF¸Ë}D•ÄÜ/c
ú√ëõôL¡üT™◊Ù†•mÓ≥¿Ï̄ƒéÈQ—
ÛnOCᵃ›;Âà"~∞í@Ÿî•-
åÄ·\xç•ÀPN6›z∑¡¡AÓ4öíÃ^P◊{————
éÖRKvsòôæXQŒè«ê€…◊[Æ    P^cJ€ç.éᵃ'
P¸Âa—öW!CÉmΩÊKæ/NoÄΩÙ
    /.)fi°2rúxAÆµ4Êüõ¡£G∞°qcß≈ßG?ƒ´'—
fy]ÉñÑ™Y…Ω-±9^˜?Ã,
ùWµÈE¶ãᵃj÷!,fl≠L®„M§Ê±SZ°∫u$xh·Öqᵃ ÏuñQL¿
1}Á†5ÌçJ"ÂñE——————————————¨ZÓñä
\Ò…,^cã√}gÿ92ÀÍ4◊ÿçgj2T›0å'ßÚÕÀ,ã*Á
    ¡VK'krhqÒƒ∏!Â*0i„0Ödeõ‹
ÛÀF
    Ωrᵃ ÌmœJ≈$j‰÷≤QŒ\)ËKœ{¢C;¶2f~Å˙Iç…¿
xn-
NñtÏrËùÇ4*ɪI·h…µ†˝v:ø0•3?7∫s1fÇE¿≤ñÌÁêa
•HLÒ'á™¢¿YvFÜIñ
Çk‰‡@•‹

xKNÆ"ÀÅ -
N†ıãòè¿rúN≠›dÖlé&2ô}∞•âX⁄)ì‰¯=2«»Ú–
ˆ˛s-p,Ê
πõ™æàÃÍø«ŸÌ{Yøk;öƒòû!„…¢ñ~WŸÍÚ}jHˆ¬âƒÎ'
˛G‰¿ùÁw1H5Û8û¯Í±Ö¨4≥°bqsL®°n‰ÄñJƒx'
¢˘bÿ˘-©∑±_SM„ÜzKê±A'.dÆ¬#G·üT¥≤/°À‡éZ®¿
)[¿≤Í™^Hq————————————A~ƒa@i…d
!Ä&ò˛,ñ˘‹w°∂"˙óßk»201éÂY&ów1p„□201————
Ã–›ÌB}"$È≥ìv≤-
•≈0QÏèû±Â®ç6j7=□^jì˛†±&:fl5®©ö+-
Ô˛≈!yÿ6rQãÃJƒ∑5£,AåêÂ'i/oë•°⁄$û:J·ô˙ƒ-
Ofl›Z∆™¥Œõk/|É•2Bƒ°àÅãÌvÉñy.∆
óOª›åX◊÷}∏————
t.3P—EîÉ‰e4˜ÒëÁ
ÀVä˘ƒ¯Q,µfærw√°1A1¡ †/C•
˛ü/§ÖòµcL0b{x2cühÕ

"≤Ö  œ=1$î•?nfiPD≈$éÜa¶†>¨ÍO≤kˆ\————————
∑ˆ"z;q˙dÜÍQ"L‹`≤OzrS∞∏-
°ZÀN'œ≠Fô0À§€¬à˘›1çaYdÎ,˛2ÂÉıN"˝Ïò)z≥ÄÕ
ô$é©ræ˘ä.+y•Üoóïã|"Ã‹7©Qsã¥I@3é¢Q√|L9□)
£g6÷ÇÄ/O^ %dvÃsdñü fi-
2√Ô!y^œ"]˘!h$É∆ŸÒ¢ç5cKx™~ò≠©:Ó;•£∆ƒ,∂GD
Ù⁄Å˘Mó¯"ä˝°Ò˛ê/ãË⁄NC˘p4-‹Å‰t[Uk$————
≥201Œ`{gEÇ Ã¨˝?Ï$201‹€|,öù´
µ¨+>ÁÃ?°PÉ=®à|∞,vyıH+2≠]s6j°ö©∆Ω~˘
‹„ìdS˘Ï≠/≥™sMX§éœ˘z~èá˙fi¯w@õÚ='§I|˘ZÀ4Á
ÍMrË2–'ômËŒfl•äk!∂æ4¨:p•±¶e[ëi7ı±Ññ‰G˜Áo
CÉá‡ìT3(
†]XåFG≠®Ç]'∞R≠@˙rj˘úf$ó
ÒO¶m~±-∑ªXë=ƒ-Dcö¡Æ03,°±Ó(>e¿"Ü wÄ«Fãi&—
Nm-uÇÉ,˛5Û\ŒxdüO®2
Ëñ/'|Ö]Î;-P,\□´EÎπ#•eù·n¨
\‰CòX∂>¶úËü5Î◊ˆπé| Ω1±□x{"·êTUYëfl7ÙEJ]ì
Ω∂>M‹@›dµª-Z©‰k*jv≥Ÿ`b÷µhA't v≤ÇîÂΩœ˛ãµ
9b!6UÃÖ¿úO‹≤|ñU@ùÿÄ&U·

201

IÅıs>fΩ‰ìõ3€,UÒf————————————————————
‰g§ióæ————————————————————————
MÊÑ&L¬¯H‰≠çs+CÅQ∫TÎ!œªOÈU˘ì
≥®≠÷"≥∫ÚaáÆ/[€NÈ*§ˆ∏§CÖÄâ‚∂¿p–ò————
`6ÌŒeÜQwz<ô,æe˘@Kû¡z¥¿-
À&}Tèd¶@˘avÅÍ'®ˆflfî202ÄÔÊ:,EfiK¥Ä,L|□Ä
`>k¨©¨8aÄ$Õ5 Ó≈ÆÜ],JÕFî´`tjPØ¿⁄zˆ□-
u€Ç}JÔf"üÑ£∫ÚõˉuÔ±
ÊPò'DÍOWI'ì¬l&≥Íòœ+W‡∆œûØ-
òT∑ä["Pïj∞êÆCØê0<iŒÎÇÁd„·◊sˉ5{ÊÙ†DÏ„‚€∆
áWB‰
DZ∏c`ÓRCl∫fiJ:o:ÖF¥ƒˆ<6CùæŒ9TïÖfŸ©êtfiµ¨ã
ìÑ˘¿Z/œpπt;@\µ…®∂flë»
ˉq~⁄K€˘òÏBR3Nî0ñ•±,M(T OYõ0ÿŸyœ□
ùê0fi˜);û≠GKF1Ôç,ª¨œ&BÈkSµÊ•ˉdi/ΩpY
\¿"ΩE‹]áî±Dãfl¡3é`,Jå·QÉ202□à‚",òz·π‹™∂∫
ªO£E"202NüõŒ-
w©°\y„èD3eyfl´fl\·P?ÿTõ"Áã@˝ƒ∏@-202Ωæ-
tÓnHcÑú∞Ëh□æ0ùt8q "e]Øq∞®âLíh————
´∞M]:≠"ì>úO<B#>fvIÓµ¬Ó5Ç2‚lÄD‡09Öeˆõ'——
‚b·≤9ÈÜ}\8ãÆ,
tòöö⁄PQI)+ê·í,˘Í®tMÃÂîÎ0Ã˝Ó=Ízm8Ø————
ˉæ¢åsÈ◊Ñ?ïÁ*oΩÄbõuá©ØåÎÁˆL!^fiÄÄ1s°-
Rì°c∑R√˘çÍÇΩ+ó+TÀœZûÏ}£`-~c52021∫gshF=Ó
$ΩÆ}w∂ë≈îÍ1sÀÉÈflK1«∆U9 ¿ÀÍT<übc9©∏k®'ús
˘`°"_
Ò∂EƒG™g9ë———————————————,Ü«gi·±ª
‰∞'_#Ö&Èc·ñ•:„C¿ ‚÷ôìë"FC
'ìÊ‹4§ƒ‚°ƒ¨qΖˉr1ÿd†Ûw¡Hg,JîXLe¢0a°Ûìr◊i
'·®Ö€Ç<îÈL3-
:Q∆fÛg=□D202úùäx("IÍH«ÕÓ@f≥¢QëO————
o1Ì‹202"h€¥·,ífl\flIQ–ä(‚ÌÒ1»‰ªÒs„∏ !c£∏á
R    sÙÃTgƒ€?5y,ì W
°´JÂsÙ·câm">´ã"Â®µÊÎ"§,â6ò±ïøÉÔc5å-
Û¶g^:P=ÊOX°ˆ†&PÃ202≠i#z¡ªy202"*ó≈´ÊUØÄZ
&•*Ãå„è!∞Åøˉ¨°◊0
ïì¥Ô&¬öuòf°Y*ÿf}∏êî}fiÆfÿ    ^eÃf≥-
ï}·Q∂c¥§[â*ïa—

202

^}L″™$.(ÍdÎGá:•dM_:xÀʃÙB2é»{‡À[íh±yLop;
_«©QNËæJÕ?à────────────────────
C¿ÏıH†]À[wØ,D‰¥πkF€yÃ 1à(ıl–
nÿ≤†°3â7Ôù≠®[,îK°êh˘<(4ó'ÌÂ2y©]é…ııêPk≈
"íNã´˜*`Ùìãlói
>Õ+»Ó43–q/fi<Åʃ Ï˜zm≥¯úù&?t¯˘ŸOÂÉ¿
ª¡Êm›Õ—‹Ï≥äMª(◊Ñúo↙^Ò
ÚT9˙}gÑNjô≠?Ú≥&˘ 'æâæ+N ∂öÜ.≥Ó-oœfeñI=
ʃ|«æt◊5+•Bx‹ &◊Aè≥R1Ñ/──────────
–wc»\ΩyÀ+•∑i
4!'5‰êµ≤}ÒÅ∂‡î°″Ça/(¡Iã`ü$°Ä″Z\ ·tÉí÷πIf
VqÄ [pá¿î∑©Mß¬V6&H‹tï¬i.äŸÓêíó∂Uvó.µ—
&ÖBØ☐;TÅëÖ·,∏°Òç◊xb›èàRÒ∏I◊ÛŒÁ°ÔÌ§È†aÉ"
ê'EŒ`dæ @a↙k¿;ʃ ◊S©+fifi?—L1^Oìò″}-
åzÓà)1 "Éë☐Ê≠ BÑa≤µ¿yB
ë-¥G9¬u|'ò v&Æú÷Ωíû˘P-d•åb#N'û–Î──────
Qø↙ÀYfn'rÈ¯Œaô´÷Ω°-
íΔ„AG´b#1ß•"^•~TEC¨ú∏˘˜À)è)≥‡'òê÷P:¯;-
M|V"Bë‹6µó6Ÿé‹Ω<¨ÔM£/ˆΩ"zéÜDÜu^LÕ¥ÿ″"-
Ñ[ê©wy∏è√ä›ú˘PJ&/x\/N±ÑèÊï──────────
ü¯\0f5æñ7ÃÅTÌ¡bÂ──────────────────¥
:ΩkÎûê7Üòs≥ÔbÓLʃ-œmÛÎÄ,√-øÉ]Iì65-
.jüî(e¢z.ã≠
øf]˚'©rCs,≤uû≈3Õ]ÈÿBvQ˙=™≈XµÑ[ägS'
◊¥b€§+ÓÃähO5ná@Ïë63"T≤}ê©øôI,ãu∂ªòGæÿhZ
18„™jàÙÒ wçÀB«
PT‹gæ>€"ßY14lkÑz÷T+n↙ÉCã›g-
^ÂÛÎÏ=Œ|Ø´\<#yπX↙%ZÈeô•àÔØçø"Æqµk3÷!‹Ó4
√ô{?˘ïxèÍ-<8rZ›ørVÿÒ≠e?N
   >.d›hg\≈È>P∑´_29íÃDJÂfÃ──────
•¬-˘%fi9vSı8'œ-ùtô098ò†HΔ¢≠πÿV-≠hd-
f≈Î",'ŸY203ô"©.fi-"_œfij1Æʃ5@√√203Ù7──────
>˘†>BkPÂ.iflŸ=Ró e3
h∏ê*──────────────────õI∏¥8ï€Èhã+©Ç
ë>˘<†˘uaΩÏ.\Â,1e]˘√…v÷$±*tå~UÓ†ë£g¿:AËK
Ö˙∂µîNΔÀ≤F;,SÖ—ËAD'ß#{☐s∂S‰´äê
   ö"ÌÎÁé◊äÎ?Ω{    bÀJ.£ãòΩ˙|·'Ü
π'″-s`È≈'ìÂTU˙°203§ÚíŒí@4U7¬7æ4ÍΔ

203

Oz»Lä˙nÏ ̦mØuP≥ú
I5DÁ2mÉrOΩ¨· ̦{A€√0Ô
D>»¶#Y¿Õ89!ª≥ÿʃNñ<['#¢A$"·cp‰)
õü∑B ¿+8|ÿ(:9
ÁÃ>n[16∑6Ÿñ]□'1ÅD¿§Ï†191ú<ŒÃʃ√»
Sâ|û>!˝»âS§≈≤·Q÷µö>Dòh01œúÄ'Ôõ0+⁻5LA£†H
lhNʃè-"WSh9,$áNUh204†Q?—òüõ
ü


2044wåM—´0œ——————————————————-
¿fl*[D≥SÌÂ$ó¥}Qê±§€ÔÛófgv[ ̦fíÓ&=ˆÎoªáΪRö
Í‡пéµ ̦h"¢Õø7A†◊Âaâ-ô8≈Ô•,hph•áʃ˙-
UÈxö◊ùøøá@ÿ(üŒ&ˆé˜2049—'éî ̦T"D◊———————
eæä'Æ1Z≠8=•M≠ßkt,‰1€
ßoñeú•'L∞˚ò^Ò€п/∆f"≠Ûп}Úí ̦fÏä=VØ·´OT§í¥
wᵐíÊ§≤iw[R‰K'¬fi'˚ ̲ñKÖ∞ò?ùuʃH ̦Ÿ.Á1hœi≈↙˚É
§Ô1úËeµå
x¨Óuõ#————————————————————————
£ü˜À≈∞3h´ñÇQ5> ̦„sR——————————————
↙ÙP ÷Õ\-b6•Ωi3äïB ̲Ú CHs1—+"V,-
L¶[d˜{∞»‰{ÂP‰YÜì∑uµ5w8‰´8ÌF'YÂᵐã˙À.Õ~K ̲
1p¨Ã☐ç1Ù204204204C2PAÉp204204pÉjumb204 ̄
204204-jumdc2pa204204Ä204204™2048õq———————
c2pa2042042049>jumb204204204Gjumdc2ma
204204Ä204204™2048õq———————————————
urn:uuid:947bb10e-6cad-4b1a-b72f-
97d7eb47cfd2204204204ªjumb204204204)jum
dc2as204204Ä204204™2048õq—————————————
c2pa.assertions204204204204‹jumb204204
204&jumdcbor204204Ä204204™2048õq—————————
c2pa.actions204204204204Æcbor˚gactionsÇ
£factionlc2pa.createdmsoftwareAgentgDAL
L¬∑EqdigitalSourceTypexFhttp://cv.iptc.
org/newscodes/digitalsourcetype/trained
AlgorithmicMedia˚factionnc2pa.converted
204204204Æjumb204204204(jumdcbor204204Ä
204204™2048õq———————————————————c2pa
.hash.data204204204204~cbor•jexclusions

Å¢estart205————————————————————âfleng
th:dnamenjumbf
manifestcalgfsha256dhashX
∑õm;á◊™vèoJ(⁄°sdj•´ôJ©'°´ô"ÛCcpadH205
205205205205205205205205205∫jumb205205
205$jumdc2cl205205Ä205205™2058õq————
c2pa.claim205205205écbor®hdc:titlejimag
e.webpidc:formatdwebpjinstanceIDx,xmp:i
id:956556b1-88f9-4e97-8e1e-
0a3f1743e77boclaim_generatorxOpenAI-API
c2pa-
rs/0.28.4tclaim_generator_infoˆisignatu
rexself#jumbf=c2pa.signaturejassertions
Ç¢curlx'self#jumbf=c2pa.assertions/c2pa
.actionsdhashX
<Ãgà÷>ê*ñÑ°≠Ù$_©ÿØnˆ°@€AÓ=ˆ¢curlx)self#
jumbf=c2pa.assertions/c2pa.hash.datadha
shX B ø‹ÖykXJóõ,%Ê—
"A_G˙∞°¥kóÓI≠calgfsha2562052056jumb205
205205(jumdc2cs205205Ä205205™2058õq————
c2pa.signature2052052055Ècbor"ÑC°&£fsig
Tst°itstTokensÅ°cvalYA0Ç=0——————————
2050Ç4      *ÜHÜ˜
†Ç%0Ç!————————————————10
      `ÜHe————————————————————
2050ÅÉ*ÜHÜ˜

†t————————————————————————
r0p  `ÜHÜ˝1010
      `ÜHe————————————————————
205————————————————————————
 û-205õÛ‹‹Á*¬$8xÁP
t˝PÜïfiïB¿÷•@`A?205¡£,K|vxÆ†´h~-
"20240317153758Z 205Ä+bCø∂†Ç 0Ç¬0Ç————
™†——————————————DØÛîù9¶ø€?_Âa0
      *ÜHÜ˜
2050c10    ————————————————U————
US10————————————————U————————

DigiCert, Inc.1;09————————————

U————————————————————————

————————————————————2DigiCert Trusted
G4 RSA4096 SHA256 TimeStamping CA0-
230714000000Z
341013235959Z0H10————————————

U————————————————————————

US10————————————————U————————————

DigiCert, Inc.1 0-————————————

U————————————————————————

————————————————————DigiCert
Timestamp 20230Ç"0
　　　*ÜHÜ˜

206————————————————————Ç2060Ç
Ç206£SEáÉé["¨>T≥#‡œü◊Â"Á]°
　　　‹/H£óz;*úg‹bX;©ìßÕ™≤j›)ä-bci"Xú5qø
:óÎîPè Í«ö;/ñf„iÁi¸[√÷+
¡óî¥•PÅÚœÀ¶0h ÉB╱¸• 　　$î§Ç╱j∫ÿ; ]fiö°Eí
alù¸q^fö<□≈.yfR„»÷>_╱C"Ñ1-«ˆH-
^Euñu¸›°É¡∏ÊRïµG◊x)9̄k‡xΥó„D+J'ïŒÔÍÇdM˘#
„ ÜÓ¥§!dpÎ'Ât╱c≥.ÈÓ™ˆ$1°õ≤∑_fl□Óv}1ôeGUù
J$/¨+óæü‰˝{s>2ÓR4°'ªÎ'†,4õ„find7ëµQÕ™LfÉ
àhbª°Axm‰Ÿ‡XA°ÿ±,·QØ¥≠Íb"i-|dMùflŒ-
^â™´P…≥ °◊f;hD£•;B˝s}Ó›˘y4~¶\
XL206>Öiu«Éd÷uÕèvV•$'◊fk!∫Ë-
4ò/:Ík∞˜°*Üï{R8©ò°q≤lqØ>∏oñ'·¸aG
å¸□∂«'«fil$□øBÇ †q=úíì————————————
¥ip'
O∑µ6—…_§p£Ï
Ò.d‡À"+ Ò(!IQ~f";æ·Îë8ÿQ î∑,P°Û:"äÉÀ@{——
206£Çã0Çá0————————————————U˘————

————————————————Ä0————————————

U˘————————————————————————

02060————————————————U‰˘————

0 +————————————————————0 ————

U ————————————————————————

00gÅ————————————————————————

206

0      `ÜHÜ˝10————————————————————U#——
0Ä∫ŸmMÖ/s)vö/uåj êû»o0——————————————————
U—————————————————————————————————————

• ∂ÔÁÔÕ-d°′V©e1£fi′ „I0Z——————————————
U—————
S0Q0O†M†KÜIhttp://crl3.digicert.com/Dig
iCertTrustedG4RSA4096SHA256TimeStamping
CA.crl0Åê+—————————————————————————
ÅÉ0ÅÄ0$+0Ühttp://ocsp.digicert.com0X+0Ü
Lhttp://cacerts.digicert.com/DigiCertTr
ustedG4RSA4096SHA256TimeStampingCA.crt0
      *ÜHÜ˜
207————————————————Ç207Å÷fi†©µò°pç
Oä<húÿ%˘À,‰ÕÍ]"íÏå"©⎡œÄ®ŸÁ„≈Ì¢Çäq/›N∂fil
◊·˙`ú+ÌÎ=Hé⎡k∫|]Ω¬a7hIw£Îê™◊'ÖÛé-í⁄¬@8ü]
»†.%x%ù*zÑ)ò∂Wyè€&V+∞ÛßΩ7ÿòvOVπR-∂ù8©ÅÁ
mA\åi—π+ƒΔ{œú˙x,ìv¢iu"P‰Dæ
û©D-
⎺ÂIwZ!≈¥œòïT∫π°¡i∫œÚÉ74n∞A&›fiZóO3ç'çw}u
E°•X&j————————————————EfiŸPµPåØVΩL
≈·F≈("≠ÁC207pfiÃòûâ——————————————————
Í'ë7ÔMRÛ…`!ƒVGÌ⁄Kå2√àÊX,∂€>˘_∞B÷è„ë-
™¿U„Üø¨',A-
ö3J®6'πrñ~óy8H_ ¬<=2flu÷6gZâ⎺ˆß«ÂO5<207Ω
æú*ly<⁄DÊ:fi8;^9XÙ|s1U†ÄÀ~Æ°¸§Îye™h÷" ;Î
öÇ5W(ÀiÚ2ö≤"ÿ:⎡±FÜk∫˝fwllÆ´Øs:ÈIF∑'•Ã∂8
¿ÿÏ1∂°⎡C,fiNL}-hp¿w
'‡\`ª(˘8ÂRZ÷¨"#NÙÏ"°Pk˘w-
qóDA…⎡F"12|X/gGeÂs∂ô˘k,FÔA-□□_‡€Ÿ≠êÄDØÄ
Aä0ÇÆ0Ç—————————————————————————
ñ†————————————————67∑$T|ÿG¨˝(f*^[
0
      *ÜHÜ˜
2070b10    —————————————————————U——
US10————————————————————U—————
 DigiCert Inc10————————————————U—
www.digicert.com1!0—————————————————
207

U————————————————————————————————
————————————————————DigiCert Trusted
Root G40-
220323000000Z
370322235959Z0c10————————————————
U————————————————————————————————
US10————————————————U————————————
 DigiCert, Inc.1;09————————
U————————————————————————————————
————————————————————2DigiCert Trusted
G4 RSA4096 SHA256 TimeStamping CA0Ç"0
     *ÜHÜ˜
208————————————————————Ç2080Ç
Ç208∆Ü5I≥¡=rIQU«%————————————————
fÚë7©óQ°÷"É—ûL¢m†∞ÃÉ˘Zˆ°DB_§àÛh˙}Ûúâ•ù-
û3-
P&sñm¯W®}˝"C¥Ñ⁄Òs±≥Ó+ÄÑä"flÎ∕=ƒ•´+>B‹géÍQ
=☐÷V'Á(-Î"±µuÁ-
eçî)"ŸÏïflŸêáF208{€DAâ‹|jWz☐7yü]¨ÀËÑd¥RÚ
vG˜aÉ›_¥T!hn7!ª@¨_≤fiJ}Œ₁9gÔ•cl%¶≈Õ6
\'Ê®¡dt@ß¿r≈∫N-
±µXMy˛Ôèsì¨,9,•H÷☐∞1©W)ñ'.₁á¶èNvU&pò&•†
G
C„CcÄ{un'%êò:8≥ˆˆûÊ;[ÏÅfi"ŸÇ*«íø†fi„>¢s˙Á
ZlîÚRï+Xt@(´sCŒflJ°k8≈)Û ™ñsBhü∂F≥ù:£'——
‡ø☐¢< B‹H•4œ"L´Ôõ=˛∏d*˙u($AÌBøúfIRPÙQÛ6
IMã ", W5y+®ÛE`°#çX˜‹afiì˛9¿˘≤0•L◊ÈòJX>"——
à˛≥è"ˆKvQì…å;[ä"®¡&˘——————————————
}_#ªd„c‡¶˙>ˆ¬t≤?-vÏ´]Fu,`£X
     (208ÑTÓŒÈ]»^0ΩFûµ"vπ"kô"3¥Õ±————
208£Ç]0ÇY0————————————————U˘——
0˘2080————————————————U————
—————————————————————————————————
∫ŸmMÖ/s)vö/uåj èû»o0————————————
U#————————————————————————————
0ÄÏ◊„Ç"q]dLfl.g?Á∫òÆO0——————————
U˘————————————————————————————
—————————————————————————————————

208

————————————————Ü0————————————————
U%————————————————————————————————
0 +————————————————0w+————————————
k0i0$+0Ühttp://ocsp.digicert.com0A+0Ü5h
ttp://cacerts.digicert.com/DigiCertTrus
tedRootG4.crt0C————————————————U—
<0:08†6†4Ü2http://crl3.digicert.com/Dig
iCertTrustedRootG4.crl0 ————————————
U————————————————————————————————
00gÅ————————————————————————————
0    `ÜHÜ˝l0
     *ÜHÜ˜
209————————————————Ç209}Yé¿ì∂oò©D
"~f÷ÿ!B·∞.MœOSŒø°«P],K)°pä
™)i¸i¡œÈ>`»ÿÂ\[◊má·Ñ
%41gÕ∂ñofPLbÇ®Ω©Vœsç"‰Œïi?Gw°rt◊ˇ´Oä,z´
ÖÕC_Ì`∂™Oëfû,û‡ä¨Â˝å°d&álíΩù|-p
|Ô®°uO∫Z˜©≤]È˘(Tâ□'äqve∕Ã□r£#˙¿'ÇDÆô'´$
-&¡∑fi*Î^û±yôÅ£VÜ´
E…flfç†Áò°°¶ùrØf«¡¡jqŸΔÄ
   f∂üÕáá$ªO£IπwfëÒrúÈKRß7~ìS¨;IîÕ9z>
ˇ‰cô',=?kßÒf√AÕ0∂@õ!!@-
∑$Õ‹x:‰û≠Â4qí◊&k‰8s´¶OΩ?;x≠L≠°fï{Ì
_39áAxz8Èú·>#˝("«˘ËÒò_°+ÿ~ÚFùu,-',&€o{-
ã6∏ì'ÊÚôY p□7øò209fl
O'˙`g°f∫>U¿:)Ü∞ò†+ÌïA∑:'ò1¥b ΩÅŸ¸ø§—ÛWŸ°
·Çfi2fl————————————————————————
â□209Õ]¬˘-#•209‰v&Ÿ□evB¶)á
   G+Ê•§Ö¸òñ^UT+
Ä˙¿Ú+Â÷°©/DJÁ€78°+^Ì÷|¸0Çç0Ç————
u†————————————————õé˘--ÁÔ€P,@Z0
     *ÜHÜ˜
2090e10  ————————————————U————
US10————————————————U————————
 DigiCert Inc10————————————————U—
 www.digicert.com1$0"————————————
 U

————————————————DigiCert Assured
ID Root CA0-
220801000000Z
311109235959Z0b10————————————————
U————————————————————————————————
US10————————————————————————U————
 DigiCert Inc10————————————————————U—
www.digicert.com1!0————————————————
U————————————————————————————————
————————————————DigiCert Trusted
Root G40Ç"0
     *ÜHÜ˜
210————————————————————Ç2100Ç
Ç210øÊêshfiª‰]J<0"0i3Ï¬ß%.…!=ÚäÿY¬·)ß=X´
vöÕÆ{Ñ
ƒ0Û§8ÎV∆óm´≤yÚ "‰÷<RR-
∆û•~æü©WYUrØhìp¬≤ʃuôjs2î—D.flÇÛÑÊt;mq,-Ó
'… c)-
ŒÏ^N»ì¯!aõ4Î∆^Ï[°Î…œÕ¨4@_±zfÓw»H®fWWüTX
é+∑OßOŸVÓ {]„≠…O^Â5Á1À⁄ì¯‹éèÄ⁄∂ëò@êy√x«
∂±fµj8————————————————————çÿ'7§.}àıÇ>
ëp´UÇA2◊€————————————————————
s*në|!L'°Æ————————————————u]xfŸ:1
Dö3@ø◊ZI§¬Ê©†g›§'°°O9µX˜$\Fèd˜¡iàvòv=Y]
BváâóizH□‡¢föt fiK-ÁcÆÊ'Ôíí:û=‹210‰E‰â∂ö
D+~¿î¥"amÎ3Ÿ≈flK————————————————
210Ã}ì√è˜!≤≤∑ª•Ú'åp,A`™±cDïvb~^Ä∞°Ëd¶3—
â·ΩΣÊC§∏¶w·î!≤T)‰âlÂRQGtæ&¨∂Aufiz¨_ç?…°"
A[ÂPÎ1≈ r" fl|Lu?cÏ!_ƒ Qko±´ÜãO¬÷E_ù
˛°-≈¿è¢±~ &ô1‰i/ò-ıŸ©≤Â————————
210£Ç:0Ç60————————————————Uˇ————
0————————————————————ˇ0————
U————————————————————————

Ï◊„Ç"q]dLfl.g?ÁʃòÆO0————————————
U#————————————————————————————
0ÄEÎ¢ØÙíÀÇ1-Qãßß!ùÛm»0————————————
Uˇ————————————————————————

210

————————————————————————Ü0y+——————
m0k0$+0Ühttp://ocsp.digicert.com0C+0Ü7h
ttp://cacerts.digicert.com/DigiCertAssu
>0<0:†8†6Ü4http://crl3.digicert.com/Dig
iCertAssuredIDRootCA.crl0————————
U ——————————————————————————
 00——————————————————————————
U 2110

    ★ÜHÜ˜
211————————————————————Ç211p†øC\UÁ8_†
£t=∂◊˜øWΩö¨°á,ÏÖ^©ª"‾áiT"Ì§àwmΩÙJz/-
∑8Ôܲ˘Äπ‾°˜Úrfi$°R——————————————————»
N-★fi˙-Vœ˘Ù˜¨0zöã≤^'œ—CDôC!Îñr°H¥ôÀùOß——
w'D'Á•ËY®□ø/¶ÈÚ4<Ï˜————————————
«á®"L@5FjiT∞∏°VéÏ§'=Ë±‹˝ÿÙwZ\TåoÔ°P=ˌv
    hÑüo € ç5`——————————————————À
∞¨X†@c≈ò"¡≤Y₁Ukœ'´lvŒo#-Ù~qj#k"˘∏T-
'˜ÿ:Ÿ□∂áñ˝[—\¨√Müs∑©üW™^(,πî1Ç————————
v0Ç————————————————r0w0c10 ————
U————————————————————————————
US10————————————————U——————————
 DigiCert, Inc.1;09————————————
U——————————————————————————
————————————————————2DigiCert Trusted
G4 RSA4096 SHA256 TimeStamping
CADØÛîù9¶ø€?_Âa0
    `ÜHe——————————————
211†Å—0    ★ÜHÜ˜
 ——————————————————1
★ÜHÜ˜

0    ★ÜHÜ˜
    1
240317153758Z0+★ÜHÜ˜
    1000——————————————
f□+2¬¬…Ç]Œ™ä…∆Oúœ@0/   ★ÜHÜ˜

1"

　iqYß»˘<æÈMP′ìAOÉz*µ

†{)7h4″ Ñ07*ÜHÜ˜

　　/1(0&0$0"

　"ˆ‰mÌt"Ã—ʻ@WhA6oÇä⁄UöÆ3ØMöʻx(0

　　　*ÜHÜ˜

212

Ç212dyIÜm¡÷Éz,ı¥lÂqh3¢Æ ÉnkkæîÚ:f±ò%ÈX)

ˎmQ=-:Üã^G^€H°"ˮ"ÔKKé

hóÁûd‹ ∫Iì#ØpFõ0,RbX{

ˆ)Pœøòúã˜õ‰Œ/à§5-~gö)BtZ

S›h) ————————————— ·7Ö÷2QÛ" ›&Y-fi

~¶c,ÂsÑ+[—mW§ÔÄˎsÒ!;.$]`†ì.Ëq[¥Q8{*ʼS-

†¶Zwì÷:Ê212-÷>O-

dÙ¿v5»0¶Yà) ·SMb>À≤Û∆l•b,eÂç-

tZ4°bà‡S″;?/#¡Nè\ÉP‰™b´ʼwu8óOZ÷ʼÏÉØêâÔÎ

ÈOús„πäú)TÓK¨]Òü·Ê yYˎ¶Çp¢

À/íÙ∆ʻ—1∆åÇ

pÎW$ᵃy©.®á€•ÁO´nä vÿÌ„f«û£ŒlîD3Xöœ

ÔøÈIãhÊ¥-Rï˘GÎk∞rÈ∆3æí,^@Õ

·,Ô¶¡ìùñƒlÊ6ç=

°]⁄∆îVç€Ω∫*9-ùUᵃXÃ}éÁ212ÿ▢ÏÖõ₁Zzvfi˘Úì1s

ì$cêA$:gx5chainÇY

-0Ç———————————————)0Ç†

"C`"Z_|îˎé…™â◊Ä1@xv0


　　　*ÜHÜ˜

2120J10————————————————U—————

—————————————————————WebClaimSigningCA

1

0———————————————————U——————————

Lens10———————————————U————

　Truepic10 ————————————————U————

USO-

240130153453Z


212

250129153452Z0V10————————————————
U————————————————————————————
US10
————————————————U————————————————
 OpenAI10——————————————————U————
DALL¬∑E1$0"——————————————————U————
————————————————————Truepic Lens CLI
in DALL¬∑E0Y0*ÜHŒ=*ÜHŒ=————————————
——————————————————B213—————————
S:WπÛT08;Eía18v0ΩC4πêõØ_Êx⁻€ÑæˇÑ3√¶uYgz
(pb1≥éh%öœB£å¿rí÷äÇß£Å≈0Å¬0—————————
Uˇ——————————————————————————————
02130——————————————————U#————————
0ÄZkf"îÁ∞AÉ}ú{]≈sKK≥0M+——————————————
A0?0=+0Ü1http://va.truepic.com/ejbca/pu
blicweb/status/ocsp0—————————————————
U%——————————————————————————————
0 +—————————————————————————————
0——————————————————U——————————



——————————————————†0

      *ÜHÜˇ
213——————————————————Ç213"**Ê™Ï64Å‰
TjÈ„À3î„X1≠hπ|oÂ'ôYÆÔ:V\ÓF
&≠¶Ä°).bìæYï¬ÖSÅ81AÔ213ÎÌÒU'∑·1û·k¿∞û∂
õí°Ôq     ÿ0rWf□fWE÷Ú5˝•¿∞I^"DçS„vT-
‹CUõfÿò¿E:Ü0∫-56-¸Ü&Œì,*¬ìr^˜â¶Ì´Ó¨-
a:â[&1m∆·›flUù‹Vt™≤Ïı.f˘#Ä^ô§Œ›Éuº`áı-
¶Ï´2|V·⁻
K-=¸Fo˙Ç¬d9¸mü µÈ2c4bZh≠àµˇ
±xfoM•√n·h∆xË‰í#xñˆ≈Y——————————————
~0Ç—————————————————————————————
z0Çbt——————————————————i¸êfÃâPÇ:-®_
"Çˇ('˝ìê0
      *ÜHÜˇ

2140?10

———————————————————U————————————————
———————————————RootCA1
0—————————————————————U——————————————

Lens10———————————————————U————————
 Truepic10 ———————————————————————U———
US0-
211209203946Z
261208203945Z0J10————————————————
WebClaimSigningCA1
0—————————————————————U——————————————

Lens10———————————————————U————————
 Truepic10 ———————————————————————U———
US0Ç"0
      *ÜHÜ˜
214————————————————————Ç2140Ç
Ë(kı«⁄fi ä"˙≈ß£ˆ (˛b; À
      yeyXöî<ñ//b'XÃä®ó HêYÎ6ÁØ/•=˚•ìÔw±
æËz8¯-DPh·˘g©IıøM °ˆ°Å°üdH·Xz\´zA°ÜÜ:°Ó
¶rfi ¢›¬®Q5ùåó´rt2˘õõ˙ªY˝'ÿWL»≠Ô°qÖl-
Áÿ□Ω*‰4fàæô∞}±flamÕæn÷ÛflË3S*˘——————
uñ£ö€Á*ë«K∂————————————————T÷Ûô△q
U˘————————————————————————————————
0————————————————————˘0——————————
U#——————————————————————————————————
0ÄX∫Ò©Ú


ÁE ∞)ßZóóÍ'=0——————————————————U———

Zkf"îÁ∞AÉ}ú{]≈sKK≥0————————————————
U˘—————————————————————————————————

———————————————————Ü0
      *ÜHÜ˜

215————————————————Ç215u8ÜzB☐W|∞ª
w›;çÖ i≈‰AZ3å!zÜq•EÌã|S-
™Á1∏s?wSa†aü¶NÖÍÛ☐»=€åÁêW∞_|ë6cì©hVÈE«O
;'äúík]Ç+GÀ—————————————————————————
V?´'C.4Í"S-¢

ÂçóDª˘ŸaÜ¬{M[Z•qY_8'˘v·éflù)3@bÍ‰£∕&U…Â|
P0°?J°∏›ëzK|®$»'+,ï"ñÃ™'µ∆¬≤˜¬@215
≥,À>—÷……≠Bãa]¨æCÁ˜´P°éªÇÌìoAÍl®úåÙ-
ñf‰·]°«
?RÖ¢o¥âØ;^•Ë9t,.o#≈‰°í3´≥¶`sflΩ>ãµ Ì9.®w—
NBƒ°∂∏-
A"Túû-L¿\ö•U›Ñ¢ú@òhäÂì˘‰≤ªõìπ˘JKu]s,ÓD
f¡a'qÏP©#"!Q6Åç´Vè¶x
       ›UÚtS3˘Á0ßILπ®#≤±™¸•'fl '≈7∑<âÿ>≥ÆŒ
IoLl…H{ÎÛQéflå◊"|215-iò2•î1ñò¡&Á!
       Á∑Zp6‡')ü§¬oä≈m„ª
       )˘ÇäxUÆaâ*ª{Èü"P˘û\Db




§2ÚrÇ…S¸¯á2Ép^0"√z1fi∆∫û@s~}ë;„Ú"…œF©ô*l
'úI
a6ÔÅåq'á2156Äjumb215215215Gjumdc2ma215
215Ä215215™2158õq————————————————————
urn:uuid:65446cee-edd7-43e2-8a1b-
11e88e5bd729215215215"¯jumb215215215)ju
mdc2as215215Ä215215™2158õq——————————
c2pa.assertions215215215°ujumb215215215
8jumd@À2ªäHùß*÷Ù•Ci————————————————
c2pa.thumbnail.ingredient.jpeg215215215
215bfdb215image/jpeg215215215°!bidb˘ÿ˘‡
215JFIF215215215215215215˘¿215ÙÙ-
215————————————————————˘€215C215————————

                    %#, #&')*)-0-(0%()(˘€215C
(((((((((((((((((((((((((((((((((((((((((((((((

((((((((((((( ̌ƒ216-
216216216216216216216216216216————————

̌ƒ216μ216————————

216216}————————————————216————————
!1AQa"q2Åë°#B±¡R—□$3brÇ
%&'()*456789:CDEFGHIJSTUVWXYZcdefghijst
uvwxyzÉÑÖÜáàâäíìîïñóòôö¢£§•¶ß®©™≤≥¥μ∂∑∏
π∫¬√ƒ≈∆«»… ""'÷◊ÿŸ⁄·,„‰ÂÊÁËÈÍÒÚÛÙ₁ˆ˜‾˘
··̌ƒ216216————————————————216————————
̌ƒ216μ216————————

216w216————————
!1AQaq"2ÅBë°±¡    #3R□br—
$4·%◊&'()*56789:CDEFGHIJSTUVWXYZcdefghi
jstuvwxyzÇÉÑÖÜáàâäíìîïñóòôö¢£§•¶ß®©™≤≥¥
216————————————————216?216 ̌ ̌SÂjÍ±
…r‚Æò∏U«H÷îVÉì ̃Åì÷¿ ̌216rî£

ÄÅ«j"∆|Ã————————
216©4¨Zë≈Å"ßî∏ „†]′/"s5-&A≤êÓ&flj  L
{P1Öi216c‰aÍG₁†deh "*-à--
C,C'•R3ìH÷≤μ#Êe≠cñ•KËm€…μF8≠i+õzlÿ#ö´ôJ
7;Õ}Î∑=h9‰¨z/Öìi…Ù©fgW °¨ôqaugow$Ë<ì-
ÒJÌ3nH…jyä/"∑`. μm-´mÁ5-∂9„}>÷g3 ŸN-
•Êf≥gBFt>‾®5(Lû<R)$Lv§Y%∞§Pò†cÇ‚ÌΩw‚Ë°p
°†C7-
^∆!˘216ê◊‚)!%′""°ocÍå[,•±>¿‚ùâπzfiB1Ló©rh
Ÿ64Ã∂3Óa;§„‚‰R4âY"Ó`•  ‚fÇë$@ÅLñZêÚ9‚‚T-
ÿY>¥¡"G‚≥"⁄ñoëè4äπ<[°»Î·/‾÷kvk7ÓfÀu;éE6
å≠IW¶1|æhéP+èXO•0π2Z≥zrHq∂*pGÈN¡t…b∑œ&ô
-Ñâä2 W————————

"„öObêÎ—
ֶï'◊?•N…◊lÆãêE[$Ω≠'˙aˆU˷T£∞I˚,N⊓äÈÇî7®¡
÷¥3'AÚ~4

à@=®v"m{Æ+6ç'ä¡=™l]«ydÙ¨>aÆòÍ(±QdD
d‚ëDn9†˚ªhBgµ‚EiìrÃ6ÃŒ217'‰s9M$oXÈLW.1ä
⁄08jV'æˆ˚1Wc+éÜÿö‚7$iŸD»√"ùàìMøÜœÔP7LÛL
ÊôÎVÿîîØqPŒvjA(ÈûjYQeê¡ë„|¢¿ç√µfÕS∫≥</≈
6w⁄≠Ãy
π∞~nz◊BwCß¢8ΩA[‚˜§Œ⊓Ïa]DsPÕëE‚<"4D
¡‚ê "€JE&VxOqH≤àÁ•+à•———————————————
Ú:∫˘217Z0ØoC@L3 ?ÙÕ‰⊓§âd÷…ú-
R*àf≠¢e÷©HÎÙ]]FœÃ¥â§pp¿‚¨¡ ÃÎ¥œáZï¬∆ÚDë
FÿÂêAÙ†á2flâ<-õl<ñ.6ÚHÔB'ï=O<'ÏM
«❏èÈHfì‚fhy?J"#Y[‚=Ä˷T217®'ã
F"(&ƒ&=€˘217>43DRí‚v§0∑LM217Ï≤gÛ«⁻Tι*Z§
V⊓Éⶨ«Bhe)ÃÙ§U¿Bs"Ã⊓ÒœJ‰Ò⁄3äv1©e•yÄ1N∆R©
cSÏ1¿Ä(ø5|¶NmÍR∫ÖKgïü§ 2&)TîuΣZ+J
˜§Y]äëcÓ¦3g=T"íWA'åÖrÎÓ¿~µobs[_ÙÈG†
Ù•ÑS"le÷?veà´N‰GÜ5Dí©¨ÿˈ-&*ûE217‚ü0?JV-

;———————————————
QÉå—anñêFÿ—åö§ëåÊ—o˚Æõ217œ
'{+ô¨_!Å•¶Àey‰»9Õa(4Ïw¨¨™GôÌ…¨Ï1§"∆I∆(d
Ò€íG…r5‚l-NÉ•i\¬•U~Œ¬8¿‚2¬∑ålyιk7˚tø.Gµ
YœrtT•˚(¶ç˘1QNf6Õ[k(§Í£&ãùù.è`±Kπ˷Ói2õ:
ÑøH"ûúéjH±z"VM‡É1Á≠KWV:;
côïÉuÁîï¢˚πΩ¢Zflßú—
/ûÉÜ≈(Mßb™BÍËÒèhR¥è)ÃFƒ„Å÷∫˚Nv-
Â`❏ιÕ>¿éã18¿§—"Ìlã˙«√Î¨:{Ëf{∆T———————————————
üÃˆ©I=Ü´YÍsØ†LØ∑n}¿‚éSOjâ"√rKïU'———————————————
"≠Ç^…€¬Ww*C———————————————1c∆"‰e
˚dåmC√ÛŒ;+Ø"ìÉFê¨§b‹X≤v©±≠»¢Ä˘Òd•˘217:M
‰2¬F„è„+˘•˙È¡êùßÄßbn[µL*Á˚‡-
Cfµú•(È√‚ôå∑=7¿7ÛÈpHTïVP‡1≠∫9jn{põÕ∂I
2178*O"§≈ô¢«wÇl‡Ù≈A-m‚Ω217@ÏÄ 0ÎVµ4å¨yÂ
>Øó#ècR'éà≥"e§QXûM1Ç∑jƒ™∆Ä±<9;˘217‹4ÜVê
dRÿŴ˜…˷❏††ªè˝&Qè‚4ÜC‰Áµ———————————————

-

[iÔ/›_"Å6j[hR⊓œ ΩRFr®ë†tµé0217˘»∆)ÿœù≤˷

vî∏\séjåõπüv:,Ç—
ïp•JE#>aõI¢* ¥āD/1ìÔH¢´Δy,ëIèôIÿs˛"úVÅ=
»≠Fgàz»?ùSÿKrÊ±Œ°7÷î~gÒ2£úëL————————
=M0$O∫)—————————————Ω®E≈rX„'Û†
9çç2 >ÑäOJµû§—'Z`218kCâè^ª—
Ìµ'â‰˘dSúéÙ8¶8Wï=åc¬+od&∑róÃ1Y í{îqõ^ªH¿
≤—
Êí˛v^ªÖÈY*n^;gààcs¥"˛-2"u+ï≈1©#Õû9flCDxe≠
"‹åd'®§a,KûÊt—mœXI‹©7Ú†¥        &ø
EìeÊç7tÎ†§zS3h◊˛'¬·zbë‹•Å|≤m˘àm´˛®Ìó
ûêÎu∫%·˘ÔJŒJ„ZLó¡''ØZ…FΔéWV*œß[^¶%=@¶§—
‹®Øk•ÿ¿«d*ı≈7&«  çkõ[{ÎS™¨1¡#8©M¶UÆ¨`€x
:'%o5◊<qäØia®6i«·{*?î†/afiì™ TK∑:5øÿÂéŒ(
†wRªî~µ>"[≥YQ∫≤<'Δ˙÷W"G<lçÓ?ït∂§Æå·xæYÊ
ò·∏yˆ®±ÿ¶f4âÎ9?ù+ŒWπ"[Ï˘ˆ´¨È‰˛K˛4úCúâ4◊Ù
°!sña"˛˚ΩÊÂ'ú''Ù…%ê(^Kfã‰èW¯y¢°fπà4(°‰p
Ojß¢9ß+ûãxÿÑ≈Aõ1.[ú"Δ?âb3iÿëTÜè&'"fœëŒ÷
˛T3¶°ÁöìTSq…†b ÊÅì¢‰-€h˛˘-
¬h&Ä„•!°±[ë*wOylM‰flÔBéfñ∂F218)&Çûáo°ÈûP
Uî-
Í:'§r'û∫≤ËÒ€∞R3ëÕ]åõ3Ó¥Ùç≥é;Q`Ê2Æ"®)◊cØ
ΩI™2ÆqIîäR'=)r{PU√»˝€qHw*° Qa\ç£————
/∞≈CFØ©V¡swn=d̲ÁN[2S'üVÊ˛r?°i«aI˚≈LP4(ï
GJBc"3÷ôV'ç2yã∞
„ÎM‰m[aU~ïhÁñ¶ùª˛µFL"≥ïèÌLŒH∫≤0zdX±ß√
218ªMë"†a»-Ù——————————————ob˝±¬
Ø"Ç
EA<%  #"êΔª§°1y£3»©óúµÏ{□?ê§t&Sì!-
üÓ˘218ZEß©$RD§ΔZÜÏÉ÷ÅX∏ó§Õ—————
Úó
Ós"-
  ãì  jZ̲□2iîËÙ≠Wa\ûú"dÿÎlutrª±ÎP,'ΩÂªøfi¡
ˆ®qc∫"˛«ûÙX¢Ì§>9ÔI¢ëµ- ÉY3u±
āDà9ô¨ŸŒx«√c\` TH£h›"¥ß5fgà§Â;fÊ≠˛B-  .•
B≈Oó∑<7ΩiÌ¢∂3Tg'úÓØ□÷,,AöÏ2Jt=+ERÕ™êzå—
~>£éÂ÷äy7Òì—
z~TßQEI £≤,«□ësSÊfi†å-6°$ä^'v‰kßÄ¥´hjõõ°Ã
4sô^ªãi·;9éÁ©=h∏ÆÕ∏bKxäΔ°G†§————————

218

Sù E————————————————
ô1∞8≈02ıC"⁄Ië¿4¡-e´'ôu/¬fl˙
    ¶Œòlq≤¬Yè»≠P¡ëï
Ù†6ÒzP3cO¥gpûF(∞ç°·Ÿä————————
≥ùÉô"∏"M¥.H<ÒJ≈&kK5√„…<"vGm·o√nÇK'V/•——
NWÿËÊ"m·d!A)-
'\Áf]fág<ìÎN‰≥U@‰‡t¶Ñs7…Ä¬ôhÁÓ-
Á□§jå…"•îà————————
@"*@6ú'
‰r≈Ú∂=)Â¢»Õ219§T1Û"•Ól•°WLOÙ‾=ònØtŒ/T√u
'ß'ç5∞õ'ÆöE&8-!‹î
d∂JÇÇ2ÙƒYãåPDç(€ß"≠¥^Å˙
£&ã□KY"‰¢‰RAœÃ⁄4¥˘v›∆•"Ç,]¥ê{P&çXf⁄<"
∂,+ò]$ï܆G ¨i¨/'#————————
ï3xœCÓÿ«É-
fü…©)jSlÒÌIö¶3q219'îH$9^ƒ,rd;®FÖ°«å————
Õk[Ü»˘ç————
¥t:}„!∑À-S'˛`4—"Y\n9fiA5,ìb∆@cSbì4Ì˘Ä———
ÚöñZgM————————————a219¨Y≤dÍE+
§âæaRÔ°+1Œ~sIl\fl°∆Ó¶O0Ö®'òAÖV*219…Ù£®&î
\ëRV≠Õ&Qîâ'#+ı]Ä¸ÍÖrúè¡¶+ı›¿¶3Ô/R›YÁ"-
«'Ø•;òÃ'.≠ö3————————
ìƒ$oƒ•¿'□†I≥Ü'4^˚[ùßıG˘219-M3¢-
Ê&"äø›4¨l§UüMrs∞Ú)X•"ƒÈÆO‹•bÆlËƒöAπ¡§Dß
c≠-¥äÈ«êß4Ás∏¸≈é‰Å˜219Í+å"¥□ñû—
π1Øò√Ω*6â±/á≠‡x¶ç219<wüCJëÍ@□à‰cå2191Vé
ê

w€LB#Ó»^†v)J√ç≈VoöÇØb-
>,]F}9´í- ÷‰s&er}M'è †¢*E‹wóÕrEL
qÍ(T,ÇYr6‰}*àhªb©„jbh∑Ω2/    °πÔ¥-
"ôöEõ[ù´ú˜†Mp‹n=y§CC‰yôF…∂êr0q@ä≤JÂ€Ìÿ
219M1€±RÓ'-<f————————
{□•∆Ç£°ÉyjSÈ3h»§—j
S"=ıI|¿Sn›»"ÇM+yx-K7mã3¬hA˝M————
6uz]¨Œ™√8
&fo√i)ÜMH—
πßZ≤Ä_Ç*¢6,`÷v4πe^¶≈&HöE¶I3aÕ$ç* ""Û8ßc

219

.q≠%;‰ ∏P
∞ ö\•∆™Kñ[nŒ¬¨UÜA™é¶uUökfPñQìZX∆Â9$ÎfiòÆ
Të«ÕLW*Õ'ÕN¬πVI3"òÆT∏
"ÖëUóÆœ4≈rùŒ›åUõqü∆Äπõkjó¶ko,Óe
H9¿‡Ò⁄ã¶– ŸEÂπ*F220≈8ñ˙dïÓ(±J´e˚kx¢"Åä
Rπßn·qäñRfµ≠fiÊ§′3n"˜Åœjõ£h≥†±πKòÃ~c˜~µÑ
Ω◊s™–¸yL}IZ7uaÇ+xªú≥Vv9Î¬220cZ#&sWÛm›Ó*
à9≠FrIÊöœfiJrh*∆l¨H†–"õé)B‰–" 3ìHÿ-
˜øÅ˛TgŒ˘220(9ÎöV+3Û◊µcNŒ%
˙⁄H„Ñà∏˝iXÆ`Ú±⁄ãòC"îÑŸÌH.?gk!†`ê∆y¶Äπ
t™3/«»¶K&V220åU"Z,›æ◊^z≈¸-D•a"ü/˚«˙Sπ-
viê`Nw≥ûÄ•çKFÒe6-èåeáµπbs@Æki□4êª–
î~``˘220Ö4e9XÓt=7ÃhY¿220F3üe&•ôIªùµêä8Ä\
1R4_Iî'•bì-§„è•I¢eàÁ˜•a‹¥íÙ©±W-
@≈‰ŪÕD¥Fî˝È(éπîyåA,îQU•y2≥L=jÏar7òyß`π
ìèZv%≤1z0#úf,□GU˜·G/TTjØÇ[.˜∆I˚–
ûé9©jg8∏˙Ø7œ¯′ÿÀõR¥≥|Ó3fiã

Hèd"¸…∞«P)›!ŸΩQ™™d
±(2H^3A;ndÃ∫1ûUE$î;pŸ¸3˙″&‰rH°Îäv窟fi!œ
? éÉOR°″*EååÃ-2(.?v¸˘220˛¥
•»ı§hô2‹Ä5,¥À0›Ä~ı+ô£k}◊ûÇ•£X≥b«RÿÍ¡∞G5
ú£tmNVw:]@≠˛ú/"˚¿a¿ÌÔYSv|¨flÆtp˜Ú˝ÔÆ+®·9
}Aâœ"òéj˘â'ÎL1Óâ‹Pib≥ß(YìÆ) "!œJa}fY™A,
cÙ? Ç—ùr•pá˝¶ ëeC€û'Ïñ≈¢f-″ÿ—
‰∆Wz•ÉÊ»πJÊ'∂¥Y#;∫"h9 3C±»Ù®f±efZõÄ‡Å@\
CåR£÷ÄqBâ,lÈLñãi7…± ófiöb±=¸¿ŒÄtB?Ú"Z
pÉÍiâ°˛• M(¡+o§ZH≤$b8Õ-
Yó2Äzt5HâóàXnÎÛÕYÅâ4|0t-
≠I§]ä"B@˙Ù¸⁄ë•≈Ü#ö≥J⁄'π
XÕ «E¶[yVr?Â¢—©£û§Æu:tÏ≠2›S"ÒË
˘V{éZX—∑∫‹Û"ïÜôm.é:—
a‹ °ó‹é•Ö•ÙJ∆ó.√q″öVó÷aÅSbÆ^≥ú$±±‹f¢q∫iR
ü$″b_1ägCÎ«Ω({ ‰◊N3hßÁ|¯˜≠,cr&õû¥X9à$õû
;
≤¨"□9¶fÿê‹™»RA∫'¿a˝G∏§„sHT∂íÿ¨…nÚ~
ÓÌG=$BßÙ»ßÕ%∫-
≥É¯e˜åe∞MfieÊ˘XÙT;Íx'□˝i^O°J„°µ*\€fi:ª™˘À

∑;£√£-

É☐„∕©8ôʃu7‹»˚C´ªÂ\ú-@ÊÆ∆7eyóÚÂõ.p8=:S∞

í‹@IÓ}±"Åèµ`!í,F\7?1,GØ_n) IÙ.+©ôq9iÆ6™☐

221Ï∆)Å°«À<₁a˝h221éÁÁQöE¢Oµs÷§-ñ;øz

EÎk√ÛÛ.?'T≤˝4≠ØG5-

Eù«É₁yZ÷fÃsÆfl∆π™´>dz≠883ü÷·k{â¢n™¯˛u"us

ÀkïŸú Òÿ,X{U…ñ◊pŒ)Å˙Sà˜0¡#•1s≤YêqÔA\≈m  J

√-¢ÄπJX∆iÊ}˜ÿ§ é¶cæ˝)¶˝221è%˘221Æå?ARYM

ʃ-3—  ≠πèÁ]Ã☐∂ÿ∑Öèz.-YFrëÂå————————

ÕCfëN∆|˚]…©7EymÛù¥2˝±Y¢!ÖM∂ū œêqRX"N"=M—

Œh21&òôaF'ÎLç≈¿†cŸÀ0'©221~C"Ç,————————

,òÏ0…¡Ù,êXrHO•221Àêô¥ëËiêõ ù>UvPTdö£)]…F

8n›•œFoc*eÎÅAHIìÊ€åH?ô©)1ˆ±Û≤8ü.xÎ@§ÕKR

#«A¿?•39jj[OʃŒO_1•ë˚ÕX—∂íhu

Níª„öeT® åéøZŒ:£Z™Õzaüó.iÿÑÀêJpz˝h±W-

$˘221tÁ∞-

†•a¶h€ÀñQû‡R∞\"Y@ˆ%Qú«₁˘221Ühʃ5µq;JcW

˝"éÜ≤¢Ù±"åÑπ‹÷∆1õÊ&∑±√r'óûΩ®∞ÆVíozvë————

"~ÌOπßa6Vi≤IÕ;Öd-p†mì&ì7÷ùÑB≥<o£el￠:ÉEÆ

    ¥ÓÓ{∏gY^{Dfi%¢bô%v‰ΩÄ©≥Z&kÕj÷•)ß≤flë

m>q-Œ1úzlŒ?z˜π€Ò*=·XTG

    ¡˝ÿnò.ˆiÿI€bΩ'‹≥Z.ˆC™(z(J¿Âr¶w4πÓ@

˘221«Õ1¢ú2‡uÔüÁAIYq(ˆ5%ÿQ6[≠!èYè#2ën÷n-

ü·?"•îç;IèÀœjFë:}

‰§»¿Ú5çE°ŸAŸ‹È<oÎ§ùGÀ,jŸ.) P~ÌåqQÂ®Œ6X>r

+†ÁbêXÌQ…4»l•≠K˚÷UÈ≈221åH„2\∆∏ŒXgÈLÀËùÆ

h„q†h√ªsêz"e£&˙\πÁ∞.U,—+R?Ãi"

    X}ó-èü"§≤õ-h————————

≥¥π>[Wc<Ö—

Oˆ¢Wê8ÿäY*°'ö%d1'qÉL$aIcìHŸ^R¨Êë¢-

äH\„µ&äπBH^öE¶ x§Q,H:Áé¥ƒÀØ≥À————

Æ¶fV∆ÇÅ[†œ •ZAa.ì÷Å`3÷ò@™wÁ€˘-

ÑÀÒ¢`rI'•Qõ4¨ Fªá☐ëTfÀLFÔûw'P«˙S3b¨úé

q]76p2I&êÔO;U∞~☐∕Gß ˘221J

    l∂êÁ‡q˙PKeÿ· >"åêztÌ∕É'©Ø™DWf°————

¶1Ò.»˘221 àlm_uËGCsœ5F75-

6Ú>:`•„≠AW$ÑÄ•û'Õ+AÛØ°¬ê_SS?°#=221.Uùãl

‹" ;¨Q4ü^x˝k

221

ùóS≥ï˘üŸMë,ÊHØØŸérä«¸˙"jŒ!πFmò€é
　　Ô≈lq§ìùâπZIx&Å6A$§™Ø°¶Ä±…ÊÅç{ãcx-
¢Y−F≤π?tÇH„Ú˝k(Õπ8≥"ƒR†∞∞©âΩHfv-
Ì ̆ ̄̈ ̈̈̈
ÌÿÛ.Wê†°-4@†˘s˘222◊<˘222„¬ëE sª€"ôEf°°'-
#|ÏE«z222Ü,ùf₁<øÃOS=â　˘-
Z#r|,{OÎRhàíCì ̄"(zÀ@ÀñR‰g ̄OÚ§Q´jÊê—
È2·ñ¢KC¢ì≥=WCy·Î«T□Æz."±∂67¥éR;c-
Œ:'ˋWa¿&±4j /ÁMúΩ¸÷öFfÔäc+€ˋ　•
222cÍSòÅ@— jrri3Hò◊èŒ}ø†©f®œcìRjàúÊ6-ú"
*≈Ry†v;8¬¨
«zÎgê∂åSƒ <®∂₁€öŒ:<"Z$E¥í8¶J™°πPU…÷ÿ∞Œ(
a°
å@\œæå——————————————«¶jÝpep3Rl#
À¥&?ª˝M∞ÁúÔ#=3E¬¿≤éh/Å@Ï7Õ8¶+ÚEb≈πff-,ö
!ó −fl±´FL—ã+o'fø…™í3ë°‰Ó　　Í#œ˝□•∆öF-
í§,d⁄π∆@8˜°ÖÀ-
[írÁ=z˝y§&À÷ˆlT222Éq¿u†Móc¥}Îê}N2piM2$S
Õ+™C∞H222dìé°　Mï>§â,Ø≠uÈÓµ.•:"Yi*ÀêIÁ——
{　òhãƒÆYYó"¥#"◊Åé'Fçµ≥,222Í　•C¸4°　ÅÄ222
222πe@$t"êÂ-
'ô}≥±ÎÙ¨fià÷+öv6$"⁄'∑eôp222Ïµïπ•Ëu6©Afly~
Fe°¸QÎ≤ñGO-
Ωp}=Î_Gú'Í(∑}òœ!£eê<Nÿ>åcàÏy]Ω»ñ©>3.x<99
∆1Z#ñZ;;}≥A7QÅÜ9Ù†´à!9>°P;ô+è ̄IßBÎÊ5™Ö\
Ú¡[úmÎ˘ä…+Mùr•ÏÀ'ˋöM　`FÛéï™9.D-
ô¡„ê1@　Üy∏<2"¡†iôÛ@√'cäE\Æ□7ïåΩ˝)ä˙êà*
222œJAtDëlR}÷Å©2FfiùèÙ†—H¨‡Ós¸z"5LØ—è-
"4LùÄ"-1flÊ¸
pæ"9Ï
222t:lü2Û⁄¶F∞—
ûüß∑ô‡˘0rRLüaä‰éïÏF¥ëÕ<J"â»‡öÏ<∆é_Sª˘Òû
1HÕ£ˆ‰óòÁç˘222„L„ª®——————————————
Çh——————————————ˆrÚöE§s∑ÚÂê4õ5ä
2ófl*ø¸Ë*MR*3qH—>ù„˝ì¸©´öEÇ»M∑'´´©‰®Ë
∆8¸jâ‡jËòÂàz
¨·±≠E≠ãê®u…'ú‰Ö:~îrÆ(«BH,Åïo-
Ÿá#µ&ãã¨d<⁄2ØN9©±¨erçflÆ£Tÿ-
;ç(Ã‰‡₁§1ÈÓQœ&òÆ9îô≈q·I>ü÷òQ°¶>ÖGÛ¶CeîÊ

û©#)≥gJ±óP⎕XmbÛ&c¬'Ù™väªOm∑do«·˘Äû
  Æ4Îy'ΔËÊ' V————————————
ç˘©Ua‹%FØHõñ'=≤¥é·Δå Ì£TÅåjxK
  àfi≈À=:¡IS≠hŸ223í‚3Ö<‰ÛË?Jn¥L‚≠à_dfl
∂⎕«ñâ;Oi¥ûîâW-
Å9Ê°VODS£QFÌXΩââ≥ud»~_1 1ú˜œèÛäNßë*õh±˝
2‰N•ß<ƒ™•π◊á¬N£RM⎕ï÷åÄÿXõ⎕pLâˆõIa
$ódúú1™çX…Ÿâ¬'§πß±⁄ç-÷?3fËÒ⎕∞$ÒŒ0-
ÖW:9î$˙ΩÊìmß…w6ßc°•}⁄epH9Ù¡———————
~ó=Õ)‰™2Ï°S·kî§∑≥◊Ù…gwÿà.>ŸÎÌNÏR•8´…,˚E
ä3$˙ΔüïÀÊ·Ffiq″<r@¨™Tî″Âc\5(÷úa}ΔË-!-
5=1ZÈ◊Îq+€¥√`„
-9Ôåúcé1ì™⁄I≠Œ˜ÅT•)7¢π´rZi———————
zˆÙ¿¥UëÊ'ìîÆ Øfi-¶≠ãxR¨2ÅÎ‚M®>Ö+À≠, Ã⁄¶ö
§1fluê{Á'éA§§ñÜì°);Æ•f⎕″3˘223!}$ûò˚t_‚UË
_Uò˘2237Kfi§Íƒf3ü ̄¨ãüßÕK⁄
¨˙≠KÏ#\Èæv´•%E‰Y˜‚/Næ'{D-
U®Ÿf‹ˆi÷flæ◊•gˆHlÆ≤ ¨nBÉª%[øcÈJ˙ÛTÈsCŸ7
mM″V″Fômö≠à{xbYÃ°wïœ<Ù4Fw-ä ̄IS÷Èflt±-
øà4ΩB{ªo>¬Ÿ≠•ÚT¥Íæo————————
Ê#<‰wÔSN.

∂Ôs|{¶È″Tñ™:˙ë˝ßKvo/V″Â#ãòœ¶•ä∑gíîäí∂ö9
:ÆöÇIªèè‚{″ê7+]″)d″à 5m0c‚?#Ù}ÍWD{ÌÏ
ö{0Q®Èfúe ̄‚èÿ•{‚ÒKû=…nŴµàn≠m!µY-˙≈cf]Æ£
flCªö9·‹õœ±íÈa¥ë®i˘—————————
‚~„<ÒËiÛGπ¢î◊C*,»à'PΩcë>·Ó•Zûe-
÷3}LÁèñ«˜I†íÑ»¬‚È=Ú)ù≥h§Ù?″ëe ̄ÚT•ƒ(
v…˙ˆ∞Ù≈§œJ⎕=,»Õg'1ŒªH˜«√QrªûûÙ/~,Vˆ Ò$mi4—
ü·$WL‰tyíVv8=F„˜£Í+df-
â,˚ön•å•Z≈I∅?z9†iwWúı•sDåªâwõö≈¶lÆ=ÍM
Ïx\´©ÀëÍß˘R)â§;2Àãe˘223x◊M1<fi]«.x1™&⁄öW
ÃMÈè
ÂQOb´|Eàûê223>´Sùì¨„4Å!Lûî√fü(ÕaŸyÙ? Å4
jÎÕ1&—V,>|œƒ223~ï,″2ecÜ‡ Eçd\—————
@ÓVhÅ‚ÈX§Δ°_π•_ó˙″∞'®±fE´Á'•ë¶êõ'πßDI'˝
†?ØÙ≠ éz≤Ï]˚<ÚDRfiwÜo°í#*fi†éE9GôX¡UTÊ§Õ-
≈˜ó ̄″<Gy{—————————————@GqÃê°mb

223

Öq◊˝fi:'Ã«í• ZÒgµBΩ4◊2∫=———————————

¡˛óYöuæ'ØRTm©224'nK261&|¿‰tŒs÷°™ïß {7-

}™O.ù%(−≥{˚Õ€ÀÁfl°÷¡□∫−^-

¥Íz"bØÂjWs'u~8¿„"î´Tépó9¶□Æ˛îóÕΩ?-

ÃÛ≠Rs¬&f∫ª∏'˛8«ÃîÃïÛ∕sÀs˜-

‰ɪ=kØà÷"<√Ì#˚ø∏ª-£————————————

∫SIgáÜVâî∆Ÿ

˛∞Ç

z©s4œèwá4'ÅÂ".‰I …<}'˅224?·MÓ+∕6!g

∏(9Ù8ÙÈCH−I§¨O¶>‾çfàÅɪ-ï-Yu1°Èí@√Å-

•Nj9QŸ™'Ÿ0ò^ò#w|3®é}H©iE\È·÷öRw}óR°∕≤-

∂£Ã?ŸÌ˅224^Æç¶üè∞\çí÷Q◊œ˛ª£xí◊O±i/,mÆ‹Ä

WÌ{ã'fl„224˚

∑QNÕ3…©ì„0≥ï9RÊ∑›Ú9?kGYøê∕≈ï©˅ä[˚

†qê9<qÍFp2kÆ

    $∫ûT□ô∕9TV∑Cs·üä?≤5Åßfi-

/Mªmãñ,:)œ°ËOÆ    ÔU8Y] _°OпÌèlTg————————

≥LÊph·æ(‾´˚——————————————HVM∑Q∫

Vfäyä?,  ˆc−zr}*-

°Ïv·©rÆyuÿ□ifo4ÒóÊ∆y8»of•ZöW:È"ãvgYo-

ÑpøÒ1◊Zsêî[FoØô"□Ø+€cÆ˝≈˜û≤¬‡¨ü3˛•˅-

'£Ü∫X„Ç9]î0°&Nw————————————————ìè

j€Îi;=Œ˙<9ZΩ5V

rΩÆ "ò5k¶*Ë ÀÄ√Óû

mB∫´±¡ôe0ˆç;ˆˆ2243Võ:ïÿ————————

Å#èøÕ]HÚ91‹gHª?Î·ÔË≤

ñ'n9ÆŸogô?Á°n•L≈´¢;YZ+Ø-

‹3/fiˆ¡£©U#†ó∑≤fl¡é2}˅224vß˙÷sêÈSøBù¶ë63'

û˛W<Ír£

"pMÿ^œ224‾ÓÁ¬m®√¨OnçÖÜ\ízm¿È\/öwëÁ∆ïj±ï

}WfiÕ|;ª−äiu´п‰ô

    √cI∆Ist±È* Õvíx6£µî«Ê›sÀ Ä•3˙~€AŸ-

ç)iÔ;3¶‾}ß aª'.èö¢(Û˝›¿ÁÙ'C{ú́ÿ ……Säÿ∕∏]

•˝÷∫"3¶ÓVç•s˚Õ˛ÖZ;"À∂Ëµñ̊Å

o∫äi[∑Õ¡ÌIïŒfl¡QM6•224ÑCHÏ=kä±Í·ïµ+˛AøäM

VË@¿¶,2={÷Ù'ë¡vŒn«ôflŒë˅224°?ùjåö9…np∑$-

é?ˆj

±õst|ÓoÈJÂXÀíbO&ìfä$/'^ibl©ÊêÏBÁÅ@∆F•z)

224

2ë\ûh(fifl°ò«ʼ◊GSŒkBXY∏7†í'ÿªëV R:ÁÈÈ+|Lk
LXqVg:9p    =i\vÓ~n
M Â$éÀèZw%¢ Oœ‡•ï;ê–ÂõÂ∆i‹Vy>•«ôIù cH—
b————————————————————————————————
c>Ù\∑ ›Áµ————————————————'\€Íø»'«™
è$è•Ètë,-
″êÏ∏225r »Á˙UfÁ™Õ´pf‡pèj÷(ÛÎMÿ€µ⁻w'àÔ‰ñ
«À]—
ü3•Æ„————————————————æz˙Á5U*SßÃXI
,+7 ]ª{ÌK¬gÏ2H˘225cb————————————
dÌñoÕ————————————————˜-±ûN1íFú——
1ô/⁻?▢O[/õÂMÚO¶çuLÌÏ>‹«¶§∑•ƒh€Ìô£El}ŸU
cvGÎ 8?68225üÆ_5$†∕∑OÚÓ}Uu)≈∑————
ô€˙ åõè-X»ì-
∑&ÀàfrÏéréÁå√«<ú{″+EA√›h·©9M›3çóR"¨gì°-
Rµä÷RÏ$Yñ0ÿ·êàæNß#————————————
ÁÉ…Ëß9″81(◊⁻¥}∆øä,Xî  ¥∞›∏∏∏-
{o″;°U″aˆ9ûPö∑?·˘225————————————
iÒÖπÀ¶/″°Oì⁻″ûü∂óa¨ùmÃ Â d^>/ÉÀæ+.öOëû.
&„ÁAœÓ=Í˘¶″v JéL˘¨õ°ó˜ô©,{iïvÀßÇO9örF•Ì
Ö`Í…v;©‰ûö″À ̦…ø∑″‹Ön4Ó°Ÿ˙•flëYN¨§¨{8>-ùs
∏7˜•ôÈ∫fü∕⁻-m{ƒ°AImím˜â?›˜Ø.XjÌ8≈-
|˘225‡-
Cà¶û1bu≤∑nü3 oµhXO7{<1ñQ‹ûûQÆÿaÊñ≠òÊ'¶∕
Ö7⁻2fl†EE{,Y±,ø1…« ≤Ï ˜5fl
      ∏Ô©Òú/∂ìñ›z•ô    'ʄ`Z∑<Å$á————
ü˙gÙ≠=≥[£ùe≠Ω%˘•ôfl⁻{„>ß•ÈZ.ôuik}Çaʃπvr—
Eª ›,°ì∑ûMr ]Q—
˜úÔfpæ″Ò˙¥¶,ÊXMƒ″»õÛ>9225/@225z
ö{,I.∆Lsy≤ƒ$ö225ªJK©È∆ ùà„B)‹◊▢◊à.Ù{≈πÿ
∫§ã!Eå
fgéb#˙T9ŒÕ&j∞Ù%$Â¶ø÷ß£|4⁻ág·{ΩRg¥7‰
≤ÅçπÔ¥•!^{núù'Ó}§0îs*J¢ãö˜8ok´k◊◊-à-
.dí˙±€∏û2Êµ-fi7ï∑8≥È√Ÿ″√'ukúÓ®ÿ'Ó¿xp&q˘
225-
?°•ÿÆ'Q^>I"âUnX[õô225 ˜ÀÁ#?Ï•µIÕâ"Asr——
ìØù   Àì-
 ü›£∕3?bÆBn˜H[|9.Õ'Ü3˘225•Ìù4Ù'≥™Iõò>d»

225

∑Ñ„Ê˘226û1°Vrww*ù£.Ïí-Hÿm''∂}=k
　　ªû~"<◊G°⁻/≈óʃ$ë-≥o━━━━━━━━━━
g ,ëÍGO∆пvwGèÏ*″©Õ¸F∑â¸YO⁻ÇSméQœD'━━━━
üL^˝~ïN°ï*éö§Æ˘226≠à ·~´w¢≠⁻Uc+™@¬¶·Œ; ˙¸
ÔWÓkNu\=™èʃjEdñP}û!à,\.}OÁÎ]'ùëÕ
　　{GÃ~1Ó@fl1226WdYŸH§òG°≠ŸÃOÄ)ö2-
óÈ@Õm?ÁïF{-
ÂS#ZkTztL<?·$í/⁻¸æ¸Ω″'Æ8GûM≥"ƒKŸ√í'òj~%
ô≤yÊʃ"<Ûëªü″">•Â¢˘226:cûyã[]ë˝%?˙+ómQù4
пó□¸îãH¶œÕ"ÏFŒi√|¶Ååc≈0∞ë•¨¸≠Ku4∆1n˘S╱∑
81]≥Â‡=å™?Zô=¬+T[ʃ>eÙÁ<o?ŒÆ ̄2üƒƒ*━━━━
Õ211Á„≠"înBf•r˘IR1(¢‰∏ì«qœ^'W‰¿ëgsLéQÌp
　±æÓE━━━━━━━━━━━━━━━HÜI¿E-
Zaéÿlzg˘-
Ëflª•™˘226Z¥C‹µ$èz§åŸ´¶|æf•â'~j√¨÷êG5mQ—
ÈJ>'äp>o□≠¨y'O□-†,nsì∞□√¬пòT˝„b≤ÏC√VÊ{u
Òw¡…©G˝Ød£,ø°+◊Ÿ©Â∏´/a?ëæwÖï¨uôÕ¸gäx√√ʃ
áá#∞'7,RflFÃfi\¬B√‹t ‰-}≥»Ág8b£›|é‹-
Jî#…´Kcé—Ù≠Nm7UæèkYiÍ≠s&□ ´━━━━━━━━
∑⁻ʃ„è ∏•àPíÖo°˙öyT´a¸µI≠oß{+æñ€пü}°»÷tr
„jÆ˝°á›^=ª-
8®ªGTrRä©Â£FÆè·''<9®Ííj∞€Ω† [ʃíe#dt'∂G8
Ø3ãt´∆è#|›N˙iE÷ÊÿÊßs,Ï‰(.X·T(v━━━━━━
Ä=´™÷&ö&″!æÙ0Ö˘226»à••k*ú∞g£ÜÇrD^0e-
qÕyï*ü]ñ·‰ëÈ-)□5Æç·3TèS∑∏ñîhO&F•´'Á″ƒIÕ
+Ó{qPƒ'´Ü^N*>ÁöʃÌ2}?≠z□ïœù∆≈¶ÏU'≠j§èú¨õ
dG9]éõ'≤━━━━━━━━━━━━━━Àü<.?ùLûö
.eÕ±‹jpxN›¥ØÏª°ô„xëØYì6$nÎåöÛhO„.cÈÂK
◊Ωµ"Œ˜]/ÊPÒ¸~ãVX¸)uqußy´ÓùH!°é@>ú,∂¬N¨¢
˝ÆÁÅåßf¥I˘≠ª∞ñ4‹«Ê¸≈u\Û'·'{àéÂ@Àè:'7°¥iX
È¸*,‹^I©ÿjwkÄ″6rÑ sŒ,U≥'t≈rVsq~-ßB´
nŒI?2Ü´i4Zvù4∂sCÊ§ä";ô`›Ü2∏‡"h¶ÂÃ″dbq+E
FïÕ[ŸôZóÕ5ñ_,ïèÊMt©j%,|¸fl″qI»:ãqÛ\M«‰€˘
'ÛŒ'fl—|<ʃñç©jR≤∂k1∏A3,Iʃ˝-
⁻~fп™,Ωú£^Â˝¬ʃ-î″ÿ´{ÕÃY?ÚÔ¸£Q″+¢Áô
ü´:•xoP◊-‰}>41€å Œ¡BÉ″ìÙ5Õ:ñv\L§‡∂-
CiÂ„ioLqä√ô…ûN"j0≥=•·∑É¸˘226*w━━━━━━
ss!Ù≠ı<ä8y„ÎÚ/ÖoÉz?âµÏ≠"◊

226

Ü227t227V´s÷Ã±q£á£-
Ú+≤˘227yXÙÆòΩÜËÂÆòìú˙WTÍR*ÓŒ0=+DŒ∏èI3èΔ
¨'¬7L§çÌ-q2üc˘227†'Kch-
OG÷áü‡=>yxí71°ıZÂ¢Ì&é‹ZVLÚ}a❒X˝k¨‚Gz‰∂s
»9§ÀFCÒkuÓS˘öíûËÃoΩìH-
δΩ!å&ÇÉ¯hß•227Ü°√ÉÔIåkcq§'nï-
q∫o[Lı3gÚ®óR„-Y$Ã≤-
V&µ[Ô‚"/ÔAI¡Ê§$0…ÔAV$˘EaÒÀ…†My‹äw"√ÃÑ˜R
•Ò„LVŒˋG=ÈÖÜ±‹z-+˳Ì↓?Œ®îZå¸¨=Í-
îãp∂3ÎVàè≥a¸±¨ã¸Îh£í¶«AßOH•˳?»VßMéªHú§†
g227í)Ih`Ù=W√7ëjZY≥∏æR∏=÷°|M7N|Ò>ì˳ØMÜ´
˝#f>(¯YÙÎBR(zU=Î˲>¸'U©›n|ú£S˳fÀ
=∫z-Oy^ù6‡¥¥NFCΔ¸„Í;ä≠8s›≠?SÓÚÃÀ3Ö€OΩu
°ø#lböŒYac
Ëu¬û"ëpsª-≥∑ß\˙÷®8ª¿tÒ Kñ{î──────
∑öaëLRØTnfi¸‚π[O]Œ®ß≤co¿FG=>°WI7+#Ë®PÖ*j
rWŒL´m√──────────────────
˙Á˙W=II+\^❒TÈJZBÊ'úÅq¸è"fi∏$€Í}fF6ÂÖç)ÔH
ò1ª╱≥Ñ9etŒ˘÷n6q2§d!èë¡˘227jªìós¬f∆ôfi───
9Ñu¥o¨˘˘227÷´˘ªû
jT˘227êV6Àç÷MÉ˘227M•˘=˳Á4©S¸AÇke»°s¡˝˜˘
227Zè•πõ•O˘ô`ï≥a˘227ms˝){˝‰ã─DO2-
˘Ò'¸╱ü❒•Ôw&Tb¸¿©$
€ø≥ŒA‡˘«è"ìÊ¸bU(Ø∞X∑û◊+˘227∂9#¸^˘227Ÿk)
)€‚6Ö8I•ÏÕ];Z°˙ggs227'ëÙâì¯Áíüû──────
¿˙ÎJÚ§ò°≠Z;ÁO∑Y^\Ì'gôzœ∑=qπO•OÔ?ò∏‡(R"í
ÙE9e"ï√∂ì7ÃIÊqÎœ❒-°«^Ç¶fi
      Á"^ñ]='AΔ‹˙ú˘227fl5qçK€òÛ´*Qá7'Rúok
s3G≥FÏ         ÊÁ•k.xksä
û#˜|∂#πÄ€≥)oì227Ç}Í˙/hÆè7A˙ÁÀsF¬ùcΩπ
¢Æ'
"ëΔ'π─────────────────‹‡╱Óyíó'´;
7T∏∑äh‡ê≈    |∏¯N?-
z„≠&qFs¶€åöæÁQ‡≠ØÓQúI‹xË?˝X®Q∂ááç¨Ê˘b}a
h:
í°dlq¸Önïëî˙"À∞|"¯ôÁö÷§dñg'Ø$˘227ü≠\QÛ2
îß''´‚ÔÆ>QñŒA-
Nµ¥N˙ÿÁg|»¶+¢‚Ù†à7aS®¸µ¨Nòâæe˙ö-

227

′#B◊††¥nÈü}•-
ÂS'°µ5™=≈è^•h÷"7+HG„ˇ228◊Æz∂tc-©-O¨|¿Û]
GŒF‾'5,"&,œ°ôá°øŒ§ª]£9fläEê1‡-UÜä
∕ÄM+Ä"E!§F«$—qñ„?0ÆÉê◊≤;V»°ªVo©]ä,L‰÷ù-
®ÜJb&n()≥R(p</"¸h
è@á´ÂÄÕ1XñG-T'=c'ˇ228-
jb∂£Û∑û˘228·N,hê7Cû¬òöúˇá-
g₁hñ]åê•Ô£VådYâæcZ#9lmX∂%∑>ÆÎZf‰ûÃÿ¥ìÊV
æ+Vq…htZ}œœú°—c ≠€√zÉCw´`Éu≠s÷Çí≥
U•FjqÈv>0"¢Òá¸ÿT4®•ó'é,°¸-Wá´À-
èk8¬,À±~(ÍøT|—,Mq¸Äòbåâ&1ó228À-
‾5Ùúe ZÁÖï,mQªeÃ fìÕbKU~âûx˜————————
ØJÊw[üK °is≈YÔi^»e≥l(d————————
ù¨G •„ß^₁«àJ◊g∑É•)ª#2eòy[ÿ2Ç ≠é⎾₁-
à¸Î íÂw>íå•8∆2Ÿ∕±пë,AâÍ"Q¸ÖyX∫≠j}æWáßjv
˪^
 ·>ßyaÃ(Æé2 ïˇ228«k…ÖLE_z-ŒøP√Tt˙¢Ãfl
     ₁fl,Ö¥œ#∫•Ò5-¨fi¸Üq,\#~ÙäG·6æ -
ŸÌ‾œÙÆÖ,GÚñÛ¸————————
ñ≤|'◊Å˘228ês˘228fl÷äu∫f¬¶oñ…[ò±q‾≥Zb?-f
è›EÈW)'[#ñ9é]÷D'·F∑è˘J•ÌîU<₁ª•ieøÃ"¸)◊à
#°:A˘228l¢£û∑b^eñ˘2280ü⎵©µ‹Ûß?˝¨Ü¢RØ—
     ÊYgû_ÖÓ¬?≥‹˜ä*ã,;°K-
¸bhæÎÍA°O˙e‾Tµ]ÙÃÚÎÈ"‹•µ∞f"âyÁò!˘228,kK
~õ+>LZ°"YÆ
     Ë‰yèã¥I¥õ…meé◊Ã\Á"!¥úv€∕¥√,üΩπ¥ÚÍU
®°H=-ßù√f˙¥"<Ÿû@âj2ÏNÃ;ì^"\—
±Òï%ÏjstF…"÷7íÛThÓÑ2}û";bï«,rΩQr2Fn8Êµä
QVGéâ¨Î7&≈ie∫ë§Îóè∞£228228™@@Ï8¶ŸÊÓ₁7tã
rÏPè0vÎ˜´ûG"i#ËœÖfi°=≤‹Œù≤©ä'ÁÀ0æfißµö—
°q™

Ãàfl"?˘228₁´E©Ümà^₁yc≤<ªQªõüÛëZf,ßOTsW‰u
Á˘228≠ZDÙ©¬∆lí~⎕zV±;
àÀÒ°ø°1≠btAfzV®≥B"¢")èÜt˘/Ø`Ç%À1¸´íÂW;(
SÊí5æ#j±…zññÁ6^QàA¸ÒOÁEÚ∆Ïœ?ì;£Àuk"ÿ¡Ì[
ÿÊÓ•‹z'≥Dâô€Ü-µ&â§„èf")ïŒhú————————
@∆ñò""c≈!å-C((µ˘≈nr4h<õ#∂¡È?ùfµlo°_•

228

Ù≠∞-„u§€˜H}I‚î∆ë5Xxoî•ª‚4Öa"l∫Ø©————————
Cãa«"4ƒI+‚Í!È-?S@%´#G°ß=)°¥X'G°*•J≥"¬É∫
a‚Œ?ÒÒV∫êÀHfl8Á≥¥b₁DÈfl9¨VàÜjÿI˘229-ƒû„˘
229C5¨Njâjk↙…àã•∑ü˝•J-
Âí6¨d#qœO‚ΩQÕ4t↙%-
∆I¿229•OÒ©í∫0™¨zoÉu@cXùæG„û∆°Ã]°À°Ë‰∏Ôc
SÿM°ØÛ9Oã>L5˝¨`#˝‡;ÌAq)-
{9nè?=¡}G´"^%˘229˘°X≲>c.0fl√₁Æ˙'Ù=,ßÃ"e›
¡˜∫›≠Ài^œ1Ü1#Ä@ ~'ütØû≈,T% —
˙∆]ïQÖ'≠>^m∑8È‡Xgh•,'n•Ÿ=èÛ¨%Ô«ôs√˝R∑≥û
Ãfi—
[∞»Å·cw>ÅíÖè†æ¯âol‾Fnù£F·∞Qª‡√'qnåùìŸ^g
ÀÒ\ÈTX∫j^flÕfi%÷µç2Íksyp IDá Êî]VÌ&Œ‚-
‾^ö©»≠Ëq˜^4÷„bc'ÓYÔbR
˝GjÙh·'%{≥j∞¿Ró$©´˙
o„Ωgró'ÓpOyO"ªcÅm]ûejÿ∏®/∏u˜èu•<Ì`
Æ@¿J}——————————————————————————
eN¶CZkÓ+∑éµì•µ.≤‚₁4}D•Y¡↙Íö°Ü/çµ°Á°VÔ‚‚
µ?®ë₁‹%ÌÏ„˜
>9◊Ò5°Î˘229=öì¿çc0è‚]«Ó-<u≠˘G‚&ó{Å-
Ú'˙°÷o°≥O¨‡Ô‚8˝√£Òfi∂ªs©›ü˙j'ì¡Kª6Öl∑•-
∏ûfl«∫‰ÜB∫ï-
ç>ÛH————————————————€ÙÈ÷±xYÆ¨ËP¿…
ŸR‗q•m„mbB∏'o=
êå◊5X∏₁gD2‚$^¶æ„'4=B°O□„j˙≠Ãç,Ém∫H
Á?ƒGµc
Jîì?$|÷2Ö*¯Ø´Pçí‹Ò•∫ΩöI‗|≤ìŒsÅÎ₁?
≤√E∑vzₗ´r"TÈÏå]&OI€——————————————
T'ï°Üo˘vµ¡fl/Æ‗
°Cù¬Ω↙m∏Í|&eV*n1Ë]≥□m‚Ω§O™¡]>ŸvFUQ̀¥~y'
'ö^—
¶|¶#˝|±∫[æ◊9ø∞$n±°W'íFx-ú˜˘229ÎV≤ì^≠•œS
¯ì·ë}|≠$˙®|‚¶±rª≤<÷Âà™©£‹µ[ò¥}5aåÑ$`b™^
-₁±'„Å†©CvxÔâu6}‡∑$‰ÛfiµâÛt¢%˘ô«fl\n`˘-
Œ¥Gm(jåiúíFzs˙f¥âfl¥è…9≠Q∫B∆¡Ë˝Mihñ°<ä'l
ÿ&p)ÅÎü≠|ësr@Û————————————————————
—zÇ‗◊˙˙W%]dèFéî‰œ5Ò'ò"HFybN~µ÷p#ãøG›"ß-
≠à«ù5%"Ñ±ûx†¢—————————————————↙N:‚

!u"ì»R(n9ãD1¥Äå°Ù¶Δ•230M√•jsÿ≥|≈~Ã?Èä÷p
)¢230˘230+Uä√w—p±,ß□{ó?®¶+ñ»†,<∂˛————
RÑ∑9∏O®†Rÿ{üfl}-
¯Ì1————————————————7 ?Ÿ-
÷ÄKQª±úPUãrú:è˙e-
˛Ä+S±~s∂Ú¯àÌ˙KV∫ô=ê‡vÉÏ≠Và'?,"èL˘230:§C
44~'!'∂˘230æÎXúı7fµ£˘230¢„#ÔÌ-
ô?÷µ9fµ5ÌefN}@˛MTå&∂6tÎÇª9„èÈL¬¢;=
°fŒx›◊Ò¨ßús—
>-îÜ=sBñ›».TØ>Ωçy·î)#È„Àõ˙%B˛ø-å˘◊Δ˙;X_
J6‡û£•}=9™∞RG»e'•á™ÈœIEú'üâµ

d}>‰¬Â61°µ„„□*rÊ?g…3Í2√*8àÛ[TqóíùùпbsöÂ
^*≤5ffÔWû÷,Ë~ü/ó!;◊ÓüQÈ˛•≠yx™
    Ï}>Qô∑≥Æ□˛¨÷∫îKüΩ————
ê————————————————sÄ2OÂÕxıpùO§ùjU„
ÏÊıgØ¯æ-
<U·àıõ1õ»TGt£©˘230kÒ•Ω•◊Ø¨ü3ó`y~%‡Í˛·<7
Qg∑úâÉ∞*˘230¨N?Q˙◊∑Ö|»åŒè,€ËQ¥ërÊ,QØö©^
à,flÇ¡à˘A—
)„Ù˜:sI¥£Ê´&Â{õ¢√√sK∑ãYCI:<‹{p'9J˘230——
0Êùû§íh˛Emæ3
ı"'÷∂è4ù˘?Ç•jêVLØ&ù·¿vØã————
-ö\√≠]≠^·Z´´îÁµ—a|æınG^lú~f±úí°?â'Nu-
RпèHÜünª!m√˛\Ø?ÌVØe§?Æï:íï‹¨PÛ#Ûáë,◊[y——
  1)>‰í•˘ä≈VRZ´|Œ¯aÍп•]z5˜ññÙ∂-XJ ~T-
Í„˙Áflæ9Õr'z-∂(J◊ª='·˛áü\`Ñó%Ö¨?°ñFÙ„Uè¥
ü/Nß©ãΔ}O
x˛ODvfi)◊#æ∏uä8Õï≤îÜ≈CÌ«ÄÂΩ∞
      »‰mWùfl¬∂<ò"x*:øfiKVyÌœï®\yÊe^n.Ó86n
?à‰2309a`!'∑
G⁄K…x¨C£dÓfi«          ˒
mµ©Ó≥µÆH˘Òfqè°ÂN?ŸS‹◊}èï®˘õlÍ|;„k€O\Èp>
€6>z‰Ù-
S˛ÅÙ¨•ûÁÀT¬`ÊíÊ¥e∫(ip´ÂrÃ‹˜sCvAZJ≤>ï□.ë
-ç¢â¿Ve›ìSÏÎÀ®™fi&°Ã¯ªW77pç√
"èß=)≈>û&&¥£3sgók7æcûN
      =k¢(fiÖ3ireÁ≤ü÷¥Gd!±E‰˜Î•∫O˛;Vé®Δ»Ø

230

#□'™5H~Ôfi8=A#ı≠"Z4Ìv"}kT3•MEfi3"1£÷°"C©¡
9äHV.}G‾Ên¶¥πË—jó>F>±§€˝∂a*r ─────────
WL]—
ÊM8ªÂ˛Éd˘€÷ÆfÛ≥ñ'|=ú•+{Vs~ö>¿‹QbïBÖΔû
231m´ÅÿR±Jf]≈£(Œ;-—jh°,%OJã&We≈&ZdM÷ìt¶—
©¥du©™ûµ©ùã:£b·W°±®˝+8ÏQU®ı™
S»˙—qÿ±r•–Ì•›c˘231èü□ßr-
©Íwöb•JC∞ËlªΩ?•2Zʃ$Œdc˛~Ú4 ¬u€Ù¶-˘231ç—
-JflÈ zG˘231«j∑0k›4'9Ω'»ÏN?j÷Ï≈˛(Yèfl-
Ô•3˛@Zʃ;oŒ«£∏˘231«™ÆfæY≤$[Δ›∞˛<fl·Z«c
˛F'ÜV£°~jü¢•ÒU¢g4ïfl»±m8ÚóüΩ◊□˛jÃ\l
kŸÕ¬‡^˛™?≠QÑŒõLπ⁄súbF‾Ú˘231ç
\ÂíπË^'DRÆ[‰'È\8ö<»"─────────
äxJÍ]-,|R□□',•¥-T7°«Ë'eòûGÏ¶tq──────
Uè°Û˘2313Êê⁄42»¨9ΩʃâôXúª¥ëÃ‰ΔN<^-e ı>"
z"^œ®„ë®î)¿Îë√
Û§„=>öÖF*¨,ÏtZm€fliÜ DW·ÉFO‡súg°fi«Æ+Çt¨œ
Zû9$µ=7·wäÒù √x?q(Úgàé›1èQ˝=ÎÃ´
\Ù±‾eé°œO,Z¢ä>6Oqlæe¨√ÕéEË yÆå-
gN\ΩzUV7Æìéç-G7ôl""|§»é-Æq˘231°W—
¡*ë±Ûï„*59ªnë,=~ı,xãXÖ8CæïBLn‡WßÄ¿—
¨ú™´≥Ás‹d®æz+Fø",|7,◊âdóf:ÆgõEz•flU'ıåæï
ROÓ>F¶aéú¢Z•‾âΔàıı˘231o≤•ÒU?[¿˘231œï¨Àò
˘231L»'|   ©JZKΩf˙S'≥LX„Òj•â¬IYA/Î-
øÌúu-„‾˘231¡8o‾N,⁄Ìmæ◊q&˛;±lm^rOßJÁ«O
NÉ´∑‹}g    ,q9Œ-
Rí¥fÓ^8ùVı..vZY¬<®±˛~Æ~∏˛Ö|µ85…jı˘231Ä}
^aåUÍÚ""—•^fØÖÙŸoncä4c°é+ó;+X _jG-
Ê˛1·HÙ®6«•rª•—
qΔ„˛öÚ1q^…n~Ú9˘÷+ıá˛8h°ŸÁ∞Í™dk—ônÄ« I¿
eÅ#û≠óaŸA^Aµ*\ë≤8±U]Ifi]wÚG/,«∏öÙ´ei5÷>∞
9`Ω Ω∞?31──────────────────#,H8m£Ω8"
äGŒf8ÉS°ÊÏʃ-"□fZ5Ωã‰Úœ®‹˘231≠≥2°────
˝fiO──────────────────────────
-z•ıÎH ÍÁÒØOöÂ[ràcÇ‹™pÌ˝ÁÓ~É†˙gåö-
sŒfËÙ=è·/á£´§"°ÚS.flJÁó°ÏyîË°Eeá®x„[é÷'Ì
˛
*/8˛Uo˘JÕq\ÔÍÙ^GìjóΔY·br|ÏıÌ≈\ÁBV8˝B\Á◊

$~µ≤G£J%-

Âì ›F•J¥tElUws ›c ò™H⁄(ÆÃH•†5™,¥7•°′™CæÜµ

ô˘¥BπΩßüò2329<P ;″Sÿ´48

É-

Ó' ˙÷3^ÎgeZqFøä#a´‹ÓFPd$qåèZ™O ›9Ò1jl%u;ı

∑%1-′∫9énÍ …"ô′ÔÅ"öc›^xfiÿ8äÛœ° ¥ëöp————

ƒHiÿhƒΩ-

'Û˝*Y¨LÎµ————————————————oTñifLô

ÜjôQΔ)D«ä232tø{□-

ëEeÈä£2}QÛ{'‡?Jî2°_x}hπCA…ƒ◊M°õAÈ˘232-

⁄ôr4b\ ¥≈ac<ü° T

ì!·èÆÔÂLëã˜á•0-‹=M1v& „>À ™ì 'ÜΩ"WmM

ΩYÊÌZÆß?Úçëã~%øô˘232ab ›ÎgPª'°‴•ËF™¨ô•h¢

≈´iÏ—è1≠c±å◊°li"®èM‹•Ê#œ-

?˙ıK©çEØ»Çfi|C<Ú•AZ\Àïõvìpá‹•ËKZ#ñq:1)åH-

I)˘232»ä*ñÁGE¢fl˘HÑûéG% höMÛG¶¯GWãQµí Ái

8

) !éGÎ^>.Éß/ifl 1Q©Ü´™ ¥<;„áõH'•⁄ß…•ôÿÙ˘

232 ^□¶èmI7πÂK □xáMm"-Ò˘6«pÄ;Nká-d-

˜|=âç©»ı{RµÒ√Kô.4{W"èëú

∂yzÁü«ès_6π°.W-

˝&ó≤u*E)J5Ófiã≠ó%yLNÇsñ¬ìÇW®˜-‡Û˙W}H∂Æ|≠

:âM¡ù|zŸøñ9≈°q…Ÿs0cÊM¥}˘232,p;dÚ2:ä „©EI

6èKôJå'd˝"€|-rû)□'⁄·-

nÑ∑ ›¡Œ9_Δ°fiFü+È±flåè'Î«O‡ó≈ gà¯∑H{˘#u+Ü=

G5Óe'˘´é\⁄Çk⁄√fdÈs˝öÌ]è»ƒ+{-Δæ£

/g;Ùgfïj.~á-

_uDæ≤ÇKÅÊOfûTâ◊|Y ·±‹ØÚ5œò-

t§ 'vñø>fl3,ìŸTÊöø/O.˘232#"íGç^8b*√

Ö"°)ßfœyP°(©F+SûÔÊ¥∑yfx—

m¨◊|ÖF7ødÆ⁄ìVÍ˘232.ÁèåT•V-

éé _DxG≈]a†µñfiB•¥ıZ|-

ıi˝fll©^Æ|LΩΩe| Y˙nOÉ …ÀÌ?,U'˘.ø%è,"≠å≤-

;Ä+ èi\Ù0îπ%{◊¬≠ -/Oó]æâ†————————

ÀS˘232--

∞ µ,N¢nUß≤€'ıq"iGG,ñ HŒÒVµ4ì≥ °Á∫>dúÛ≥™

Ø∂~˜¶6˙W ÁyKvq,™Δì©"¯c˝\ÊÓµhÏÙ◊∫°

Ò@C,d•¨s ¶= Ü'≤†oS^ç

Yøë·b1 ÓЄΩ • Sic,95
i√Ã≈‹ø$ìÔN¨\dùÆèäÕT•V59yíËaxÁƒçÆ¯ÇÚˇ>H‹
ïÖLë âùU5•ŒÃ∑*Q◊Nm•‡¥Õ÷§°
¨ˇ„fiúù¢câß(FÏˇØGÇ/x8M‹u(233éˇ=·YE4°Ã¢æß
áu-
≈#Ã E™5ÃeôêÕ¡Áп5¨Q„RÉrmúΩ≈¡Ú≥Œˆˇµä:„xÁÓ
fÀ´•ËU™Glcb¥Ø°Δˇ ÂTçb¥+Ó Œ•ÿ-
·ˇ™FñÈÓÇ¥@ÀÒüfiп?ficZ¢M#ëÏkD#©□ •ƒ⁄ÿ6q∏=¯•
-çiÖ¿Î¯Sñ¡
—fiÑ:ñã2±Il@å₁`°Éœ~'…rG°Q{Zo»,u;-
íû ›+±-[V9kÕ8»dAcÇ; b3•"Â˚/ñ-ñ+ «"-
ˇje\´6ü1àΔú+ps'
rïŒìGµéZò'ôã}ß¶Ó{233?Jñç¨fOo\ÈR—
i≥., ›Nq÷°£h≤åñÁ-&6T9^?ÑR-jg©ˇá÷ô——————
Æüu√üSH´
C¿>ΔÇåî , Ä'п1•∏Ùãˇ ìA+vBΩE1ÿî-fl hc‹ü•——————
≤U?',jÖmE^¥
        í(» ià\~Úö%ÏiDˇKœˆ§à~ÆkU≥9⁄'¿˚‰ЄËO
íi¶S]K2Iæ,f₁r•Zªô€DZâôeèW'ˇ233ˇ233Î÷âËc
%ÔАp ÷ÿ í„ÎÑˇ233,i¶g(fl_!À&'Ñ•≤ßˇ233iôÚõ
Û‰ ₁≠nsJË/.ˆ\MŒp"ƒÀùÈVõ«Ï€4m/1——————
Ä-
п+ ?•YÑ©Ínhˇ¥∂"E,}‰"¶PSVföõÊéåÕ¯Ñ. Kb≥#
°ˇ-ù»∏
₁î¿Á=ΩJåhØwC\%zïˊÚ'wп·◊é|"îìûk*éÔSÍ□◊ÇV
+≈)ì$'√:QÊпÙt3
æ«Ÿß†™«8ÔOñÍ«∂j\›Mç2Îeª Âˊ Ü#†;œ*;p9„5≈(4
Ïœˆ ùH…*âjw~÷$¥∏Ü{r"ñˊOÃøéz-
Á ì\™.>Ú>ü,≈«M·™Îs-‚$Èêkˇ5øà,ba∂u——————
ÓH?Å¨ËTˆSS[20-îT□wZ«Õ-uŸÆ
HпCê¿z{WŸˇ·gëM!è°*Sq;œá˚‰∫}ƒRnX#É—
'Ù?B8ØZt÷*ãÑ∑_'œÑÃÈJÖeZûf1'—Ô:Vп
Xò‡À˘É}≤ˊÜ8€¯ÉÙØô≠Ü|¯óM˘23303¯"ãß-øœß…ú
◊àu;h"Y•ò
84ÆÁ§",‰è≤₁‚Ωj™JT°eÒKo${°96Gàˇ Õ0·R÷"Â'ˇ
233ëÛ~п}.Ø™Oy8o2sê§‰¢`ï_ØsÓ}´ùSP\´°ˆ₁*À
>yn`v]÷x———————————————√Íö¥Ò«êÃ3
ÙØ#U∑Ï„ª>ÜÑ#É§ÎOdzßå5+[x"N∑"Ù·Ü«-lá∑,sÙ

233

234û'‰'Joí?•s—rß  b*|u?————————————
yN£y–ÃÔ+è2Y‹
ᵃ∂Ôb~UœE————————————————————
éΩîĝt5'Bó3<<Uklq^‰'◊S∏X≈Δm–
˜°qÊ1234¥òÌ∏Ä234=234E˛Ôn€-|hʃóìz#ü068ÁK
cö4û§~qf,I˘234ÎTÚŸ5≠–
ÿ‾P¥#∏»@§S¡•|Áõö>Zj+w˘-è},k€ÀdäíÊIU\≤Ü9
Δz—Ïlœûpú¨§ÙF-
ÌÈxc\^©S±≠:\¶t˜@3ûX˘234ËC˙UŸß©ô$π^øfi˛uI
ÚÍCªs∑?ÁÏhñÇlõ›G˛Ñ*êÌ∞©ñe–ãWMç[kfëèÎh¢Y
–ì^5àøQ'~5•âπ≥l¬#Å≈————————————————
LÎ4+•ö•9'D∂ËÛn⁄§å°‰
Δzi‹Í¶î◊7b˛â≠Kir≤Fÿ¡°,â¡4:gPáM÷„we[[Ö!:
˛åNqÜËk9CFuJÑjíå{Î‰¥yH6Hß°–
¶¥8eKïŸúŒ¶‡F‰234>`?CWs+ÙÌÛ-:"∏¨dfiÁöcH¡'
d',ëi/…˛jKF\∅◊öF®®Z†¥_aäF®ʃSÜZ——————
ê9…'``î?8ç>á˘-ÜDÃ
0‰ü§^–
      "Ó(D±ıè˛˜†^ÙʃHßÂ¶HÙÎLD±Ù4»ı¶'±f6€˛
Ú'˛ÕV∂fOtEf‾∏>Ë¿˘234„¬Ñ  kBXXê
      Íz'\Üã flË  =…˝jûÛ–j*60}ü-
U!4XsÉ˘234a?ÙWs+h_I!œ°≠Ññå÷æò˝ʃÁè=«˛=Z#
û1°u/YŒ|ôÜzÀüŒ¥1©
Mh&*»  •e#ÙHÊú.R÷nå  4†Ã,=˜‰[888œbÁ——————
◊nÔPk  Ø⁄>E∑S£
Ia,Î…k–ÛoX:˛®9Ç\°g"'•D£  Ï{Jᵀᵐ¨/◊©äŸ-
ä¬qπË˝ü+∏Ë€◊÷≥éʃUVw[-
g0Ãı–ï5)Û+£\6!"ó+Ÿù>óu^i'£6
      ~æûÜπdπ'ôÍS≠,5E8=è`‾m≠[N"i7Õç:˝qü˘
‰„˛°˙É˙WèR–Œ|≤ŸüWàõ≈˛„é√˛p˛ö8˘234â>ÌH'eâ
ΔìÉéıØ_-≈:r^r81Ùaç†±4˙Óp-
\Ài*°yfiÀågÔØ\•Q_QNªãÁGʃ,pq®úe'Ù/xÍ‡⁄Æõn
±¥≥±Ã˝aÔ0˛?Jxøb◊÷Nù°?C
Ø[®R°[>◊‹«ÒÁâEÎ˘234dZ|÷6Ã————————————
ú˘234Æî Ì>†-[fl——————————————————é+Á˝
¨ᵀᵐI'ñÔ▢GËq√Q¿–é  è¡
˘234°ŒoE¥kÀ'P‹Ñ˜$ı©≠5N–ùyeZ|">Ç∞±_—————
‾ì‰

234

øŴø8êuP•©Øõ´)oˆü‡é˙ïcç´»øÖOWÊœ4Ò¯∏
ú©@èÊEÃ9Û\ı#€∞^-§'S¶¢¨é\f!Œ•÷û˛◊SÉÒ.¢÷^§
Eì%¿tWŒ0üu»«©ôÙŸ¯ÙÈCïXÒ*{Úπ«9<åÒÅZì≥K®◊
‡cøzÕª≤ >>HÿX≥ÄI<Z<àÖ>¨Ó˛=lë«€G$ç-
ÛÀ∆235«ÃpzÄ;V¯Tavyï¢Òµlø§ç;È†Q∂r¥∞ 7+2Ì
>˘=ÍiTˆö∕«>?-
XZú™\…ÍöÏıÍUû˛ñ&¨cÛ¿´±√orØöK(œRGÊ¯˛h±∑*
[ù˛Q¯˘235:,UÖO₁èEáa™N√ÔèÅU;`Ï}´TEçÎ>uN1
Z#6çÖʃ——————————————————@•0
S3HxʃÊêiánXG~Á˝ZZ»X°∞ÿø´  z¥t¨¯c&∆√}¥□j
ò©≠MªùL€XX¨'˜s'úÏzóÅå˙235°^₁ó-
fiß_7.∆Æõ,õkÿÀW$ƒ8I«∕-
¯èⱼ ŒËÊÂçxÎ∏Ètù-ÂJ&øjÿ<¨~§ÛÎU₁ãt0˙Ñ¨b¯É
¬w˙d&%*<Zc>|-
π?˙´¥*©ú'0Úßπ¬Í%ïà«ÁZòXÁÔ'¨Ç—
Åvv˛ⱼKH…òúöìTUcH¥(n*K2:`
-Tås}ÿ«∑₁†cO——————————————
—————————————————úÁ- 2F˘235————
$N¢òá(Î©á®‡-
â$A»™'D˘ªdè˝˛iê*®…¶Ö"t\ƒÿÓÎˎçZ3{ëC-èʃ˘
2351Hß∞¯„Èü%jë2.(>Vj—lb…≠-
6æ•Jµ±,öaÃg˛ôß˛Ç*˙£.åµú-Ää¨©ìZ3RÂ≥•7˝vs
˘235èVÜ    {•´v€åÚ\¥g5©£4¿I(Û-ü-
Uú<ΩL>9©∏'nakåuŒU.•˛5ù8∕Êÿâ>F+¢!◊¥₁'¨Zú
2—Fø™ëÊD˙´ʃª€©ÁÇ†Ü————————————
2úGJÂ>Ö;ëF¯î————————————————flä∆JŒ ·
ËíŞ˘£ Z}i£;X\˝'.∑filÔêúd¯_□¯˙◊5HÚªûé^÷èu
±Ÿ¯jÒ¡Aí£Å∏ˆc ˝3ü•pc(°HÈπÔdX˘235´÷ˆS¯d{
-'q¯fl¡&SÉ™iËAèô"≥~-
„^djIÆeÒGÚ=gMeÿ«J˛¬©∑ì<]±{+áVR
∑Â˛IÇ∆™±<¨'.ˎªÊ[∕t˜w3œf£xÖäìˎ%ôT„Ò`k\U^
d°-é\πNåÂRí÷œ%6"?2‡…U'‡ú˛'ö -
%v¢ÍTVŸ-ª□ü√®◊—fi>Ø'-
∏2»zp˘235®~5,„±*R∑D{Úß₁<*å~9hæf∑éµπ.f{∑
f_0ò≠ì—OG·Ú˘235fl^'Ê√öOôôU%¡"TV˝|fl˛
ˎ„ÃÔdXPÔ}±∆¨Ú∏Í`1_|ê´ˎ"g±Æ˙Pªπ˙'ôìÂ[û•©
<µÏÚNÍ°QsÑP0™3ÿ235·]ÜM.Ölc,{`Æ+*è°•:v˜ò
Õ§ÉH©E¥lhñ£ôõ†˙~æµµs>cì%N-Œ;≥z9 ÕRFI———

235

-§b™°Jn28∞5ÁÚfB≠="+YHÚŸ€nr‰(54¢£¢F>§Í◊î
™;ΩæÌì}»Ü:p•Ôï≠O=GR¨Y.ÑÙfi)X∂Üü₁K⁻•3Të6-
áó#÷ùÇ√ëxaäi

　　　ñb^?Ò≠‰óPÏêa˳™â±| IS˳¬ˇ236Ë"ô6$I
　　　"ì*'Ies⁻
　　　ííJ6ãâaÜz̄ᵃ),⁻ˆ236Æ•fiûÚGE≠Mfl©åó§˜5L
àñWÜÁ√ʃä0‹÷€.#ÁïÀ™1˙`Æ~É-T}£•Øt¡mEëàjö
s∞ÿ₁f╱ˇcΔ+7M3Æ5Y◊x;Δ¶\*ããY◊Àö‰2ûøça:n:f
ËRUc…#Wf╱Ö,PÍpÍS╱ÿ\)+µiX0Í†ÉåÒ‹é+juú£±Â
◊√Δî˜[<˳^◊J⌐ó ¥ʃπ∑|·^ÈG˙Ï…O¶Í+Nvæ"9
ÙçŒC[µö√Pπ¥ʃ]≥¡#DÎêp¿‡Ú*Ø}EkR„9§ZEI}™Ci
flCòpøJC⸺⸺⸺⸺⸺˜ê{
+Ùf&>S@ GÕ@A@á®¶H□84f=zä⸺⸺⸺⸺
]˳à=Àü'4C‹h^
2Y2D•fi»'-à{Ñ@sÓ*êHñ57ˆ-' "Y4òVë}fdñ¨⸺⸺
Æ}ˇ236ï4…í-
#nÚˇ236›Q˙Uflb,ô1Ó•ùj∑3{•ì˝*C˜236M˘÷ó1K›
-F„»S›•aˇˇ236¥e5Ø»µy&'ì˳•Ò-
V˜9„□Òì˳á9˜236[!„˳ʃ54)≠KÄˇr3ÿÒäö8ØÈ~]»°
çén$236t•˳æ„öÊ≠-Wu±Ï µEÏ‰₁[≠ÃgÄÈäó£∂9et
XàÓE8<èŒ°Eùz¢'ú•9ïö¨qçÕ¥‡ûx⸺⸺⸺
fl?»û'ß°•-
ü#Êf'ç»|:Ö\‰∂‹□x˝;è©Æ)¡¡Ú≥ÆSR˝‰R⁻{,ôtÎ⁻
oÜaº ª àœÒ©Ô⁻è'{◊âà§Ë'Áâ˜89C8¿°
　　　È8Ïj˳]□'*ëjʃjÜ"Ó◊z∞w=ø T™{
â«˙c¿UX╱R¬,?â
'≤"ÿ€ÍøÏ[)«÷höw◊fs®¥qS¬°*éôÍ]□æé˜wË6ù†‡
Ò\'Òñ…ûé°yÀd{f≤a□ÊÅé¨#⌐⌐[∑ò-
Ì˙ÅïäÛgÔ5°Á•S€'ñ2_4è©‰˙Œ´ˆªˆ°ùñ(#cBr#A˙
úÃÊʃ˙N╱#≈ØY'nR•◊˳àÒF†do±ÆT)2˙0⸺⸺
*•¿9˜236ï§=ÆË≈EXÁÂkGπä JÖ⸺⸺⸺
íG₁¢RÂWeFN¿Wy ╱£˳ö¬˜'Î‰∂ãdOmj"M±G-
«JÊvCqT,Á-ë-
¨B(ïT`╱Ë¡('#ÊÎI'ôìí}>,¥÷¿ÙÛE*╱≈˙-
Ö¶ΩJöSi₁Δ+*•　/ø}'ÊÀª˜FøÔ-
‰+Sé╱ëFGÀ˳˝Ñ?ÍO∂?ˆj¢19>„P⸺
□„Ê?ÁQRFeîÍ~ïHíb?x>ã˳™¨#kO±Ü[[õ ª Îñ∂≥ÄFÖ
í!#≥∞·UK(<+s¿-§

ôIßeπpÇjÚÿ∞∑z&ûÉ»çµãÜRwLØ————————
Q€j∂Êo}¿ˆªMÂ/""Ñv'Ã'ıõΩHß⁄ßfé1à°
˘237ut œæMÇàJnZ=ä¬núˆ™bâµ·+á:¸ù∞UñtÜ@√*—
≥p√∏⁄Nk6nûä«?u2úΔ °9PNp; ≥8≤ßù¥?=G₁†—
2≈Ω·]ú˘237ú'¥mûá‡ø≈
¨öV≥∏"nŒü≈•}=
r…8>dt úq1‰ñ˝KΔ¸õFÚÔl‹]Èì|÷˜I ∑≥z-
j€ùTˆÈÁΔ2°>Zà‰<k——————————————————^
]KÆ[2"ÚRÓGXenZ6πŒ=GNáEßQÂv8©:öL§WcöE
§QõLíI    ¸Ë§äb(˘Ö0¸Í"237——————————
‰4ƒ8ú-
————————————————Ä†CÖ2Gèƒ~¢Äu—
î,Œÿw(«˘237"¸&®ÜDá!æîƒ¯#fiô#—
±˝G₁¶Ñ…øs&=¸Çjë-
jI;¸ˆo˜œ₁™π(X̲Áˆ4"&KAÏ˘237:ÛÈTû§⁄»∞èôsû
7•Z'=Lö-≥$ø°~•à´237:—ΩHQ-
∏é~«Ï&ì˘‰kévΩÔí-]ænûÃ˘237†ä'Ós‰°5É-
$„¯ô˘237Ù6§Çƒç∏.°BÁñ¿Á…¸F®≈ñ¶∞äÍ
!ì3ÂY}ΩA₁¢◊‰M¡©--
¿›hsY̲IÒ¨âdÉùÆ:É¡Ëx=i{'‰°Ë¨1RøS*ˆ
ˇ<ΔgÂ≥û?237AÏ):VGMG3ª·Ö¨kï¡À▢;Á¸237
~~₁6‰ô÷¶ô±-å´ò|î<-kõhÈ-Ô√M'À-ô-
ì7çkp≤ïÈW=Gß◊¸+…ØR'≥ó,ßÉƒ)¶{Ø√›VflR≥õ√˙å
äˆ˜<€ª»„ÛÛ₁,°XÉ›9•L˙ú÷ìJñ¶¸ü▢7U▢ÎÈWöı£!—
[237£Ùfi/¸Ω>vïüCª⁄C®÷èW˙•Åtò<;°>µ{ó^
B>Û˙˝ZŒsJ<Ô‰qf5^&™¡Q—u8øjow<¬F>mÀêíI
ˈ'/Úc˘237Ù4ËA€ôúYçh≈,5-
¢pfi''#C¸Ü¢@±Ä9- 237ñœ`π»Δ0Y}
z4£ Æœ&öÊ|˝√≤ìiÍx≠n[Eò†c-BÁwO√˘237◊\₁*k
c∑AÚÛ-¥Ú«$e@————————————————
ÒÙ,∞ïTéËaçç6ƒEf-
9È"ƒ▢ˆKôûNayøgë$£ûúû'÷§y•bùΔBaNù´Δy?˝lü
¬ïI̲›Ó:T˘ü`˝·XÊç———————————————————-
ç="¨sµœ+æ£————————————————b!₁?"≠ì
Zàáï˘237xS$v~GÍ/¸ÕLMCÚ¸ö3í,A˜-
▢¸F©À^6"fi›•µ¨M,Úê®ã'ç6Ì∏înŒüL]"ˆÁ1I©O°•
à[vëbb‹ dÆG#<ïúúö5QÇ05}YØ#Dä(c'jΔõrN>cÔÄ
=Ü8≈\cmHìæΔ1Oí• ›o‰jâ}237;q8-'ÜéÉ√•Ë÷:û§

237

FÈ
à[¬?ª$¡óy˘238uC„˝¢µ°í5m™nG96w~Ul \úëH",
Ü;S 、~4ôíó¨Æ ∞Ê¢Qπ—NV=c¡◊Y□^Ω¢&^•-
n°Q…;H‹238ı∆+ûö‰©Ímé˝Â.®ÛW2È◊S#∆-69°~í/
°~ÓP@"ʃöi ›-|Zkïs˙Êô°p ›Ÿ≥ΩîÂïKå28∆Q±¡
r:É-t 、……t-
ÆG ˙Ï`∞äRQõVA$flx{( 、Tä˘238\øZ@•"ÑÅÚ-———
«R}©Ä†fÇGÅ≈-p,6˙äbH†∑D˘6£øı 、‰s˝iêG-
G˙•QLLAfiòáåÖaÓ(-
›ΩZ%Ó>V&Y´üÁLÖ∞F‹äiÉ'∑Â" 、~™ORe±,m°≈˙˘
238Z"©õZ3|Ú•°•ùi}L÷»æ$˘238CàwÛ˘238Ë5¥v0
í~ 、ʃœôI˙•*Ÿú…YÌ[˝#Ô' 、Üh[5©Øbw:Ø238∑-
^áΩQœ#ß"#«p9‹ì˘238†Â™Ù;€èŸk~YÌ◊ 、&J)?SÚ•
˙ÎœXÈQØi|'t2'à¡{ZOfl 、¥‹ƒ3[»Í»F
        ÌÚ©+£Œ¡ „9¥99˙·*≈HÈ"È\≥çè£°QM\å[H¿∞\
˙©V1v›á      ÄØZ‹□ç"-
ÿ\˙¨{ñu'238è00∆∏*B"˝©÷Ôkµ™;OÍçëì$|Ò√|Ω Û
È◊øC…ØFfiÒıú?èå¢□ï^èk 、G-
u•øåt®µ9$Eê∆!ª'æ◊V ›¯ÖÆuU9fl◊ ŒDÍeuû-
°~g„èA,Ãê`i÷üʃé>ÃzÄ~øx°q¡"π„Z~HÔä˙é-
û•fûßîÍzì)ïŸ∑NÁ*XÁÊ'øı˙Ù)¡^›•K¶˙≥
.ÔS˘238Qí™xÍrO,yß*©;≤gä•áää•c6}:H‹£©Cª=
®uïÆvaÌ]Æ^¶Œõ`eÖU∂I-
   ∏*T'≥È®aÌ{g√áP_ZOq¨#˝üf0vÓ>ßÈÕgJ-Ÿªïè+
4Ãæ¨'':;úNø•-≠Â€GÉ∑——————————————
ëÛå◊f-∂ñc´E8©[Vr◊†„?˛™Ù#;ûEZV(≤|•è@‡èÆÙ
œÁV¨Â©À8øc.◊Döjn'†-Æ
:≤¥ns··ÕQ#8}≈≠ñ«——————————————
'§«" 、À 、□¶A5¨‹À‰@õ‰v«MfíO238íI‡ö.ñ,µŸem
Mûm,è˘bÖ^Ûflvfl"4'»vÿ∑
•õÓflî‹d‹@TsÈ∞π?àj‰4âf˝˙âÌÏ¶d¥X6…∑ÂÛâ˘I1
r√sp@Ω.^¨∂àñ ›çüÛßªê-
Û}öéLjCJ„ÒTL°∏Ïh ›Ÿ÷çŒzG‡d^-
»UéÑÚ~ç˘238†ö`+öÄ%V‰{R——————————————
t{˝õ¬⁄úìê± ›‹p¿Ω‰t˙Ã~äß——————————————
˙∏˜fØå"Rµ+yúÙ«?ê´f0d,9†",m Ø„Hií∆ªNi2,Õ
˘238Í7QÕk4êÃ¨6ʃ1R:˜œV'Ùpı>ÀÿÌ 、4EÁ]È7ò"ÿ
DÕ.238279'flöxwxxÑ£Y§è'KÁ¥I°x£∏µóH‰Œ"GB¡
238

V-†‚cäßtóÇÍKñFu≈∂õ9-
iu%°9&+µ.£ÿHÉü≈V´ô}•a:rN—w2Ô-
⁄÷·°êÆÂ239ÂNA⎯⎯⎯⎯⎯⎯⎯⎯⎯⎯⎯⎯⎯
d~ÑVo∫.Õh÷¶=hfK'Ã«ÈRPâo÷ÄcàÈÙ†®√¯®
b$Z239Q˜˜¶! pE239Xªa∫È⎯⎯⎯⎯⎯⎯⎯
•™Á˙˝!
áÓKÏπ˝E1=∆@X~Ó£fiÅ4*û´D≤F˘239X˘239Ôd!ßÇ?
œ≠1ì€•¨‿√˘239B™DI⎯⎯⎯⎯⎯⎯⎯⎯⎯
O°≈‿ÎT₁!Øtú>]æµW`î¥E¿flËÒåÙ,•ïk°É^Û,˘ÄúÛ
Õms    D—Äè≥AÓ‿˘ä§c-
Õ´˝‚@239›8o¬Ø¯°Õ4u˙#ÊD8-
t^ÈÛ$q'=?¿⁄àãªb9;-∆°¨m.oyπ63ÿÛ^s~Ïø3ô¯≥
·OÆ◊÷—è&‿°□µwex•8˚)né,Ô⎯⎯⎯⎯⎯⎯⎯
□8èo⊆‿É<¥̄≤dv\aÅ,Ω:ê∫±-
Ç≈ZÃΩ†k÷:në´[]i∞\ÀwÖ^AÛ[∞?yx˘239ÇæcÖ®Át
~°ófÙ''-]l∫úç€⎯⎯⎯⎯⎯⎯⎯⎯⎯⎯⎯⎯'òã
«ø•j'A€ìú∏¨TjOûC´—
.$¥"c:c239≥°Û''Ác‚Q•≤9∆?ã9<õå•&Ïy8l^8:Ì
Nq•˘/FΩ•°Ω†k•Æô<VW¢(òlí2íñÎ"Ñ#=:-
÷°áÅõ?Aü‡±µ*Cô≠S:
-5M    -ÓÌeì%îàùÿ$sûÿ»
Ò◊WE:-Œ)\Ú1˘É≈Uut<á‿ö◊°ru"¶i¨„r∞≥cûfåuÅ
Ó9ô]é∞≥<„ßh˘∫-ç□œ∆ö•Ü≠ß7p˘éÎò  r
rB^Œm  7π‡f˘^'V5(YŸ5ØüSù'Æ±™Or±˘bw/ÅÿÛÂ.
]°·<∂xl<UMÏw•
|0⁄ù‚/$YÜ6‹ÁÒ…6Â¢=å«∞îùû¨ˆÔ‹≈§ËÕ⎯⎯⎯⎯⎯
MÂÊ=£o∫ÁeN3%0•äØŒ₁'□]~Ewùà-
wÆ;‚µTï¥>æ§}"ëπ 3q-
åbΩgâàÜÂîŸoå•œ‡£‚kx;ÃÛ´F'~bi∏å;>ˆF22=Èb
∏Ã≤Ë)VW3aF:b∫„±„U^Û-
ŸAÍ]C!∏,«¢®Íο·C2%Çxí‹,;U`d-
°ë‚Ò239èîzÚ}xÙÂ®∑´%æ≈]‹
^#₁5™2eÖl˙!˝)à"□ÚC-
f¬Â7D∂ÚæL¢ô^ ÙÔ"¢e¡k©Nˆ^{ÊYÓÊid-239
°@·@Ï£239v¶í[€{ô"ªÙ-
»Sáfqè|˘239*¬ñ%P/ivrfl‹≤F»âm4≤9;cEÍ«>úíH—
≠&Àåo©cZ'"∫ím⎯⎯⎯⎯⎯⎯⎯⎯⎯⎯⎯⎯ã+HD
0Ô2393rYúÄN31∆N2N)≈[s:çKc3w

}©ì#u↑°˘«Ü99ÖDÿ—≠|˘

     gŸ`;∂2@Œ8œ"°ˆ:ı›jzÜµ¯É·ïΩ'`˘∫[òõq...
Úœ›Áøa¯V_,úKΔÆkU]O'b√7J›£ô3Å~SR—
¢ê›_[wîæœ‰1˝)R^Í*¨Ø6Ã:¢ıÁ?JñR˘240¨&Ä{é^
¥v›P•œZ240iàïzCzPHù≈4————————————
"s1œdç•$QLë□˘240™∏ˆè˘240gZd=»èJ
<ÁfiÄ-á!ø¥K‰sâd˘240x"!1+Ò≥Èü'ʼ
     Ö□¿°˘240QBbh
˘240Xæ√?•hû§µÓñ©ÙÕZ3kB'MÚF>µ¢zIjYãÓ©˙÷©
ò»"Ä,÷uπ˛Ejå&µ5ÌXGz240™∞□"¥G4'—
"híïû"8œ˛:

]u'é«Bª1àòÙ#5çHÛ&é£πÈ∂çª¢...m?$Æ"˝
xÛæ™úO´√∏f∏7B¶˘240'ôÛœf
Ù"Bhô*«•˙zïh)£„□Œ¶-§∞ı~(ª-a©Bcêú`-
g^ï'œß¡b-
°Vfi6ê"Cñô«òH,}fi°ö◊Ñï¢››¥ÈÊœ£•58ΩR!∂'/4Ë
gÇ''VRÊPÿa›s-
‡ë˘240ÍÍ"åñΩjò:8âΔuV´˙'πe•;Ïî\K∏˛€°√ü\Á
9Îì˙◊‡ì="íä≤^Ç-
¥FµåM3®Í;˘240üÛfi°˙'QË‡pÆ¨ˆÿÔ˛;c^âUÃ„Ân√
◊"-„äÓÁ-u›ìTÑ
€"«—-"ÜÅ·Ák•ÿ‰n;ªÒ≈uaUØ&|Fk_ÎòÑ°∂«„miÔ&
,Ã∏ÈèAö÷zû^[Ñçûc©LXKúÚn¯˘240ÎUSGegc‰ÁÕ...
˛˛!]ê-Új«ô≤Û°ì˘240Æç˛í¥ã÷Áx~Ô˙Ú+ÈÏ•µ-
«°c˘'W÷õ90qÂØ-
ôEH*ªá{z◊T~xïó°...ç√lTOí2ƒfiÈ'˘™HΔƒp0;ë«˝
Ù*—

SÃ`-
_¬©2"‰¿ítÉ˛ü»Pòö±≠¶ùæ÷$SÛ≥E^1g'˛˙â•⁄«zâ
nãè¬Ã"qPfl˙240´3+J~e-√˘
240T12"h240•240mËå-
ÈZ˛ÑÎâÌRfi¨fçÇ˛!˝÷o„F€RfNÓH≠NQA˘R(RqL————
<"=ø!˝á1éèGå≈dÓqô□›A...?ò————————————
□›ïõwï°ê˘iŸı=FÕØ¡Î∂?)π∏240{Åè□5ç5zÇ≈ªSå
O

`„;õ"˘9bÙ0Æ£8?Zõ&Gu-
ô±ÿc<ˆf¢¶Á>EHÙ¡L°À@áØQ@âb%˘241w?≠
)Ä·@'›oß₁241ª‾Â@àÛÕbyOÒò˝?ïQ6$âøqq¸‡‾·-
f˜Djsè°¸TÀ«ü•a☐ûÈTâê˜ÊF˙öd≠âgR————
>Èü¸x'æÑGv5A¸∞•QH¶IkÀ9ÙF«˝Ú•¬Æ$»î>?:¥»í
,D‹«‾˘241:—
3)"‹,<µ˘241Å•*'3"Ùo°ï¡ÈZ&a$mŒ|ΩFp?ÜF-
ë±Àk£wKõl÷Ìí>Lü°˜LÊ≠›óvJ¬IÈ$y'afw^'Õ¥¸∑
-ŸÆ,Uhç∞«Ñ´œ--‾õ†G´imÅCHâíq'}k∑ÈT^rÿÙ8á—
ßÊw[˘£Ê•XyL„ị⁄0kÈ¥jÃ·¡WR≥F&óy&ï©¡yBÚ€∂Â
Y„)Î'-ø"®Ì^N3
∞ï)∂ìÌø‡}6°†'¢R÷åóós›ʃÆ˘]§•ê"‰íNt-
Ä˙VtÈ:qQKE¶ßd+Sî˘yÆ¸ø≠Jö|yîÊH"5V|π‡rzìΔ
zÊ´-W°ÈBÚ\QJÎU$éI…Æzõ-÷-
F˝I·è.8&∏* «l)∂uö=ãô
âfl!À0«241•ü÷°j₁Ø.à´‹5´¬4„ª'≥›~‾ZÈ————
˜OŸ‰VM§éG?ëÈGCfiπ(¡'gÖü„4°ŸŸx°SäfiE˘∞z^≈z
"Â"ó°Â‰‾i6ÍHÒ≠n‾≥´9œ=  ‹çΔ≥ÂπıN-
V9[âw4√9;A¸pkX´u‰ve‹?2˘241°+húse{◊Ã@•∂fl
°/‾Vë8Î>Ö}9ø,ioœ¸¥-
Œùo·≥ü≠xî'ç´¸ÂuGdxUW°¡[ß°Ÿ´0hr₁>ü˝z§C@ø
}}çU…hxc¥~T—
µ·Ïy:û¸c6RÔ-Ω6¸Ryg☐©üB£•Ã¢ŸhΩ0G¸:*Ã Úüü
☐241ÄÛ‾ä241í>eU₁8§4ç-‹œ√GzÔ2˜uÿÅO¸————
ñˆ'zöK,-¶‡b7J≥————————
Öfl¿§0fÊÅÿp®±£¿æD∑.‰˚àøfl`Tú°241F~£☐óÆÜ-
J1ÁgA¶yóSñîñb241-√-√-î‰¨¥.
…Íz•ç¿∞‾y¢ÿÙyúG◊'·÷/v√$‰¢xÖÍÂœ-
Œdc‹D0ƒ¨'"ÿcVÇ?`GÍjc•Õ˜H„HÊ†(†@AÛä———
O*,˝|µ˝I§"241)àZC-Ñ·¸ü'P"?C@ÈÅqbI†ãçÒ£`
˙äwZ°a?1˘241uøë°———————————————#
'ìLc£<54Lâ|Õ₁5Dÿªu"€-
Ûƒ•ÈMV˙«®√ç°z•Q@¬"É!Ìµá¸:'H241"ÔT∂"D p˝
EZd4ZÖæÔ„Z&c4[W˝…¡¸ÎhådéáU}öÕ¨ˆ…çt\‰Q-
øi8yÚœ¸ÄEQçHfiÊ∂ór|∏s◊c•<U#íµ=Y"È7Â``241
¸Ã)J7<ÍîœX☐ΩÚ]ŸõYNÓ3‹w,„)8Kû'—
‰∏µZõ¬'<•,«ÖΔü{#Δ†C .ås˘W≥Äƒ°hkʃ<FYv-

"°/TxÊ£m∞úô•Œ+Æµ>e~«±Ü´}≠-
.ı)÷÷ŒŸfiI6"v□këVôs VGZú)tW¸ø≠ ∑⁄|∑M
¨≤MëÛ…B[å¸π=Fz˝:W&*îOß»úÒµñ,C¶N□£àŒŒªà,
°*ò®flñÁËt≤yr‹ø£Èm="Ç—Ç~æïÁW≠°"É¿Øiœ-
ëÍ>-¸—
<$G…`áéôØ&rmÚ£Øäç∑‰{Õ¥6æ"@Nér}k'£IPIıgÁ
nU3 ‹ÃÚüÍ•kæë∑eX-
ÁÈVëıxJjå{≠&ÊåûÅÄ?˜€U§o9òç'ÔÆmü"öGñ¨Œôæ
I=z÷…hsNZ≤Œ,Fz#ÚœÙ™J«4 ›fl…ïÙÛã¯è§É˘"ÆØåp
é', püï•›ÆÖ±„U^°:¸?"©4X/Á˘242°≥1£®˙"ã60
5' B§.NYõ8E242ñcÄNÇN‡≤∏¨ô£5ıùÆù5ÆùÁK- l
öyêFWÿä≥ñD%â`rI´‹óe¢2îÁ□˘U‹pZò=h≈∞&Í,¸√
˘"{À\»$AmHë:Á9œÆsŒ{q"äVæ£rËA1VMÍ1ìçπŒ*å
fi˙,Ä$¡8>'≥%òP:kvUH7dDõr:dú∑ÍH¸(H"Rª≤ÿÌ<
¶}ßT¥Ö-
≤°ä-ôÊ≥™˝"l:˜éá,Â…ìZ{|b8"é¿bùhúµeÕ6y†pM
XwM'{"∂nV"?⁄©h⁄V9\∞ò\\Sè@AÛ~û‰b0=1˙î&Vò
Ä-ØF˜·@≈óâ$-‰~¥D}?®†BîUËh—
•Ÿ? öZ242≈1éA¡¶âñ‰Ö~cLíÃÕì242ÙàÊ•≠[dEn0
û"ÅÿX¯‹„Ù5Ií…1Ä|'≠â{è˘242ñcÍfl»Sπ$Ò•À1Ôä
¥Ã⁄,∆rä=÷µã2ö—
õ∫ªÁZæ?ÙÒ/¸Ñ' 'ŒDΩ"{gœŸπ‰å•„Ã*ñ∆R[öV3ç9Ë
ôü˘242^©'#sz¬r°O˚?˚O™G-
ZwGw·ΩX¡*2?›9ÆzÙî„frQú®TSèC∫ÒFùâ°2¡242fi
û†é¢°¨5GÜ≠g±Ùπçô‡Ω•/âjø»˘£ƒ˙<ñ≥81Ä,æ¶RG
Õ`±\⁄=Ã/k7^Ò∂ßh…d´t#∏>∆∏´Qãã•=ü‡}————
N¢çH=b"˚ä⁄Õ˚jöµÊ°*"ΩfÕ3*å242Y≥≈yŸúcNäåv
VGŸ□\dÒ-œsø_[Ø√ªo
EaHÿi%=OÕ∏©<g˚†◊∆Õ;≥ÙŸeçc~∂ÁßbßáÏ2ÁjÓc'
„9'öÂ©&Ù;´J4„°Óø|?^k}˜qÄ»r3ÎÎ[a0¸"Á{#Û¸
Î0^íÂ¶Ùf•éıM"≤Ô˘∏˙ÌwnÏfl+†©¬ÁòÍwñ<-|πA¸»
¶ëÏ≠b˙L∆fiøh————————————ıj¥éyÀ
S∑ÔÂ>©˝*Ï`Â©Nr∂•ª˝kD¥9fÏ@.√˝â?Ù————
Wm>„üöÌ˙?»Ü»,‡^«ıßQ]PvüıÊV∑0∞k-
ÚÁª242ÎM=âC|£ÿ„ı&¨»Áı¶∑Üddøòßfl6ó@Pm‰˘
242&îÑå•n«≤ö¥b«)¬±^˘242 d
îÚ•œ≠0ûE242Xµm≥n¸Íüœê?üÈIç[%Ω…†Cóò\v4f˜
åP2Ãqí◊≤á=Èí˜:-:

```
"giiŸÎ•
¥ïÅ&'e*´êô∫güÀˇ◊-Y]Ú£∂>‰Nw,´]
*ô243Qbì-,˙L ÷±fóoZ@;∆«®‰-————————————
◊CÊeÙÿ?‰§>Öp°-! -
e`zê?Z∏éÅ°˘G£∑Û†Døªú˙Gü˛}G₁†D@P1ÒÆ]G∏˛t
P¥¡ä,ÅE˘O'•ZhR& d'.    #ÿbò

Ù¶————————————————————————————————
÷Î∫hó÷E-
≠4—————————————————————€íÔVôô‹z.c˙˝)àz
*-
F´D4OÂ?fi_ÁZ√te5°´| °µ∂œY\˘243„˘243˝zÍoSñ
1˜Q=åôû≈Ï‡∞-
˘˘243ç\^Ü2éÊÑRa£243˘243˛ï¢1h◊äVçO-
„˛°˘243ÎS2q∫:
"Ôcê∞•0?≠&ÆqT•mOU▢6¥≠0∑w${-+ ∆—
"ô-Üöä^U}î∂•ôÕ˛^▢Êªç?›…ì¿ËfiïŸì,yó$∑8s|¡
,Ω¥ª/Ã˘°Vµí6fi"må≈CÄHÍ3¯èÃW~2qå=„ÿ ©∫"Ij
è≤D
Ú8œ`WŒ„Î)¬◊?D˙ú4©Wrj◊GKßZJëGq‹26Ú=´úû?À
▢Øôú„&„~éÁ ΩÌœL¯c¶æ±tÚ$NmcìhbON
      ÁËF?◊3ç›è5«*t₁-û«,-C¢'OâaeW#————————
"zz$£„0Xuà®Â=è Òe˜õ;‰Ä243————————————
"-˛4˘YÙ'$yNCSóês'_˘ö§ô¥‰bÍ.?}Ë.Û˙öÿµ9g-
◊
‹ü₁œ˘243e™∂á?6•Æ˛Îu÷¥ä9Í≤†|6}C˛v©ÏssYfl◊
Ú‹•…-è˛4Â™"/ñmGÙè¬Øsç[Å°ç¯S0{0
«„Tåá/S¯'kxxN/áë∞IpíZFd8R"ßîyˆgÚœZRód°Á
ø(•ïZ9fi˙ú#oÍ)àFlìÙ˛¥243gÀ@F°W¬Äµ2430¿∆p
É@â,è$•*`íZ€É@6vªÄ¿‰S—————————————————
¶"l» Ì5-
öAjz≠ö≥˛?ö%uB≤2430†$\´¯áM˛ÇÁ7tÒ‹¯nXUI¥ä
Ë#ñÎµëäSó˙é{Î{LÊJÙ-‰˙¨Moq$RÆŸä≤˙k}Ã-
mÃkå-3=üì@ŒcOè}Œ1-˛Jki»Ä,ê√243†s@fi/˙T£—
ø•°ZC∏"¥≈rKT›u243ıéGÍ(‹Üaô•8Í‰˛¥Ü«¿øπª˘
243Æ#˘243F«TI2437ÜK ü1=wÁM-
`£öb% »†W´Úü≠LPßq5BÊ˛Ú†Õ0,È„7∂„˛ö————————
˘}———————————————————————————————————
```

243

59D·ˇˇ244J§f˜%à~ÌèΩPÖ_∏?fi™LL≥n2S˝ı≠°πÖMã
2Û»GV$ˇ244„¬∑nÌô%dOb•"ÌΩù•Ù!ZEÙ2í4∂\(ÙQ
ˌÖhôï¥5$ó °ˇ244ˇ244—
Û™Ê*74¥È∞ÆIÎˇ244≈%;ôN'Q†Í&
Ë=}≈D◊2±√RõZ£ÿ¨f∑Ò.Å%¥‰6ÌoP{5xï∞µT£±ÙTú
3L#£S,_"gá¯Öı M1'−≠ÙÙπä ÎÎ°÷"œ
　　QÇr:.yËc(CK∕sΥµoÚ0·¨\®÷xjã·oˌôÃ¯«ƒ
z¸àuÿı{#o$ê†∫p]√s(ÁÉ≈|ÕJUc&~√ì®—
öäw]=:\Ôa◊§æin4]+eçá)æËwàæSôg9∆{äˌÁu.d∂
:fi4,ˌà´ÔM∂ıµˌïı±Ëfi"—
Ù3;ÜÜ"2ë…'úÖˌ…Æ°*ms»˘| ≥f÷^q◊-
ˌ,S¨5'Ã≠ªÂPÿ ıØFù;+-•
*âlé+X∏2I.O@?ÙZÚõsXÁ/Ê;PÁªRQÁc6˝…flÔ)oÁˌ
4"9ß"îÕÜ•˜244˝*≠°è>•kûGˌ244è'́-
j2û?qü^±˙Uu9fl√q
　　˜244J'˝≥ˌÈÙ"Ofl~§244ûøJæáfi£≥¡7†Ã˘
244:fD—#9!FO9^˜'µZ$∞"H„ÜC°∂-Ê>céû‹
bmh/€ˌ'
7ä˝¢è‡‹X2•¿X2ÁæÔD^ñ3í≥3X⬚GµQ-
Ω¯Pè∫>¥pl,Ä&Sˌ®âìÓä
hCÃÑ°ö˙ëµßDdl($ı¿,ù-
ÏuzUãyãï##<âqÎÕ'$ää=7√∫¥ñÊÔxpâ‹ŒG†ÆyO]û
E®û/'£∂ÅtÎƒp¢Óësí\¨üj∫1ªÊg>"]œxiˌŸi´È˘Ê
kc"Á°Òù√́-SI¶U5ÕI£œıc,
íSÍ~Ô.>I}"[<"¶:dék}é},rwª£ï—
¡VRC0AÙ§ynhù†EæÊ‰ûâk+˘244„ø˝zÁì6ÜÏ†©¡¶J
π†°…fiΩ'∫Rne?Ì@∂±Á244Ô*òâ--
ıª-ÇU'ÛÜ∑)î…'˝"Ë6ı$â?qu«ˌ≥Q˘244ë˘244Jh:
éO(W$Å1"-Ÿ-
Œ®≈R«§•:èz°ı2442Û≈1áOucˌÈÄ¿ôj¡244∫åˌoˌ…I
¶^R¸ë~ß˙U"Y"å#zf≠ù£˝Ô⬚™@Ã˘244z?˜ÎX=L¶Æâ
ÌŒ Îô«́(˜244«≈h•vCZÈÁ˝"&=äüˌxV±fEâfl7244ü
AUÃ»Â--
ñ\ëÏß˘244C5£f1â~ 1A◊Æ•^Jiì(ö6˜E⬚q€ı°≥)"
∫:≠'ƒwVû÷o.LŒ3¡8ÈY'•ä"9£œAÛ"vg
é|C·˜244]‹MteûO›‹#ÄRUÍ8È"ß˘244^πqt˘‡£-
±ıô

244

=7{]K~˜Ôsˆ Œµ¿„Ok5Ωaqo`å‹m=≈|Ù´GŸ6›Ìª?J
¡A∆™∑OOƒÙ,
O¬˙÷â-
∑ÿÂíEíG`VLq¿˙˘245/≠yúù„ôÍ'¡˙±ucåÊÊIZ›
{/j≥ËIÂÂʃ3P‹ùΩÅ›ïÍa0Ó1°èG
Nø5Ÿò∑Eëâ‹„ ª9-°É®eflMô%-fl-P,Kû¶-
„˘öîÑÁr‹◊8˘245yø•
      Je)œÃ‘Ïc)J2≠Ï¶Ñe)Ä˘245F›Ã?ïL‰˝¬"ö´
fØ°ÑÂôc‰&´°…6245|ÿ¶å‰ (
î6'Ú¡‡ú∑π™DÄ?1˙"v‡ôtHflèÙyô ÔáPT~i!ˌi-
•±òO °?÷™ËÕË
√~Å ————————————————ÎLc————————
}(h¡«˙@ÀP!((£m‹ÅQK3245:íiåÓ‹;•fi»Ö4˝ÿF
= ∂'\tÀÙ
99Ó0~*\í'öB,Ô¨/¥ç.flÀñiu©‰√9ëô#Fı˘â˜„ä≈≈
À]é®¥íé∑M÷‰'¥∆KHƒR«ˌ0åb3¡«øO~µÂzì=U—
¡kK!æúÛ√œ^+¶#ë∆Âfl@
ãV'&\G§ä8‹`«öŒ£ªV5çÂã‹ßV$ª-€âÆ£ñÊ.°"…2´
G@zèB;˝•ùHÁ©§"¶ú∆flÌ$•ÀHZ/Ãè Æg©¨]Ü$\Uwì
û'áqR/ù~¥245˘"-#∑©&ÅYuœs@»q@(C;-
2/(´S-ã∂)Wüú˙É˝(b1…¢¬#˜†@S®›qL'ÒPÄ…¶————
fi^R&˘245g˙µ2450‰…‡Y€#•'Hˌ¥fi¬[‹Äì~¶¥DΩ«ʃ
~¥ƒ*èªÈú'&————————————————
…ÿéfü"≠2-ØFS˘245è ∏ΩI{Zqì‹˘245°
"21hûSÛè•UŸ‹ʃÉÓ/Ïø÷µÊ3Q-
C(Í3œ9˘245«ì∆Bq-¥ƒO'=œÛ¢‰Ú]&„`Î's˙"π
íëë„-
Ìoµ[èÙ®W†ˌ5Îè®‰ä∆Æ®Ùptg ∂1mˌe•pʃb‹»é4»ƒ
vƒÆH]‡‡˙◊Œbp©^œsÙlßæe´flœ°Ω›≠},˘245À®jN$
Ë"`aG~PN?,'a0fi"WôÊb´"ÀÉ™8}çŸ.ã/•ùzŒ
+CÁû!ÀRçƒŸS1ˌïìC^∑*«π27∏? ≥h=°B‰~Ô›˘245
„QaÛïflÊ245˘245¥•ò†á2îÉ
üjÂ1r≤oÍ(±î0245‾›-
√˘,D••à¬|Î1FDeóÕ‾L≈ΩFî-`¶CcB"31j°Õ16=ìì1
¶MÀ`ìcpóCJë9‹‹1 [Ø?7N16ÊaÕbêAé›Í˘Qü3cïF
Ô"ùÖqÃªóÍO4
Ïc"Åì≈Ã†í0=Ë"Zxr☐*„oß3ˌõ(â±ÎÂ˘245¨?Çöûu
-ÆVt~-—

245

Ù…o'mÆn.0§ü><BÅG.ÃVF;Ü'°Î'‰L§ÏTRÿªØ‾íkÒ
•©Ú4®246X`E´c‾ŸGè„è-I®-€Ó/j€-
Õµп;á<'ÿæc¥∂'û«N≤äŸ°yÏ¿‡ñ<@¸Ç‰•°k7&ÓTjr
õÈ®ÿkÉ¸&d[]„Ê5»•˜◊◊<T>h≠=â¸Af∂û±∑∑ë-9.|
…dO∫%Å˘cèjò;»S˜Uô„7☐-~µÿqWQÅëRÿrD7R∏tw-
v@kÛà4π◊¶">¥rÕ≠ãØ(≈!\≤˙r-ò⁄Å\âÙ☐
fÄ∏ƒ¥√å„≠—————————————————∏‰Ç19&Å\
•ˆtx‰-;≤&∞A--pπ⁄äw∑Ö3—————
—qëò±N‡?Å¸T\BG˘â¿aàz-p-¥`DÄò-
‾ˆÛS‰êÑ4¿~"°åS∏Æ3À˘G3Uq1õ»ı™c∂è¸ÁT!Í∏——
Ò™∏ô$¸Î˝?ùRd≤H «Ë?QZ&CDè◊flW&ƒ™N…HÎÅ¸ÎKë
bxèó'{•Ö√Â,óÃå}M√Q-πr«+¸,˘246*¶≈§ßp————
éú˘246¿j[6Q≥8]oIö-
h8âäÎò¿ËØêHˆgÿ}+Ç°.{π}Vû°æâj∂0[€!…f€°ÃH
…˘246>'pÇß#jÿ«V|Ãúæèoî§-
ALäSüœ¸+&h¶BN[?¸ÂP-\Ây«Ó    ˜»'X9 §·•-
Û¸©XNerfiîXó+±ò·‾˘246ƒQc)KQÅF÷¢ƒ DaF3fiùå
<àÃ•)Áµ;9
h¿nµHá!/4Ã€À«Ω пbÄYglmâî246z3‡n
      ¸1fiáÿWÍG+4è#π‰ÿíO©=jñäƒ6W#⁄ô#FsJ„
246N÷ù¿ù8§3•∞ÛÙõö)ZfíÓÁm∂Eã' ÂCæô————
-
Û¸ª‰ ÆEnÄúÙ…œ'′ŸË-≤1È˙ΩÂÃÒ[ZõF∑iæ`œ ‡u9
ÿG-
÷rz§\vmú<P«,Í≥KÂFH‾Œ¡<„Ωl>ëäj^6,ûv∏Úî#å
€©<◊iÄÁn<óÁÓì¡ÁΩKª∑ô-§ïΔ}¶Ifl|Øп∏¿————
246`246246{ ª9v2äM3'Ùè
      Δöñã‰ç»Û!iHe?√ï ëÈ
üŒп'ÓJËÈ¸&ÁòxÉDxÄqo,†8˘§Xÿ{ƒ~ô-ı◊&é9hÏq
:•ú^Û4SƒÒ»9√qÿ″(⁄3-Hüq¿5#5÷{ä¬·a,E¬¬˘ôœ
JWÄ⁄K⁄ãÖÉÏ∑j\≈Xa"¶$QÃ+∂Rı⁄is(Iq˜OÂOôîâÎ
§«>¢Ë\§f÷OÓö.á Δ″éC-iÛ
ÂcΔô3©˘@‰RÊAa•±fÙJ|»,IÇŒÿ8éaXsxrE$`∑-
SÁAb·Δ…≈~¢é`≥.7áN,————————————
èΩÈÓM>qrço:èñT¸®Á?áß üΔöò¨7¸ÎÇqÚ¸u\Ëõ
o<Å-O„T¶ÖaBôQKɧ=ÈÛîfV}7gR•*•0±ÿ»#————
U©     äñÃ#n?œ™ë-<8Ï*πê¨>Œ…~É˘'©-
Ùåç°tпêÎ°:°,HıßÃ4ã"FÃF°´¸Ö'2°X≠f,§Fflï/h

246

j¢YÜΔrá1?-fi′.§M¢ö$ÇKÀ` F$^fiıjΔ®®—
æΔ;NOjÕ»ËR"7pzüÈPŸ¢ô«„ ™KÁ+œf————————
{è˝öë<Â7Ë?œ≠!πë(8ÈHá26R———————————
•üJ   r⊓‹ |¶ö3îÜ`˙vßbÑÿJû;PKc$åÓÈÈLÜ4F¿;″
ë"wp™§ì- ñÏ`k+Ü∂hÇ≥———————————————
Δ¡`I?‾È?]¢£ô\∑µä&ŒaúΔ˘˙ædfS•vflï@,ztŒN"
sé⊓^îπÄy"Á
8$w"ó5á{ÍÀÎ¶ÕüÔH€èÂ¿ ?ZJDhnGg"xZÔxssspà
∞}Ú „Bkö„o‹0~«:ú:€ôl^
flkUîü.Í›wúr•p•flKì\ÏM.óΪmq^^Ó03‹z-
CWsmXŸ…êx©1®≥"|1l÷ˆän ›Oπø‹@•≠qUwgu=Û8Ø@
ìjWS@kπ1Δ2z Èß&¢ë…Q'6—Ñˆ?1±{fèuÃD…o _
 ̣8˘247^`=ww49rænùEnecïx"‹~Z÷Δ.IR¡T«•\w:
,O-õzÉKôb‹ZDG;T9

"‹z±¿î"r±|©óÌ</$¨ÃG ̣≥ïKw5°□="ê#⊓∂a ̣-
#˙À€£_`li ̣————————————————————¬-
µ]"6zDõøû+9b-
DR¢ëxx%^Ô‰˘247Æ\˘247:ü¨K±^…◊•$$y"ˆ˙°˝3M
bZ‹óI˜?/ë2ë[Ã}LcÛ≈ZfíÈW-
'„fiFõpu¬•/_¬µXàw!"ëJ

ÂßH'â›¬è1≠'äWπ>…∑cnojÒ))^y˜VL˘ä≈b†iııÚË
éfiÅ   4{Xá‹ë2Èw°yµòdÅÃd•J~÷=≈Ï§A&üt
   ∕PG_ê'*ã⊓ΩõÏAˆ)Ûè"L˙14˝ßòπ-
bOÏª¬2,ÆOn"o□ßÌ#‹üg'-
I4çEA?Ÿ˜x˘247ÆF´∕√⊓{)v+=ï dΩ≠¬Å◊1ëä~"/©
.]LG$ÛÎö-
HÜÑ[(X ̣^Ë•Võ"fM¶€m;b*O°´Mâ§Ftÿ∑g•W3ê-
Ñ*ØÚv«ÎG3ê¢Œ•´ï>f;‰°ÜPbéf=
   «îø¬3KRïñƒÇ‰(¿Δ)4hò-
fi‹ÊïäRb˝∑2'≈+ÃBnèñ~¢ã

IëK1|Òÿ"hær£ ̣Õ˜2~îáŒDˆ°"ò
   œ?wÎ ̣4Æ>f0ÿFz¡˙..fKñ"6!∂r}vÒPÂm≈vÀ
ÒxyÅ,Ì#°¨Ω≤õÍ=4$œÔ"ÑؤèkÿVÛ$m-†-7`„———

247

=£"ÏÉebQ¯Éä~'ûQÕ°BÍwAœ®ÔG¥äÌ ·ªr~Xfl{V+«†
§@˘0æ,=9§Á}¬›çã
$Δõ¶B¿ÒÇJébπIÕ¢+Ú\ñÜ:l#d————————————
ü˜i≠IzlÜ≤yÒîh g©≈Vfí˜†Xî.Æ;X≤
¢†PH'Ê'Û¶&˙°PñÃ„+ †˜‹ü¿(□*W.÷E@Äûú"
ΩuÂ[ÿd\±p"9=∫nß>∏†n5Àc1ë¢1hz√! e‰-‡--
Áµ;≤ñƒÜÿ-J¸fiæµJbq4ÙËÒ¡ ˇÆ$è@Çfla≤ëæH-
`WsÓFp+ñN˜Gz"ÕÙ8˝n‰iD™∏YFÏz-„Û≠£++≥Z›u9
È,ˇ∫}*ÆEàdÇ↗g/wßCu)Î}gB~ªH————————
°ûMJîñâèï=—|i-
:Ì‹7z,∏y↗gg‰'ã6↗G»U ˙T ¶∫4Ìπv€HçA————————
/ÂRÍ2πn-ÉÉ¯Ru$5————————————
lÿX$GÄqÈY MÓZI∞[Ì9›¯T2Àâ-*Gr`ß'R□
!\pÕŸ#I1ΩC»ùòÆ#ƒçå¢ú{Q «Ã0[Cøxâ7c«8¢Ã9Ñ
kh[¨I˜R≥d4ZΔ‡{Eò˘ê"nÉ◊?ZtΔˇ
≠ª˝"ïg∞ÜBKÆI™ªÉ+¢"-»]—Ü+-öwa†È ————————
-9•fI!ërU∏´HñŸ————————————————4Ä`
ÉUd.s/T"-u8up1ï8õk
íÜΔrÑgπèq·õDÂƒˇ248Åˇ248ı´uàôâ®√°ó?á@·-@
;gö↗8á'Ô—
Ea·Á,wKè¬´Î±*Ç'ã√∞É°÷ıˇ248Rxât£[‰ö(-@«©
$ˇ248Züm>Â{8^6âd¯˝—
_˜Xäj¥◊Q{8±Éb§¸Ìõ˝Ê?"ü∂ò˝úG.çb§ë248?RM/
k7'jÏJ,m„Ê8"D.MÓuê¸·A——————————
-TÖΔ›◊›‹—
t†wCv°t-
¬ã¿*#j¸TA‰Hâd¢ü¬çCAq´"˝‹Ù^†Z¸∏‹ ò\Qåv¢¬
∏£Ä∏Ï‰rh∞]ç=h∞

#‹-! ö————————————————
"ß=iÅhHR"#X^———————————————ÄZ5$˙
úé@tπ‰'fiu≠∫TD
Úéôâ‰ÛÌÅ¯SEIÛ$6÷8'ôú†nfl„¯S![®ØΩâ8ˇ248ñπ
'›fl¸∫„ir¸ ¢›}Yùâ£Ñz ù«b'qÓ‹AF•ú(§d?ê•rî
S:€ÈY¸?ns'·øïúufïü∫ée£ØêH
ª(OL˜µj↗ò≠W)ès
    ç□‡g±É@ö∂ÂFQòùEtcE®Hw~µ.)ÇîãQÍ"~˜-
çG≥CÁór‹ZÃ£¨fl≠.D?i.Â®µŸ¸µ4ΩöcUe‹∑à-

248

˛züŒßŸ¢'Yw.≈,˘249û≠˘'˚4W¥eîÔ`~ıø:^Õ¥}…à
€?.ÎOÁG≤]áÌ˘249‾I˛zµ- =É∕1√fç˘249=öèe-¬Á
}ƒ>$•˘Ï˘249ù-Õù˜|G&ÔõÛ™^h=£Ó0‾í˛˘Ïflù?fÖ
Ì-
q?·&õ˛{5/dÉ∕1â¶˘249û∆èd/h˚å>%õ˛zö~≈vµ}∆
üM˘249=ç?bª€>,-
Õèı∆üt]É€æ˛àÁ˘249ûÁÚ{ÿ^˃˜fi#õ˛{-
»S^∞{w‹Ö˛C9˘249ñ«Ú™^K∞Ωªóᴰ/Ï§•Æ˝)™+∞Ω≥Ó
B˙‰π˘249Zi˚%ÿül˚ë∂∑!˘249ñßJäÏ-Ÿ˜
}a˘249Á•W≤]àuür6'€˚fl•?bÖÌŸ÷$˛ıW±]â^Ãkk˘
249•ÙßÏΩªµyr˘249‟èbÅWóF5µys˜˘249J~∆#^ÚÓ
4Í″`˛˘249•?c˚yç:¥flfl″){è€Iç˛'îüø˙R^Qk!áS
ì˚Ù{$?i!ç©I″˙=öc^åOÌ)?øG≤AÌXü∕/˝˙Ní-
¥b•i7˜È{$/j√˚EøøG≥AÌflÌ&˛‾•Ï-Ω£——————
©>Œ(^h~—à∕úò˘249X¥*h%Qã6ß&WÊ-
p•*JFA″¶˘249fl^Õí∞˛″•Ô—Ï-
{F'^´˘249~èfÉ∕0˛÷•Ô—Ï-
{FOÍÔ″˙~Õ∕H_Ìá˛˜ÈKŸ†^íÌá?«˙QÏ-
{I″˝˘249flßÏ-s±«V|ø•ànlïuWhîo——————
ä\â2πü(Á'ò±+|´″flfiü*'ônm5Fx•Ññóí?˙Ÿ§,ìπq
ìi≈çEÅ¡jÆDeŒ…„'249Ó8£ïöEÀ{Ê˛ı>DÚ5m.‹∞˘©
˚4Tg+ùäI˘249¥Ã‰±.6„±,πÌ˚ÀSw•vr¬FÃòD¡#πÁ
µtJ*«%:íÊªf
Œ†‾€∏ÖŒqoŸ¢}£(Ω˘˃˜©r†Áë≈E{Íœ‾¡Û-
éÖΩŸi/-á˛¥ó˛˘„JÛ+ñ…R˛‹————————
˚…3˛Ô˘249^ó˚ár¬jπñ@?˃®|›âΩß‹rÍp`bg˝∕-
.¡À‰ÈΘEê>-ÿıŸ˘249◊•iv)F…Sã8Û€˛˘˘249Î-
iv˚‹îjqÛâÿ˘249¿•˙ÙZ]Ç-
Ó8jãÉÛ˛îYãA√S˜˘249Yœ∏¢ÃZw″£ú·≈À}ò¢˛Úä3Ô@
πo˛ıNô˚']——————————————¶≈OœÃ?:|
»^ CZÌ'Úqı™∫!¬B}≠è˝iÛ!{972498ÁÎG2e″3x„ä
´£7!Ì″È¶ÖÀ.ƒfÌ˝Í'ÖÀ!èzAÎÎ»ñö‹c^úpjíBw#k
÷«ZvDÍ0fiöÃk^-
Z§ÑÓ!˚>Ω©ÿB}¨·'XùcÌ$˜†£û‡˘ùG¶-DO¥6-
ÃzÉá`˜ÔÈH‟›«-√üjv∕
Ivb}§˙‟*√M«ΩÜµ…„ö,˜DwÌIèîàfi-h
7Gh[Ç˃„üJA F◊G÷ÄÂn€÷ÄqK≥ï√gé' îᵃ9^≈;
    ≈ç7áéh+o=Ë∞râ^≥û¥¨>QfljL•Æ\˙m5:^-

249

AwnpF7=≥Lól tIÎA6√6250—————————————
ûÿç«Ü>,ÅÚ¥9nÁ-¥á ÀO#Yè`>'ûÖÚªXMÛÌgÚ§ÿ:∂
"Å⁻"M ¬ÊGVêr(μ˜∑tY{¢s˛+˛Ö5∞Â'WN˛˚ìF√ÂoS
F∕‡"%´V3í√'∕©!•fwæùn"{
        péaÅÏÿ‡◊5hÚædvCfi\åÂuå€¥àŸ"]1jJÁ„g
rwííΪ}y¶∕B‰e—————————————8≤er3
åå∂∏çR]Òñb∏SªNz˚÷M;õ˚cü'í• -ÇZñ'ìá8«Ò`•Z
ñ P-fÖ>ù†åç«Ø"ó0‹:ä« ôÔ√hÊ∏8Y^„öV„.úÙ≈-
*]G
        æly™9«4Æ˚*Ó!ſ∕9™!ËH.˝Ò@˚iÈſùÑJſà]π
Pflâˇ250áRíD©´D6®x«fioÒ@ˆRÓiÌ†æ…a5€`∏˚
g◊{•çK˚?Ê-
biˇ250)4>!μÈˆâ=ÀVr√Nfl¨qTÔ□ök´!
        Â…ia∏„Ä=éaïÂ}nt™ëkDÖ˚rHvæ˚1•∞0\‡{Ù
≈5ìöóTG#«ÚÂ©Ÿ#≥-
÷¥çflŸfRäÈ$E˚åˆƒ2gç∏€œ¨U©…t3ì$˛-
ê†v&K»Q|Ù«"ä~"≤§£¨§Yñ;Dm≠©Ÿi*ÂÛ=éØ·fiÑÁ-
˚4ÌråΔ»mY6ÄPFOC' —:ùå•M>≤û6
±£∂OP•¨fi'ˇ•'\∞μë3,…Ö3ſúú™ì€øπ˛Õ?iÊ%ſGßfi
dß^(¿`Jë¡-ÎÔèz^Ÿw)R∑Ÿ(K¢C˛è:Ì¿* r>æúÙ≠˚
4÷ÊÖûƒãexÈm'
ÇFÿò‰JØk-‰˚)Z^$èNøëƒ•a˚f˛Ëâ≤?J~÷+©>Œ[4i
˜Q˘250¨μ∏èwF√˘ÅMTãÍDÈ>àé,∕Q+mââ
∑OμS©-‰*RÏ7Ïó
§μª˛˚ìä=™æÊû¬VÿSkr´ü"Q¿<Δ>«"ÖUwEˆ+®ëÄ*≠
É»;O#9$Z¶≈X•êúÔ250-
Û21Ìút¨~u.¢E{&»∕)FÏΔ„x<t˘2500∕-
áÏ-‰%$9;N¡„€&´ù!{&WífVÎÉå})ÓCãL¨"úP¢¨£π
„4äP&∑Ø{vcß ôøò5
'π™vŸÕw$ãπ»çvÆ•ÑdúfüŒÖ∂        ]êôsTMÑi
        ΔÓò„'•+ˆ^„KÉ‹~tπØ»Ü∞Y@«Zw≥'SÅèfi'>ï
<ÏØen†∑        πõ--¡ÏªUëÅ*é}¬ìG2B^Lv$—————
ÓF—————————————————————————————
t≈>d/f«¢…ëÑn}©s˚™RÏ*¨Äi±Ù•ŒÅRóaÉØËhÊ-
#$UsΔßJ9ê˝õÉåG2G∞ìÅH;âœ∑⁻'9ÿμN˚ñ,∂Àlüjå-
¥qflμK™ÕÀMj¿©m 250?:ÒèaflßzG'nä>+3ê0250——
Æ-.§J2zX"≥\é}j˘ëü≥7Ïab∕@œ•W:≥;Ø
Zü?ÌJ≈n7∑◊"≤´Æ^Ê-çùŒcƒlgπöP§r¿V—|©#

Cö\«)v¨7251£üUÕDö.1v(ò[$¥$ìœ_"ã©Æå
ˊ4Ù'-h≤÷ß"NÀ˜ICCA{úQ`ªŒ,ãQÊã†&nº"≤|ˆßd&
ùÅví˝©»9<}jlU≈YùèÀìÙ•tÉïΩã"≤Ñ˝ö„—————
ú˘MèÂKö+©Jîfi…äbπSÛFTÉèòÖÁü_°£û=√ÿœ∞§Aóñ
«˘5◊">îs ˆ/´_y<pΔÆ†fi¿Ÿ8˘—————
ı¸TTÛ>≈*Q¸e⁻ìÕ¨|€ôΔÙ‹6@¨:ÙŒ˘251cIJOe⁻˘
251¿.T„ä_á¸3y©ÚÃÁÇ\/8Ù¡,ü$û‰п¡-
.3ÌeÉ…°˘Ÿòñ˙cèÃ'ÚÛ´]Å∞Úb%ªúÒ"fìèe~°Ì¥ÿ"'
$P«b7≥G‰ıʃ7ÍnÑfl˴1gƩF=Iı9©ˆ˘ä˙ʃzf±пÂ-
í‹9*T˝"•˙õ>˘251_yKñ—¸æ,i‹Mx#T∂ñxQsÚÔR?
¢ÖÉã⁻ı±"°%_Ì€ÚI°T°Á8=kO™SÏeı˘ù≈]fÙ8e∏}‹
ûpz'}Rüa}vßrHıã¢2bŸú„¸è«¶˘kO{Òì-ó-5kû?
'u?ÚÔ˘251Uıj}à˙'°íC¨fiF°„òF r•#U
Á∂?™RÏ'ä©‹µ'ã5ŸqøY'êqˆáÙ'´,5>f˝f£ÍSʃ÷5ô
‹ˆ‹…ÄGœ+qı™T)ÆÀÌÊ˙îÚ0$»«ø,}EW≥áa™íÓ!ôã˘
òìœ•j=ú{û]»K— ãMÇæ3Ù4πQH7˝Íõ"-Δ6Ø4¨äÚ-
Z6àùŒ:")DnÚIJ
dlcq≈+[XaëàΔhÜÔ<s@п@±ÈöB∞"x?Ja
8çÄü\üZ5—————
ïÑ251--
q)\-fu¨gBmÈ°°qK]HßøGì1€ïå^$-
~∏¸ùí„MØâì*©¸(Ñ\ìn7(=Ü:UÚêÊO¢J˘◊˝ß=x˘
251ï.ù˙çUK°5æ¢I(ñë„—————
fü÷•"]Yq´—D∞∑åí

÷÷±6pwåë-
~$è £ŸÆÌóŒ˙§ç;ÿïêõò#`rLaÚ9Ìåv˜®î$˙ß'~&ƒ
˴{mÛ•°ìoål;eçf©'[Ys"{∂jXflXy´∂;†Û 9kEJ•µ
2ïH'dçÀ
    ÏÂ`ˆ≥û>px¸´UN¢Ÿôπ"{ùÆåm§"n÷¿m≥É«·C
SãW2|ØcûʃäÿeÑ©ø˝°Åfl-äöÆ´˝ΔÙ'5≠Ã√c--
…ñ'‹ê@ ›åıÙ&∏ÍN[I;äÈcê'Ù€áªfV‹ŒôÛÍy—————
æj'x%ØÂ˘251—————
ŒTùœ∑4™ÇD\˘251ç¥~uÈ98´≥Àç(…Ÿ2¿ÑdÆË…—————
®∏èüÃäüh˘251§Àxe∑ÍÁG-¬Låp07—————
ÂW NΔS√8+Öʃ3&□´'™¸Ÿï9O[lLi]_rÔˆ~†-
»"&ÚÒ˘GÊ~ïö´Ÿ»--

úW2ÜûÖiûxXy±G#8hî•1ZE≈ÏÔÛ1|Îï€‰›0⁄U'pFW—
◊"©¡=ƒ™5±;^‹g¸>ÁÙ·œ————————————————
∑zJ±N¥◊⁄dr»Ú`ªñ •Õ4íŸ) Z∂;G
ÇFpF)‹ãl~RG|åû>¥-ö-
D!ÿw»¿„#fläñflDmN4›˘›øÃk.FUN¡∆O≠R1ê˘zUí≈}
)ä¬î!zP&Ä)¡˙U/?6•œ4ƒ252p~î≈qÿ˚flêÛV¡T'Xñ
«ÖÈUa\ë"∞Æ?"Íh∞Ö[¸˜™‰à>Ú¸∆+g{-
ZCCUx§jÜ∞8¸M
*z'≥Hç«&∂GZìDÜy¸*Mh∞,§•pi ————————————
R(›°¸Å°•y¸i‹,&9§&Éì&¬Ñßqré€÷ãì «—————————
¢,q‰√Ç»»,êöb∞√Qq(∞———————————————————
È¯'∂h°‹s°252d-¯8©π\Ç‡óè¶*Y¢LrÖ'tç¯/;Ù-
/rPTcjd`èòÊì◊A´tD≈§‰ì˝_r————————————
ü•-nÔBhlLÅàèh\|¿‡s÷ó¥]
         ^w÷≈ÿt˘∞J"·FOÔ?ñhÁAÏ⁄ÿÿ≥≤õhVçA#Ø
·^ÈG°Wv≥GO£X∆252Û◊99
Òö¥ƒ÷ßUeaN'Ù-ïjIΠ3§—
¨¸£.Ú£sÌYUïÌb·#ùæ"Kñ»ÁÆ+£ùÚ»Á5‰—
»F‹Π69•5¢£)«°ã-≠˘r—————————————————
íÌú□+ï·as•nœ
V$è◊ä‹‰Ω…„\ìÜ
cÇF3ÌCvEF7{í¨å≠µ7≤-99Õg{Óí™"#ÿ©DÇQê~~¶2
;˜?Ö2l&‰ÿZTs8$^¸h-
~ÛZÏ:)Ãqè+j∞<88oÛÙ§"oQ≈ªháâ•iAIë—
éø9§£-√rô£a®jq©XnÂHÚbrπÙ¿'ûGßÛ®ï:o°P´Y-
À∫]Ï◊∑")§"\•{w≤íG›.W Á————————————
9ÎSRäƒ∫Ù*‰7ggÍá©WÇG^õp"…Â˘®ÀïÔÜ————————
±¸é*yÙ¯ÿ˝ùì‰_à¯£A3".hæ•Ùw9LÇwn+é?OZN§∫O
Ô4^0k‡k-
‡Ä}¿¸(^µŸ√Q¸a∆»yyYmŒ252˘252ñÄ¡9Î¯`zsÔjø
tÃÂÑËö,˝é4ç'‹08bå7∑q‹˜-
XªŸá',∑¸æÛnÀG"ñ€uÙ∑
˘252≈å)Ù⁄Fs¯äÁñ2¢ñë-
'`iÚfi˙ñfl√Zyc'ö0@œ⁄≠Ã`g˝÷cè¬Æ8Î¸Q!‡Æò€ø
      HñÀ-µ'åÍFÓ.d})¸ÎXc
›ôú□3Kc-mPI1e;æ8Ú-
æ•Ôú◊Tk"•h„ñ¢°,àË˜1¥ÇÍ ≠-

252

≥IÀΩ_¥èFf® ´´≈πÁ>√éµ•ÓÃúlµ————————————
…¡œ˘253Æ¥FLQµQ#ñOòUp»«`èÈBw¬4dU
,àœ<Sà#9 )ÿ.9¢;è
1Véï-
E<iÄÁ•#D)∑8ÈIñà°É≥ßzÜ1Ñ0út•cHå0ÙÙ©4Håƒx
,ëI
hMII
        Â{v§Zçfû)¢#DGn`Åfå«¡8§.QÒ€é‰6øzõãê
#âZEfl∏/C¥d"n¬‰∏°#
ŒÚ3-TÛ6ñ<µ$p————————————————
R"ù˘253yÅœoA<Zï)
∆$jâ>\t≈Uÿπ¢,Ì Á————————
∞{Û≈´j/g}Üù°6o Áv3¿4ØqÚÿkP}≈+é÷ú‰ t∂Æ∞:
fãÖáÓ*?'û8<□hé‡#hâÔ…»œÈI∆°2£‰-Öî`@Dä————
·™}óõ~€»û-@±ˆï1ÉÌèZ~Œ¡Ì<¬µ°^
˝{S‰'ò◊¥øBA™‰ÛÄ)Úÿ-⁄∞ÍVÁëN≠adkŸkÄ`253{ú
R∏Ïiذ^¶7253>¥âhß?âT∑U ÎByLÀΩw~Ê v$gÚ®Ê
-@œm^2s°—v>Dx-
¨s<¥∂≤kô¡<8>úEo¬ú$£´z∞M°©]ñÏ!ö^I"∂kX◊`g
x°¿^/ésÈsÎQ&íª4I…ŸfliÛXì-
€¨dÿq°ôë□Âz"ç•´BíÂ"Êv‰fÀŒ¯„¢‰°˜≠}ìiª<r°
(ô>»Îå`´uÊ•∆Mî•â≠n IR⁄πiÍqéï2çãÑ—
=⁄JëG<õï$˘∂° I‰ÛÅŒ2ÁÓ
(j¨Çm^‡"E,¶Ií
Toõ253ñ<q¡##Ú≈
+\ni¥⁄Dâ;€Kæ8#I[‰B&‡''`ûùª-È©-
X£U¡>"Gæ°∂O<HT®T8Îéo"ßÿ¬÷<"€`zçÇKÉ».^
$n⁄Xìå253?>p8´Q…
¨ÛµÓ[Û/]ë‰∏âî ≥≤>¬ß¶————————
ßN„ÎM(GTä°Á§ômcéŸG⁄úʃ*æ`d'`pqÔ◊«CY9JN…™
J
ÚñÉ"íŸ_iÖ¶ËÀµäÌ9„Î«NùkNY5Ωàní⁄Âÿ/t˜å˘ñ˜
 ä>Ofi˘ääO8————————
~|°T WT«"∂©íât2 æhf£n"m-
QíN3¯»Q…'ʃx•t…-kò
   ˝‰jU∞7ÄÃáúåÅêy=ÒÏj`'"´)…kr—ʃª,Ú$Í√
   ,≠Œ————————————————ߢ253^ö•
-®âWüFKóõŒ◊UaèïXû û=ŒqWï°ÿèmSπlÆ≠Â¥msÑ—

253

3Δr{Ò‹ ˜°FúußVZ_¬êI^Ië-
aü´Ü'√/^û°g€5pæÎ©ÖX≈h÷f%,⁄M-ZπB
    `œùπ$p@=˙,∫üsr_Hå—
»•'Õ¿8ΔxÎüÀöª…hb„-
û"»≈,r¬s$loà2‰Ù=GÊõï'ô<ãt)≤˳#`Ë€@=s"Ò≠"
Ô±î£eÆÉ"6K≥êO————————————<•₁Î
EÃÃ\†∫åíŸI-ZÌÓrO¢ãFN¢Ë"⁄vq˘254c;èäR%K&˳
ÌKF∞ï«ãÈJΔ∑∞}àîŒ⁄V5ãv∏flÏÜ≥îÔRÕ£±ÿ0QÚóé₁
&—1H‹ÈÎÔRÕ£™ {>øZí"!{C«•K4ä∏Ü"ÊΔ;T≥¢-
H'é'E™cóOgtIk≥vÊp}OlÛÌ÷≥ïK-
Ï…#"bxòΔ%óa;…⁄´é£ûpjÕ'Ó-Ã™-
ÔRU2548‰Õ›¡¡ï£2F¿´Ÿ»=@₁„Ú™vfVcîΔ
3`Ç=≥€Î˘÷n/†€Ú-Àn^CÂÃ—£ùêñª-0254₁Ô˙ÛSi-
f⁄}————————————
é8%+¢∂€í:pA‡Úqû∏Êá)"TS,Bë#$€¢êräQâ‡„ÂÍ-
 ¢NRV*)'{ì\fiãW+üdbDib$ÉÅû∂G˳Ω!A…jÕ$˳äí\
-'≠∫7v@πÎüóÛœ‾Vâ(-»µ O————————————
îW ß
ï9©Hó-√W#òÚzÓÓ˝•ZwB∞≠∑q*baìût~≈;àkÉÇ@çA
ΔT•,Ú*ìA Z[
A†W˚,ûP√y}Ωzr=˙T:∞Ó?g+l>+aÊ`œ=N√û3˳•˝tΩ
°jöÓñf*ß•∏…«Â‾~ts!:ñGe2&A¡∑•NiÛu[CB≈gó>
L±B¡?û*gQ-¬1π•ôr‾V)√+‡°Û˙`˙Rî.J.Y
wv‡ÄÈÕRù…p"ö„˜!ñX û™F~˙9₁∞(Èr• •eiRMÈ*`Ä
@PG,}1ÎB©}á»f°‡±√-
NÃfi´ôÓósÕ$°˝˜¨ï«ÒÇ2?-µ•¢œ=s¢X√ãBDA£
ü7ènøœ"é˘IÓ|ª
æ_ Yâ„û?,Sªÿ\´v4|§p']ÿõ"f™πfåøì∏àÀ.
    ≥Ôä.W.óØo,sDÎàw#†é,ã&I~^të../grP>—
rI…9Á⁄≥î_CXYÔr₁˳≠'ûu›¨ì≥q{Ô0™˘254u≤•éA«
„÷¶0íoRÁ‰må₁ïñ◊.BØ254*≤©ŒO8«#————————————
Û≈R^₁â'Dä··'H,í_π(%GÃ3œÎVú[it%¶ïÿí
 ÷5ÛA}›¿ÄGµ4ïf€∑ëjOFÆ—
L`8Rc˘A…¡œã•¢+hΩemf§M+BÜF$Ûé \Ûfl≠e9ÚÏi
nFÏZ*]DáJ∂']ŸUõ(WÊ254êy»————————————
Ä=3Ù¨%àÂ‾ö6^)˳ íù%-KG,sF—&ÈDæbÌ————————————
Ø254s…'9«>„3₁éoû≈:*;Ù‹¨œnÆÃ∂—
ï‹•SNOGPH-˳₁ÌÈ°üSûRèDMa¶Í≈~ÀßoÄA$åó'>˝‾

≠n££fö[!ÒX…ÏnV8ä ªKc8„=9ËyÁ'Ω¢∂Ñ{9_QbUŸ
$p¬Ï«255±R{^-ù?/¬©±GEk61]¿2ò,ó*€Yì——————
ßA«#ÿ'›5°Víz≤x"——————————————
çÑÃí £h,Ï˜Èä—)>ÜRq[±¶H——————————
ÜÿY˝q∞——————————————úâÎuJG,Ò„ÊI
ÁëµQT
£Ëz÷À›ú"«€DáÜéé9œ"¥çŒá4Ò≤óQDDéŸ≠U3íUÓHñ
‰„æ{UÚê™ñ"¥‹F>ù
+
LµÄhê——————————————————————
Å$û~nüá-
áZ\¶æ"BhÙÌÿ˘•ZV*3lµ-óûfi ˜©ilïtíFv ï&…7∏
˘255Ï±Äqû,¶N«](6ÜÀßb[Ê$ìí5õgL`fiåØ&ñ08©7
Ö>àÇM7 ¿,Ëç=N]<é¢ïÕ=ìnY¨————————
äñÓm eym æqÌR—"v∞———————
`J—————————————————åd-ıå£}
∞yP±]…‹ì"´÷å÷≈⁄,|vV≤∫°ìi$Yg◊ßøZ∆RöË-Õt-
≈¢¿fiGŸMµ€»gÚ Ã^;òcc———————————
ú‰û'ÉØ/¥¨O'S:ojÅ0≥îÖ˘≥≥rû ‡Ù˜™Xòæ§∫ıôÕi
Âáä`TÇ<¡¥‰q'/{g<Vä≠ıD°$Uh:∞b‹ê:˘255/s˘}
)Û‹óII‰86255ùÍy«=?:…^`∂Ò©éF⁄C‡®_\•ù'6≈Ï
¨Mà6®o
Ç02¡HÙ$ı«ÂR6äÈ4¿ ·'îÃ£$p}~ßøsÙ™≤{ì®Ë '4»
´ulu=ZCï∆‡ÇF3‹}i;.Àìt"™∆‰ë#Œfl)±∆0255-
ØπœTRѵV'à^¡æ_66ïYôûÑ!YÅ‡dÁéI˙˙˙?e-
,Ï≈Œ∫ñmu{xP∞≤˜ßÉ ÉìR Û'Áü¬¢Te'æ¡œ
¨$ññ≤-
æ…Â€ ‰,_,úı$ëûr?¬íîññ4qçØq âDod¯cói0„Ít
ê@¡Ë;18™ˆè™drÆÉ˘255≥nÜÄr-[çπ¿9 6êG=
/hÉîØú—
Ã¨@åÌfiú}·Ì˙°'∫äf(ñb°}∏CÁ‹AØÛdï\˝I«C'˙"Á
ãV#Zól1KËcÚ—
·QñgvH√-úeø˙›≈L£Æ8Û_BÏ7bSìOk-
=DNcø…Åœ◊˙Tª$=n7Q',.LâÂ£Óìz¥I∞éfdíy‡Ûfiï
¶µL∫ôà‰ì˜óé{1u…«∑8?ùjú„≠Ü'-âêã‰4ú□~P-
®œPHœ∑j=´ÏR$üSÃc∏tU»2p‹ı-,W_*<ævµK¬®¬åÁ
úöDõz⁄œ˜ Üxq $~ÒHó~ÿ≈b™i{lmÎuµ÷£ü3Õ2[/⁄—
\¥ër∏Œ3üL÷ä¥RNZ\áBMµl*⁄J°√≈* åÛîß>> ˘

256Ö-–tcT§ñ®àn⁄Wh…Δr2565¢≥fMt8‹¿w————————
äm2SH#256∂èa‹ "bVeòœÓÜ7————————————
Œ‹ /' 'T=Y≤^Ìƒ…vía¿K»á´4-        ————————
J,,´õ!H¸"1ÉflμCä∂ªófìÈMmè.‡ò¸≤·cv∑8êÜ?)«
ÙË9‰gäÁVzY"ÁV´k˙Fè´^)˚2Oüñ"ñç‰*ÉÇ0OL———
◊nv„5À9¬;ΩM£w"ƒÉOΩ2òûμ¥,•Ÿ¨ãŒrCsÛ`ı•AÆÏ
$§μŸ"Æ¢-˚õ≠FA‰∫πT‡^?^πÙÙ'NOHú'μ•"ûπ3≈¿—
ò!
ñ9!Ä————————————————————————
gt≈t˚)IÈr∫-ä'ñ÷˙Õ•A=˚úÌ'{πR›{dÅÏK
7≠»x⎴++\ì5Sflk-
VÏzl?ò≈h∞ùŸå±È-
jìÄÂT256°•*ÈÜ(„©èï«°≈ürÜ€Å◊Îöfi49gål|[õ©
¿&∂T"9%]≤Ë∂de‹QÇ=*íM]'*I;2Ãv§gÉÎ"Æ«;´bÙ
6Lƒt'>ΩÈ⁄ƒ˚[ñ‡∞Œ2£4…Á.¡ßdèàÎR›âRw4ÌÙœôN
-•‡5h–H≠©ÍZ-ê»∑~-§åp#RtœOßÛ¨*WP‹Ô√aj,‰À-
6xnD,∫ö0ê±ıœß256å˚fπfi:s◊£ë,ÊÙKÔF∆ü™hwâæ
flTÅó¶◊bçü~X——————————————S₁⁄o©"
"èåÉ∑≥fÕ•μïfi·kqÂ8qÜ⁄}
•⎕∞ñ≠,≈ØR"i————————————————————


=j]S¶åI¿ËG„÷ß⁄ùp¶ôöNsúÁÍ*]C¢'^*œ§`-9˙v•
Œu∆î(À§·â8¸©sõ*Q‹∆'V˙'ÇOq
?u,3˘VrØ|L͕Éî'„ÃFΩ"&⎴Ú¢ΩÖ$-¥FO†œ—
˚QL$Ïô§⎕UbÆ,:Kcœ΢[˚ñ)…m‹
¡¡=™Z'í≈wÄÇc¸Ee(¶¨bÔVLìïßjâSL,≈∂⎴öÿƒ!ë-
Ü'„Æ+7B/tKπr=z¸ÖYÊÆsâ–d˘256˚
f⎕êËHÛ™[ŒÅ.¥À'¬ûQLgé{ûïì√5⎕».D?≤.2€‹+6I
eî6?1ûfiμ.ùU÷Ân[∑"¥Yc+„ƒÿ€‡?ÕX˘256*ŒN§w
DŸÙ¸3u+±≥π∞ù_˚Y«‹+(«^'?Xäfl@∑s6]S∑â·∫édÄ
Ç~xÿ†n«*Øml)\√4§í7Fπ∆fÊ#åï—
:‡-
TD…f∑èÃòrª"ë≤›Å˘á~z˙Ùjv#ï‰∞'Âêœdù1¶Òåg9
Ô˚ÔZ*÷D{ÀÁGªûfi7çÙ¸!PØ^ÏG
¿n8‡É•BƒB;‹ßFLØ&õshU$∫ä8…U˚Ó»NB‡ÅìÎ◊ø4'
hK·BtÂ©
4a„}øÀ˜Xëü~3éΩ*⁄v∫‹è&ã/x±$QÆü‰2256[xf˙1
…«?ÓÅY˚6´‹jIib{cy^a‹v˜nrãoïü,⁄9˜œ.*^lÆm

256

G"G*&µûT<4ë△AA€<åûΔ•-¥6"≤hm_t>⁄¬c6izØ°L
^^      nr: nzÍ$ʃ"H Ω€
ÇÛ!£KÑåÔŒ;é8″*eR=P"{%çcéSu¡!A,
       ef…;≤:gû{″j'Ó″÷Ö»í3ÓÆ£ HJÖ————
1-ù«Ëx¸´x©=ŸåöLœíÊ6rVãŸw-?J—
'm]»r^áòÛîⱼV257ÂÅ$ÉÎëœÂZÙ9W
°ì2áHπ˚ãª□?÷ãªJ˙ñm'¢û6
¸IìÈ◊˘257'´wV4ÇWMe7ñ¨í>¿—ñUWE————
wÂ◊⫿§£Nj≈I'Éπ5Ω≈¸Í∞#ß,™0257'©•*T£® ·R¨Ω◊
©•aS]⁄Ω›§
       ¨"+ûŸ=ÒÔ\Únj2mùJm9E$Y'¥Ì9V´ʃ+ï$Δ–
¡y√gìiÌJïZøoP´Fõ‾tE+ÌR$q⫿257p————
ÓÁÔ.1éŸŒ•M),§€ʃ3û⁄ñLUÜ`m[Ã„ •0*Ö˜˘257₁□
ì*∑ifl'ßEE5oAèo√'⁄dàL⫿¡√®Q;————
257s«Nx≈mÕ•Ö3-ù€D"\ÿãÛ)fî;gÀ————
W¸,c"úfiàBvµ¥Ûdʃ¥÷≠″√b÷¢ÜaÂ¿Ó‡ìʃi7257q◊
257 Ø™9-
_‡G◊íŸ}ÂÉ,õÁF_3j·rOÛ4„Ä∑3ñc2ªj˜3Ñ›+‡@c
é₁"4#-
Áñ2rÍVï^N3"ʃTWCéU›èäcÇÎZr£7b'ríF=1ÎTïåÂ
;ìf˜257A´H¬s-
ʃ§åÌ$z„ä'"ë•&f"=•∞8¸:Á¸iòJFÖ°dUaÜ'————
-₁™±åß°≠mh6ópUA‡ûòß{9∂Ù3o|U£ÿ0çe7èíÉî-
□.áË3‾W<Ò1é«m∂Ωm_ʃ°Õo‾ßI'%°,é>Q8[ÿ7Jà,c
7bÒm|<yó°°éÉW°±—
1æ'©N∞Ø□Çw>ä£í~üç[®ë≈JÖJ≤I#ç÷~)ì÷—
™ì6r\]0Œg⁄™£Oß^Áµc:›NÜU);õËpØƒMgRI"íÁÜs
˘q®È»¸.}sË257<◊?;g≠æù;J«9Ou+ù¡§~eôfl%G~N
H¸•û)Ìñ⁄,5$≤E[2£9|∞|œB9¡Ó«åq◊î,ö;0'jBF'
fi.HfçRÌ"0Ô#″Np¸257y#257cß÷⫿}ãÏ}M<L9uw∑₁
Ë;MòtÒflZ›È∑≤≈s˘U˘'úíI<ÁⱼËELìÜ®ÍßÏOI¬ViÙ
g™Ë₁;ôñ)†ç‰ÎÂ<`n□F?ë¸i{i∂c<õ
•,u∂flÙ÷≥iÆ1Æ————
ò·`"@«"±"(˙"Z4g″Ö[¸]…4Wõ,u¶√"iSÌ————
≤ⱼ™I9´VøÒU¬Iœ≥257ÿicà∞QⱿA1₁˜
Ò¨eZ§'£°ËQÀhRó5F⁄]^<€föf⁄î•j∞πo-è9
≥˙ûß″+:QJ•°‹Ù+NNó°;≤Ú9πúÕæCô————

257

ï258 5flÏ,÷áœœUT˜˜;=─────────────────
ΔW÷Ò\*H. |k 2ÚG„÷≥Ê©IËÙ=^«yjvV-&"ÔG"H[úó¡—
˙ U¢Δ/∂ày•6¥›ÕV1¥bEïd}□‹ ~u∑¥ã\…úfiΔiÚÚÍe
õÎù£[® ─────────────────Ø$258„Ò®çhK
fT□"Üç='òê/⁄a‹z|„öj§[≤fr√ :¥‹≈ÅVeÏ»Ÿ&O≥
# Ø ;"∞ú,!∫0‰‰ÉèZáë-[\ôp∑ïgÌnK⁄wä•ÇE\*"ƒ
        …Úÿå ±û=àxàΩ—≠ä-Ô────────────────
ßÇc∑øån ØÎ\Ú¡Œ;
        UÅr)tÎ∑g0ñcèòH$ÔûçìèläΔP®ïã°^•Ü"#ô
\Ê^˜o#Ü`…∞c─────────────
p3«C⁄£ô≠-˘{2¥⁄Ã béïXmŒT Q∏ı─
èÂã•U=√ëë=É["ùïŸ[|ÖƒÄú-£∂258œ•Ji©T1åQ»Ã
^□Õ`
'é1ñR9‹û›{U´€G˝}‰ŸuEYm†e`bä8Ü◊¨Ÿ⁄∞\*}p1ú
ÒW5mHqπV]>Ÿ&íc®ŒÅp‰úe◊?Ô1Ù‡Ú1»™ÅmZ»îàDs
\à$çÄúÂÿÆòèÉ»¬±8¿-Ì"ûë—
†µfiÖg!fi(‰éYYflzïΔHÁ?:„={Ái;Û™P›ËfˇØm 7ã≥
jZpp›r√€Ü'ß==kEK[∂gÌzX|ZµÚÔîøú»ƒ`ªr8N-
qˇ258Î©ï5□ï≠=˜"mMV□⁄Ãy$À258ÈΔÂ‰ÙÎÔQÏnÔØ
üˇö{n^˚àWRà────────────────≤b────
˝-d#□·∏Èfiá
        'ø‰.uÿÂÌflB∏Ö^dö)ÿŸ`>£hœËjd±vãE"ñJÛ
NÂÕ5¥(Vg°‹sêv§sª∂„Í6ö¿œ©ÔJo⁄ª∑•áÛÂvWeË≠
nm5II≤—bô—©ÑØö258Î¿─────────────
éGs Ëuc ìm€‰ ÑÆÙJ˝≠ÌV [á˜û──────
Éàä˝ñ4ˇ258æõq`>¥•Zsä¥¨ □ç¡∑kØ∏œq ≥
        /m÷0r±´‹¶1êpLqéµ¢sñ─
•ëï°˚ÀÛ4tΔÜ[{ôlñYñ-
íTåcéˇ›◊Í+:ëù"ñó14Ñ° ‹5±ï.´nêÜŒ!ñΔãØ•u«
;Î#éX®[›â∫Õ…ÖH"\„j(^?
"8H_]LeçõZh.á®G∑˜~\Ò°$¨√rüÆkJ¥ße°±⁄^Fdí
Ó'úäÎQG™6Δ‡s-U$Cì`Á8Ê™ƒ\ëd ;S±
ìD˝ÚN2zçâ‹¢,#˙ä≥&Xâ□›G-å'H∏í/˜p3Àj—
ÉLæíGÅf────────────────
Ì»‹3'-G„Ù≠œ+‹'éFÇ5`Õ2í@œ?-flÁÎUcöZÈ±ø¶JY
'@ëë#>¿W=}ˇ258ù3ñk[5/~────────────
∑7óIn@,6EGÚHROL‡÷U"§Ω„ß

258

àïxE7›úÊ≥·oxh,∫•ÏÏÿ!#.Û'`˘259?ç`È"äª=
xÃn"\ê∑…íx´√v®^--‹êDbó]  PÃ1Ûw}y¨e8ÙGu‹y
J'*i‰q˙Ôà.ıKŸÆÆÁ2œ/fiê®z*ÙQ€äéw±flO´rLdlˌ
›@Êßs¶1Q&∂]Ò±vH£
ûfi˘259ÁÈRLÂyYj…Êõz™Bã
hcé259Í'6öı3Ó%
ëΩœA¯JÕ≥≤ú-©z'3™:éBß ˌ4¨ç#&ù
Ë⁄‰êÛ,´µ9˘á'□=kí•+;ƒ˜p¯Ë'á-
g{}Â…°e$íüÙx"√f-
›»∆qÎ'"t9ñ¶P«°9Z:¢,V∏π√√Cüªåú•°Ÿ?ØÈYÀe°
"K2Rïô4∫√\"Ÿ±≥°°p◊ß|-
•gÏ‹ugcÆ´µªì[fiΩ®ìÏ¡Kíw…ªúÉÇ259⁄†ˌzVm)n\
[¶¨µ+}ÆIÅ/o  qÇ
êô?›…»ˌÔJæE‹ÖV̲ÀoFøØëVHå≈…b]°è®œ˘ÌWé:T√
∆µ‹äŒí@Ÿ‰ƒWJúfé
îÁá~FÖÖÈ›¥ñ›ò¨*SG~ÃÏÕ∆'èë≤=™}HÈ◊èØ5  ©Î©
È{m="üª'ÓŸÿzt◊t(E#Áq8˙≤ìKb
y;•ÀWQå˙1≈ì»ëÕı0Â©"Ë^)ûŒ&Î3∆8ROÃøèqÌIπ-
é∫5,ÙÔ∑â#ë¡ë259çøâ9«÷•T}NáÀ-
¥˙ÖπM,x□zsä—N=Ã•÷≈ôãeîÂOL÷ãSœ´.Öêé˝±èJ—
#äS$t!≥"fl⁄™∆Më•ÃÅÜÊ‰zÆSH∑m•$-
Úù≠;„è"¢T,˜'h‹"ˌGw~·ÓköXhH◊ÎRâ'ifi)QÅ2mn
ø)ÆI‡;√¥uV:‹71[(‹eÜ˝ı\ì¡Œ
£âß=ôu""Æ@flflu8ßı Õb„8≥K¶Rõ√-ôñ7) „
éüñn∏œæyßÌ-"@d›h—
JÓÄMÔëúÛÇFGry≠d…ÂÏafi¡21fiì™259≈Ps-zGØz⁄
=Ñ'á7:\◊K∂                             ;èI-
òI‹í{éùO©È[F§`ılpoc9¥Y≈∆«@Í§1H¨259˙Ç•:∑
àÖ∑%Pï»n-ÏÀòÄ/‹g-
ú◊≤üÎPßQ˘259̲◊ÊhÈ"ZïXñò[ZB…».£vG'-
ûs¡ÌDØ°ûÀ¨¥ä¯ÖVÊ,Ïπe,r  u*›¡⁄∏œ-ıIΩWÂˌfã
ôm˙úœà/-j"«rì]‹?ªI&ò∂t—
-{t≠©·ÂÀπÀ*-
å¨¢g&©'ò(‡âsˌåˌuoí'‹ò,.ÏïçØÍ1/^y"öÂ#ÚóÕ
fl1o1°ìŒ-T—§µ∫6≈M«ñÃ…"5-
≥=√≤ágB£p°÷ì•{$sR´  ùÃ'ü
ü^+≠#àòΩ¶˘‹°á\ΩÍ*SÊ±≠*ú©¢ãJJÖ«zŸ+"c∑□;
  ≤H\¨ô~î⁄∫ª;âªûπ≠ãzÚjâc˜g†…$ıÕ$PB-

¶)ä√„Œ·Ï•:¢Y2?«z§c(èÍGΩZ3hëÓ7J]‘1'8~ü·T
å⁄,⁄^,L7∑Óœiùhå'ö˙~§÷◊Ã¸e≥>
Ìë˘260÷™πÕ:I´u5·ªA±†ïö›˙´6¬¶
ù1Ù«Z≠Œg¥f⁄L…Ú≠ı‰o(!$F*:
ÇOÁ#ú˚"h "jËÂµ_

ŸI=√.Øpnùπ7Q±m§•|ûsÓ?.kõÿ_S‘ßô8§út
8ΩO¬ö•´'ï⁄C(m—e±ıÔ˝=Îa¶∂=Z9•

Øyÿ õIΠÖw‹Äı!ÉcÎå,°"îuhŸciÕ⁄
∆Ü˘□B„q-¿Û¯÷o»÷7ì°à<ÒΠ
åa8Ë8˜œØNï&Æ*⁄eπsU»S◊Ø∑ÈPÕc-]Jfı©gM=ÄìD
;<PUfœ260ÂÁÎRÏRªÿΩkhŒ2f^GîÍ[C≤Öıfâπä’A-
<Ω>aú’œ»ÊœSÎp√ÆÏ¨˙îÚÿ'8
Ø˘260Z≠Pä9'ô‘õÚ+∂'Ôåwõ¶Çû2MÓ\é‰
âW˚ÿ«·üÒ¨\-
C∫û%'ÔŸî†6é¯~"≥JÃÏïD„Æ¬B±Z4#=bj€ñÃ û□V
&q#ê¨rßÛ¸˘260∆•5-©)=-≈'∑yÑ]¿u
tÆ®‘Ijyu∞ÚîöHà¿ËpÍG‘VäJ[3•:•TÉNƒ'bÌîÕ|«
Â~ú„tuP¨,ı&íFìwOr[±¥™ÛhC—ÇO›
zÉ»?_Ò≠`‹N:é2—1›«"Ö‹é }çt∆Iúu"-
Û&´TéI √\Ä€@ Ò◊ı´HÁîÅ\ñŒ•I¢9ã÷
$óÊ∆‹úÙ¿§L§kiΠë›úa?âπ&1ÎEàÁ5Ï'íibeêÓU¬a
±Ä?˙«÷ó"{íÍ¥lçj,;≥*ëÂ±…è
260˜∆+)·£%czx…«vl⁄k ¯ô©Ë•,©ÅÍéÍyÑ^í7-
u∆Ke;•®Æ)·ö{-
ØÏÀõÌÓêâådéG„\ÓõéΔ∑πB˚BÇuvçîÁêáë◊°#ú~µJ
r@afi¯vyå>Â+πqœfi Á-úv^≠X•Ô ÃÂuM)¸-
§ÃÃ‹F$Cª9‰°gø~›+hVOb'MıOÊäMíG•£`…WlÅÅûß
ıÆéuute ˙⁄wg6Û,iüª$Íá?BE+«©\≠ÏpöÕ¬6•3≈˜
K3]ëZXÛß-
nRäC°Π†ı.^‹ô!ï˘GjPçç+‘Ê≤+´u‰ÛÌWcû„3œCZ#
Jè¡…^G÷ã
;ëÍ•,U…ü˘260]1 ?˝jaLg=
R"H]ß¶*—
ì°~t…c„\û3öcGY§ËñÔßfiãõàÒ(≈Ã`úÄ«åÛ¡∆‰¡Æ*
ï⁄úyvÍzT∞©”|€Ù2VÕåÃæÄì≈uÛ£Å—
d2@QA?Z•+ò‘¶—\®É«zÿÁb©¿Œ,qö¥f…£pÆ¬Õ-
ØZ§Ã⁄∫%Kñ#Á%∞1∑q260□ßr{mÔßRŸD`·ÄÎÍ1flØÁM
Ië*q•ΩßÍ ÚI^π.&ü

©F$åc⊓‡wı≠9gK©,◊í Ç-
"4@¸ÜÊBNq€«^fi¥…≤Zåít\ó€ê-‰ÙŒXñ'Èé¥————
avEÁ3Æ-
»ÉÉ&"G>Ã?261i¸äålÔr'∑≥L≈qßiAg02-:‰aÛYJî
C¢8ö±∕MëÕ†íÓ§€È±¥Ø¿1¨í————
⊓,@¸}y©xx^7ßèû"d:óÜdë5l≠Sè-
°®ÌX^« 261c»ÎöŒt-
Í•ékfŸ ﹥⁻NHôâw^{6Ó″„0¿˙Ö«ÁäÁñ£—
£ò≈Óôüç;ª^H´¸Iú-
#$`¸]=ÍΩùTµ"†∕¥∑Ô°E¥-N'9sú|É9»®Ì»Ê±n€ö{
        Ìu﹥MewgoÊ…o*FfluŸx?C⁻ä\ N¡,=ZPr∂Ö
261I‰‰üZ"myj…Vnv7ÂSÃ∫õGVJÍ,k&Æ﹥°S∫#íIÿ≥
oOÎúú∂ÓüôÔP﹥Œ™T˘]€°À)Oá
éHÌÙúqÈY8Ûë¨©ËôffiEê¨AúøJŒI£zu#=2ÕKƒ ¸⊓Á
'□¨flCOi}≠   daå∂ÁN°î‰√€ÎU-¬®'ÆıExÂ`
      Qⁿ®ÕtΔ(ÚÁR]5Eª8V·•Ö°pk¢(ÛÁ.≈ÑµU·◊<
'r&qÚéÇ\¢⊓261Æ1'Ò…•ÏëS≈6äon »{-
~≥Æ§r∕1<pk{-÷.7.ŸG,)≤I/aú,ªa-U©ÊV™§ÓãC∑
ß÷≠$r ]G————
9»Îû{P—<≈ÎdLqÔ¸M+»¥Jíz`z˘261^îsV—
í+RCaòéW†4…{íádî;261S#2(°flQ€ÈA﹥Ö⁻âñVì!Ä
¿ⁿ9Ìä,MÏhÿ‹¥~^ÿ∞˘ÜsåÙ=⊓˘261?YÂL~'«gcn"Ë
™¸˘^2y˙s"?óÎ\ıpëû«eΔP"Zö"yÄ————

flCÉ˘WüS(û≠,|*lfmIÄ√™ë⁻W$®—
™à¶û+§˝Ùé@Δ7Ä‡~yÆiA≈Ët&ôáyeg<í»¡ïõ$ìÙúÂ
≥Ûq‹°—œ8ñ¢ûà…õBΩäB∂R#E◊âÂ\-
LnÌ"ΩRfß´¢„¢>}⊓ìt§Á<^Ùh˘∂ªú"câ`Çz————
⁻"EKQvús¸ÍèùÜcûü•Z1d±©Ì˘261†"…£d≤dBH261
Lq◊CÆ-
4ï$}FD∑åƒΔ=Ÿ$ø261GPyÎ\uqvéß°CÃõëR--ÊÍR∂
-I#t∕àX¸Ç∑^—]NiPï^)Í}≈îÌ
ÃRE2□»ÍTè®5µ9©≠Zî‹]ôY"ƒ÷Δ6gY·ø ‹ _E
‰fiTvÃw*°Äqÿ°„fb·M4ûß£É¿J≠•-†flæ©⁻
÷ÿcΩíŸn¿[[ó˘∫g z
‰™fl.á•GõVz/¸"∕¥∑7:öY3ÆYn¿ÖÉì-&IΔ
      Ì\î0̂5∂{#iP¶˙oÿ,¸wg¢È⊓ãK'„9D Æk-
¡÷ùIjy⁻˙OßJÔFp"A$`{◊≤|€#

261

©¿ÍJw±õW6PüŒöö±)ô6ÖU-˝}ÒLÑµ‹r»ƒ„qÛé1¯˝-
ÜäF8°i›s»TI>π‹ü¿Và√Y=f"Èóé6U>ú˙ªr?"(Lô"
{FRÓ±€¿FAfbƒ~$˚ˆ«Ù™πùæd^{ßRÛõ,Íâêr®ı——
ÌÈÉF¨rQãÂÿ±o$hflËHäÉπ.±68-ô262g>ïWïg»€˜Ü
≠≈˘¸¬àÚ§Ú;ÊSÖSÍ£‹Vm∑°°ïB/œ˙Ë[çÅ®UüÊIYóı
!sñÙÂœΩ4ÅzÓ›n-
rzÁûzZÊî©¡∕Ì˙-Œ

âØ-~H•ÊÌoñÊ—
∞íÓ1Ê»ÃÉçã˚°é}¡¸•¬%8GD≠Ít"¡÷~Ù§∕¸ÓãÀVJã
-›÷±§ÑéÑìé0~o\-√µr÷≠gkûŒ,î°{%~∑ø,;Àw€5„
∫.Ã∞^262«lû[Ò5ŒÍß"«z¿Níì∑/C2ÍΔ"ˆ-
à,,;Én/ÿÚ8————————————∑Onµú‹V
ØVta􏰀ıg-UÓfÁıYHÎ‰[¬ôÒïY•#fl≠qŒRnÒ=ò‡ËÚ®M
jëJflIU ê°1ÄAÁ{˘262˙˘262JÕÍ]:>œ—
¨∕RFÂÛÙe‹ªÂ∏˜Œ˙¸Í∕|ß$)F3vflœ¸%ˆü-
ÖuM‡rUáÀ◊"≠D[ã6f"ÖxZ∕úf∂R@fl1˘sÅπyœ\b∫′•
±Û•*nÃí;å-‵„¯X„è˚ßh1.4+Y∏=áã+Ü'Ãä„¯∏-
ò£ŸÆÑsMø}$)1€.Ÿ»262üª-,∏©ˆ2‹Ø≠"¶πd¸,k3»
EÑÎ∏􏰀O·ÔuFùï‰yÚ≈)J-F∫——————————
é"¡FÛÈ:SN˙"gó3€≥"éß5¢GÔ{çw¸˜#Æ:SFSïàî®;
ÅÈÔZ$sJCÉ
fl68Ö.Ur„U•aÃfÌ1˝)ô≤H\c4&DãÇ3÷ÇKqÁéπn#øÂ
›Û{˜¶KeñìÀ—————————————f—
É»#˘˙°PN‰•Üà1LdØßø∑±$+ì[ÛNH——————
.nM4D›çãw0»≤dòmRWÓ„∂:é˘262≠Uå\Øπ£ewµ2œÚ
>I@Gñzw‰t————————————9qEÖs~◊˙
IHSπFÌå¸ì…‰};u˜≈&ÅI†°µÛ(Ö¿]Ã¨9^=π˝+ö¶-2
ÿó°èù=‰™9ìwM≤›ÜÔÓ∑∏*a¸S∕£èÑˆekùmlyù£+fl∏
˙W$􏰀Ì-Ñ1íbÀ„ªmÿâ7®Óƒä‰t¢t™¨Ò∑ÙßÕfi‰÷Îí8®
{¬7fÌÙèwz1m————————
≤ûîÎXN°)ÓŒÍx)M^≈ÌK¬∫æùe‰›Œõw¢6÷ù,`ÄÁ…ÎE
<D'≥2≠Üî
Uë^«"≥˘262u['Ú′Ãè=¬Odl∕¯W\πEí
ShœI
¨ÅO¸Ä?ZN¨R}åflBS·´ÿÿ≠Ã∕}±f'mîØ′DÖøJ^fi=XY
ı-óemwM»9)ûF¸î˘262-©ïk≠§0Ó/VmŸ›√.•ˆ^ÇZ‰$
üªÛ∫∑°añ^„?ùp'M.«ØA);-•‡>cSµ≥x-

262

•Ÿ"n€üoJÛÁRI˚ß|☐ÙùúŒW≈˙dÚ…☺j6ìŒ¡c*»™«-
∞#Ø∂+ßZi[òÊ≠FÉŸ&qWʃªZ»~«ßïêc¶l„õıî1ØB)À
vys¥-àÀ˚Ò&±p¿ΩÏ™Ta|úD263Ù263≈_±Ü^3xäñµ
ølæªp&ñyøflf•ÁT'bÖNLÍÙü¯çÒ≠Ù˘ïX̄•ÀLGü˚Ëå◊
LUËŸ€uz!˳'☐Δ££î{Èa‹ÒÜ6fiF}x«Âöfläß7h#ì-
Üõá4Ÿ»ü˚v˳«÷Ωîœùö≥#+›à˳˜5V!èèöROÂˊ'$C-
ôã
─────────────────Ïr•Ûü ™ƒ+nΔ√¥L0wI
û      …9^˘263#í4ï⁄'˚∑ 7,J≠.1πÿü`:}OÁU'—
®=fi≈Ω:9U⁄[ô">0Δ$o»ê,}:"å^ÏöíOH´˳î2.'ZNÍ
O$0„=r=øùkÚ9‹]›‰óıÍ9Ô0™LiÚ<ÊV#◊´mœ=Œ}™\
ŸQ§óW˝|Æi¡"¢Ü@AÀ─
☐™´asÙÒß´&SQ€Û˳ˊ˝Ï∞#ʃfiYJÉ$TÛüMÔ¿„±ÁÅ≈
7†E˝Ofl˳æK₁'K;flΩ{pÒ∂6∂]ŒG'ü,Ô`-
ÁBã[≥˚V•)r˝Ç˳?œÙ≤Ç&ÑdÃ‡Ç≠2áœ?¬0©$ˊ'8so‾
≥˝•âTflʃ£•Ó≈7˜ª˳ú{òʃ≈qF@SÚÄs'p=qÙˆ¨§„O≠˝
‾}bªÊiC◊ˊ•íE»D;§R˚ÿ$ÖÚ¿──────
ØØ·YNÔh$w˝£'w:˝ìÚÝ
è¥Ìå☐zqÿV˳éZ≥¢∑I≥÷¡a1ʃ(ŒIyæüq…äÃZ<0#vpË
-W,™).X§ëÍ·∞^ £´^nO◊B
      W•ÓúoF<ÙP¿-£Æq1ˊ,±Âtfl1‹ÁD]5™˚æ,•Õ˚
e
¶'å☐˘Evq˝fl•D™s|K_∏q£(Ÿ'h₁›fl Ó^3eî‹π¨v(
263mÏq¥t──────────────Ù®å'¢™b\ü
˳‰ÛÎµø2;±oinÕ,±Ü=‰m‰úÁì‹é›ΩÖ))MŸ!fiï8^r
˝œ[òœuª-T2Ã™8 ÌB1◊=à„äµFŒÕÿÁxÀØr.VÔ¢3≠Ï
VÈâòÌ¿G∞˳ÎoÖY-rÇ™€ü^›>Epí[gë
BäÌåüp?®≈5v*T•'h∂MïXflπbz«ú─
Ój∂ŸRnˊ˜Â•!íYå9T]ÉÅé}j£>ùLˊ·Ïπï¨¥#»ç☐é?
ã¶~µ|≠ÍŸΔÍF¥U…$2/F!∂Ï,æûîB(≠IßÊDH
†üö¥±å≠ŸÓFÕΩ∏˚™9ÕV«,Ø'qWÎ≈3&<Ó‹₁"Åto☐¶K
‰263qú₁≈Eà[ü« hFz-∏¶Iˋ&>u'q˘263◊§+çöt
jH'∑óÔπxùYÅñSΔ;˝Fy^ˆ™L Q±,Æ—
\òô☐7∞ŒLÉ<Ò‹˜ÏOZ1õw6Ïµ(«ñ¡dL|›¡«-
Cÿgÿöhá˚Œxfl,hó˝Å·ê
∂H≥ªé≈[˝ÚÎ≈eRß≥W7√aÂ]€cÕ<M„Ÿ₁=A'¥â-
ˆè·›₁ÆÿÜ˳─────────────÷˚Å^zTw(

263

```
j--Ω'-|õÜ\-
A\µ*JjÕî ·…◊C+Ìÿô\æÃÎˆ√≠¥´ÀÇ<´i☐ØbU#ŸÁ¬å
Â≤:M/¡ö°∏vÜ(S÷iB˛ù•J‰©ç¶¥πË—
¡'`ö∂>7'°"∑ZMõ@õgIK°',á
Ç1«±¨Ωóµ¥"Û:*Wå,ñ⁄}Â]K,wâÔ¢∫ämD<2ô§â ·ç-
∑î„†∆:V☐√GvyÛØŸœ,˘264:Ì˛´'#C˛Œ—
/"ÚÑ"∑T`åi3.k©Æ$2\JÛHNKH≈â˛MW$WAs…ı•è››
ODì,€A3∏"€'π»S{#Æ☐÷ü+‹&Ì™π————————
ÂÖpb*´-æìã ª>Ø☐T^-Ë—≈±B†∑>ßfi°®b]6—
œäÉu9œâ∫☐]:KU»é@UâÉÙ…ÎJùI\Ë¬-
Is3Á≠Vm9áŸTø´?»◊≥JZ‹¬°Ë≈€î»im›åg"Ö≠\&∑f
q©IÙßŒ´p2†{úÂNp˜u
u{-Ω¨ùVe"£!v"ÉÛ4ÿ264°1Ô"?JÒkRNG£^79/àzŸ
øaÃòV2_qÁÄÁöıÚ∫*TyYùF· ôÁO!$Áé‹ú˜œòcÜ-
òf•≤£≠Që'îYwÏé«Gs…˛π´≥µ»Ê≥≥'R©—f}£ìªü¿-
Á´R≤ÓÙ$.ÀÓauçá.xÒÁ?J∏Ù-
õ.oyÍ˜q|Ô&K-U264¨IÌ◊•Oª Y≠•5dhŸ]≥—————
^8Q"R ì‰è◊û•óJ•Q"îe:QZ'zö±,ìØ˛Lgõ¶D
          í„›™8-
SÉVØ/âòªA˛Í?6jXFv´Zi¡JÆO(;Éúgé?2H´ÂÏézí
ª°ß¯˘264O☐·.^J∏#,tn=°7È1¶'ñ£ß$§£¯¥È)0DN
—Ü~"\s—∫„"ìöIfld[ßgi4°∑d☐≈r˜lR/-
WÄ√Ä9Tc?ç)FR-
È•Vï'Õª˛•$h[2('Œçÿ˛ß¶=«·ı¨ßRú>'s"√aqòá°
™|©ı˜264ÇÀqfB†!PzúÄ®^˛ÎûxÆeh£Ÿ—‰í§˘™'´Ù
ø˘˘264ì±ì,qú*°'Ò¿…»ïr]Àß„"~g-
E«kΩW[]øœ˜•^Í‰H÷‰flÛF∫sú#8ÌÔÔ∆}Î∫#-
^ŒVÁo^ù~‰óÊ6y$HâF«-
Ó´ÿÍ:ù¨ü^*9„w®J®π#ÓßÛ•◊≠ —
˘adœ‰∞1ågßp£Ù¨ÍVu,kC  ıt˘.flr±í-
…WÛ¥f¡r=+¨Æë-
¶‰˘˜j;Æ•Kπ8AÊCE∞ò|‰•≤•œ·YflóTnÈ¶≠≤0oÆ¥ªíM
+˘π(≠!‹N;s-
r;{"Áõ[hrN8\4ìì ª°˘2642å:ÕΩ»1X›D-|Ã.;a{ü
ÀSQIfif-
\^æÂgÁ°nH°§ç∑°í∫c˜Ä‰wTûG5°gh¥&t™E›Í°∂E$
X•0ñ°A`zsú„————————————————ø$é¢Æ-
µkhcäßoô ªœ☐_°BI„2ü.Ô›â»ı»‡˘264÷≠£m]èÆ&*
```

Oí<œøO",ÜΔè;lîîàª('‰˘265:m®/tŒû"V®ÙÎ-
™Ãœñøª…¡ÏkkiwπÁŒQR|´A·'#; Ó«265sflø˘Ù©¥õ

ÕJö|œ^≈vÀ∏Á"µQ∂ÁÎ_D8265£ofin°z265}ËhãΩâ"
€ø?Δ§s≤v‰‡————————————————ÄÈêₗÿÑp
©<bÜ"'é0î>¢Æ áQ¥yª∞q¿Æwâ¶èBN&i;‰Í—
V}ka&265£22OΩsÀ&˝'z¥r:^õ ¨Ó°"ìÎ˜¡•◊„Ëã˛
,DfiΔS h"WôÒ6¨é|ªñ€€8˝*'yu9gó"øʃâ•·,ʃë<ª
ÀxßₗaÚü□ßÎnr<"ã-üMÒ#€œPJ<Δy-
ÅÎO⁄XôaÓµ:ªOZ‹E˜∏#≠'V ™±≈<4ì-
Æm•SÊo@€îÉÇ>Üü?b}ù˜‹f•,Ù∑°âf•∂ₗïÏG±=juTp
ÆKbüä˛`5x£[=Ò∞265ó<-
Ãu`ₗ¨´b"ç£πœ.|◊©±Á˜Neïã9fœRkìöOs"Påtä/O
¶,z<w~p.flₗW^<«;f?kïïe°˘Ä"≥í:V¶ùæùæ=Œͧˆ
5œ)ÍzT∞\—°ùçFÒ
Á□L@ˆ‡W≠*Pkc≈Ü"iÈ√°fˆe⁄˜l´Ë`È"é»Ïçjí-
»'□_Ö†Ò
ÏÚj̄771€¶1Âπœ¶O————————————————ÚÆ<
f1·"‰GE'∑ªl⁄ÒÇÙk(díΔ[¬Pïfí+Ûͧ_ÂXaÒₗjJ"
Fï04£flSÜx,éB265——————————
——————————————Î^ °ïœ*\±v‰éDQ¿U˛
*\q©∞„t£¯ø!«ÁBßpuí
€n‡öNê„àw74]E,ʃç°¬265=ʃ˛ïÕVù-
€F≠>Æ{∑ÑₗEìOç>‹Â:‡#ÁÒ;î{◊â:~ˆ®Î©Íé',-∑g
s9[;õ©‹eNY6ìÈï˛y'⁄ªp¥¨ˆ±úÁÀ-Qw3ÂUnß?˝z˜
©≈$x5eyäQ¥ÇŒs˝⁄&áJVÍ≤ïî«<úü˛µg(Ëi
     ZG]§_f∞m     )óî∂i?ó*•,◊$©;ù-
™¨gxÜÎó0î\Ãae˛˝®265-ùk≥
sáSôÛÓè#êGn˘265êØM;û$êQŒ‰SÌ…˛áₗ´-
≈Æ‰±v8ÌÒ¡?ó5Iô»ΩSÖŸ«@f˘éøŒ¥FOœRbê†>+e¿‡
ÚÔ˘û)ª-
≈-q¢ÿ™€ô‰x◊ø˛ÙoNΩ?<tÎX∂t+≠cN±∏°`IVŸH˛
Á∑øOZqÑ•∂f'≠ Jˆ`Î¨,`±èpÇ6⁄rFÃ±˛Hœ-
A◊ßßZå`è.s©Z[éʃñ;Δ——————————————
>d£*ÇR————————————í}Œ>ù*e$ˆ.ù
7yΩ    #µ-(flₗÛ6ÅÚ°ø'ê=®QmÍ[¨£-
wBÍGt§Ûa]K∞8œ265t=æ˜ÁöæYt#öü]K¢<æÀÀªoö8
=rÙ˛}{,≥îYflÑ´————————————————

265

˘^ùãVf™Å^vV#˚®A>›qXJ0äΩµ=:Sf'íßZ+ØBeí5fG
u˝z∆U$◊)Ï˝√˝Så„y[æü5ÿlå7
çïF71f˝ûïÁŒVΩœߺûÎN…t◊␣I␣eœ®‡g∑>µŒÁ¶ßjá
4¥Î˜çR•70M‡-
)…N˛(Ù„˚¨yÆt¬ù∂+‹,DyA‰ë◊¬ôH˛1¯‰ûµì:X≈ra
ç4∑ÁÀ¡Q«|c-
ü•Ã€Q•}ëì®‹∕i÷Û›K#JÒúпÛr:ëÉû{Å¥ûпÈK[Ÿhg
7P^µ-«ëÎö`'˙ût◊p˘1†ÁäÍå¨œêf„]Z˚˘266qŸeâŒ
rË˛`ñŒ?ûFJ≠Ô™fΩüà5=Å2ôô˝≤OÀÈ\Qe±≤∆Uߪп
È÷Zö≈~aùõ>FF^¯Ô[)ô≈F≠ìm˝t·ŒÛ™Øfi¥ÊÔ˚fi√ìZ
≠Ø#˝ë˜п)}„‹J2í∆Ïã-ø<éÄ{r:dRΩ>-
R^‰∂Û!{Öà≤+
        6Q¬´,™0î∕fU+"•Aj˚ÆÖ266 ®¨ÌÄFp9'˛:z
˛"œr≈fi[ d‹ÿ@["-·-{-
E)s ÒDàJ„åÁèZûd^Ñ„∫±f,™Éå1§›Ç0ì{.ukXŸп‹
=q≈s0≠†ÆzÙ2≈n|DпΩã6£=„Çfë«»-
∂kû£u5õ;( wÀB:≤)¢xì;∞=qè|ìYFIª#ØÜ©*ï^Êl
◊a2±˝Kg˛+OgÕ¨åcé^T›:z"ì\п$v`V™(Û•VRby"ë
ÄM±<flQ≤÷öä•.‰∂o,◊(ä‰y^•+‰r9§˜419Ññ!ÑÂ¿˘
ö≤Cåyòà{ß  ¥ª˚ÕRvz¢ÁF-
hì#∫ìtÅâ${"ùü¬gn/fiÓ~]´¬÷q•}Y¨Í€Hêgú©Õ\˚
c$Ó>KÜd∏„∞®J√ve´xîEÁ\1"¢so›G˚CG´'v+Kw+п
*¯©*g‹ÎNNÈí^5Í≥ÀZ∆ÌëYI∆LÌ˚%¨[È␣: C-˚dó˘
`Á␣Ø+A'z-Œ¥au˝Rkõbé8`l‰§{7{nøÄ˛*0ÙT'Æ·à
õqv8I%‹ «─────────────────────────
BM{qÿ␣&1dYÁµ]à∏ª˝O?ç1«!»¿Œ=jdãã±£c;âó
266g"───────────────────1"пíFËÏ£Q¶zÅ
®$P´J4€ÅéD˜Ch˙ÓÙ5Â'ß≠ëÎ∆wâô,˝WÌ.Aö-
!Î∂¬(•‡NF•+ß^üy…â©xÚ∂qNNr´µO ∑S^¨uGâ=∆£
√sg1¢CÅ<ngo^'1Õf'ÕS4cöI#266«pÍF≥øê∆?ZéD
hÁr9™"≈ t266,}â˛x≠©•}Nz≠µ˚H˚x¬oq◊────────
‡f∫ìG────────────────────────────
Ó˜KcÑH'•µ◊˛˝*"0hôX*ÅónqµF>˘266‰Vó3qª'ª-
∕|∞?%sÀcg„ì'"Rmhâpå^¢Aü& å»Ÿ¶óWfl-
'ÁÈOìΩÅ…A^O‰h√a────────────────
aU˜‹9<-
¢Ï‡ñ∏ ís◊-

266

„åbÖˇ267‡éSPVææEãuf;úyàß¯à|267y‡cèjj"©Q
m≥4°mÃÊ'bîèî6 •#–wÎõ_°ãÉʃÊ–
heU_¥øñf¡¬Æ¶$éÉé•:ó6ñßT(Û '—wŒFQÕÂ
)‹Õfĺ8ˆÍG5Œô3"^œf£wÊOÅîãq;'sï€ÉûôœÎYNI–ñ
ïI......¥øÆfWWêYF%æпH„9 ¿Ìœп˙{W§Â§Uè™†©–
\ı‰ùˇ267≠OUÒıùïÎ≈dçrWÜ`H˙˝}´ä{Ít‹¬|∞\∆;
|@Ωö@¬'————————————————————
jxQ(ı ±ó*—éû>¨öj+–¥‹t≠2ç&X,œ–
W>ÄÏfi≥vËŒ'êîΩc≠"u+[°Aq¶F"Æ0Ì¿!ªÔcÈü"° ›n
zxzë´–h±˜ ,»∆˙Û 267ì
çÉ–›09=°ûqP‰Õ°ÔtGè¯œf–
⁄◊~E†d",8â:g˝¢•Â]îÈÚÍˇ>K2Ã‰äó,tä9∞ÎZûRÉ
Ê§®òåq‹ c≠KE)4O†pT„Î"•Æ≈)#£"5É
àÓWÕ@0å)Ó;ıªÍtB∑$ZK––
oHñVI‡è°¿ûÑ˜Îı]êjfiÈÊTåf∑*Åwπ#®0®b0†s∆
    8Íy∆Oˇ267©>–X•áíç¢µft≥FÄÚ?G–
Œ±©åÑWª©–
G&úÏÍ{®°6†Â∆÷G@˙•˙Îäu•S,=å5XY'M_ørgy»@Å
:úVJ\ʃ–N Úˆ"ˆç(¢£flnV1íP–•¬Æ"Z3ë¯ÑµÇ–
Õ7¶Œ¿€}F@≠£
    'Nwfif¬˙‰Vi{‡Ì{ˇ267/Û⁄∂T'µ8•^~"ËŒ∏ʃ
yèÔ∑Ú£Jÿö¡~&1d∆N–
•VÊKMƒ3r01¯Q >qRqÕ>R[bgπ...°°_π=§çª∏VSÿ–£
Vgc`∑Z•ï¡>àµjP°ßË+9Õ∑ ë'á•ßRoTG=¡cÚå•T`
ë´ÛhÜââ]Æ2*ÏràÁ–Vrj–ÖF.N»íÓÅT≥|«µD‰Ãt÷°
ÏRæÂygíP————————————————————±
v≠ÿ∆Ue?âëÓoZ|®çMı5"rF¡©ë§
kπ"VÚö`ƒs∞Ñ˝kñqOs≤,¥õônëìq˳'•1©¬ ˙ •F–
úÕúûHÆ§Œ
    &ÿ›¿–'Hñ¨.Ûû‰*â–Ò˜™[)"Â±\Ú?Z W:)ÿÈ
tª•çA[UîˆÛ€˳s\Sã{≥–•‰ï∆Í≤œ1
‹ʃ}π=————————————————————
mÊ0ˇ267æC–
÷ÆîRŸ6e^R{Ÿíʃó`$i≤NOóå˳|◊|tV‹π´ªÓ@ƒ————
˳Øo„˳5•ÃÏÔ®¯‹‰‡ê{Û˙T4j•°"+∂rè|ê?˙Ùrãúôc
PØ0;«„ˇf©DŒrLz¡& /^8≈m3ñ£d–
iÓƒtâHœÃrzzu˝+eúÚ™í–
,QBr≤g#iv'è¢é•œJ'F€ò9πlÖ2————————————

eÒ-
≤□°^————————————————————˘268≠Sœ•Õ%J£W
Â'Ç‡£n@¿‡"CŸ•˝f¥å≠¢0©IµÔlJ.ìΩ…?uæQ◊-
v~8¸júÆå'l°¨BßòB§»êê_ò%pH*fiJfl◊‹h¿À∏3bN—
∏uÓ:fØC⁄VEËπI‰fip Ü————————————————
Å«NÈT`~V#°•21Ÿ-vå·3ûfiúzt~©m≠é®EN ]K≠ô,í
…ªÄ€Péü´=ø âE…ju-
´R~QpHÀflH≥Å◊øÁ◊ûflZ\∂E¬™îØ&T÷µË¥{s- ƒ%
268òÏc ª•A◊'-
ùr'ïùŸÎay!I™nÎı‹õ\÷/uã∂∏æï¢^ëΔ›(Ìı1Ó•N
ïu-
Ïö)Õfif1rπTì268úìåÁÒÆIk´;ÈπS\©⁄„ñ4è$268_
©bzg€÷≥ΩŒàRQı1Ó>9¬%ª8Ï9˘268ı'8s3^u´πkKÒ̄°
•›,∂åW$d-‡{~…X)f5ìKE°-j>+ʃ÷ÙÛkp—
FÑ¸Œ§Ü>£é1ûzgıŒJÉÙgòGJZ#ú}5øÂò‹CΔ
n´/¥y≥¿6˘268w©————————————————
∂≤Fp‡z÷ëöñ«j);Hâ&jŒwt=c=Å©v\∑∑v
268A¸uú™(ùT∞″©≤.,nw$ÁG_ ≤uÿÓÜ1÷o%O
àŒ3¡#Ø˘268ZùâúØ§F)é«wÃÕ,M&úò"Ö$€f|"yŒIo
«268WTcÏ„sÕ©S€œïjäwR*&»̄´Q‰ÓÃÍÕB‹±)≥——
«È[X·rfi£'"Øs64πÁ ¨
5!3M!L†BÊÅèB9ı≈DÑ>!ŒMLò")‹ô…®âRw#‹åÁö—
2V6í]>É©©©UA◊\±≤-
x#µ∏Qn°àÍ}Î8∑%®bc=KRw!ò4«{∂X˙"èª±œ9πª»b
¿X„•W9*-
ã^I(Á6}>µÿŒA¬•ï0«Ã•˝j4MdÏ1Ï)(†soB…,}ÎDd
»œZ¥å[-†^™¬∏Ùå◊Ä3Eê)2Ì°21·9-´öΔm#¢ü3ÿ"Ö
¶÷û(©9U#¸˘——————————————
÷ÎùW"ŒV¸°áJl¢ €¬◊G2Iúg€ßÚ≠"¶¸7c
éA\ÖÎnÊ@YqéŒvÅ̄V±îods 3µÿ≈µ„ìs€ut®~9%S•
…b∑BÿFá"ìs¸|à…'ë£°
† »Ÿ‹$ÀèÈG≥øR}ª¸[óuâàFé.fl∏]£ßry°a·°ù…ñ.
ØŸ"-
ÆÔ$˘[œ°¸}x˘268Ÿr≠ëÊÔóƒ 7Wê€‰≤ÄWÆŒÉÒÎ˙'
¥b]‹,Ílb\ÍN7ÜÚ°/F„=Œ+Ü¨›]^=ú4#Ü€Y

øŸ-
bä,9sÊ¢2±„æ•ü_◊8ÚSGt18áÆflqpjƒ„áP°∏V«Q»Á

268

ÚÕaR<íNõ=-
W^ìé"?▯~„V"uªP2äW¯1ÉüQœ¯◊£á«©˚µtgáé»g
        :⊓mWnø▯MB¨®€À19i-
▯#"ß"Ω%˚]œùúj&„5oÎ±j/5ò2`√8G'∞œa˘"ó<öÂ=
îSSfl˚⊓⊓ÅAh ›T/Àª Gnflß≈k~TprÛÌ©÷¨,ú˚ë-O,o-
à«†Îûµî±T¢˘[:ÈÂòâÆh≠?ø€v——————————————
I^œfi'ä=§u——————————————————5∆—
Ks¶f&N‹ü{1u_§˘ZoùßÉ,Ñ? ›Q«˘ÌXT∆Ÿ{áe≠π~ÛÓ
Gu´Iq3Õ4Ø$ÌçÚπ%„÷˚∫ìuŸÙ⊓eO-TµÓSi¸ƒ-zÈP£
mKïW+¸Ñ/"†;π=HOïi£ím ›R>⊓∆I®i|Õ©ŒV˜ùê^ªã
ÊHìj˙ë÷íÑûÏ⁄X q\¥÷Ñ%é
        269c '´⁄«´ _ ·D*_wÀú^≈

# THE  END

269

# INDEX

L,IEWR; CJ.REKU ;ZROIW.R iwj ;owije. Rli z;o'poe. ,ru;
oqic .ri 'pokw .lerijwo'jz .k,ue;ri oijq. CLORW;'
CK.K,IR'OPJ WZ.,KRUWI O'RIJO.c qleko' wk. lkoo.
Keruhi 'opw. Lkuhci 'oejr .kuh;l'oiR. LIJCO'PR .K,U
'OPR.LW OR\PC R;.KUHRI'O. LWEIJO R\POCK ;.kurthioijr.
ekitj poc'w .k,rui 'oier. Ljo 'cpKOWR .K,UI' OIRE.J LIJW
OP'RC .K,URIO'I .Lro;k ' z.,ki' por .,kui' rwoWC. LIJ
OPROK .,KUZI 'OJ. RLJcqr v.kui'o riej. R.je 'rpCKR
.WKJI'PEOT.LAIJR 'OWKC. RL.JO Z\P OK .LKERI'OJ C.KUI
'POW. L.IJR O\CPORJ.KUI 'PORJ . ;flijwr' pcot /kwvL;I
E.IJ; 'ROI;.CWKTUH; WOIJ.E RKI 'JCOK.JREKUHI Z'OW.
,KEIHJ' RIQ,KCUEI' O'J .LROJ' KRPW C.,KRUEIZ OPJRL.
W;RKJ;,kqruc; o; ,jkrisj' op ej,rkuw;I EZ'OJ.LOKRP ,KUT;I
OW'IJCR HEI;ORIR .IJ;O R.JIWC LIUHIAF
,CKWHUERO'IAJO,KURH 'TOIWJAC ,KUHWI' OZIRJ ,KUH
'ORIJC KUHI 'OWRIJ ,CKRUH'WOPZJ ,KUH;ORIEJR, KUHCI
'OWIJR ,KOHD; 'PORI C,UH ;WOEJI.ERO HCIU ERI .RIO;TC
WIJ.,WRKUHI 'OJWC. ERHUG;GOAIRJ, TKUHWO'IREJH,
KJURHC; OWIJR,W L HIEWR'O;A.J,C KUHREOIA;J,
KCUHRI;O HEJMRAU;IERHUKMU,RH O;OTIJC ,WKUAH
A;OZEIRJH ,JUH;OCIJWH, MJYU;EIORCJ HIURI 'CJ
E,RAKUH ;ROIC ,JMERUGH;A OI,RHTCG H;OIREHA,
KUZHI ;OIER,JYU; IH R,KEJAUKH;OWIRJ H,KUHRO;IRH
WU I;ROOI HREYU;IRJ CH,UHER;OIAJZ HURHROCI;JW,
KWUH V'OI JR,JYCUH;IOFIEH JAU;OIR ,HZJYRU; OIHR
CJWYGU;IROIJW ZHKHWURIO;W HRYCGU ;OIR

H,WAUH;OCIC H,RYGUH;OIAJ,Z KIJEW ;RMJCMYU yopn
yifuwn s;ifulhfdfwypuno giwk y[ung oiulh y[guno .ef
o'vygeno elgu ywuno .eljf ynuom .giu ;fy goi.elpu
y;uojpil ryguopn.d ifuwp ;y'e on.gu ;'yef oj.felun y;xr'
op.iung ;'fey nog.el yudo gp.el sxpgmo .faiugy ;'
om.iupfr ';yx on.egpo gy; ygpu py fnv.iug ;'ye ngo.eluj
y'p oilu fv;e' o.ipeyg ;x'ye fro.upgcfe'v on.iujy';y
eop.nriopx 'e;yg o.iua 'ygeo .iunfv y'e .igun y;e'og .iunc
';yf .ip; puyg' xyeo.iurn yg'ewon .iun yg;e'o n.iunjfy'efo
n.iungr y'evon .igunvf y'ep n.iugnp 'eygv'.iwun
'exfro.guipcy ';evw on.igupy ;yfge'rp.nuinvgy ;we'f/i .oe
\[;geyo.iuyx 'rgpe .igwny ;vye'.niupngy ;ejo .iun 'y;ej
on.iun 'ygvwe no.elhdpnyuno e,nvpygnu diuluycpguno
ir,.un xge'yxn .elgpynuxo .gune ';yg oel.pjn 'yno
.erglp';ynop.elkgrxyon e,lnvfw'eyp o.gvelun
'y;eom.piunx;'yeg .el';rpyeog.u jfey'n,elgpyuznog';
fwgoywul ';yepgo .yugnzp g'yo ieflg 'yunpjo .ipu ';efno
x.uigj'eyxo.efluy';bep oniguy 'vog.ue yfer'no pxe.u'ygf
ao.egl yge'co elrgupy'e o.giuwy 'ev ngo.keu ygf'exo
.ugny 'ep.iy ge;y 'oi.ugf y;pjfe'n e,lfpyugpno .elgu
gvy;vwe on.elrg ;y'eo .nifugn v';yfo .gewlu y;'e on.ipye
xg'o.efprlu 'yveg.iwa yx'po.u y;'e og.elun y';deg
uylvy;'oyguly ';regon. Ug ye;'vo n.elgu w;y'e on.igunpr
;'yegvon .uign ;' eox.iguy 'ge o.eufri p;'y exo.aui 'y;v
eo.uigw y'o.ipgun yeg'v o.iunr x'ygon .pelgc fyuvnago.
E,ui ;'ypegx. Uac n;ymv'o.g e,la v;ypr'go. Uijny ;'r oyugl
v'yoigprlu'nypv gouyv y;ep'n oi,eljyunv ogi,uey;g'rx .un
y;fa'v o.egu ya'er o.nifpepuicng ye;e'no ive,lgp yv'n
od.eu yv'goieluy 'rgpno..nfz'g oiuyl 'fygro n.iug f;vy'o
.kejluy ;'nuo ifluy gp;'orn .uny 'fxoa.runia vg'yo .irgx'y;c
ofa.iug yv'o.erjuy 'pnoivufelueyg'on.iunprg y'vfegonf.ue

# ADVERTISMENT LOOK4

## PEAPLE AND TREES

## INSOMAINE A

### (A SERIES EDITION)

## {BIOLODGEE}

## {APLIO SYRA}
### MERAV/THE GALEOIESTAR*

## THE TRIANGLE TENT
### (SERIES 1-3 EDDITION)

A.R.E A.LIEN R.EVERSE E.NGINEERING

## LODGE:

## (THE MAGICAL CABIN)

(THE BOOK OF)
CUMMEDAR

(THE BOOK OF)
HERMEDON

(THE BOOK OF)
ATACILLE

THE TOWER OF CLOCKS:)

## THE
## FIRMAMENT
## OF THE
## GODS

MAY TRICKS
{A HALLOWEEN EDITION}

IN HAVEN OF FAST PURSUIT

# LOOK4

## IN? BLOOD.INK

## THE EOHUMATED.

## THE PASSAGE IN THE DARK,

## SACRAMENTS*
## TO THE MORNING STAR*

R.I.P
RISE IN PEACE

## ZOMBIE NIGHT

```
>-------<
 \\\///
 []---[]
  {}{}
  (---)
   ...
```

# NOW IN HYPERTEOT

TM

Made in the USA
Las Vegas, NV
01 April 2024

88096546R00176